燕归来

张恨水作品典藏

小说十种

张恨水 著

YAN GUILAI

APGTIME 时代出版
时代出版传媒股份有限公司
安徽文艺出版社

图书在版编目（CIP）数据

燕归来/张恨水著.—合肥：安徽文艺出版社,2018.10
（张恨水作品典藏·小说十种）
ISBN 978-7-5396-5450-8

Ⅰ.①燕… Ⅱ.①张… Ⅲ.①长篇小说—中国—现代
Ⅳ.①I246.5

中国版本图书馆CIP数据核字(2018)第079450号

出 版 人：朱寒冬
责任编辑：汪爱武　柯　谐　装帧设计：丁　明　张诚鑫

出版发行：时代出版传媒股份有限公司　www.press-mart.com
　　　　　安徽文艺出版社　www.awpub.com
地　　址：合肥市翡翠路1118号　邮政编码：230071
营 销 部：(0551)63533889
印　　制：安徽新华印刷股份有限公司　(0551)65859551

开本：700×1000　1/16　印张：30　字数：600千字
版次：2018年10月第1版　2018年10月第1次印刷
定价：78.00元(精装)

总序

精进不已与现实主义

谢家顺

安徽文艺出版社拟出版“张恨水作品典藏”,这是一件十分有意义的事。安徽文艺出版社与张恨水有着很深的渊源,在20世纪八九十年代就曾先后出版过“张恨水选集”和“张恨水散文”两套丛书,对张恨水小说和散文的代表作进行了精心的整理和呈现,产生了广泛的影响。时光流逝,然读者对张恨水作品的欣赏和阅读热情仍在。为了传承经典,也为了给读者呈现更多的精品图书,安徽文艺出版社策划了此套“张恨水作品典藏”。首辑精选了张恨水小说十种,合集出版。嘱我作序,幸甚之际不胜惶恐,谨以以下文字,与读者交流。

1944年5月16日,是张恨水五十寿辰。时在重庆的抗敌文协、新闻协会、新民报社等单位联合发起为其祝寿的活动。而重庆《新民报》《新民报晚刊》,成都《新民报晚刊》等报则于当天刊发“张恨水先生五十岁寿辰　创作三十年纪念特辑”。“精进不已”四字是时任重庆新华日报社社长的潘梓年为祝贺张恨水创作三十周年而做的精辟总结,他在贺词中说:“恨水先生所以能够坚持不懈,精进不已,自然是由于他有他的识力,他有他的修养,但更重要的,恐怕还是由于他有一个明确的立场——坚主抗战,坚主团结,坚主民主。”

当天,重庆《新华日报》发表消息《小说家张恨水先生创作三十年纪念　重庆新闻界和文艺界打算举行茶会庆祝,张氏谦不肯受》并刊发短评《张恨水先生三十年》,以示祝贺。短评说:“他的小说与旧型章回小说显然有一个分水界,那就是他的现实主义道路。”并指出他的创作倾向是“无不以同情弱小，反抗强暴为主要的‘母题’”。

随之，“精进不已”“现实主义”也就成了学术界评价张恨水小说创作的两个重要关键词和标杆。

面对社会各界的祝贺，张恨水撰写了《总答谢——并自我检讨》一文，刊登在1944年5月20至22日的重庆《新民报》上，以表感谢。他在文中做了如下表述：

> 我觉得章回小说，不尽是要遗弃的东西，不然，《红楼》《水浒》，何以成为世界名著呢？自然，章回小说，有其缺点存在，但这个缺点，不是无可挽救的（挽救的当然不是我）。而新派小说，虽一切前进，而文法上的组织，非习惯读中国书、说中国话的普通民众所能接受。正如雅颂之诗，高则高矣，美则美矣，而匹夫匹妇对之莫名其妙。我们没有理由遗弃这一班人，也无法把西洋文法组织的文字，硬灌入这一批人的脑袋。窃不自量，我愿为这班人工作。有人说，中国旧章回小说，浩如烟海，尽够这班人享受的了，何劳你再去多事？但这里有个问题，那浩如烟海的东西，他不是现代的反映，那班人需要一点写现代事物的小说，他们从何觅取呢？大家若都鄙弃章回小说而不为，让这班人永远去看侠客口中吐白光、才子中状元、佳人后花园私定终身的故事，拿笔杆的人，似乎要负一点责任。我非大言不惭，能负这个责任，可是不妨抛砖引玉（抛砖甚多，而玉始终未出，这是不才得享微名的缘故），让我来试一试，而旧章回小说，可以改良的办法，也不妨试一试。我向来自视很为渺小，失败了根本没有关系。因此，我继续地向下写，继续地守着缄默。
>
> 为了上述的原因，我于小说的取材，是多方面的，意思就是多试一试。其间以社会为经，言情为纬者多，那是由于故事的构造，和文字组织便利的缘故。将近百种的里面，可以拿出见人的，约占百分之七八十，写完而自己感觉太不像样的，总是自己搁置了。也有人勉强拿去出版的，我常是自己读之汗下，而更进一步言之，所有曾出版的书新近看来，都觉不妥，至少也应当重修

庙宇一次。这是我百分之百的实话。所以人家问我代表作是什么,我无法答复出来。

关于改良方面,我自始就增加一部分风景的描写与心理的描写,有时也写些小动作,实不相瞒,这是得自西洋小说。所以章回小说的老套,我是一向取逐渐淘汰手法,那意为也是试试看。在近十年来,除了文法上的组织,我简直不用旧章回小说的套子了。严格地说,也许这成了姜子牙骑的"四不像"。由于上述,质是绝不能和量相称,真是"虽多亦奚何为"?

这段文字可以看成是张恨水对自己三十年小说创作的总结与对读者的回应。为了表达的方便,我们选取张恨水十部具有代表性的小说做一梳理——

1.《春明外史》:1924 年 4 月 16 日至 1929 年 1 月 24 日在北京《世界晚报》副刊《夜光》连载。

这是张恨水第一部有影响的长篇小说,全书百万字,是一部以《二十年目睹之怪现状》为蓝本的谴责小说。小说通过新闻记者杨杏园与青楼雏妓梨云、才女李冬青的爱情故事,描写民国初年,北洋军阀政府时期的逸闻遗事和社会风貌,其中有些片段可看作民初野史,在一定程度上暴露了当时政治的黑暗。这是张恨水的成名作,而他自认为是一部"得意之作""用心之作"。

《春明外史》单行本第一集共十三回,由其弟张啸空主持印刷,发行一千余册;第二集十三回。1927 年,《世界日报》经理吴范寰合并一、二集出版。世界日报社于 1929 年出单行本三集,三十九回。现在看到的较早版本是 1931 年世界书局出版的八十六回本,分上下函,共十二册。

2.《金粉世家》:1927 年 2 月 13 日至 1932 年 5 月 22 日在北京《世界日报》副刊《明珠》连载。

该小说连载五年,一百一十二回,共两千一百九十六次,百万言。这是张恨水又一代表作,奠定了他在小说创作界的地位。小说描写北洋军阀统治时期,国务总理的儿子金燕西与普通人家姑娘冷清秋由恋爱、结婚到分离的故事,表现了豪门的盛衰过程，也在一定程度上反映了上层社会的腐败，被誉为“民国《红楼梦》”。

1932年12月，上海世界书局初版单行本，正集五十六回，续集五十六回，加楔子和尾声，共计二函十二册。单行本中，删去了上场白，加上张恨水自序。

3.《啼笑因缘》:1930年3月17日至11月30日在上海《新闻报》副刊《快活林》连载。

《啼笑因缘》共二十二回，约二十四万字。小说通过平民化的阔公子樊家树与唱大鼓书的女子沈凤喜的爱情悲剧，揭露军阀罪行。该书是一部以言情为经，以社会为纬，旨在暴露的作品，于爱情纠葛之中穿插封建军阀强占民女及侠客锄强扶弱的情节，富有传奇色彩，体现了“社会”“言情”“武侠”三位一体的艺术大融合。张恨水曾说:“到我写《啼笑因缘》时，我就有了写小说必须赶上时代的想法。”小说注意映照现实，也注意到了读者群文化意识的变化，因此在《啼笑因缘》里，“才子佳人”角色被普通民众所取代，反封建思想和平民精神得到了张扬。

《啼笑因缘》是张恨水打通南北的一部作品，曾产生了广泛的社会影响，被誉为“言情传奇”。

1930年12月，上海三友书社初版单行本，有插图八幅(其中作者像、手迹各一幅，明星公司所摄制的《啼笑因缘》影片的剧照六幅)、李浩然先生题词、严独鹤序、作者撰写的自序以及《作完〈啼笑因缘〉后的说话》。

为防止此书被盗版，张恨水被迫续写了十回，续集由三友书社于1933年1月初版。而《啼笑因缘》的续书之多更是民国小说中之最。小说至今再版三十余次。

这部小说入选20世纪“百年百种优秀中国文学图书”。

4.《北雁南飞》:1934年2月2日至1935年10月18日在上海《晨报》连载。

小说描写了辛亥革命前至北伐战争时期，女主人公姚春华的一段不自由的婚姻悲剧。张恨水在单行本自序中称:“这部书的命意，很是简单，读者可以一望而知。这不过是写过渡时代一种反封建的男女行为。”在现实主义精神的承继、浪漫的才子情调、佛的空寂幻灭、侠义精神的弘扬及礼教的坚持与维新等方面,《北雁南飞》均体现了张恨水鲜明的文化立场。该书被称为“中国版的《伊豆的舞女》”。

1946 年、1947 年山城出版社出单行本,二册,共三十八回,三十四万字。

5.《燕归来》:1934 年 7 月 31 日至 1936 年 6 月 26 日在上海《新闻报》副刊《快活林》连载。

1934 年 5 月,张恨水携北华美专工友小李,离开北平,前往西北考察,历时近三个月,途经郑州、洛阳、西安、兰州等地,足迹遍布西北地区,并在西安拜会了杨虎城和邵力子。这次西北之行,张恨水目睹盘踞在西北的封建军阀的种种恶行——横征暴敛,抓丁拉夫,弄得民不聊生,亲耳听见了西北人民的痛苦呻吟,思想上受到很大震动。

他曾写道:“在西北之行之后,我不讳言我的思想变了,文学也自然变了。”

《燕归来》描写了三个男学生陪同一个女学生杨燕秋回西北寻亲的故事,记述了旅途中所见的风土人情及人物间的情感纠葛。作品让读者目睹了一个不幸家庭一步步被饥饿、战乱逼向毁灭的过程,呈现了西北人民的苦难和坚韧。作品还以游历者的角度,对历史文化古迹遭到践踏进行反思。

《燕归来》艺术上的独特之处有二:一是打破了章回小说写一件事的发展单线直下的手法,采用插叙的叙述方法,在情节发展中拦腰插进有关人物身世的章回,读来跳脱有致,富有机趣;二是在人物塑造方面,作家注意对人物性格、行为的刻画,并运用大量细节点染,使小说中人物的神貌、性格,更加生动,栩栩如生。① 因此,这部小说成为张恨水创作转型期的标志性作品。

6.《夜深沉》:1936 年 6 月 27 日至 1939 年 3 月 7 日在上海《新闻报》副刊《茶话》连载。

---

① 杨义主编《张恨水名作欣赏》,中国和平出版社,1996 年,第 181 页。

小说描写马车夫丁二和与卖唱姑娘杨月容的爱情生活及不幸遭遇，是张恨水所写的最后一部纯言情的著作。此书将主要人物——车夫丁二和与卖唱女杨月容的情致与心理处理得十分委婉、细腻而动人，与《啼笑因缘》并列为张恨水两大言情著作。《夜深沉》最动人的是对人物情感、情致与情绪的刻画。

小说先后创作于南京、重庆，单行本于1941年6月由上海三友书社初版。

7.《八十一梦》：1939年12月1日至1941年4月25日在重庆《新民报》副刊《最后关头》连载。

小说约十八万字，以散文体形式，采取"寓言十九，托之于梦"的手法，对国民党统治下的"陪都"腐败的官场和社会上的种种黑暗现象进行了无情揭露和有力鞭挞。由于书中人、事均有所指，所以受到了进步人士的欢迎，也引起了国民党特务的注意。

除了楔子和尾声，只有十四个梦。其原因，作者在楔子中有交代，说是因为稿子上沾了一点油腥，"刺激了老鼠的特殊嗅觉器官"，因而老鼠钻进这些"故纸堆"中"磨勘"一番，结果只剩下一捧稀破烂糟的纸渣，但"好在所记的八十一梦是梦梦自告段落，纵然失落了中间许多篇，于各个梦里的故事无碍"，暗示小说因揭露黑暗的社会现实而触犯了当局，引来了麻烦。

《八十一梦》运用"寓言十九，托之于梦"的手法，笔酣墨畅，恣意挥洒。全书充满了诡谲玄幻的悬念，上下古今，纵横捭阖，犀燃烛照，对那些间接或直接有害于抗战的社会现象痛加鞭挞。文学界盛赞该书是"梦的寓言"，是一部现代文学史上的"奇书"。

该书1942年3月由重庆新民报社初版(《新民报》文艺丛书之一)，简称"新民报社十四梦本"。1955年1月，北京通俗文艺出版社经作者删节后再版，简称"通俗文艺版删节本"。

8.《傲霜花》(又名《第二条路》)：1943年6月19日至1945年12月17日，长篇小说《第二条路》在重庆、成都《新民报晚刊》连载。

1947年2月，上海百新书店初版，易名《傲霜花》。小说描写抗战时期陪都重庆的一群文化人歧路彷徨的种种行状与心态，对战时知识分子的行为与心态做了深刻的文化反思和人性自省，被誉为“张恨水笔下的《围城》”。

9.《大江东去》:1940年在香港《国民日报》连载，1947年1月24日至次年7月21日被北平《新民报》转载。

小说约二十万字，以抗战时期军人家庭婚变的故事为主线，并在其中详细记述南京保卫战与南京大屠杀的内容，抗战、言情兼而有之，是“中国20世纪小说史上唯一记录了南京大屠杀惨况的小说”。

《大江东去》既有对人物形象、心理的细致刻画，又有宏大的历史场景；既展现出国家的灾难、人性的裂变，又能抚慰创伤，振奋民族精神。其创作技巧也在张恨水小说中独树一帜，采用双视角的叙述手法：一是从男性视角描摹战争，交代故事发生的客观环境；一是从女性视角抒发缠绵之情，反衬战争的残酷。不足的是，作品中的抗战与言情未实现有机结合，有疏离、浮泛之憾。

1942年冬，重庆新民报社出版单行本时，删去原稿第十三至十六回及第十七回的一部分，增加了有关南京大屠杀和保卫中华门战斗的片断及对日军屠城惨状的描写。全书一册，二十回，近十六万字。

10.《巴山夜雨》:1946年4月4日至1948年12月6日在北平《新民报》副刊《北海》连载。

小说以抗战时期的重庆为背景，以大学教授李南泉一家的生活为中轴，描写小公务员、教员、卖文为生的知识分子们生活的清贫困苦，达官和奸商们生活的豪华奢侈，老百姓痛苦不堪的日常生活和种种社会现象。这是一部带有自传性质的小说，也是张恨水病前创作的最后一部小说。小说富有浓郁的生活气息，以文人李南泉的生活见闻为主线，把抗战时期生活艰辛的文人、醉生梦死的太太们、堕落荒唐的伪文人、卑微多劫的女伶、发国难财的游击商、飞扬跋扈的公馆子女以及狗仗人势的副官串联起来，构成了一幅抗战时期的社会风俗画。

“巴山夜雨”源于李商隐《夜雨寄北》：“君问归期未有期，巴山夜雨涨秋池。”以此为题，隐含着作者抗战时期生活困苦、漂泊无定的家园之思。《巴山夜雨》是张恨水“痛定思痛”之后的“探索之作”。作者以冷峻理性的笔触,在控诉日寇战争暴行的同时,对民族心理进行探索,解剖国人在抗战中表现出来的“劣根性”,人物栩栩如生,语言幽默犀利,在小说的描写功力上达到了炉火纯青的程度。台湾学者赵孝萱称该书“是张恨水的最重要代表作,也是他一生作品最高峰”。

小说单行本于1986年3月由四川文艺出版社首次出版发行。

通过对上述十部小说的梳理,我们可以从以下三个方面发现张恨水作为小说家的特点:

第一,他的职业是报人,是报人作家。他以报人开阔的眼光、丰富的阅历和敏锐的感觉来洞察社会,追求和表现社会现象的新闻性,描述和评判社会风气的变幻性,以一种形象的方式展示了20世纪上半叶中国社会的奇闻逸事、风俗习惯、民间疾苦、民族情绪,具有较强的社会历史价值。

第二,在小说文本的表现样式上,张恨水成功地实现了对中国传统章回小说的继承和改良,形式上由“章回”变为“章”。他以特定的身份,从特定的角度,对传统文学智慧加以继承和点化,对新文学智慧(包括外来文学智慧)做了一定程度的借鉴和吸收。他精进不已地使自己从旧文学营垒中探出头来,迈出脚来,最终走到可以和新文学相比较的探索者的地步。(杨义语)

第三,他的小说故事性、画面感强,极具现实表现力和艺术穿透力,小说文本实现了从报纸连载到单行本,再至影视等其他艺术形式传播的良性循环。

我们从这十部小说里,还可以窥探到张恨水小说创作模式与风格的转变,这就是,以1931年九一八事变为界,前期为“言情+社会”,后期为“社会+言情”。这不仅仅是创作侧重点的转变,而且是从过去的“叙述人生”上升到自觉地“要替人民呼吁”的现实主义新境界。我们可以这么认为,1931年九一八事变后张恨水创作意识发生大转变,1934年西北之行后张恨水的创作发生了思想、文字大变迁。正如汤哲声先生所言:“他的前期小说展示了他作为一个作家的文学魅力,后期小说展示的是作为一个作家的人格魅力。”

有鉴于此，张恨水自20世纪20年代至40年代创作的这十部小说，可看作他小说创作黄金时代的典范，代表了作为小说家的张恨水的最高创作成就，值得我们永远品鉴与珍藏。

戊戌初夏书于池州寒暄斋

（谢家顺，池州学院文学与传媒学院教授、通俗文学与张恨水研究中心主任，安徽省张恨水研究会副会长）

目　录

第一回　玉貌同钦拆笺惊宠召　寓楼小集酌酒话平生

卖了耕牛卖种粮，几天未吃饿难当！
看来一物还能卖，爬上墙头拆屋梁。
一升麦子两升麸，埋在墙根用土铺；
留得大兵来送礼，免他索款又拉夫。
大恩要谢左宗棠，种下垂杨绿两行；
剥下树皮和草煮，又充菜饭又充汤。
树皮剥尽洞西东，吃也无时饿越凶；
百里长安行十日，赤身倒在路当中！
死聚生离怎两全？卖儿卖女岂徒然！
武功人市便宜甚，十岁娃娃十块钱！
平民司令把头抬，要救苍生口号哀；
只是兵多还要饷，卖儿钱也送些来。
越是凶年土匪多，县城变作杀人窝！
红眼恶犬如豺虎，人腿衔来满地拖！
平凉军向陇南行，为救灾民转弄兵；
兵去匪来屠不尽，一城老妇剩三人！

这几首竹枝词，伧俗得厉害，谈不上诗；不过这里面所说的话，是民国十七八年，陕甘两省实在的情形。用这种材料来作诗，却也生面别开。我们舞文弄墨的人，虽也善于闭门造车，但是这种谣言，坐在家里绝也造不出来。所以说到这几首俗诗，也很有些来历，若问它的来历，小可敢说是人证两全。证呢，自然是十七八年的历史;人呢,却是一位现在最摩登的姑娘,体育皇后宋燕秋女士。她今年十九岁,在南京某大学的附属中学里读书,不但她那白里透红的脸,乌眼珠,一见就让人赞她美丽;便是她那强壮的体格,没有一点旧式小姐的病态。她除了在本校女子篮球队里,做个首领,而且她二百米短跑,在华南运动会中,还夺得锦标。这不仅是本校全体学生,都钦慕她了不得,就是社会上醉心于健美姑娘的少年,哪个不是对她以一见为荣。只是有一件怪事:假如她不是和别人在一处,她两道眉毛,总是皱将起来。就以在学校里而论吧,有时一个人走上大楼屋顶,靠了栏杆,向西北角呆望;有时一个人坐在树荫下,沉沉地想,还要叹上两口气。可是她一看到有人来了,立刻笑容满面,谈谈唱唱,跑跑跳跳,一点不露形迹。日子久了,男女同学有知道的,也不免问她所以然。她笑着说:“什么缘故也没有,我喜欢热闹;若是剩下我一个人,我就要发愁了。”这话不见是靠得住,但是这里面显然有隐情,不过既然知道是人家隐情,那也就不必去问了。

在这年的春天,她忽然有一个星期不到学校来。那些醉心于她的男友,都疑心她专属了于一个人,急得了不得。后来在学校当局方面打听出来,原来她的父亲死了,大家才干了一身汗。但是一直两个星期,她依旧不见来,便是她几个好朋友写信去安慰她,她也没有回信。在她许多的男友当中,有位伍健生,不能忍耐了,穿了一套整齐的西服,将头发梳得溜光,脸也刮得一根毫毛没有;就大着胆子,到宋女士家来拜访。

燕秋的父亲,是部里一个老司长。家里比较地阔,在城北做了一幢很好的洋房。两扇蓝漆大门,远远可以看到天井左边车棚里,停着一辆银灰色的轿式汽车。他们家里,自然是看不到,可是在大门外边,已经看到那淡蓝色的方格玻璃窗里,半掩着杏黄色的窗幔。天井里已经看不到什么丧家的象征,仅仅门板上,斜贴了两张白色字条,那算是对家里曾经有过丧事的一种表示了。健生心想:听说燕秋有两个哥哥,都是崭新的人物,所以他家里并不用那些封建思想的旧式丧仪,准此推测下去,有个男朋友去拜访他的妹妹,那也不要紧的。因之大着胆子,走向前一按门框上的电铃。一个仆人走出来,先向他看看,然后问道:“会大少爷呢,会二少爷呢？他们都不在家。”健生笑道：“不是，会你们小姐。”那仆人道：“什么？”这两个字很重，而且同时将眼睛再向健生身上去打量着。健生点着头笑道：“我是学校里校长命令来的，有话问你们小姐。”仆人道：“她不是请过假了吗？”健生道：“还有别的事。”那仆人沉吟着道：“既然是校长打发来的，我可以替你先去回一声，请你给我一张名片。”健生将名片交给了他，不敢进去了，只好在大门口等着。

不多一会，那仆人出来了。他道：“我们少奶奶，请先生到客厅里坐。”健生想着，这真是奇怪，我是来拜会小姐，怎么少奶奶请到客厅里坐？这不管它，就跟了去吧。到了那客厅里，地板上铺的是北京毯子，四周陈列的是西洋沙发，云南大理石的桌子，一切都极贵族式。心想：宋女士家庭是很好的，穷小子要向她求婚，恐怕是不大容易。站在这里发呆呢，燕秋却带了一位二十多岁的少妇进来了。燕秋今天穿了一件灰布旗袍，在那窄小的袖子上，套了一圈黑纱，那鬓发下面倒插了一朵白绒绳编的小菊花，便是她戴孝也有一种风韵。她不等健生开口，先就道：“这是我家大嫂。”健生刚点个头，她又道：“伍先生是奉了校长命令来催我参加体育会的吗？”她口里说着，眼睛对健生表示很殷切的样子，那不用提乃是通知他这样地说。健生道：“是的，我想宋女士的假期快满了吧？”燕秋放出她那很愁苦的样子，勉强笑了一笑道：“无所谓假期，我的心绪恶劣得很，改日再谈，请你回去给我致意校长。”健生走进屋子来的时候，她们根本就不曾让坐，只是站着说话。而今放出这种口吻，又俨然是催客走的意思。最妙的是，跟出来的这位大少奶奶始终不曾说句话。健生觉得要坐在这里，那很是难堪，便向她二人点头道：“既是这样，我不在这里打搅了。”大少奶奶才道：“那么怠慢得很。”燕秋报之以苦笑。退了出来，她二人只送到洋楼下层门边就不送了。

健生走出了这大门，倒干了一身汗。心想，这个样子，燕秋在家里，那是受压迫很厉害的。难道她父亲死了，她哥嫂就断绝她的经济，不让她念书吗？现在中华民国的法律，男女是一样有继承遗产权利的。至少宋女士可以把她自己所应得的拿来念书，那怕什么？听说她是常州人，南京回家也很近的，她不会回家去找族里人来和哥哥评理吗？他为了宋女士的事，很替人挂心，自己低了头，一路走着计划了回校去。他本是一个学理科的学生，今天却跑到图书馆里去，将六法大全一部书向主任要了来，摊在桌上，不问头尾，乱翻了一阵。虽然这法律书是用文字表现出来的，并没有什么图表公式，但是有些专门名词看去也很费理解；因之看了许久，却看不出一些道理来，只得放下书，走出图书馆来。他正在彷徨着，今天要用什么法子，才可以把胸中的烦闷来解除一下。忽然自己身后有人拍了一下，笑道："老伍！打算回家打离婚官司吗？怎么今天光顾法律书起来了？"健生回头看时，正是法律系的同学费昌年。他在温冷两季常是在长衣外加上一件漂亮的马褂，因之有"漂亮老夫子"的绰号。在"漂亮"两个字上着想，可以知道他是很年轻的了。他和伍健生也算一个同志，都是追求着宋燕秋的。所以无论什么问题，昌年都会疑心到女人身上去。健生道："我不能查法律书吗？图书馆的书，样样都是让我们看的，不能说是看了什么书就有嫌疑。"费昌年笑道："你果然是为了女人问题的话，你与其查书，不如问我，我可以和你出一些主意。"健生道："我既没有结婚，又没有订婚，打什么离婚官司？"昌年笑道："也许关于女人别的问题吧！"健生道："我不过是和别人打抱不平，告诉你也不要紧，我问你，假如一个女子没有满二十岁，在法律上可不可以和兄长一样受遗产？假如是可以的话，哥哥不但不给她钱，还要禁止她读书……"昌年两手一拍，笑着跳起来道："这是密斯宋啊！她请教过你吗？"健生红着脸道："并不是说她。我有一个亲戚，现在有这样的情形。"昌年将右手伸出对了他的脸，中指和大拇指一弹，打得啪地一下响，笑道："我有什么不明白，你今天刮了脸，又穿了新西服，准是到宋家去了。我想你这个钉子碰得不小。"健生道："除非你是去碰过钉子的，不然，你怎么会知道？"说着抬了两抬肩膀，也就表示这不屑的样子来。昌年笑道："大家别想吃天鹅肉吧，她要到上海去结婚了。结婚之后，到外洋去度蜜月。对方是浙江财主的儿子，在本校快毕业的学生，我们谁比得过人家！"健生道："那准是做肉麻文章的高一虹，那是个没落了的纨绔子弟。我有一天一定要作一篇文章骂骂他。他那欺骗女孩子的蟊贼，人格早已宣告破产了。"他说这话时，脸色真个板了起来。昌年只是笑，却没有加可否。健生确是也曾听过这种消息，燕秋虽喜欢运动，却也很喜欢文艺。那高一虹常是在报上投稿,隐隐约约地捧燕秋。他有钱,在本校又很有一点文名;不成问题,必是他将燕秋追求上了。这家伙也是常上图书馆的,今天倒没有来,以后要注意他的行动。他心里是这样的计划着,就开始侦察高一虹起来。

到了第三日,进得学校,刚走号房门口过,那号房周三,追着由后面跑了来,叫道:“伍先生！伍先生!”健生站定时,他悄悄地将一个玫瑰色的小信封,向他手里一塞。健生对于周三这东西借个三毛两毛的,常常应酬他,这是他的报答了。于是向他点了两点头,将小信揣到袋里去。走到大楼墙外转弯的地方,回头看见无人,才把身上的这封信掏出来,拆开来看。他站着的这个地方,长了一丛竹子;竹子那边,也有一个人,在偷着看信,那人就是费昌年。他所看的信上是:

昌年先生鉴:

燕现住太平饭店三楼三百零三号,明日下午七时,请驾临一叙。

宋燕秋启

费昌年看到,心里这一阵狂喜,几乎要跳到那竹子梢上去。身子虽是不曾跳得起来,但是口里却已不免呵哟一声叫了出来。他呵哟一声,自然把竹子外的健生惊动,他正看到:

健生先生鉴:

燕现住太平饭店三楼三百零三号,明日下午……

他眼看到这里,心里早是乱跳,加上那很匆忙的一声呵哟,他真吓得身子耸了两耸,本待质问是谁,昌年已经出来了。健生早把这张信一把抓住,向口袋里塞了进去,笑道:“你为什么一个人藏到这竹子里面?”昌年道:“没有什么,我看看长了新笋子没有。你拿了一张什么东西,向身上乱揣? 给我看看。”健生道:“一张保险单子,不能给人看的。”昌年却也并不争着要看他的保险单子,扭转身来就走了。

健生心想:我到这里来,怎么他事先知道?这也怪了。于是再伸头四处看了两遍,实在没有人,重新把信取出来看下半截。

……七时,请驾临一叙。

宋燕秋启

呵!幸而不曾让费昌年知道,若是让他知道了,必定要从中破坏的。这个千载一时的机会,就怕不容易再得着了。信上写了明日去最好是今日就去;不过今日就去,也许有什么不便;本来她很相信我的,倒不可以追求得太厉害了,倒引起了她的反感,还是忍耐着吧。这样想着,立刻将身上的表掏了出来,和大楼上的钟对了一对。天下有这样的巧事,当自己对表的时候,被自己侦察的那个情敌高一虹,也由图书馆里那条路出来,站在大楼下对表。他今天穿了一件国货淡灰赛哔叽长夹衫,里面可配的是白绸里子,流水向下,平贴得一条皱纹也没有。一顶浅灰色的丝绒帽子斜斜地在头上戴着。真可恶!这几天燕秋是素净打扮,他也穿得这样素净。你再看他那头发,梳得像乌缎子一样,真可以滑倒苍蝇,无论他脸子怎样的白,这总是一个小滑头样子。那家伙似乎知道健生在注意他,带了淡笑,侧着身子走开了。健生心想:你不必淡笑,她已经约我明天在饭店里会谈了。一个青年要想和他的爱人在饭店里会谈,这不是一件容易的事吧?也许我进行之速,发表以后,要让你哭也哭不出来呢。你现在就失败了,你笑些什么?

健生在十分高兴之下,放弃了一虹,不再去侦察。很高兴地向各处筹款子,预备了明天应用,如电影院入门票,上西菜馆子会账之类。到了次日,在寄宿舍床上一早醒过来,为着要糊里糊涂混过半上午去起见,故意在床上左一个翻身右一个翻身,睡得很晚很晚才起来。不想起床之后,首先拿了桌上放的表一看,才只有八点钟。往日看了夜场电影回来,早上睡着了醒不过来,对于八点钟这一堂课,总是赶不上;今天打算睡晚些起来,偏是八点钟就醒了。当学生的人,总不好意思起床之后复又去睡,因之也就不睡了,上理发馆。这件事,本来定于下午去办,这也只好在上午就去办了。理发之后,在街上闲溜了两三条大街,还买了一块手绢,放在西服口袋里,跑回学校来,还只十一点多钟。他真不信今天的日子,倒是这样地难度过去。一气之后,将墙上贴的功课表看看:下午一至二是微积分,三至五是两堂化学试验。不管了,夹了讲义,到食堂上去吃饭。吃过饭,便做一个上堂最早的学生,在课堂上先等着。耐着心上完了课,去燕秋的约会时间还有两点钟。回到屋子里,只好找本英文小说看看,不过看了两个页面,就得看看表,看了八个页面还只消磨四十分钟。今天看英文书,也会这样容易,真奇怪!不看书了。便向床上倒了下去,打算休息一下。但是还不曾将头靠着枕头,他就忽然醒悟过来:我的头发今天也梳得像高一虹那一样光,不要胡乱躺下去又睡乱了。所以在自己这样警告之下,立刻又坐了起来;坐起来不算,又重新对桌上支住的镜子,仔细端详一会。在铺桌子的白纸壳下面,找出一把长柄梳子,将头发梳了一阵,用手按按,实在是很平贴的,这才站将起来,扯扯西服衣摆,然后在书架上取下了帽子,轻轻地向头上戴着,免得把头发戴乱了。在屋子里徘徊了几分钟,只管将手牵扯衣服,觉得实在没有什么不妥当的事了,方始出了学堂门,向太平饭店走来。他总觉得今天的时间消磨不易,所以没有坐人力车,就步行到太平饭店来。到了门口,他总还怕时间来早了点,最好算定了是一秒不早,一秒也不迟。恰恰好好七点钟,就将自己的名片,向燕秋住的那屋子里送了进去。于是站定脚,将挂表摸出来看,这一下子,他又是大为懊悔不迭;原来七点已经过十五分了。假使燕秋等了四五分钟,看了自己不到,便发了脾气走开。那么,就一切大事就完了。想到这里,立刻头上的汗珠子犹如蒸笼屉的盖子,水涔涔地。他左手拿了帽子,右手在袋里掏出名片,进得饭店,向第三层楼直奔。没有十三秒七,人就到了问询处。见着一个茶房,便将名片交给他道:"会三〇三的宋小姐。"

茶房连名片也不看,就在前面引导。健生心里想着:必是燕秋打过了招呼,所以不用怎样考量就放我进去了。但是茶房所引的并不是客房,却是这层楼的西餐间;这犹罢了,尤其让健生大吃一惊的,这里除了主人翁而外,已经有了男宾三位。其中两位,便是同学高一虹、费昌年。其余一位,虽然不是朋友,也认得的,乃是南京最有名的足球健将石耐劳。他虽不十分胖,然而他那两条坚实的手臂,真个铁箍了也似的。他穿了一套深灰色的西服,露出里面的蓝色衬衣,在衣领上打个黑色领结子。头上虽也留发,却是短平脑心,正与自己相反。他个儿很高,脸子长长的,据人传说:这是外国电影明星的派头。但是那皮肤虽也有些黄黑,似乎是晒成的,绝不能说是天然健康色。这种人放了书不念,天天在球场上出风头,好得着虚名,博取摩登少女的欢心,那根本不足取。健生一见之下,就有这种感想。燕秋迎着笑道:"伍先生的请帖,我是最先发,何以伍先生最后到?"健生慌了,虽然穿了西服,也两手捧了帽子乱作揖,连称对不住。燕秋便向石耐劳笑道:"这也是我的同学伍健生君。"石耐劳对于宋女士的男友,倒并不怎样妒忌,立刻伸出手来同健生握着。

燕秋指着大餐桌子面前的椅子道:"大家请坐,我们一面吃,一面谈。"她说完了这话,自己向正中主席上坐下,只管将手向两边指着请坐。这四位男宾,挨挨蹭蹭扶了椅子坐下。燕秋回头向茶房道:"拿酒来。"又向客笑道:"我居丧,本来不应该喝酒,但是今天有点特别的情形,不能不喝。喝点葡萄酒吧,少喝一点,还是很补脑的。"客人是不约而同地都答应了一个"好"字。茶房进来摆了酒,送上了菜。大家端起了酒杯子,向燕秋举着道了一声谢谢密斯宋。燕秋笑着先说了一声怠慢,然后笑道:"四位以为我是姓宋吗?"大家听了这话,不得不吃一惊,和她同学多年,谁不知道她是宋司长的女儿,怎么会变了不姓宋了!大家望了她的脸,都答复不出来。她索性笑着道:"我不但不姓宋,而且我也不是江苏常州人。"耐劳坐在她右手下,放了酒杯,自己将两手按在膝盖上,向她很注切地望着,微笑道:"宋女士是受了很大的刺激……"燕秋连连摇着手道:"我虽受了刺激,也不至于连姓名、籍贯都否认了。就是否认了,对于我胸中不平之气,哪里又平得下去?"一虹坐在她左手,却回过头来向伍、费二人道:"这很奇怪。我们和宋女士同学这些个年,竟还不知道她的姓名、籍贯。"燕秋举着杯子笑道:"大家请干一杯酒,我可以把我的故事说给诸位听听,那是你们做梦也想不到的。"大家如何不急于要听她的故事,都把酒干了。

燕秋放下杯子站起身来,向大家招招手道:"来来,我指一样东西诸位看看。"大家见她如此动作,更不知道她葫芦里卖的什么药,于是跟着站了起身,同向西餐厅外的看楼上走来。这里下临着南京城内最热闹的一条街市——中华路。八点钟的时候,天上的夜幕已是完全张布起来了。街两旁人家,红绿电灯招牌一齐明亮着。在红蓝的暗淡光里,上面是微微透露着楼房的黑影,下面却照映灯光四射;有那呜呜的汽车喇叭声相配合着,便觉得热闹非常。但是大家到这里来了看不到什么,却也不知道有什么东西,与燕秋不姓宋有什么关系。燕秋指着楼下街道上道:"在六年以前,没有这条马路,只是一条很窄小的街。街两边人家的屋檐,几乎伸出手来可以摸得到。诸位! 有久在南京的,还记得这件事吗?"昌年道:"我是个老南京了,这件事我是记得的。以前这里一条小街,那是非常地小,几乎过一辆汽车都要发生问题。"燕秋笑道:"可不是! 我想以前这条街上的人,做梦也不会想到这个地方有汽车这样跑来跑去。像我一样,六年前,我在这条街上一家小茶水炉子门口站住的黄毛丫头,想不到今天会在这三层洋楼上吃大菜、喝葡萄酒。"一虹不觉失声道:"笑话!"燕秋道:"你以为我这是笑话吗?"说着,向楼下一家百货公司门口指道:"我记得大概就是在这地方。因为那对门是所新盖起的红砖洋房,如今还在,我们坐下来再说。"说着,她先回了席。这四位客人,现在成了四只跑狗场里的狗犬,只随了这电兔走,齐齐地回了席,将八只眼睛望了她。她笑道:"四位! 你们都是我的好朋友。"说着,转着眼珠,露了牙齿,向大家微笑。这句话说了出来,大家心里不知道是吃了一种什么东西,既是甜,又是酸;甜,就因为她说了大家是好朋友;酸呢? 就因为她说的好朋友,不止一个人,乃是四个人。无论是谁,对于其他三个人,都有点儿不愿意。燕秋也不管他们,自己尽管说自己的,继续着道:"我刚才说我是个黄毛丫头,并不是平常骂女孩子的话。那个时候,我实实在在就是一个黄毛丫头。有了这个缘故,所以我就不姓宋了。"大家见她说得很诚恳的样子,自然不敢再把她当着说笑话,都正了脸色,向下听着。健生为了表示特别相亲一点,就找出了一句话来道:"不管宋女士这话是怎样的吧,我觉得,只有自己能解放自己的女子,这才是个有志气的人。宋女……"燕秋摇摇头笑道:"我已经说了,我并不姓宋。怎么还叫我宋女士?"这一下子,可把健生羞得没奈何,涨红了脸,只管傻笑着;两只手按住刀叉,也不会动。倒是高一虹,究竟是个学文学的人,他肚子里有些文章变化,便道:“这个我们自然遵命办理。不过我们没有那样大的胆,敢叫你的名字,那怎么办呢?”燕秋道:“其实叫名字也没有关系,我是不在形迹上研究的。不过到了现在,我也应当宣布我的真姓,我姓的是木易杨。”四位客人互看了一下。她又道:“我既姓杨,怎么又姓宋了呢?要研究这个问题,还得先从我的籍贯说起。我并不是江苏人;大家先干了这半杯残酒,让我壮起胆子来,痛痛快快地说一阵。”于是举起高脚杯子,引着大家喝酒。大家干了那半杯酒,又照了一照杯。燕秋两只手臂伏在桌沿上,将十指交叉起来,抱着拳头,脸色很正,直爽地喊出五个字来道:“我是甘肃人。”四个客人不约而同地轻轻哦了一声。她道:“我既是甘肃人,怎么又变了江苏人呢?这缘故说起来很长,我今天要请各位到这里来,就是要说明这个缘故。说完了之后,我要请各位多少帮我一点忙。”四个人同声都说:“不成问题,不成问题。”这时茶房已经送上了咖啡,燕秋笑道:“话既然很长,我们索性吃完了,慢慢地谈。”一虹道:“我想还是请宋……不,请杨女士快快地说出来吧。”

燕秋微笑着,自喝完了咖啡,然后让大家沙发上随便坐下,自己也择了向四人相对地椅子坐下。这时她收了笑容,将灰布旗袍牵扯了几下,又拍拍灰,这才昂头叹口气道:“七年之前,我不想有今天。在一个月之前,我也不想有今天。我原来是个漂泊的人,偶然停止了一下,现在我又要向下漂泊的路上走了。这话怎说呢?诸位!请听我的报告吧!”以后便是这位杨女士的谈话。

第二回　掘草充饥求生到马粪　为民请命纳税舍豚儿

我的历史，说起来是很可怜的，而且是很奇怪的。到现在为止，我的经过，是由大姑娘变成灾民，由灾民变成丫头，由丫头变成小姐，现在又要由小姐变成灾民了。这一段秘密，在我义父没有去世以前，我不能宣布。因为他很爱我，叫我爱惜羽毛。其实由灾民变成丫头，并不是我的罪恶。就是说出来了，也不至于有伤我的人格。只是我的义父，他不肯把将丫头收作义女的事暴露出来。我不愿他为了这小事伤心，我就竭力地隐忍下来了。现在，他已经死了。我那四位哥嫂，怕我外姓的人要分他们的财产，处处和我掣肘。我想我有我的故乡，我何必在他们面前讨厌呢？所以我突然变计，决定离开他们回到西北去。在回到西北去以前，我要把我的历史来说一说，设若我一去之后，或是死了，或是永无音信了，我的朋友可以把我的历史写了出来，当一篇苦情小说看。我这一段话帽子说完，现在可以言归正传了。

我是甘肃静宁县人，我的父亲叫杨守一，是前清时代一个师范学生。为了在隆德当教员，把我和我两个哥哥也都带到隆德县城来住。隆德和静宁，是邻县，旱路不过九十里，这也就算不得出门啦。在甘肃那地方，大概到现在中学校里，还是男女不同学的；至于小学校呢，在前六七年前男女同学，那也就是很少的事。不过我父亲是个师范生，我又只十岁左右，他和我母亲商量了几回，也就把我放在小学里读书。内地的小学，别的功课谈不到，唯有对国文一样，特别注重；而且我们不一定念国文教科书，《四书》《五经》，甚至于连《三字经》《百家姓》《五言杂志》这一类的书，都可以听学生的便；你爱念什么，先生就得教什么。所以我在小学里，也像在私塾里念书一样，平常的知识，可以说完全没有，不过糊里糊涂地，把国文这条路就撞得有一线光明，这也就是我能够到现在还能在南京这首善之区读书的一个原因了。

在我家移到隆德去的第四个年头上，大祸就临头了。我还记得：是在头一个冬天，下过两场大雪；翻过春天来，天上可没有落下整场的雨，偶然洒两阵雨点，连尘土也没有打湿。我虽年纪不大，但是听到随时随地都有人说：旱灾来了，不得了！那个时候，我还不知道旱灾有多么厉害，依然天天念书，天天玩。由三四月里这样嚷到秋天，就有两件事让我知道旱灾实在有些厉害。第一件呢，我们家里平常是过着极好的日子，虽不能够天天吃面条子，但是两天总要吃回黑面馍，其余也是吃锅盔。什么叫黑面馍呢？就是本地出的麦子，用土法磨出来的粉，这个叫黑面；本来也就黑，用这种黑面做的馒头，就叫馍。那馍并不是我们现时在馆子里吃的馒头既松又软，这馍可是又粗又硬的。但是甘肃老百姓吃着就是南方人吃肉了。什么叫锅盔呢？是用黑面在锅里硬烤出来的圆饼子，大概有碗口那样大，半寸来厚，烤好了放在家里，饿了就拿起来嚼着吃。这种东西，平常人家不大要菜，也不用什么油盐。我父亲是个念书人，吃得要考究些，常要炒一碟韭菜，再用辣椒粉浸上一点醋，又配上一碟。不吃韭菜呢，就是生萝卜切片蘸盐和辣椒醋吃。此外，我们还要喝点米汤，就是用一撮小米，煮上一大罐子水，又可当茶喝，又可以当汤喝。可是叫了几个月旱灾，这些东西，我们家里就一天比一天少。到后来一齐都吃不着，改了专吃油炒面。这种东西，出了潼关，就看不见了。是用像粟米一样的东西，叫糜子的，加上荞麦杂粮，磨成了粉，在锅里一炒，又焦又黄，干燥得像木头屑子一样。我们就拿瓦碗盛着，用手撮了吃。这倒不论顿数，饿了就吃。在那个时候，我虽做梦也想不到东南这样优美的生活，但是我天天吃那东西，把口里的津液都让这油炒面蘸干了。据我父亲说，粮食还是只管涨价，就是这种油炒面，将来也总有一天会买不起。这种东西没有得吃，还有什么可吃呢？我心里这就是第一件可怪了。第二呢？西北挖井原是难事，井里挖到三四十丈深，有时也只是打些黄泥浆上来。这只有隆德这个县城奇怪，有几口很好的清水井，我们将别个地方一比较，这里就是天上了。可是闹了几个月旱灾，这井水也就变浑了；并不是水也因为天旱变了颜色，乃是井里的水也慢慢干了。放下去的桶一直落了井底，把里面的泥也挖了起来。经过了这两件事，我才知道大家叫着旱灾来了不得了，那并不是吓人的话。

但是这还是第一步，困难的日子，慢慢地跟着来啦。在这年秋季开学的日子，同学忽然少了一半。父亲的薪水，每个月原是十块钱，渐渐地也有些发不出来。在学堂里教书的时候倒也无所谓，每日回得家来，就皱着两道眉毛，坐在椅子上，两手撑了他自己的大腿，低了头只管叹气。有时候，站在院子里向天空看看，就叹着气说："咳！这个天！"这样的话，他每天也不知道说过多少次。天是让他越说越坏，每天抬起头来看，都是蓝的，一块桌面大的白云也没有。我听到说：小麦卖到两块一斗了。但是满城有二三百户人家，没有看到哪家是吃麦粉的，锅盔和黑馍都没有了，我们都是吃油炒面，可是这油炒面也贵得比以前的麦粉还要钱多。父亲没有进款，粮食倒贵起来，就是每天限制吃两餐油炒面也发生了问题了。先是父亲催校长，校长催县长，一个月还可以讨两三块钱回来；后来县长索性不给，把学堂停办了。要说是借钱的话，哪个不穷？就是人家有几个钱，也留着自己买面食吃。至于稍微有钱的人，早是让人家借得不耐烦，逃到别处去了。父亲本来无心教书，而且也没有几个学生，学堂停办了，倒死了这条心；留着我们在隆德，自己带了我十七岁的大哥，回静宁去想法子。去了半个月，还不见来。

我家里还剩娘儿三口啦，就只有几斤炒粉。这几斤炒粉，怎能吃半个月？我们餐餐用水和了煮着吃，一天只敢吃半斤；余外就是到城外山梁子上，挖点草根，用刀剁碎了，煮得烂烂的，和着炒粉一块儿吃。这可到了凉秋九月了，就是下雨下雪，也没有用；因为本年的粮食六月不下雨，就算收不着的。来年的粮食，有些是隔年秋天里下种，有些是春天下种。看看这情形，本年是用不着谈庄稼，都只好到来年再说的了。我们也是过一天算一天，谁也不望明年的事，只是天老不下雨雪，连山梁子上的草，都干死了，草根也不容易挖到好的。自然，我们这个日子没有别的事，天天都是想法子要怎样的把肚子弄饱了。

有一天，我娘儿三个，又到山梁子上去挖草根。那里天气是特别冷的，阴历八月底，就可以下雪。这年天气干旱，虽是稍微冷得迟一点，在这个日子，我们也是穿了老羊皮袄子出去。“皮袄”两个字是好听的，可是你们要看到那时我穿的皮袄，你会笑了出来。这皮袄就是把整块的羊皮，用几根细索，把来缝在一处，勉强算有衣裳的样子，不但没有面子，连纽扣也没有的，就是用根绳来捆在身上。我身上穿了皮袄，下身还是一条单裤。在山梁子上被西北风一吹，我全身发抖。平常的人，对于这种西北风，或者还能抵抗一阵；但是我们饿了半年多的人，可受不住这样的冷。我先想到家里的炒面粉，只剩半斤上下了，就是采了草根煮着吃，也只能吃两餐；若是再不挖草根，明天就要挨饿了。因此我咬住了牙，还是蹲在地上，用短锄子掘土。为了取点暖意，我是拼命地用力掘，但是我母亲已经把这情形看到了，她对我说：“你脸上都已经发乌了，我们先回去吧。”我真不敢勉强说不，两只脚在地上顿着跑回家去。

可是太晚了，我已经中了寒，回家之后，头重脚轻。就倒在炕上，人事不知，我父亲没有回来，我母亲是个旧式女子，是不必说了。西北的旧式女子，自己都叫着屋里人。屋里人，就只管屋里的事，要她出去找钱找粮食，那是不行的。因为她平生就不和男人说话，怎好去做求人的事情呢？这时，她为了我病倒了，不忍我再挨饿，把炒面粉煮作汤，完全留给我吃，她和我二哥就只煮草根吃。我二哥也只十五岁，不脱大孩子脾气。叫他顿顿吃草根，他有些不能受，捧了碗，常是哭起来。我们家里就只有一间长方形的屋子，一头是土炕，一头挨着土墙，有一个土灶。所以在屋子里煮草根，吃草根，我躺在炕上，都可以看得见的。有时候二哥哭醒了我，见他抱一只瓦碗放在大腿上坐着，眼望着碗里，眼泪像沙抛一样流下来，右手拿了筷子，并不挑草根吃，只横了手臂去揉擦眼睛。我母亲抱了大腿，坐在土炕边，看看炕上，又看看我二哥，她也是哭得转不过身来。我就是年纪轻，看了这个样子，也要心里难受。我就对母亲说：“把炒面粉分一点给二哥吃吧，我害病的人，反正是吃不下去。”我母亲说：“并不是我要格外待你好些，只因为你这病也不知道要害几天，城里又没有个医生，这点儿炒面，也应该留着冲水给你喝，好救救你的命。”我二哥也说：“我并不是想吃那些炒面粉，吃下去也就只好饱一餐罢了。我是说：爸爸还不回来，回来了也好想个法子，我们也不能够在这里等死呀！”早两个月，隆德县城里还可以买到粮食，现在有钱，人家也不肯拿粮食卖给人；爸爸就是弄了钱来，也是不得了。我想着就哭了。诸位你看，这个日子，我们怎样过呢？我是病了，我母亲和二哥又在吃草根。

到了第二日，还是二哥想出了一点办法来。什么办法呢？说起来你们又会好笑的，就是在马粪上着想。你们倒不必吃惊，以为我们饿疯了，连马粪也要吃；其实我们是把马粪去掉调换粮食。马粪怎么样可以调换粮食呢？原来到了我们甘肃，老百姓都是睡暖炕的。我们那里绝少木柴，平常做饭，是烧生煤末子。这种生煤末子极不容易烧着，非拉风箱不可。暖炕是成天成晚烧着的，谁能够去成天成宿拉风箱？而且煤火火力大，睡在坑上的人也是受不了。因此我们都是在平常的时候，把牲口拉的粪零碎收集起来，存在一个地方；有了整担的粪量，就摊在太阳地里去晒，晒得干而又干的时候，把筐子装好了，就留到冷天来烧。我两个哥哥虽然跟着父亲念书，常是出去捡马粪，家里倒收藏得不少，算一算，足过两个冬天。可是在这年夏天以后，牲口杀的杀了，卖到外乡的卖到外乡去了，马粪缺少起来。有些人家没有马粪烧暖炕，也是很恐慌的。要知道甘肃人整个冬天在暖炕上过活，要不然，会冻死的。因为这样，我二哥就挨家去问，可有要马粪的？愿意拿些出来换粮食吃。他跑了半天，居然做好了两笔生意。日里挑了两担马粪出去，晚上背了炒面粉回来。为什么晚上背回来呢？就因为白天背回来说不定会让人抢了去的。这个时候，成了那句俗话："事急无君子。"谁也不肯望着粮食挨饿的，这已算好了。

我们家里有了这几斤炒面粉，又可以过几天了。这一回子，我母亲把这几斤面粉，看得比金子也贵重，在院子墙角落里，挖了一个坑，等到黑夜里，把一个瓦罐子将大部分的炒面装了。然后放在坑里，用土来埋着。为什么这样呢？让我后面再说这个原因吧。没有埋起来的炒面粉，我母亲分作了十几份，用纸块包着，东塞一包，西塞一包，免得让人家搜了去。每餐拿出来一包，将开水煮了吃。我们已经是整个月不吃盐了，我母亲说是人不吃盐，就没有力气。为了这缘故，又叫我二哥挑了一担马粪，去换了二两盐回来，冲水给我喝。人真是贱骨头，假如我现在害了那样中寒的病,就是给医生的汽车费,也要两块钱,可是那个时候我就靠了这二两盐冲水喝,煮炒面糊喝,在暖炕上出了两身汗,我病就慢慢地好了。不过病是好了,已经不敢再出门去挖草根吃。而且我病后的食量,更是宽大。母亲二哥两个人吃得,比我吃得还要少。

所幸在这个时候,我父亲也就回来了。他进得门来,一句话也没说,就放声大哭,我大哥也哭。我们娘儿三个,倒是奇怪;又没有短少一个人,何以进门这样的伤心呢?他爷儿俩哭完了,才由我父亲说:回到静宁去以后,本来那饥荒也是一样,原想是把产业都卖了,好换点粮食。这个日子,还说有人置产业,那不是一桩笑话吗?但是我父亲有我父亲的打算。他有一个把兄,原也是学生,那时可在山里头做一头大王。他有二百来杆枪,五六百名灾民。你说他是土匪,他依然在乡下做老百姓,而且也不知是什么人委任了他保卫司令,你要说他是良民,带了那些人和那些枪,他和人家要什么,人家就得给什么。所以,人家都是过荒年,唯有他依然有吃有喝。我父亲过得没有法子,就冒了险,把田产地契送到他那里去,和他押借一些钱。他笑说我父亲成了书呆子了,这年头,田地根本不能种粮食,买了何用?再说:他坐在家里,自然有粮食送进门来,买那死东西做什么?为了吃饭,那不要紧,就在他那里当一名书记好了。你想我父亲可肯当土匪呢?只说是抛不下妻室儿女。他也不勉强,就送了我父亲一担荞麦五只羊。因为这些东西,当土匪的人,也是看得累赘,一天官兵追来了,他也带不了走,落得做个人情。我父亲也不敢再和他要钱,父子两个你挑麦,我赶羊,轮流着把这两样东西向隆德县带来。

但是这路上,也不能平靖,沿路都有保卫团;那保卫团看到这些吃的,怎肯放过去?把五只羊完全留下了。我父亲哀求他们,说是卖了田换回去救命的。他也说得好:救命只有吃杂粮,还有吃羊肉的吗?你若多说,将你当土匪办。这是念你把羊送了来的,所以把这担荞麦放了过去。老实说一句,你这担荞麦,也未必能挑回家。我父亲也不敢多说,只好挑着那担荞麦走了。果然的,第二回碰到的,并不是保卫团的人,是十年前军阀时代很有名的军队。反正这是过去了的事情,也不用提他是谁了。他们的口号是为民造福。可是当兵的人,他只能练成打仗的本领，可不能练成撑住肚子不吃饭的本领；而且他们天天拼死命去上操，更是不能挨饿。当我的父亲挑了那担荞麦，经过一个小小镇市，遇到了他们，几个人就把我父亲拦住，说是要引去见长官。我父亲早被他们的标语政策打动了，有了那先入为主的毛病，觉得这为民请命的军队，总是很好的，就跟了那两个兄弟，挑了那担荞麦，进了他们的团部。他们的团长，就不是我父亲理想中那样和蔼，他先板了脸道："老乡！你这担粮食是哪里来的？"我父亲说："是在家乡押借来的，挑到隆德去养家小。"那团长冷笑了一声，说我父亲这话骗三岁孩子也不信。这个年月，谁有整担的粮食可以借给人？分明是贩卖粮食的奸商。这样荒年，还想在粮食上来剥削平民，这罪还小吗？念你是初犯，放你一条活命，不过要关起你们来，也没有许多闲饭给你们这种人吃。滚吧！那团长总算大恩大德，将我父亲和大哥放了。可是那担荞麦，没有再挑回家来之理。所以他爷儿两个一进门就哭。不但回家去了整个月空手回来，而且在路上走着，没有吃一点东西下去，只是找着了有水的井，喝了两饱水。幸而到家路不多，要不然，就得饿死在路上了。

我们听了这些话，既是可怜他们，整个月的希望也成了空想，不由得也跟着哭了起来。母亲可怜他们是行路人，到底煮了些炒面粉给他们吃了。我父亲捧着碗，才想起并没有放着多少粮食，何以家里三口人吃了这些天还没有吃完？这可有些奇怪。问起我们，是用马粪掉了来的，他又想起了心事。他说："今年天气冷了，不是在家里烧着暖炕可以过冬的，非要出去找粮食不可。我们能够就吃这点东西，过这个冷天吗？至少还有八个月呢。我看，我们一齐回静宁去，跟了王傻子去干吧。"他说的王傻子，就是送羊和荞麦给他的那位司令。我母亲说："你疯了吗？不怕砍头！"我父亲说："砍头是死，挨饿也是死。事情迫得来了，叫我怎么办？"我大哥是到过司令那里的人，知道那里非常地舒服，立刻高兴起来，跳着说："好的，好的，我们明天就去。"我父亲望了我大哥，半天没有作声，然后流出眼泪来说："孩子！我有一番痴心，是想把你们培植起来，替甘肃人做一点事情的。那样一来，把我一番痴心埋没了，把你们终身大事也误了。我不过是气头上的话，当土匪哪里是出路？拿脑袋去碰饭碗，那是死路呀！大家都去当土匪，吃现成的，现成的从何而来？这是提倡不得的。真是没有东西吃，我和你娘都可以饿死了。你们来日方长，不可以死，只要有一口气，尽管向东走出了潼关，到了河南地方，就可以讨饭度日了。那时，你们和人家当奴才当丫头，也要读书，然后学点知识回来救救甘肃人。甘肃人苦惯了，不知道这是地狱；外面人没有来过，不知道这是地狱，只有甘肃人到了外省去过，然后回来，这才知道甘肃这地方苦，非挽救不可的了。我是很愿替甘肃人做些事，可是我学问不够，年岁又大了，还能有什么作为？眼巴巴地只望着你们长大，和我完成这个志愿。可是老天和西北人为难，这样大旱，我是眼前顾不到，难说将来了。但是我有一口气，我一定教你们做好人的。”我父亲说的这一番话，我到于今，还是清清楚楚记在脑筋里的。所以我这次要回西北去，也就是为了父亲那话。到了东方，学一点知识回去救救甘肃人。

现在我还是归到本题，我大哥人是很忠实的，在那个日子，国文也有点精通，因为我们所受的教育，也就是国文而已。但是和二哥比起来，却还差得远。他就对父亲说：“你这个志愿是很好的，就怕我们晚辈办不到。既是父亲望我们到东方去求生路，在家里又没有东西吃，迟早是一走，我就先走吧。我读书本来不大聪明，前途也没有多大希望，死了就拉倒。”我父亲听了这话，没有作声。我母亲说：“为什么你一个人先走呢？要死也死在一处。”说着，她就哭了。本来，这时陕西旱灾，比甘肃还要厉害。到东方去，总要穿过陕西，走过这样一条灾荒的地方，恐怕是讨饭都无处可讨呢！我父亲心软下来了，把这话就没有跟了往下谈。

可是从这日起，我们埋在土里的那些粮食，又多了两个人来吃了。这可是一件很恐慌的事。到了第二日，我父亲就四处奔走，访问他的一些朋友，看看他们可有什么法子？其实他们也没有什么特别的好法子，都不过是借贷押卖，弄几个钱，到乡下去，秘密地买一点存粮回来吃。这里有些人，比我父亲经济好些的，也就接济我们一斤半粮食。这个时候，我们的紧缩政策，那又更进一步了。一斤半面粉，常是吃四五天。所谓吃粮食，不过是一个名；我们吃的，那时就是玉米芯那种东西。本来是吃玉米的人，将它丢掉了的。乡下人收着很多玉米的时候，将玉米剥了下来，挑了新嫩的玉米芯，用刀剁碎了，再和些杂粮，一齐煮了，这才可以喂猪。

但是我们哪里有杂粮来拌？就是把这玉米芯磨得碎碎的，再去煮了吃。这一种滋味，虽然是很苦的，但是比煮草根的滋味，那就好多了。因为草根是自己掘了来的，玉米芯可是拿钱买了来的。既然还值钱，当然比草根好些。我们在饱尝过草根之后，有玉米芯吃，却也心满意足。同时，我父亲还是继续地去想法子。

这样吃玉米芯过日子，我们还是担心害怕。原来也不知道由什么地方，开来了一营军队。这一营人，并不曾带了粮秣同来的，只好到了本县以后，和县长要吃的。县长也不能在家里预备下这些吃喝，来供给整营的人，只得派了卫队，挨家挨户地硬要。在两个月以前，这些卫队，就到我们家里来过了，那不过是看到吃的，就拿起来走，不看到的呢，自然是算了；看到了，就要拿起走。说是这样的荒年，你们家里还存着粮食，那不是好人。也是他们搜查得惯了，所以这回子县老爷一点也不费事，就派了他们来，合了那句成语，就是“以资熟手”。自然这城里的老百姓，连男带女，一齐并合起来，不过可以编一营人罢了。这些人，大概是吃了上餐，也不知道下餐有没有问题，于今添了一倍的人来要吃要喝，如何担负得下来？这些来的人，又等着要吃，县老爷就是要下乡搜刮也来不及；所以这些卫队，今天在城里发了急，到了一家，无论是好的歹的，总要些粮食才肯走。

我还记得：那一天下午，太阳带了淡黄色，照在院子里，不但没有一些暖气，而且还有些阴惨惨的。我们家是和另外两家人家共住一所院子的。我们这一间屋子，外朝了院子开着两扇板门，恐怕两扇门还抗不住冷，又在门外，用麻布袋拆开来并了一个门帘子，挂在大门口。我一家人都围在炕上坐着，大家唉声叹气。正说着要怎样去找出路呢，忽然那门推了开来，拥进来四个卫队。那破帘子也让他们扯下来了，可想到他们进门用力之大。他们一进门，就喊着我父亲说：“今天你们一定要拿些粮食出来，不论是什么，我们都要。你若不拿出来，就同我们一路去见老爷。”我父亲跳下炕来对他们说：“我家特别穷，谁不知道，叫我拿什么出来呢？”卫队说：“你前几天远出门一趟，没有弄了钱回来吗？没有粮食也可以，你家出五块钱，我们可以替你去买粮食交差。”我父亲说：“有钱？你看我一家人饿成什么样子了！”卫队说：“你家没有粮食，谁也不肯信的。难道你这一家人都是捆了肚皮过日子的吗？你们上餐吃的什么，现在拿什么出来就是了，决不能那样巧，上餐把存的粮就吃光了。”我父亲简直没话可答了，就说：“我们差不多是找一餐吃一餐的。”那卫队说：“好吧，就算你说得是真话，下午一餐，你们也该快做得吃了。这样吧，你们是打算下午吃什么，就把下午要吃的东西给拿了出来。”我父亲到了这时，只得低声下气和他说好话，因道：“各位！住在街上，都是天天见面的人，何必逼得这样厉害？要找吃喝……”

卫队不等我父亲说完，四五个人就满屋去搜。这时，我们家以为这玉米芯是人家不大吃的东西，用个瓦罐子装着，放在炕头。那卫队看到，将带来的一只空口袋，也把来倒了去。我大哥就跳起来说：“你们也太不问良心了，我们家就是那一点东西，你把它全倒了去，我们吃什么？”卫队向我大哥横了眼睛，对我大哥说：“我不看你年纪轻，一巴掌打脱你的头！”我父亲说：“你们也太势利了，军队来了，你们卖了命去巴结；我们老百姓，快饿死了，你还这样欺侮。粮食你拿去了，我们也要说两句话出口气。”卫队说：“要了你们的粮食那还不算，你等着！”他们抢了粮食，倒骂了出去了。这一下子，把我父亲那一股子倔拗脾气，可就勾引起来了，在屋里高声大骂：“什么为民造福，这真是要把我们老百姓的命都请了去啦。”他这样乱骂，自然邻居家里都也听得见，那些卫队都在隔壁如何不听见？这一下子，种下了祸根。

在三天之后，那卫队带了十几名军队，跑来对我父亲说：“现在城里要出一百名壮丁，派你们家里出一名，你们哪个去？”我父亲看到带了枪刀的人在后跟着，心想：这个样子，分明是卫队引了来的，和他们说那是无用。看了那军队里面有一个人像官长的样子，就向他说：“我家是念书的斯文人，没有气力投军。”那军官倒说出一篇道理来，他说，他们是为民请命的好军队，既是受过教育的人，那更要出来帮忙。你不肯出壮丁也可以，你拿二百块钱来，纳壮丁税，我们可以替你代雇一个壮丁来充数。我父亲说：“二百块钱，那除非要命！”那卫队更不由分说，拿出绳索来就要把我父亲捆上。我和母亲，吓着都哭起来了。我大哥这时就跳上前对他们说：“你们既是抽壮丁，为什么带我父亲去？他是四十多岁的人了，那还算是壮丁吗?”他们看了我大哥这样子,就说:“那很好,带你去吧。”立刻就把绳子来捆我大哥的手臂。我父亲看到,也跟着哭了。我大哥说:“爹!你哭什么?这是我一条生路。现在家里,一粒粮食也没有,留我在家里头不过是多一个人饿死罢了。我现在若到军营里去,至少是不会挨饿。爹!你养我这么大了,我什么事也没给你做,那是猪狗不如。我走了,你只当跑了一只猪,别舍不得。”他说这话不要紧,可是我那时是小孩子,也哭得心如刀割一样。其余的人,自然是更不必说;就是那几个卫队,也有点心软,不能下手了。可是后面跟来的那几个拿枪的,他们倒说得有理,他说:“当兵是好汉做的事,哭什么?我们都不是人家的儿子吗?走走走!”他们口里喊着走,把我的大哥就拉了去。只听到我大哥说:“爹!妈!别念我,我走了。”最后我就只听到这种声音,不见他的人。到于今,我在文字上看到“为民造福”四个字,我就想到那可怜的大哥。然而,这还是惨剧的开场罢了。

第三回　赤地绝生机人兽相食　寒山寻出路星夜登程

我家自从大哥从军去了以后,第一是我母亲心里难受,老是流着眼泪。我的父亲就劝她说:“现在当师旅长的多着啦,谁不是自小出去的?儿子现时离开我们几年,再过两年回来,你就是老太太了。”我父亲在口里这样劝着我母亲,其实他背着我母亲和家里人的时候,他心里是格外地难过。还不止这个呢,无论他怎样的难过,家里大小四口,每天两顿吃的,总得去想法子。我只听到人嚷小麦一斗要卖一块钱了,八斤要卖一块钱了,五斤要卖一块钱了。到了一块钱只买五斤小麦的时候,快到数九寒天了。我父亲穿了一件老羊皮筒子,不分日夜在外面跑,只是去找粮食。

我曾看到一张说西北旱灾的电影,老百姓饿死不少,可是粮食店里还堆着整堆的大米出卖。那意思不能说坏,可是我们灾民看到,真觉这个导演先生,笨得可怜;同时也藐视灾民。笨得可怜,一进潼关,根本只有整堆的麦粉口袋,哪有整堆的大米出卖?西北快闹到一年旱灾的时候,别说是没有整堆的粮食出现,粮食店早就关个干净。你想,灾民饿得要发狂了;粮食店掌柜,他有豹子胆,敢摆出粮食来馋这些灾民吗?灾民有那样笨,望着粮食挨饿吗?而且那个时候,只要家有半口袋面粉;今天早上露了消息,不到正午,就有穿灰衣服的人来拿了去。你若是不让拿,少不得有性命之忧。所以在这个时候,就是手上有钱,也许买不到吃的,没钱的那是不用提。设若他知道哪里有粮食,不是想抢,也是想偷了。所以说到一块钱买五斤小麦,那只是这句话,其实有行无市,我们就看不到小麦在哪里。在这种情形之下,叫我父亲不带一个钱出去找粮食,你想是不是件难事?可是我父亲每日出门去找粮食的时候,我们都是抱着绝大希望的;肚子里饿着要吐出黄水来,心里可还是想着:熬着吧,只要爸爸回来了,就有东西吃了。这种情形,我父亲也是知道的，他不忍空手回来，让我们失望，只要放到口里可以吞下去的东西，他总带些回来。因为如此，奇形怪状什么样的东西都有。有时我父亲拖一条没有剥皮的狗腿回来，有时拿了几只死鸟回来，有时也在衣服里面藏些杂粮回来。有时，到了深夜回家，实在没有什么可拿的了，他也抱着一捧柳树皮回来。你别说柳树皮难吃，找起来也不容易呢！甘肃境里，常是在走几里路不见一棵树。柳树是欢喜水的植物，那边更是少。只有当年左宗棠征西的时候，沿着大路，由潼关到玉门共三千里路，种下两行树，一半是杨柳，一半是白杨。这些树，二三十年慢慢地让人砍掉，也许走上百里碰不到一棵。所幸离隆德县不远，还有些老柳树。我父亲每到了毫无办法的时候，就去剥树皮回来。这树皮是什么味儿？我也不用说，各位有那种好奇心，可以随便剥块树皮到嘴里尝尝，那么可以知道是什么滋味了。

天气慢慢地冷，找粮食也慢慢地难。听到说：一块钱只买三斤麦子了！假使这日子有洋钱可以买到小麦的话，我们也只有白瞪着眼。你想，我们穷到那样，能够每天拿整块钱买粮食吃吗？因为我们一家，每天总也要吃三斤麦吧。那时，天气冷得不能形容了。我父亲冒着寒冷，虽也逐日出去，可是野狗野鸟已不容易找着。从前联合几个饿友，打死一条狗大家很公平地分了去吃；如今打死了狗时，大家就抢，甚至于打起来。而且狗也不比人蠢，它知道，人要吃它了，早跑着离开人群；而且人饿，狗未尝不饿，它饿急了，也有些想吃人了。

这是个极好的纪念，是阴历十二月卅日，该过年了。我们一家，整整吃了十天的树皮，大家并不曾害病；可也不知什么缘故，却一点气力没有。马粪在炕眼里烧着，屋子里暖烘烘的。人只是倒下去想睡觉，胸里头像火烧着，人有点上气接不着下气。我慌了，只是哭。我母亲的脸，瘦得只有黄蜡可以形容，头发披了满脸，躺在炕上。你们想想，那是什么境界吧！我父亲拉住我二哥的手，抖了两抖，点着头说："孩子！你还有几斤力气？我们吃了十天的树皮，肠子都快要擦破了。依着我，出外去找找吃的去，若是找到一头饿狗，我们也好过年。"我二哥是小孩子，那更是饿得想吃。父子俩各人拿了一条棍子，就出门去了。他们知道没有杀尽的狗，都藏在山沟里，因之两个人就向那没有人的山沟里走。走了半日，倒发现了两堆鸟毛,不知是狗吃剩下来的,还是野兽吃剩下来的,看看身外,什么也没有了。我们那里的山并不高,一道又一道,只是些土梁子,没有树木,也没有石头。大冷的天,土梁子上光秃秃的;那淡黄色的土让那淡黄色的太阳来照着。平常人家形容灾荒之区,是赤地千里,像这样的灾区,固然可以说是赤地千里;但是那个赤字还只能形容光秃秃的地皮;上天下地那种凄惨的颜色,就形容不出了。

我父亲和二哥走了一二十里路,哪里看见什么可吃的;两人无精打采也就只好向回家的路上走。不想路边一个倒塌了的土窑里,呼的一声,有样东西窜了出来。我父亲还不曾看得清楚,腿肚上已是被咬了一口。幸亏我二哥在旁,举起棍子直劈下去。我父亲饥寒久了,经不得这拼命一口,痛昏了,蹲在地上,用手抱了腿。我二哥那棍子下去,也是把吃乳的力气都使出来了,只是气喘,手扶了棍子,撑住了胸口,动不得。那被打的东西,一棍子正中在头上,也躺在地上,正是一头饿狗。它睡在窑洞里的时候,大概也是奄奄一息,看到有人来了,就孤注一掷地窜出来用力就咬。不想旁边还有第三者给它一棍,它经不住就倒了。我父亲蹲在地上,喘着气望了那狗。我二哥懂了,又在狗头上敲过几下,才把狗打死了。这时,倒让我父亲为难起来。你说怎么着?白天拖了这条狗回去,怕有人要分;到晚上再拖回去,又怕山上的狼要来抢。因此,父子二人拖了这条狗走一截路,徘徊一阵子,直等天色昏黑了,才回家来。我们家有了这条狗,立刻剥了皮,煮起肉来吃,这自然是过了个快活年。

可是天下事就是这样不平等。我们隔壁街坊,也是个穷人家,而且也没有人力,只有个老婆婆,和两个儿媳妇。她大儿子是死了,二儿子又当兵去了,只剩下这三个女人。我们虽穷,还能出外去找些树皮、草根来吃。她家不行,只有硬挨饿的了。因为如此,所以不经饿的老婆婆,首先倒下,就在过年的这晚上,这老婆婆活饿死了。我们听到隔壁的哭声,由我父亲去打听才知道是如此一件惨事。在她们家挨饿的时候,街坊自然不能天天去帮助她们;如今这老婆婆死了,她们家一无钱二无人,不能硬看着死尸停在家里,所以我父亲聚集了许多街坊,就在当天晚上,将死尸抬了出去,在山梁子下,挖坑埋葬了。这埋葬的法子,也是特别;棺材固然是没有，就是香烛纸钱，平常丧家再穷也要办的，这时也没有；只是找了些破旧麦粉口袋，将死尸一裹，放到土坑里去了。这好像是和我自身不相干的事，用不着告诉诸位的。可是到了第三日，惨事就发现了。原来挨饿的人气力不够，埋葬得不深，被七八条野狗知道了，不知从何而来，将掩埋的浮土完全扒开。于是把这位饿死的老婆婆分着吃了。有人看到，不敢去追逐，邀了许多人追到那土坑边去，整个儿死尸首是没有了，只是些零碎血肉和泥土杂在一处。大家看了心里难过，赶快加上泥土，重新掩埋起来。所谓心里难过，并不是看到狗吃人而已；因为许多人都吃过狗肉的，如今眼睁睁狗吃死尸，分明就是间接地人吃死尸。

父亲回来，把这件事告诉了我们，我们在外面屋檐下，还藏着一条狗腿，就不忍心去吃。其实我们也就是那一会子难过。就从这个日子起，饿死人的消息，天天有人传说着。野狗吃死人的事，也毫不足奇。这是为什么？因为在两个月之后，由死人不用棺材，又进步到死人不埋了。死人所以不埋，也有道理的；譬如在一个村庄里，原来有四五个窑洞子，四五家住户，跑了三家，只剩两家；这两家人先饿死的，有后死的来埋；这后饿死的，留了死尸的窑洞子里，当然是陈列着等狗来吃了。以前我们打狗吃，那狗都瘦得只剩一把骨头。自从死人加多，狗到处有人肉吃，就变了个样子；长得又肥又大，卷了一条长毛尾巴，睁着两只通红的眼睛，见了人，露了雪白的尖牙，鼻子呼呼作声，简直要吃活人了。这时，也不但狗吃人，山上的野兽豺狼野猫这些东西都吃人。因为食草的野兽无物可吃，渐渐稀少，食肉的野兽，只好吃人了。这样一来，我父亲出门去找粮食，又更加了一层困难；就是一个人不大敢走，晚上也不大敢走。我们依然是靠了树皮玉米芯这些不能下肚的东西，来维持生命。

有一天，我父亲一个朋友来了，他说：“守一！你还是愿意死在隆德呢，还是打算逃生呢？现在，借无可借了，卖无可卖了，要偷人家的，也无可偷了。据我打听，在两三个月以前，老百姓还有点粮食埋在地下；可是自从城里的军队到乡下去清过两回乡以后，老百姓那些埋着粮食的也就光了。并不是军队直接向百姓勒索，不过他们有了县官派的委员跟着，老百姓若不把粮食拿出来，委员就把老百姓吊起来,悬在高地方,轻是鞭子抽,重就是用烟熏。老百姓就是铁打的,也熬炼不过,只好将粮食拿出来了。军队呢,他们是依然符合不扰民那句口号。但是,据我看来,实在是不容许我们住下去了。我们只管住下去,有一天拿香火来熏我们的时候,我们拿什么东西来给人家呢?依我的意思,现在已经不十分冷了,我们向东走吧。我决定了,明日就走,走到哪里是哪里;饿死那也是情愿的;总比在这里死守的好。"我父亲被他这一番话打动了,就也决定了走。

自然我们谈不上什么盘费,但是向东走上千里路,不见得随处都有粮食可以乞讨。为了预备绝粮起见,除带着干粮以外,多少总要带几个钱。可是这就是问题了,钱先不必提,就是要带着管两天以上的粮食,也很不容易。所以我父亲有了要走的心,却是没有可以走的力量。无可奈何,又混了六七天。有一天,父亲跑了回来,对我母亲说:"我们还是走吧,在这里吃树皮草根,未见得到路上去就没有树皮草根。在这里饿死了,我们也是懒死的;若是逃出去还是饿死,那在天灾,就不关于我们自身了。我们说走就走,明天一早就走。"我母亲说:"逃命去我是愿意的。只是我们走,将来大孩子要回家来,可没有地方找我们去。"我父亲听说,也是惨然,便说:"事到于今,那也没有法子。听说他的队伍,驻在平凉,我们这正要由平凉经过,能找到了他,也未可知。我们可以约定,这次逃难出去,不定在哪里分散,以后有一天得回甘肃,都得到隆德县那个破家里来。只要大家记住了这句话,忍耐着,有一天要团圆的。要不然,我们两个人死了,这两个孩子也是保不住。"我母亲想着也是,就收拾了破破烂烂,作了两个包袱。家里也没有什么东西值钱的,只好将两扇木板,以及几担马粪,和一张破桌子、两把椅子,一齐卖给县衙门里的卫队长,换了三四斤杂粮磨的粉,用口袋装着,这就是我们要走上千里路的川资了。

第二日清早,我们和街坊告别,眼望着下了两扇门的屋子,不禁洒了几点泪;并不是我们舍不得几间黄土屋子,因为这次走,把里面的东西弄得精光,以后再想到一家子围在炕上过冬,是不行的了。我母亲尤其是可怜,在屋外看了不算,还走到那里面去张望了几分钟,这才拿了一根树枝当拐棍,叹了口气上路。我父亲挑了尽家所有、不上六十斤重的担子，我二哥背了个包袱，我也拿了根棍，一行四人，出了东门东去。街坊个个带了一张黄瘦的脸，睁了两只昏眼，站在门口望着我们走。既和我庆幸要逃出枉死城；可是又和我们担心：一路都是灾区，我们怎飞得过去？必然会饿死在路上。所以有些要好的邻居，拖拖沓沓，也跟着我们走出东门来。在我呢，年纪还小，有父母同着一路，换个新鲜地方过活也总是欢喜的。

我们出了隆德城，迎面的太阳，带了鸡子黄的颜色，由土梁子上升了起来。我们整日整夜地在土屋子里闷着挨饿，人是生气毫无，今天走到旷野里来，看到这天底下涌出来的太阳，心里好像开阔了许多。其实那还是我小孩子脾气，不知天地高低的感想。我父亲睁开眼来，看到那莽莽的高原一片黄土，他就愁着向前走去。是不是有路可通？我父亲这种感觉，那是没有错误的。当天我们住在六盘山下面，因为人都走累了不敢上山，而且这山上，不断地出土匪；我们没有什么东西让土匪抢了去，听说土匪一样的挨饿，杂粮也是要的；加之我们两个小孩子，父亲也怕我们害怕，所以就在山脚下歇了。这山脚下是陕甘要道，本来还有几家客店。可是我们怎能够进去？只好在人家屋檐下墙转角处，找个避风的地方大家就坐着，互相挤靠缩作了一团。六盘山上，旧历四月还下雪，这是到西北去的人都知道的。我们虽是住在山脚下，可是露天的，那黑暗的空中，吹着西北风，星光小小的，好像也是冻干了。我们刚迷糊下去，又醒了过来；就是醒着，也是周身发抖。我母亲因为我冻着病过一场的，就对我父亲说："若是在这里过夜，恐怕孩子们会冻出病来。现在上天有一线月亮，多少有些混混的光，不如趁黑夜摸上山去，山上虽然出土匪，可是这样寒冷的半夜里，决没有人爬山，土匪也决不会在那里候人的。"我父亲也是冷不过，两手紧抱住身上的羊皮筒子，在人家屋檐下跑来跑去，脚踏了地嘚嘚响。我呢，缩在一个墙角落里，两腿蜷起，抵了下巴颏，两手又紧紧地抱住了大腿，缩得不能再缩了。但是脊梁上，像冷水不停地在那里浇着，风吹到脸上，仿佛又薄又快的刀片在那里刮。鼻子里的清水，不知从何而来，也只管向下滴着；两块嘴唇皮，自己乱撞起来。我也不知什么缘故，就是嘟嘟嘟，口里哼着。

我父亲抬头看看天上的月亮，在六盘山的黑影子上，露出了个白钩子，就说：

“好吧，我们走着试试看。”于是我们大小四口，就在这黑夜里摸上山去。这山怎么叫六盘山呢？就因为这山上的路，上下要盘着走六回，才可以走过。不怎样的好走，也就可以想见。我和母亲平生就没有做过长途旅行，而今还要在黑夜里爬山，这痛苦是不用说了。我二哥背了包袱，在前面探路；我父亲挑了担子，紧跟着他；我娘儿两个将棍子撑了山坡，一跛一步。本来那路就陡，加之在昏黄的月光下面又不大看见，有时候我就用两只手在地上爬了走。但是爬了走还不行，脚踏在浮土上，腿向后伸着，人向前爬着，反而向山坡下溜下去了。我跌，母亲也跌，两个人轮流地跌着。以先，我父亲还不免放下担子，把我们扶了起来；到了后来，他也扶不了许多，只好由我们去跌着。这个时候，我们冷是不冷了，可是我们跌得头昏眼花，还要上气不接下气地喘着，只管向山上走去。

好容易到了山顶，本当休息一下子，可是那里的风，吹得呜呜作响，仿佛有人在那里推我们，弯了腰闭了眼睛，哪容得人站住！因此我们一行四人，又慢慢地向山下走。谁知这黑夜里下山，比上山还要困难许多倍。脚放下去，不曾站定，人跟着就要向前栽了去。走几步，我娘儿俩就坐在地上，伸了脚在下面探着，然后两手撑住了地，坐着向下移。这样走一步坐一步，走到山脚下，也就天亮了。可是天虽亮了，我们大家都筋疲力尽。我脸上跌青了两块，腿上手臂上，也跌破了几块皮。我母亲那就不成话说，满脸满手都是伤痕，身上是可想而知。我母亲坐在地上，摇着头说：“今天要死我也就情愿死在这六盘山脚下了。再要我走，我实在走不动了。”她说着这话，声音也就听不大出来。她那份受累的样子，至今我还留印在脑筋里：她斜躺在一方土坡上，头也垂在肩膀上，闭了眼睛，只是微微地透气。那时候，我怕她要死，吓得哭了。我父亲真好，把自己身上的羊皮筒子脱下来，盖在我母亲身上，自己只把一条羊毛毡子，将身上裹着。

太阳出来了，看到这山沟里有了人家。于是我背着包袱，二哥挑了担子，父亲背了母亲，走到人家里去。我们以为有了人家，多少有点救星，哪知道到了那里，竟是大失所望。原来这里的人家，门窗户扇全拆了个空；屋子里面，更是空空的，哪里有什么人。父亲点头说：“这是山上土匪闹得，我们走到土匪窝里来了。”这时,我母亲哼了一声,父亲就顿了足说:“不要管了,我们再走吧。”走着路,看到一幢庙,墙垣大门倒是好的。好在我们都是死里逃生的人,也不能处处顾全利害,于是就冒着危险撞了进去。到了庙里,一切都完好,连厢房里一张土炕,也完整存在着。我父亲说:“这是天无绝人之路,我们在这里暂住下吧。”当时他放了我母亲在炕上,先在外面找了些干草木片牛马干粪,推进炕眼里烧着,把炕暖起来,然后陆续地去找度命的东西。后来我们在墙壁上观察字迹,知道这个村庄让土匪盘踞过不少的时候;只有这幢庙,土匪怕佛爷,不敢侵犯,所以还保留着原来的面目。

这庙门外有道山沟,虽然没有水,冰却结得很厚。我父亲到沟里去,先搬了两块冰进门,在庙里找出两个破瓦罐子,一底一盖烧了冰水给我母亲喝。自己又带了根棍子,沿着这些人家逐家去搜查着,居然七拼八凑装了一小口袋吃的回来。我父亲很高兴地跳进屋里来,向我的母亲说:“我说过了,人总是要拼了命干,才能找得出路的。你看,我找到许多吃的了。若是我们老在隆德等着,请问,哪有这么些个吃的?”说着,他拿了口袋底向外一倒,就倒出许多东西来,有锅盔,有黑馍,有荞麦面,有玉米。虽然是带了尘土堆在炕上,但是,我和二哥都像得了至宝,早是伸出手来,各拿了一块干黑馒头到嘴里去嚼着。父亲伸着手,就夺了过去。我们以为父亲不给吃,都哭了。父亲说:“并不是我不给你们吃,怕你们日久没有吃面粉,吃快了,会出毛病的。再要病倒一个,我们怎么走呢?”父亲这样说了,我们也就不敢争吵。父亲真是细心,找了三块茶杯大的黑馍,用三根木棍,架在水罐子上,要蒸了给我们吃。不想其中一个,落到热水里去,打捞不及,在水里化了。这时,你们可以知道我们怎样看重这一块黑馍。父亲把那片黑馍,用带着的小刀切了条子,分作三份,分作我们娘儿三个三份。那热水里有了那个黑馍,连带着,这一瓦罐子水,也就成了宝贝。我父亲这就用带来的碗,分作了四份,除了我们每人一碗,他自己也就尝着了一碗。我们辛苦了一夜,得了这点子安慰,围着暖炕,大家也就睡了。别个我不知道,若说到我自己,我那要吃锅盔黑馍的心,比想要睡觉的心,还重十倍。因之等我父亲也睡着了,我就偷偷地起来,将挂在那墙上的口袋取了下来。一手拿了一块锅盔,一手拿了一块黑馍。虽然那东西硬得像石头,黑得像土块,可是我急了,顾不了许多,送进口去就吃。那东西粘了极厚的尘土,也不知在那无人的屋子里搁了有多久,吃到嘴里,当然是像木渣一样。可是在嘴里咀嚼了一会之后,那木渣得了津液的帮忙,很感到有味。于是我吃了还想吃,便吃下两块锅盔、两块黑馍下去了。还是我自己警戒了自己:可不能再多吃了,东西少多了,父亲是必然知道的。于是我又爬上炕去,悄悄地躺下了。

哪知道父亲先拦阻着我吃黑馍,那是极有道理的,怕的是我这久饿的肚子,有些受不了。我一觉睡醒了之后,只觉肚子疼,心口膨胀,头晕,眼睛发花,而且口里渴得发苦。我知道是吃出病了,十分地后悔,而且不知不觉地,也就哼出一声来了。我父亲是撑了腿,靠住墙坐着的。大概他也是怕睡得太安稳了,不能照应我们,这时我微微一哼,就把他惊醒了过来。看到我的颜色,他就忙着问我是怎么了?我自己惭愧,哪里答应得出话来。我父亲见我伏在炕上皱了眉毛,红了眼睛,鼻子里不断地哼,情知不妙,伸手摸着我的额角,就叫起来说:“这可不得了,乃是要大病的样子呢。”我虽知道父亲着急,应当把病容忍耐了;但是我周身烧得像在火盆上一样,不容我不哼。到了这时,我不能不说实话,只好告诉父亲;病体是不要紧的,不过是我偷着多吃一点干粮罢了。我父亲听说,就问我吃了多少,我哪里敢瞒,都实说了。我父亲不但不怪我,反而对我哭了。他说:“本来饿得太久了,这是可以原谅的。”我就是和我父亲说了这几句话之后,人糊涂了。

在这种地方,病倒了两口人,我父亲那一番痛苦,自然是可以不言而喻。我母亲究竟受了累,在那暖炕上休息了两晚,病也就好了。只是我把东西吃伤了胃,病了一个礼拜之久,方才还了一点子原。自然,在那破烂人家搜出来的那些干粮也就吃光了。西北人守成,这是他们一种短处;可是在痛苦里挣扎,不肯轻易改变方针宣告绝望,这又是他们的长处。而且可以大胆说一句:不论哪一省的人,没有像西北人能挣扎的。我父亲在隆德挣扎了半年多,已经把人磨炼得成了一把骨头,现在到了这六盘山脚下,他决不灰心,依然挣扎。不孝的我,偏又加了他的痛苦,这是于今我还后悔的。

在我病好了的第二天,我实在闷得慌,一个人跑出庙门去,也想到空屋子里去找点吃的。我糊里糊涂走进了一家,只见门窗都倒了,从墙窟窿里放出些阳光来。屋子里四周是碎土,那有什么！于是由倒墙的所在走进第二家去,这第二家门是没有,窗户都用黄土封闭了,只觉里面漆黑,有那冰冷的阴风向人脸上吹来。那墙角落里,好像有个黑影子缩在那墙角里蹲着。我一见之下,遍身的毫毛孔都紧张起来,头皮子也都麻了。我是个小女孩子,怎么受得了这种惊骇？掉转身就向外跑。我一时转错了方向,并不是向庙里跑,却是越跑越远。看看两旁的人家,破墙破壁,什么也没有。太阳又阴了,冷风在路上吹着,呜呜地叫,刮起了干黄土,向人身上乱扑。好像跑进了那鼓儿词上的枉死城;仿佛那些倒了半截的墙,歪了半边的屋,有许多鬼在那里等我。我四处张望着,连个鸟的影子也没有。我就怪叫一声,倒在地上了。

第四回　别子到荒城双亲待毙　卖身投老吏五载离家

那时候，我是什么也不知道了。幸而有了我这一声大叫，才把我父亲由老庙里叫了出来。他看到我倒在地上，立刻把我抱进庙去，用热水慢慢地将我灌醒。我睁开眼来时，我母亲已哭得眼泪像抛沙一样了。

在这天晚上，我父亲又和我母亲商量，无论如何，这个地方已经不能住，决计勉强上路。只是我受了一场惊骇，让我休息一天。到了第三日我依然还是很疲倦，可是我看到父母都很着急，也就忍耐着，跟着一处走了。这天，就是我母亲也有些走不动，所以我们只走三十多里路，在路旁找着了一个窑洞，就在那里住下了。这个窑洞，并不是逃旱灾人留下的，根本就塌了半截，洞里层的炕已是让土埋上了，大概这里面不曾有人住也是日子很久。好在这窑洞口在一条土沟的土壁上，倒是很避风。虽然洞口没有遮拦的东西，我们倒也不十分担心，就在洞口上宽展的地方，随便地躺下了。我们在土上铺了一床破褥子，一条大羊毛毡子，就当了被盖。挑的担子，挡住了洞门，略微遮上一点风。我和母亲都是身体疲倦的人，自然是倒下就睡。我父亲和二哥另睡一头，我就不知道他们是几时睡着的了。

在我一觉睡醒，天色快要亮的时候，忽然窸窸窣窣有一种声音送到我耳朵里来。我睁眼看时，洞口上有一条矮的黑影子；那影子伸了一张尖嘴，直插到人身边来。我心里想着：这必定是狼。心里这样刚刚的一转念头，口里也就立刻喊叫起来："狼！狼！狼！"我心里本是要说狼，可是我的舌头，已经卷着伸不直来。究竟我喊出来的是不是狼，我自己也不知道。不过我这种声音，那是很奇怪的，早把我父亲由梦中惊醒。他直蹦了起来，在昏昏亮的夜色里，也看到洞口一个黑影子，急忙中找不着打狼的东西，就把枕头的那个包袱，高高举起，对了那个黑影子直砸了去。这才听到哇的怪叫，那东西跑了。它跑是跑了，可是我本来已经是受够了惊骇的人,再加上这样一番惊骇,我几乎有些精神失常了。因之再要睡时,自己却又哭着嚷着惊醒了过来,闹得我父亲母亲都不敢睡,眼巴巴的望着天亮。等我睡足了,醒来才问我:能不能上路呢?我虽小,也觉得这个窑洞子绝不是安身之所,就勉强忍住了痛苦,向我父亲说:"让狼吓一吓,这是很不打紧的事。我又不是三岁两岁的小孩子,还能因为这一吓就惊了疯吗?"我父母都觉这话有理,就带了我上路。

不想我这样大一个人,倒真成三岁两岁的小孩子。自这时起,头上已经有点发烧了。这天我们为了要赶到平凉去找东西吃,拼命地赶路;一直走到天色昏黑,才到平凉城的西关外。西北的城池,照例是城外还有一道关,城外有人家,关外多半是没有人家。我们摸到了平凉城,可是依然没有托脚之所。一片平原,身后吹来的西北风呼呼地叫着,我便觉着有些站立不住。我们起始也想躲在城关的门洞子里,后来才感到我们这是傻想。因为城的西关,自然是朝西开的,西北风恰好向那门洞子里灌,怎样可以在那里藏得住身呢?我们站在那平原地里打主意。那风呼呼地在我们头上叫唤着过去。依了我父亲的意思,说是可以绕了城墙脚走,走到东关去。他是到过两次平凉的,记得东关外有两幢庙可以歇脚。我母亲一问多少路,他说:"这平凉城恰是个长形的,由西到东穿城九里。"我母亲喘着气说:"就是我可以拖着再走十几里,恐怕女孩子要摔倒了。"我父亲想了也是,记得前面半里路,有一座木桥,桥底下是道干沟,不如就蹲在那里面混过这一晚去吧。于是引了我们,摸索走到桥下,大家蹲在一处。不想这桥洞下面,竟是阴戚戚的所在,风虽不会向身上扑来,可是那冷气由脚后跟爬上来,直透脊梁骨。这晚不像在六盘山脚下,只是我一个人抖颤。现在我一家四口,全是抖颤着的了。我父亲说:"这样的长夜,若是熬着坐到明日天亮去,恐怕人成了冰人了。而且燕儿身体又不好,哪里再冻得?"我父亲说这话时,我还模糊着听懂得一点。等我醒来时,我面前烧着通红的火,自己带着的瓦罐子架在火上烧,蒸气乱喷。不用说喝一口热水,便是看了这蒸气,也就心里大为舒服了。

原来父亲在暗中摸着我冻死了过去,急得直跳。他又想过去不远,路边正有两排树；现在也不管这是官家的，或者是民家的，就带了我二哥到那树边去。因为我们带着有刀子的，不问好歹将树枝砍下几十条，就一直拖到桥垛下，点着火烧了起来。去这里不远，正有一条河，父亲又拖了许多冰块，用瓦罐子装了，搁在火边烤着，把水烧开了。父亲多少有些卫生常识，先将我四肢摩擦着，让我血脉活动，等我醒过来，才远远地让我望着火。我母亲和二哥，恨不得把整个身子都跳到火里去，那一份儿爱火的情形，这就不必说了。烧了这一夜的火，又有热水喝，总算救了我一家四口的命。可是这是一利，却也是一害；天色昏昏的时候，就来了十几个军人，好像要和我们开火一样，端了枪，把枪口子朝着我们，冲了上来。看到桥底下，不过是我们这样四个，有几个人倒笑了。但是他们也并不放松，十几个人站着圈圈，将我们团团围住。其中有一个，是挂着手枪的，恶狠狠地就跑到我父亲面前去问道："你们还有人呢？"我父亲说："我们是逃难的。一家四口就是这几个，哪里还有人？"那人问："你昨晚上放火做什么？"我父亲说："我们哪里敢放火？请你看，那里一堆树枝就是我们烧的，我们躲在桥底下实在冷不过，这女孩又病了，所以烧一把火来烘烘。"那人说："现在是什么时候？城外可以让你们随便烧火的吗？你不知道总司令住在平凉吗？"我父亲说："我们一个逃难的人，哪里懂得这些！"那人说："逃难？平凉城也不是赈灾的地方。你们这班人，天天往这里跑，我们还不够照应你们的呢。你们这乱子惹大了，跟我走。"我们看到整群的兵围了上来，早是魂飞魄散，谁也说不出一句话。这时听到军人要带父亲走，我们都着急，突然地哭了起来。那军官向我看看，就喝着说，"不用哭，你们也一路跟了去，要说有事，你们也一样的脱不了干系。"我们虽明知道这件事有不少麻烦，但好在是和父亲一路走去，比较地心里要安慰些。

我们被军人押解着，当时自然很害怕；可是事后想起来，又好不威风。原来这十几名军队，分作了两班走，扛枪挂剑，一班在我们前头引路，一班在后面押着。我一家四口夹在他们中间走，我们心里都害怕着。跌跌倒倒进了平凉城。进了城之后，我们才知道那军官说：天天有难民来，这话不假。只看那人家屋檐下，左一群，右一群，面黄骨瘦地，蹲着，坐着，到处都是。我们糊里糊涂被押进了一个庙里。这庙,已经是让军队改为兵营的了。他们把我一家赶到一个有马夫神像栅栏里住着。

不多一会,又有个军官由栅栏外经过,看到便大声问着:“谁把几个穷难民关在这里?”旁边有个背枪守卫的,就答复着说:“这就是昨晚在西关外放火的。”那军官便立刻向栅栏子里望着说:“喂!你们为什么放火?”这大概是我二哥的厄运临头了。他偏是一点不怕事,对那军官说:“老爷!你看,我们死都快了。像放火的人吗?我们昨晚进不了城,躲在桥梁下;因为冷不过,烧了几枝干树烘火。”那军官哎了一声说:“这孩子胆子不小,敢和我说话,你多大年纪?”我二哥说:“十五岁。”那军官点点头说:“你十五岁的孩子有这样大的胆,那可不坏。好!过一会子,我发落你们。”他说着话,自走进去了。后来我们打听着,才知道这个说话的就是旅长。

约有半个钟头,这旅长派人来将我二哥传去了,问了很多的话。随后又把我父亲传了去,据他说:我们在城外通宵烧火,扰乱军心,本来是不能饶罪的,不过想到我们是逃难的灾民,也不愿和我们为难,叫我父亲把二哥留下来,给他当勤务兵。请想,我父亲本来是想到平凉来找大儿子的,于今倒反要他丢了第二个儿子,他如何能肯?所以不多大一会工夫,却见几个大兵,将我父亲拖了出来。我母亲得了这信,哭着向里面直撞了去,那守卫兵一拉,她就躺在地下。可是这兵营里能让我们这样撒野吗?早有十几个人连拖带推,把我们轰出了庙门。总算十分讲交情,不曾打我们。我父亲究是个懂事的人,连连地喝住我母亲,不许哭嚷。说是我们还有一个儿子,在人家手掌心里呢,怎能够和人家翻脸呢!我母亲想了也是,二次里让我父亲进庙去见二哥,我们在街上等着。父亲进去了个把钟头,红着眼睛出来,对我母亲说:“孩子在这里很好的,至少他有了吃饭的地方了。旅长很好,给了我三块钱,让我们做盘费。可是要我们立刻就走,他会派弟兄来押我们出城。”我母亲只说了“他们也太忍心了!”几个字,已经有四名弟兄来了;他们手上都拿了枪,而且在枪上还有雪亮的刺刀。我们原是出来逃命的,看到刀临在头上,有个不害怕的吗?这也没有法子,只好委委屈屈,由那四个兄弟,将我们押出了东关。

我父亲挑了担子，我背了包袱，我们又这样继续地向前走。可是我们一路之上，忽然又少了一个人，前前后后不住地看着，仿佛是我二哥走失了伴似的。我母亲走个十里八里，坐在地上，就要回头望望，只要我和父亲一提到二哥，她立刻就哭起来。哭的时候，她口里同时叫着大哥二哥的名字，我听到就跟了哭。我娘儿两个哭，父亲也不能不哭。所以我们走到了陕西长武县境，三个人的眼睛，都红肿了。好在这段路上，有两条河路；由这里上邠州，地方多少有些收成，荒虽荒，有钱还可以买到一点粗粮食吃。我父亲身上有那三块钱，就一路对付着一斤半斤的粮食；三个人吊住了这口气，慢慢地向前挨。

可是到了邠州，就有人对我们说：前面去不得，乾州、醴陵都是旱灾最重的县份，那里又正闹着土匪，就不饿死，也许让土匪杀了。但是我父亲想着：若不前进，在邠州也找不出一个吃饭的地方来。往潼关去的路，我们差不多走了一大半了，纵有一截灾区，生死也就是这一关，撞过去了再说。因之我父亲将剩余的一块多钱，全买了杂粮分藏在我们三个人身上，依然向东走。我还记得：我身上藏了一斤多干枣子。这东西出在邠州河边，平常一块钱可以买十几斤，如今一斤，可值半块钱了。所以每一个干枣子，我们简直当一斤面吃。吃的时候，用四个门牙对咬着，咬下一丝丝，留在嘴里咀嚼。我说过了，西北人是最有挣扎能力的。我父亲把我们引出了邠州，减缩得每日只吃一顿东西，可是每日倒要走好几十里路；那样走路，无以名之，只是挣命罢了。由邠州再往东走就是永寿、乾州、醴泉、咸阳四县，也是灾情极重的地方。走路的时候，我们的心里都这样想着：现在走得很好，再走到前面去，可不知道吉凶如何？不过心里尽管是害怕，也并不曾缓走一步。

在路上遇了三四次土匪，但是究竟是不是土匪，我到现在也闹不清。因为他们的头儿，也叫师旅长或者司令；他们的弟兄，也穿了灰色制服。好在我这一行三人，看去都离死不远，只不过只有一点人气；他觉着要和我们为难也没有多大的意思。所以我们当在路上遇到这种人的时候，也不前进，也不向后退，只是闪到路一边去。原来第一次遇到这种人时，我们都吓呆了。因为他们对我们望望，就这样过去了，并不怎样为难我们。到了第二次第三次，就不吓慌了，故意装是发呆，用这个老法子混过去，心里倒是很坦然的。后来到了西安，才知道我们实在糊涂。据人说：他们这些人，饿疯了，穷疯了，遇到了有钱的人，自然是不能放过；遇到没有钱的，他以为是彩头不好，也要杀穷人出一口气。我们没有遇到杀穷人出气的，总算万幸。

说到"西安"两个字，现在无所谓，在那个时候，总只听到我父亲说："到了西安就好了，过几天可以到西安了。"天天在口里这样念着，仿佛西安是一座天堂。后来直等我父亲说着："明天可以到西安了。"这天堂已经是在目前，快活极了，路也走得格外快。那是咸阳县境内，可也是灾区。我们走了整天，不见一个人，后来快到咸阳城边了，才碰到两个人。可是这两个人，都不是活人，倒在地上，不知道死了多少天，臭气熏人。有的缺了一条腿，有的缺了两只手胳臂，这不用猜，定是狗拖去吃了。因此我们相信西安是天堂的心思，就有点摇动。这里去西安几十里了，为什么路上还有没人收拾的死尸呢?

到了次日，我们在太阳偏西的时候，到了这天堂的城门口。在外表上看起来，这里果然是天堂。我走了上千里地了，没有看到这样大的城墙。那城上的箭楼，直上四五层高，差不多升到云端里去。城外的大路，有三四丈宽，比我家屋子里的地还要平整，这都是我梦想不到的。到了城门口，就看到一位军官带了八名弟兄，分站在路两边把守；灰色的制服不带一点黑迹，裹腿打得高高的，皮带束得紧紧的；各人扶了一条枪，精神抖擞，睁了眼睛望人。看这样子，别的不用说，他们向来是吃得饱饱儿的，那是可以下断言的了。由此类推，西安城里的人，绝没有哪个不吃饱饭。我父母的意思如何，那时我不知道。以我个人而论，着实兴奋了一下，以为进了这个城门，就到了饱国，别的希望不能有，至少是讨饭有饭吃了。我们在十分高兴的情形之下，把一路行来所尝遍了的辛苦，都丢到脑子后，以为一脚踏进了城，就是另一世界了。这城里，倒是直接着一条大街，我虽没有见过都市繁华，可是在书本子的文字上和图画上，我也揣度着是怎样个情形了。现在所看见的怎么样呢？大街两旁的店面，十家倒有九家紧紧地闭了门；在各人屋檐下，三个一伙，四个一群的，蹲着不少的灾民；那脸上黄而且黑的颜色，比我们还要厉害几倍。我们心里立刻就疑惑起来,难道西安城里,这样天堂一般的地方,还有许多没办法的灾民吗?我们心里疑惑着,继续地向前走,接连地有两件事让我们看到,不由得我们不魂飞天外。第一就是在人家屋檐下,接连看到两个躺着的人;这两个人瘦得都只剩一把骨头,躺在地上的时候,活像仪器馆里的骸骨标本,外面蒙上了一层蜡纸。中国人眼珠原来都是黑的;然而这两人的眼珠是灰色的了,那嘴里吐出胰子水似的白沫,身体蜷缩着,动也不一动。这可以说给诸位听,让诸位长长见识,饿死的人,就是这种现象。我们一年以来看过不少这样的死人,我们一抬眼,就知道这是饿死的。在西安城里大街上,还让饿死的人倒在地上,这是我们所想不到的事。可是这长安城里的饱人,倒把这件事,看得稀松。街上来来往往的人,尽管是不断,可是清清楚楚地摆着两个死尸在这里,谁也不来正眼看上一看。我想:这地方饿死人,也许不怎样的稀奇了。这还不算,我们再往城中心走时,处处都看到人挤满了。人挤满了,你以为是好现象吗?那可真料不到,这些都是围住了过路的人,找吃找喝的;与其说是讨饭的,倒不如说是路劫的。因为他们只要看到衣服穿得干净些,脸色有点血气的人经过,他们就要把他围上,甚至把那人衣服扯住,非要人家拿出钱来不放。假如到了西安就有办法的话,这些人为什么不找些办法?我们自己这样的一反问,都周身软了一半了。

我父亲本来是尽了生平的力量,才赶到西安城里来的。进城之后,是这样的一种情形,这就把那股豪兴,完全挫了下去,担子挑不起了,路也走不动了。将身子在人家墙角落里蹲了下去,两手抱在胸前,望了我母亲说:“孩子妈!我想西安城里是容留不下的,我们跟着往前走吧?”我母亲哪里又有力量,她把手上提的那个包袱放在人家土柜台子上,她也是靠住了,头歪在肩膀上,不能够作声。我父亲伸了两腿,索性坐在地上,对我母亲哼了一声,摇摇头说:“筋疲力尽,我不行了。”我当时想起刚才看到饿死的人,可不要我父亲也是这样呢,心里十分害怕。我母亲看到我父亲忽然精神不振,也慌了,立刻坐在他身边哭了。好在这大街上人家屋檐下哭不出眼泪来的人,还很多很多,我母亲尽管呜呜咽咽哭着,也没有人来理会。我父亲是静默了许久,才望了我母亲,摇摇手低声道:“不要慌,没有什么要紧,我不过是走累了,歇歇腿也就会好的。燕儿！你去找口水来我喝。”

我那时很大胆地答应了,在自己破网篮子里,拿出一只瓦碗,就向街上人家讨热水去。不想那关了门的人家,无论你怎样的捶打,他也是不开门。那开了门的人家,看了一个黄毛丫头拿了碗来,定是要饭的,老早地就喝着说:“没有没有,过去过去！满街都是灾民,还给不了许多呢。”我知道他们是误会了,就说:“是只讨口热水给病人喝,并不要饭。”然而走了几家,便是要热水也没有。我想:我父亲渴得厉害,便是凉水也顾不得了。好容易找着一位年纪大些的人,说明了原因,才讨了一碗井水来给我父亲喝。我说:“这个大省城找一碗水,都没有人施舍,这更困难了。”父亲倒明白,他说:“并不是这里人连水不施舍,我看是本地人被灾民缠怕了,总怕沾着身就脱不了。这个样子,我看这里容留不住,我们还是向东走吧。”我母亲这就有气无力地说:“干粮昨日就没有了,钱也没有了,我这两条腿,不但是走不动,而且抬不起来。你呢,恐怕站也站不起来了吧？燕儿呢,病过两场,再病不得了;再病,我们也不能照应她了。”我父亲听到,就说道:“什么,我到了这步田地吗?”他口里说着,两手支撑了壁,就待站起来,不想他那两条腿,果是陡然地不听他的话,只伸了个半直,人就要向前栽下去。幸是我母女在场,赶快地就把他搀住。他看到我母女两个,忽然掉下泪来。他微摇着两下头说:“我不行了……真不行了！怎么办呢?”他口里说着时,已经有些喘气了。我看这情形是很不好,也就跟着流下泪来,我母亲看到,连连和我摇了几下手,我也就明白,十分地忍耐,不让眼泪流下来。

不过我心里很明白,我家这一场悲剧,不但不能收拾,由这里更要开展了。起先我也奇怪,父亲何以突然病重？后来我明白了,是他进城来,看到这种现象,依然是不了,希望全无,受得刺激太深了。我们本来是到处为家的,既是父亲睡在这屋檐下,我们就把这屋檐下当着家庭;将那条破羊毛毡子铺在地上,让我父亲睡了。我母亲也坐在台阶下,将背靠了土柜台躺着。大概是我的命贱,这次我竟是不觉得怎样的疲倦,只站在一边发呆。我摸摸身上,只剩了一个半干枣子,肚子里老是饿得发慌,却不敢吃,预备和我父亲救急。不过我心里总想着:这城里什么店铺子也有,不是拿钱买不出东西来的;有人吃着饱饭,就可以和那吃饱饭的人去讨些吃,何以会饿死人来呢?我有了这一点不解。等我母亲也合了眼睡着了,我就悄悄地离开他们,去看这市面上的实在情形。

走不了一百步路,就让我看到一件惨事。也是一个瘦得只剩一把骨头的人,靠了墙角坐着,半睁了眼睛,身子动也不一动,只是喘气。不用说,这是饿得快要断气的人了。我心里联想着:不久,这情形就要临到我父亲头上的,怎么办呢?我正向那人呆看着,走过来一个穿长衣的人,向他看着,叹了一口气,他好像想到了什么主意似的,忽然扯腿就跑了。我看那样子,他必是要来搭救这个饿人。我就站在那里不动,看个究竟,果然。不多大一会子,他手上拿了一块黑馍,向那饿人直奔了去。可是不曾让他近前呢,一个警士走了过来,拦住了他的去路,将手摇了两摇,那意思是不让他救。那人就说:"我做好事也不违警呀,你为什么不让我救他?"警士说:"这人已经到了九分了,就是吃什么下去,也救不了他的命。你先生给他一些东西吃,他又要扯长半天气,那不是让他更痛苦吗?不如让他早了事吧。你要知道,饿人最难死呢。"那人说:"这话当真?"警士说:"你施舍是花你的钱,我为什么要给你省下!"那人望了那要死的人,叹了一口气说:"我来晚了,不能救你了!"我看他手上捏住的那个黑馍足有四两重,几乎把眼睛里的血都望出来了。他见我发呆,也看了看我。我就大了胆子说:"先生!你真是好人,现在有个饿病了的人,你若肯去救救他还不晚。你同我一路去看看,好吗?"他听说,就向我望着,有点疑心,我说:"恻隐之心,人皆有之。是真是假,你和我去看看好了,若没有快要死的人,你就走开。我一个女孩子,也不能把你拉住。"他说:"咦!你这孩子很会说话。你念过书吗?"我说:"念过的。为了旱灾,早不念了。"他为我这句话打动,就跟着来看我的父母。他见我父母都瘦得不成形了,就把那黑馍送给我们了。那一块黑馍,我母亲分作了三股,人各一块。我本来想省给我父亲吃的,可是我有一天不曾吃一点面屑到口里去;不用说手上拿了这样一块黑馍,就是手上拿了一块棉絮,我也要吃下去。因为我肚子里的饿火直向上冲,不容我做主了。这一小块黑馍我们吃下去,这天便没有别的希望,就和我父母缩在人家屋檐下过夜。

到了次日，我父母的精神都不见恢复，再向东走的话已经不可能，只好把他两人躺在地下。我随着街上要饭的灾民，到处拦着行人讨钱讨吃，讨了一天的饭，我才知道当叫花子也要资格。这些早到西安的灾民，他们很欺生，遇到施舍的主儿，挤着不让我上前，就是讨着了东西，也让他们抢了去。我病后走了许多路，又挨饿多天，怎能和别人去吵闹？没法子我只好单独行动，到那没有同行的冷街冷巷去守着。第一天，我是什么也没有得了；第二日，讨得了一方锅盔，也不过二两，一家三口分开。请问，能济什么事？我父亲早是病倒了，我母亲走路，也要扶着墙。我想到警士不让人救快要饿死的人那件事，心里就乱跳。这样一天一天拖下去，我父母不都有那一天吗？就是我自己，今天也觉得走不动，眼睛发花了。

正是这样发愁，恰是前几天给黑馍的人，又走这里过。我顾不得什么了，拦路跪着，双手抱住了他的腿，将头在他膝盖上撞着，要他救我父母的命。他见我哭得太惨了，就说："我实在没有那种力量可以救三口人。我有个朋友，想在灾民里买一个丫头，买了几次，没有中意的；你人很伶俐，又认得字，他一定中意的。你肯自卖自身吗？你若肯当丫头，可以卖一二十元钱身价，你父母可以拿这个钱调养好了，逃出潼关去。你呢，马上就可以同我朋友走。他是由南方到此地来调查灾情的委员，有五十多岁了，跟他去，他可以把女儿一样看待你，你不愁没饭吃。你要我救，我就是这个法子。"我听了要卖我的身子，本就不愿意，可是回头看看我爹娘快要死的样子，我不出卖，不是都完了吗？我一横心，就和那人去见这委员，那就是我第一个主人了。他姓黄，两撇八字胡须，倒是个正经样子。他看看我，又问了我许多话，倒很中意，一口就答应给二十块钱身价。这时西安天天有人出卖，五六块钱卖一个青年妇女的事就很多，论起来，这身价是最高的了。我怕事情闹僵，亲口答应，就回到街上来和我母亲商量。那时，我父亲饿得发慌，已经睡得昏昏的了。我把母亲拉到一边，指着父亲说："你看这个样子，他老人家还能维持几天呢？"母亲一听就流眼泪了，不能说话。我说："现在只有一个法子，把我卖了，我先逃出命去。你二位老人家，拿了我的卖身钱，先找家小客店，安息几天。身体好了，能走路了，再逃出潼关去。到了潼关外头，就是讨饭，也不会饿死了。你若是不答应,爸爸在十天之内就怕不行,你自己又能多挨几天?我就是不死,也是丢下我一个人了。你仔细想想。”母亲还说得出什么来?只是哭。我想了一夜,觉得除卖了我,并无第二条出路。

第二日,我一早就跑去见那黄委员,说是我父母都舍不得卖我,只有同归于尽;但是很不忍眼睁睁地望了我父母死,只有偷着自己出卖一个法子。老爷若是能放心我,就请你给二十块钱,让我把父母安顿好了,跟你同走。这黄老爷也是对我特别慷慨,果然就给了二十块钱,而且说跟他到南京去,吃好的,穿好的,还要送我去读书。他夸奖那些话的时候,手摸了胡子,只管向我全身打量。我看他那样子,虽然猜着他不能完全是好意,但是我也不肯骗他二十块钱,而且他大小是个老爷,灾民也未必闹得他过。

因此我倒请他派了一个用人,同我回到街上,将父母在小客店里安顿好了,先煮了一顿小米粥,让他们喝了一饱,我也不敢久留,怕露出了破绽。到晚来点上烛,就催我父母睡觉。我父母吃了小米粥以后,精神有些清楚了,斜躺在炕上,看看屋子,又看我,喘着气问:“怎么能到这地方来呢?谁搭救了我们?”母亲也躺在炕上,抖抖颤颤地将手指着我说:“她,她,她要自卖自身,来救我两口子呢。”我父亲连摇着头说:“不,不,不能不能!三个孩子,丢了两个。不,不,不能再丢!死在一处,死在一处!”他抖颤着说,也哭了。我忍了在眼角上的眼泪,骗他说:“有人愿带我们一家子同走,现时在小客店里,先吃两餐再说。人家的意思,也无非是让我们将身子先调养好了,若要出卖我这条身子,没有父母画押,人家哪肯给钱呢?”父母虽然都疑心,料着他不写卖字,我也跑不了,也没有怎样追问。

我等他们睡着了,就在外面屋子草草地写了一张信,将没用的十九块多钱,用布卷了,放在炕上我母亲胁下。那个时候,我什么都不知道了,两只脚软着像棉絮一样,全身发抖,眼泪水狂倒出来,我只是张了口不敢出声。因为我是跟黄老爷约好了的,到天亮,他在店门口等我。仿佛听得店门外有骡车轮子声,料是他们来了。我看看床上两个骨瘦如柴的人,不敢站了,转身就走。可是抖颤着走不动,在地上爬着出了房门,所幸店伙睡着,减少了一番唇舌,偷偷地开了店门,上了骡车,就离开我那爹娘了。

我爹娘有我放下的十九块多钱,是可以逃出潼关。但是出潼关以后,是讨饭呢,是有工作呢,是四处逃难呢?这就一概不知了。现在算一算,我离开家乡,整整是五个年头,私下写了无数的信回去探消息,结果,总是退回来了。为了这个原因,逼得我不能不自己回西北去看一趟。我这样一篇很长的谈话,诸位有什么感想呢?

第五回　慷慨约同行不甘落后　凄凉愁独活勉祝成双

杨燕秋这一篇很长的谈话,四个男友坐在旁边,犹之乎听过了一段悲欢离合的故事一样。因为燕秋说的时候,滔滔不绝,谁也不敢拦断了她的话锋,只是各人时而皱眉,时而摆头,时而微微地叹气,都是在态度上来表示着。直等她说到已经把身子卖给那位先生了,大家算是得着一段落。

燕秋自己也觉说得口干了,起身倒了一玻璃杯茶来喝着,那两腮红红的,看起来她是很兴奋。她口里喝着茶,在玻璃杯子上面,转了眼睛将四个男友看了一看,将杯子放在桌上,微笑了一笑。高一虹是三句话不能离本行,这很勾起他一肚子墨水来,就回了头向三个听讲的道:"从来最好的文学,都是产生在天灾人祸的环境里面,所以那可歌可泣的文学,并不是人世一件幸事。就像刚才杨女士所说,同鼓儿词上说的那些卖身投靠的故事,那简直有过之无不及。若是好好地做一首长诗来形容一番,那就是极动人的文章了。"燕秋道:"我倒是想把我所经过的这些辛苦,用笔记了下来,只是我的才力不够。心里想得到,笔底下可写不出,那也没有法子。可惜我要走,不然,我可以慢慢地说了出来,请高先生写下。"高一虹脸上很有得色,微笑道:"恐怕我也写不好吧?不过杨女士真有这件事交给我办,我很愿努力。"说着就把眼睛向三个朋友溜了一溜。他一个人单独地出这种风头,伍健生听到,首先就不愿意,可是杨女士喜欢他这样说,那也没有法子,只得用侧攻的法子,来打断这话,便向燕秋笑道:"杨女士!你这故事还没有说完呢,那个带你离开西安的人,不是姓黄吗?后来怎么样又变了姓宋的呢?"

燕秋坐下来,架了腿,将两手交叉着,按在腿上,身子颠了两颠,笑道:"说起这话来,很是好笑。那位黄老爷,原也是在南京混差事的,由西安办公回来,并没有带什么钱来交给他太太,倒带了一个人回家来混饭吃。一进门之后,他的太太就和老爷大闹了一场。那位黄先生倒始终是退让,就说买一个灾民回来伺候太太,这也不算什么坏事,为什么生气呢?太太倒更说得有理,说是并没有叫他买丫头,不领他的情!假如要用丫头的话,自己就会买,不必费他的神。自有了这样一场吵闹而后,我在他们家,就成了太太的眼中钉,骂和支使我那是不成问题,到了第五天,太太就伸手要打我。当她伸手出来的时候,我就向后一跳,大声喝着说:"你不能打我,我把这个身子卖给你们,是来和你们做事的,不是来挨打的,你要打我,我就上街报告警察。我告诉你,我是受过教育,走过长路的女孩子,比你肚子里的知识要多得多。你欺侮不到我。"燕秋说这话的时候,仿佛也就是对了那黄太太在说话,脸色板得正正地,挺了胸,瞪着那双俊秀的眼睛。看那情形,真可以说是声容并茂。因之石耐劳提起两只巴掌,首先鼓了两下,脚一顿,口里同时还叫着好。他有了这赞美的表示,其余三个人,哪肯落后?随后也就噼噼啪啪鼓起掌来。费昌年笑道:"真是痛快之至!有杨女士这样理直气壮地,和这样蹂躏人权的对抗,这可和千古以来的穷女孩子吐气不少。本来使用奴婢,根本就犯法的,只可惜老百姓没有法律常识,任人压迫罢了。"燕秋笑道:"本来我也不懂法律,但是我想得很明白,贩卖人口和虐待丫头,在现时都是说不下去的。我一喊叫出来,料她不敢对我怎样,为了这样,那黄太太果然不敢逼着打我。不过太太打不着丫头,这面子丢得更大,气得她死去活来,不等黄先生回家,就把我轰出了大门。

"我虽在整百里无人烟的灾区都经历过了,但是那时有家里人和我同走,而且那地方没有人,也就没有法律。我们爱走就走,爱歇就歇,谁也不来干涉。可是到了南京,那就不行了;到处都是警察,稍微形迹有点不对,巡警就要来盘问,慢说我是无家可归的人了。所以我被那黄太太轰出大门来以后,我在大街上走来走去,暂时想不到一个安身之所。后来我走到一家茶水炉子门口,因为口渴了,厚着脸和卖水的人讨一口热水喝。他们不但不给水我喝,而且还讥笑我,说:'从来只看到讨饭吃的,没有看到讨水喝的!'而且我初到南京来,还说的是一口甘肃话,一个异乡女子,那就更容易受人家的欺侮了。我当时让人家讥笑得无可如何,自己倒是哭了。这里就要归到一个巧字,正在这时候,就有一位老先生走过来,对茶水灶人说：‘你们不对，一个异乡口音的女孩子，连茶水也弄不到一口喝，想必是十分的穷。你们卖的是茶水，舀一杯热水给她喝，那费什么？不给也就罢了，你们还要拿人开玩笑，真是穷人该死吗？’那茶水灶上人，自知理屈，也没有说什么。这老先生将我引至路边，问了我几句，他听到我说是灾民，就把我带回家去，见过太太。太太知道我认得字，又知道我自卖自身的，倒很可怜我，就认我做义女。这位老先生不必说，就是我义父了。我义父和黄先生也是朋友，索性和他说明，以后不提我的身世，把我的身价二十块钱，加倍送给黄太太，她也就乐得受了。

“以后，我就进学校念书，和各位认识了。本来，我的生活可以不必马上就变动；只是去年我义母死了，今年我义父死了，我又没有家，不能不走了。”

大家听到这个地方，才算转过来了一口气。八只眼睛相看了一下，伍健生首先站立起来，正了颜色道：“杨女士这样奋斗的精神，不容得我们不佩服。你也说得口干了，我先敬你一杯茶吧。”说着，他就把燕秋刚才喝茶的杯子，拿了过来，满满地斟上一杯，两手捧着，弯了腰，送到燕秋面前。燕秋只好站起来，接了茶杯，笑道：“这可不敢当！今天是我请客，怎么倒来烦动伍先生呢？”健生笑道：“也不过表示一点敬意。杨女士又不是眼前吃那样的苦，这都是过去的事。在那个时候，我们不曾帮得什么忙。到现在，我们只有表示敬意的这一点了。”燕秋伸手招呼着道：“请坐请坐！将来也许我还有要请各位帮忙的时候。”石耐劳在椅子上，身子略微起了一起，因问道：“像我这样的人，也能够替杨女士帮一点忙吗？”燕秋听说，且不答话，先向在座的人各看了一眼，然后微笑道：“假如我需要朋友帮忙的话，像你四位，那是最好的了。只是要朋友帮忙到什么程度，我现在还没有决定。”高一虹笑道：“杨女士的话，不必怎样的深说，我已经明白了。自古朋友有通财之谊，在我个人方面，我愿意尽量地帮一点忙。”燕秋斜眼望了他，然后笑着摇了两摇头道：“你猜错了。若是光指到西北去几个川资而言，无论如何，我也可以拉扯得出来，不至于去找人的。”费昌年道：“或者对于宋府上还有什么纠葛？”燕秋笑道：“对了。”费昌年道：“这无所谓法律问题，我可以做个顾问，就是要请律师，请个义务律师，那也不难。”燕秋两只肩膀抖颤个不住，索性格格地笑了起来。大家都有些莫名其妙,瞪着眼望了她,燕秋笑道:“我说那句‘对了’,是说费先生的口吻对了,是不应该离开本行问话的。费先生学的不是法律吗?自然要问我有什么法律上的事没有的。至于我要人帮忙为了什么,他可并没有猜到。”这虽是燕秋和他闹笑话,他也很有些不好意思。其余两个不曾问话的,眼见别人失败,也就默然了。

燕秋在一番痛快淋漓地谈话之后,忽然变得鸦雀无声,那也感到不大好,于是向大家笑道:“我说要人帮忙,那是一件不可能的事;并不是我不能找人帮忙,乃是要人家帮这样大的忙,是有点不近人情。”石耐劳将两只手互相抱着搓擦了一阵,看看燕秋的脸子,微笑道:“是怎样的不近人情呢?何妨说出来听听。”燕秋自接了健生那杯茶在手上,始终还是捏了那杯子,放在怀边。这时,半昂着头,出了一会神,于是放下了茶杯,再坐在沙发上,将背向后靠着,提起一只腿,将两手抱住,做一个很调皮的样子,身子摇撼了两下,然后微笑道:“我就说吧。这回我打算回西北去,都是决定了的志向,决不会更改的。可是我那父母哥哥,是不是可以寻得着,那实在难说。若是寻不着他们,我又依然跑了回南京来,那太没有意思了。”说到这里,她放下了那条腿,正了身子坐着,面色也板着了,接着又道:“我想找几个志同道合的朋友,同了我一路去。借了这个机会,多少做点关于西北的事;哪怕小得只将西北情形,照几张相片带到潼关外来,这也总是一种成绩。”石耐劳突然立了起来,高举了一只右手,而且在空中摇撼了几下,这才提高了嗓子道:“不才愿跟杨女士去一趟,早年我学过一点地质学,现在我可以把我学的试上一试了。”伍健生也举了一只手,跟着站起来,他心里就想着:要喊出“我也去”三个字来。可是他还不曾喊出来呢,高一虹、费昌年二人,同样地也站了起来,喊道:“都去都去!”口里说着不算,脚在地上颠了几颠,拳头在空中伸了两伸。

燕秋昂头看了空中竖起来的四只手,自己先微微地笑了,也站起来点点头道:“各位看得起我,肯这样的帮忙,感谢感谢!只是这件事虽不重大,比较地麻烦。请坐请坐!我们从长计议吧。”大家坐下,首先石耐劳道:“我为人,杨女士多少总知道一点儿,我是不怕吃苦的。”燕秋道:“若是要直走到我家乡去,恐怕不是‘吃苦’两个字可以包括完了的。或者遇到零星的土匪,或者沾上了病,都有相当地危险性。”石耐劳笑道:“我们就不说男子的体格比女子强健,但是,大家的体格都差不多吧,我想杨女士能去的地方,我们总也可以去。”燕秋道:“这话不然。纵然吃苦冒危险,在我是应当的。这话怎么说呢?因为我的家就在那里,我要回家去,我不能吃苦,就不容有这个念头。你四位是不必吃这种苦的人,跟了我去,那就未免太无意思。”高一虹笑道:“要谈到这一层,那就涉及哲学问题了。人生做事,什么叫有意思,什么叫无意思?这很难说,这事是主观的……”石耐劳摇着手道:“现在我们不必去谈那些理论。只问杨女士哪天走,在未动身以前,我们应当预备一些什么,这就行了。”燕秋对大家看看,做了个犹豫样子道:“诸位果然肯同我去,我是很感谢的。只是各位今年上半年的学业呢?”费昌年道:“这没有什么,我们请两个月的假好了。将来回到了南京,荒疏了的功课,总也可以补得上来。杨女士决定哪一天走?”燕秋向四周看看道:“你们看看,这样的环境,容许我住多久的时候吗?依了我本人,恨不得明日就走。不过关于诸位同走的这一层,还是回去考量考量,觉得完全都妥当了,再来答复我。就是除了学业不谈,家庭方面,经济方面,各人总也有不同的情形,做这样长期的旅行,怎能够随随便便就走?现在大家为了我一篇话鼓动了,就兴奋起来,愿意陪我走一趟;可是这不过是一时之间的感情作用,到了事后,仔细地研究一下,那总有不妥当的所在的。所以我很愿给予各位一种考量的时间,今天我请诸位谈谈,并不敢断定,就要各位送我到西北去。能提出一个和这不相上下的法子,我也是赞成的。”伍健生道:“我们的行动都能自主,而且也不敢在杨女士面前丧失信用。我们既然答应了,大概不会有什么更改的。”燕秋道:“但是今天晚上,我是请各位来先开个谈话会,交换意见的,不见得什么事情,在一开谈话会就要决定下来的。这样吧,我现在定一个期限,从这时候算起,到第四天这时候为止,请四位给我一个答复:或者是去,或者是不去。但是答复我也不要太早了。到了四十八个钟头以后,再来答复,为的是大家从长考量一下;答复了我之后,那就不能再变动了。因为我决定了在一个星期以内走开。”石耐劳道:“我马上就答应了杨女士,绝没有反悔!”他说着站了起来,而且将右手拳头,在左手手心里打了一下。燕秋道:“不行,非达到四十八小时后来答复我，我认为那是不合法的。”说着，她抿了嘴，向各人微笑着。她这一阵微笑，比她说了许多词严义正的话，还要有力量。大家都默不作声，暗中是很肯定地接受她的办法了。高一虹为了表示体贴主人翁起见，就向大家道：“主人今天说了许多话，也太累了，我们可以走开，让主人休息休息吧。”燕秋并不相留，点头答道：“我在后天晚上起，等各位的回信吧。”大家看是不能在这里再坐得了，也就分别地向燕秋鞠躬，告辞出去。

燕秋送到楼梯口上，说了一声简慢，也就回转房间去了。她坐在屋子里，用手撑着头，仔细想了一想，觉得这四个青年说是陪本人到西北去，那一定会去。不过不是石耐劳发起在先的话，大概其余三个人也就不会答应得这样地干脆。这样看起来，只有石耐劳是纯粹出于自动的。这一路旅行，将来是要倚靠他的地方为多，照着他的体格说，也是他四个人中的最好一个。假如孤男寡女，千里同行，有些不便的话，我想，就是他一个陪了我去，我也很可以放心走了。她的箱子里，这四个男友的相片，都收藏着有。她忽然心血来潮，立刻把箱子打开，将这四人的相片一齐摊了开来，在桌上陈列着。自己抱了腿膝盖，斜坐在一边，向这四张相片端详了许久；觉得各有各的长处，也各有各的短处。笑吟吟地出了一会神，很久的时候，情不自禁地打了一个哈欠，抬起手臂上的手表来看看，已经十二点钟了。今天这一场谈话，果然为时太长，应该睡觉休息的了。想到了睡，也就随着伸起懒腰来，而且是连连地打了几个哈欠。

燕秋所住的房间，是这旅馆的后楼，窗子外面，紧邻着别处的院落，到了夜深，人家都睡了，就没有什么声息。燕秋上床而后，可就睡得很安适。次早醒来，在枕上睁开眼向外面望望，玻璃窗户里，本已垂着白色的纱幔，向那里看，并没有一点日光，似乎天还没有亮呢。自己正也很疲倦，将身子向下赖着，扭了两扭，将被头向上牵扯着，又沉沉地睡过去了。睡了一会，也不知是为了什么声音吵醒，睁眼看那窗户时，依然是阴黯黯的，并没有什么日光。燕秋就想着：是我今天特别醒得早呢，还是天不容易亮？怎么到了这个时候，还没有太阳出来呢？于是伸手到枕头底下去，将手表掏出来看看，这倒真是笑话，已经十点半钟了。赶快起床，掀开窗幔向外看去，原来天上黑云重重，漫天漫地下着细雨烟子。这雨丝在空中本来细得看不出，但是常是让风一卷，卷起个烟雾头子来。雨虽然细，这楼檐上不时还有一滴两滴的檐溜滴下来，表示着这雨是下了整夜的了。燕秋昂着头伸开两手，连连又打了几个哈欠，似乎还睡得不大够。本来自己离开了家庭，又不到学堂里去，一个人住在旅馆里，睡去是消磨时光，醒来也是消磨时光。这样的阴雨天，又出不了门，起来了，闷坐在旅馆里，也是无聊。她这样一想，脸也不要洗，衣服也不曾穿，坐在沙发椅子上一人只管发呆。回头看看窗子外边，那细雨打在玻璃窗上，积成了水珠子，慢慢地向下流。燕秋心想：这种情景到西北去，是不大容易看到的，多看一会子吧。

正这样出神，那房门轻微地有人敲了两下：正要开口问是谁，外面就有清脆的声音道："宋！还没有起来啦？"燕秋听出来了，这是女同学李灿英，便道："下雨呢，你怎么来了？"说着，自己赶快抓了一件旗袍穿上，右手扣着肋下纽袢，左手就来开门。李灿英在手臂上搭上一件雨衣，侧着身子抢进了门，就握了燕秋的手道："宋！你为什么和家庭决裂了？"燕秋笑道："你不要送来送去只管叫宋了。我现在恢复姓杨了。我的那段秘密，原来只有你知道，现在我公开了，什么人都知道。"李灿英道："你这个样子办，有什么打算么？"她说着话，就走近了桌子边，将雨衣搭在椅子靠背上。就在这时，看到桌上陈列着四个青年男子的相片。仔细一看，有三个认得，便笑道："你把这些相片放在这里做什么，和他们告别吗？"燕秋暂时不愿把他们同到西北去的话宣布出来，为的是怕有什么变卦，因道："也不算告别。因为我昨晚上检箱子，对这四张相片犹豫了一会；还是带了走呢，还是抛了它呢？搁在桌子上，这个问题还没有解决。"灿英道："只有那个像电影明星的，我不知道是谁，其余我都认得。"燕秋向她望着笑了一笑道："你不至于不认得吧？他是个运动家石耐劳呀！"灿英听了这话，好像触动了什么心事，颜色一动，可是她立刻镇定了。见燕秋还蓬着一把头发，脸上黄黄的，眼睫毛簇拥在一起，因笑着道："你这懒丫头！睡得这样病西施一样，有什么心事吧？还不快洗脸！"燕秋道："我早就起来了，可是窗子外细雨蒙蒙的，我又没有地方可走，坐在这里发了好久的呆呢。"

灿英走到洗脸盆边,扭开水管子,放出水来,把铜挡子上的手巾扯了下来,抛在水里,将燕秋拉在洗脸盆边,笑道:“洗脸吧!”燕秋于是一面洗脸,一面向她身上去打量:见她穿了一件翠蓝色的大褂,在大褂开衩处所,四周微微露出黑绒红条沿边的夹袍。这里,露出圆圆儿的大腿,肉色红圈口的袜上,套了黑漆绽花皮鞋。两只光手胳臂,在拐肘子的地方,紧紧地匝了一只白银色的藤镯子。她脸上微微地扑了些粉,那微圆而带着欢喜相的轮廓,两道微弯的眉毛,长而且细;虽是浓眉毛改造的,这才显着它黑,眼睛略大一点,却是黑眼珠居多。头发在前额到鬓边,随着脸的部位剪着下垂,后脑的头发,却盖到领子上。燕秋只管是看,微笑着道:“李!你十几岁了?”灿英道:“我的年岁,你会不知道吗?那可怪了!我再告诉你一遍,十九岁了。”燕秋拿了一柄长柄牙梳对了镜子,只管梳头发,望了她道:“你快二十了,还是这样天真烂漫,我真爱你。假如我是个男子,我这样寂寞的生活,非向你求婚不可!你肯嫁我吗?”灿英笑道:“你倒想占我的便宜!”燕秋叹了一口气,不答复。她已梳完了头发,穿上了袜子,按着铃叫茶房泡好了茶,打开饼干盒子,装了一碟饼干,摆在茶几上,先用两个指头,钳着送到灿英口边来。灿英坐着抓住了她的手,因道:“我听你的口音,有一句话想要说呢。是句什么话?你说给我听听。”燕秋就顺了她的手挤着同在一张沙发上坐下,因道:“你没有来的时候,我就坐在这里发呆呢。你想呀,一个姑娘,住在旅馆里,这已经很孤单;遇到这样斜风细雨的天,你再和我想想,我是什么身世?不但父母兄弟有没有成了问题;就是我的故乡,现在有没有,也就不得而知;你再想想,天地虽大,我这个孤孤单单的人,往哪里去好?”她说着,眼圈儿一红,就要掉下泪来。灿英立刻抬起一只手来,在她肩膀上轻轻地拍了几下,笑道:“本是和我说着笑的,你倒哭了起来。这是我不好,我没有一口答应嫁你,你果然是怪可怜的,不问你是男的是女的,我都愿意嫁你了,你还哭吗?”说着,搂住了燕秋的脖子,将脸靠住了她的脸,燕秋笑道:“幸而我是个女子,我若是个男人,这一下子,真要给你迷住了。”灿英笑道:“女孩的心,都是软的。听你说得那样可怜,你若是个男子,说不定我真会嫁你。”燕秋笑道:“因为我是个女子,你才肯说这话。我若是个男子,你就不会说这话了。”她说着，嘴就连撇了几下。

灿英和她同坐在沙发椅子上，眼睛可向桌上那四张相片上射去，眼珠一转，一拍手笑着道："我明白了。你自从脱离了家庭，很感到伶仃孤苦，非找一个伴侣不可，所以把这四张相片拿出来，打算在这里面挑出一个来，你说是也不是？"燕秋笑道："胡说。"她说着，两手推开了灿英，坐到对面的椅子上去。灿英也不跟着向下说，只是斜靠了椅子，咬着下嘴唇，微微地笑着，向燕秋点头。燕秋走到窗户边，掀开窗纱，向外面看看，一个人自言自语地道："还下呢！这雨真下得愁死人了。"灿英笑道："别打岔，我问你的话，你还没有答复我呢。"说着，走了过来，将燕秋的衣服牵着，向桌子边走。燕秋笑道："你是看我来，还是同我捣乱来了？"灿英笑道："我们这么好的朋友，你和我说一两句实心话，有什么要紧。"她一手搭住燕秋的肩膀，一手指着桌上的四张相片道："你自己心里，大概决断不下，不知道挑那一个是好吧？你若不嫌弃的话，我来和你做一个参谋，你看好吗？"燕秋扭着身子道："你不要胡说。"灿英将手抱住了她的脖子，哪里能让她走开，将手指点着石耐劳的相片道："这个像电影皇帝，你若是望漂亮一条路上去挑选人才，这就是一个最合适的人了。"燕秋跑到椅子上来坐着。灿英也跟着坐下，直把头伸到燕秋怀里来，向她脸上望着，便问道："怎么样？怎么样？到底怎么样？"燕秋笑道："什么事情怎么样？你问了这许多，我一点不懂。"灿英道："你要我说出来我就说出来吧，挑这个姓石的做你的丈夫，你看好不好呢？"燕秋将一个食指扒着脸腮，向她瞅着笑道："一个大姑娘家，什么话都说得出，亏你好意思！"灿英道："说得人不好意思，做的人应当怎么办呢？照着我的意思说，你们先就订了婚吧，你现时在宇宙中间就是一个人，实在也太寂寞了。有了个人，至少是在这样下雨的天，可以谈谈心，不会发愁了。何况你还要回西北去……"燕秋趁她猛不提防伸出手来，握住了她的嘴，便笑道："你这一张嘴真讨厌！"灿英夺下她的手来，正了面色道："我这是真话。你开口就说回西北去，这话我有些不赞成。你想，你一个女孩子，光是坐轮船火车，还是很担心呢，现在还要到那火车轮船不通的地方去，不说有土匪强盗吧，就是客店里进出，长途汽车上下，都有许多不方便。若是有个同伴，那就好得多了。再说,走几千里只是一个人,可也感到寂寞。这还是说,你回甘肃去,可以找着你的家庭而言;说句不吉利的话,万一找不着你的家庭呢,你一个人又这样孤孤零零地回去,那才是难过又难过呢!”燕秋听了,许久不曾作声,于是松开灿英的手,两手交叉十指,抱了腿坐着。许久许久才说道:“你并没有走过这样长的路,你怎么会知道这些困难呢?你句句都说到我心坎里去了呀!”灿英走到椅子边坐下来了,向她笑道:“这也不过是想当然耳。那么,你有什么打算呢?”说着,顺手拿了一张相片来看,正是那位石耐劳的相片。仔细端详了一会,竟忘了问着燕秋的话。还没有答复呢,及至放下来,才想到了问人家的。看燕秋时,她一手撑了头,在那里出神,便笑道:“我明白了,你大概也是想到要带个人同走吧?”燕秋笑道:“人家又不是听差,怎好说带一个走?”灿英道:“这话我更明白了,是结伴同走。你决定了和哪个伴呢?你太凄凉了,我没有别话来安慰你,愿你们早早成双吧。”燕秋笑道:“大概你现在心里没有别的思想,不过是结婚!结婚!又结婚!所以你说了一早上的话,所谈到的,就是这个。”灿英道:“那么,我要问你了,既然不是走婚姻这一条路,你和一个男朋友同起同歇,做这样的长途旅行,在中国社会里,许可你这样的办吗?”燕秋道:“当然是不允许。不过和一大群男子走,做个旅行团的样子,那总也许可吧?而且我想着,我们这旅行团不限定是男子,若有女子加入,我们也欢迎的。李!你是我的好朋友,你又可怜我,你能加入我这个团体吗?”灿英道:“我若不是有家庭问题,我就陪你去一趟,借了这个机会,也好开开眼界。”燕秋笑着摇摇头道:“此话不然。你还得再转上一个弯子,你要说吃亏,我也是个女子,假如我是个男子,一定就跟着我走了。”灿英笑道:“你说得还不透彻,应当说可惜我是个女子,所以不跟你走;我要是个男子,一定牺牲一切,陪你到西北去,以便得着你的欢心,你就可以嫁我的了。这可是你自己露出马脚来了。这样的说,不就是说明了和你同到西北去的人,都是有目的的了吗?”燕秋笑着摇摇头道:“我是个傻丫头,不明白这些。”灿英坐过来,挤着身子,靠了肩膀,握了她的手道:“你说,哪个是你所选定了的?这四个人以外,还是四个人以内呢?”燕秋将身子一扭,很干脆地答道:“我不晓得。”灿英道:“胡说!自己的事,哪有自己不明白的道理?”燕秋只是笑笑,却不答复。灿英将身子扭得像风摆柳一样,又睡到燕秋怀里去,口里哼着道:“唔!你必得告诉我。唔!不告诉我不行。”燕秋推了她道:“你还比我大一岁呢,就是这样的在我怀里扭着,也不害臊?”灿英搂住她的脖子道:“你说不说?你不说,我搅得你不能安神。”燕秋拉下她的手来笑道:“你好好地坐着,我把心里的话都告诉你;而且我也不是先告诉你就算了,还有要紧的事重托你呢。”灿英于是正正经经地坐起来,正色道:“你只管告诉我,我必定和你保守秘密。”燕秋昂着头想了一想,微笑一笑。灿英道:“你又不是作章回小说,到紧要的地方,要卖关子。快说吧!”然而燕秋对她脸上看看,微笑着,还是不肯说呢。

第六回　青眼相逢湖山留客住　素衣结伴风雨渡江来

说到了婚姻问题，谁也觉得是带点神秘性的事情，从没有痛痛快快一口说出来的；尤其是女孩子们，她们无论如何，总得把这事含蓄着说，好像不含蓄着说，就有点不切题似的。燕秋虽是爽快一流的女子，然而究竟年纪轻一点，所以灿英那样好的女友，只管追问着她，也不肯一口就说出来。灿英呢，虽晓得她必定有了一个人，到底猜不出这人是谁。现在见她说到口边，又把这话忍了回去。就跳了脚道："你真要急死我了！肯说就告诉我，真不肯说呢，我也不能非刑拷打逼出你的口供。你老是这样装腔作势做什么？"燕秋这时就握住灿英的手，正色道："真的，我不骗你，人选我是没有决定，纵然有人和我同行，我也必定到了西北以后，得了长时期的考察再说。现在你要我告诉一个人，我糊里糊涂指上一个人骗骗你，那倒不要紧。可是把这话传出去了，将来发生了误会，那岂不是一件笑话。"灿英点点头道："得！你有理，我不问你这些话了。你说还有重要的事情要重托我呢，你就说吧，究竟还有什么事要重托我？"燕秋又昂着头想了一想，还是抿嘴笑着摇了两摇头。灿英跳起来道："这真是急惊风遇到慢郎中，你什么话，我也不要问了。现在我们解决别的问题，到了吃午饭的时候了，我们一块儿吃午饭去，就算是我和你饯行了。这还有什么可以推诿的吗？"燕秋道："嗐！老大姐！你不能谅解我？"灿英道："我谅解你呀，我不谅解你，还能请你去吃饭吗？"说着，就把搭在椅子背上的雨衣，拿到了手里来。燕秋道："还下雨呢，就在旅馆里叫些东西吃，不省事得多吗？"灿英道："那怎样的叫我请你呢？"燕秋说着话，可还坐在椅子上呢。灿英走过来，搀住她一只手，不问她同意不同意，口里连说着走走走！燕秋笑着站了起来，拍着她的肩膀道："你我的感情，确乎不错。将来我到西北去了，你可不要把我忘了。"灿英鼻子一耸道："哼！我倒是不会变心的，就怕你将来有了对手方，可就把我们甩在脑后了。”燕秋索性伏在她肩上，向她耳朵边问道：“难道你就不找对手方的吗？将来你有了对手方，又把什么态度来对付我呢？”灿英答复得很妙，微笑道：“你就往后瞧吧。”燕秋笑道：“好！凭你这一句话，我也得去叨扰你这一餐饭。”说着话，换了皮鞋，就同灿英一路下楼。

到了旅馆门口时，马路上的雨正下得大。那屋檐下垂下来的檐溜，如牵着长绳子一般，不容人钻了出去。燕秋站在门里，笑道：“你看，这样大的雨，哪里叫车子去？就是有车子，恐怕他也要大大地敲一笔竹杠吧！”灿英道：“我穿着雨衣呢，不要紧，让我到门外叫去。”燕秋道：“不要胡闹了，让茶房去叫吧。”

两人正在这里拉扯着。只见一个穿西服的人，外罩雨衣，头戴雨帽，两手插在雨衣袋里，跳了进门来，口里叫道：“好大的雨。”他说着话，取下头上的帽子，连连地摔了两下，摔下两条水线，有一条直洒到灿英脸上来。她红了脸，正待发作两句呢。那男子也就发觉了身后站着有人，立刻扭转身来，鞠着躬满脸堆下笑来道：“对不住！对不住！”当他口里说话时，他已看得清楚，就是来追求的杨燕秋。灿英也看清楚了，这就是像电影皇帝的运动家石耐劳。燕秋笑道：“这样大雨，石先生由哪里而来？”他笑道：“特意到这里来看看密斯杨的。不，杨女士讨厌人家叫密斯的。”说着又向她道：“请替我介绍介绍，这位女士是……”燕秋挽了灿英的手道：“她是我极好的同学，李灿英女士。李！这是大名鼎鼎的运动家、足球健将、田径赛……”石耐劳连连说：“不敢当，不敢当。刚才进门，冒昧得很，胡乱洒水，洒了李女士一身水吧？”灿英看到他以后，早把洒上几滴水点的事，丢到九霄云外去了，笑道：“没关系。我身上不还穿了雨衣吗？”石耐劳道：“这样大雨，二位女士，要到哪里去？”燕秋道：“李女士要请我出去吃饭呢。门口雨大，外面又没有车子，我们正在这里想法子。”石耐劳道：“不成问题，我身上有雨衣，我到这里都来了，出门叫车子还不行吗？”说着话，他已走出了大门去。灿英向燕秋低声地笑道：“这样大雨，他都来了。”燕秋没有作声，微微地一笑。

不多一会儿，石耐劳果然领着人力车来了，笑道：“我真是冒失，也没有问二位到哪里去，就把车子叫来了。”灿英道：“就是这条马路上的今雨楼。石先生若是不嫌弃的话，一块儿去坐坐。”石耐劳道：“好的。二位请先上车吧，我随后就到。”说着，他弯腰代拉了车把，将人力车子拉过了滴水檐下，好让二位小姐上车，躲过那水溜去。这二位女士，不是傻子，石先生这番体贴之意，自是很明白。二人坐上了车子，自各有一种感想。到了酒馆里以后，找了一个单间。因为雨天，除了两人，此外并没有顾客，所以整个馆子，都是静悄悄地，正好谈话。燕秋和灿英抱住一只桌子角坐着，灿英手摸了燕秋的手，微笑道：“杨！我现在明白了，你的对手方就是这位石先生吧？”燕秋正色道：“你不要胡说。这句话我绝对不能承认。”灿英见她说得如此地肯定，倒有些奇怪。纵然说石耐劳是对手方，那也没有什么关系，为什么她有些气急的样子？望了她的脸色，也正想把这句话追着向下问，却听到茶房吆喝一声五号的，接着有一阵皮鞋声，咚咚咚地走上了楼来。灿英心里明白，立刻停止了话不说。

门帘子一掀，石耐劳满脸是笑容，走了进来了。他两手拿着两把花，向前一鞠躬，笑道：“在路上遇到一个卖鲜花的，我看到这把玫瑰开得实在是好看，就买了两把，送给二位，在雨天解个闷吧。”他说话时，心里可就想着：李小姐乃是今天初次见面，总算是极生的朋友，应当先疏而后亲。于是把左手上捏住的花，右手先分过一把来，递给了灿英，然后很随便地把左手这把花交给了燕秋。燕秋果然把心里所想象的，彼此是很熟的朋友，不拘形迹。可是灿英拿了花在手上，立刻凑在鼻子上嗅着，由花上放出一道喜色的眼光，把这位像电影皇帝的运动家全身都笼罩着。然后笑道：“石先生！谢谢你啦。”同时，她心里想着：对一个老朋友，何必要送什么鲜花？分明他买这花是送给我的。至于给燕秋一把花，那不过是陪笔罢了，不见他将花交给她的时候，是很随便的样子吗？燕秋笑道：“这个样子，我们坐了车来，石先生倒是在雨地里走了来的了？”耐劳脱着雨衣，手上提着抖了两抖，笑道：“有这个，不要紧。”他说着，正要向钩子上去挂起来，同时就发现了衣钩上还有一件女子雨衣，这正是新朋友李女士的。说这话，倒好像说人家穿了雨衣，还要坐车。于是又跟了解释着道，“这也只有我们好运动的人，有这样走路的瘾。其实这样大的雨，穿了雨衣，也是不济事。二位是非坐车子不可，街上的水深着啦！”说着话,拖了凳子在下方坐着奉陪。桌上已是放下了一把茶壶,四只茶杯。灿英斟了一杯茶,隔了桌面,双手递到耐劳面前来。他站起来道:“怎么要李女士倒茶呢?不敢当!不敢当!”灿英笑道:“这个小约会,是我的主人;我倒茶敬客,不是应当的吗?哟,说起来,我更不对,石先生是客,怎好坐下方呢?”耐劳穿的是西服,空了两只手在外面,他就互相搓了巴掌,表示出那踌躇的样子来,便笑道:“若是这样地客气,我就不好奉陪了。”燕秋也向灿英笑道:“你怎么这样多客套?坐下吧。”灿英觉得‘怎么这样多’五个字里面,有点醋味,也就只好笑着,向耐劳道:“从此大家不客气了,就请石先生开菜单子吧!”耐劳搓着手向燕秋道:“我好开菜单子的吗?我不过是一位陪客罢了。”燕秋笑道:“主人请你写,你就写;也许你不写,就不成其为陪客了。”石耐劳对于灿英的托付,那就不好怎样违抗,再加上燕秋这一番言语,他更是推诿不得,这就笑道:“我又不知道二位喜欢吃什么,怎样的下笔呢?”灿英笑道:“这可怪了。难道杨女士喜欢吃什么东西,石先生不知道吗?”耐劳笑道:“可不是!就是不知道。”他说着话,就到旁边茶几上,搬过了笔墨纸张,要来开菜单子。他这个印象给于灿英是非常地深刻。因为打这里起,灿英知道耐劳和燕秋的交情,并不怎样的深密。要不然,哪有燕秋喜欢吃什么东西,他都会不知道呢?在这种情形之下,这餐饭,大家都吃得很快活。

吃完了,恰好天气已经开晴了。于是三个人顺着马路边的人行路,一同走回旅馆去。到了旅馆门口的时候,燕秋想起来了:石耐劳必是来答复自己那句问话,可以到西北去的。其实他不答复也知道他决定会到西北去;因为他是在四个男友之中,首先表示愿意去的。不过自己已经说明了,非到一定的限期,事前不许答复。在男子面前,第一次订的信条,必须遵守着;要不然,自己就不能树立威信,如何能够约束人家呢?于是就向石耐劳笑道:“还是请你明天来一趟吧。”这样两句无头无尾的话,灿英自然是莫名其妙。不过耐劳听着,就明白是拒绝自己提早回答的意思,自己也就不敢过于讨好。点着头答应道:“好的。明天会了!”灿英站住了,踌躇一会子,笑道:“天快出太阳了,我身上还穿着雨衣,那也是笑话。我不到旅馆去了,我们也改天见吧。”燕秋倒也以为她这话是对的,便笑着道:“你一定要走，我也不强留你。改一天，我来邀你出去玩玩，和南京各处的名胜告别，因为以后相逢，就不知是哪年哪月的。”灿英道：“好的，通电话来约定吧。”燕秋一面说着话，一面走着路，就走进旅馆去了。

灿英见石耐劳还站在前面，就笑道：“密斯脱石！你搭公共汽车吗？”石耐劳笑道：“不，我喜欢走路，我走了回去。”灿英已是走了过来，笑道：“运动家总是令人钦佩的，第一就是精神好。”耐劳笑道：“这也是各人的嗜好不同。”说着话，两人竟是并排走起来了。灿英道：“对于石先生，我是久仰得很了。在运动会场上，我是看见过好几回的，现在居然认识了。”说着，将手上拿着的花举了一举道，“还多谢你这个呢。”耐劳道：“这太不成礼物了。不过表示一点敬意。”灿英望着他抿嘴微笑了一笑。耐劳道：“今天叨扰了李女士在先，我觉得很有点冒昧，明日若是天晴，我来奉请；请李女士先指定一个地点，我也不约定多人，就请杨女士一个人作陪。”灿英笑道：“虽然密斯脱石觉得非还礼不可，这也可以。但是何必这样的急？”耐劳道：“固然是不必急，但是不久的时候，恐怕我要离开南京了，我想提前来请一请。”灿英听到，本来就想跟着问一句，离开南京到哪里去呢？转念一想，这何须问得，自然是到西北去。于是就点了两点头道：“哦！原来如此。”两人只管说话，不觉就走到了街的尽头。灿英问道：“我向右走了，密斯脱石呢？”耐劳恰是不曾加以考虑，便向左指着，说是走这边。灿英道：“那么，再见吧。电话号码，就是你名片上的那个吗？”耐劳连说是的，于是二人告别。

耐劳是在一个教会学校里读书，因为学校寄宿舍组织得很完全，他就住在寄宿舍里。他在这两天，也不知神经起了什么变化，只觉起坐不安，就不想上课，本来某个学校里产生一位运动员，至少是有十个荒疏功课的学生。石耐劳本人就是运动健将，根本上就不许有读书的工夫。学校当局，因为他是一位有名的运动员，给本校增加许多荣誉，就是他的成绩不好，勉强也算他及了格。因为如此，所以石耐劳虽是学地质的，他对于地质却是丝毫也不感到兴趣。自从昨天一口答应了燕秋，送她到西北去；以为抢了一个先，可以让燕秋明白，是对她最诚恳的一个；只要她有了好感，别人不见得有什么把握，自然也不愿千里迢迢去撞这个木钟。所以今天冒雨,还要到旅馆里去撞一下。不想无意之中,又遇到了一位李小姐;她虽没有燕秋那种健康之美,可是她另有一种流露在外的聪明,很讨人的欢喜。回家的时候,她伴着走了那样一大截路,也许是有心的。好在自己是要离开南京的人,不然,也许会引起一幕三角恋爱的趣事呢,他心里在无限的幻想之中,又加上了一重幻想,更是不想上课。回到寄宿舍里,就睡在被褥上,和了皮鞋,将两只腿架在铁床的栏杆上面,只管这样的望了天花板出神,忘了一切。有时也拿一本书过来,两手捧着看;但是看不到三行,把书就放在胸脯上,又出神去了。虽是这出神的当中,大部分是关于杨燕秋的;然而小部分也不免关于李灿英的。他有了这样一种态度,于是在这日晚上,就得了灿英一个电话说:"杨女士快要走了,在南京玩一天是一天,打算明天请她去游后湖。石先生不是说要请客吗,我想也不必。我请你吃了一顿饭,一天之后,就要回答吃一顿饭。现在樱桃上市了,那里有许多卖樱桃的,你就到后湖请我们吃顿樱桃吧。来不来呢?"耐劳只有感到请人吃樱桃不足以言还礼,自是连连地答应了来;同时还约定了,是明日下午一点钟。耐劳也就想着明天下午七点钟,是答复燕秋限期的时候了。我明天自下午一点钟起,就陪伴着她,无论是谁,若竞争答复得最早,这一着棋,那是不能更胜于我的了。他有他的思想,他也就有他的计划,自然他也有他的成绩。

到了次日,恰好是个大晴天;正午的太阳,尤其暖烘烘的。耐劳有件白府绸的翻领衬衫,备而未用,今天特意穿了起来。皮鞋当然是擦得雪亮,西服也换了一套浅灰色的。打开箱子,将家里汇来的用款,就分了一半揣在身上,然后坐了车子,直到玄武湖去。到底南京是六朝金粉之地,这样好的美景良辰,不肯辜负的人很多。因之一出城来,便是沿途停着各种车辆。不过这里的风景,倒并不因人多,就失去了它秀丽的气象。大雨之后,湖水涨得满满的,差不多和岸一般的平;只看那岸沿上的绿草,浸在水里面,这就有一种诗情画意。太阳照着这荡漾生光的湖水,人的眼光,似乎就另有一种变化,自然的精神就振兴起来。对湖的钟山,格外地绿了,两三高低不平的峰,斜立在湖的东南角上;于是一堆巍巍的苍绿影子,上齐着白云,下抵平白水。在水里的倒影子,还隐隐约约地看得出来,随着水浪,有些晃动。由山下向北走,恰好围了湖,是些小山冈子。靠山靠水,有几家茅屋在树影子里,半显半藏着,那简直是画图了。他一面赏鉴着湖光山色,一面向五洲公园里来。那青草地上,还是湿黏黏地。东一丛西一丛的竹子林里,也都抽着四五尺高的新笋子,表示出那雨后的情形来。可是那稍微干燥一些的地方,摆好了茶座,就是整群的人,在那里围绕着;其余那些树棵竹林子外的人行路,全是牵连不断的男女游人,乱哄哄地,没有个片段。石耐劳只和灿英约好了,在五洲公园里会面,究竟在什么地方等候,可没有确定。于是只好忙了这双眼睛,四处张望着;忙了这两条腿,在人缝里钻。

约莫有一小时之久,才听到身后有人轻轻地叫了一声密斯脱石,看时,正是李灿英。耐劳虽然满肚皮不耐烦,到了这时,却也不由得笑起来了。灿英道:“我在进公园的路口上等着,以为你来了一定可以碰到的。不想你倒先进来了,白等了许久。密斯杨来了吗?”耐劳道:“没有看到呀。没有和密斯李同来吗?”灿英道:“我以为你一定会打电话通知她的,所以我没有去约会她。既然你没有给她电话,她哪里会知道?”耐劳心想这话就不符了,不是你和她约好了,才来通知我的吗?怎么你两人还没有接洽过呢?不过彼此还是初交,不便怎样的追问,只作罢了。灿英见他沉吟的样子,笑道:“也许她会来的,我们先找个地方坐着谈谈吧。”男女同在一处,女子倒先约会着男子去谈话,这哪里有拒绝之理?自然笑嘻嘻地就答应着好好。顺着路转了两个弯,就到了一丛竹子边,离了水边不远的地方。那里正空着一张露椅,于是耐劳先掏出手绢来,拂了两拂椅子上的浮土,鞠着躬请灿英坐下。她坐下来,耐劳不敢冒昧地就跟着坐下来,站在椅子边,故意昂了头四面去看着,免得露出那踌躇的样子来。灿英这就看出他为难的样子来了,用手连连拍了凳子几下,便笑道:“干吗站着?坐下呀!”石耐劳回头看看,这才含着笑容坐了下来。他将头上的帽子取了下来,放在大腿上;但是刚放下,觉得不妥,又拿起来向头上戴着。灿英虽是和他并排坐着的,可是转过了眼睛珠子来,向他身上偷着睃了两下,看到他那手足无所措的样子,心里头已经了然了。这就搭讪着笑道:“这后湖的天然风景,山是真山,湖是真湖,那是很好的。只可惜这里的人工建筑,不但没有伟大精神,而且简陋得一点艺术意味也没有。同这个湖和这个山,实在不相称。"耐劳道:"这是建都没有几年的关系,将来这公园当然要伟大起来。不过向远处看看,山光水色,也就值得留恋的了。"灿英笑道:"密斯脱石快要到西北去,这就另有一番眼界了。"耐劳很惊讶地猛然掉转身来,向她问道:"这件事我并没有决定,密斯李怎么会知道的呢?"灿英抿嘴微笑着。耐劳道:"真的,走与不走,我到现在还没有决定呢。"灿英笑道:"为什么倒没有决定呢?"她说着这话,可就回转身来向耐劳望着。耐劳低了头望着地上,同时用皮鞋尖在地上涂抹着字。在这一刹那,灿英很快地看了一眼她的手表,已经达到了三点半钟了,她不由暗中点了点头,便笑道:"我很有划船的兴趣,不知密斯脱石喜不喜欢这个?"耐劳笑道:"什么运动我都喜欢的。密斯李有这个兴致,我们马上就去。"随着这个声音,灿英也就站立起来,自然地,随着这以后便是划船到湖心里去了。

一小时随着一小时地过去,他们是很快活,这也是南京的风景,有胜于西北千倍万倍。所以石耐劳只管贪着在湖里玩,却忘记答复燕秋的话,自有那一定的钟点;虽然不许在限期以前答复,可是也没有规定在限期以后答复。大概石耐劳是忽略了这一点,竟是安心在玄武湖里划船了。

那太平酒店里的杨燕秋,自到这天下午一点钟以后,就没有出门,料着那四位男友,今天七点钟前后,都会到旅馆里来。经过这一度肯定,迟则一个星期,快则三五天,就要动身了。在这个时候,不妨从从容容地,把事情来预先布置一下。她如此地想着,所以心里非常镇静。只等那几个侍卫来报到;那第一个报到的人当然可以决定,必是石耐劳,因为昨日那样大雨,距限期又是那样早,他还跑到旅馆里来,今天他会性子更急,也许下午三四点钟,他就来了。殊不料她所揣想的完全不对。到了下午七点钟,第一个却是伍健生来了;第二个是高一虹;费昌年虽来得最晚,却也没有过七点十分。自然,他们见了燕秋,都说决定了和她同路到西北去。燕秋心里,觉得石耐劳身体健康,彼此的感情似乎也比较地深一点,假使大家同路到西北去的话,少不得请他做一个队长。现在别人都来了,偏是他落后,以后倒不能太信任他了。她心里如此地想着,表面上却是很镇定地招呼来报到的这三个人,饮茶闲话。伍健生看了一看手表,就笑道:“当杨女士给我们限期的时候,只说不能早过一定的时间,至于晚过一定的时间,大概是可以的;要不然各人的钟表,不能对得一秒不差,来着恰恰碰到那个时间,可是不容易。”高一虹笑道:“我想,也不宜于太晚了吧!”燕秋一听他们的话音,就知道是对石耐劳而发;虽然想到他必定有了什么特别的原因,阻碍着不能来,可是表面上决不肯公然袒护他。就微笑道:“虽然晚过一定的时间,没有规定多久,可是也不能太久了。因为我们究竟有多少人动身,哪个日子走,都得预定好了;若是加入的人太晚了,要变动我们整个的计划,那只好是拒绝了。”费昌年点点头道:“我们有这些个人上路,也算是个法团吧。一个法团,应当有个大家遵守的规例,无论什么人,也不许违法。”燕秋道:“这话很赞成,我一个女子,和四个青年男子要同走这样长的路程,也很希望有个约束大家的东西。等到石先生来了,我们就可以来先讨论这件事。”大家听她的话,总也不能因为石耐劳到得稍晚,就把他取消;那也只好暂时说些闲话,一切问题,都等了他来再谈。不过大家都是为了一个共同目的来到这里的,在设想了两天一夜之久,各人少不得有些话说。现在忽然把这件事搁起来不谈,一时倒感到无话可说;然而当了女子之面,大家板起面孔来坐着,那也是要不得的。因之费昌年首先向身边的高一虹兜搭着说话,笑道:“昨天那么大雨,想不到今日这样大晴。”这话因无聊而发问,又在“想不到”三个字里,把别人代答的话,也代答复了。这倒叫高一虹没什么可说的。他是坐在一张小沙发上,旁边一张茶几,上面叠了几张报,他就手摸了报,问道:“你每日看的是哪几份报呢?”他两个人这种谈话,已够无聊的。伍健生靠了桌子斜坐着,却拿了一匣火柴,在两手心里来回地颠换看。

燕秋看在眼里,再看手表,时间已经延迟到了九点,便皱了眉道:“这可奇怪,石先生为什么不来?纵然他不到西北去了,也该给我们一个回信。现在我们不必等他了,大家有什么意见,就可以提出来讨论。我们决定了,他来了也不能推翻。谁教他缺席的呢!”这三个人都有这种感觉,石耐劳和燕秋比较的是接近一点,现在他不遵守时间,正好借了这个机会,来给他一个打击。都一致赞成燕秋的提议,立刻讨论起程的事宜来。由九点钟讨论到十二点钟,大致都议妥了:自明天起,加紧准备。第三天的晚上,就坐北上车到徐州转陇海路西行。燕秋昼夜望回西北去,现在如愿以偿,自然十分高兴。虽然所希望最亲切的石耐劳,不曾到来,也就不怎样的介意了。不过她心里想着:到了第二日早上,石耐劳一定有个回信的。然而她这层预想,又是不曾料定。到了正午十一点钟,茶房送进一封快信来,下款正是石耐劳的名字。燕秋拿着信在手上,颠了两颠,她心里可就想着:他必定是有了什么障碍,来不及当面报告我,所以就写快信来说,内容一定是报告他不能亲来的苦衷,就由书面来答应我一定到西北去。她心里头这样想着,随手就来拆信。然而信的内容,又是第三次出于她意料之外了。那信上说:

燕秋女士惠鉴:

请你原谅我,我不得已而失信了。昨天下午两点钟,接到家里一封电报,说是家中有急事,叫我赶快回南通去。我家里双亲年老,得了这种电报,不由得心里不慌乱,所以我立刻就动身,来不及告辞。假如没有什么事,我一定赶回南京来。纵然女士已经渡江北上了,我也可以赶上去的。方寸已乱,有言不尽,谅之谅之。即祝努力!

石耐劳　上

燕秋将信看了两遍,心想:这就难怪了,人家有电报叫了回去的。她不但对于这个电报没有什么疑问,而且还对伍健生等说:“自己就是回西北去找家庭的,别人因了家庭暂时不能同行,那当然是可原谅了。”其余三位男友,见石耐劳已落选了,各人也是心里暗喜,不觉又添上一分精神。

到了第三日,是大家出发的日子,事前约好了,就在旅馆里齐集。因为燕秋说了,西北人民都过的是刻苦生活,这回大家前去,都要用朴素些的服装。要不然,不但这样长的路程,容易发生意外,而且一路引着人家来注意看着,自己也怪难为情的。大家听了她的话,三个男友都换上了青布短衣,黄斜纹短裤,连皮鞋也不穿,只换了布底球鞋。这只有高一虹不同,多加上了一副圆框眼镜了,也许不如此,就不足以表示他是学文学的了。燕秋为感谢他们起见,今天中午又备了一顿上等菜饭,请他们在旅馆里饱餐一顿。当吃饭的时候,四人共围了一张四方桌子坐定,四只玻璃杯子,斟满了深红色的葡萄酒。燕秋可就按住了桌沿,先站起来了。她穿了一件短袖子粗布短褂子,隐约在衣纹里透出她那丰润的肌肉来。她的美发,在脑后方面,虽然还有些弯曲波纹来,然而也就修剪得很短了。她抬起了那嫩藕似的手臂,举起那酒杯来,向在座的三位男友道:“三位先生！蒙你们很大的牺牲,陪我到西北去,我这一分感激,也无从可以说起。这一顿饭,就算我先向各位道谢。第二呢,以后我们一路走着,当然是每日每餐,都要甘苦共尝。这一顿饭,也可以说是我们合作吃饭的开始,借了这杯酒,预祝我们前途顺利,大家干了吧!”她说毕,举起了杯子来,先就一口喝了个干净;其余三个人,看到这种样子,也就突然地站起来,谁也不谈什么话,举着杯子全都喝干了。燕秋笑道:“许多要送行的朋友,我都支使着他们到浦口车站上去了。这点用意,就是为着我们要吃这顿痛快的饭,请吧!”她说着话,坐下去,首先扶起筷子来。她那杯酒抢着喝了下去,热气上冲,立刻两个红晕印到双颊上。只看她那双眼珠活动着,自然是很快活了。这三位青年,自然也是以燕秋的态度为转移,大家都带上了笑容吃饭。燕秋笑道:“今天今时,在出发的地方吃饭,四个人围着了一张方桌,吃得很痛快。可不知道我们最后合作的一餐,是在什么地方,又不知道是怎样一个情形。”对于情感问题,高一虹是最好讨论的,这又是他一个发挥的机会了,便笑道:“所以古人登山览胜前,前不见古人,后不见来者,就发生了无限的感慨。离开了南京,杨女士总也算是离开了第二故乡,这一番感慨的话,那是应当有的。”费昌年和伍健生都腻厌他谈文学,不由得皱了眉,健生道:“吃完了饭,我们就和杨女士收拾行李吧。外面雨还下得很大,不如早点上车站去。泥滑滑地匆匆忙忙过江,恐怕有些不便。”

燕秋站起身来,开了窗户看看,不想一阵冷风,拥进细雨烟子,直飞到吃饭的桌上来。那黄色绸子的窗幔,被风吹着,只在屋顶下胡乱飞舞。同时就看到一个穿雨衣的人,帽子戴得很低,在对过马路上,有向这里偷看的意思。因窗子开着,他就走了。燕秋也来不及考量,连忙将窗户关闭,笑道:“这雨虽不大,来势可凶得很。”费昌年道:“若不是事先宣布了,我们今天可以不走了。”燕秋正色道:“那又不然,若是这一点斜风细雨,我们就要害怕;到了西北去,困难还正多,那如何前进?走!我就来收拾行李。”她说着把胸脯子一挺,就回房去收拾一切。本来也就收拾齐备的了,经她一提倡,这三位男友,都打起精神来,不到半小时,四个人的行李,都已运上了汽车。到这时,虽然有些留恋南京的意味,也不能不走了。他们另坐了一辆汽车,跟随着行李车到了渡口,呵!好一派风雨江景,只看江的东西两头,都让阴云重重地罩着,好像面前的大江是由阴云里面钻了出来,依然还流进阴云里面去。望对江浦口镇,那些新式建筑,如车站货仓之类,都大半让阴云笼罩住了。高一虹向那边指着道:“再过三小时,我们就到那云雨之中去了。”燕秋笑笑,没有作声。

车子到了轮渡边,大家又少不得一阵纷乱,拥上轮渡码头去,远远就看到李灿英在码头船中间东张西望。燕秋直走到身边,她还不理会,燕秋将她衣服一扯道:“你找谁呀?”灿英哟了一声,抓住她的手道:“哟!你改成了一身布衣服。猛然间,倒看不出来了。”说时,看她身后三个同学,都穿了布衣服,就点点头微笑。燕秋挽了她的手,一同走上轮渡,因道:“天气这样坏,为什么在码头上等我?”灿英道:“我得了电话,知道你们快要来了,所以在这里等你。”燕秋道:“谁打电话给你?”灿英顿了一下道:“一个不相干的人。”说着挽了燕秋向船边走,笑道:“到这里看看江景吧。西北哪有这个呢!”这时,那细雨如漫天漫地的烟雾一样,江面上稍微远一些的船只,就迷糊着看不见。江水扑了船边,啪哒有声,江心里的水,时常翻着白花的浪头子。燕秋不觉失声道:“好一幅江景!”灿英低声道:“你不久还是回来吧。你舍得江南,和你同去的几个人,可舍不得江南呢!”燕秋笑道:“我说了吧,那个像电影皇帝的人,不在我同行之内吧!可惜我没有机会,不然倒要和你作进一步的介绍呢。你不是很崇拜他吗?”灿英脸色红着,却说不出来。正是汽笛呜呜一声,轮渡要开,于是拉着她道:“江心里冷,进舱去吧。”于是这个问题,也就始终含糊过去了。

第七回　各有深心殷勤为护士　独具正义慷慨说行人

杨燕秋自从到东南以来，就寄宿在南京城里，一居五年。在许多地方，都感到了兴趣。虽然是自己思念骨肉，急于要回西北去，可是这次回去以后，什么时候能回到南京来，那却没有什么把握。也许从此以后，就永远和东南别离了。为了这层关系，她伏在轮渡的栏杆上，向烟雨迷蒙中的狮子山，怔怔地呆望。李灿英拍着她的肩道："船靠码头了，下吧。"燕秋掉过头来，才看到旅客纷纷地下船，那三位同行的男友，各人提着背着东西，正在一旁等候着。燕秋道："我们走吧，再不下去，轮渡又要把我们带回南京去了。"高一虹一手提了一只小提箱，一手挽住了一只大网篮，面红耳赤，那分儿吃力可以想见。他笑道："因为杨女士正在望着南京呢，我们不知道你心里有些什么感慨，没有敢惊动。"燕秋倒不理他这个茬，却向他周身瞟了一眼，因笑道："高先生！你一个人拿两样东西，有些气力不够吧?"高一虹怎肯示弱？将手提的小箱子，抖了两抖，笑道："行！太行了。"说毕，他挺着胸先走。伍健生、费昌年也是提着又背着，紧随了后面走。灿英低声向燕秋笑道："你有这样三个大卖力气的人做卫队，真够舒服了。"燕秋笑道："还有一个最能出力的人，没跟着来呢。"灿英就知道说的是石耐劳，可不敢问。二人在许多旅客中，拥挤着下了轮渡，步进车站，只看那三位男友，走了几步，就要回头来看看，唯恐是走快了，让燕秋赶不上。灿英又斜看了燕秋一眼，笑道："像你这个样子，别说是到甘肃去，就是到西伯利亚，你也尽可以放心地走。你看他们卫护着你，是多么地尽心呀!"燕秋用手推了她两下，招呼她不要说。

这时一阵啪啪的鼓掌声，早送入耳朵来，正是来送行的一班朋友，全站在三等车外面，大家来不及打招呼，就鼓掌来表示欢送之意。燕秋刚才在轮渡上，本来有一种说不出来的情绪，现在大家对她鼓掌欢送，她又觉得人生在世，实在应有点振作，才可以引起社会的注意；也就为如此，才可以引起人生的兴趣。我若不是发奋要到西北去，哪里有这么些个人来欢送我呢！那么我仅仅是回家去看故乡，找父母的，那也太无意义了。在南京的客居学生，到了相当的时间，谁也免不了回家去看看父母，这是极平常的事。何以到了我这里，就可以宝贵？这分明是朋友认为我丢开了繁华的世界，愿意到那穷荒的西北去，多少有些用意的。唯其是他们认为有用意，所以这样的欢送我了。燕秋心里，在想着心事，眼睛望了大家，就不住地点头。那些欢送的人见她点着头，更是像众星拱月一样；因为在后面跟着，直弯到前头来将她围住在中间，大家还是噼噼啪啪，继续地包围了鼓掌。燕秋只好挤开众人，走上车去，站在梯板上点着头道："今天天气不好，蒙各位送过江来，我非常感谢。将来到了目的地点，有了什么好消息，一定有信报告给诸位的。"她说这话，本来指着有什么作为而言；好像说是回家筑路了，开矿了，或者种了十几万棵树了。可是欢送她的群众，都不那样猜，以为她这个好消息，是代表结婚而言。于是大家疯狂似的鼓掌一阵，而且在鼓掌声中，哈哈大笑起来。燕秋说出口来，是不大自觉，及至人家这样的起哄，回味一想，也就不由得红潮上脸了。站在她身边的几个欢送的人，那当然是看得更清楚，索性二次鼓起掌来。燕秋无论怎样的爽直，有了大家这样一闹，不能不害臊，只好缩到车子里去了。

自然和她感情较好的女友，也都跟着走进车厢里来。灿英紧紧地握了她的手，和她一同坐在木椅上，低声道："杨！我现在要说几句实在的话。"燕秋摇撼着她的手道："李！你有什么事要我替你去办的吗？你只管说，我一定替你办着试试看。"灿英摇头道："你到那种寒苦的地方去，还能有什么事要你代办呢？不过我想这一去，什么时候再来，那真说不定。我们交了这多年的朋友，你说声走，就走得这样远，我真有些舍不得了。"她说到了这里，两只眼睛眶子里眼泪水汪汪地，差不多要滚出珠子来。燕秋握住了她的手道："那不要紧，我们常常通信好了。"灿英道："你什么时候能回来呢？"燕秋道："这很难说。我若回来得快，就是我的家没有了，不能有插足之地了。反过来说，那我就说不准在什么时候和你见面了。"灿英道："我料到你是不再回南的，所以我心里就很难受了。"旁边有一个女学生插言道:“我想西北交通一天比一天便利起来,往后到南方来也是容易。”燕秋道:“那是自然。不过我要来的话,也应当有所谓;要不然,这样远的路程,我就有时间,也没有川资。”灿英听了这话,更显着她是不能马上来的了。心里似乎得着一种安慰,可就很诚恳地向她道:“杨!假使我有对你不住的所在,你当原谅我呀!”燕秋正要说什么,伍健生引了许多男友上车,大家在忙乱中一阵应酬,把这个岔儿就揭了过去了。

他们这三等车上,本来就谈不上秩序,加之燕秋这一群男女送客的,多半都是年轻学生,他们有了三个以上的同伴,那就禁不住耍闹。现在差不多到三十个人,所以车上车下谈笑来去,非常地热闹。结果被欢送的几个人,都给闹糊涂了,只有向人微笑的分儿。直到铃子摇着响,报告车要开了,宾主才算安定了。燕秋扒在车窗子里和送行的人说话;伍、费、高三个同伴,单另的挤一只车窗里。送行的许多人,看着燕秋那种健而美的姑娘,再看着这三位男同伴,年岁都在二十边,各带了一种勃勃的朝气。这些看的人,哪个心里不纳闷;这样一位姑娘,后面容许着三个男子同时追求,而且是同起同歇,要走几千里,这一路的趣事,当然是不少。结果只能许一个人成功的;其余两个落选的人,扫兴而回,要走几千里路,那份痛苦,真不必说。可不知道这位姑娘用什么手腕来对付这件事了?这三个少年,不知道哪个是走运,哪两个是倒霉的?可是在这时候,他们可都是满怀带着热烈的希望,要追逐着一只天鹅,回到西北;至于那莽莽的前途,谁也不想到有失败回来的吧!在大家这样满布着疑团的当中,这四个男女带了笑容,被火车带着走了。这里比较地可以得到若干安慰的,就是李灿英一个人。她觉着燕秋肯定了不回到东南来,这是她的幸事。

燕秋在车窗子上伏着,眼见浦口车站,渐渐地沉沦在烟雾之中,她也情不自禁地叹了一口气道:“南京!我们再见了。”说着,将手扬了一扬,将身子缩了进来。这三位男友和她共是四人,正好坐了两张互相对面的木椅。伍、费两人,坐在她对面;高一虹坐在她并排的椅子头上,将靠窗户的那好位置让给她了。这时,她缩回了身子来,有伍健生替她关了窗。高一虹首先笑道:“杨女士究竟对我们东南有些恋恋不舍。”燕秋掉过脸来向他笑道:“我当然是有些恋恋不舍。你要晓得,一个人对于一个地方要永别了,那总是一件极凄惨事情。”高一虹道:“这样说,杨女士此行,不打算回南吗?”燕秋笑道:“你以为我到甘肃去游历一趟,马上就回来吗?”高一虹笑道:“自然不是马上就回来,不过杨女士的意思,可是永久不回来呢!”燕秋想了一想,便笑道:“这话也很难说。我们不必事先来规定,做到哪里,说到哪里吧。”伍健生因高一虹挨挨蹭蹭,结果倒和燕秋坐在一张椅子上,心里头非常不高兴。以为他故意在别处周旋,最后入座,乃是知道别人不好意思和杨女士同座;他后来,没有座位,自然和杨女士同坐一张椅子了。现在他一开口就碰了个钉子,这倒让人痛快一下;不过他是和燕秋正对面坐着的,若是有什么不稳重的态度,燕秋首先可以看到。为此,只微微地看了高一虹一下。高心里想着:自己这句话,果然是问得很浅薄,燕秋回西北去,是找她的父母;找着了父母,有了家了,她还回东南来做什么?不过这是表面上的理由,其实她的父母在灾难的时候失散了,又隔了这些时,决不会寻到的。便是寻到了,一个在东南享受惯了物质文明的人,她又怎能在那寒苦的地方久住?假如她和东南人士结了婚,丈夫要回东南来,她就能够不跟了来吗?所以现在对付她只是想法子,要怎样的去增加爱情,怎样去和她接近,以至于订婚。至于她回东南不回东南的那一句话,简直是不必问的。他在一度碰壁之后,自己坐着守了许久的沉默,就增加了不少的主意了。

火车继续地走着,雨也继续地下着,而且是渐渐地加大起来;雨点打在玻璃窗上,蒙了一层水汽,积水变成珠子,只管地向下淌。燕秋笑道:“扫兴得很,在窗子里头,一点也看不到窗外的景致。事先晓得这样大雨,迟一两天动身也好。”费昌年道:“不要紧,我们在火车上要走两千里呢。不见得火车经过这样大的地方,都在下雨。我们钻过这雨林子去,也许两个钟头以后,就可以打开窗户的了。”高一虹一手托了头,斜靠在椅子靠上,听了这话,两手一拍,笑道:“好极!这话大有诗意,记得在《随园诗话》上有这样两句诗:只道出门偏遇雨,不知自入雨中来!”燕秋笑道:“高先生一肚子里都是文章,随便引来就用。”高一虹笑道:“这很算不了什么,记得两句诗词,也不过自己欣赏着,解解闷的玩意儿。”燕秋道:“高先生是常在许多刊物上发表文章的。平常出城游一次燕子矶,还要做上两千字的游记;这回走这样长的路,当然有许多刊物的编辑先生要你写文章了!”谈到这一层,正搔着高一虹的痒处,搔搔头发,皱了眉笑道:“我若是全答应下来的话,至少有十处,不过真能给稿费的,可不到三五家。”燕秋笑道:“你是个资产阶级,还在乎这个。我觉得这回要你坐三等车,有点叫你受委屈。”高一虹站起来,笑着连说言重言重。伍健生故意望了窗外道:“现在外面没有雨了,打开玻璃窗子吗?”燕秋道:“不必了,说不定不久又要钻进雨林子里去。”费昌年笑道:“我随便的一句话,杨女士倒老记得。”燕秋笑道:“因为你这句话,果然有点诗意。”费昌年架了腿,颠簸着地笑道:“诗词这样东西,我也很欢喜,不过忙着本分的功课,没工夫去弄这个。”

伍健生在他说话的时候,伸了两次脖子,想要说话;无奈费昌年的眼光都在燕秋身上,可没有理会,只等他话锋顿了一顿,伍健生索性伸手拍了他的腿道:“喂!喂!喂!老费,我有个提议,我想我们这一行四人,大小是个团体,应当把职务分配一下子,至少这庶务这件事,应当有个人负专责。”燕秋道:“那倒不必。我们四个人是极好的同学,谁多做一点事,都算不了什么。责成一个人做什么?倒显着我们太认真了。”伍健生原觉得自己突然出了一个主意,很可以找点机会献殷勤,不想燕秋是依样的不给面子。但是高、费两人,都和她说笑来着,自己可不甘落后,于是笑道:“当然我们患难与共,谁多负一点责都没有关系。不过会计一类的事情,必定要指定一个人经手。譬如今天买车票,就是一虹代办的,若是我们四个人,各人自去买一张票,那太没有头绪了。”燕秋道:“这话有理。”健生得了这四个字的批评,立刻在脸上浮出了笑容。燕秋道:“你三位不都是推我保存款项吗?这事我依然负责。以后一路之上,开销旅馆,买车票,用人夫,请高先生办,随时在我这里拿钱。我又要说句笑话,他是个有钱的人,用亏空了,我们可以讹他。其余也没什么事,我们临时商量就是了。”健生不想自己出主意倒给别人去造了机会,这也就不好再说什么。高一虹已是站立起来,大有宣誓那种态度,说道:“只要各位信任我,我总可以办得下来。”他说这两句话时,嗓子也是特别地提高。这倒引得满车子人,都向他望着。燕秋就伸手扯了他的衣襟道:“坐下说吧,干吗站起来,倒惹得许多人注意。”一虹笑着,也就坐了下来。

在这种动作里面,燕秋自己是毫无所谓,可是伍、费二人看着,分明是她对于一虹却是特别地要好。伍健生心想:难道她和他早就有相当的感情了?不然,何以上车之后,便彼此有些照顾呢?果然如此,我们千里迢迢那算是陪考的二位,用不着什么竞争了。他如此地想着,自然有点灰心;但是偷眼看看费昌年的态度,却不着什么痕迹,自捧了一本杂志在那里看。心想:若是在学校里和她往返而论,还是自己的机会多些,可并没有见一虹和她亲密的情形,也许是自己多疑了,还是镇静一点的好。因为如此,也就在提包里抽出一本杂志来看。但是也不过看了两三行,由书头上去看燕秋的态度,见她斜靠了窗户板,一手撑了腮,向窗外半望着。高一虹坐在她身后,却比较地受拘束,朝了她的后脑,那不成模样;端正了坐,又因为她是侧身而坐的,椅子上地位又不相容;因之只好站了起来,两手插在裤袋里,不住地在客人座位当中徘徊。健生想着:简直没有一个人和她搭腔,似乎不妥。于是放下书来,向她笑道:“杨女士在想什么呢?要看书吗?”燕秋这才掉过头来,便笑道:“不看书。”她说话时,身子已是坐正了,可是脸上依然向窗子外连看了几眼,那态度正是淡淡地。健生便将椅子角上的茶壶,用手抚摸了一下,乃是冰凉的。于是在椅子下提起网篮里的热水瓶,和一只玻璃杯,先倒了大半杯开水;然后将壶里的茶卤,斟上了半杯;手握了茶杯,隔着玻璃,觉得这水是温暖适合,于是两手捧着,送到她面前,笑道:“杨女士!喝一杯。”燕秋站起来接着茶杯,笑道:“这就不敢当。”健生笑道:“我看到你有两回手触着茶壶,又缩回去了,必是嫌茶凉,不肯喝。”燕秋心想:我自己都没有什么感觉,他倒知道我两回手摸了茶壶呢,于是就笑了一笑。健生正在她对面,只看她那乌眼珠子一动,露出白牙来一乐,真有无穷的妩媚,自己也不动作。直待燕秋将那杯茶都喝完了,便伸手将玻璃杯子接过来,问道:“还喝一杯吗?”燕秋笑道:“不必客气,我不喝了。”健生心里想着:这个办法很对,我总是和她客气,她也就不能不理会我了。因之他时而敬水果,时而敬点心,一味地周旋。

燕秋对于他这番情景，有时也接受，有时却也拒绝，似乎不怎样介意。不过她心里很明白：这三位男友，要开始竞争，来夺自己这个锦标了。可是这个风气，现在不应当开始；因为还有许多路走，目前就闹出这醋味来，以后还不定有多少笑话。为前途的共同福利起见，得想一个法子，把他们全安定了。在她这样想象的之中，所以她对于健生这番客气，却也不做什么表示。

火车在细雨中奔驰着，在晚上九点钟，到了徐州了。南北旅客向西走的，都是在这里换上陇海路火车。还不曾进站，三位男友，早是把所有的行李，都提着背着。伍健生已经决定了要多卖力气，所以除了两手提了两只提箱而外，还将一只小网篮和一个小包袱配着，中间用绳子一拴，背了在肩上。恰巧是左右前后，全是东西，当大家挤着下车的时候，他在车门间夹挤着前后进退不得。后面有个穿武装的人正是急于要出去，也不管他受得了受不了，两手向前一推。健生只身子横了一点，支持不住，就由车门里直栽出来。这站台上在久雨之后兀是水淋淋的，他身子向前，两脚向后，不是赶快把两只手提箱在地面上撑住了，不免摔倒在地。燕秋是空了两手随在他后面，心里倒老大不忍，连忙跑上前去，将他搀住。健生笑着点头，直说多谢多谢。燕秋笑道："你和我背了这多行李，几乎栽倒，怎么还向我多谢呢？"健生道："不是你来扶着，我这跤跌下，大概不轻。"燕秋道："我们为表示男女平等起见，你得把一点东西我提着。"健生道："这地方十分地拥挤，你就不必客气了。"说着，他一身拥了四件行李，还是向前走。燕秋不能在他身上把行李夺了下来，他要这样吃力，那也只好由他了。

津浦北上的车到站，比陇海西行的车到站要相差到三小时，所以由此换车西去的旅客，都得站上等候很久。这时天上虽是住了雨点，抬头看看，天上黑沉沉地，一粒星光都不曾看到。那晚风在阴湿空中经过，触到人身上，很有些凉意。本来在这里转车的人，多半都到徐州街上去混上两个钟头，或上菜馆，或上小饭馆，都可以消遣过去的。可是燕秋说："今日天阴，内地的街市，那分泥泞，也可以想见，随便买点东西吃吃，不必出站了。不然，大家带着这些行李，搬来搬去，也着实地麻烦。"大家自然是以她的意志为意志，就在站上停住了，行李放在站台上，当了临时的椅凳。燕秋坐在小提箱上，抬头四望，将肩膀连缩了两缩，笑道：“究竟火车是向北走，很有点晚凉的意思呢。这是东北风吧?”伍健生道：“我有个主意了，我们三个都坐东北角，可以替你挡住风了。”燕秋正说了一句不敢当，健生首先将一只大提箱放在地上，立刻张开了两腿在上面坐着，一虹和昌年，谁也不敢偷懒，都把行李搬在他一条战线上，然后坐了下去。这三个人倒真的当了她临时的肉屏风。燕秋看着他们，微微地一笑，又咳嗽了两声，才问道：“三位冷不冷?”健生道：“我们不冷。”燕秋道：“伍先生这话有点武断，你自己只能知道你自己的体温，他两位怎样，你哪里晓得？你说我们不冷，‘我们’两个字，可以考量。”昌年道：“我倒是不冷。”燕秋笑出声来道：“我也知道各位一定是不冷；若是说冷，怎好继续地和我去挡风呢？现在，我有两句话说，请各位静一静，听我说完。”她这几句话，不但把三个人的声音，给禁止住了，就是三个人的态度，也让她封止得端正了。

燕秋见他们都不作声了，这就再咳嗽二三声，从容地道：“我这次回到西北去，蒙三位陪了我一同去，既有了光阴和金钱的损失，还要很吃辛苦。我感激之外，那还是万分抱歉的。这回同各位到西北去，与其说是各位陪我去，倒不如说是各位保护我去。诸位不说，我心里也很明白。不过想到这里，我心里是很惭愧的，为什么做女子的出门就要人来保护呢？所以为了这一点，我就很感觉到我自己要赶快纠正自己的倚赖性。所希望于各位的，只把我当作一个平常的同伴，好像各位可以做的，我也可以做；同来的意义，只是以为一个人上路，太枯寂了；有了不测的事，缺少了帮助。大家同来呢，就有个互相照应之处。既然是互相的，就是三位之中，无论哪一个，有要我帮助的时候，我当然也可以竭尽全力来帮助。在这一个原则下，纵然三位是男子，我一个人是女子，然而我们都是人，谁也不应当自己认为是个弱者，一切都要人帮助。在没有动身以前，我以为诸位或者都了解这一层，用不着我来先说；现在虽还只坐了一小截路的火车，然而我看出来三位是以弱者待我了。犹之乎那些千金小姐，由家里上戏馆子，还得人给她拿了大衣，捧了小皮包呢。我和三位同学多年，当然知道我不是这样一个女子，假如我是这样一个女子，我可以在南京继续做我的小姐，为什么要到西北来？我知道，三位处处卫护着我，替我做事,那是看得起我,还沾默欧化风味,以为女子是应当占先的。我觉得这也不好;既然是男女平等,这个先不属于任何一方,谁碰着一个占先的机会,谁就去占先。现在我说明白了,希望从此以后,我们这同行之中,有什么出力气、费精神的事,二一添作五,四个人平均负担。还有一层,我们这就是共患难的朋友,以后大家称呼名字,不要叫我女士。我呢,也不客气了,不称呼先生。这样,才见得我们是没有一点隔膜,像兄弟姊妹一样。话就说到这里为止,三位有什么意见指教?”她把这大段的话,一连串地说了出来,连气也不曾换一下。

当然,那三位受训的人,也只有静静地听着,直等她问到三位有什么意见指教,健生和一虹同时地站了起来,想要答复。不过一虹看到健生有说话的神气,他就退让了,便笑道:“那么,请健生先说。”健生因为有人让着说,倒有些不好意思,便笑道:“我并没有什么意见,不过……”于是咳嗽了两声,笑道,“还是一虹先说吧。”口里说着,就用手来挽一虹的胳膊。一虹笑道:“刚才杨女士……不!燕秋,她告诉我们了,不必客气。怎么你还要客气?”健生这才放了他的胳膊,站着道:“燕秋的话非常痛快,我们应当诚恳地接受。可是有一层也得说明,将来万一有什么事要我们帮忙的话,希望燕秋只管说出来,不要以为大家是平等的,无须乎我们帮忙了,就忍在肚子里不说。要是那样,我认为也有失我们这番互助的意思。”燕秋笑道:“这话我应该接受。那么,高先生……哟!我叫人不要客气,自己可就照样地客气,可见由客气变到不客气,也是很难的。一虹的意思,又怎么样呢?”她随了这句话,掉转身来向一虹望着。一虹笑道:“我的意思正是和健生一样。”燕秋摇着头道:“这是你们过于顾虑了。我不是个需要虚荣的女子,我办不到的事,我就会说办不到的。若是我自负着自己什么都能够办,那又要各位陪我到西北去干什么,我不会一个人去吗?好了,我们不要多说废话,以后我们做着看,我总希望大家率直些,一点不要虚伪。健生!请你把热水瓶拿出来,我说得口渴了,要喝一点水。”健生不好意思代为倒茶了,就把身上挂的热水瓶子取下来,两手交给了燕秋。她偏在这时,向他笑道:“以后就是这样不用客气了。”健生知道这是指先前那一番客气而言,连说着当然,然而始终守着沉默的费昌年,他很高兴,他自觉得胜利了。

第八回　亲手抚创痕旁人侧目　退身虚前席之子有心

这四个旅行的人，订了这一个约章，除了杨燕秋觉得自由而外，其余的人都要感到一种困难。因为男子对于女子，似乎有一种天生媚骨；在燕秋面前转来转去，只看到燕秋有什么需要的时候，那就都想去替她办理。可是真个替她去办理，那是有违约章的。这里第一个犯规的，还是伍健生。在燕秋取过热水瓶，将瓶盖翻过来，向里面倒着热水。这瓶盖是极薄的白铁做的，热水倒了下去，手有点捏不住，只松一点，杯子落地，把这杯水全泼了。健生立刻弯腰向前，将瓶盖捡了起来，递给燕秋；同时还在身上抽出手绢来，交给燕秋，去拂拭那身上泼的水。燕秋虽是把东西都接住了，可向他笑道："健生！你可犯了约章啦！"健生忽然省悟，向后退了两步，笑道："我不算犯约章，这话怎么说呢？你泼了水，这是遭了不测。我们做朋友的，是不应当袖手旁观的。譬如说：这热水瓶里装的是镪水，洒到了你身上去，我们也不管吗？"燕秋笑道："这有点强词夺理，不过我们的约章，还是刚刚定好，粗心一点，偶然触犯了，这也很可原谅的。但是只可这一次，下不为例了。"健生也不能再行强辩，只得笑着说好的好的。他这样一个失着，又算加了大家一重经验，非燕秋有什么话吩咐，大家是不敢上前去做事的了。

大家静悄悄地坐着，只等火车来到，一度无言可说之下，不免抬首四处观望。这天色似乎有些晴的希望，因为在黑沉沉的天空里，不时地冒出两三点繁星了，这好像表示着头上的云彩，有些移动了。高一虹笑道："天晴了也罢，我希望一路可以看点陇海路的风景。"伍健生笑道："下句我替你说了，要找一点诗文材料。"一虹觉得他这话，有点讥讽的意思在里头，便笑道："那可不敢当。不过我是个学文学的，就也心焉向往罢了。"燕秋道："就不是学文学的人，既是出来游历，当然也希望看一点风景。我这回西行，所以决定了在开封、洛阳两个地方都下车，就为的是要看点文化上的东西。要不然,我们今晚上火车明天就可到达潼关,那也就省事多了。一虹!在开封、洛阳这两个地方,大概你知道的典故不少,你得多给我们讲一点。"一虹道:"当然,当然。我所最注意的,就是殷墟的甲骨文字,我听说开封博物馆收罗着这样东西最为丰富,我要饱看一顿。"燕秋道:"那我们正同此意。我不懂得那圈圈叉叉的甲骨文字,不过我想看看大致的情形,这并不是学金石文学的一种玩意。这和中国古代的社会组织,政治组织,都很有关系的。我们唯有在这上面,才可以看出古代的真面目来。"

一虹听了这话,太高兴了,两手一拍,跳了起来,笑道:"唯有带了这种眼光去看甲骨文字,那才有价值。"可是他太高兴了,却有那扫兴的事跟了上来。原来他是将一只提箱立了起来坐的,他身子猛然站起,提箱向后一倒,不知他何时开了箱子,不曾锁好;这时把箱子盖摔开,扔出了里面大批的东西:如漱口盂、眼镜匣、墨盒,那些小件东西呛呛啷啷,滚了满地。这地面虽是水泥盖了,究竟还有些泥浆,一滚之下,沾染得可是不少。他啊哟了一声,赶快在那提箱里摸出手电筒来向地面一照,跌着脚道:"糟了糟了!怎么办?把东西全弄脏了。"他跌着脚,自向地下去找寻。费昌年笑着,倒是向前来和他一同地寻检。一虹弯了腰,喘着气道:"不必,我自己会来的。"燕秋也接过了他手上的电筒,和他照着,笑道:"这是你真遇到不测,我们应该帮忙的。"健生见二人都上了前,不便袖手旁观,也只好上前来帮助着。不过他心里却有点不自在,他心想:无论在哪一处看来,燕秋都有些偏爱老高。听他们说话,倒是她处处迎合着老高,并不是老高迎合着她。果然如此,我要在适当的程度里向后转,不能白白地陪送到底了。他检完了箱子,又得着第二个不良的感想;就是一虹两手拍了几下,低头向小网篮里又去找东西。燕秋道:"网篮没有动,你又去翻乱它做什么?"一虹伸着两手道:"你看,我抓了满手的泥渍,也没有地方去洗,总得干擦两下才好。"燕秋不等他说完,就把胁腋下的那条手绢抽了出来,向他手上一抛道:"啰!我这里有擦手的呢。"一虹也没有说什么道谢的话,接着手绢,就胡乱擦了几下。健生看在眼里,八九是一虹占了先;不过今日还是登程的第一日,一切都不能为凭,但等机会再试吧。

大家为了这箱子忙乱一阵,倒消磨了不少的时候。看了站台外面,又是陆续地向里面走着旅客,这是表示西去的车子快要到了。燕秋道:“这次上车去,我们得抢抢。你看,进站来的人,是这么样子多。这又是一个整夜,我们要在车上睡的。假如找不到座位,在车上就这样熬一宿,明日到了开封,恐怕没有精神去游历了。我就是这一点子事情不行,不能够熬夜。”费昌年道:“这倒不用发愁,凭我们四个人的力量,难道跑上车去,找不到一个人睡觉的地方吗?”燕秋道:“并不是说我一个人,自然是大家都要睡。”费昌年道:“是呀!便是我们自己也都可以想法子的。”他所说的我们,是和燕秋对立的,那意思依然是只要替燕秋先找个安顿的地方,大家回头再说。燕秋本来还要驳他两句,又转念:他还没有做出来,若是先点破了,倒以为自己希望如此呢。正说话时,旅客来得越多,彼此也就把行李整顿一下,各提到面前来。燕秋因为要表示自己能力不差,除了把手提箱子搬到面前来而外,还把一个小包袱也挽了在手臂上。

只看到站台上几名路警向轨道边走去,旅客们更是纷纷然在灯光里向路边上凑。一时看到一个大黑头,由铁路那头伸了过来,火车便已拖到了面前。仿佛所站立的站台,有了缩地法,向后狂退。燕秋在南京多年,仅仅到过一次上海,并没有旅行的经验,突然看到火车直奔到面前来,多少有些吃惊;再加上眼睛发生了错觉,以为自己在向后退,不由得头昏眼花,脚立不定,几乎要栽倒下去。她的身子只是这样晃了两晃,她立刻感到自己错误,急忙把身子掉转来,躲开火车去。可是头已昏晕了,掉转身子,也为时已晚,上半截身子偏着,手里的提箱,已是捏不住,索性放下箱子,将手来按住。费昌年站得比高、伍二人为远,可是他已注意到燕秋的现象不好,抢着跑了过来,将燕秋一只手臂搀住。健生想着:这表示太亲密了,必是要碰钉子的。可是燕秋被他搀着,笑着抬起头来道:“这是笑话,没上车,我先晕了。”昌年道:“你本来离得火车太近了,若是我们站在这里,也许要摔倒在地呢。”他一面说着,一面就弯腰提了燕秋的提箱在手,连道:“上车吧!仔细地方给人家抢去了。”他这样说着,燕秋也没有什么考虑,就跟了他先抢着上车。高、伍二人,倒在后面做个掩护者了。昌年领着燕秋,左手除了一个提箱之外,还有一个包袱，却在身后头，硬拖着带了进来。不想后面的人在网篮提箱之下，不抬头地向里面挤，将那箱子和包袱，连昌年半只胳膊在内，夹得紧紧地。昌年前半边身子要随了燕秋走，后半边身子倒被拉住了，自己一时火起，口里说着："胡挤些什么?"将手臂使劲地抽着，恰是后头的人，被更后头的人向前冲着，把那夹缝松了。昌年那歪着向前的势子，没有人来拉住，身子一虚，向前直栽了去。因为他不是直着向前的，稍稍偏一点对着椅靠角上撞了过去，只听得扑通一下响，便伏在椅子上。燕秋在他面前，正在人缝里张望，哪里有空位子；回头看到昌年这一个不测，比自己那一跌更厉害到无数倍，她也不要找座位了，立刻掉转身来，向昌年问道："怎么样，这一下子碰得不轻吗?"昌年伏在椅子上，总有三四分钟不能够说话。许久，才流着眼泪，笑了起来，因道："没有什么，只是耽搁我们找位子了。"说着这话时，那伍、高两人也都到了。健生道："这可真是祸不单行，燕秋没有碰到，到底昌年是碰上了。"燕秋皱了眉，似乎感到他在说风凉话，便道："我们就在这里坐下吧，还能到哪里去?"高、伍二人没有敢多说话，立刻把提箱网篮，在上面架子里，下面座椅下，都安排停当。

只见昌年坐在椅子上哭笑不得的神气，抬起手来要摸头，却又放了下去。看时，他那额顶上，碰起了鹅蛋那么大一个包，包顶上青了一块。燕秋道："这不是闹着玩的，我来给你揉揉吧。"于是伸着左手，按住了昌年的头，右手就掀起了自己蓝褂子的衣襟，放到昌年碰起包的地方，由缓而急，由轻而重，将手指隔了衣襟，只管揉擦着。她就靠得昌年近近地站住，差不多真是声息相通了。健生心想：燕秋和昌年，向来都是交情淡淡的，只是她现在这种态度，那可是自己未婚妻也办不到的事情。这样看起来，她是对于任何人，都没有什么成见的，爱怎样就怎么样，并不受男女之嫌的一种拘束，若是这个包碰在我的头上，她也不会例外，一定是照样地给我揉擦的。昌年这小子，真有这幸福！上得车来，就有这样一个绝大的机会。他心里这样地想着，眼睛不断地向昌年身上瞧了去。昌年低了头，眼睛由燕秋的手肘下看了出来，见健生不住地向自己注意，心里也就很好笑。他想着：不必到西安，健生必定有一处身体要破皮出血，等了燕秋去揉擦的。他这样的捉摸着，就不由扑哧一下，失声笑了出来。燕秋按住了他的头，向他脸上望着问道："你笑些什么？"昌年道："当然有些痛。可是我不好意思哭，于是就借了这一声笑，把哭遮盖过去了。"燕秋对于他这话，倒不以为是假的，点了头笑道："这一下子果然是够你受的，怕没有茶杯子那么一大块呢。"昌年道："当时是不觉怎样痛，因为一下碰下去，震得头上麻木，人就失了知觉了。刚才你慢慢地一揉，揉出我的知觉来了，我这才知道头上还有点儿痛呢。"燕秋笑道："那么样子说，倒是我揉坏了呢？"昌年笑道："我也不能那样贱骨头，怎么你替我诊病，病倒加重了呢？"健生道："你又不是病；若要是病的话，做朋友的，都得帮忙，不能累燕秋一个人。"燕秋听他的话因，便知道他用意所在，抿嘴笑着；没有加可否，自挨着昌年，同在一张凳子上坐下来了。偏是当她坐下来的时候，火车刚是开始展动，车辆大大地震动一下，燕秋身子摇动着，直撞在昌年怀里去。昌年连忙将两手搀住了她，笑着道："可不要又来一下子，那真是祸不单行了。"燕秋一手扶住他坐了起来，一手理了鬓发，微笑了一笑，接着又正色道："我们要镇定一点子了。老是这样闹下去，也许真会闹出什么乱子来呢。"她把神色一正，别人自然不敢再说什么，可是高、伍二人，心里总感觉得有点不大自在。只有勉强把外表端正了，移转了视线，向全车看了去。

由这里向西去的人，比由浦口向北去的人，还要多上几倍。除了每个凳椅上，都坐有两个人而外，还有连凳椅都坐不着的人，将行李放在空当里，人去坐在行李上。这车上，真可以看出中国社会是怎么一种现象：男子有穿西服的，也有拖了发辫的；女子有穿高跟皮鞋的，也有包小脚的。在这两极端的中间，那一分子杂乱，更是可想。对过两条椅凳上五个旅客，就很感兴趣：一个乡下妇人梳了大圆饼子发髻，一身灰泥满了的衣服，倒穿了一双红绣花鞋。黄黝了的脸，耳朵上挂了两串龙头凤尾的银耳环，她正乳着一个孩子呢。她怕人看到她的乳峰，将身子扭转去，对凳子角落里去。在她身边放了一个包裹，仿佛是作为界限，在包裹外边，坐了个商人式的男人，口里衔了一管旱烟袋，将背对着那女人，可是他们不时地有话对答，分明是一家人。那一张对椅上呢，却是一对摩登男女：男子所穿的西服，虽是很粗糙的，但是脸上的雪花膏擦得太厚，犹如抹了一层石灰，头发黑而又光，根丝不乱。女的穿了花布旗袍，高高地顶起两个乳峰，下面两条大腿，衣服开衩的所在，不见裤脚管，露出那肉色丝袜，仿佛是两只赤脚穿了皮鞋。她和那男子头靠头地挤在一处，男子展着一本书和她同看。

一虹看着，感觉得有点兴趣了，低声向健生道："我这时有个感想，可以写一篇小品文，题目就是三等车里的矛盾。"说着，微微地将嘴向那边一努。燕秋笑着低声道："你不要批评别人，我想同车的人，一定也在暗地里批评着我们，以为这四个男女，究竟算是什么一回事呢。在这里，我们就可看出中国社会，是最不容易应付的一个社会。"一虹将头伸了一伸，笑道："我们在车上，也是闷得很。朝外看吧，天黑了，什么看不见；朝内看吧，无聊，灯光只能看人影子，书又没法看。我来发起个民意选举，那四个人谁当第一，谁考第四。"燕秋眼睛一转，笑着点点头道："好的。谁的理由最不充足，明天到开封，罚他请客。"大家对于这事，都感到兴趣，一致赞成。于是由一虹在日记本子上撕下两页纸，分着四开，各得一张，依次地掉转身去，用铅笔写了出来折叠着，交给一虹揭晓。开了看时，都推那摩登女郎第一，第四却各自不同；燕秋的票最后开，她没有写字，写了个算式，乃是 X=0。她抿了嘴，向大家微笑着，等大家发言。健生接过那纸块，口里连念着爱克斯等于零，又向对过的人看了看，笑向燕秋道；"这是相等的吗？"燕秋道："明日我发表意见。那时，你们都该罚。"大家听她所说，虽不能完全明白，但是那样挤着并头看书的男女，不是她所赞同的，这却可以想到，大家都微微笑了。燕秋嘴一撇，冷笑道："现代女子，是那个样儿吗？这里我不说，我先休息会子。"她说着，将一条干的毛手巾，折了几叠，放在椅靠上，自己缩到椅子角里，头枕着那干毛巾，闭着眼自睡了。可是看她的脸上，还微微地带了笑容呢。这三位青年，却还不要睡，可也不敢高声说话，为的是怕惊动了燕秋的瞌睡。

其实这三等车里的人声，那是永远不会宁止的；而且火车的大轮，那样在钢轨上奔跑，恍惚暴风雨里面，还加着大雷狂吼，如何会没有声音？所以他们三人那样的小心，实在是多事。火车离开徐州，不到两小时，那里上来的旅客，精神已定，正好开始讲话，消磨长途的困坐，较之他们所希望的清静，也不知相隔多少远。唯其是火车上旅客除了说话，是没有法子来消遣；还有那环境不许可说话的，譬如他根本是一个人之类，这没有法子，只好抽烟；再加上谈话的人，也不免抽烟，提着精神。于是这火车里，在几十分钟之内，立刻就变得雾气腾腾的。本来很长的一辆三等车，棚顶上就只有两盏电灯，细火星星，可以说看得见，也可以说看不见；再用烟雾从中来罩上，那就越发地迷糊了。因之这三个人既不便说话，也就只好头靠了椅子背，昏昏地睡去。

昌年这个凳上，燕秋头靠了那个角落，身子向外斜伸着，这就不容许昌年有睡觉的空间。昌年向对过椅子上看看，见那对摩登男女越挤越近，两个头已不啻挤到一处来睡了。燕秋在她的意思里，表示着爱克斯等于零，分明这两个人的人格，不足以超过那小脚妇人。换句话说，她是瞧不起这种人的。在这一点上，那就当极力躲开和那男女同样的动作。如此想着，每当两眼迷糊着，头要向椅子靠背上枕去的时候，就睁开眼来望望。有了两回，发现了健生虽在对面椅子上睡着，可不是真，他将眼睛微微地睁开，正时不时地向自己看来；看人不在明处张望，显系有侦探的意味了；加之燕秋越睡越倦，两腿只管斜伸了出来，教人也不好坐。抬头向四处看，隔两个座位的所在，那椅子上只坐了一个老年人，还不曾有人注意；立刻起身向前相问，竟是在前站空出来的，并没有人。他于是推醒燕秋来，低声道："你躺一会儿吧，我那边有位子了。"说毕，也不等燕秋的答复，他就坐过去了。

燕秋站起来伸了一个懒腰，笑道："你有坐的地方吗？"昌年在他所坐的地方，伸出一只手来，而且还点了两点头。燕秋对于一个男友，决不能一定要他来坐，于是笑着点了两点头道："那也好。"自己实在也是困倦得很，缩了腿，横坐在椅子上，靠了车壁，可也就睡起来了。坐火车睡觉，和在家正是一个反比例，那极大的震动，倘然停止了，人反是会醒过来。因之火车每到一站，燕秋就醒了，睁眼看高、伍二人时，多半是相挤着打瞌睡。可是昌年呢，总是端正地坐着。这原因却也不难明白，就因为同座的那个老头子，身上实在地脏。一件黑布夹袍子，罩了一件叠了二三十个补丁的马褂，那衣服究竟是什么料子做的，已经认不出。只觉无数片的油腻，倒有些像膏药板。嘴上的一部长胡须，被流出来的清水鼻涕，黏成了好几片;口里衔了一杆长烟袋,口水是顺了那烟嘴子直流下来。头上虽不是长辫子,却是小辫子拴了个疙瘩。他不时地用手在头发里搔痒,似乎那里面,还有不少的寄生物呢。这种情形之下,便是自己,也就不敢在那里坐着。这要叫昌年坐了过来,有些不好出口,可是自己在这里一味地睡觉,却把人家挤到那地方去受罪,心里头也是不过意。于是手扶椅子靠站着,向昌年望了微笑。许久,她倒是想出了一句话,便向他点头道:“昌年!你坐在那里舒服吗?”昌年站起来,连点了几下头道:“很好,很好。”他既是说了很好,就不能再要他坐过来了,只得再笑一笑,随便地坐了下来。

一虹倒是看出来了,就向健生道:“我看昌年坐在那里,这个劲儿可够受的。我们把他叫了过来,三个人挤着坐,你看好不好?”健生怎能够说不好,也就点点头道:“好的,让他坐过来吧。”说着,这就站了起来,向昌年招了几招手,又向椅子上指了两下。昌年倒是会意了,笑着向他摇了两摇头。健生也不管昌年了解不了解,不再谦逊,自己就坐下来了。燕秋原觉得三个人坐在一处,也是一个处理的办法;不想健生只是随便地虚谦了一下,自己不能逼得三个人受罪,只得罢了。这一晚晌,燕秋横坐在那椅子上,醒了一会子,睡一会子;看昌年一个人始终是坐着不得劲的样子,那脑袋向怀里垂了下去,可是那种睡法如何能舒适?每到头垂过胸部去的时候,自己猛然地惊醒,就突然地坐了起来。直待到了天气混亮,燕秋决计不睡了,就叫他坐了过来谈话。可是坐不多久,火车也就到了开封了。

在大家忙乱着整理行李,预备下车的当儿,也就忘了睡觉。不过大家坐着挣扎了一夜,都有一种说不出来的感觉。出得火车来,早上的晓风,拂得人脸上分外地觉得凉爽。看那初出土的太阳,不是往日那种金黄色,现在紫中带黄,似乎有一种愁惨惨的意味。昌年挟了个手提箱,又提藤包,落在三个人后面走。燕秋回转头来向他笑笑道:“你这一晚罪受够了,把东西交给搬运夫去拿,不好吗?”昌年笑着道:“谁也不是坐二等车的呀!为什么只是我一个人要用搬运夫呢?”说着,他加紧两步,走到人前面去。凡是车站上,照例是有一道检查。所有旅客,这时又是一番肩推背拥,直挤到检查室里去。昌年第一个走进去抢着把两件行李,放到一位检查人员面前去。不想头低了下去,后面被一只大木箱子一撞,向检查人员怀里直撞了去,连忙伸直腰来,待要向那人道歉。不想旁边一只网篮高高举起,猛然地放下,不歪不斜,正打在碰起他的额角顶上,立刻痛得眼泪水直流下来。那检查人员瞪了他一眼道:“你胡忙什么?”这时,有一大批旅客挤了过来,眼见一个带护兵的人,随便地过去了,随后一个在马褂上挂徽章的人,递了一张名片给他,也过去了。到第三个,是位穿西服的少年,虽然他曾把手提箱打开来看看,在他小提箱里翻出有好几张带官衔的名片,于是另外几件行李,都不曾看,照着件数,给了他查讫的纸条,挥着手让他过去了。昌年想着:这该轮到他了。不想来了一位摩登少女,提了两件行李,横着身子挤了上前。那检查员低头看着,立刻向后退缩了一步,分明是他的脚让这位摩登太太踏着了。可是他对于这件事,并不生气;只向她看了一眼,她自己似乎也发觉了,扭着身子嗤嗤地笑了起来,勉强才正了颜色,说句对不住!那检查员虽是不曾说不要紧,可是脸色也很平和的,并不难看。那女客在身上掏出钥匙来,就要开一个小皮箱子。检查员道:“箱子装着什么东西?”女客答道:“不过是些衣服罢了。”他就挥着手道:“那么,你们去吧。”昌年看了这情形,真不容他不呆了起来。心想:他这一问,不嫌是无谓得很吗?他问箱子里装着什么?那女客绝不能答应里面装的是毒物,或者是违禁品。箱子是装衣服的,自然说里面是衣服了。在他这样一度发呆之后,那检查员绝没有闲工夫来等待他,已经照着他的意志,去检查别人的行李去了。等待昌年回醒过来,还是找着另一个检查员,才把他的行李翻查过去。

这里一连地几间检查棚子,每个棚子里,都是挤满了的人。只因昌年插上前了两步,将同伴丢在了人丛之外,因之燕秋等三个人,却上别个棚子受检查去了。他们检查过了,走出棚来,并不看到昌年,都很为奇怪,怕是他先出站去了,于是大家很匆忙地走出站来。站外是马路的尽头,一片大空场子里,一排排地放着人力车;纷纷的旅客,带了行李,向前走去,并不曾看到昌年在那里。燕秋跳着脚道:“这个地方,谁也不熟,走散了怎么办呢?”说着,两道眉毛深锁起来。她之对昌年那么牵记,可想而知哩。

第九回　妙事见重重汴梁小住　游兴生勃勃铁塔同攀

杨燕秋这一行人，到了开封车站，不想为了检查行李的缘故，把费昌年走失了，大家都觉得很煞风景。加之各人所拿，是随身的东西，还有打了行李票的箱子铺盖卷，都不曾取。旅馆的接客招待，沿路都有，这时也不能去兜揽。大家站在车站外，彼此望了一眼；高、伍二人脸上都表示着有点不乐意。燕秋望着他二人，微笑道："别着急，我们站在这里等一等就是了。昌年也不是三岁两岁的小孩子，就是走出了站去，他也会找旅馆，我们可以在报上登一条启事，说是住在哪里，自然也就会面了。"健生笑道："还要费这么大的事吗？这话传到了南京去，那可是笑话。朋友们必定说：我们到西北去，第一件事就是登报寻人，大家不觉得面子上难堪吗？"这几句话，倒说得燕秋有些脸红，便笑道："我也不过这样比方地说，难道还真会登报寻人吗？"高一虹笑道："这话可又说回来了，这开封地方，我们是人生地不熟；设若老费真个走失了，我们除了登报，可没有第二个法子找他。我们一路下车，一路出站好了，他偏偏要挤着向前。"燕秋见伍、高两位都在埋怨昌年；自己也不便给他辩护，只有默然地在站外等着。眼看下火车之人，一阵纷乱之后，渐走渐稀，下车的人，都快要走完了，也不看到昌年走过来。健生笑道："我们老是在这里等着，那才叫痴汉等丫头呢。我想他早就坐车子走了！"燕秋听到他说痴汉丫头这个譬喻，很是不雅，瞪了他一眼。健生虽知道燕秋是对于自己的话不满意，然而对于这个譬喻不满意却不知道；他以为是不该说昌年走了，因此再也不作声，只好手扶了放在地上的行李，向前呆望。高一虹尤其不愿碰燕秋的钉子，默然站在一边。燕秋这倒僵了，就这样的站在这里，等上费昌年一辈子不成？便抬起手臂来，看了看表，笑道："我们再等五分钟，不，再等十分钟吧。十分钟后，他还不找到这里来，一定是离开车站了。"健生见一虹兀自做好人，他也不能那样傻，便笑道：

“只要等得着昌年,我们就等两三个钟头也不要紧。我们在这里是很着急的;我想他在别个地方,找不着我们那分儿着急比我们更厉害。我们失伴还有三个人,他一人照应了东西,还要四处找人呢!”他刚说完这些话,后面有人叫起来道:“哎呀!好找好找!”

大家回头看时,正是费昌年追来了。他两手提了东西,胁下还挟着小皮箱,脸上红红的,额头上汗珠子直向下滚。到了伍健生面前,首先放下东西,和他握着手,不住地摇撼道:“对不住!对不住!你们大概等久了。健生真能原谅,不说自己等久了,倒要说我一个人着急。”说毕,在衣袋里取出手绢来,满头满脸来擦汗。燕秋道:“你怎会落在后面呢?”昌年将自己受检查的事说了一遍,燕秋跳脚道:“我们哪里晓得?把你一个人累苦了,我们可也是应该多等一些时候的了。”昌年兀是揩抹着汗,只是微笑。一虹道:“老费来了,我们应该走了,我是急于要到旅馆里去洗个手脸。”昌年也不搭腔,他就去找了一个旅馆招待来,连雇车子取行李等事,都和那招待商量好了。他也并不是多事,觉得自己累同伴的人久候了,要做点事来报答大家。他却大意了,关于这些事,大家曾有个小小会议,是推举过高一虹负责的。别人虽不介意,一虹就感到他这是有点多事。

大家坐了人力车,顺着一条马路进城。到了城门口,在最前面的旅馆招待,就停住了跳下来,向昌年道:“先生!请你把验放的票子拿出来。”昌年道:“什么验放的票子?”招待道:“你们在车站上,行李没有受过检查吗?”昌年道:“受过检查的,箱子里什么东西,都是看过的。”招待道:“他们检查了,要把一张印有‘验讫’两个字的纸票给你的。你拿着了没有?”说到这里跟着的四辆人力车子,都停住了在路一边。昌年道:“我只知道受检查,哪里知道还要验放的票子。”拉着他的车夫道:“那不行,没有票子,行李进不了城。”昌年便回转头来问燕秋道:“你们有那验放的票子没有?”燕秋伸手向衣袋里摸了两下,惊道:“有的,我丢了。都因为在车站外面,大家心里着急,把这小事情忘了。”那城门口,正站有几名军警,一位警士,手上拿了一叠方块的验放纸片,站在路当中,大概那就是验放行人的。他听到燕秋说把这件小事忘了,“小事”这两个字,他好像很是扎耳,斜瞅着这一行人,微笑了一笑。昌年首先觉得这事不大高明，立刻跳下车来，向前对那警察道：“我们是初次出门的人，不懂规矩，把行李验放的票子丢了，可以放我们进去吗？”警察道：“我放你进去，我在公事上，怎么交代呢？”燕秋也走下车来了，向警察道：“我们就是再回到车站上去，检查行李的人都走了，也是没有地方去找验放的票子呀。”远处站了个扶住步枪的兵，向她笑道：“你这傻孩子，说啥话？你把行李打开来，在这里让我们检查检查，不就完了吗？”燕秋板住了脸，向高、费、伍三个人招着手道：“好吧，好吧，再检查一道吧，谁教我们自己不小心呢？”于是这四个人将十几件小行李，放到路边警士面前地上，蹲着身子，解索的解索，开锁的开锁，那警士只低了头看着，腰也不曾弯下去，问燕秋道：“你们到开封来干啥的？”燕秋道：“我们是学生，由南京来，到甘肃去，路过开封，下车来看看。”警士把手一挥道：“好吧，你们去吧。”

燕秋四个人，打了一个照面，谁也不作声，收拾着行李，再上车去。这回算是没有了阻拦，一直进了城；远远看到一座鼓楼，高立街心。到了鼓楼下，是一条由东而西的马路，两旁的店铺，洋式门面，倒不少两三层楼的，而且那铺面的装修都有七八成新，可以想到，这条马路是新辟未久。正在观望，街心的岗警，却用手向两边轰开行人。这一行几辆人力车子，也闪到路边去。大家正是愕然，这是为了什么？这时，几十丈路之外，却来了一辆高高的轿式汽车，大大的黑篷子，还落了不少的漆，沾了不少的泥灰，车轮子又窄得只有巴掌那样宽，哄咚哄咚响着，如火车头开来了一般。而且那汽车走的姿势，很像小孩子追卖糖人儿的，不是车轮子滚，乃是整个车身子蹦；七颠八倒地，如入无人之境。再待它过去了，岗警才放行人走。伍健生笑道：“燕秋！你有什么感想吗？我觉得在开封马路上走，那是很安全的，永远不会有被汽车轧死之虞。”燕秋一撇嘴笑道：“少开心吧，刚才没有给气死呢。”

大家笑着，就到了旅馆门口。进去看时，却是很大的平房改造的；进去一层又一层，到了一个有树木的院子里，引路的茶房，却回头向燕秋道：“四位是要四间呢？……”燕秋道：“开一间小的，开一间大的。我们的庶务先生！你以为怎样？”

说着,望了一虹。他笑道:“我没有成见,昌年的意思怎么样?”昌年笑道:“一个问一个,这倒妙了。怎么样问起我来?”一虹道:“不是你引着我们到这里来的吗?”昌年于是微笑笑,没作声。燕秋道:“就是这样办吧。我要一间小屋子,三位自己怎样,我不管了。”一虹也不敢再说俏皮话,就依了她,开了一间大屋子,一间小屋子。在这院子里,乃是斜对门而居,大家进了屋子,各有一番洗刷。

茶房泡上一壶茶来,送到大屋子里。高、伍、费三人围了桌子坐下,一虹提起壶来斟茶,昌年站起来,突然做个立正的姿势,向他行个举手礼,一虹笑道:“大家不是有约在先,谁也不许客气的吗?”昌年坐下笑道:“我不是多谢你斟茶,我是和你道歉。”一虹道:“在火车站外等你,也不是我一个人,你向我道什么歉?”昌年笑道:“非也非也。引到这旅馆来,本当归你办理,我有点越俎代庖了,所以我要和你道歉。”说破了,一虹倒有些不好意思,便笑道:“我们这是特任简任的官,要争这份儿风光吗?闲话休提,今日天色还早,我们找点东西吃,还可以到街上去玩玩。”昌年将面前的茶杯向桌子中心推了过去,然后两手伏在桌上,额头枕在手臂上,接连打了两个呵欠道:“我不行了,想睡一觉再说。明天从从容容地出去吧。”一虹笑着还没有搭话,健生也是一手撑了半边脸,斜望了昌年,一手将中指不住地在桌上打点着响,微笑道:“你也未免太卖力气了。在火车上熬夜不要紧,怎么坐到那个生虱的人一块儿去,连瞌睡也不敢打。我警告你,可别招了那富贵虫到我们身上来。”昌年抬起头笑道:“这件事,我知道你二位有点不明白。你想,我和她坐在一张椅子上,她前合后仰,只是要睡,我若不离开,她很是痛苦。坐在她一凳是坐,坐到旁的那椅子上去也是坐,我何不让了她?我可没想到同座的那个老头子有那样的脏!”健生笑道:“在火车上,老高作了两句的打油诗说你,诗很妙!”昌年笑道:“什么诗?念给我听听。”一虹笑道:“我不是自己作的诗,是改的唐诗。就是可怜夜半虚前席,不配红颜配白头。”昌年搔搔头发笑道:“诗不坏。”

这时房门推开,燕秋笑嘻嘻地站在房中间,向一虹点点头道:“诗句用得现成,我仿佛念过这两句唐诗的。只是有一层,你这诗,有点儿不写实。第一,我就不敢承当‘红颜’这两个字;再说那个老头头发也是不白的。”燕秋是这样直筒子,说出来了，这倒叫一虹有些不好意思，红了脸道："这不过大家闹着玩玩。"燕秋笑道："没关系，以后你想作打油诗，你就只管作吧，我倒喜欢这种东西。"一虹除了微笑，不好再说什么。昌年笑道："请坐吧！这是到我们屋子里来，我们应当客气一点。"燕秋道："我打听了，这里到龙亭去不远，今天我们就去游龙亭。与其在家里坐，不如到龙亭上去坐。明天我们的游程，是游铁塔，访犹太人，参观博物馆，登古吹台。"她口里说着，将右手点了左手的手指头。昌年这就不敢说什么了，张口要打个哈欠，赶快忍住了，背转身去装着倒茶喝。一虹道："好，我们就走吧。"燕秋道："不忙！我们应当先吃点东西才走。出去以后，我们知道向哪里找东西吃去。"一虹道："这话有理，我的肚子早就有点闹饥荒了。"

说着，便引高了嗓子，向外面叫茶房。茶房进来了，燕秋和他说要吃东西。茶房道："我们这里，没有厨房，要吃啥，到外面馆子里叫去，吃啥有啥。啰！外面院子里，不是中原春的伙计？喂！进来，这里叫饭。"茶房向窗子外招着手，一个穿短衣系围裙的人，走了进来了。他笑道："四位要啥？"燕秋道："你们馆子里，都有些什么？"伙计道："全有！吃啥有啥。"一虹笑道："又是个吃啥有啥。喂！我们要吃龙心凤肝，你有吗？"伙计笑着摇了头。一虹道："你不是说吃啥有啥吗？"燕秋笑道："人家不过小馆子，吃的范围，也以小馆子为限。你这么着想，就吃啥有啥了。"伙计笑道："对了！我们是大饭馆，预备的东西多。"燕秋道："那也好，你给我们预备四个人的大米饭。"伙计道："我得回去看看，怕卖完了。"健生笑道："好！第一样就没有。"燕秋道："没有米饭，吃馍也成。你都有些什么菜？"伙计道："炒个三鲜、木樨肉、炸个丸子、炸八块儿、炒个子鸡儿，吃啥有啥。"燕秋道："我们想吃一点清爽的，有油菜没有？来个虾米炒油菜吧。"伙计道："油菜可没有。"昌年道："烧头尾吧。"伙计向他翻了眼道："啥？烧豆叶？"昌年道："不是，烧鱼的脑袋和尾巴。"伙计两手在围裙上擦着笑道："河南馆子，没这个菜。"一虹道："省事点，给我们来一碟香肠吧。"伙计脸上斜直了两道深纹，苦笑着，两只手更不住地在围裙上摩擦，笑道："冬下才有，现在不预备。"说到这里，连旅馆的茶房也嗤嗤地笑了。一虹笑道："我给你商量商量，把你那句吃啥有啥，改上一改，行不行呢？"伙计笑着，没作声。一虹道："也不用改，就是多加一个字，加为吃啥没有啥。"全屋子人都哈哈大笑起来。燕秋道："干脆，你给我来一大碗炸酱，十二个面坯，一大碗酸辣汤，有没有？"伙计笑道："有有有！全有。"茶房笑道："这些都没有，你们还开啥饭馆子？"于是屋子里人又全数地哈哈大笑起来了。

茶房伙计去后，一虹拱拱手，笑道："燕秋这庶务一职，还是你来吧。在这吃啥有啥的地方，我所要的就全不对劲，再要向西去，到那吃啥没有啥的地方去，我可不会点菜。譬如刚才你所要的一大碗炸酱，十二个面坯，我们南方人，自出娘胎以来，就没有听过。"燕秋笑道："到西北去，你只记着，吃馍，吃鸡子，总不至于没有。可是你可别看轻了河南馆子，由南到北，菜都很有名。尤其黄河鲤鱼，不到陇海这一段上来，是吃不着的。"一虹笑道："那么，我们晚饭不要在旅馆里吃了，到大街上找一家馆子吃黄河鲤鱼去。"燕秋笑道："可有个问题，这鱼不便宜，一条斤把重的鱼，可要卖到三四块钱呢。"一虹笑道："好在一生也许就是这一回，这味儿总得尝尝。"大家说着高起兴来，只管谈下去。

昌年是躺在床上休息，并未答话。及至馆子里伙计来了，再去叫昌年时，他却鼻子里呼呼作响，睡得很酣。健生摇着他的身体叫着道："醒醒吧，吃面了。"昌年鼻子里哼了两声，身子扭了两下，口里咿唔着道："我不吃。"索性缩了脚，正式地在床上睡了。燕秋道："既是叫他不醒，就不用叫他了。"健生道："难道我们把他一个人丢在这里看守房间，大家出去玩吗？"燕秋转着眼珠想了一想，微笑道："大家休息半天，明天一早出去也好，现在已经两点多钟，吃完了饭，就该三点了，已经没有了充分的时间。而且我们的行李，茶房还没有取来，我们不要在这里等着吗？"伍、高二人没作声，坐下来吃面。还是一虹觉得不答复燕秋的话，也是不妥当的，迟到了三四分钟之后，才笑着低声道："那也好。"燕秋却也看出了几分，他二人有些不高兴。可是她已决定了这样办，便是朋友有不满意的，她也不理会这个账。吃完了面，她站起来笑道："对不住，我要进房间休息去了。"她说着径自回房。健生隔了窗户向那边张望着，那边是砰的一声将房间关上了。他于是回转脸来向一虹看看，带着微笑。一虹道："这个没办法，她是很向着他的。不过，这都是初步罢了。恋爱尚未成功,朋友还可努力。”说着,走近前来,连连拍了健生两下肩膀。健生笑道:“我倒想明白了。这件事,我反正是落选的了。我牺牲几个月光阴,陪你们到西北去玩儿一趟,也没有什么关系。好在全国的人,现在都嚷着开发西北,我们这样起劲去逛西北,总也是一件时髦的事情。”一虹笑道:“老实告诉你,我不灰心,可是你若是抱这种态度,我倒欢迎。因为我的敌人,又减少一个了。”健生笑着点头道:“对! 有你这种精神,才可以说是时代青年。我们谈目前吧,到了开封,不能出去玩,闷坐在旅馆里,这不是办法。我们两个人单独地出去走走,好不好?”高一虹将手指头蘸了茶碗里的茶,在桌上写道:“那岂不是给他造机会?”写时,将嘴向床上睡的费昌年一努。健生点着头微笑道:“还是你想得对。”在二人这种莫逆于心的情形之下,不曾出门,也就在旅馆住下了。

到了次日,大家一律是起早,吃了些茶点,各人就带好了相匣子、日记本之类,出门游历。大家商量的结果:汴梁城是宋朝的故都,先要看看这宋朝的遗迹;于是决定了先到龙亭公园去,因为听到人说过:那是宋代的故宫呢。四个人出得旅馆的门,于是坐了人力车子,向龙亭而来。经过了那条鼓楼大街,向北一拐弯,远远就看到一幢庙宇似的高房,耸立在半空。健生坐在车上向同伴道:“那大概就是龙亭了。”车夫就代答了,他道:“是的! 就是赵匡胤坐朝的地方。那前面有个石牌坊,原来就是午朝门。赵匡胤坐在金銮殿上,看了他的臣子,由午门磕头进去,他是个乐子。”燕秋道:“到了午门边,我们倒要仔细看看。”说着,那牌坊发现了,隐隐地已是看到了上面的字。燕秋笑道:“一虹你要看古人的文字,这里有了。午朝门的字,在宋朝不能不找一位大书家来担任吧。”一虹答道:“当然。”说着,车子经过牌坊下,大家看得清楚,却是“天下为公”四个大字,于是彼此都微笑了。上前来,却是一条很长的甬道,两边有两个大湖,长满了青色的芦苇。在芦苇中,露出一圈圈的水,反映着天上的白云。东边这个湖里有个亭子,看不到亭基,四围都是芦苇遮了。一虹道:“这个亭子,并没有路可以上去,这很有点诗意,我们下来走走吧。”于是都下了车子,沿着甬道边走,那东南风由青芦水上吹来,倒也有些清芬之气。健生道:“你看,那亭子的柱上,贴有纸条,上面有字,你看得出来吗?”这一提醒，大家站在甬道边，聚精会神，睁着眼睛看去。互相研究之下，看出来了，左边柱子上，是拥护总司令；右边柱子上，是……权高于一切。文字都不完全。燕秋笑道："听说民国十七八年的时候，河南很兴奋了一下子，这种标语，大概是那时候做的了。水中间都贴有标语，也无微不至了。"昌年笑道："听说以前有位平民式的政治领袖，很讨厌这龙亭封建意识太重，主张把这座高殿给它弄得像平地一样。后来也就因为这笔款子太大，并不平民化，只好把龙亭上开起茶馆来了事。"燕秋道："别谈以前了，我们青年人只当注意着将来。"昌年笑着没答复，他居然碰了个钉子，高、伍二人互看一眼，痛快之极。

四人再向前进，便是龙亭大门。穿过两进小殿，瞻仰过了中山先生铜像和革命纪念碑。这就同上那五十层石级，上面是个高殿，四围石栏绕着平台，立柱的廊子抱了殿屋，倒有些宫殿的意味。殿正门里，迎面两个摊子，陈设着瓜子花生糖果饼干之类，四处全是矮的桌子，长的藤椅子。所不同的，就是正中有张刻龙的青石头桌子。廊子下，也和殿里一样，顺着廊子设了茶座，满地都是茶水渍、瓜子壳、花生皮。一虹道："中国人这个习惯，我是不大赞成的，无论什么名胜地方，总有人卖茶。差不多全国的名胜，都变成茶馆。"燕秋这时靠住了石栏，向下面望着，兀自出神。那高空里的风，迎面吹来，将她的头发，和她的裙脚，都吹得摆荡起来。三位男友，也都不约而同地过来。燕秋看了许久，自言自语地赞了一声道："仔细看起来，还是不错。"三位男友哦了一声，燕秋向前指点着道："这面前的通道，隔开两个湖，我认为有意思。"一虹道："对的！若不是这两口大湖，城里的人家，势必把房子盖到眼面前来。登高一望，面前全是人家的屋脊，那有什么意味。"燕秋虽没有说什么，点点头，那意思是说他对的。大家赏观了一会子，燕秋笑道："坐在这个地方，对全城一目了然，只看城墙上云彩相接，眼底下是万户人家，到了这里，胸襟是应当开朗的。"健生向前走着凑趣道："要说这里是宋朝的建筑物，我想那不会假。赵匡胤他是开国之君，比那守成的皇帝，总要有作为些，所以他想到把金銮殿做得这样高。"燕秋笑道："我的思想不对，你说的也全是封建思想。"她忽然一转，这倒叫别人不好说什么。赞成了她后一说，就是反对她前一说；赞成她前一说，又是故意赞成封建思想。这索性就让她一个人去说,大家都不置可否。眺望了许久,燕秋笑道:“这里没有什么可以留恋的,走吧!”她说着,自己首先就走下了石级,自然,大家紧紧跟随,也都走下石级了。

他们受了车夫的指导,说是到铁塔去很近。这开封十三层铁塔,是在小学念地理教科书就很知道的,因之鼓舞了兴致,就去瞻仰铁塔。这里走去,都是些很清冷的地方,经过了两片菜园子,一个锥子似的塔,就在一片小树林里伸了出来,直入长空。到了那塔边,却是周围几十步内,都是平地,在几步之外,才是新培植的树林。那林木全只有手臂粗细,人样高低,和这铁塔一比,越觉是一高一小。大家下了车子,走到塔边,只觉那塔真可以当得“拔地而起”四个字。在平地太阳光里,斜倒了一条伟大的黑影子。在这个黑影子里,就摆了几张卖茶的露天座位,一旁有人预备茶具和糖果瓜子之类的碟子,统摆在一张小条桌上。有个黄脸蓬头的妇人,就笑脸迎上前来,笑道:“喝水吧!喝水吧!”健生道:“真是老高的话不错。中国的名胜,全成了茶馆。”燕秋笑道:“不过这地方摆茶座,我是同情的。至于什么原因,你们去猜吧,现在不必说出来,等我问你们的时候,你们再答复,看是谁说得对。”大家听了这话,很有趣,就都要研究个所以然出来。燕秋本人,说过了就像无事一样,依然去瞻仰这塔。

这塔说是铁塔,其实并不是铁铸的,乃是烧的钢砖,上了黄绿的釉,由底至顶,都是用它来砌着。砖大小不一,有的砖上面有现成的佛像。塔形是六角的,每层有短短的飞檐,分出了层次。这塔虽有十三层,可不粗大,在极远的地方看来,倒像一条钢鞭。燕秋走到塔门口,向里望着,却是黑洞洞的。听到有女人说话的声音,便回转头来道:“可以上去的!我们全上去吗?”健生道:“当然!我来引导吧。”说着,他就先进去了。里面黑得看不出方向,所幸在上梯子的所在,挂了一盏纸糊的油灯,有些混混的光亮。这才看到地面上坐了一个妇人,带着穿了上衣、光了两只腿子的孩子,口里只叫老爷、小姐积德。黑暗中,却听到燕秋说一声无用的东西,大家摸索着上那梯子,探索出来了,也是砖砌的。原来这塔里面,一寸木料也没有,所以看不到梁柱。塔心是实的,不是空的。这梯子里边是塔心,外边是塔墙,作一个螺旋形,直旋到顶。好譬一根木棍,让蛀虫蛀蚀了一条透顶虫眼;人就是在这虫眼里爬。梯子下层还有两尺宽,越上越窄,上面仅仅是一个人可爬。所以四个人上去,只有一个跟了一个,却不能同走。大家也不知道走上了多少层,每次转到一个有窗户的所在,仿佛是一层了。大家在螺蛳壳里转着,也不辨东西南北。有时看到太阳,有时背了太阳,只在这一点上可以估计着方向。健生在前面一鼓劲儿地走,很起劲,忽然叫起来道:“哎呀！不能上了。”四个人陆续地上来,在梯口上肩背相挤,前去的路,有块刻了佛像的石头,嵌在墙上挡住了。燕秋笑道:“古人盖塔,很有意思。他不肯让我们完全走上去,正是给我们留点有余不尽的滋味。游历正该这样子!”

大家谈话时,是当窗立定的。那窗子外吹来的风,呼呼作响,大家心里,都有那种幻觉,似乎若要伸头向外面看看,立刻会让风刮下塔去。燕秋道:“听说在这塔上,可以看到黄河,我要试试。”说着,将头向外伸着,风把她的头发就刮乱了,披了满脸,她格格地笑着,缩进塔来。健生道:“这窗子外面,一点遮拦没有,可不是闹着玩的。”燕秋笑道:“冒险我也得看看,不看我不死心,你拉着我一点得了。”于是拉住健生一只手,将头缓缓地伸出窗户去,那一只手也抓住了墙砖。健生是做梦想不到她有这样亲近的举动,握着那只手在掌中,立刻觉得既软且热,心里说不出来的有一种愉快。这就问道:“看见黄河了没有?”燕秋道:“没有！可是洋洋大观,这平原一望无边。黄黄的尘埃,接着白云。”说毕,回转身来,抽回手去。一虹笑道:“燕秋要能作起游记来,也是写生妙手。只黄黄的尘埃,接着白云,这两句话,已把远望的情形,写得穷尽了。”燕秋笑道:“不敢当,不敢当。拉着手,大家可以看看。”健生一想,这机会不可错过,让她也拉着我的手,便笑道:“我也瞧瞧。”燕秋笑道:“我可拉不住人,这里风太大。一虹！你来拉着吧。”健生向一虹看时,他却笑了。这一笑,似乎又另有什么文章哩。

第十回　絮语蓄痴情争夸女性　酒家逢绝艳暗慕天真

高一虹也是个知趣的人，他先见燕秋和健生拉着手，健生脸上那一分得意，当然是很明白的态度。现在他想叫燕秋拉着手，自己伸头出去，未免有点不知进退。燕秋推着叫一虹拉住他，一虹哪有那样傻，便笑说："我的气力，也许比燕秋还小。若是把你摔下去了，我负不起这个责任。"健生本也就不愿意和他握手，既是他推辞了，那就很好。于是两手互相搓了几下，笑道："那就算了吧，我没有那个瘾。"说毕，笑着一缩脖子道："好大的风！我们下塔去吧。上来是我引导，下去还是我引导。"说着，他就在前面走着，背开了众人，好遮盖自己这一分儿惭愧，梯突梯突，一溜烟地走下塔来。一路转了几个圈，都走得很安稳。到了最下一层，四周没有了窗户，里面黑洞洞的，他于是张开着手，撑住了两边墙壁做个卫护的样子，笑道："燕秋！你小心点儿走。这里石头挺滑的；可是滑也不要紧，我这里伸着手，把你拦住了呢。"燕秋笑道："好吧！有你在前面挡着，我放开了胆走。"健生道："你大胆吧，我这里铜墙铁壁。"他只管说话，顾不得脚下了，这里有块走光了的石头，其滑如油，他哧溜一声，仰了身子向下一滑；像小孩子溜滑梯一般，七八级梯子，就是一下滑了下去，到了塔的平地，将后脑勺子在石坡上重重地磕了一下。后面三个人呵唷了一声，虽然要笑，又怕人家难为情，大家只好忍住笑不作声。高一虹万分地忍不住，也只咳嗽了两声。健生明知大家是要见笑的，从中掩饰起来，反觉无聊，于是很快地站起来，连拍两下手道："为人做事，话总不可以说在前面，话说在前面，总是打嘴的时候居多的。"燕秋在他后面，已是慢慢地摸索到了平地，因笑道："这两步梯子实在是滑，不是你滑倒在先，我们可真就跟着滑下来了。"这几句话，谁也知道是替健生遮掩着的，健生更不能不知道，这在滑了一跤之后，还可以试验出来燕秋多少有几分心思相卫。不但不害羞，而且还笑容满面地拍了手道：

“我总觉得一件事情成功,不是偶然,前面总得有两个人牺牲一下子。譬如这次走下塔来,不是我在前面先摔倒了,说不定四个人都会摔倒。”一虹笑道:“你这话可有语病。假如你不在前面走,其余三个人,也不能一同在梯子上走着,必有一个在前面走着,这所摔倒的,也不过是那第一个罢了。所以你这次牺牲……”

燕秋摇着头说:“这件事,不必讨论了。我先前问,为什么赞成这个地方卖茶,你们三位的答案怎么样?”一虹道:“大概因为这里是空地,陈设桌椅,并不有碍观瞻,而且这里很是清幽,坐在这里品茗,慢慢地赏鉴风景,也是很好的。”燕秋摇头道:“这个理由不能成立。昌年的意思怎么样?”昌年笑道:“我倒是猜不透你的意思。不过我想着,你或者是仁者之心,以为这个地方,很是荒凉,游人到这里来,不易得一口水喝,所以赞成这里有茶座呢。”燕秋笑道:“也不对。”昌年笑道:“除此之外,我们就不好猜了。”健生微笑道:“我倒也另有一个猜法。不过我看二位的猜法,都比我强,二位已经猜得不对,我所猜的,那就更不行了。”燕秋笑道:“没有猜之先,你倒先来一套虚帽子,你就说吧。”这时,大家已经站在塔门外的空地里,赏鉴这塔的建筑,那管茶座的妇人,已几次上前,兜揽生意。只是大家的脸不曾对着她,她不好开口。健生见她要前不前的样子,便笑着道:“我想燕秋站在妇女的立场上,当然是处处帮着妇女说话的,尤其是要提倡妇女经济独立。现在这个茶座,是女性在这里主管着;多一个女子能自己谋生,就是女界产生了一个有用的人,绝不能摧残她。所以这个地方卖茶,那是有维持之必要的。我这话,野马跑得太厉害了,可不知道对是不对?”当他说的时候,燕秋只管望了他微笑。他心里想着:便算所猜得不对,这一路话,她也是爱听的,所以索性说个痛快。及至他说完了,燕秋点了头,笑道:“倒不想我这番意思,完全让健生猜到了。”健生笑道:“是吗?我猜着了吗?”燕秋笑道:“是你猜着了,就是你猜着了,这个我也用不着撒谎。”健生听说:“这比中了航空奖券的头奖还要高兴。”抬起两只手来,高过于顶,连连拍了几下巴掌道:“哈哈!我居然猜着了,这是义不容辞的事了,我们应当到这茶座上消费一点,和这位女掌柜合作一下。”一虹笑道:“健生高起兴来了,连说话都是俏皮的,你看,‘消费合作’四个字,他却这样拆散来用,用的是非常地恰当呢。”健生虽明明知道一虹是用话来俏皮他,然而他听了却是很高兴,因为只有自己和燕秋接近了,才会引起同伴的醋心的。现在同伴居然吃起醋来,这就是证明自己和燕秋有些接近了。当时他首先和那卖茶的女人点了个头,笑道:“有热茶吗?我们有四个人。”那妇人当然说有,张罗了一阵,大家喝茶,她站在旁边伺候,希望多得两个茶钱。健生向她笑道:“你这位大嫂子,实在是不错,能够自己出来挣钱。假使中国的妇女,都像你这个样子,那就有办法了。”他说这话时,并不向燕秋望着;好像他这话,实是对那女人而说的,与其他的人不相干。那妇人答道:“先生!你这是啥话儿?一个妇道人家出来混饭吃,这是什么好事?唉!不瞒你说,当家的丢得早;孩子又小,不能不出来抛头露面。若是有碗饭吃,谁有福不会享,倒要到这露天底下来干这种事呢!先生,你不要见笑,这也是命里注定的。唉!”她叹到末了这口气时,胸脯子还挺了一下,那是表示这口怨气闷在胸里头是很深的了。健生心想:这简直糟了。燕秋怎要听这样的话?回转头来看她时,见她望了那女人,却微微地笑着。健生料着要跟了说下去,那更是不入耳之言,只好是掉过脸来不说话了。

燕秋将手表看看,笑道:“现在还只九点多钟,时间早得很,我们可以去参观博物馆了。”一虹首先站起来,笑道:“若不是健生老哥要在这里消费合作,我早就提议要走了。我们现在是消费过了,看她那情形,倒不屑于和我们合作。要走呢,也可以走了。”健生见他只管打趣,大是不高兴,红着脸站起来,待有话说,然而燕秋却先开口了,她说道:“健生本来的意思呢,倒也不算坏。遇着的不是同志,就闹成笑话。这也无所谓,人生在世,不过行其心之所安而已。”健生脸上不高兴的颜色,随着她说话的时候一句一句地将程度减退。到了后来,不高兴的颜色,丝毫都没有,反而满脸都是快活的样子,因道:“燕秋说出这句话来,简直比打爱克斯光镜还要透彻,差不多把我的骨髓都照了出来了。在这种程度之下,我自然是不能有什么话说,走吧。”一虹到了这时,觉得他已不是十二小时以前的伍健生了,就不免再三地向他打量着。费昌年又不然,他好像没有一点什么感觉,除了偶然带着浅笑,却不说别的话。四人仍坐了原来的车子,向博物馆而来。

进门过了一个院落，首先所到的陈列所，便是在玻璃框子里，有五个蜡制的人像；像下有纸标，分的是汉满蒙回藏五族。一虹笑道："这个制蜡像的人，大概是不喜欢胖子的。因之这五族代表的五尊蜡像，都有点是前清秀才出身，更不能代表那一族的个性。来游的人，总也不外乎这五族，这五族人难道连自己是个什么样子都不明白，还要到这里来参观吗？若说是另有用意，这用意何在？我可闹不明白。"燕秋笑道："这大概也是在龙亭水中间贴标语的时候办的。在那个时候，河南陕西几省，有着聪明得可以笑死人的喜剧呢！"健生道："做蜡像的这个建议人，他好像能表示五族平等。其实这个人，对于全人类，他就没有表示平等。他还是那男系社会的一贯思想。这五个蜡像无有汉满蒙回藏族的男子，可没有汉满蒙回藏的女子，难道这五族全是男子构成的吗？尤其说到藏族那是不对，我们稍微留心边疆风俗的人，就可以知道，西藏全是女系社会，一切工作都是妇女操作，我们怎样能用男子来代表藏族呢？"燕秋笑道："健生！你站在男子的立场，能说出这种话来，那是很公道的。将来立法院委员，若是出于民选的话，我一定举你做委员。"大家听说都笑了。健生心里可就想着，女人都是喜欢恭维的；至于要怎样去恭维，可又不同；大概燕秋这种人，思想新一点，喜欢人家整个的恭维女界；今天试验了两次，总算成功，以后就照着这个办法做了去，我想一定可以得着她的欢心的。那么，我就认定了这条路进攻吧。至于昌年和一虹，看到我这样做，说不定也会跟了跑。不过我已经抢了先着，纵然他们跟了跑，已经落后了。而且看他们的态度，似乎还不大赞成我这种做法呢。他如此想着，一面随着大家参观，一面在研究怎样恭维燕秋的法子。

这个博物馆，倒也分了若干陈列室：如动植矿物，史地文献之类，约莫有十几所地方。到了最后一个西式的楼房，这才是陈列殷墟出土古物的所在。在进口的廊子上，就有人设了一张小桌子在这里，墙上挂了有牌子，写明白了购票入览。问时，不过是一角钱。由一虹拿出四张票价，那个卖票的人在票本子上撕下四张票，交给一虹。一虹待要拿了票向前走，那卖票的，却又伸手向他说了一个字：票！原来他立刻变为收票员了。他撕掉了一只角，交给一虹道："出来你交票，没有票是不能出去的。"一虹走着,向燕秋道:"我说为什么同一个博物馆,有的公开入览,有的又要买票呢? 原来也不过是谨慎一点的意思。"燕秋道:"不过出不了一角钱的人,他永远是不许看古物了。"一虹道:"那人若是连一角钱都出不起,他对于甲骨文字、三代铭鼎,恐怕也发生不出什么兴趣。"健生觉得他这话,很可以驳倒燕秋,自己既是得了她的好感的,索性就在这个时候,再卖一点力气,便接嘴道:"这话不然,你所说的,是普通一班人物。若是一个伟大的学者,他纵然没有饭吃;对于他所学的,那也不会放松。许多学者,为了要把他的学问研究成功,连生命都可以不要;又何况没有饭吃一件小事呢。"一虹高声一点道:"你这话不然——"说着话时。已经走进了陈列室,这里面就有个穿短衣的办事员,在屋子里逡巡着。燕秋正紧随他身后,就扯了几下他的衣服,一虹回头看时,她微笑道:"我们该开始研究了。"她虽然是个健美的女子,可是她的笑容,那总是柔媚的。一虹在接受了她这一番笑容之下,便无形地软化了,也只回了一笑,就不再说了。健生这次又算是得了一回胜利,自然继续地高兴。

这个屋子,是间很大的敞厅,横列着六七列玻璃橱子,里面所陈列的,还是以铜器陶器居多数:像鼎啦,盘啦,卣啦,这些古物,也是别的古物陈列所能够看到的东西。只有中间两列,才是殷墟出土的甲骨。关于甲一类的,最大而又完整的,直径可以到一尺上下,此外是零碎的片子很多。看那情形,大概都是龟板。在这一点上,可以见得三千年以上的生物,的确是比现在大些。在这一类甲上,每块四五行,每行四五字不等,刻了一些象形文字。关于骨一类的,就和甲不同;多数是不能方正板平的,有的柱形,有的三角形,有的像把弯刀;有的像一钩月亮,刻着字形的也有,不刻字形的也有。看那骨的形状,都很大,必是牛马大牲口身上的。高一虹在南方虽也看过一些甲骨文字的拓片,真正的甲骨还不曾看到过,这时隔了玻璃,向里面看着,眼珠也不转。有时看到得意的时候,就把头微微摇了两下,自言自语地道:"那是'大'字,那是'牛'字,不! 那或者是个'彘'字吧?"他看看甲骨上的文字,又看看甲骨下纸标的释文,很细心地研究。这在昌年和健生看了,都觉得有点酸腐可笑。可是燕秋站在他一处,虽不及他那样看得有味,可也是很留心地看,并不曾注意到别人身上去。昌年多少还知道甲骨文字是怎么回事,健生在今天以前,就没有想到古代是用这种东西写字的。现在猛然看到甲骨上那些汉文不像汉文,西文不像西文的东西,他除了是有趣而外,却感觉不到有别的意味。若是一虹一个人在这里研究,那尽可不理会;无如燕秋是随在他身后,一同研究,若是用个不理会的态度,恐怕得罪了燕秋。所以尽管对于甲骨文字一点不懂,表面上也要看得很起劲,呆头呆脑只管在后面跟着。一虹在这个时候,却是真心地在研究甲骨文字。他忽然地道:"有人研究古代社会,说唐虞时代,还是母系社会。又有人说,尧舜禹,都没有这个人。而且研究出来,禹是一条虫。研究历史,到了这种地步,我们不能不佩服他的精神伟大。可是殷去三代不远,这上面有记着人的时候,可并不带着女性;由母系社会转到男系社会,那绝不是偶然的,何以在这样相近的时代里,找不到一点有力的证据?"燕秋道:"我们若是用科学的眼光去研究古代社会,必定有母系社会这个阶段,而且是很长。健生!你是研究科学的,你觉得我这话怎样?"健生正觉得是被人家冷落了,现在燕秋突然地提到他,他也来不及思索,立刻答复道:"你说这话是对的。"一虹站在这甲骨文字之前,脑筋里那些古董电影,恰是活动得厉害。说到了古代社会这件事,自不免要追问个究竟。这就问道:"你有什么证据呢?你的话很肯定呀。"他把射在玻璃橱子里的视线,移到健生的脸上来,仿佛他的脸一样有甲骨文那样重要。可是健生是学理化的,他并不是学社会科学的;而且他根本就反对研究历史,以为那是向后转的玩意儿。刚才燕秋说到母系社会,在古代占了一个很长的阶段,自己说对的,这不过信口胡诌,替她捧一下场,哪有什么证据。现在一虹叫他拿出证据来,这在氢气氧气里面是找不出来的,只好微笑着说:"我觉得……我觉得……"燕秋也有些明白了,就抢着道:"我倒有些说法,假使人类是由猿猴进化而来的话,在最初的社会组织里,当然是没有婚姻的,既然没有婚姻,人类恐怕是只知有母不知有父。你看动物里面的禽兽,多少是知道有父的?这个推测,若是准的,上古根本就没有父。当然小孩子们随了母亲长大,也就由母亲领导求生。在人类中互相往来,少不得就以女性为中心,当然是母系社会了。这必得人类进化了,有了婚姻制度,跟着有了家庭，这才人类有了父；有了父，才有父系社会。由有了人类，进化到人有了家庭，这绝不是短时间的事。所以我说母系社会这个阶段，应当很长。健生的意思，是不是和我相同呢？”健生笑道：“意思当然是相同的，不过我不能说得这样的含蓄有味，所以我踌躇着老不能够说了出来。再就要看一虹的说法了。”一虹向他看看，笑道：“这样很合科学方法的推测，当然是对的，我没有什么可以说了。”这回健生虽然占了优胜，可有些惭愧。因为那根本不是自己所举出的理由，就不好意思再说了。

大家在谈笑之中，将这最后一个陈列室也看完了，一同走了出来。到那门口，依然是那卖票人收了票。一虹笑道：“这位先生！你不觉得手续麻烦吗？假如我们买票的时候，给了你票钱，你就把票存在桌上，免得交来交去，反正是卖票验收票，全是你一个人。卖票的时候，你自己通过了，当然其余两道关，也就通过了。”那人笑着说：“手续是这样。”也就没有别的答辩。

大家出了博物馆，看看太阳，还是初当顶，依了燕秋，还是继续地去游古吹台。后来车夫说：“古吹台在南城外，路是很远的。”于是大家又想先回旅馆去，正在门口商议呢，忽然有人叫道：“咦！一虹！你怎样到这地方来了？”一虹看时，是他父亲的朋友洪铁生，是个银行家；说着，那人已经跳下车来。一虹因把自己经过开封的原因，略说了一说，又介绍了同伴和铁生相见。铁生笑道：“很好！你们生长在繁华之区的青年，能到西北这苦地方去看看，这是大大有益的一件事。你们在开封能耽搁几天呢？”一虹道：“我们不过想走马看花地看看，今天看得完，明天就走。”洪铁生笑道：“我是常到这地方来的，总算半个当地人，要尽尽地主之谊。就是现在，我请你们去吃黄河鲤鱼吧。”燕秋道：“不用客气了。”这洪铁生是个长脸胖子，浓眉大眼阔嘴，倒带有几分豪爽的意味，便笑道：“杨女士！不怕得罪你的话，若没有高贤侄在一处，彼此不相认，我当然不会请。现在我遇到高贤侄，两代世交，客里相逢，那是一定要请的。可是只请他一个人，把你们三位丢了，他根本就不便去；而且我这人也把界限分得太清了。银行界的人，有的把钱看得重，有的把钱看得轻的；银行界的人都很肥，揩他一点油，要什么紧。”他这样地说着，大家都笑了。他就将手上的手杖,指挥着车夫,拉到鼓楼大街一家馆子里去。

燕秋一行人,跟在洪铁生之后,就到了一家河南馆子里来,由店伙让进了一所单间。昌年和健生相视而笑。铁生道:“二位笑什么,这馆子不好吗?”昌年连道:“不是不是,因为我们昨天叫小馆子里的饭菜,那伙伴说,吃啥有啥,可是等到我们和他要菜时,可就吃啥没有啥了。我们就联想到黄河鲤鱼,在这种情形之下,恐怕吃不着了。”那店伙正送来清茶瓜子进来答道:“吃得着,吃得着。”洪铁生也笑了,便向店伙道:“那么,给我们拿鱼来看看。”店伙答应着,不多一会儿便来了。他手上提了根细麻绳儿,两头拴着二尾尺把长的金丝鲤鱼,绳子系在鱼鳍上,那鱼带着水点,头尾乱摆。铁生偏了头看看那鱼,问道:“今天算我们什么价钱?”店伙笑道:“洪老爷来了,我们哪敢多算,算两块八好了。”洪铁生点头道:“不算贵。做两条吧。”一虹道:“两条两块八吗?”店伙道:“不,一条两块八。”一虹道:“不到一尺长的鱼,两块八角的价钱,还不算贵。这话从何说起?老伯!做一条吧,我们也不过尝尝就是了。”铁生沉吟着,还没答复,店伙便道:“也好,两做吧。”提鱼走了。铁生向一虹道:“老贤侄!你说外行话了。这黄河鲤鱼,大的也不值钱,小的也不值钱,唯有这整够一尺长的,全头全尾,可以用一只盘子装出来,这才是值钱呢。当市上鱼少的时候,一条鱼卖五块钱,那不算奇。”昌年笑道:“够河南人挑一担小麦去卖的了。”洪铁生笑道:“此所以我们之为布尔乔亚也。”不料这位银行家也懂得布尔乔亚,于是大家哈哈大笑了。因之他虽是生人,大家倒谈得很投机。他就让这店家拿了菜牌子来,叫大家点菜。燕秋笑道:“我要个甜菜吧。”铁生笑着道:“在这个馆子里吃饭,用不着点甜菜,事后自知。”燕秋知道这人爽直,也就换了个菜。到了一虹头上,一虹接过点菜的单子看看,笑道:“菜够了,要个汤吃饭吧。”铁生笑道:“我在这馆子里吃饭,也用不着要汤。”一虹笑道:“能够事后自知吗?”铁生笑道:“那是当然。”于是他也点了个菜。店伙来接过菜单子去,便直立着问“鱼是两做呢,还是三做呢?”说着,向全座人看看,好像这件事很重大。铁生笑道:“两做已经是够经济的了,还要三做吗?就是清蒸和红烧吧。”店伙去了。铁生笑道:“各位有所不知,在开封、郑州吃黄河鲤的朋友,花了三四块钱,不肯随便吃下。看过鱼之后,得开几分钟的会议,一条鱼要分了几样的做法吃下去,其实越是那样经济,越吃不出个滋味儿来,钱是白花了。”一虹笑道:“这样看起来,真是不见一事,不长一智。便是吃一条黄河鲤鱼,还有这些个考较。”

大家正说着,却听得窗户外面,娇滴滴地有人叫了一声爹爹!这话带了几分上海音。铁生笑着站起来道:“淘气淘气,你怎么来了?”说话未毕,店伙打着门帘子,一个女郎跳了进来。大家看时,约莫有十八九岁,穿一件蓝绸长衫,袖子短平胁窝,衣长反是前面罩过了脚背,后面拖过脚跟。头上的头发,虽也是烫的,然而弯弯曲曲地拖过了颈脖子。在头发前额,用黄丝辫围了半匝脑袋;在左鬓上拴了个小小的蝴蝶结儿。脸上虽也抹了些胭脂粉,那两腮上的红晕,不是鲜红的,乃是红中透黄。据说:这是人造的健康色,乃极摩登的姿容了。她见了人,虽也不怕,可是却也不怎样的为礼,笑嘻嘻地抬起一只手来,理着她的鬓发,在那手指上,绿油油地露出两个翡翠戒指。洪铁生笑道:“孩子!见了人怎么不行礼?”于是向大家介绍着道:“这是我大小女朗珠,一个傻孩子,只晓得玩,什么事也不知道。”说着,也把在场的人,一一向她介绍。朗珠就走到燕秋面前,握了她的手笑道:“我们的车夫打电话回去,说家父不回去吃饭了,请有好几位男女学生。我想请别的客,不用我作陪罢了;请了女学生,怎样不要我作陪呢?所以我也不管冒昧不冒昧,自己就跑来了。这可是冒昧得很啦!”她和燕秋拉着手,可回转头来向一虹点头笑道:“密斯脱高!我们在上海会过一次面的,你记得吗?你是比以前更加的发福了。想不到第二次是在开封会面呵!”一虹当她走进来的时候,本来是站着的,这时她向这边点着头,一虹也就笑嘻嘻地向她点头回礼。洪铁生笑道:“你看,你来了就是这样的一阵胡乱。”朗珠笑道:“你看,这就太难了。我们斯斯文文的,说我们是个傻孩子;我们和你来招待客吧,你又说我捣乱。那么我坐下吧。”铁生是在下手方靠右的一把椅子上的,朗珠走过来,两手抱住他的肩膀,向靠左的椅子上移。铁生站起来笑道:“这都是生客,你还是这样的淘气。”朗珠噘了嘴道:“怎么算是淘气?难道做女儿的,还可以坐在父亲的上手吗?”铁生笑着,果然地,坐到靠左的凳子上,拉着朗珠的衣服,在靠右的凳子上坐下。他父女二人这一阵热闹,把大家的视线都移转到朗珠身上来了。便是燕秋眼里，虽觉得她过于淘气，可也十分地活泼可爱。铁生见大家脸上都带有点笑容，便笑道："我是有点溺爱不明，自小把这孩子惯得不成样子，现在长成人了，要纠正也纠正不过来了，诸位不要见笑。"说着，用手摸了摸下巴颏。朗珠也将手摸着下巴颏道："诸位不要见笑。"说的时候，故意把嗓子放粗了，学了他父亲的声音，而且板了面孔，瞪着眼睛，学了他父亲的样子。这一下子，全席的人，一齐忍不住哈哈大笑。看朗珠本人，却还是没事的样子呢。

一虹是个富有文学兴趣的人，拿赏鉴文学的眼光去看女人，当然是活动而不刻板的。他觉燕秋有一种美，朗珠也有一种美。好比《水浒传》的粗鲁人鲁智深粗鲁得可爱，武松也未尝粗鲁得不可爱；李逵又是由粗鲁得令人不能同情之处，另外又觉得可爱。若把燕秋和朗珠打比，燕秋当然是武松；朗珠可是李逵一流。这种人，不为我用则已，一为我用，那就比一只驯羊还要乖些了。武松这一类的人，没有宋江那般身份，是不容易驾驭的。他一面坐着偷看二女，一面就在假设着这个譬喻。至于桌上的人说了些什么话，有些什么举动，他都不能够理会了。直待店伙摆上菜碟，洪铁生来斟着酒，这才回味过来。

吃过了几箸菜，店伙立刻送上一碗汤来。看那碗里时，里面并没有什么菜肴；只是淡黄色的汤，汁上面，飘了一些香菜叶子。一虹道："我们并没有要汤，这汤由何而来呢?"朗珠抢着答道："这是敬菜，掌柜的送给我们吃的。这汤还有个名字，叫开胃汤。就是说让我们先开了胃，好来吃他们的菜，请吧!"说着她已举起了勺子来，向大家比着。大家也都急于要尝尝这开胃汤是怎么回事，在向朗珠微笑之后，喝起汤来，果然地，这汤味并不算坏，大家原疑心这汤是酱油兑开水，喝过之后，才知道不然了。不料吃过两道点菜之后，店伙又送上一碗汤，这汤并不是等闲的菜，乃是乌鱼蛋。一虹笑道："这当然又是敬菜了。这样的敬菜，店家未免太不合算。我想他们是羊毛出在羊身上，这两碗汤的价钱，也已经写在我们菜账上的了。"朗珠和他坐的所在，乃是顺序而来的，只是微微隔了一个空当，她就回过头向他笑道："不呵！人家可是真正的敬客呢。"一虹因她特地答话，自然也就将脸向了她。不过有燕秋坐在正对面,只偏过脸去一刻儿的工夫,依然又正了过来。那朗珠倒是不介意,随便地吃着喝着。吃过了几样菜之后,店伙却端上一盘蜜炙拔丝山药上来。一虹也就想着,有两个女性在座,不可单独地冷落了哪一个,就故意向燕秋笑道,“洪老伯说不用要甜菜,果然。”燕秋笑着,还没有答复呢,朗珠又接着道:“这很不算回事呀!有一次我们在这里请客,他们大小敬了三个甜菜呢。”一虹笑着,除说了一句“是吗?”之外,也无别的可说。她这样只管追着一虹说话,是有意的呢,是无意的呢?一虹自己也不可解呢。

第十一回　少女同餐兴阑增苦闷　遗民谁见话里漏情机

有人说,在女子的生理构造上,某一种分泌汁,很容易刺激神经,构成妒忌性。所以女子在情场上角逐,常能因为一种莫须有的事,引起了妒嫉,惹起了风波。这话不知道是否完全可靠?但是站在男子的立场上说,似乎女子们的妒忌性,是比男子要浓些的。像西北旅行队里,这位杨燕秋女士,她那大方的态度,洒落的襟怀,应该是无所妒忌的。可是在大家吃黄河鲤鱼的席上,来了一位洪朗珠女士,说她时髦过分,失了女儿的身份,可是她活泼泼地,又没有丝毫小姐脾味,似乎同来的三位男友,眼光都时时射到她身上去。尤其是高一虹,因为和她有世交的关系,二人见面之后,就有一种他乡遇故知的情感流露在外。这三个少年,虽不是燕秋私有的,然而她总觉得这件事情,她看到了就十分不快。因之她虽然坐在席上,同着大家说笑。然而她心里头却是安定不住。便是那黄河鲤鱼端上桌来了,她也尝不出个什么味儿。当吃那拔丝山药的时候,一虹是怕冷落了燕秋,特意地向她说两句话,偏是朗珠又抢着接过去了。燕秋始而还没有什么很深的印象,便是一虹将态度冷淡下来,做一个不甚介意的样子,这倒叫燕秋疑心,他这分做作,不能毫无意味。因之冷眼看看,更不自在,那脸色也不是平常那样常带了笑容,仿佛两腮上的肌肤,都有些向下沉落,眼光也呆定了,只看了桌上的菜碗,却不向别人说话。一虹越是注意她的态度,也就越看出她那分不高兴来。不过心里也想着:我们不过是朋友而已,你没有权利可以干涉我和别一个异性接近呀。不过心里如此想着,脸上可总避开了和洪朗珠接近,好像在这两方面的取舍之中,燕秋总是不宜于得罪的。

在席上,不但朗珠没有顾虑到这一层,就是伍健生、费昌年,也不会想到朗珠来了,会引起燕秋什么不快的。所以他两人倒是吃得很痛快。朗珠也并不感到一虹有什么痛苦,却向他笑道:“听到家父说,密斯脱高文学很有根底的,这回到西北这么样远的路来游历,一定有好的著作要发表吧?”高一虹先向燕秋脸上看着,然后回看到铁生脸上来,就答道:“老伯常提到我吗?”朗珠笑道:“可不是!家父在人背后是不大夸奖人的,对于密斯脱高,可是常在背后夸奖。”铁生笑道:“你不要看她很顽皮,倒是很喜欢文学的。贤侄有什么心得何不告诉她,有道是与君一席话,胜读十年书。”朗珠道:“对了!可以指教指教呀。”一虹笑道:“我们这位杨女士,文学就好得很。两位女士研究研究吧。”燕秋笑得将两只肩膀连连抬了几下,因道:“一虹!你可不要随便拉人作陪客。我本就不知道什么是文学,请问这好得很这一句话,从何而起呢?”一虹笑道:“我倒不是随便瞎谄的,譬如今天我们研究甲骨文字,你说了许多理论,都是文学有研究才能说出来的。”燕秋道:“那不过是一种常识罢了,也谈得上‘文学’二字吗?昌年是学法律的,健生是学理化的,今天我们参观的时候,他两个人也有些研究,这可见得是一种常识,不一定要专门研究文学的人才知道。”一虹让她证实了自己是撒谎,这倒一时抓不住话来遮盖,只得笑道:“不过你实在是有些研究的。”朗珠对于他这话,倒并不怎样地介意,却笑向健生道:“这事很有趣,三位同行,文理法各学一样,是一个大学的组织。”铁生哈哈笑道:“这孩子说话,总是淘气。”朗珠道:“我有一个小小的要求,密斯脱伍!你能答应我吗?”说时,眼睛向健生斜瞅了一眼。健生并不考虑,就笑答道:“洪小姐太客气了,何必这样的说,有什么事要我们做的,你只管说好了。”朗珠道:“在开封和诸位遇到,这是一件难得的事。吃完了饭,我想同各位去同照一张相,可以吗?”健生笑道:“这太可以了。”燕秋笑向健生道:“可以,就是可以同去照相;这太可以了,是更进一步的意思,还要怎么样呢?”昌年也是不曾揣度到燕秋的心事,笑着插嘴道:“也许健生还想吃一顿黄河鲤鱼。”朗珠笑道:“那也太可以了。只要各位肯赏光,今天晚上,大家还在这里聚会。”一虹道:“那就不敢当了。”

话说到了这里,大家已是站起身来。朗珠就走向一虹的身边,低声笑道:“真的,我还要请一请。这餐是家父请的,那不算;晚餐我来请,这三位请你替我代约一下。”当她这样和一虹说话时,燕秋恰是走到远一点的所在,拿了桌上的漱口水杯,向痰盂子里去吐水,却没有听到她说的是什么。不过她走近了一虹身边,带了笑容说话,那是看见的。偏是一虹又不敢坦然地和她说话,一面说话,一面还向燕秋这边看了来。这种举动,更是叫燕秋多多地疑心了。一虹只得高声道:“洪女士叫我代约,今天晚上,还是在这里晚餐。”燕秋走过来笑着道:“洪小姐!你何必这样客气呢?我们叨扰了令尊一顿,不就是叨扰了洪小姐一样吗?”朗珠可就握了燕秋的手道:“虽然是那样说,就说多吃我一顿,那也算不了什么。”燕秋笑道:“这样说倒是可以的。不过我归心似箭,恨不得一脚就踏到甘肃。今天所以在开封耽误了,那完全为了我这三位同伴,下午再把几处名胜看看,我们就要走了。假如晚车能走的话,吃晚饭就来不及了。”朗珠摇撼着她的手,笑道:“不是客气吗?”燕秋笑道:“要客气,这一餐饭,我们就不敢叨扰了。”朗珠笑道:“各位旅行的人,当然是旅行要紧,我就不敢强留。照相的事,这不会耽误时候,总可以办到的了?”燕秋笑道:“那是随时可照的,我们就带得有照相机。就在这屋子外面临时拍两张不好吗?我们到了西安,就要洗片子的,请洪小姐给我们一个通信地点,到了西安,我们就把洗得的片子寄了来。你看好不好?”朗珠觉得这个办法,也并不怎样欠通,便携着燕秋的手向门外边走,点头向大家道:“来来!同照相去。”

大家走出了屋外,在阶檐上走着,一虹捧了相匣子向天井里走,朗珠将高跟鞋一顿道:“哟!这个办法不大妥当呢。你们是自拍机不是?”一虹道:“我们不是自拍机。”朗珠道:“我们这一群人里头,必得有个人动手去照,影片上人就不能完全了。”燕秋笑道:“你们照相,我来动手。”朗珠道:“那不好,我所要得的,就是你的照片呢。”她说着,和燕秋并排站定。可就伸了一只手,抱住燕秋的肩膀,笑道:“就是这样照。”高一虹拿着照相匣子正要对光,洪铁生摇着头笑道:“这也不妥,你们旅行团是整个的,缺一个,这相片不完全。贤侄!你来站着,我来拍。”他说着,已是走过去接了相匣子。一虹笑道:“还是不妥呀,相片上,怎好可以没有老伯呢?”这样说,大家又踌躇起来了。燕秋笑道:“这点事,也不用那样为难,洪先生拍,我们和洪小姐共照一张。洪小姐去拍,我们再和洪先生共照一张,这不就轮换过来了吗?”女子用心,有时很深很深,别人是看不出来的。大家听她这话,觉得很稳妥,也就如法炮制。

照完了相,燕秋看了两三回手表,向大家道:“我们走吧,还有好几处名胜,匆匆地几个钟头,怕是走不完呢。”朗珠笑着道:“我倒是希望你们走不完,因为那样,今天晚上这个东,我就做定了。”燕秋只是微笑,也并不得同伴的同意,已是向洪氏父女告辞,首先走出院子去了。一虹知道她的意思,是不愿在朗珠一处多站些时候。不过这样一来,更觉得对于朗珠个人有些恋恋。因为燕秋已经走出去了,这就向铁生道:“假如今天晚上,我们不走的话,我再来奉看。”铁生道:“我希望你能来谈谈,我也正想写封信给令尊。我们这番相会,也就可以顺便地告诉他;他看到了信,我相信是十二分高兴的。”一虹道:“那很好。不过……或者晚间再谈吧。”于是也就一鞠躬而行,到了馆子门口,燕秋是连把人力车都雇好了。在这一点上,可以看到她是如何发急。她向来是很沉静的,今天也许是有点变态了。燕秋见人来了,便道:“我打听了,只有古吹台和齐鲁公园还可以看看。不过齐鲁公园太远,时间怕是不容许,我们就先到古吹台再说吧。”她把车子都雇好了,谁还能改变路径呢?

车子行不到一小时,也就到了古吹台。这地方离城约莫二三里路,在平地上堆起一个土台,用石块砌着。经过若干级坡子上去,在石坡前面,有个木牌坊,上写了“古吹台”三个字。他们一行人下了车,在牌坊下站着,向前瞻仰,只见台上,几重殿宇,背后参差地露出一带树影,似乎这后面还有园林。昌年道:“这地方,我觉得比龙亭好些。那里不过可以看看开封城,并无别的可取;可是怎么叫着古吹台呢?”说着话,大家继续着登那石级。一虹自离开饭馆子后,在车上曾和燕秋说过两回话,都没有得着答复,现在认为是机会到了,就紧紧地跟在燕秋后面,笑道:“燕秋!你知道这三个字是由何而起吗?”燕秋道:“不晓得。”这三个字脱口而出,很重,显然给一虹一个钉子碰。一虹在这番难为情之下,也就默然了。燕秋原也是偶然出之,及至给人家钉子碰过以后,感到也有些过分了,便笑道:“南方人对于一件什么事失败了,叫吹台了。那么,这地方,一定是古来有英雄好汉,大大地失败过,所以古吹台,意思就是说:古人在这里吹过台的。”她是不大容易说笑话的人，她这样的故意曲解着，大家就是不要笑，也就随着这话笑上一阵了。燕秋道："我们说正经的，一虹！你既然开始问我，想必你知道这古吹台是个什么来历了。"说话时，大家已上了台。

台上的正殿，倒有很深的廊子。在廊子里，横卧着两个很大的柱形东西，用架子撑住。这个柱形的东西，是木头做的，空心；外面漆着红漆，围了铁箍。在这柱形中间，有东西像水车的轮盘子，直通两头。燕秋道："这东西必有点来历，叫什么呢？"一虹道："这是大禹治水之物。"燕秋听说，就在这柱形东西边，仔细地考察了一下，摇着头道："这个治水的东西，大概它的年纪，不会比我们大。但不知道这里摆上这两个东西，有什么意义？"一虹道："因为这里正殿上，供着大禹的偶像呢。所以这个地方，又叫禹王台。"燕秋道："你还是说这里怎么叫吹台吧。"一虹道："这字面上，已经明明白白告诉我们，是很容易了解的，就是古人在这里吹乐器的台。据一般人传说，晋师旷，就是在这里奏乐。"昌年笑道："真有你的，怎么所有到的名胜，你都还得出个娘家来？"一虹道："这就是合了那句俗话：世上无难事，只怕有心人。当我们在南京未动身之前，关于一路游记的书，我都查遍了。那必须到的名胜，我都详详细细地抄在日记本子上，这本子又带在身上。你想，要问起我来，我还不是对答如流吗？"燕秋道："这个办法倒是对的。你这本子上所记的，到什么地方为止？我倒愿意照样地来一份呢！"一虹笑道："我这并不是枕中秘本，可以公开来看的，你就拿去看吧。"就在身上掏出一个本子来，随便地交给了燕秋。

燕秋以为日记本子，在中国人的习惯，是由左向右翻的，这本子也不应当例外。殊不知揭开书面来，却是最后一页。但是最后一页，却也记得有字，大大地写着洪小姐通信地址，然后注着开封升官巷八号，上海霞飞路太平坊五十五号。便情不自禁地咦了一声。一虹这倒不知道她命意所在，不由得愕然地向燕秋望着。燕秋笑道："你不必惊慌，没有什么要紧的问题。不过我看到你这上面记着洪小姐的通信地址，可是我们并没有问洪小姐的通信地址，何以你会知道了？"一虹笑道："虽然我们没有问洪小姐，可是洪先生和我谈话的时候，已经把通信地址告诉我了。你是没有留意。”燕秋不要看那本子了,交还了一虹,笑道:“我当然不留意,我又不认识人家,萍水相逢,打听人家的通信地址做什么?”一虹笑道:“但是你说过,到了西安,要洗两张相片给人家呢,你不知道她通信地址这相片怎么样子寄?”燕秋道:“你这还用问我吗?有你在一路,自然会知道她的通信地址的了。”她口里说着,人已走进殿里去,大家自然是跟着。她好像是把刚才这番话忘记了,看到两边墙上,嵌放了许多块碑,这就走近碑边,去揣摩那碑石上的笔锋。等到大家也跟着来揣摩时,她就掉转身向殿外走了。这显然不是先前逛博物馆那种高兴的态度了。出了这个殿,后面虽有个大禹殿,然而为某一个机关占领了。燕秋板着脸子道:“中国人利己的心事,总是不能除掉。这样有名的名胜地方,就让做官的占据了。昌年!你是学做官的,以后做了官,可别这样。”昌年抬了两抬肩膀,笑道:“我学这法律,虽然有走上做官一条路的可能,不过是当法官而已。法官可是到处要讲法律的。再说,我也不一定就做法官,当律师也可以,当教员也可以;就当新闻记者,也许可以凑合。”说着话,绕了那包围屋子的小廊子走。那廊子墙上,还有不少的石碑。一虹道:“燕秋!这石碑上,有关于这吹台的故事,你不看看?”燕秋微昂了脖子向前走,头也不回,只管向前走,口里答道:“也不过是那么回事,不用看了。”

大家走到这台后,却见下面却是有一道长溪,环抱着这台三方。长溪两面,树木森森地,几乎看不了前路。溪这边,有一幢一明两暗的水榭,里外摆了几副茶座。倒是男男女女的,很有些人分据了各茶座坐着。这溪的两岸,多半是槐树,小半是杨柳,在这初夏的时候,那树叶子,都是带着嫩绿色。那猛烈的日光,晒在这树上,由那绿网子里,漏进一些光线来,这便觉得绿荫罩住的一带地面,都分外可爱。当午的风,不怎么大,将溪边柳树拖下来的长条,时时向茶座上拂着,在隔溪的树荫里,有一带围墙,配着三四处亭阁。一虹道:“我们还是在这树荫里坐坐呢,还是到水那边去走走呢?”燕秋道:“哪里也不用去,我身子倦得很,我要回去了。”说着,微抬了两手,好像有个伸懒腰的样子。只是在这种地方,有些不便伸懒。所以两只手只是微微地抬起来,却又放下来了。昌年道:“你看,东边那一片地,树木森森。”车夫说:“那是农事试验场,不要去看看吗?”燕秋淡淡地笑道:“你是不见得对农林事业有什么经验吧?”昌年不敢说什么,也是一笑了之。这简直糟了,谁要和她说话,谁就得碰钉子。因之大家都存在着三分戒心的时候,匆匆地游过了古吹台,就回到旅馆来了。

燕秋进了她那小房间去,三位男友在大房间里,洗脸喝茶。大家就议论着。健生首先低声道:“今天下午,燕秋何以突然地不高兴起来了?”昌年架了腿,捧了一杯茶在手上喝着,向人微微地笑。健生道:“我最不喜欢老费这个调调儿,有什么话全不说,都搁在心里,让别人猜去。”昌年笑着道:“你这不叫胡批评?我一个字没说出来,何尝叫你猜!”健生笑道:“看你那架子,就有些不肯说,让人去猜的意思在内。”昌年笑道:“瞧你不出,你倒会看相。那么,你看到燕秋那种不高兴的样子,你就应该知道她是为了什么不高兴的了,何必又来问别人?老高!你的意思怎么样?”一虹正把小软刷子蘸了许多胰子泡,涂抹在嘴巴上下,左手拿了镜子,右手拿了平安剃刀,要动手刮胡子,笑道:“我不会看相,我不明白。”昌年喝了一口茶,放下茶杯在桌上,而且按一按,表示着那切实的样子,这就笑道:“我想着,我们三个人里面,也许你是最明白的一个。”一虹笑道:“这话怎么说?我不懂。”昌年道:“你为什么刮胡子?”一虹刚是举着刀,在脸上刮了两下,听了这话,不由得停刀哈哈大笑起来,因道:“我们还没有到留胡子的时候,胡桩子长出来了,这就该刮,没有为什么在内。”昌年笑道:“果然如此,我不学法律了。我以法院检察官侦察犯人的眼光看你,我知道你刮胡子是为什么,不但刮胡子,待一会工夫,你还得刷皮鞋,换西服。”健生跳起来两手一拍,笑道:“我明白了。”一虹将手上的平安剃刀,连连地向他招了几招道:“喂喂喂!你何必这样大声喊叫。”健生走到他身边,望了他脸上道:“刮胡子也是不能公开的事吗?”一虹道:“好吧,我让你们取笑去,反正你们总也有刮胡子那一天,我那时徐图报复,也还不迟。”他只说到这里为止,不再向下说了。匆匆地刮完了脸,再将手巾忙乱地涂了两把;大家本也还要同他取笑,因为燕秋就在这时候走来了,大家只得将话突然地中止了。

燕秋道:“我看这开封城里没有什么可以留恋的。我们就是今天下午走吧!”

昌年道:“大概是来不及了,西去的车子,我已经打听了。三点多钟一班,七点多钟一班,现在已经三点了……”燕秋就站在屋子中间,四周地向大家脸上望着,抢着道:“那我们坐七点多钟那班车子走。”昌年道:“要是那时候走,到洛阳还不天亮,怪不方便的。”燕秋微笑道:“大家的意思怎么样？到洛阳还想游历游历吗？据传说,龙门那些石刻,大的都没有头了,小的是整个让人敲了去,看了是非常地扫兴。至于其他的古迹,大概完全是找不着了。我们何必在那地方再消磨两天?”听她所说的口音,乃是坚决不肯在洛阳停留的了。昌年道:“假使我们是直接地去到潼关的话,那倒是坐这班车子为宜。因为到潼关的时候,正是正午十二点多钟,各位的意见如何?”燕秋且不答复,看看一虹的脸色;一虹会意,便笑道:“我们都是一样,随遇而安的。大家觉得以今天走为宜的话,我们就是今天走。”燕秋笑道:“你不以今天走为宜吗？怎么要大家觉得要走才走呢？各人主意,是各人自己拿出来呀。”一虹也笑道:“我也是决定了今天走的。不过措辞不大妥当,所以好像是不能积极赞成了。现在我们就收拾行李,饱餐一顿,然后登车。”燕秋道:“说到了饱餐一顿,那还是赞成走的不对;还有一餐黄河鲤鱼,可就吃不上了。”一虹道:“不过我们也不是为吃黄河鲤鱼到开封来的。”燕秋道:“好了,不用议论了。我们想想看,还有什么应用的东西要补充的没有？关于洋货这一类的东西,越向西去是越少的,假如要补充,大家想着,开了单子买去。”

一虹听了这话,心中暗笑:这倒可以闹个临时采办,出去一趟的了。于是在他个人,就报告了三四样东西要买。便在费、伍两人,也想出了几样,开出单子来,共总是十几样,一虹这回不谦让了,拿着单子匆匆出门而去。走到旅馆门外了,昌年却由后面追了来叫道:“我还得买一样东西呢。”一虹信以为真地走了过来,他就执着一虹的手,低声笑道:“请你在洪小姐面前,为我致意。”一虹愣着望了他的脸道:“你这话是从何而说起?”昌年放了手,昂着头,哈哈大笑而去。一虹当然不能跟着他追到旅馆来问个究竟,只索由他。

昌年回到房间里来,燕秋道:“你还需要什么东西？倒是追出去了叫他买。”昌年道:“我想还买两册日记本子。不过他已经走远了,我也就不需要了。”燕秋道:“这回到开封,什么都满意,就是……”健生想:这该批评一虹了。可是燕秋转得很远,她道:“那唐朝到开封来的犹太人,他们的子孙,我们不曾访到。”健生道:“若是路近的话,我们还来得及看看,何不叫茶房来问问?”燕秋对于这件事有兴致,说到这里,也就高兴起来,叫了茶房来问。健生最是忍耐不住,茶房一进门,就拉着他问道:“这开封城里头,有一批犹太人,你们知道他住在什么地方吗?”茶房突然地被问着,倒呆住了。反望了健生道:“犹太人?”健生道:“他们不是中国人。”茶房道:“哦!你说得是外国人啦,开封也不少。他们住着没有一定的地方……”健生连说不是不是,乱摇着手。燕秋便接过来道:“茶房!你是老开封吗?”茶房笑道:“那没有错,我是本城人。”燕秋道:“你没有听到一种传说,古来有一批传教的犹太人,流落在开封,到现在还没有走吗?他们可不是现在天主堂、福音堂里的外国人。”茶房用手摸着头道:“这个,我没听到说过,闹不清。”燕秋笑着挥了手道:“不用问了,你去吧。”茶房走了,昌年笑道:“这件事,大概非找知识阶级的人不可了。你想,他是开封人,还不知道呢,问旁人哪里会知道。”复又叹了口气道:“人家说中国是文化最古的国家,中国之所以值得推崇,就在注重这一点上。现在看来,可不见得。你想一千多年以前,就有西洋人到中国来传教,可以证明,那个时候,虽在儒释道三种主义之下,我们还依旧接受西方的文明。这个原因,是值得研究的。这批犹太人到中国来以后,留恋着不走,遗传着子孙直到现在,在历史上固然有价值,可也是一件有兴趣的事情。然而和他们同城的中国人,就把他们遗忘了,何况其他的人!”

他们在屋子里这样研究着,那茶房可二次进来了。他笑道:“你三位先生问的话,这院子里有一位客人他知道。假使三位愿意和他谈谈,他可以告诉三位。”昌年道:“那好极了!在哪里?我去拜访吧。”茶房听说,便用嘴向院子里一努。看时,有个五十上下年纪的人,口里衔了旱烟袋,只管在院子里徘徊。昌年走出房门来,那老人倒是先笑着相迎了,他笑道:“你先生刚才的批评很是中肯,你问的这犹太人,开封人十有九停不知道。知道的,也只说他们是另一种回教,叫他们老回子,没有叫他们犹太人的。这城外一个小巷子里,还有十二家犹太人,一切都和中国人同化了。同化了,并不只是言语习惯,皮肤也变黄了,头发眼睛也变黑了。你假使在大街上遇到他们,你绝对不知道他们是外国人。”燕秋和健生,这时也走到了院子里来,围了那人听讲。健生道:“原来是这样的,我们想去拜访拜访他们,不知道行吗?”那人道:“你们要突然地去拜访他们,他们不知道来意,恐怕不肯相见的。他们连皮肤都同化了,可是他们的宗教信仰,还多少保留着一点,所以不会没有一点介绍就和生人相见的。”昌年道:“我们不必和他谈话,见见面也就行了。”那人笑道:“你不用去拜访,三位早见过他们了。我说破了,你们自己也不信,你几位在今天早上买油条烧饼吃了出门去的吗?”昌年道:“是的,这与这事有什么相干呢?”那人笑道:“那个卖油条烧饼的,就是犹太人。他说着那样一口道地的开封话,你在表面上,如何会看得出他们不是中国人来呢?”大家听了这话,相顾而笑,也就把参观犹太人的这件事取消。

大家收拾收拾东西,一切齐备了,还不过五点钟。这就是静等着一虹回来,就准备上车。不想六点以后,他还不见回来,只剩一小时上车了。大家很焦急,到旅馆门口去探望着,也没有踪影。燕秋道:“这样吧,我们一面吃着晚饭,一面等他,他来了,我们就走。他在外面吃过了晚饭,那就很好;假如没有吃过,那就让他受一次惩罚,让他吃些干点心好了。”伍、费二人却也同情她的办法,便吩咐茶房叫了菜饭来吃。

当大家吃到了一半的时节,一虹两手提了许多纸包,跳着进房来,笑道:“让诸位久候了,真是对不住,对不住!买这些东西,本不需要多少时候,只因为我没有看到那批犹太人,我总有些不甘心,随处打听。真跑到城外去,才把这犹太人所住的地方,给打听了出来。”健生道:“你看到犹太人了吗?”燕秋是坐在他对面吃饭的,立刻就向他丢了一个眼色,因之健生已经送到嗓子眼里来的那一句话,又忍耐了下去。一虹倒不曾留意,放着手上的东西,这就答道:“当然是看见了。”燕秋道:“他们是怎么一个样子呢?”一虹道:“你这可以不必问也知道,犹太人散居在全世界,他们总是保持着他们原有的精神。世界上没有了犹太国,可是犹太民族,他还不失他犹太人的个性,在中国的犹太人,不曾例外。”他说着,将桌上的茶斟了一杯喝,燕秋道:“你为什么不坐下来吃饭?”一虹道:“我已经吃过了,不! 我在路上经过一家面店,吃了一碗面了。”他说着,似乎有点难为情,将那空杯子还向口里倒着,借以掩盖着自己这说话的态度。燕秋对于这个,倒不十分地介意,又问道:“那犹太人穿着什么衣服呢?”一虹顿了一顿,笑道:“你这句话,倒问得我不好答复。因为他们所穿的是一种不中不西的服装,我简直说不上那样子来。”燕秋道:“戴了什么帽子呢?”一虹道:“他们没有戴帽子。”燕秋道:“在他的头发上和他的皮肤上,我想总可以分别出来,他们不是黄种人。”一虹道:“那也就是这一点了,要不然也很不容易看出他是一个犹太人的。”燕秋道:“头发自然不是黑的了?”她说这话时,满脸都是笑容,好像是话里有话。一虹看着,有点愕然,他这话越是不好答复。燕秋扑哧一声,把吃的一口饭,喷了满地,用手臂枕了额头,就伏在桌上笑了起来。一虹自然是难堪,然而他以为自己说话不对,可不知道还只猜着一半呢!

第十二回 谁是有情人忽惊旅梦 喜逢幽默者闲话行都

凡是撒谎的人,行径被人看破了的时候,人家越是愿意他把谎跟着撒了下去的,因为那就加倍地感到有趣,高一虹他只管说是看到了犹太人,把燕秋笑得喷出饭来。一虹虽感到撒谎有些不周,却也不料是如此可笑。正愕然着,还是费昌年不失忠厚之道,便道:“那是怎么回事?你所看到的,和我们所看到的,全不相同呀。是你受了人家的冤呢,还是我们受了人家的冤呢?”说着,向一虹丢了一个眼色,一虹这才算是明白过来,他们是真正地看到了犹太人的了,早是一阵绯红罩了全脸。但是承认了自己撒谎,那也是不妥当,这就向昌年笑道:“你们也出去了吗?”昌年道:“据这里一位旅客说,那批犹太人,开封人早不晓得了。不过那真正的犹太人,还留着十二家。他们的一切行动,与我们中国人无二,便是头发也变黑了,皮肤也变黄了。今天早上卖烧饼的那个小贩,就是犹太人。你想不说破来,我们哪里会知道?也许我们所知道的,那还是不对。”一虹也仿佛在哪里听到说过:这批流落的犹太人,是和中国人同化了的,他们所见的,必十有九分可靠;这话是不宜再向下说,要不然,也徒自闹笑话而已,便笑道:“大概我是被人冤了,我见的准是回教人。”说着,抬起手来,抓着头发,做那踌躇不决的样子。燕秋也觉得他是受窘已够的了,便笑道:“这件事,我们是一说一了,不必提了。现在到开车的时候不过五十分钟,我们应该预备上车了。”昌年推着碗筷站起,就拉住一虹道:“我们同来理行李吧。”一虹正也感到无法下台,听了这话,立刻掉转身去,故意十分地忙乱着,把燕秋的视线移开,而且也把燕秋的观念改掉。燕秋究竟是个襟怀洒落的女子,既是马上要离开开封的人,便是一虹在这里有什么两性的交际,那也不关大体,可以过眼云烟付之了。因之这样一想,她也不再去问一虹关于犹太人的事,匆匆地结束了行李,就上车站来。一虹本来想到洛阳去看看的,因为燕秋坚决地要直放潼关,也不敢同她执拗,便买了四张到潼关的三等票。

上车的时候,也相当地拥挤。过了郑州,这一节车上便只有二十几个人。健生道:“向西去的人,怎么这样的少?若是天天是这个样子,火车开着,岂不要赔本?”正好有个火车上的茶房,由这里经过,他道:“不像今天这个样,那也很少。”健生道:“每日向西开三班车,都是这个样子吗?”茶房道:“慢车上人多些,也有拥挤的时候。”他说着这话,也就走了。这三等车上,电灯既是稀少,而且还不大光亮,坐在这里,看书看报都不可能,除了睡觉,只有说话。这时,他们四个人,占了在一处的四张椅凳,都斜靠了躺着。因为过了郑州以后,费、伍、高三人,都觉得渐渐地向西走,离开物质文明的地方更远了。向窗子外看看,不见月亮,只是那黑沉沉的大地,更让人发生一种奇异的感觉,都睡不着,只好继续地说话。健生道:“老费!你研究研究,这是什么原因?”昌年道:“这很容易懂呀。快车是小站不停的,内地人来往,非慢车不可。快车,是无论什么人都要买票乘车的,免费乘车,或是买半价票的,也是非坐慢车不可!”燕秋将一个布包袱枕了头,侧了身子睡在椅子上,便坐起来笑道:“还有一个原因,你没有提到,西北人真是能在刻苦上做工夫的,一文钱可省,就省下一文。慢车的票价,究比快车要便宜些,所以他们是情愿坐慢车的了。”

说着话,火车已停在一个车站上,向外看时,只见黑巍巍的树影子下,有几幢屋影,冷冷清清的。听到有两个车上的办事人员和站上的人说话,没有卖食物的声音,也没有旅客上下。一虹跳起来道:“我们这是坐着西伯利亚的火车吧,如何这样的寂寞呢?我得到外面瞧瞧去。”说着话,他开了车门出来,见这里的站台,并没有什么特别的建筑;不过是修整齐了的黄土坡子,比轨道要高一点。在树影下,有根木柱,撑住了一盏玻璃罩灯;玻璃上写得有站名;因为灯光昏暗,却看不见。站台上有七八个人来往,有两盏手提玻璃罩子灯,在其间晃来晃去。一虹本来还想下车去看看,只听到汽笛长叫了起来,便只好进车了,因问燕秋道:“还没有过洛阳呢,何以就是这样的荒凉?这是什么地方?”燕秋道:“大概是荥阳、汜水一带。”一虹道:“这是历史上很有名的地方,何以会是这样的冷淡呢?”燕秋道:“到了河南、陕西境内，历史上有名的地方，那就多着啦。大概不荒凉的，也就很少吧！”一虹道：“树犹如此，人何以堪了！”燕秋道：“我不那样想，古来的名胜之地，虽然是荒凉了，那并不像人的年岁老大，是无可挽回的事。只要我们后辈有力量，不妨把那已经荒凉了的地方建筑得再好些。譬如南京这地方，经过洪杨之乱以后，那也够称‘衰败’两个字的了。你看，自从国府定都那里，物质上的进步，就一年胜过了一年，至少是那沥青油的中山大路，六朝金粉的当年是不会有的。我回到西北来，就是这个意思。那地方自然是不好，可是我西北人也说那里不好；不是西北的人，如何肯到那里去建设？我们近譬诸身吧！我想：若是我不回甘肃去，大概各位也不会有这种计划作西北之游。”昌年道：“这倒是真话。不过说起来是惭愧得很，我们这种人，对于贵乡，恐怕不能有什么建设的事情贡献。”燕秋笑道：“那也未必，只怕到了那时求各位帮忙，各位不肯呢。”健生架了腿，躺在椅子上的，听了这话，就跳起来道：“那决不能够！就不说我是受过高等教育的人，应该替社会尽些力量吧；就是在友谊上，你要在家乡做点事情，我们力量可以做到的，怎好说是不做呢？”燕秋不坐了，手扶了椅子靠，站着向三位男友都看了一看，于是笑道：“我是但愿如此。”她说这话，声音非常之低微，仿佛是健生所说的话，并不能怎样引起她的信仰心，那也只好是目笑而存之罢了。

在这节车上，自然免不了有西北人。他们听到燕秋这行人这种说法，自然也少不了加以注意。有两个睡倒了的人，也坐起来看着，大家感到说话有点不方便，才把这问题讨论中止了。时候已经夜深，大家也就睡了。费昌年在三人之中，是比较精细的人。他在学校里的时候，常喜欢和健生开玩笑，出门而后，便是这件事也停止了。不过听刚才健生和燕秋的一问一答，似乎健生答复得那样率直，燕秋以为是不考量所说的话，是未必办得到的。他心里便推想到燕秋回到甘肃以后，或者有建设的问题发表出来。若说到向西北办建设，第一就是经济问题；同行只有高一虹是南洋华侨之子，拿钱出来办建设事业，他或者可以做到。燕秋为了要得着经济上的帮助，或者还得借重着他。不过他的家产在父亲手上呢，他同意了，父亲不同意，也是枉然。除非燕秋要嫁了一虹的话，高家的财产，她也有份了，那就大可以利用了。这样看起来，燕秋和一虹特别表示好感，那是无怪其然。而一虹在开封和那洪女士来往，她十分地不高兴，这也是很明显的一个证据了。他不如此想着，也不怎样的奇怪；在他一度推想之后，觉得要说燕秋和一虹的爱情，到了相当地程度，这不为过分。假使他二人这样继续地演变下去，那必然是有进无退的。他心里想着，仿佛着就看到燕秋坐了起来，走到一虹的身边去，一虹拉住她的手，同在一张椅子上坐下。一虹说："我们若是在中秋节前能够赶回南京，我们就可以择定中秋这天结婚。因为在中国的习惯上说，是认那天作团圆的日子的。"燕秋道："不过在那种日子个个都要过节，也许宾客太少的。"一虹道："但是我们几个好朋友，像昌年、健生这几个人，他们是不好意思不来的。"燕秋笑道："那也不见得，他们也算是追求我失败的人物，他们不恨你我也就够了，还能够和我们来道喜吗？"在这时候，仿佛一虹对于这婚事，已经有了很公开的态度，便是有朋友在前，也是不避讳的了。他回头看到了昌年，就走过来紧紧地握着他的手，笑问着说，"我们快要结婚了，你预备了一些什么东西来送礼呢？"昌年正是恨得心里发痒，不想他还敢向人讨礼物，于是猛然地给了他一拳，喝道："我把这件东西送你！"

一虹叫起来道："老费你这是怎么了？你这是怎么了？"昌年睁眼看时，原来是个梦。刚才很猛勇的一拳，不成问题，那是打在椅子背上的了。在梦中被打的这位高先生，一点也没有什么感觉，笑嘻嘻地站在面前。于是坐了起来，揉着眼睛道："到了什么地方了？我是心绪不宁，所以闭上了眼睛就做梦，你怎么没有睡觉呢？"一虹道："怎么没有睡？可是老是睡得不舒服，断断续续地睡着，也断断续续地醒着。"说着，在昌年这张椅凳上坐下，笑问道："我还听到你说梦话来着哩。你说：把这件东西送你。你把什么东西送人？"昌年道："我说了这句话吗？我自己也不知道呢，梦里的事，我怎样晓得？"一虹笑道："俗言道得好，日有所思，夜有所梦。你必是梦着送她的东西吧？"说着，将嘴向对面椅子上努着，燕秋侧了身子睡在那椅子上，却是睡得很熟，微微地有点呼声。一虹这句话，总算猜中了三分之二。但是他如何肯承认，微笑道："我们坐在一处的人，鼻息相通，就是做梦，也当梦那远些的。眼面前的人,哪还用得着梦吗?"他也是怕这话继续的下去自己不好遮掩,这就握住了一虹的手,微笑着低声道:"你说实话,你在开封的时候,是不是偷看着洪小姐去了呢?"一虹笑着,先摇了两摇头,然后才笑道:"你也是那样的神经过敏吗?"昌年道:"这是你自己露出来的马脚,本来旅馆门口,就是最热闹的新辟马路,你要买什么东西也可以,怎么去了那样久?而且你说见着了犹太人,那分明是撒谎。在开封,你没有要守秘密而不能说的可去之处;有之,就是去看……"一虹抢着伸手出来,将他的嘴捂住,笑道:"不用说下去了,她对于这件事,是不大谅解的。"他这样的答应着,那声音是十分地细微,昌年笑道:"这就难得呀!假使我和健生,就是各人交上一打女朋友,她也不会稍微注意一下。据这一点看起来,我想是你成功的成分居多。"一虹道:"但是我自己很明白,还不合于她意中人那些条件。就是你和健生,老实说一句,也还差得远。刚才你做的梦,莫非就是这件事吧?"昌年顿了一顿,笑道:"就算我梦见这个问题吧,然而我口里说出来的话,是送东西给别人。那话是你听到的,其情也就可想而知了。我所梦到的,就是你们结婚。"一虹抢着握了他的手,连连地摇撼了几下,笑道:"假使你梦的就是这个梦,至少你在梦里踢了我三脚,打三拳,对不对呢?"昌年笑道:"若是你在梦里梦到是我,恐怕你也不能坦然置之。"一虹笑道:"这话可又说回来了,在梦里有了这事,都放不过去,若是事实上有了这事,那打算怎样的办,还要拿手枪打人吗?"昌年道:"这话不然。在梦里,人是没有理智可言的,爱怎么便怎么;要不然,怎么不想梦的倒梦见了,想梦的却梦不见呢?这就为了失去了主宰呀。至于事实上有了这件事,无论心里怎样的难受,但是自己总会约束了自己,不让发出什么越乎常态以外的事情出来。假如你们有那样一天,我是要喝得大醉而归。"一虹笑道:"喝得大醉,那还是有些借酒浇愁的意思。假如你有那么一天,我一定是重重地送你们一份厚礼,举行大典的时候,我还得邀一班喜欢热闹的朋友来,同你们唱会子歌,跳会子舞,大大地乐上一阵。哈哈!"他一时说高了兴,声音也就不免随着大了起来。

那燕秋虽是已早早地在椅凳子上睡着了,然而她究是个女孩儿家,在这种人多声杂的所在,她也不敢十分地安然睡下。火车走得急,她就被震撼着昏昏地睡熟了;火车走得缓或者停止了,她就迷糊着慢慢地醒了过来。这时,火车停在一个站上。荒郊夜半,一点声息没有。火车本身声音极是繁杂,突然换到声音极沉寂的一个环境里面,神经也受着很大的影响,于是人就慢慢地有点清醒了。加之一虹的谈话声大起来,恰好是最后几句很关紧要的话,听到了,听那种语音,自然是指着关于自己的事情而言,这要加入去说话,当然是有些不好意思。然而任便他们向下说着,不加以拦阻,也怕同火车的客人听到,那不定要疑心这一行四个男女,是干什么的。因为往西北走,那是踏入了礼教之乡;谈到男女问题,在表面上,那总要带着严重性的。她不能安然地睡了,就向下听着。昌年又说了,他道:"我们这种做法,在五年前着手,社会上就通不过。这除了各人自己努力,是得不着别人援助的。说句笑话,也许我们三个人都要落选,我本来是想开了,到西北来看一趟,也是我们青年人应当做的事。若把三人追求异性夺标来了作为主因,那么,我们这一次出门的意义,也就太小了。这话可又说回来了,我尽管想得这样的空,可是我还为了这件事做梦,你说怪不怪?"一虹两手一拍道:"呵呵!你露了马脚了。我说你做了梦,你不肯承认。"燕秋听到他们高声说话,这实在有些不像话,只得突然坐了起来,装成一个刚刚惊醒的样子,手理着耳边的散发。就向一虹问道:"吓我一跳,为什么事这样的大声喊叫?"昌年笑道:"不相干,我们成了小孩子了。白天我们曾说到蛇的故事,不想我在椅子上睡着,一根长带子落在身上,我就梦见蛇了。我们正谈这件事,不想把你惊醒了。"

燕秋明明知道他是撒谎的,自是也不便去追究。抬起手表来看了看,因道:"三点半钟了。照着行车时刻表上说,四点钟要到洛阳,我们可以不必睡了,在车上看看洛阳吧。我们这也是走马看洛阳之花。"一虹笑道:"燕秋是可以当得'吐属文雅'四个字的。"燕秋笑道:"吐属文雅,这不算新女性所需要的条件了。譬如我们在开封遇到的那位洪小姐,她,就不能把这种话说到口头上去,因为要是如此说法,那就不摩登了。"她说着这话,分明又含了不少的醋意。昌年回转面孔来,只管向一虹偷看,一虹心里,自然也是明白的,回了昌年一眼,没有作声。

这时,火车又是在加紧地向前奔驰,耳朵里是一片哄咚嘀答之声,声音杂乱的时候,人也就感到疲倦。因之一虹微装困倦的样子,低了头微闭了眼睛,装着要睡。燕秋这说的是闲话,也不能把人叫醒来继续地向下说,这问题算是揭开过去了。不过有了这一番谈话,这二男一女之间,自然又是添了不少的痕迹。半点钟的时光,在一个人昏迷要睡的时候,那是很容易消失的。所以就在大家这样默默无言的时候,汽笛放出来很长的声音,在火车奔驰之中,震动了沉寂的长空,这非到大站,不能这样郑重地报告,那想必是快到洛阳了。因之大家的精神又振作了一下。便是伍健生沉沉地已经睡了半夜的人,却也是一个翻身坐了起来,问道:"已经到了洛阳吗?"大家没有答复,那黑沉沉的窗子外,已经有了灯光,向玻璃窗子里射了进来。看到窗子外面,有树木屋宇,由前向后倒了过去。这三等车上同座的二十几名旅客,有一大半是提着行李包裹,预备下车。在灯光下,已经有个丁字牌子,立在窗外,火车停止了。将那白粉牌子上的黑字,看得清楚,正是洛阳。健生道:"火车在这里要停三十分钟,我们可以下车去看看吧?"一虹道:"车站上是不看见什么的。要看站外,现在大概还是黑漆漆的吧?"昌年道:"现在夜短,也许天快亮了。"燕秋道:"你们都下车走走吧。我不动,在这里和你们看着行李。"

在这时,那些车子上下的旅客,也都纷纷地下车去了。健生三人,跟着下来,立刻便有一种说不出所以然的感触。这站台并无天棚,却是很大,东西遥遥地距离着几十步路,树立着两根长木头杆子,各挂了一盏比菜碗略大的汽油灯,靠南虽是有一列西式建筑的屋子,可是不见窗门灯火,也看不出个所以然来。就在那房屋的角落里,长的,圆的,高的,低的,有二三十个纸糊灯笼,不住地晃动着;口里可就叫着客栈的名号。一虹笑道:"在十五年前,江南各省没有电灯的码头;上旅馆接送客人,的确是这种情形。我那时只五六岁,略微记得一点影子,以为这一辈子,是不会再看到这种事情的,不想到今天又遇着了!"大家说着话,在站台上走着。很稀少的十余名旅客,分上了这里的头二三等车,在几十丈的站台上,便剩下七八名兵警,疏散地站着。铁路上几个工务人员,手提了马灯,或拿了红绿号灯,用不整的步子走着,走着。站台上的干沙子,唏唆作响,越是增加了这环境的沉寂。那西头木杆上悬的那盏汽油灯,却是走了汽了,罩子里的火焰,抽着带烟的红光,已是减去了百分之九十几的光度。不过向东边看去,在天脚下,大半个圈子是变了灰白色;再回头看车站上的房屋,在模糊的曙色里,已是露出青色的轮廓。接着西边木杆上的汽油灯,终于是熄了。在许多人家的屋脊上,远远地露出了一带城墙影子。在西边城上有个角楼很瘦小的样子,吊起四角飞檐。便是这一点,可以象征着这全城的建筑,都不会怎样伟大了。一虹道:"这样看起来,在洛阳,我们不下车也罢。与其看到了名胜之后,不满意而失望,却不如一切都不看而失望,还留着一点幻想中的名胜在脑筋里面呢。"健生笑道:"看不看名胜,那很没有关系,根本我们就不是来看名胜的。在昨晚上,我就立下了那番不看景致的心事,放头大睡。也不知究竟是哪一站,给我的印象太坏了。"大家说着话,沿了车外的站台边上走。

可也就在这时,燕秋推起玻璃窗子,正伸了头向外面望着,将健生的话,恰是听了个真切,不免微微地点着头抿着嘴笑了。她的头伸出来时,在健生、昌年走过之后,在一虹没有走来之前,一虹见她这种笑态,似乎不是喜从心起的一种笑法,不免站定了脚,呆了一呆。第二个感想,接续着跟了来:便是若要这样呆呆地站在她面前,那就是怀疑她这个笑法不对了。因此对她笑道:"你何不也下来散散步?"燕秋道:"你觉得这站台上有什么可以留恋的吗?"一虹笑道:"……不过反正这天色刚亮的时候,空气是好的,你下来疏散疏散筋骨,总比在车上强。"燕秋咯咯地笑着,缩进头去,将窗子关闭上了。一虹在这种态度之下,不知道燕秋是什么意味,然而回想着,必是健生的那几句话,说得太令她不高兴了。那么,以后对于西北风土人情,总不要作一种恶意的批评。据昌年的推测,要算自己和燕秋的感情最好,说不定就是个成功者。旁人对于这一点都看出来了,不见得这理想是完全无据,那么,自己还是好好努力,也许不必达到目的地,自己这事先成功了。他如此地想着,两手插在袋里,将肩膀抬了两下,他是表示着得意。健生回转头来,见他距离得老远,便招手道:"风景虽然是没有什么可看的,可是走动走动也好吧?"一虹走过去,高声道:"这话不然,古人道得好:三月洛阳花似锦呢。古人谈到花,那总说洛阳的花不错。可见洛阳这地方,风景向来是很美丽的。”健生道:“你这人说话,怎么前后这样的矛盾?刚才你说是洛阳这地方不下来也罢,于今又怎么说这里的风景向来美丽?”一虹忽然省悟了:是的,在五分钟以前,自己曾对于洛阳这地方,取了一种不屑于去游历的意味,便笑道:“我是这样说了,不过我因为不能下车去看看,只得说这样一句宽心的话,自己来安慰自己。”昌年道:“这里一度做过行都,又开过代表会议,无论如何,总也有些值得纪念之处。”健生答道:“你是三句话不离本行。说这种名胜,你也得带点政治意味在内。”昌年笑着昂了头还摆了几摆道:“谈洛阳,想摆脱政治意味,岂可得乎?”他这样地说着。

有个五十上下的老先生,穿了蓝绸长夹袄外套花缎马褂,头上戴着呢帽,手上可又拿了一把折扇。在这些上面,那是很可以看出这位老先生的派头。他听了昌年的话,向昌年微笑着。当昌年也去看他的时候,他索性手扶帽檐,点了几点头,于是他也就带着一个提行李的人,一同走上车了。健生道:“老费!你认得这个人吗?”昌年笑道:“这人好像是位官。你想吧,我会有做官的朋友在洛阳吗?”健生笑道:“他是你的同行,大概是彼此心照。”大家说笑着上了车,那位老先生口衔了一杆很长的烟嘴,手托着,靠了窗户,坐着抽烟,在那尖瘦的脸上,微微地留了两撇胡子,很可以描画他一点精神出来。他依然是那样的和气,见了人手扶了烟嘴站起来。昌年屡受了人家的招呼,不能不理,也就向他点了一下头。

大家所坐的地方,正是邻近,就不免交谈起来。他首先问:“这三位先生,到潼关的吗?”昌年道:“不,我们是到甘肃去的。”老先生道:“呵!苦地方!听各位口音全是南方人,经过洛阳,怎不下车来玩玩?”昌年道:“我们听说荒凉得很,也就不想下来了。”老先生喷了两口烟,点点头道:“荒凉是荒凉的,不过这儿是行都了。”一虹坐在他斜对面,禁不住插言道:“你老先生是在洛阳治公的吧?”他笑道;“在这儿混小差事,两年了。”一虹道:“那么,洛阳的风俗,你先生是很熟悉的了。城里情形怎么样?”这位老先生因有人问到了洛阳,他很感兴趣似的笑道:“那不能谈,城里有东西南北四条大街,商店十之八九是平房,没什么大买卖。勉强地说,就是几家古董店吧。洛阳城,大概要分三部分,车站是一部分,城里是一部分,西宫又是一部分，西宫有军营在那里，平常游人，可以不必前去。车站上倒有一条街，不过是旅馆，饭馆子，乐户。”一虹道：“这地方既然不是物质文明之地，怎么会有乐户呢？”他笑道：“供给是和需要成为正比例的，这里常常是有阔人来往的，他们或者……”他见隔两个座，燕秋坐在那里，是个女学生的样子，那话就不能不说得更含蓄一点了，接着道：“他们也有需要的时候，可怜这些女孩子，在东方码头上不能立脚，只好往西跑。当妓女的人，自然是不少为虚荣所害的；可是为了‘饥寒’两个字所迫的，大概还是居多数。这地方可以有法子找钱穿衣吃饭，她们为什么不来？现在这个期间，这里做了行都，阔人纷纷而来。阔人本身，有身份在那里，在洛阳这区区小地方，当然要做出卧薪尝胆的样子，才不负到洛阳来的这一番意义！可是他们手下的随从，在东方享福惯了，于今到了这地方来，要什么没什么。电影院、戏馆子、跳舞场，自然是没有，就是想找一家干净些的洗澡堂子，也不可能。那过惯了夜生活的人，对着一盏煤油灯，就也浑身是毛病。不瞒各位说，我也是那时候来的，同来的有十八位同事，第二天就回去了十五位。上司只留下我们这几个老成些的在这里，西装挺括的朋友，只好在南京、上海去施展本事。到了这儿来，就是上海人打活，吃不消了。那万不得已回去不了的朋友，只好勉强住下。公事之余，怎么消遣呢？就是到旅馆里开一个房间，麻将四圈；万一这还要感到枯燥，少不得就把那可怜虫叫去相陪。在那个时候，全国是纷乱，洛阳总算下了一阵大雨，就是当年吴子玉在洛阳作五十岁，也没有这样热闹过。最高兴的，就是洋车夫和这些可怜虫了。说话就是两年，回想当时，我也是不禁感慨系之啦！”这三个人都鼓掌，就是燕秋听了，也带点微笑，不想这个人倒是思想很新的。昌年笑道：“既然开旅馆是个乐趣，大概这里的旅馆还不坏了？”那人唉了一声道：“哪里说起，这里的旅馆完全是老式屋子，土墙上挖个窗户，安几块玻璃，这就算洋式了。无论大小屋子，全是一张小方桌，一副铺板，两个方凳，其余我也不必谈。诸位试想：行都设到这里来，本来是有意思的，要大家刻苦一番。可是谁也不愿刻苦，还是回到东方去，精神虽然痛苦，物质上是够受用的。”

这老先生的话，引起了听者的兴趣，大家相视而笑。一虹点头笑道：“这位老先生很幽默。那么，我们没有下车，正好多多请教。老先生到什么地方去的？我们可以同车到潼关吗？”他笑道：“我是有点公事到西安去，不但同火车，还可以同汽车呢。”大家听说，都欢迎，彼此交换了名片，才知道他叫陈公干，是浙江人。昌年和他同乡，更亲近了，便问道：“陈先生是设行都的时候来的，当然有许多轶事，可不可告诉我们？”陈公干换了一根烟，放在烟嘴子上，吸了两口烟，又更觉着精神新鲜一点了，便道：“轶事虽有，说出来是很造口孽的，可以不必。还是说我自己的两件事吧。那个时候，没有现在这样太平；豫西土匪很多，这车站的街上，都不免出乱子。由这里进城，要经过一里多路的麦田，太阳一偏西，就没有人敢走。由县城到西宫，差不多有十里地，那更是可虑。有一次，我在刚晚的时候，由车站进城，恰是没雇到车；我等不及，只好冒了险走。只离开这街上半里路，在月亮下麦田里，看到两个人影子一闪；我慌了，回头就跑，那两个人也跑；不过我向北跑，他们是向南跑。后来我到街上找了十名警察，保护我过去；到了城门口，遇到两个同事，也是六七名警察，保护过来。他首先问我：看见土匪没有？他们快要到车站的时候，遇见一名巡风的土匪，飞跑了去报信，他们幸是跑得快，没有让土匪逮住。所以二次出城，请了各位警士保护。我听说，心里明白，他们所说那个巡风的土匪，就是区区不才。可是他们哪知道，我也把他们当了土匪了。闹了这次笑话以后，我出门总是正午，而且必坐人力车，为的是多一个人做伴。诸位一定见笑，我这人太悭吝，连人力车也舍不得坐。其实这人力车，我有点坐不起。他们对于说南方话的，统统叫南京来的委员老爷。不知怎么着，车夫会知道了委员是非常可贵的，坐车要多给钱。由县城到西宫，至少是一元。车站到县城，也要三四角。这一条路，我每天要跑一两趟；若再到西宫去，一天大概要三四元车钱，我怎么担任得起？可是我要不坐车，跑来跑去，车夫就鄙笑着说：南京来的委员，都不坐车。我听了这话，想到孔夫子说：以吾从大夫之后，不可徒行也。为了维持南京来的委员面子起见，只好咬牙坐着。于是我的薪水，全上了车夫的腰包了。诸位！这事可以算新官场现形记吗？”大家听了，也都哈哈大笑。

第十三回　大地荒尘灰心萌退志　黄河落日触景起哀思

杨燕秋这行人，在洛阳站上，遇到了陈公干这样一位有趣的人，大家都很是欢喜，只管和他攀谈起来。一虹还是惦记这地方的名胜，首先就问到龙门的石刻是怎么样？公干叹了一口气道："各位不去看，那倒是很好；去了是会增加无穷感慨的。若说到龙门的风景，也不过如此，仅仅是两面不毛之山的中间，有一条伊水。这水带着沙滩，很浅，没有船只，东边的山叫伊阙，山上有两三所庙。民国十七八年，西方来的某军，他们是不信鬼神的，便是古迹，带着迷信的意味，也要用革命的手段去破坏。因为他们的军队，在那几个庙里驻扎了一些时候，古迹就不堪问了。西边这带山，才叫龙门。山质是青石，很宜于雕刻，所以沿河的山坡上，大大小小全雕了佛像。最伟大的，自然是几个山洞。将山挖空了，便在洞壁上雕起很大的石像来。可是一层，十分之七八的佛头，都被人偷了去了；尤其是小的佛像，一个好的也不曾留下。其中有个千佛洞，四壁一层层的全是小佛，可是一个个佛像都没有了头，走到那洞里去，全是些石尸，扫兴得很。当兄弟游历那洞的时候，曾和朋友闲谈，应当把这'千佛洞'三个字改一改，改为无头国。诸位，那龙门到底是什么一种情形，也就可想而知了。"一虹道："原来如此。何以从前许多人的游记上，都没有这话？"公干道："大概由北魏到满清末年，这山上的佛像，都是完好的。后来这里的名刻，传到外国人的耳朵里，他们对于中国，是无物不爱，这样的宝贝，岂能放过？花了少数的钱，间接直接把这些佛头收买了去。"

大家谈着话，已忘了车上整宿的疲倦，不知不觉地，就到了观音堂。这个地方，是陇海路最大的难关。民国六七年间，火车就通到这里为止，中间停顿了七八年，才慢慢地向西修了去。火车到了这里，正是太阳高照的时间。于是昌年先发起，下车去看看；一虹和健生也都赞成；只是燕秋伏在车窗子上，没有作声。大家以为她是经过这条路的,不必再看,也就没有理会。大家下得车来,是黄土筑的站台,靠北一带土山,虽长了一些稀稀的浅草,然而也掩盖不了山面的黄土色。在那山脚下,有一所水泥砌盖的洋式房子,便是车站。车站外只是空荡荡的黄土地,什么点缀也没有。向南有几所东倒西歪泥土糊的屋,在草坡上,那里有一条人行大路,向西而去,和铁路作平行。但是过去不多少路,便是个土岭,将去路阻断了;铁道在山脚下,打洞穿了过去的。再向南看去,那里有些屋脊露出,似乎是个市集了。高一虹笑道:"我们在报上书上常常所见到的观音堂,原来是不过如此。"昌年走着路,正向西望着,忽然停住了脚道:"我们上车去吧,把燕秋一个人丢在车上,我想是不大妥当。"一虹、健生都以为要出什么意外,因就望着他道:"怎么样不妥当,出什么毛病吗?"昌年道:"并不是出什么毛病,我记得燕秋对我说过:她向东来的日子,是在观音堂上的火车。她那时有两种感想:第一是感谢这火车,载她离开那荒旱的活地狱,得到文明的都会去;第二是恨这火车带着她到很远的江南去,怕是永远不能回来了。她现在又重到观堂来了,可是她的家庭,她的父母,究竟是怎样的一种情形,依然是不知道。并想到当年自己被人买去带了走的经过,不啻是做了一场梦。你想她那种富于感情的人,不会心里很难过吗?不说是她,就是我们有了这种事,也会很难过的。"一虹连道:"不错不错,还是你想得周到,我们应当上车去陪着她,让她把这件事忘了。若是把她一个人扔在车上,那不是有意让她在寂寞的环境里去回忆从前吗?"三个人说着话,立刻就拥上车去。

健生心里就想着:我是永远要追求女人,永远想得不能这样周到。当时他首先一个走进三等车厢里面去,看看昌年所猜得对也是不对。当他向前看时,见燕秋回转身去,伏在椅子靠背的角上,既不像睡觉,更不像是坐着休息,分明是伏在那里流泪。健生先进来,倒是呆住了,远远地站了望着,却让别人上了前。昌年道:"燕秋! 你这样坐着,还是养神呢,还是睡觉呢?"她依然是那样坐着,没有作声。昌年道:"刚才我们在站台上走着,忽然想起来了,不应该把你一个扔在这里;这个地方,你的印象很深,也很不好,你必定会伤心的。其实那都是过去了的事,你还惦记那些做什么？来！我们还是寻点幽默话来谈谈吧。”燕秋好像没有听到一般，依然是那样的伏在那里。一虹就低声向昌年道：“我们坐下吧！不要兜乱她的心思。”于是三人都望了她坐下，没有作声。燕秋慢慢地抬起头来，微笑道：“对不住！刚才你二位和我说话，我正是肚子疼得要命，答复不出来。”一面说着，一面用手去理额前两侧的乱发，扶到耳朵后去；她两只眼圈儿红红的，不但是可以证明她哭了，而且满脸也都是泪痕呢。这时，三个人都窘住了，不知道用什么话去安慰她好。燕秋在衣袋里掏出手帕，将眼睛揉擦了一阵，笑道：“你们以为我哭了吗？”大家不好意思说她哭了，也只好是笑了。燕秋又把手绢在脸上轻轻地拂拭了一阵，先是叹了一口气，然后笑道：“我明白，你们一定猜我想到从前的事，心里就难受起来了。难受有什么用？过去的事，也就过去了，还是想想将来吧。是谁在站台上想到了我的事？”一虹却不敢当了昌年的面掠美，健生见她是那样突然地问出，又不知道她真正用意何在，也不敢答应。昌年的态度，却是很自然，微笑道：“我因为记起你以前曾说过：是在此地登火车的。所以我想着，你到了这里，必定是有无限的感慨。”燕秋默然了一回，垂着眼皮，很好像在想什么心事似的，接着道：“你这话是诚然不错，到了这里，我有点发生感慨。不过越望西走，我所留下的纪念也越多，我也感慨不了许多。不过……我的事，你倒是这样的留意。”说着微微一笑，昌年笑道：“你总是我们这一行人的主脑人物，你的事当然值得注意。”燕秋道：“这话也许不是恭维我的，只是朋友待我都不错。我若是回家去，没有一点成就，倒真是对不住三位。”

健生坐在她斜对面的椅子上，注视了她的脸，听她说话。当她说到朋友待我都不错，健生心里料着她必是说感激得很，何以报答。不想她若是一转，说是回家去没有成就，才对不住人。这好像说朋友送她回西北，都是望她回来有所成就的。这位小姐，真是口紧，无论如何，她是不肯向人表示一点爱情的。不过在自己冷眼里看来，究竟她也不能不露出一点痕迹来。由浦口到开封那段路上，觉得她和昌年表示好感；到了开封，同一虹最好；及至会到了那位洪小姐，显然地她醋意大发，对一虹不满。由开封起身到现在为止，她依然还是同昌年好。尽管是掉来掉去，只有我,始终不在她心意里的,这是我功夫没有到呢,还是她根本不同情于我呢?像这个样子,我便是跟着跑到新疆去,恐怕她也未必能和我表示好感的。健生突然地有了这番心事,不和人说话了,就偏转头去,向窗子外看了,当是赏鉴风景,而其实是在出神玩味这个问题。

这火车离开了观音堂,窗子里电灯就开始亮着,钻起隧道来。这隧道最长的差不多有二华里,钻过一个,又接着一个。钻了许久的隧道,火车已上了高原,或者绕了土山走,或者破了土山走。向车窗子外看去,只见那土山削成了斜陡的黄土壁,光滑滑地,比江南人家家里的黄泥壁,还要干净。有时壁上裂缝里,也长两三棵短草,更形容着这是荒寒不毛之地了。像这种简陋的风景,还有什么可看的?然而健生却是看得呆了。一虹皱了眉向他道:“健生!你怎么看得这样有劲,好看吗?”健生这才省悟过来,因笑道:“我并不是在赏玩这窗外的景致,我有个问题在这里想着。”一虹自然也不会想到是关于燕秋的爱情问题,若是这个问题,他也不会冲口说出来了,便也不去追问。在这时,昌年在手巾袋子里,取出了毛手巾,将暖水瓶子里的热水,洒了一些在上面,然后对着痰盂子里拧干了水。燕秋很不经意地就拿了过去了。这一下子,又给了健生不少的刺激。他心想在徐州车站上,燕秋不是约好了各人的事各人做,不必谁帮着谁吗?何以昌年和她拧手巾,她安然地受了?这显然她是有点偏爱他了。健生心里如此想着,自也不断地向燕秋那边去注意。燕秋倒是毫不介意,笑问道:“我脸上还有一块黑的吗?刚才车钻山洞子,我忘了关窗户,飞了我满脸的煤烟子。”健生笑道:“这窗外的黄土壁子老走不完,真把我腻死了。”燕秋笑道:“还在潼关以东呢,你就腻死了;到了潼关以西,一直上了西北高原,那才无穷无尽都是黄土呢。我和到西北来的人研究过:未到西北之前,只有想着,所有的地方,都是一片沙漠。那么,到了西北之后,一看还有田地,有人家,也许心里就舒适些了。”健生听了她的话,心里可又转念道:据她所说,西方不知道比这里还要荒寒到什么程度,我在毫无希望的情形中,就跟着他们,只管走了去吗?且慢,到了潼关,我得实实在在考察一下,她对于我们三个人,到底是钟情哪个。若是考察得七八成出来,我不做那种傻瓜,我要向后转了。他想着想着,就靠了窗户向外望着。

燕秋同时也向窗户上伏住了,因笑道:“大家看,这一带窑洞,是最有趣的了。你们看,那一个大山坡,仅是个土坡而已,那里可是个上百户人家的村子,我在那地方住过一夜,我还记得。”健生听说,向她所指的山坡看去,先是看不出什么来,仅仅有三五棵弯曲的树而已;后来看出来了,顺着这山的坡度,由最低的所在,直到半山峰上去,每挖一层窑洞门,在窑洞顶上便种一层麦地,麦地里面,还是斜坡;在斜坡上,又开了窑洞门,这就是把下层窑洞的洞顶,当了这一层的出路。这样层层地向里开着窑洞,层层洞门口,都有麦地。所以这个土山峰,不是馒头式的,却是堆糕式的。远远地看,那一层层的窑洞门,像蜂子窠似的,并不见有一丝毫的村庄形式。健生心里就想着:若是往西北去都是这样,那就是回到原始生活去了。燕秋这个女子,真是怪人,她在江南过惯了那样安乐的生活,何以心里头只是念念不忘她的故乡呢?思乡自然也是人情,但是听她的口气,这次回到西北去,不仅仅是要探看父母而已,她总说回西北要成就一点事业,究竟不知道她要回到原始时代的地方去,要成就些什么?健生只管沉沉地想着,越想是越感到无趣。在思索的时候,偶然向外面看看时,那寒凉的黄土山岗,或远或近,总是那个样子,不带一点什么新鲜可喜的颜色。偶然经过一两个山坳,在那里或者长上两三棵绿树;在山坡上挖上个洞,配上两扇木板,门外有一小弓平坡,将矮矮的土墙围着,这算是含有美术意味的人家了。健生心里想着:若是西行上千里路,都不过是这种情形的话,那是大可止步了。他越是觉得扫兴,沿路所经过的各站,都引起了他的厌恶。

约莫过了两小时,那位由洛阳上车来的陈公干,先是在椅子上放头大睡;这时他醒了过来,又开始着和一虹、昌年谈话,笑声也继之而起。健生听了这笑声,偏过头来和他们也说笑着,方始把心里这番抑郁之气,打通了一些。陈公干正向窗子外看着,忽然向大家笑道:“各位收拾行李吧,快到潼关了。”大家以为是可以看到潼关了,都向窗子外面看了去。可是看到的不是潼关,却是一片白中带黄的土岗子,横抱住了铁道。陈公干笑道:“这就叫黄沙白草无人烟了。钻出了这黄土岗子，便是黄河岸上。铁路是到了潼关，才同黄河会见的，所以我说这是快到潼关了。”大家继续地向窗子外看时，果然的，火车经过了一条隧道，再出来就是黄河。这火车和河面相隔总有七八丈；看见那浑黄色的流水，隔着河里的大小浮沙，分成了好几片，弯曲着簇拥而下。它的浪头，不像长江里起着一个个的浪峰；却只是在水平面，起着方圆长短的漩纹，很快很快地翻涌着向下流，似乎还哗啦有声。再看那岸，也是黄沙一片，在太阳光底下，微微的青山影子。燕秋笑道：“你们看，这风景是多么伟大！你们生长江南，看过这样好的风景吗？”一虹道：“不但是风景可观而已，我们祖先，在这黄河两岸，做下多少可歌可泣的事情。只可惜我们国内的电影界，不会搬运这些风景上银幕去。”健生淡淡地笑道：“你以为搬上了银幕，这风景很好看吗？”一虹道：“这不是好看不好看的问题，是表现我们祖先在这里的那番奋斗精神。”燕秋道：“其实就以风景而言，我觉得也有可以看的所在。我看到健生一路看着这些风景，都有些愁眉苦脸的，是不是有点扫兴了？”她说着，向了健生微笑。健生还不曾答复出来呢，昌年可就抢着替他答道：“那何至于，那何至于！我们是前程远大呢。”健生也笑道：“若是我们在潼关外面就打算向后转，以后还好意思喊那到西北去的口号吗？”燕秋也笑道：“我想着，事到于今，连我也势成骑虎，非做点成绩出来，是不足以见朋友的了。”大家听了她的话都默然，只是看风景。

后来火车绕过了几个白土岗子，还钻了两个隧道，这就有了一座巍峨的城楼，和半环城墙现在面前。大家知道到了潼关，都收检好了行李。燕秋因为在开封受检查，饱受了痛苦，料着这地方也不能轻易就出了车站。因之四个人提了行李下车，紧紧地相随。走出站去，果然的，这里的检查比开封还要严密。在出站的所在，有道木栏杆紧紧地闭住。木栏杆外面，是露天站台，栏杆里面，是个铅皮棚子。那栏杆外，有许多人把守，每次开了一线门缝，放着旅客鱼贯而出，但是只放出七八个人，门又关闭了。直待把那七八个人从从容容地检查完了，才开第二次门，依然放七八个人出去。那没有放出去的，只好在露天站台上等着。旅客都像圈子里的驯羊一般，只有垂了头，等着开羊圈门。恰好这时来了一阵掀天大风，夹着那大小砂子,像下雨似的,向人身上扑了下来。燕秋这一行人,躲又无可藏躲,上前又走不去;只好闭了眼睛,低了身子,在站台上静站着。直等放到他们去检查时,这风又住了。这好像老天,也是有些成心和人为难呢。

大家受完了检查,被旅馆里的接客人拦住,大家在百忙间,把那位熟悉地方情形的陈公干给遗失了,大家也不知向哪里投歇是好。既是有旅馆人招待,那就向这家旅馆里去吧。离站不远的一条土街上,在许多面棚子、骡马店中间,有所楼房,外面也悬了一块中西旅馆的牌子,那旅馆接客的,就将他们一直向那里引了去。大家也想着:既是中西旅馆,里面的布置,当然也不能怎样的坏,所以很安心地跟了进去。殊不知进了那门,第一个印象,就是黑洞洞的;第二个印象,就是一股子奇怪的臊臭味,向人鼻子里直钻了来。便是脚下所踏的土地,也有些高低不平。健生哎呀一声道:"这就是中西旅馆吗?"那跟着来的接客的笑道:"先生!我们这就是最好的旅馆了。"燕秋向健生笑道:"他这话不假,我们就在这里歇下吧。"她如此说着,大家也无异议,就由店伙先开了一间房,让大家进去。这里面只有一张极大的土炕,铺了两张芦席在上面。靠墙有张四方桌子,桌面已是裂成了三条直缝,有只方凳子塞在桌子下,这以外是什么都没有了。三方面都是土墙,有一方却是芦席夹隔的壁子,和门同一个方向。在土墙上开了个一尺见方的窗户,几根直的木棍,隔出了直格子,还加上一层棉纸,所以这屋里却是漆黑。燕秋向健生笑道:"你住得惯吗?这是第一步呵,苦的还在后面呢。"健生心里想:怎么单独地问我一个人?便笑道:"大家可以吃的苦,我总可以吃的。"燕秋就微笑了一笑,她也去安顿她的房间去了。

大家忙乱了一阵,都在炕沿坐着休息,燕秋又笑着来了。她道:"北方人常说:吃饱了饭,在家里坐坑头;这机会以后可就多了。我打听了,到西北的长途汽车,明天一早就开。若是要看看潼关形势的话,我们这就可以去。"一虹首先跳起来,说是愿意去。燕秋笑道:"古来的文人,经过潼关,总作两首诗。你预备好了没有?"一虹也很高兴,笑道:"先预备了,那就不足取。既是要为潼关作诗,必定要游历之后,有了一种印象,然后才好下笔。不然,内容岂不空虚得很?"燕秋向昌年、健生道:“你听听诗还没有作,先有了这番议论,才可见得诗家就有诗家一种态度呀!”昌年和健生都笑着点头。

于是四人将照相机、日记本都预备妥当,一齐上街来。燕秋对于潼关的路径略微还记得一些,由西门进城穿过了一条很长的土质横街,来到了东门。这里究竟是千古以来的兵家重地,城墙又高又坚厚;在城门上,高高地立着一幢三叠的箭楼。大家想着:由这城门里出去,必定是很险要的道路。及至走了出来,眼界先是一亮,这路出了城门,就突然地折而向南,面前乃是浩浩荡荡的一片黄河。城门口南折的那条路,挨着城墙,逐渐地低下。在城门上很鲜明的两个字:潼关。一虹道:“呵!我们总算到了这重要的地方了。在一切的文史书上,看到了‘潼关’二字,我们在脑筋里就构有一种幻象,来模拟潼关的情形。今日一见,这可就想到当日模拟的那全是笑话。”燕秋道:“那么,你觉得潼关的风景并不伟大吗?”一虹道:“那却不是。险要是险要的,不过在以前我理想中,是想不到是这种样子的。”说着话,大家举目四观,却见这里的城墙,向南曲转而去,城基都是在高下的土山上,和人行路成了反比例。越向南,那土山也就越高,山上依然是没有树木,有的层层向上,开垦着麦地;有的却是精光的土质。那偏西的太阳,照在这土山上,似乎有一种反光,向人的眼里射了来。更远些,山上有两个箭楼,也是不带一物,光秃秃地立着。向南去的路,到了不能再低的所在,便是一列淡黄土岗子挡住了。向这边看了黄河,比上午在火车上所看的黄河更要清楚。几股平流,带着圆大的漩纹,箭林似的浪花,泥沙杂下,向东而去,逆了黄河的水流,向西北看去,对过有重重叠叠的远山。在山脚下,浮尘隐隐地,似乎有一丛人家。燕秋指着向大家说道:“你们看见对岸的镇市没有?那是山西的风陵渡了,也是历史上很有名的地方呀!你看,这里过黄河的渡船,就是到风陵渡去的。”大家向岸下看去,有一片泥滩,在泥滩前,泊了两只渡船。这渡船是扁平的,总有四五丈长。车马人担,纷乱地集在船面上,不是有一部地方罩着一个低下的木棚,便分不出哪是船头哪是船尾来。有一只船,已经行到了中流;但是它不是横过黄河去的,却是斜斜地逆流而上之后,现在停在黄河心,又在掉头向下来。看的人,这虽不必问人,却也可以明白。原来由这黄河边,直到河中心去,可以看出来水面上有好几处浮滩,渡船正是绕了这浮滩走。再向西看,要落下去的太阳,带了金黄色,向潼关照来,太阳下面,雾沉沉地,漏着河流。可是在这雾沉沉的中间,见那河流苍茫一片,对过那一些河岸,却是向北猛转了过去。黄河由绥远到山西,改着由北而南,到了这里,又改为由西而东了。大家在地理书上早都把这个地方温习熟了,现在亲眼看到,都不免有一种感想,好像心里说:原来如此!

尤其是燕秋一人站呆了,她对了黄河中心的渡船,在金黄色的太阳光里,可以看到篙影摇动,还可以听到船上的马叫,她便悄悄地抽出手绢来,揉擦着眼睛。不想不擦倒罢了,一擦之后,那泪珠更是牵连不断。一虹偶然回头看到,也皱了眉道:“怎么样?你又伤感起来了。”燕秋这次不否认了,点着头道:“可不是!当年我到潼关的时候,那情形还能提吗?满街都是讨饭的灾民。这里的渡船,照样地还是由这里渡人到风陵渡去。可是渡过去的灾民,那都是女人。为什么女人渡过去的独多,你们总可以想到这个理由很简单:不是她们的命运都和我一样,离开了她的家庭和一切,去过那寄人篱下的生活吗?据我所打听出来的,凡是到山西去的女子,一百个人里,找不着一个回陕西、甘肃来看着的。我想她们决不是全忘了家乡的,必是家庭骨肉一切都没有了。我当日离开潼关的时候,也到这里来看过,见着一对五十上下的夫妇带了一个五六岁的小孩,站在这里,向渡船上哭。渡船上有个二十多岁的妇人,也对了岸上哭;那小孩更是拉老妇人的衣襟,指了渡船上要妈。但是那是一点用也没有,渡船是带了那个妇人走了。我就想到在那荒年,比我自己要可怜可惨的人,总还不知道有多少。我走到这里,我想起那日的事,对着这黄河,这河头上的落日,这半渡的渡船,仿佛我又是那个时候的灾民了。所以我情不自禁地伤起心来。”昌年道:“那也难怪你伤心。人是个感情动物,有这样明显的刺激来刺激着,怎能不动心?”燕秋忽然地收起眼泪,却叹口气道:“这样一来,我觉得人类是最残酷的了。只要是对他自己有利益,对于别人形式上,精神上,无论痛苦到什么程度,那是不过问的!说到这里,我又连带想到我自己了,我只希望我的朋友陪着我到西北来,至于我的朋友有没有痛苦,我可没有顾虑到。

那么,我也就是残忍的一个。现在到了潼关了,开始要到吃苦的地方来了,希望三位实在地告诉我,究竟感到怎么样呢?”这句话问起,伍、高、费三人同是一怔,倒有点难于答复呢。

第十四回　且忍旅人愁街头访古　难堪关塞夜月下抒怀

男子追求女子，虽然希望女子明白；可是不愿女子晓得他追求之中有什么痛苦。不然，何以男子们将当衣服来的钱，请女友吃饭看电影，还要表示不在乎呢？杨燕秋站在潼关口上，以己之心度人，忽然想到高、费、伍三位男友，不远千里地跟随着，而且是到寒苦的西北来，恐怕多少是会感到一些痛苦的，所以就说明原由，痛快地问了出来。高、费、伍三位和别个男子不能例外，怎肯说有什么痛苦，而且三个人在这里对比着呢！谁要说有痛苦，那就可以退让，不必跟着走了。所以当燕秋问那话的时候，三位对于这个问题，都没有法子答复，只向她苦笑了一笑。燕秋道："三位若是我的好朋友，就应该对我说实话。三位都是江南富庶之乡的人，难道到这种地方来，就没有一些痛苦吗？健生你觉得我的话怎么样？"

这里三个人，就以健生所感到的痛苦最深，恨不得即日就回到南方去。偏是燕秋好像看破了他的隐秘似的，竟是指明了他的名字来问。这便一抬肩膀，跟着微笑道："你觉得就是我有痛苦吗？"燕秋道："倒并不是说单独的就是你一个人有痛苦，不过我看你今昨两天愁眉苦脸的，似乎有一种不快的情感，所以我就猜想着，你或者有痛苦。"健生笑着道："我就是有痛苦，我也应当放在心里头，怎好放到脸上来呢？你这一猜，那是猜错了。"说着，哈哈地还笑了两声。然而他虽是笑着，却笑得不自然。燕秋笑道："我猜错了吗？但是至少我看你脸上不很快活，那是事实。"健生笑道："若是那样，你自己应当明白了，刚才你还对着黄河流眼泪呢。若说痛苦，由你那里就先痛苦起来了。但是，你远道回西北老家去，乃是极痛快的事，何以你会有这样愁苦的样子呢？"燕秋道："那又当别说，我有一时伤感，难道你也有什么伤感吗？"一虹就笑着代答道："不但他伤感，我也伤感呢！黄河潼关，都在这里，在黄河潼关留下许多遗迹的先民，现在到哪里去了？"健生笑道：

"那是文学家的情调,我们哪里可以高比得上?老实说,我是离家越来越远了,有点儿想老娘找乳吃。"说完,又是哈哈一阵大笑。

就在这一阵哈哈大笑声中,顺着大路,大家向前走去。究竟是潼关的形势,在险要这一点上可以引人入胜。所以大家只是举目四处观望,把刚才的话都揭过去了。燕秋本是个聪明的女郎,在她初问三个男友的话的时候,她是持着很坦白的态度,觉得男友们如果有什么痛苦时,或者也可以把痛苦的话说了出来。及至见大家只发着苦笑,不能答复,她心里也就有所领悟,这话公开地问着,是有些失当的,于是也只是随了大家看风景,不再提了。

这潼关外,就只有随了城脚土山的一条大道,逐渐地下降,达到极陡削的干壕里去。在壕那边,横列着一排土峰,在土峰中间斜截了下去,削成一条隧道似的大路。路的两边,那削破的土平滑直立,比家里的黄土壁子还要光滑得多。而且这条道不是直通向前的,乃是微微地斜抱着;所以这路虽有三四丈宽,可是人在路上走,总觉得四处不通。这样的在半隧道里,约莫走有二里路,路直过来东向,便有座像城楼似的关门,在道中间把守着。昌年不由失声道:"这地方真是险要呵!假如由东向西来的军队,要攻潼关,势必由这大道上走。这关门闭住,如何过去?"大家走近那关门楼下时,却见门上横额题了三个字:金陡关。大家穿关而过,关外的路,正是直而下降,两面高山夹峙,把那条道挤得像深巷子一样。在关门外二三十步路的所在,路北有块石牌,上刻五个大字:豫秦交界处。一虹便道:"呵!河南的境界,一直抵达到这里了呢。"燕秋道:"潼关这地方,虽是陕西属地,然而是紧接着山西、河南两省的;金陡关外是河南。黄河那边就是山西。所以那山上有个亭子,里面有口钟,敲起来,是三省的人都可以听到。"健生拍了掌道:"果然的,这件事很有些趣味了。"燕秋向他瞟了一眼,抿嘴微笑着。健生道:"怎么样?你觉得我这话不对吗?"燕秋道:"你这话对的,但是这两天以来,只有刚才你这一笑,是真正地由心眼里笑了出来的呢。"健生心里可也想着,这位姑娘的眼睛,实在是厉害,便笑道:"我就承认你这句话吧,可是这样一来,至少我是自现在起,已不感到痛苦的了。"燕秋笑道:"但愿如此便好。到西北来,是没有什么可以安慰我的朋友的，也就只有这点考古的意味，可以让各位还能够感到兴趣的了。”一虹拍着手道：“说起考古，我倒想起了一件事。据前人的游记上说：这里有一棵槐树，还是三国时代的。当年曹操潼关遇马超，马超一枪刺了过去，枪尖刺在树上，让曹操跑了，就是这棵槐树。”燕秋笑道：“这是小说家胡诌的故事，你一个研究文学的人，也相信这件事吗？”一虹笑道：“民间故事我们只问有趣不有趣，考证是来不得的。譬如牵牛织女的故事，到现在还能成立吗？中国文人就常常地用着。这也不但中国文人，又像亚当、夏娃的故事，外国极有名的文学家，又何尝不引用？既然有此一说，到了这地方，我们就当顺便看看，民间到底附会得像不像呢？”燕秋道：“我不过是说这件事不足信，倒并不反对各位去看。可是这树在哪里？我也不知道，仅仅听到有这一种传说而已。”一虹道：“江南人有句俗话，鼻子底下就是路，只要这里有这株树，我们总可以把它找到。”燕秋道：“据传说，这株树是在城里的，那我们到城里去吧。天已不早，晚了就不好找了。”大家都看过《三国演义》的，对于这个胜迹，特别感到兴趣。于是加紧了脚步，向城里走了来。

这潼关城内，也有两万人口，在西北，要算一个大城。大家要找这样一株树，也不是一脚便到。问过几个人，都说在前面一家生药铺里。大家这倒感着有些困难，在人家铺子里面，如何一眼看到。若是遇到生药铺就闯了进去，又觉着有些不便。正在街上徘徊着，身后却有人道：“四位在街上找什么？要看马超枪刺伤的那株老槐树吗？”大家回头看时，便是由洛阳同车来的陈公干。一虹笑道：“果然是这个意思。但是我们听说是在人家店铺里，没有法子找着看。陈先生知道在什么地方吗？”陈公干笑道：“你在这个地方遇着了我，可谓适得其时啰！这里就是。”说着，他向街南边一家生药铺子里指着。这家药铺，本是旧式的。柜台、店门、屋檐，一字儿排着，无从分别里面情形。加上在屋檐下，又垂着一帏蓝帏幕，就是显着屋子里是漆黑的。行人经过，哪里会理会到这里面藏有古迹。陈公干说毕，掉转身来，就在前面引路，向柜台上一个商人点了点头。那商人不用他开口，先就笑道：“你们是要看古树的吧？请看请看。”仿佛那情形，是不断地有人来访问。陈公干在前面引着，转过那柜台后，有一条六七尺长的过弄，壁上乱挂着灯笼藤筐衣服之类。他指着壁子道:“这就是树。”大家听到这话,始而也是愕然,后来仔细看着,果然这墙壁是向外拱起来的,而且在上面浮起了许多的树皮。这分明是树的半面身子,由墙上突出来。那半面,自是隔墙人家了。看看这树的身子,约莫有半间屋大,其古可想。抬头向上看,依然是屋瓦。经过这弄门,走到店后天井里去,这才看到树由屋顶上伸出,苍老的树干,约莫有桌面粗细,两个分枝,全是秃的。另外一丛附枝,弯曲着长了一些青叶。正好有只大鹰,站在那秃干上,金黄色的斜阳照着,倒像一幅图画。一虹拍手笑道:“没有白来,纵然这不是马超枪刺的那棵树,总也有好几百年的生命了。这样的古迹,为什么让民间占据,嵌在墙壁里?”陈公干道:“若是根据你先生这个态度来论西北的古迹,那只有浩叹。不说别什么,光是左宗棠手上,由潼关栽到玉门关去的那两行杨柳,长到三千里,岂不是一件伟大的工程?若是保留到现在,让外国人来看看,也可以表现我们民族的伟大精神。可是由潼关到西安,怕是一棵树也找不着了。前十几年,我的朋友由西北回去,首先告诉我的,就是说到这三千里路长的杨柳。可见这树毁损的时候,还不是怎样的久远。由此类推,这株树,不能引起人的注意,也就不足为奇!”这位先生见了面,又发起他那夹叙夹议的议论,大家自是感到很有趣,连这生药铺子里掌柜,也都站在一边微笑地听着。他这才感着有些不好意思,搭讪着望望天上,笑道:“天色不早了,我们可以走了,这里究竟不是露天讲演台呀。”说毕,他先举步走上街去,大家自然也由他后面跟了出来。谈起来,燕秋四人是住在客店里。他跌脚道:“这是你们错了,在西门里,有个旅行社招待所,布置得很妥当,至少是比西安的大旅馆相差无几,何必去受这一晚的重罪?”健生笑道:“我们并非到西安为止呀,还要向西去呢。我们一步步地走进了吃苦的环境,就该一步步地练习着。”陈公干道:“诸位意思很对。这样看起来,四位的目的,恐怕不止在游历吧?”健生对于他这句问话,感到是很不好答复,先微笑了一笑,然后望着燕秋道:“这位杨女士就是甘肃人。”陈公干道:“甘肃人?四位到甘肃去,若是游历,短期的痛苦,却也罢了;若是打算到那边去做点事业,那种苦,恐怕江南人是不惯的。”健生道:“到新疆去的人,还多着呢,甘肃有什么不能去!”他口里这样的说着,心里正是要逼问出个所以然来。陈公干想了想笑道："晚上无事，我到贵寓里去奉访，再谈吧。"看他那态度，似乎有话也不便在路上谈。

健生看了燕秋的脸色，很是沉闷，料着她对于行踪的实况，是不肯告诉人的；或者是不愿人家说西北的困苦，扫了游兴。因为和她同行以来，她始终没有提到苦到什么程度。刚才在黄河岸上那几句问话，问大家有痛苦没有，显然是有用意的，假如说有痛苦，她的脸色，也许比这就更要难看些的了。健生在顷刻之间，心里转了这样几个弯子，也就低头而行，不再说什么。路过旅行社，陈公干向他约了再见，自进去了。健生怕燕秋不愿意，连"再见"两个字，也是不曾答复。

到了旅馆里，天色已是黄昏，店伙送进一盏料器煤油灯来，算是那简陋的屋子里，多了一样东西。不过这屋子里本全是黄土壁子，就不能予人一种色彩上的刺激，再加这煤油灯的光焰，却是昏黄色的，和这墙壁的颜色，互相辉映之下，仿佛人是坠入五里雾中，说不出来有一种什么情调。不过大家都是初尝这西北沙土风味，出去了一趟，就感到露出外面的皮肤，都有些不受用。叫店伙打来一大盆水，三个人各拿着手巾，围住了桌子来擦脸。燕秋可也一手托了湿手巾，笑了进来道："大家快想吃什么吧？再晚了，就买不到吃的东西了。"一虹笑道："你以为我们还想吃什么烧鸡卤鸭，要研究一些什么口味吗？"燕秋笑道："到这里来，哪里容得你去吃这些好的。可是就想吃碗大米饭，或者煮几根面条子吃，那也不能不事先打算。天色一黑，这里就有钱买不到东西的。现在不过是刚刚的黑，要买什么，总还可以买到。"高一虹笑道："既是有这分困难，当然，不敢吃好的。可是就是吃坏的，我也不知道有什么可吃。"燕秋转着眼珠子想了一想，笑道："还是吃大米饭吧。再向西去吃大米饭的机会，是越来而越少的。"健生是个生长南方，以前未踏过长江一步的人，每餐非吃大米饭不饱。现在听燕秋所说，好像今晚上吃餐大米，就有作那临别纪念之意，心里自不免有些犹豫；同时，脸上淡淡地一笑。燕秋问道："你笑什么？"连健生自已都不解这一笑是由何而起？哪里答复得出这句问话来，便笑道："我笑着，你也成了我们南方人了，倒是非吃大米饭不能过瘾。"燕秋笑笑，鼻子一哼道："那么，你以为我回到西北去，不习惯那种生活吗？要是那么着,我就不回来了。现在踏进了潼关,老实说,我已作换过了一个人,把到过南方去的这一个阶段,我都要忘了,我已经回到了原来在西北的那个灾民身份了。至于许多地方,还过着这舒服的生活,那全是为了你三位。不过以后有不能舒服的时候,就只好随着我一处吃苦,我这里先请各位原谅了。"一虹洗完了脸,本来已是坐着的了,听了这话,却站起来,手按了桌子,定了神,向她望着道:"燕秋!今天你对于这个问题,有了好几次的表示了,莫非你有了什么感触吗?如其果然,你倒不妨明白地说出来。"健生心里,这就连跳了两下,觉得必是自己那分后退的意思,被她看出来了,也望了燕秋,静等她发言。燕秋笑道:"我倒没有什么感触,不过这潼关地方,好像是一个甜苦分界的所在。已经踏进了潼关,就不免想到甘尽苦来,所以我今天连问各位两次。"一虹道:"我敢代表费、伍二位一块儿说:我们在南京动身的时候,主张是怎么样,到了潼关,主张还是怎么样。你不必问,你太问多了,倒减了我们的锐气。"燕秋听说,向费、伍二人看看。昌年笑道:"根本上就谈不到一个'苦'字,因为人生的甜苦,是相对的,哪里有止境?好像一般人看来,吃糙面,穿布衣那是很苦。向下一看,也许连糙面布衣不可得的人,还认为这是甜境呢。我在故都中学里读书的时候,街坊有个拉车为生的,合家四口,都是靠他一人拉车吃饭,收入不过是三四角钱。我就常想着:他们这家人是怎样的度命?有一天,我竟看到一个穷人,向他哭着,说日子过不去,请他想法子在车厂子里找一辆车拉。原来那人找不着铺保,车厂子主人不租车给他呢。"燕秋笑道:"昌年有了这种思想,那就好办了。我想健生也不会例外。"健生心里可就答复着,凭什么我不能例外?口里可笑着答道:"也许我不如二位意志坚强的。可是我还没有尝着苦味呢,我也总得尝了以后,才能有表示呵!"一虹也道:"燕秋!从今以后,希望你信任我们,不必问我们痛苦不痛苦,假如我们自认为痛苦的话,我们立刻说出来,能进则进,不能进就告退,那是人我两便的事。"健生鼓了掌道:"这话对!对朋友总要开诚相见,我们做这样远的长途旅行,各人都要说出心眼里的话来,才可以患难相共。"

燕秋见他二人,说得这样斩钉截铁,自然也不便把话只管向下说,就去找了店伙,叫了饭菜来吃。送来时,有一大碗蒜苗炒肉,一碗木耳黄花炒鸡蛋,里面有些肉丝。这在北方,就叫木樨肉。还有面糊似的豆腐汤,里面也是放些黄花木耳。另有几个黄釉涂着的糙碗,一上一下合着碗沿,放到桌上,揭开来看,里面是米饭。健生道:“饭店里为什么将这瓦钵子一样的碗,盛饭给人吃呢?”燕秋笑道:“你错了,这是煮饭的碗,不是盛饭的碗。”一虹道:“这倒像我们广东人一样,是用饭盅蒸饭的。”燕秋笑道:“那大概不能比吧,你尝尝之后,再说吧。”接着那饭店的店伙,送进吃饭空碗来,这算证实了燕秋的话。四人共了那盏料器煤油灯,带摸索着吃饭。健生在今天不但是感觉烦恼,而且也是感到疲乏,等着要吃饭下去,补充精神,所以饭碗到手,忙着用筷子扒了就吃。不想饭到口,一粒碗豆大的砂子,在牙齿交错的所在,重重地硌着一下,凑巧是碰在他牙根上,其痛无比。健生将饭吐到桌下去,手捧了筷子碗,呆了半晌动不得,两行眼泪水几乎直流下来。燕秋正坐在他对面,望了他,微笑道:“怎么样?”健生放下碗,伸了手指到嘴里去摸摸,向一虹笑道:“假如你们贵省的盅蒸饭,也是这个样子,我想你们广东人善吃的这个名称,那就不必说了。”一虹笑道:“这话可又说回来了,广东人虽然好吃,但是什么苦也吃得下来。这潼关方面我不敢说,若是西安,我可以断言,那里必定有广东人开的商店。因为广东人是喜欢向外面跑的。假如我不是广东人,这回西北之行,也许我就不来。”燕秋笑道:“这话里有话,你是说着这苦得很啦。”一虹正想辩白这句话,燕秋早就知道他的意思了,摇了两摇手道:“这是无须辩白的。难道这边的情形,还能够说是不苦吗?”健生笑道:“我受了这一点小小的牺牲,可以给同人一个小小的警告,就是以后不必想饭吃了,改为吃面食吧。”大家说笑着,把这餐乏味的饭吃了。

都是极疲倦的人,都预备睡觉。但是一虹吃下那炒肉的蒜苗,觉得并没有炒熟;那炒木樨肉,又不知道放了一种什么作料,只觉油腻腻的,有些涩嘴,自然胃里头,也不能怎样的受用。吃了两杯热茶,推开房门,向小天井里看看,正有一方雪白的月光,照在土地上。猛然想起:在潼关地方看月,这也是有些诗味的事情,何不出旅馆去步月一回。本待要邀伍、费二人同去,可是他二人都已在炕上躺下,静静地不言语。于是就便一个人走了出来,这旅馆过堂里,在梁上悬下了一盏圆灯笼,放出一些昏黄的光,照着两个店伙,在靠墙的短凳上打瞌睡。这倒真有点古代客店的那种情调。店门是半掩着,隔了门缝向外面张望着,却见地面上一片白色。出得门来,果然,那月华像水一般,在那很宽的土街上铺着,唯其是月色这样的清亮,就反映着两旁人家的屋檐,反是阴沉沉地。走到街心,向两边一看,这是一条由西向东的大街;低矮的屋脊,被那高朗的月亮照着,越是显得人在地沟里站着一般。月亮由东边照来,一轮冰盘似的,挂在潼关城三层高的箭楼上,在箭楼后面,拥起几堆土山影子。这土山在白天看来,没有一些草木陪衬着,那是很觉得讨厌的,可是现时由月亮下看来,只是透露出那山峰高低的轮廓,那黄土被清寒的月光照着,却别有一种清幽的趣味。在一虹心里,本来早就横搁着那样一个念头:这是潼关,这是古来军事重地,有关国家兴亡的重镇。觉得天上这月亮,它是见过古来的人是怎样在这里争城夺地的。看看潼关,看看月亮,这就让人说不出来心中含有一种什么情调。一虹在旅馆里面吃了那油腻而又烹调不熟的菜,心里头原是觉得很郁塞,及至到了这月亮地里,清寒的月亮,照着荒凉的街道,很觉眼里萧疏,心头空虚了。因为如此,也就忘了自己在作客。顺着大街踏着月色,缓缓地向西走,这街究是不多长,不久便是街的尽头。向西看去,在月光里面,只觉混茫茫的一片大地;靠南却是一列山岗子,高低向东而去。回头看那潼关的城楼,那就更是和那轮月亮相接,口里不觉顺便念着"秦时明月汉时关"那种诗句。偶然低头看去,却见个人在月亮下面,缓缓地走了来,看那影子,下面仿佛是条裙子,不像是男子。这个地方,有系裙的女子走出来,这不能不认为是怪事了。

正犹疑着,那人已是走到了面前,原来是燕秋。她先笑道:"一虹!你很高雅呵!一个人就来做这踏月的雅事。"她说着话,已是走到了身边,二人斜斜地对立着。人在月亮下面,最容易发动幽思,若是有个女子站在身边,这幽思更是透着浓厚。一虹真不料燕秋会追了来,这是绝好的机会,也就可以知道她是什么意思了。于是向她笑道:"'高雅'两个字,那怎样谈得上。我是无意中看到门外的月色很好,心想在潼关能遇到这样好的月亮,不可辜负了,所以信脚走着,不觉越走越远,就到了这里。你大概倒是有心了,倒是特意出来踏月的。这'高雅'两个字,要原璧退回才对。"燕秋笑道:"我们这样说话,一个高雅说过来,一个高雅说过去,真有些无聊。其实我出来步月,是心里烦闷不过,要到这空虚的地方来先舒畅一下。老实说,我对于这月亮,心里不感到愉快,只是感到凄凉。"一虹道:"你现在向回到家乡的路上走,你是应该快活的呀!"燕秋道:"那是固然。不过我现在回家去,是否还可以看得见我的父母兄弟,这完全是瞎碰去,并不能作为一种希望来安慰自己。再说,我在南方过了这些年,也有不少可留恋的地方。现在是一概都抛弃了,看了月亮,我想到了南京了。"一虹道:"这也谈不上'抛弃'两个字呀。况且西兰公路快修通了,便是由兰州到南京,也不过六天的工夫了。你找着了家庭,自然还要继续地出来求学,不至于和江南永别了吧?"燕秋笑道:"求学?难说了。本来凭我这点学问,就说到社会上来做事,当然是不够的;可是真有学问的人,谁肯到西北来做事呢?所以无论是我找得着家庭,找不着家庭,我都不预备回东南去。纵然是去,那也是若干年后的事,我必得在家乡做些成绩出来。"一虹站定了,望着她问道:"什么?你打算永久地在西北了吗?"燕秋道:"难道说,你对我这话还有什么诧异不成?"一虹道:"那却不是,不过……"其实他心里正有一些诧异,只是不敢坦率地说了出来。说到了这里,他两只手插在裤袋,悬起一只脚来,自己打了个旋转。燕秋却也不一定要他答复完毕的,头昂着,望了天道:"我有这一点希望:希望所有女子们,至少是东南的女子们,她们所不愿做的事,或者不屑于做的事,我愿意拿起来放到肩膀上。我相信,我诚心诚意地去办,总可以得着人类的帮助。因为我这样去做,也是为了人类。"她说话的时候,微微地挺了胸,伸开着两手向了天,似乎她在这个态度之下,把她的那腔诚心,向苍天表白出来。一虹看着,心里多少有些明白,便笑道:"有志者事竟成。你第一个目的,是要到西北来,这事情只在你立意半个月之内就实现了,虽然说是你的环境迫着你不能不这样做,也就是你这番诚意,有以感动人的原故。你回甘肃以后,那更可以把你的诚意露出来,自然可以得着人的同情,来和你帮忙的。但不知你所愿意去办的,是些什么事?"燕秋也是将两只手抱在怀里,用脚在地面上涂抹着字道:"现时我不愿说,并非别的原故。我怕我说了出来之后,开出空头支票不能兑现。假如有实现可能的话,那自然是要请朋友帮忙的。"一虹心里纳着闷,这女子总是个奇人,她不需要一切摩登的玩意儿,她只想回到那穷苦的老家去做些事业。平常的女子,哪有这种思想?有这种思想,也没有这种魄力吧?他听了这话之后,一个人自思自忖地在一旁站立着,并没有言语。燕秋正是等着他的话,见他两手插在裤子袋里,走来走去,便问道:"你感到什么踌躇吗?"一虹向天空里指着道:"你听,这不是更加着凄凉的情味吗?"

燕秋听时,在潼关城里面,送来一阵军号声。那军号声所发来的地点,大概是很远很远,所以那样发音宏烈的乐器声,到了这里,只是若有若无地在半空里飘荡着。燕秋低着头静静地听了一会,回转脸来,向一虹道:"这真是你一种很好的诗料了。"一虹笑道:"你一路上,很爱谈文学,不过你是回西北来做事的,根据你的观点,是不应该留心这种伤感主义的情调。"燕秋道:"我以为人类比其他动物生活优越,那就为的是有情感。无论怎样,当他心爱的人死了,或者他要离开那可爱的地方了,他的情绪,比那不死不离的时候总会两样,这就是情感。再就近一点说,我回西北来,总不是为了钱,仔细地说,也许是在反面。"一虹道:"你这话很对。"说着抬头望了月亮道,"我就有生以来太富于情感了。往往为情感支配着,牺牲了不少的事情。"燕秋道:"虽然人是感情动物,听凭了感情的支配去乱闯,那也是不对的。在那最紧要的关头,你应当用理智来克服自己。"她说出最后这句话来的时候,声音是很沉着。然而一虹依然是向天上望着,好像小孩子望月亮里面的兔儿爷那样注意。他道:"但是我不行,譬如今晚,大家觉得很疲劳,应该休息了。然而我看到月色太好,倒底我是走出来了,我就这样常为着情感而动摇。你既是承认人类有感情的,总也有理智不能克服情感的时候?"燕秋摇着头道:"不!无论什么时候,我能用理智克服我的情感。"说着,她走开了两步,接着道,"所以我虽然是有情感的人,然而我的理智,很足以克服我自己,决不让我稍微有一点超越出我人格的地方,这就是我的好处。不过,假如我的理智判断错误了,那就根本不可救药了。至于对于环境,或者有处置不周之处,这个我是知道的,然而我也就不管了。”她说这样一篇话,一个字,一个字,都吐露得非常地清楚。这虽是谈话,其实是她一种表白。一虹听着,算是得了一个严重的警告。分明是她说:爱情是知道的,可是并不在这时候和人谈这个呢。这一下子,真是在一虹的满腔热情上,轻轻地加了一勺冷水。望了月亮,怎能作声呢!

第十五回　各谈远游心徘徊月夜　初尝行役苦驰逐风尘

由徐州到潼关以来,一路之上,高一虹总以为燕秋对他是很有爱情的。虽然在开封的时候,为了洪小姐的原故,她不免生了一点小小的误会,然而这也可以见得她实在是相爱,才发生了这一点醋味,要不然,她就不必管了。这时二人在月下相遇,一虹真认为这是千载一时的机会。不想自己还不曾怎样的用话去探她,她已是深沟高垒,教人无进攻之法了。一腔烦恼,一时不能发泄出来,只得怔怔地站在月亮下,向四周去看着月色。燕秋也感到自己的话,或者让他太难堪了,然而这可是无法去安慰他;不然,就是向他表示有了爱情了。因之一虹站在这里不说话,她也不说话,月亮下面倒着两个人影子在地上,静悄悄地没有什么声息。

燕秋微微地咳嗽了两声,接着道:"一虹！我说这话,你有什么批评吗?"一虹道:"你的计划是对的。"他说着可是发出一种很不自然的笑声。燕秋在月亮地里,来回走了几步,微昂了头望着月亮道:"我在南京念书的时候,许多同学,把聪明活泼这些形容平常女子的好话,加到我头上,其实那是没有认识我。我假使聪明的话,对于我自己的前程,早就有一番打算,何至于等到今日。'活泼'两个字,我也不愿受。平常只是把那些调皮,贪玩,不守秩序的女子,用这两个字去掩饰她的缺点;这一些缺点,我相信我没有。只是我对于男女之别,倒是向不介意。要在一处看书,就在一处看书;要在一处谈话,就在一处谈话。这也并不是我有了极新的思想,才有这种态度,因为我是个灾民出身的人,一切都经历惯了,毫不在乎。有些人对我这态度,不免发生误会,我依然是不介意。因为我的态度,始终是这样,不久的时候,他那误会,总可以冰释的。"这一篇话更是透彻,简直说一虹向她求爱,那是有些误会了。一虹便先喂了一声,表示自己赞成之意,接着便道:"不是我当面恭维你,我早就觉得你不是一个平常女子。"燕秋连摇了两下头道:"这话我又不敢当了。我刚才说的平常女子,是指那种得着活泼好评的人而言。我也是平常女子,不过和那些人是两样的。就是她们干的,我不干;我干的,她们也不干。”一虹道:“那么,这就是不平常之处了。”燕秋格格地笑了两三声,似乎这话是触了她的痒处。她在她的肋下,抽出来一方手绢作成一团,两手挪搓着,望了地上的人影子,很久不曾作声。一虹站在一边,向前来,是怕她嫌亲热了,站远了,又嫌是有痕迹,所以两手插在裤袋里,来回地走着,昂起头来望了月亮。

那蔚蓝色的晴空,微配着两三片白云;虽不曾遮掩着月亮,去月亮已不远。因为云在流动着,看不到云动,只见那圆的月亮带了三四点亮星,在晴空里飞跑。一虹原来是表示着很闲的样子,撮着嘴唇,吹那《因为你》的歌谱。这时,他望着,得了新的感想,忽然扑哧一声笑了起来。燕秋这倒不免有些诧异,他为什么好好地笑起来?便道:“一虹!你这是一种快乐的笑声,当然不是鄙笑我的。什么事?让你这样高兴。”一虹笑道:“我看了这月亮在晴空里拼命地跑,很是有趣。”燕秋摇着头道:“这是你随便扯上一句的,月亮不会跑,而且也不见得有趣。”一虹道:“月亮自然会跑,不过是我们肉眼不容易看出来的。现在看着它跑,是云在天空里飞腾,引起了我们一种错觉。这错觉很有趣的:就是月亮飞奔的时候,旁边三个星星,远远地包围着这月亮,一同跑着。这好像……”说着,他又嗤嗤地笑了。这是不必去胡猜,知道他是譬着一女三男。燕秋道:“你譬我们这同伴四个人呢。据你说,谁是这月亮呢?你在一路上,都给我们解释了不少的名胜历史,你是我们的指导者,你应当是那月亮。”一虹微笑道:“对了!我是那月亮。”这简单的七个字里面,是含着无穷尽的趣味。燕秋自然不能一味地装糊涂;然而要跟着说下去,自然也是感着不便。这就笑道:“这地方的月色,似乎值不得我们整晚地留恋。风吹到身上很凉,我们回旅馆去吧。”说毕,她已经在前面走着。高一虹心想:若是不跟了她走,一先一后地回旅馆去,在旅馆里的两位朋友,倒以为我真是避着嫌疑,那反是不妥了。他如此想着的时候,脚步放迟着,不免有些犹豫。然而就在这个时候,燕秋就先行感到他的用意了,便道:“走吧!不要在这里留恋了。再迟了,这里的旅馆,是不会开门的。”一虹也不作声,跟在她后面,一步一步地,向旅馆里走来。

当他二人要向里走的时候，恰好伍、费二人也向外面走来，彼此就在大门口碰着了。燕秋先道："关塞地方，这样好的月色，不出来看看，我很替你们可惜，你们到底是出来了。"昌年道："既是月色很好，怎么你又回来了呢？"燕秋将手牵着自己的衣襟道："我穿得衣服太少，受不了这凉。你三位不怕凉，还可以走走，我会告诉店伙等着门。"一虹心里，这时觉得处处都受着嫌疑，很是难堪，势不能同着燕秋一同走进店去。健生和昌年，也以为既是出来步月来了，不能在门口遇着了同伴，就不去了。因此三人在一种很不安适的心理下，又在月亮地上走着。三个人都没有作声，背了月亮，向西方大路上走。

走了一条街，还是健生先开了口，因道："一虹！你们走到什么地方为止？"一虹道："走到那没有人的所在，我们就站住。我们在江南，见那月亮在平原上照着田园村舍的影子，那都能给我们一种很好的印象。可是现在所看到的，月色越清亮，越觉得这荒凉的高原毫无所见，会引起心里一种愁苦的滋味。"健生笑道："那也看是什么人在这里步月吧？"一虹便突然地站住了道："我有一件事，要和二位报告。"健生笑道："是我们爱听的呢，还是不爱听的呢？"一虹道："你们的心事，我怎能知道？不过由我看来，多半是不爱听的吧？"健生心里想着，这必是他和燕秋订了婚约，至少也是燕秋在月亮底下，有了更切实的表示了；于是掉过脸来，看了昌年。昌年微笑道："既是一虹说要向我两人报告，当然有报告之必要。你不必问我们怎么样，你只挑你爱说的说吧。"一虹笑道："你们所不爱听的，正也是我所不爱说的。你两个人对我的意思，都误会着呢。"于是把燕秋刚才说的话，转述了一遍，而且怕他两人不能领悟，还从中下了不少的解释之处。讲完了，健生道："这样说，她对于我们，是极力避开爱情这条路的。一虹！你怎么样？你不会感到失望吗？"昌年拍手笑道："若果然是这样，那是一件最痛快不过的事了。假如我们有一人追求着她成功了，其余两个人，痛遭惨败，那一分失望，简直不是言语所能形容吧。现在大家宣告无望，这事情就是我们三个人共同的；纵然是失望，并没有什么浓厚的刺激加到我们身上，我们也就坦然了。"健生道："这话固然是不错，可是我们由南京到甘肃去，很远很远地走着，各人心里都是有一种希望的，若是这样子收场,不觉得是白跑了一场吗?"昌年道:"你是个学科学的人,不应该说这样的话。西北这样荒凉已久,正待开发的所在,科学家不来考察,还待谁来考察?"健生被他说得无言可对,许久才笑道:"你这话固然是不错。不过我们刚踏进大学的门,学问还差得很远啦。就是要来考察,至少还在三年以后。我想……"他口里说着,于是昂了头望着天。昌年也望了月亮道:"你想着甘肃境里那一种荒凉,也和月球里一样吗?"一虹笑道:"也许他是想着南京城里的月亮,是多么的美丽。"健生并不理会他二人的话,老是向月亮望着。一虹道:"你有什么意思?不便发表出来。"健生道:"我现在觉得有些错误了。一个人为了爱情牺牲一切,这也不算怎样过分,只看各人的人生观怎样罢了。但是这里有个起码要具有的条件,就是你所爱的对象,多少可以接受你一点意思。现在我们所走的路,似乎那个起码条件都还没有得着,牺牲了学业,耗费了心力,做这样一个不能有所得的长途旅行,这是不是一种无聊的事?"一虹道:"你这话是想打退堂鼓呀!"健生是用那极细微的声音,哼哦了一声,三个人在月亮地里丁字儿立着,都没有作声。

那天空里的风,由身上掠过去,凉悠悠的,觉到各人心里都有一种空虚。昌年道:"健生这话,自然是很诚实的话,没有什么虚伪。可是你要想到我们由南京出发的时候,我们的目的,并不是光为了爱情。纵然就是为了爱情,但是我们的表面上,有两层意思:其一是在友谊上,我们帮助燕秋回家乡去;其二是我们在开发西北中,去调查一番,把西北的情形,介绍到外面来。再就着燕秋那一方面说,她也是始终把这两层意义,放到我们身上来的。若是我们并不能光明正大地否认这两层意思,那我们就不能向后转了。"健生道:"这种话虽然是很有理由,可是由我们嘴里说出来之后,我们心里可能承认呢?若是我们觉得欺骗了自己,那也就是欺骗了燕秋。"一虹觉得他这话,颇有点斩钉截铁的味儿,便道:"那么,你是决定了不向前走的了?"健生抢前一步,站在高、费二人中间,两手拍着两人的肩膀,因笑道:"我若是向后转了,就剩下你两个;再淘汰一个,那一个就是成功者了。我减轻了你们一个敌人,岂不是好吗?"他带说带笑地,又跳了起来。昌年道:"健生!你既然到了潼关了,何不再向西去看看?你这样回南京去,不怕人家讥笑你吗?老实说，就是如你所说的话，淘汰得只剩下一个人了，其实那个人还不见得就是成功者，所以我是不希望你后退的。”健生放下手来，在身后背着，很快地在月亮地里走着。最后他一只脚站定了，一只脚悬起来，打了个旋转，脚一顿，做个很肯定的样子，笑道：“好的！我听朋友的劝，到西安去再说吧。”昌年道：“我说句实在话，假如燕秋是我们一个男同学，她的人格，她的志趣，都不失为我们一个好朋友，我们何不就拖她当作同性的友人看待。”健生知道这下面，他还有话说的呢，便笑道：“老费！你始终总是唱一门子高调，可是仔细研究起来，可不值一驳。这个年头，似乎不容易找这样的朋友，送人回家，一送几千里的吧？譬如一虹，现在要回广东去，你我能不能送他走？”一虹听说，情不自禁地把着拳头向他们连作了两个揖道：“我的仁兄！这样抬举我，我可不敢当。”健生拍着两手道：“这不结了！我决计回南京去。不过到西安只有半天的长途汽车路程，我当然去看看。到了西安，就烦二位在燕秋面前说一声，我过不惯这西北生活，我只好回去的了。”高、费二人听他这样的说，意思自然是决定了；虽觉得他这人十分怯懦，但也很是真实；为求爱而来，求爱不得，马上就回去，这倒也干脆。三个人在这一刹那的工夫当中，都在心里连转了几个念头，谁也无话可说。一虹两手环抱在胸前，向天长叹了一声。健生道：“怎么，你觉得我这人不够朋友吗？”一虹笑道：“又不是我要你送我到西北去，为什么我笑你不够朋友呢？我是觉得人生在世，随着时时刻刻的环境，将他的情绪变幻着。今日的我，是不会知道明日的我要怎样的。”他说完了这话，三个人又寂然了。

在一番情绪紧张之后，复回到平静，各人的耳朵里，似乎也越发地感到了沉寂。向西望着那关中大道的平原，在月亮下，浮尘隐隐的，极远的所在，似有一层烟雾，此外看不到什么。南向一列土山，开着层层的农地，是西北高原一种特有的地势，日里看，就仿佛无数方块土地，堆砌成的高坡。那极粗杂的线条，看了是真能给人一种不快。于今在月下，线条不那样分明，但是不见一点树木影子，好像西南的寒山一样。再向东看，这条潼关城的土街，没有一个人影。在那矮屋檐下，射出两三星远距离的灯火，遥遥有那当叮当铁匠店打砧锤的声音，还有这潼关城里的更锣声,隔了那隐约的城墙影子,在寒空里送过来。一虹道:“谁说西北风景不好?你看现在我们所见的,耳朵所听到的,不都是很有情趣的吗?”昌年道:“你是个诗人,所以感到有趣。我不懂诗,我看到这些,我竟不知身子在什么地方,而且不知道是什么时代。”一虹笑笑道:“这就是情趣呀!你也不感受到了吗?宇宙是无私的,所以印象到我们眼里,那全是一样。”昌年道:“我们不必再谈什么文学和哲学了。风吹到身上,可是有些凉,我要回旅馆去了。”说着,他已在前面走。健生道:“你忙什么?我们所说的话,还没有得着结论呢。”昌年道:“好在你还要到西安去的,到了西安再作结论,也还不迟。反正你果然想东回,大概也没有什么人可以把你拦住的。”他口里说着话,人是继续地向前走。健生和一虹,也就只好跟着他向旅馆里走。

出来步月,算是在月亮下面,开了个临时后退会议。尤其是在健生心里,觉得早作打算回去的为妙。可是当他们到了旅馆房间里的时候,那又给了他们一种兴奋,燕秋是笑嘻嘻地坐在炕上等着,见他们来了,便道:“我们只管贪玩,几乎误了大事。这里到西安的长途汽车,明天早上七点多钟就要开了走的,我们一切都没有预备。”昌年道:“这还要另外预备什么吗?我想着:在开车以前,赶到了车站上就是了。”燕秋道:“我原来想着也是这样。可是那位陈公干先生来了,他说不能这样的简单。这里西去的车子,真正载客的就是一班,坐人并没有限制,有人就向上堆。我们的行李不少,恐怕还另要打票,临时仓促如何来得及?”一虹道:“那么,明天是走不成的了。那也好,我们可以过风陵渡,到山西境里去看看。”燕秋道:“这倒不必。我们在洛阳无意中遇到了这位陈先生,他给了我们一种莫大的帮助。他说:他为了公事,有一辆放回西安去的空车,专送了他去。他觉得一个人坐一辆车子,有些浪费,他对于我们这西行的举动,非常地赞成,情愿把车子开到这门口来,接着我们一同走。这样一来,省了我们几十块钱,还算第二件事;最难得的,就是这样的坐在车子上,非常地舒服。一虹!我说这样,只要我们肯下着工夫去干,总不愁没有人同情于我们的。我们若不是自私自利,愿意和社会做点事情,总有人肯帮忙的。三位在月亮地里站久了,大概身上有些凉,我已经预备下一大壶热茶在这里,预备和三位去去寒气,喝吧。”她说着,跳下炕来,将桌上的茶壶提起,斟了三杯茶,分摆在桌沿上。她又道:“据伙计说:这是黄河里挑来的水,澄清了才用的,这真是难得的呀。”大家看到她笑嘻嘻的,非常之高兴,这也就不论这水是不是黄河里的吧,然而她的盛意,那是很可令人兴奋的了。燕秋道:“早早地安歇吧。明天好早些起来,安顿行李,不要让人家开了汽车在门口老等。”大家见她很是快活,刚才各人那番消极的态度,自然也就不便表示出来。依着她的话,大家早早安歇。

这屋子里是一张大土炕,他们依了燕秋的指示,将三副铺盖由外向里横列着,而且是头枕床沿,脚向床里地睡着。伍健生他是生平第一次这样的睡觉,全身都不受用,便是在火车上坐着木椅子上打盹,好像比这舒服些。尤其这鼻子里所闻到的臭味,臊味,土气息,全有。桌上那煤油灯里的煤油,在这时也自相告尽,那一星星火焰,慢慢地熄灭,以至于屋子全黑。倒是屋子全黑了,反而看到一线光亮;原来是那个窗户洞眼里,有一块碗口大的月光射到屋子里地上了。健生被燕秋那番喜悦之容,刚鼓动得有些高兴了,到了这时,便又懊丧起来。他觉得初到西北边界的潼关,就是这样的不受用,若是再向西走,这困难就更大了。心里懊丧之下,倒辗转到了夜深。次日早上,却是被一虹推了醒来的;看看手表,只有六点钟罢了。

燕秋在房门外面,已是踱来踱去了好几回,隔着门和里面人说话。大家衣服穿好了,她就帮着来收拾行李,又对店伙说:“还请你用黄河水泡壶茶来喝。”不多一会,门口有了汽车机件的转动声,陈公干就笑着走进来道:“四位先生都起来了吗?”燕秋迎到门外去,笑道:“真是不敢当。为了我们的事,要陈先生来跑好几次。”陈公干笑道:“这是难得的事,我帮点小忙,还是慷他人之慨呢。东西都收拾好了吗?”他说着话,手上可举着帽子走进房来。他见行李都捆束好了,又跑出大门去,叫了两个穿短衣服的进来,替他们搬着行李。在他那样满脸高兴的样子之下,大家都也就不能懈怠了。可是走出门来,大家都不免愕然一下。在都市里,有谁说是坐汽车,这就觉到是一种物质上的享用;现在看到这汽车,可大大失望了,那是一种运货的大卡车，前面有个木格子车座，是开车的坐在那里；后面的车身，四周围了一块黑板子，上面并没有顶棚，搬上来的行李，都堆塞在这上面。陈公干站在那里，向大家用帽子招着道："请上请上，前面那车座上，还可以坐一个人。哪位过去？那可是特等地位，太阳不晒，土不洒，也不受颠。"燕秋道："既是那么着，这是陈先生的车子，就请陈先生坐到那里去好了。"陈公干笑道："我图个热闹，还是坐到一处吧。大家谈谈，不知不觉，那就到了西安了。"

大家真也觉得这位先生的盛情难却，全都由后面吊下一块板子的缺口所在，一一爬了上去。健生在两只叠架着的箱子上，再放了一个铺盖卷，就爬上去坐着。陈公干笑道："伍先生以为坐得那样高，可以看看周围的风景吗？那可颠得难受，摔下来，那会相当地受伤。"燕秋笑道："什么相当地受伤，恐怕是绝对地受伤呢。"陈公干道："坐长途汽车，有一个诀窍，越靠前坐越好的。"他说着，赶紧地将些细软的东西，都靠了前面车板上铺垫着，让着大家坐下。陈公干带来的两个人，也远远地坐着。车子哄哄咚咚响了一阵，全车如生着疟疾的人，极力地抖颤。只见车子后身卷起一丛黄土，如烟如雾，飞腾起来有一丈高。于是大家的身子猛然向车后一栽，车子就开了。车子越开得快，那黄土也是越飞腾得高。车子在转弯或高低不平的所在，偶然开慢着一点，这可就不得了；那车后的黄雾，就遮天盖地向人身上直扑了来。这黄土还不像是水，洒到哪里，就在哪里为止的。它可无孔不入，耳朵眼里，鼻子眼里，一律乱钻。起先两次，大家等灰尘过去了，都少不得在身上抽出手绢，上上下下掸一阵灰。但是经过两三次之后，都觉得这样掸灰，乃是毫无用处的事，只索由它了。陈公干笑道："这就叫仆仆风尘。我们以先生长江南，常把'风尘'两个字，形容作客在外，那全是瞎说的。必要到了北方来，才能够知道这风尘之苦是怎么一回事呢。今天还是有尘而无风，若是再加上风的滋味，那就十足了。所幸这里到西安，都在平原上。南有太华，北有渭河，这风景还不算恶。"一虹向西南指道："那白云下面，一列青隐隐的高山，那就是华山吗？"燕秋道："那就是。据人说，西岳五峰，都在这山顶那边，必定翻过这山顶去。"这一说，大家都向着华山看去。偶然地看去，也不过一排山峰，屏风也似的立着；仔细看来，便是小的山峰,贴着高的峻岭,由下由上,看出来那一条一条的山脊,笔陡地立着,就是那一列屏风的顶上,山尖也高低不齐,向青天上指着。一虹望了许久,因道:"这上面想必是很陡。我是不知道这山就在公路边上,若是早已知道,应该上去看看。"和陈公干同来的人,就有一个插言道:"这还用说啦。过了回心石,上山去的人,都要手脚同爬。危险的地方,宽不到一尺,深有万丈,人抓了铁链子走。"一虹笑道:"这有些冤我们乡下人了。"燕秋道:"这倒不。有几处地方,真是这样。我若不是归心似箭,我就陪各位上山去走一趟。"陈公干笑道:"既是大家都这样爱华山,回头车子开到了华阴县城外,下车远远看看吧。"

说着话,车子便到了华岳庙。是个相当热闹的镇市,虽是只有一条街,和潼关城里却是相差不多。陈公干道:"你们看这条街,比较的繁华,这都是为了这一幢庙的。可是,华阴县城里我到过,就是白天,街上也不容易碰到两三个人走路。所以这华岳庙的神通势力如何,也可以想见了。"大家听了,越想到华山是很好,可惜不能上去了。由华岳庙西行五里,就是华阴县。公路是半抱了城墙过去,汽车在一个丁字路口便停止了。有一个很平坦的大路,沿了华阴县的城门口过去,那便是通到华山脚下玉泉院的。果然这华阴县是十分地冷静,只城门口有两个守卫的兵,不见一个人民出入。那条大路两边,恰是种了两行高大的杨柳,阴阴地笼罩了那一带城墙和那个城门。城门外,平平的一个木桥栏杆;桥头一个较大的土地庙,这就更显着是荒凉了。再看那南方的华山,果然正对了这个所在,那山上的层次,已经分得出个斜上直下、左环右抱来。

大家先后下车。燕秋拿了个瓷杯在手,将身上挂的热水瓶取下,先斟了一杯,递给陈公干,笑道:"看华山,喝黄河水,这也许不是怎么常有的事。"一虹笑道:"你怎么老提到黄河的水?这特别地可以夸奖一下子吗?"陈公干便就插言道:"在潼关,为了水的事,那是给我的印象很深的。黄河水是值得宝贵的。各位在潼关街上走,看到路边有阴沟眼,用木盖子盖着没有?"一虹想了一想说道:"是的!有这么一回事。"陈公干道:"那么我的话,你就可以相信了。潼关城里有一条干河穿城而过,水是来自南方高原上,本来也不算怎样的脏;潼关城里的人,这在高原脚下开了沟,把河水引到街上来。人家屋檐下,都开了小支沟,让水由那里经过。这样旧式的城市,沟水在街上流绕,水里是怎么一种情形,不用到说了。是民国十九年吧,我有个朋友由潼关经过。据说:那时,大闹虎烈拉,全城的人口,死去了三分之二,当然是医治挽救都来不及。还是那位县知事心事有些明白,必是这水为祸,把这全城的水沟,都随处挖上方井,将水储蓄在里面,上头用个盖子盖着,所有的水沟里,都禁止人民倒污秽东西。由此起,潼关人喝了一口比较干净的水。"燕秋笑道:"听见没有?假使请各位喝那地沟里的水,便是到了现在,也许还要作恶心吧?所以这黄河的水是可贵了。"一虹道:"黄河就在城外边,那并不远,为什么当地人不挑那里的水喝呢?"燕秋道:"我是西北人,我却不替西北人遮掩这个缺点。就是西北人对于'卫生'两个字,到现在还不怎样用得着。这件事,影响全体人民的健康,问题是可大可小的。依着我的意思,办理西北的卫生事宜,比发展西北交通和发展西北教育,是相差无几的事情。"陈公干听说,连连地鼓了几下掌道:"这位女士,真是有眼光的。西北人民这样穷,自然是土地关系。可是人民不健康,也是原因之一。女的缠足,成了整个废人;男的抽烟,也不免成了半个废人。把那句老套话说起来,强国必先强种,西北的卫生问题,似乎很要紧了。"燕秋叹了口气道:"那谈何容易!"说完了这话,她又眉毛一扬,微笑道:"虽然不容易,也就不能不根据这条路做下去。事在人为呀!"说着这话,她又微微地挺着胸脯。她这种表示,就算把她到西北来的态度半公开地告诉人了。

第十六回　四壁家空感大匠努力　一池春暖论美女祸人

杨燕秋总是一个抱负不凡的女子，在她平常的言语之中，她总表示着：她有一番作为的。陈公干和他们周旋了许久，也就看出一个情形来了，因向燕秋点着头道："杨女士这种态度，真可佩服，我想西北这地方，必得出几个特出之士，起来大刀阔斧地干一下。至于外省人说西北事情，总有些隔靴搔痒的。"燕秋道："话虽如此，可是得借重东方人的力量。就说放脚这件事吧，凭你宣传得怎样的好，那都是白说。后来东方的大脚女子到了西北，西北的女子，跟着东方女子学摩登，同时也就知道女人要好看，不在乎三寸金莲。那时，她们虽不必就跟着放开了脚，可是她们至少是知道做女人的，包脚是不一定需要的了。"一虹道："这样说，东西女子都不高明。东方女子足以让人模仿，不过是时髦；西方女子，若是肯放脚呢，也不过为了好看。"燕秋道："自然有例外。不过用卫生以及工作便利这些话，去劝人放脚，那绝没有说放脚好看来得有力。假如让我做宣传工作，我是能因势利导的。"陈公干听了她这话，不由得心里暗暗佩服，觉得她说话真是开门见山。这样的话，差不多的女子是不肯说的，便笑道："痛快之至！到了西安，我很愿和这位杨女士详细地谈一谈，若有要我帮忙的地方，我愿尽其力之所能。"燕秋笑道："那是我们所十分愿意的。这一路之上，我们已经是受教良多了。"说着，就向健生笑道："一个人只要努力，总可以得着帮助的。"健生因为站得和她靠近些，所以她就望了健生说话，其实是无所用心的。可是健生心里却有些虚怯，觉得她这是故意的，于是很勉强地笑了一笑，两眼看着华山出神，似乎是有着什么极好的风景，让他注意着了，那态度总是不自然的。燕秋也开始疑惑着，觉得这样的话，还有什么不中听的吗？在他二人的态度都有变化时，其余的人也都纳闷，生怕把这话着了什么痕迹，都搭讪着去看华山。陈公干自然是更莫名其妙，便笑道："我们不要留恋了。

假如我们很早地到了临潼，我们可以到华清池去洗个浴。”大家根据了这话，才爬上车去。

在这时，一虹发现了一件奇怪的事情了，就是在往华山的大路上，有了一群女人，约莫有三十人，她们的年纪，有是三十上下的；有五十上下的，除了全是乡下人装束而外，而且她们又全是小脚；脚小的程度，虽不能估量着有多么小，然而绝对不是在东南方面所能看到的。此外这群女人，还有相同之点，便是每人手上都扶了一根树枝，当作拐杖。每人肩上，背了一个布褡裢子。她们鱼贯而行，一个跟着一个，向了华山走去，连头也是不回。一虹道："咦！这群女人是干什么的？并非出门旅行的人，当然也不是到野外工作的人，也更不像去赴什么宴会。”燕秋在车上向下望着，她也是莫名其妙，随着咦了一声，要仔细去观察，车子已经是开了。两人都说了一声奇怪。陈公干笑道："这件事，没有到过华山上的人，是不会知道的；就是到过华山，不是碰着在那个时候，也莫名其妙。诸位有所不知，这华山上面，过了二十五里的青棵坪，所有的路，三分之二是非手足同爬不可。走路既是发生问题，当然挑抬东西上去，全是不可能的事。所以山下的东西，要运到山上，都是背了上去的。”一虹道："哦！这些女人，都是背东西上山的。她们那样小的脚，走路都很困难，为什么要她们背运东西上山？男子们不做这种事吗？”陈公干笑道："山上需要的东西，都等这些妇人搬上去，那还了得？她们却是另外一种工作。说起来是可笑，又是可敬。这华山上建筑庙宇，石头是有的，木料也是有的；发生问题的，就是瓦。一幢庙宇，当然需要多量的瓦，可是瓦这样东西，既笨而且脆，整批地向上背运，要多少搬运费？出家人总是最会弄钱的，因之山上的老道，就想了一个妙法，让山上烧香的人，许一种献瓦的愿，至少每人敬瓦七块，多的到二十五块。那些迷信神权的男女，觉得这样许愿，不过是耗费一些精力，并不伤什么金钱，乐得照办。刚才我们所看到那一群妇女，她们都是背瓦上山去还愿的。那肩上的布褡裢就是盛瓦的，大概是七八块吧？诸位！你不要说背儿块瓦上山去，算不了什么，就是各位上山，空着两手，也会嫌身上的衣服穿得太多了。现在西峰正在修庙，她们背的瓦，必是背到那里去的。据我想：她们需要用手抓着铁链子爬了上去的，山壁前后，大概有十七八里，其余不必爬；扶着棍子上去的山路，也有二十多里。这样小脚的妇人，能说她不是挣命吗？下这样的苦工，替老道送瓦，所以我说她们愚得可笑。可是她们那种信仰心，真有赴汤蹈火的精神。要移了这番精神去做别的建设事情，没有不成功的。所以我又说她们很可以佩服。”经他这样演讲了一场，大家才明白了所以然。一虹点头道：“民力是可怕的，什么事情都可以成功。所以古来有魄力的政治家，都运用民力。”陈公干道：“说到这里，我附带地想到了一件事：甘肃兰州到陕西潼关，这公路不是现在才有的。在民国十八九年，某总司令用他那种蛮干的办法，就把这路草草地修成了。虽然桥梁涵洞这些都是含糊搭成的；可是有的时候，他真把整个土山，劈成两半，挖开一条路，路不怎样的平，汽车已是可走的了。这样一条长的路，约莫有一千六七百华里。他并没有拿出一万八千的款子来修筑，只是让他手下的大兵，指挥当地老百姓合办；后来由华洋义赈会、陕甘当局，以至于全国经济委员会来接办，花钱约莫有两三千万，于今还没有成功。所以那位总司令常说：一千多华里的公路，他不过是用几张纸写了公文，各处一下命令就成了。到了别人，就要花那么些个钱。其实这无所谓，只是忍心让老百姓去拼命罢了。秦始皇当年筑万里长城，若是都由政府花钱雇工去办，那数目岂不吓死人！他也就是那蛮干主义，让老百姓去卖命。说到国家的事，完全让老百姓去卖命，自然是不妥；不过在不伤老百姓条件之下，也未尝不可！我觉得地方上的事，像种树、打井、挖沟等等，公家只要负指导督促的责任，应该老老实实地就利用民力。好像这些上华山的女人吧，她们既能背七块瓦爬山，来去走两三天，让她们每人在家门口栽上一棵树，那绝不妨碍他们什么。只是这计划人人会想，就没有人肯办。”燕秋拍掌道：“老先生！你的话，我非常之同情。这一类的话，希望给我们多说一点，我有用处。”陈公干用手摸摸短胡子，笑道：“我这也不过废话而已。我们江南乡下人，热天在瓜棚豆架下乘凉，谈起各人的计划，由养猪、磨豆腐以至于去投军，打算做征东大元帅，说什么话的也有。太阳下山了，各人回家喝红米粥，吃臭咸菜去，还不如放阵臭屁，留着些臭味。我刚才所说的，也就是那瓜棚豆架下的计划，你倒说有用处！”大家听了他的结论，回想到他的譬喻，都哈哈大笑。同行有了这位陈先生,就增加了许多趣味。

过了华阴、华州两处,到达渭南,渐渐地又看到了那田野荒芜的景象;其间穿过两个村堡,堡子的围墙,像城一样,也有那类似城门的大门里进去。在外表来看,好像这里面必是人家拥挤着的;及至进了堡子,里面虽也有些人家商店,却有一大半是倒坍了的人家。这人家的情形,是东方人士所猜想不到的:四周都秃立着黄土墙,上面空着顶,地上栽着这麦那麦也不怎样的繁盛,在空当里,兀自可以看到阶石瓦片这些东西,就是那黄土墙,还开了大小好几个窟窿。在这种情形之下,就觉得这地方是分外地凄凉。昌年道:"一路走来,在这几十里路里面,常常发现这样的房屋,这好像不是偶然的事,"陈公干手摸了胡子,正想说话,看到燕秋向他微微笑着,便道:"杨女士是西北人,对于这个大问题,应该知道。"燕秋叹口气道:"不但是知道,我还是过来人呢。我们现在所走的是东大道,这是有水的地方;这种情形不多,而且有了这四五年的时间,也就恢复得不少了。西大道已上了高原,没有了水,以前整个村子,都是如此的。现在如何,不得而知了!"昌年道:"这与水有什么关系呢?"燕秋道:"这是十八九年间,西北大旱闹出来的现象。旱灾最重的地方,乡下人什么都卖完了。反正这穷家也没有什么可要的,于是把屋顶上的瓦,拆下来,挑到大一些的城市里去卖。城市里的人,总比较的有钱,贪着便宜的,就把瓦收下来。可是日子久了,城市里也感到灾荒,就不收瓦了。然而瓦不收,倘若还有米面可吃,火总是要烧的;于是乡下人把瓦拆下,堆在一边,却把架屋的横梁椽木,做门做窗户的大小木料,完全拆下,送到城里去当柴卖。西北本来缺乏烧料,有烧草的,有烧马粪的,有烧碎煤块子的;有木柴可烧,价钱又不大,自然人家愿意要。于是乡下人的房屋,都送到城里去当了柴烧,所剩下来的,便是这四面直立的黄土壁子。古书上常形容人家穷,说什么家徒四壁,我们总以为是家里墙壁上没有东西罢了。可是现在把那个典解释清楚了:就是人家穷得上无片瓦,下无寸木,只是四堵壁子了。"一虹道:"原来如此。我们若不是亲眼得见,哪里信世上有这种事情。灾荒已经是过去几年了,人家还是这样,在闹灾的当年,那简直不能说了。"

提到了这里,又触动了燕秋无穷的感慨,向车子外看去。平原上都有尺来长的麦苗,间或有不种麦的田地,却也很稀松地有些别的植物,绝不是当年逃难出关那般一片干土与天相接的情形了。公路有时经过小树林子,虽是树干不过碗口来粗细,行列却也整齐,枝叶也还茂盛,显然是新种不多年的。这就情不自禁地自言自语道:“陕西的建设事业,已是很有进步了。可不知道我甘肃怎么样?”

正这样说着呢,汽车出了一点小毛病,司机将车停了,自下车去修理。在车上的人,也就借了这个机会,站起来向四周看看。因为车子开着走的时候,车身颠簸得很厉害,要站起来看风景,是不可能的。看时,就在这路边不远,有三所家徒四壁的屋子。所谓“三所”的这个“三”字,也是大家想象之词。因为在那秃立的墙土壁子中间看去,有三个四堵土壁围抱的地基,地基上都种的有麦苗。只是靠东的那所,最后半截,已是在墙上架着有横梁和稀稀的几根椽木。土壁下有个木匠,拿了家具,正在那里修治一根木料,似乎就是来复兴这房屋的人。陈公干看着,却咦了一声道:“我想起一件事来了。在两个月以前,我由这里经过,我看见这木匠在这里做工的,隔了如此之久,怎么还是他一人在这里做?这事可奇怪了。”燕秋道:“上次也是汽车停在这里,让陈先生看到的吗?”陈公干笑道:“天下哪有这样巧的事。上次也是听了开汽车的人说:这个木匠,要一个人盖起这所屋来。当时听了,很以为怪。所以今天看到了,就想起了以前的事。”燕秋忽然心里一动,因道:“这个人为什么愿意一个人盖起一幢屋来?这倒值得研究。大家下车去看看吧。”她如此地说了,大家也不便执拗,一路走向那破屋边来。

那木匠站在木马边,左手拿木料,右手拿斧子,低了头在那里砍砍削削。人来了,不过抬头看了一看,依然做他的工。燕秋看他有五十上下的样子,嘴上有些短短的胡子,便叫道:“你这位老汉,就是你一个人在这里做活吗?”木匠见她是个女子,不便不答,便道:“姑娘!我不是替人做活,我是盖我自己的屋子。”说着,将斧头放下,用手指着那四堵空墙中间道:“这里就是我的家。原来我家是很好的,自从西安那年围城以后,这条东大道,天天人马成群过来过去,家里已经不得了;接上就是两年大旱灾,就闹成这个样子。我女人死了;两个娃,也去当了兵;我也逃到了河南去。去年下半年,家乡是平靖得多了,我就回来了,身上带了一点钱回来,存在渭南粮食店里,随时去拿些粮食回来。这里挖了个洞子,我就住在这里。”说着,他向屋旁一个斜土坡指着。果然的,在坡前开了一条半人深的窄沟,再在窄沟中间,挖了个洞门,通到斜坡里面去。他接着道:“我吃也有了,住也有了,就把自己的地种起来;有了闲工夫,我就出去找点木料,回来架屋。好在我自己是个瓦木匠出身,还弄得下来,也许三五天架一根椽子,也许十天半个月架一根横梁;日子是很长呵,就架了墙头上那些。我心里想着:只要我不死,半年架不成,架一年;一年架不成,架两年,总有一天成功。把架子搭好了,我去想法子弄瓦,借了这工夫,慢慢等我两个娃回来。不瞒各位说,皇天不负苦心人,上个月,我那大娃回来了。”说到这里,他满脸的笑容,然而同时眼角上似乎含有两点眼泪。他将那粗糙的手背,在眼角上按了一按,接着笑道:“他不当兵了,已经到西安城里去做活,可以帮我一点忙。我想等一等,第二个娃,也会回来的,所以我做得格外有劲。”

燕秋听了这话,心里一阵疼痛,哭笑不得,立刻想到自己的父亲,也许同样的在家里等了儿女回来呢。因之呆着站在那里,说不出话来。昌年看她那样子,就知道她是受了一种感动,便从中打岔道:“车子修理好了,我们上车去吧。赶到了华清池,我们还要洗个澡呢。”燕秋叹了口气,才随大家上车去。陈公干是不明白她的身世的,就道:“杨女士!我看你对于那木匠的话,好像有什么感触似的?”燕秋想了一想,微笑道:“那木匠的家庭,和我的家庭,有些相同。到了西安,有着闲工夫,我们谈谈吧。”陈公干看她欲言不尽,料着这里面是很有原因,也就不向下问,因笑道:“这位木匠,也并没有什么特长,他就是把那背瓦上华山许愿的那股子劲,移来给自己盖房子而已。”燕秋道:“这就够伟大的了。假如全西北的人,都来办到这个样子,那西北就强盛起来了。灾荒已是过去了四年,在西安以东,还看到这家徒四壁的人家,这也不能不怪人民自己不努力。不过我是不愿意空口说别人的,我愿从我自己身上做起。”陈公干不明她的用意,还是没有向下说。那伍、费、高三位,也不敢撩拨她的牢骚,于是大家寂然地坐着。

到了渭南,也是穿城而过。车子在一条土街上,开进一家围着短土墙的院子里去;在院子两面,有菜饭馆子,大家下来打尖。这馆子虽是漆黑地舞着灰尘,可是他们在潼关住了一晚,已经受到了一些教训,也就不以为意了。打过了尖,上车继续地前进,只在下午两三点钟的时候,就到了临潼。公路绕着半边城子向南弯,迎面一个土馒头似的大山,荒疏的野草,铺在上面,绝不是华山那种情景了。山的北麓,有几丛树,配着两三处楼阁;尤其是一所白粉壁的四方亭子,让三四株白杨树簇拥着,格外带些萧条的画意。一虹正想问这是什么地方,陈公干笑道:"到了华清宫了。"说着话,汽车向南转,开到一片平坦的空场上,正对了一个公园情形的大门停着。大家不曾下车,已可由大门里看到那里面树木拥挤着,带了几道横斜的桥栏杆,也就显然地表示着这里是有水的了。大家走了进去,果然是一个长方的池子,拦住了去路。由平桥渡过水去,是个安着玻璃窗的水榭。向西池子一曲,有个巧小的白屋子;在走廊的转角所在,两棵垂柳,在后面将绿阴陪衬着。有个圆洞门,是朝东紧闭着。陈公干笑道:"据传说,这屋子是杨贵妃洗澡的所在。不过我有点疑惑,在志书上载着:华清宫的地址是很大的。这里的房子,建了又毁,废了重建,也不知道有了多少次,就是地下的池子,方向也不能没有变更,我们后人怎能断定哪里是贵妃洗澡的地方。"他一面游览,一面演讲,倒引起了这里游人的注意。因为这里到西安不甚远,有汽车的朋友,坐汽车来洗澡,那是很方便的。

这时,侧面有人迎了上来道:"一虹!你怎么今天才到?"这里会有人迎着一虹,大家都以为奇。看时,是个三十来岁的人,穿了一套很平整的薄呢西服,而且鼻子上也架了一副大框眼镜,很不像西路上的平常朋友。一虹先走过去和他握了一握手,然后向大家介绍着。原来他叫袁伯谦,是江苏人,现时在西安一个中学里当教员,还兼着某个机关一点事情。在南京动身之前,一虹已是有信通知给他的了。伯谦虽和一虹说话,眼睛早已在燕秋身上打了好几个转身,心里想着:怪不得凭她一个人,引着好几位青年随了她向西跑。他头上正没有戴帽子,背头式的头发向后梳着,觉得像乌缎子一般。说着话时,抬起手来,还按了一按头发。燕秋看着,心里老大不高兴,想着一虹为人很正直的,怎么认得这样一个浮薄少年?于是板着脸,不和他说话。伯谦笑道:"各位到这里来了,当然要洗一个澡的。这里分普通、特别室两种，普通室随便可以进去，那是不必花钱的；不过里边没有什么设备，衣服没有地方搁，手巾还要自己带着，十分不便。特别室是和城市里的浴堂差不多，有炕可躺，有茶可喝，不过要花一块钱一位。这里现在归省政府管理，收费是为了将来设备用的。花一块钱洗一个澡，不算冤，我来请吧。"一虹道："这倒不必。我们这旅行团有公款，花的钱是大家公摊，那就有限。这一班人，由哪一个人来请，那是太多的。"陈公干笑道："既是那样，我也不用各位请，我也自备吧。"一虹道："若是那样，我们就太没有道理了。陈先生把汽车送我们到西安去，这样大人情都做了，我们许多人请陈先生洗一个澡，还不是应当的吗？"伯谦道："不管是谁做东吧，回头再说，我先来引导杨先生到女浴室那里去。"说着，他笑嘻嘻地还点了个头。燕秋虽是不高兴他，可是人家如此地客气，可也不便过拂，只好跟了他一路走去。

高、费、伍三人，却随着陈公干走进了男浴室。这里很像市上浴堂的普通座位，靠墙四周，列着木炕，因为上面铺了毛巾，却也看不出是板搭的或者是木架的。几个似乎差役似的人，向各座上伺候着客人。看那墙上挂的衣服，约莫有一半是短装制服。其间有几件长衣，上面还挂着徽章。据说：是机关上的人，在这里洗澡，可以得了免费招待。看看这里，虽是各座位都满了人，这里的收入，似乎却不见得佳。只见地下横七竖八，放了许多皮鞋，躺在炕上的人，腰上似围不围地搭上一条毛巾，赤条条地露出黝黑的皮肤，饱满的筋肉，仿佛是很少文弱耍笔杆的人；换句话说，就是很少花钱的大爷。南北两张炕上，有两个黑胖子相对躺着，只看那两腿上的毛，都有麻线那样粗细，漆黑一团，包围在四周，挤着胸脯和颈脖子上的肉浪，紧闭了两眼，那个大肚囊子，可不同平凡；吸着一高一低，闹个不停，只听呼噜噜、呼噜噜的鼾声，把整个屋子都震动了。由这里想到一枝梨花春带雨的出浴贵妃，在这华清池，这真有些空气不调和。

他们进来了，这样四处一打量，这里的茶房，也就跟着过来张罗座位，找了半天，才分开来做两处坐。一虹坐下来便脱衣道："我想这地方，并不像上海的特别官座，那样足以高卧，我们是要来试试温泉的，这就下水去洗吧。"说到这里，正好袁伯谦招待过了燕秋,走了进来。他连忙摇着手道:“不忙不忙,不是这么办的。这里的水,是一个特别池子,洗过了五个人以后,可以要求换过一池水下去洗。我是洗过了的,四位下去洗,有要求换水的资格。”一虹听着,望了那茶房,房茶微笑道:“若是四位可以等一等,我们就给各位换一池吧。好在我们这里的热水,又不用得拿火去烧。”说着,他便送了一壶茶上来。昌年道:“你们这泡茶的水,烧不烧呢?”茶房道:“这要烧的。但是用不了多大工夫,水就开了。”健生道:“你们这水的温度,平常是多少?”那茶房向他笑笑,没有答复。陈公干道:“用这种话去问他,那如何能得着答案呢?还是让他快点换水,伍先生自已去体验体验吧!”一虹笑道:“‘体验’两个字,倒真用得恰当。”健生也笑道:“路是走了一千多了,只有今日这点事情,才让我感兴趣。”昌年是和他坐在一张炕上的,就伸着头低声道:“喂!你这话不当说,说了要得罪人。”健生一时虽还没有理会他的意思何在,因他是这样的郑重叮嘱,便也只好不说。

过了一会,茶房来招呼水已换好。大家都是急于要试试这杨贵妃曾洗过的温泉的滋味,披了毛巾,赶快前走。由这休息室的北墙边,拉开门进去,里面和街市里的上中等汤池,是没有什么两样。四四方方的屋子,墙下层是抹着水泥,四面有玻璃窗,从高处放进光亮来,照见屋子中间的一池清水。池子四周,是用白色瓷砖砌的,底是水泥,在池壁的南角下,有个碗大的口子,很汹浦地冒着水纹。大家跳下水来,果然水是很热,始而还没有什么感觉,洗过了五分钟之后,周身热气熏蒸,让人不能忍受。健生首先爬了起来,坐在池沿的石块上,笑道:“我也洗过两回温泉澡,洗得这样舒服的,这要算第一次。在街市上,我就不敢洗汤池,怕脏固然是个原因;那池子里热气腾腾,把人闷死。这池子水是这样热,却没有热气腾起来。好极好极!这样好的温泉,唐明皇据为私有,让杨贵妃一个人去受用,他应该亡国。”陈公干道:“伍先生现在体验了一下,这水温度怎样?”健生伸下一双脚来,拨着水道:“我们的体温,寻常是摄氏表三十七度,我们在这水里,身上热得难受,那就可以证明这水的温度,高于我们人的温度。但是太高了,我们在水里是站不住的,也不过是高一两度罢了。假定是高两度,这水是摄氏卅九度,再用公式去求华氏表多少度,列氏表多少度,不都可以算出来吗?”陈公干道:“这样看来,伍先生真是能体验的。”

一虹随着也爬上池来,头上汗珠子向下直流,喘着气笑道:“我也是‘梨花一枝春带雨’了。古人形容杨妃出浴,这七个字是至矣尽矣!”昌年在水里笑道:“你瞧见过杨妃出浴吗?”一虹笑道:“这也是体验出来的。你想,杨妃是个白胖子,在许多历史上,都这样告诉我们了。胖子是怕热的,我们洗了几分钟,都这样满身是汗,杨妃怎么样,可想而知。”公干笑道:“历史上说,明皇爱偷看杨妃洗澡,我想那是个乐子。可是他尽爱看杨妃洗澡,忘了看‘渔阳鼙鼓动地来’的奏章了。”一虹叹口气道:“女人总是害人的。唐明皇跑了一趟四川,那不算什么,只是可怜老百姓们又受一次兵灾!”健生道:“为了杨贵妃,引得天下大乱,我想马嵬驿那一件事,杨贵妃似乎也死得不冤。女人虽然害人,可也害了自己。我想当年她在这池子里洗澡,不会想到有马嵬驿那一天。”公干笑道:“自然,人是当局者迷的。”他本是随口这样一句话,健生心里,总悬了个问题,听了这话,很有些感触,垂了头去搓挪大腿。昌年道:“你们这话,都不公道。杨玉环她本是寿王妃,是唐明皇不道德,自把她找了来的。假如明皇不选她进宫,她还能够自己进宫去不成?像明皇那样好色的人,就是没有杨贵妃,他也会宠爱别人的。不然,杨妃以前,怎么还有个梅妃呢?男人受女人的害,那都是自找的,尤其是以前的皇帝,他有大权,要爱谁,谁也不能违抗。唐明皇他自己着迷,以至于蒙尘在外,那怨谁?”公干拍掌道:“好好!这议论公道。若是这华清宫杨妃的阴灵不远,她会和费先生表示同情的。”

健生和一虹又跳下池来洗澡,向昌年点头微笑。昌年笑道:“别笑,假使有个美女来害我们,我们都是乐于接受的。”一虹道:“假如你是当年的李三郎,你对于马嵬驿的这件事,怎么办?你能同杨玉环一齐死吗?”健生笑道:“不,他会带了玉环到西北去,做一番建设事业。”他这句话是双关的,一虹和昌年脸上,都有些不好看,这话又算小小地种了一点裂痕了。

第十七回　灞水长桥仰先民伟大　曲江荒草伤近代凋零

由古到今，许多关系密切的人，为了女人，常是成了仇敌。这次高、费、伍三个同学，明明共追逐着一个女友，做一个旅行，彼此之间，又怎能没有一点芥蒂？人只要有情感，为竞争而生妒嫉，那总是不免的。健生自知在三个人里，是最不易得燕秋欢喜的人，所以对高、费二位，也很不满意。在华清池洗澡，大家谈今道古，嘻嘻哈哈地很是快活，健生他又在这个当儿，俏皮了一虹两句。一虹因为还有个陈公干在一处，若是辩论起来，人家会疑心这群小伙子，究竟是干什么的。只好浅浅地一笑，把这话丢开，却故意提起一个问题来道："这件事有些奇怪了，这个流泉水进来的窟窿，始终在这流着。可是这池子里的水，一点也不再满些，是何缘故？"陈公干在池壁边半靠了蹲着的，用手打着壁，笑道："这里有个同样大的眼，向外流着水呢。我们所以花一块钱到这池子里来洗，也就为的是这一点。这里的水，流出去了，就是到那普通室的池子里去；那些不花钱洗澡的人，就洗的是我们的剩水了。"一虹道："那么女子特别室里的剩水，也是同样的向这普通室里流了？"公干道："不！还有个女子普通室呢，当然是向那里流。"一虹笑道："若是全向男子普通室里流去的话，那却是一种趣事。"昌年笑道："你这人的封建思想，也太深了。男女的身体，不都是一样的，为什么女子洗过的水，那就不能让男子再用呢？"一虹笑道："你所猜的，正是我的意思的反面。我想到古来杨玉环在这里洗澡，她剩下来的水，当然也要流出去。可不知流到民间的时候，有人把那水洗澡没有？若是有的话，那才真算一亲芳泽了。由以前推到现在，更有可能，所以我要问那水的出路。"昌年道："你这话有点色情狂吧。"一虹笑道："哼！色情狂？哪个青年人免得了这个毛病？不过我是狂得有分寸的。"说着哈哈大笑起来。昌年觉得他这话有点锋芒四射，便站出水来，笑道："不必洗了。我已经是汗下涔涔了，都出去吧。"

他说着,就扯了一虹的手,把他拖上了池子。健生他未尝不知道一虹话里有话,慢慢地洗着,最后一个才出了池子来。那个穿漂亮西服的袁伯谦,皮鞋走着嘚嘚地响,扬着颈脖子出去了。不多大一会工夫,他又嘚嘚地响着皮鞋进来,就向一虹笑道:"我已经对那边室里的女工友,吩咐了几句,教她好好地招待杨女士,她在那边很寂寞的。你们可以穿起衣服,到外面去散散步,这里风景不坏。"大家虽也觉得这话不错,可是在洗过那温泉澡之后,都感觉到周身软绵绵的,没有一丝气力,须要一些长时间的休息,所以都没有动。

至于燕秋,她是足以自了的女子,那倒用不着去替她担心。袁伯谦提议之后,大家没有动身,他倒感着有些不安,提起脚来又走出去了,这一出去之后他就不曾再进来。大家穿好衣服,付过了澡账,齐向外面走来,却见袁伯谦陪着杨燕秋,站在水池子栏边说话。他指指点点,好不殷勤;燕秋靠着栏杆后的走廊柱子,两手反背了过去,将身子撑住,向他所指点地方带着微笑。这自然很令袁伯谦满意。可是追随杨燕秋已久的伍健生,他就很明白:这是一桩笑话。她把这样微笑不言的态度对着人,那正是二十分地瞧不起你,才向你这样微笑着。她那意思,可就是说你这人不配和她说话。傻瓜!你打算在她面前卖弄这套西服,那正是绝大的错误。她自己就不爱怎样的穿得好,还肯看男子身上的洋衣服吗?

大家走了过来之后,袁伯谦不愿意表示仅仅是指点风景给燕秋一个人看,于是向屋后的大土山指道:"这是骊山,在历史上是很有名的。当年周幽王在这山附近举起烽火,引得诸侯勤王,让褒姒一笑,后来以至于亡国。还有那秦始皇的坟墓,火烧三月不绝,其伟大可以想见,也在这山的南边。"他牵丝不断地向下报告,而还在脸上带了一种得色,好像是说他肚子里面很装着一部《春秋》呢。陈公干道:"还要到这后面山上去转转吗?这山上还有个老君堂可以看看。"燕秋笑道:"在史书上我们都已领教了,我们赶快上车到西安去吧。"说着,脸上带了微笑。她这话把读历史和游名胜当为一件事,自然是不合理。可是健生就很同情她的话,觉得袁伯谦这个人过分地无聊,应该用两句话来扫扫他,便道:"陈先生是有公事的人,我们也不便让人的车子老在这里等着。"燕秋道:"一路都是古迹,倘处处留恋，还有完吗？"口里说着，人已向外走。

袁伯谦手上拿了帽子，也跟了出来，直随大众，跟到了汽车边来。一虹在他身旁呢，就低声道："车子上带我一个，可以吗？"燕秋恰是听到了，这就回转身来，向他点了一个头道："这就恕我们不便答应了。根本上，我们也就是借人家的车子坐。袁先生是怎样到这里来的，还是怎样的回西安吧！"袁伯谦眼见这汽车暂有权的陈公干，也站在燕秋一处，燕秋那般说话，分明是代他拒绝了自己。在许多人当面，碰上这样一个大钉子，心里不太高兴。本来这一辆大汽车，慢说加上去一个人，就是再加上去十个人，也勉强可以挤得下。这种惠而不费的事，何必那样与人难堪？你和一虹是朋友，我和一虹也是朋友，我就不配和你同坐汽车吗？他心里这样的想着，脸上自然是白一阵子，又红一阵子。一虹却不料燕秋会说出这种话来的，她既然是说出来了，可就不便违反了她的意思。于是握住了伯谦的手道："我们到了西安，还不定是住在哪个旅馆里，明天我来看你吧。"伯谦只是笑笑，很细的声音，答应了两声好。燕秋始终是带了微笑，在车上坐着。开了车以后，她就向一虹笑道："我拒绝你那个朋友上车，你觉得我太不客气了吧？"一虹笑道："我想着，你总有什么意思在内的。"燕秋道："倒没有别的原故，我觉得他那个人太轻浮了。在西安这地方，只应当穿蓝布大褂，就是绸衣服也不应穿。他却穿的是上等料子的西服呢。在这刻苦生活的城市里，要这样的人来教书，我根本就不赞成！"一虹听了她这话，默然笑了一笑，可是为了这个就不让他上车吗？这倒觉得燕秋太任性，心里颇有些不以为然。好在陈公干爱说话，一路都有材料供给。因他谈话，把这事扯开了。

不到半小时工夫，已到了灞桥。同车的人，在文字上，谁都有了这个地名的印象。昌年也是看到一虹有些不高兴的样子，应当从中来鼓励一下，便笑道："灞桥这地方，应该慢慢地走过，才可以领略到那一股子诗情画意。我来提议，汽车放空过去，在桥那头等着。我们步行过桥，到那头再上车，诸君以为如何？"陈公干笑道："我经过灞桥已经有好几次了，这样的过法还没有试过。好的，天色还不晚，我们就是这样一试。"说话时，汽车已到灞桥镇。迎面一幢高大的牌坊，远远地就可以看到,牌坊正中的匾额上,大书"灞桥"两字。车子停了,大家都走下车来。车子经陈公干吩咐着,就先行开过去了。这牌坊下,是一道乡店式的市街,很矮的几家店户。可是沿了河岸,有一条小巷向南,倒是不少的矮小店铺。所以在这桥东头,却还看不到什么桥的风景。走过了牌坊,上得桥来,却是豁然开朗的情景。这桥是平式的,约莫有两丈多宽,很长很长的,跨在灞河的两岸上。灞河这条水,由南向北,流入渭水去。水质还清,不过这水来自秦岭,满河床里都有浮沙。河水是弯曲着成了好几股,在浮沙中间流着,向北一望,那水直达平原的地平线下。桥附近两岸,有极低的土坝,上面栽了两行杨柳。这时候,正当了柳絮飞花的日子,桥上白雪点子似的柳花,在太阳光里,飘飘荡荡追着人乱舞。这桥虽是长大,却没有栏杆,只是把长条石头,拦在桥两边。赶牲口的,和一牛一马合拉的木轮大车,带了布棚子的骡车,断断续续地从桥上过,一切都现出古朴的样子来。

一虹道:"若说到桥梁风景,在江南任何一个地方,也可以找出比这更好的来。只是这守旧的风味,南方可是没有。"健生道:"听说这桥还是隋朝手里建的,有这些个年了,桥基一点没有损坏。在科学的立场上说,应当说是古人一切不如今人;可是今人造一道桥,谁能保一千年的险?在这一点上,我觉得我们先民伟大的精神,这也是给我们后人一个暗示。"陈公干道:"这些东西,在西北是更可以见到。我总这样想:应当把那瞧不起中国人的小伙子,让他看看运河长城,以及西北各方的上古建设,他就会知道原来是了不得。我们在灞河上就谈水利吧,陕西人有句成语:叫八水绕长安。这个古帝都,几乎是水包围起来的,于今名闻世界的新建筑泾惠渠,花了款子好几百万,其实不是新建筑,不过把古来的渠,缩小到十分之一二,修理一下而已。这个渠,在秦汉时代就有了。据水利专家说:要用现在科学方法恢复以前的巨观,非几千万元不可。古人可是用民力硬修的,然则我们先民的精神,是多么伟大。再说绕长安的这八条水,有可以走船的,而且有小渠直通长安城里,到了现在,一切没有了。就是这灞水,河床离桥身只有两三尺了。我们据良心说,这是古人不成,还是后人不成?"大家听了这位老先生的话,向灞水上下游一看,只见平沙浩荡,夹了浅水分流,灞河两岸,平原无垠,往南方,隐隐天半有些山顶的影子,大概那是秦岭。大家立刻有一种新的感慨:到西北来,可以想见中国伟大;同时也就觉得中国人太抛弃了这伟大的土地,不去利用。于是有的站在桥栏石上,有的在桥上徘徊着都不忍走。有个人骑了长耳驴子,由西边桥头的牌坊下,远远上桥而来,他后面一个赶脚的,用棍子扛了一个包袱在肩上。昌年鼓掌道:“这不很像一幅古画吗?”公干笑道:“是的,古人说:诗思在灞桥骡背上。”一虹道:“未必有诗意吧!古人说诗意在灞桥骡背,于今当说伤感在灞桥上了。今古环境不同,古人画一个宽衣大袖的人骑骡过桥,自然是写实,不是凭空捏造的;到了现代,也是这样的画一个古装人过桥寻诗去,等于说梦话,那就不对。要知道这人也许饿着肚子呢。我想古来有了汽车,有了脚踏车,古人画起人行路来,一定也会把汽车脚踏车画上去的。可是现在的国画家,就很少有这种胆量的。可见在文艺上,现代的人也很少创造的精神。虽有些人把西洋作风弄了来,依然是模仿,不是创造。”燕秋笑道:“我们过桥去吧。你们由工程谈到国画,古人全是好的,大开其倒车,让人听去了,说你们东方来的人,思想落伍。”公干笑道:“不忙!西安城就在眼前,说话就到。我们谈得很有趣,慢慢走过去吧。”他说着,向西慢慢移步。

偏西的太阳,由牌坊上斜照过来,对这道长桥,两行疏柳,更是动人的情感。那半空里的柳花,近看是雪,远看是白影子,飞得更起劲。有些落在无声的水面上,看了去,真个是水化无痕,这又可以增加一种趣味。陈公干笑道:“刚才高先生说,现在骑骡子过灞桥的人不是寻诗去,可是让我们在这里徘徊着,实在有一种诗趣。若说到寻诗,只是古人有这种兴趣,又有什么证据哩?”一虹笑道:“那当然是很多,在唐朝人的著作上,随便就可以查到。因为唐朝在长安建都的时候,送人出都向东,总是到灞桥告别。这一湾流水,几行杨柳,当然是添了离人不少的情绪。由长安出都去的人,当然是做官的,不然,也没有人远远地送到灞桥来。做官的人,自然是有闲阶级。清词家项莲生说的话不错:不做无益之事,曷遣有生之涯?遇到了这样好的题目,他们自然要作几句诗。灞桥既然是在文字上捧起来了,自然是越传下去,越有了名。再说古来的灞水,一定不是这样的浅,只看这河床和两边的岸差不多高,定是后来泥沙填塞起来的。”说着话时,大家已经过了桥西头牌坊。这边没有人家,仅仅是一所牌坊,罩着桥头。牌坊边,有两三株零乱的树。公干笑道:“不知古人送行,是在桥东头,还是桥西头?若是桥西头,这萧疏的景致,可是不堪。”燕秋笑道:“刚才一虹说,千百年来,连河道都有了变化,何况其他。也许桥西头以前楼台亭阁,什么都有吧?达官贵人在这里饯行的所在,岂能够没有一点布置?”陈公干一拍手,笑道:“杨女士提起了我一件心事,长安的曲江,唐朝的诗文家几乎个个都提到过。那里是楼台亭阁什么都有的。虽是我老早地听到人说,那地方已经荒凉不堪了,不过我想着,多少总有些景致可看。到了西安几次,总是没有机会去看。这次我要下个决心,明日起个早,就到曲江去看看。老杜曲江诗说得好:酒债寻常行处有,人生七十古来稀。我们在那里找个小茶棚子坐着谈谈,也不枉这一番会合。”一虹道:“在西安,我们本来有几天耽搁的。既是陈先生高兴一同游历,我们乐得凑合这个热闹,明天一早,约个地方会合得了。燕秋的意思怎么样?”燕秋笑道:“何必问我?我是当然奉陪的。我倒要问你,在灞桥还有什么留恋的没有?没有什么留恋,我们又该走了。”大家笑,便下桥上了车子,继续西行。

车子驰上了平原,老远的看到烟雾浮尘之中,一个黑圈圈的大影子。公干笑道:“看!到了长安了。”大家都是望了那黑影圈子注意,慢慢地在浮尘中现出一重高城楼的影子,慢慢地又现出了城圈子。汽车就是对了这模糊的影子跑去,以至于看得十分清楚,这就到了城根了。一虹这三个人,没有到过西安的,他们心里,都构造着两个幻象:其一,这城池既然是好几代的都城,里面必是伟大的;其二,是这里闹过十个月围城,跟着又是两年的大旱灾,也许荒凉到不得了了。在大家这样揣摩的时候,车子进了城。因为这是公家的车子,虽眼见商家的车子,停在城门口受检查,这车子可是坦然地进去了。

进了城之后,果然是第二种想象对了。首先所见到的,便是黄土地上,围了几圈黄土墙。当年南京没有建都的时候,北城一带,也是很荒凉的。可是大路两边,竹林菜圃,以及狮子山清凉山,全是青葱可爱的。这个古代的废都,却是满眼带了病色的黄土,很不容易看出一点汉唐遗迹了。汽车在街上转了两个弯子,到了大街上，这里的确是新的建设，是一条东方马路式的宽街道。中间，预备走车马，两边是人行道，在人行道外，也栽了两行白杨。可是这马路并不曾用石子铺垫，还是黄土原质，所以汽车经过，像在城外一样，卷起很重的灰尘。两旁的店户，全是旧式的门面，有两三间将面墙起得高一点，开两个圆洞式的窗户，那就算洋房了。这和另一个省会开封打比，实不知相去有多少倍了。陈公干究竟是个老西安，他知道这几个人都带了铺盖及一切旅行的用品，为省钱起见，引了他们在一家小旅馆住。里面是北方的旧式房屋，屋子里有床铺板及桌椅等项，墙上也用石灰粉刷过，比之潼关的旅社，那已经是好得多了。由潼关到西安长途汽车，早晨七八点钟开车，总要下午两三点钟才能到。他们在路上休息的时候很多，到了城里，已经是五点钟。加之各人安顿行李，撣灰洗面，随便一混，屋子里就漆黑了。陈公干因为没有带铺盖，不便在这里住，移到大些的旅社去了。

这里男女四人，在饭馆子里叫了面食和炒菜，围在煤油灯下吃。燕秋将桌上的冷馍，分了半个捏着，筷子夹了碟子里的韭菜炒肉丝，勉强地把那冷馍吃下去了。于是两手交叉了十指，将手臂伏在桌子上，手背撑了自己的下巴，呆望着桌上的人吃饭。她虽不带什么愁苦的样子，可是坐在这里，一言不发。健生正坐在她对面，始而倒误会她是在审查自己，过了许久，看出来了，她是在发呆，便笑道："燕秋又在想着什么心事呢？到你府上，还远着啦。一路想心事想到你府上去，那还有完吗？"燕秋笑道："你看我这样子，是想心事吗？其实我并没有想什么。不过到了这西安城里，我自己也莫名其妙，好好儿的，心里头会感到一种不安。"昌年道："这倒难怪，一个人旧地重游，无论是在什么环境里，那一种回味，实在是难堪。但是我希望燕秋到明天就把这回想丢了。"一虹笑着道："那谈何容易？今天她突然到城里，什么都没有看到，已经觉得心里难堪。明日上得街去，想起在那里看到过饿死的人，想起在那个屋檐下坐过，想起到那家人家去讨碗水喝也讨不着，想起……"他只管替燕秋设想，燕秋脸上却是红一阵青一阵，眼睛眶子里是泪水汪汪的，要落下泪珠来。一虹立刻把话止住，站起来向燕秋一抱拳头道："真对不住，我是说顺了嘴，就胡扯一气了。"燕秋也站起来，掏出手绢，揉擦了眼睛道："你本来说的是实话,我为什么怪你？不过我心里的确难过,而且也疲倦了,我要先去睡觉。你们若是不能睡得这样早,可以到街上去看看西安的夜市。你们看看这没有电灯的省会,又是怎样一种情形?”说着,她就走回房去了。大家不过是朋友,是不便表示得太亲密了,也只好由她去吧。

大家吃完了饭,自然是感着无聊,竟是依了燕秋的话,走向旅馆外来看看。这旅社门临着大街,里面虽是点灯已久,外面还是在黄昏时候。因之街上往来的人,还看得到一些影子。就在这时,看到两三个巡警,押着一个工人,挑了一担汽油灯,点得明晃晃地,在大街中间走。就是那押担子的巡警,两只手也提两盏灯,紧紧地在担子后面跟着。这可是奇观,挑了这么一担汽油灯做什么？后来看到巡警押着担子到路中间木杆下面,用绳子吊上去一盏灯挂着,这才知道本地的警察,又多了一项挂街灯的职务。大家顺着路向西,过了一幢鼓楼,便是窄小的街道,两边的商家,都已紧闭着门。街上略微露出人家店里的灯火,虽有些光,究不免摸索了。大家感到没有什么兴趣,也就都回旅社去了。长途汽车的奔逐,坐车的人,实在感到疲倦。大家喝点茶水,也就要歇了。疲倦的人,那是最容易睡熟的,所以大家睡着身也不翻,一直到了天亮。

大家还未曾起床,就听到陈公干在外面说话的声音,只好一骨碌都爬了起来,开门相迎。陈公干笑着拱拱手道:“不忙不忙！我在外面等候各位吧。”这时,燕秋却是衣服穿得整齐地由外面进来,想必她是起来多时了。大家更赶着漱洗起来。公干又说:“若要去游历的话,就请动身,下午还有公事要办。”大家听了这话,自然不敢延误,吃些饼干,喝些茶,就随同着公干一路出来。昨日乘来的大汽车,又停在门口,依然是坐了汽车出城。当陈公干向汽车夫说,要到曲江池去玩玩,汽车夫倒愕然,笑问道:“那里有什么意思?”公干道:“这个你不懂,你开到那里去就是了。”汽车夫道:“不过那里大雁塔武家坡,倒是可以看看的。”说话时,汽车开出了南门,走上黄土像炉灰一样的大路上,卷着那黄土,车前车后下着浓密的烟雾,比公路的整齐差得很远。所看到车子两边,也就是些荒莽的平原,远处有两三颗零落的树,配着几家矮小的人家,并无风景可言。大家心里便有些纳闷,唐朝的曲江池,何以会在这样荒原上?汽车出城了两三里路,便向东南走,这里已不是那荒原,却是高低不平的土阜。土阜上一棵矮树也没有,只是些稀稀的短草,在草底下整片地露出黄土来。汽车顺了这土阜的脚下走,远远看到一座高塔。据车夫说:那就是雁塔。不过大家急于要去看看彤之吟咏的曲江,直到塔下的慈恩寺门前,也没有停车,继续地东走。过了这慈恩寺,便开到了土阜上,迎面有一丛人家,背了土阜的下半截,向东开门户。人家后面,有三四棵白杨、臭椿一类的树,还不曾走近,车子就停了。公干问道:"这是哪里?"汽车夫笑道:"这就是曲江池。我不是告诉了你先生,没有什么好看吗?"大家既到了这里,不管好看不好看,总要下车来实地踏勘一下。

相率下车之后,在这人家短墙缝里,露出了一座高不过丈余的木牌坊,那牌坊的板子,半已枯朽,变成灰色了,在那上面用墨笔写了四个字:'古曲江池'。公干呵哟了一声道:"唐朝皇帝常常赐宴的所在,就是这样子吗?杜甫的曲江诗,自小就念过的了,什么'桃花细逐杨花落,黄鸟时兼白鸟飞';什么'林花着雨胭脂湿,水荇牵风翠带长;龙武新军深驻辇,芙蓉别殿漫焚香'。这地方不但是鸟啼花落,而且也可以看到建筑很伟大的。人造的景没有了,山水的变化,总是不容易的。何以也看不出一点痕迹来?"大家说着话,就穿了木牌坊走下土阜。这里果然是个凹头,四周的土阜,峰头犬牙相错,成了一条很阔的干沟。由南而北,这凹地在村屋面前,做了人家的打麦场,有两棵手臂粗的小树,夹杂在几处干草堆里。再向南北两头望望,南方白云底下,隐隐地有一排山影,那是终南山。这里向南去的地面,似乎有些逐渐高起的样子。不过到了这里,那土阜又突然地更高了起来。西安城的城墙,隐约着在土阜上露出了一角。一虹道:"天下事,真是闻名不如见面,谁也想不到这传名千古的曲江,就是这样的荒芜干燥而无味。"健生笑道:"这是值不得奇怪的。现在的大陆,许多都是古来的大海;现在的沙漠,也埋没了不少的古城。一个小小的人工水池子,在千年以下有了变化,这不算回事!"一虹道:"若是天然的变化,那自然算不了什么。正因为是人工修的园林,一点没有了痕迹,很可奇怪。"说着,用手一指路西北角的大雁塔,笑道:"那座塔和曲江是有联带关系的。唐朝的进士,常是在曲江饮酒之后,到雁塔去题名。塔也是人工造的,何以它就保留着。”健生道:“那因为历代都重修过的?”一虹道:“却又来,塔既可以历代重修,近在眼前的曲江池,何以让它荒废了呢?”公干笑道:“二位这辩论很有价值,越说越有理。这位费先生,有什么见解?”说时,望了昌年;昌年却笑着,没有答复。燕秋笑道:“真的,你何不发表一点意见?”在昌年的本意,实在不想说什么,不过燕秋这样的说了,倒不好推诿一个干净。于是顺着这打麦场的小道,一面向土坡上走,一面笑道:“高、伍二君之言均是也。”燕秋笑道:“昌年!你正打算学完了法政,就去做官吗?怎么说这种八面玲珑的话?”说时,大家已经走上了土坡。

向东南看去,这土阜一条一条像生了癞子的懒狗睡着一般。昌年指着道:“你看,这样大的平原,哪里会有水出来。当年曲江池一定是远由终南山引了泉水到此地来无疑。终南山到这里,有四五十里地,这人工是很可观的。唐朝遭了黄巢那大乱以后,接上五代干戈,那时候年年打仗,民不聊生,谁还管到曲江名胜?宋朝定鼎了,天下太平了些年月,可是赵匡胤他迁都到开封了,扔下了长安不管,这里纵然有大官驻守,像雁塔小建筑,修理自然还容易。曲江这样远路引水的工程,钱和力都怕有些难办,只好罢了。再说到修塔,古人还有一点迷信心理;因为下面有个慈恩寺,在寺里的和尚,他会用做功德的话,去募捐修寺修塔。至于曲江,完全是游历之区,有谁负责修理呢?所以健生说应该有变化,一虹怪后人不理会,这都有理。其实何止曲江,在帝制时代,全国人的眼睛都在皇帝一个人身上。皇帝坐在长安,京兆的名胜有人留恋,关中的水利有人讲求。曲江本在长安城里,终南山的水引到曲江;像现时北平玉泉山的水一般,可以引到故宫三海里去,毫不为奇。皇帝坐到了开封,人才跟着东跑,水利没有人管。关中沃野千里,日坏一日,到了近代,简直成了灾区,何况曲江这一勺之水。本来宋朝以后,皇帝不是南坐南京,便是北坐北京,这里天高皇帝远,更是没有人过问。封建社会之流毒,这也是一个小小的证明。这话要谈远些,那就和政治有关。不过我们也不必说,致干未便。”燕秋笑道:“你这真是三句话不离本行。”陈公干点点头道:“这是真话。满清三百年,只有两个人在西北有点建设:一个是毕秋帆,一个是左宗棠。就是这两个人,一个谈点古董文学;一个带十几万湖南人来驻防;对人民的利益上,还没有多大好处。这样大的地方,一扔几百年,安得不成为沙漠?”大家说到这里,四望是黄尘匝地,旷野无人,都不能不发生一点感慨。燕秋道:“大家都说得有理。不过西北人也应该负一部分责任,为什么自己就不振作起来的呢?”陈公干又点头道:“我和杨女士,虽只有两三日的盘桓,我每次在你的谈话当中,看出你是个有胸襟的女子。你这次回甘肃去,我想一定要做一点事。”燕秋道:“不瞒老先生说,我是有这样一种希望;不过独木不成林,我是希望多数的朋友来帮我的忙。”陈公干一拍手道:“我明白了。高、费、伍三位都是和你去帮忙的。这样彻底到民间去工作的精神,我佩服,佩服!”然而高、费、伍三人听了,彼此互相看了一看,心里是很惭愧的了。

第十八回　笑探五典坡高谈入胜　病饮新丰酒微意分甘

杨燕秋这一行人,游着古曲江。在风景上虽看不到什么,大家倒是畅谈了一阵,总也是痛快的。只是陈公干后来说到高、费、伍三人,是帮忙杨燕秋到西北来服务的,他们都觉得不能不有一点惭愧。燕秋也看出来了,就立刻将话拉扯开来,向一虹道:“你对于这些名胜,都下了一番研究功夫的。据你所知道的,这古曲江池,究有多大?”一虹看到她突然地提出了这个问题,自然也知道她的用意所在,于是笑道:“我是请教于书本子的。书本子上的话,是否靠得住,我就不敢保险。现在你来问我,这话就更加一层玄虚了。据书上说:周围共是七里,到处都有亭台楼阁,花木成林,或者有些夸张。”陈公干手摸了胡子,摇了两摇头道:“那绝不夸张的。现在北平的三海,不一样是人工建造起来的吗?周围就是二十多里。假使宋、元、明、清全在西安建都,我想这曲江池不难扩充到周围七十里。不过这曲江池,也许在百年之内,有复兴的一日。”他这句话,可把大家的精神提了起来。举目四观,黄黄的太阳,照在这平迤横卧的土阜上,除了眼前这干谷里几户人家,配了几棵树而外,浅草黄尘,没一点生气,不信这里会复兴起来。陈公干见大家这样望着,似乎有些诧异的样子,便知道他们的意想,笑道:“这没有什么奇怪,是一定的道理。你想:在中国这样经济恐慌、国防日削的情形之下,还容许整大片的土地让它去荒凉吗?我想西南像云南、贵州,西北像陕西、甘肃、宁夏、青海、绥远、新疆,一定都要人口繁盛起来的。因为在政治上,在人民生计上,一定会逼得人不能不向这里跑。好像这几年乡下人全往都市里跑一样的,不是偶然的事情。若论到东方人向西北跑,头一站就是西安。西安人口繁盛起来之后,第一项事,必定办水利,水利不讲求,农产森林,甚至于间接提到牧畜工艺,都谈不上。若办水利,至少也当办到以前的八水绕长安吧?你看,太白终南两大山,全在西安南方。引那山上的水到西安来,是必然之理。或者将来西安人的饮料,也就出在终南山上。若是引终南山上的水到西安来,或者由这里经过曲江故道,并非不可能之事。”高、费、伍三人听了他的话,都一同赞成。燕秋点头道:“这不是说笑话。我想陈先生说百年之内,还是把这愿许得太远;也许近在眼前,中国人就要逼得向西跑了。到了逼着向这里跑的日子,新起炉灶来做饭吃,恐怕来不及。所以我觉得开发西北这事,不是瞎叫两句口号,或者拟一篇演讲稿子,就算完事;必得说的人就到西北来干,自己不能来,帮着别人去,也是一样。能力只够凿一口井,就只打算凿一口井;能力能够种一百棵树,就种一百棵树。我预备了今天干什么事,今天就去干,成功不成功,那不必去管,就只问自己的力量尽了没有。”陈公干道:“这就对了。这是脚踏实地的干法,有了这种主张,四位就是打算步行到新疆,也丝毫没有什么为难。”

五个人说着话,顺了这一条向南平迤的土阜走了去。那汽车夫在大家前面走,便回转身来,只管招着手道:“各位先生向这里来吧,这里还有好看的呢!”健生将脚尖点着,昂了头四望,微笑道:“说是还有好看的呢,各位相信的吗?”陈公干笑道:“不错的,这里人谁都知道:雁塔过去,有个武家坡王三姐庙。大概他说的,就是这地方。”一虹道:“这不是说的旧戏里薛平贵做皇帝的一件事吗?这事毫无凭据,怎么还真有其地呢?”陈公干道:“民间故事,哪里会有真的。就有真的,经过几度民间传说,也就可以变成假的了。”大家说着话,顺了土阜,向东南走。汽车夫在先,已是把汽车早开到土阜的尽头等着了。在这土阜下面,是一条弯曲的洼地,已经有人种了庄稼。顺了这洼地向东,两面土阜夹峙,这洼地越来越窄小,变成一条很深的干沟。健生鼓掌道:“看了这种形势,陈先生说,曲江是由终南山引水来的,那很可明了了。这里就是当年渠的遗迹。我想这渠,必定要挖得很深,后来做庄稼的人,他没有填塞这干沟之必要,自然也就听之了。”大家说着话,在干沟里走。

在干沟的南岸,层层土坡向上,闪出一所白墙红檐的瓦屋。在土崖边一带,黄土短垣当了栏杆,配着两三棵白杨臭椿,都是很瘦小的。远远听到有一阵木鱼声,那可以证明,这正是一幢庙。在南北两岸之间,有两块板子搭着,当了木桥,这是更证明这条干沟是水渠的旧迹。大家过了桥,到了那土栏杆里的平坡上,果然这里是一所庙。庙的构造是很简单,在一座穿堂式的屋子里,塑着一个长方形的土台,上面有两尊泥像,都不过二三尺高:一尊是男像,服饰是蟒袍玉带;一尊是女像,服式是凤冠霞帔。这无须去研究,是薛平贵同王宝钏了。穿堂后有个小殿,是半土窑式,因为这庙是在土坡的二层,上面还有两层呢。后殿前面是瓦屋,后半截凿进土崖里去,那里当着神龛,垂了红幔,幔外也供了香案。游人来了,就有一个老道来张罗茶水,求一点香火钱。据老道说:红幔侧面,有个土洞,可以爬到上层去。那里是当年王三小姐守节的所在。大家一看那土洞里漆黑,进去是要蛇行的。虽然老道说了,可以给盏灯引了进去,大家明知这个故典是撒谎的,也就犯不着去做作这无味地探访了。老道又说:在这庙对过的北岸上,那土坡中间,并排有三个土窑,当年王三姐辞别相府,就和薛平贵住在那里。大家随了老道所指的地方看去,果然在土崖下,有三个窑洞,都用黄土砖把门塞死了。一虹笑道:"现在的人,真有这闲工夫,做了一幢庙,一定还要附会着做三个窑洞,来证实王宝钏这故事。不过这故事既是毫无根据,何以这样深入民间?"昌年许久没作声,他现在忍耐不住了,笑道:"这一大半是戏曲的力量,何以会产生这种戏曲呢?这是社会上一种生活反映。"燕秋笑道:"昌年对于一件事情,要下起什么批评来,总有些见解的。你说吧,社会上怎么有这样一种反映?"昌年被她这句话一奖励,更是眉飞色舞。虽然健生、一虹同用眼光瞟了他一下,他也毫不理会,笑道:"譬如梁山伯、祝英台这件事,也没有什么根据,社会上是宣传得非常地厉害。旧式年青女子,尤其喜欢听这个故事。这当然是旧社会里,婚姻不自由的一种反映。那些妇女们,自己是得不着自由的婚姻了,就借了这个故事,将自己来刺激一下。至于武家坡呢,这是一个反民族性的故事,而鼓励妇女们守那片面的贞操,尤其是大拂人情。然而这个故事,在戏曲里,占了极重要的地位,又是什么缘故呢?这也是一种社会生活的反映,据我想:这个故事,不会完全是捏造,必是远在宋元当兵的人编出来的故事,多少是根据了一些事实,而加以烘托。他们恨主帅冒功,恨主帅克扣军饷,恨主帅结党营私,所以戏里有苏龙做元帅,王宝钏算粮;王丞相本参薛平贵,以至于魏虎想害死薛平贵的那些故事。当兵的被压迫,无可发泄,直恨到专制皇帝身上去,于是薛平贵做了西凉天子,来取大唐天下,大大地报仇。至于王宝钏的产生呢,因为以前当兵的在外多年,家室飘零,在所不免。而中国社会又是看不起当兵的人,说什么好铁不打钉,在戏里所以极力抬高当兵人之前程远大,军人之妻,很能争气守节。而军人之妻,且是个丞相之女,这完全是一种过屠门而大嚼的玩意。社会上看这戏,只注重王丞相嫌贫爱富这一点,把其余的忽略了。所以不觉得它反民族性。何以说反民族性呢?中国的通俗文字,总是尊王攘夷的,故事里的主人翁,若是拜帅封侯的话,他必定出征过红毛国之类,当然是汉胜番败。薛平贵这故事反过来了,他是番胜汉败。我想薛仁贵、柳迎春的故事和这事大同小异,那故事为了历史所限制,不能报仇到皇帝身上去;所以薛仁贵终于平辽封王。这个故事抛开了历史,可以畅所欲言,就闹得大登殿来结束了。二薛的故事,都是暴露主帅无恶不作的,似乎还是同一个来源取的材料。不过将材料到手,写得情节不同,地方不同罢了。我的意思如此,各位以为如何?"一虹连连说好。燕秋也点头道:"你说这是军人被克扣军饷编出来的故事,这实在发人所未发,确乎有相当理由。若不出之军人之手,不会有那样沉痛的描写。这故事,恐怕还是西征军人所编。所以老实就借用西凉国来报仇。在西北,这戏不叫武家坡,叫五典坡,所以这个地方,实在也叫五典坡。"陈公干道:"怪不得我在大街上看那贴的戏报子,很大的字,写着全本五典坡;原来就是武家坡。为什么东方人叫武家坡呢?"燕秋道:"此地人,'天'念着'千';'典'念着'检','五典坡'就念着'五检坡',东方人大概把'检'字错成了'家'字,又以为'家'字上,必是一个姓,所以用了'武'字了。"一虹连连鼓着巴掌道:"今天算没有白逛,得了不少的妙论。各位关于武家坡这件事,还有什么意见发挥的没有?我很愿意听听,将来我可以做篇文章,题目是在武家坡上论武家坡。"健生笑道:"你太老实了。现成的一个时髦题目,你怎么不知道用?就是武家坡座谈会。"一虹笑道:"这倒可以用的。"说着,四面张望,因道:"这简直是一条干沟。当年修庙的人,怎么会在这地方建起庙来?"燕秋笑道:"若是把庙建在很好的地方，请问，对于破屋寒窑这句话，何以自圆其说呢？”一虹道：“这话很有理，不知道盖这庙的人，何以要这样伪造证据，实行这个愚民政策？”陈公干道：“也无非崇拜古人之一念罢了。不过，也可以看到民间知道尊重女权，他们不叫这里作薛平贵庙，可叫这里作王三姐庙。”燕秋笑道：“他们哪是尊重女权？他们乃是欺骗女子。立这庙在此地，就暗示着做女子的人都该学王三姐，去守节受苦十八年。而丈夫尽管在西凉招驸马做皇帝。这话又说回来了，这也不但盖这庙的人如此，普天下男子都是如此。”她说了这话，男子们都微笑着打了一个照面。燕秋笑道：“我这话，好像说得重一点。其实，古今人的心事，不会两样。不过现在受了新教育洗礼的人，让女子守片面贞操这句话说不出口来罢了。走吧，我们还可以看看大雁塔去，不要叫陈先生的汽车老在这里等着了。”

大家随着燕秋后面，走出了干沟，就坐着汽车，向慈恩寺而来。汽车所走的土阜，恰是两面夹了一道洼地，由这一点，大家全可以看出这里和曲江故道的关系来。到了慈恩寺，那后进的雁塔，挺立在面前，塔上有些小树和长草生长着。加上两三只野鸟，在那塔顶上飞来飞去，这就会引起人一种吊故的情感来。一进这个庙，颇有些与其他的不同：就是走进庙的前院，在地上重重叠叠立了许多石碑。健生道：“呵！碑林在这里。”燕秋可就接嘴笑道：“照你这样说，那也太小视碑林了。碑林里岂止这几块碑？一虹！你知道这碑的来历吗？”一虹走上前一步，和燕秋并肩走着，笑道：“据传说，唐朝的新进士都在这里题名；又有人说，不一定是得了进士就在这里题名，不过曲江饮宴之后，进士们喜欢在这里题名罢了。所以雁塔题名，就是古时读书人一种荣耀。也可以想到这慈恩寺的雁塔，是以前曲江的风景之一。想当年的曲江，必定水流到这庙前来。”陈公干道：“岂止庙前，我有个朋友，住在现时西门里，地名是龙渠湾，那里就是一道水渠。由西门到这里，大概有十里吧？”一虹道：“在唐朝，长安城很大，这雁塔原是在城里的。水既进了城，自然全城都可以流到。不过那工程总是不小。若是唐以后的人，对于长安的水利以及一切建筑，像雁塔这样的保留着，比现在的北平那还要堂皇富丽。”燕秋摇头道：“不要讨论这些了，越讨论着，越是让我们心里难受。”陈公干笑道：“杨女士！真是个热心人;若是西北的女子都像杨女士这样,西北复兴起来是没有什么问题的。”燕秋笑道:“陈先生!你也把我看得太高了。我自己看来,不过是个平常的女子,我不希望做英雄,自然也做不上英雄。”昌年道:“打倒英雄主义,那不过是句口号罢了。社会主义国家的苏俄,他们一样的有英雄,一样的崇拜英雄,死去的列宁和活着的斯大林,就是他们的英雄。他们若不崇拜英雄,要看中国旧戏,为什么不聘请几个筋头虎、跑龙套去,却要把青衣大王请了去呢?我们要知道:喊口号打倒英雄主义的人,他自己就是想做英雄。其实英雄不必反对,尤其是现在的中国,我们要想把这一盘散沙似的民族团结起来,非请几个人来领导不可。这领导群众的人,又非得大众信仰不可。那么,那个人就是英雄。譬如我们三个男同学,不崇拜你是一个英雄,就不会让你引导着到西北来。”燕秋笑道:“哦呵!你绕了一个大弯子,却是给顶帽子我戴。我……怎么敢当呢?”她说到那个“我”字的时候,声音拖得很长,同时将眼睛瞟了一眼。那健生却站在一旁,都看在眼里,心想:一虹的嘴会说,昌年的嘴更会说。无论燕秋怎么自命不凡,总免不了喝他两人的迷汤。我是老老实实地和她说话,她就常是给我钉子碰。现在的社会,有多少男子是被女子领导着的?昌年他把别人拉扯在内,都说是被燕秋领导着,这话我有些不服。无论如何,她比我要少念好几年书,她就不能领导我。不过健生心里这样想着,口里可没有法子去抗议。

进了庙以后,原是一虹同燕秋走在先,现时昌年也赶上一步,三人一齐走了。健生乐得和陈公干走在后面,他想到处处遭着燕秋的冷视,追逐着也太无卿。自己是学科学的人,功课是一天间断不得,跟到西安来,已经是牺牲不少;继续跟到甘肃去,也不过如此,牺牲就太厉害。我的身体,我自己可以自主,决定在今天对燕秋表示我脱离这个旅行团体回南京去。我放弃我追求的计划,让他这两位会灌迷汤的人去追逐上前吧。他心里如此地想着,自然步子透着十分的迂缓,远远地看到前面三个人走上台阶,围在塔门口看一块碑。高一虹反着一只手来,向健生招着道:“你来看,这是碑帖里最有名的一块碑,褚遂良写的圣教序。”健生一切都灰心了,哪里有心去看碑文,笑道:“就是把兰亭碑摆在这里,我也引不起兴趣。我有两年来没用过毛笔，写字全是用自来水笔的。”陈公干道：“虽然如此，唐朝人写的碑，而且又是天字第一号的名手，便是当古董看，也应当瞻仰一下。”他说着这话，就拉了健生走。健生见那碑倒是完好的，含糊地看了一遍，回头看到塔门洞开，他就走进塔去。

这雁塔里面，却是和平常的塔不同。那四周的砖墙，不过是塔的躯壳，塔里面原是空心的，绕着塔的墙，用木板架着螺旋形的木板梯和小平台，一层层地转了上去。健生忘其所以地，只管向上走着。每到一层，就在塔门里向外张望，这就听到下面有了人声道：“这个塔建筑才是大工程，比开封琉璃塔伟大呢。那琉璃塔是实心的，虽然不用一寸木料，反正把砖堆起来就是了。这个塔是空心的，可是不好建筑。古来没有钢骨，也没有水泥，这样高的建筑，不知道那位工程领袖是怎么设计的？”这是陈公干的声音。就听到燕秋答道：“了不得！我们到了什么地方，都说古人好，这样开倒车的议论，可拿不出去。健生哪里去了？他对于工程多少有些在行，可以问问他。”健生心想：也问问我了，可是迟了，我不屑于答复了。他一人在高头，只管四处张望。等了他下塔的时候，其余的人早在塔门外等着了。燕秋笑道：“我们以为你没有上塔去呢，原来你在最上一层。”健生道：“你们谈碑帖，我不在行，我只好一个人孤独地去登塔了。”说时，他带了淡笑。燕秋这才知道他有了不高兴之处，这也就不便深谈了。大家游过了大雁塔，精神都已疲倦；虽然还有小雁塔在望，大家急于要回旅馆来休息，也就不再去游览了。公干总是那样热心，又用汽车把他们送回旅馆来。

到了旅馆里，燕秋自进到她的屋子去了。高、费、伍三人关了房门，来换小衣，因为由潼关来，全身是土，早起不曾换得，现在沾遍了汗，实在来不及等待了。不想正在大家换衣到半中间的时候，茶房咚咚地敲着门道：“先生快开门！匪来了。”三人听说都是一怔：西安城里，青天白日，会有匪？健生道：“什么？匪来了。”茶房答道：“不是，送匪来了。”匪？健生好不明白，他说不是匪，又送匪来了，只好打开门，看他闹些什么。开门时，见茶房提了一把白铁壶，大概是送水来了。一虹笑道：“好家伙！你送水来了，为什么说匪来了？胆小的要被你吓掉魂。”茶房拍着壶笑道:“我们叫匪。”昌年笑道:“我明白了,你们叫水是匪,对不对?”茶房答道:“那个字音有点相像,你们东方人分别不出来罢了。”一虹笑道:“这一件事,我们回东方去,倒可以向人说明一下,可以减少做西北旅行的人一点误会。”大家借了这题目谈笑一阵,喝点水,就吩咐茶房去叫饭菜。

可是燕秋自回旅馆以后,就不曾出面。大家始而是不大注意,后来,到吃饭的时候,燕秋依然不曾出来。一虹就走到她房门口去叫了一声,说是饭菜都叫来了。燕秋躺在床上答道:“我精神疲倦极了,坐不起来,你们先去吃饭吧,不用等我了。”一虹又不便一定要走进房来,只好去吃饭。饭后,大家休息了一会,坐着也是无聊,又商议要出去游览。再去看燕秋时,竟是盖着被睡着了。昌年道:“一个人就是疲倦了,也不会疲倦到这般样子,不要是她病了吧?”他说着,就不避嫌疑,先进房去。伍、高二人也跟着,到床前向燕秋脸上看时,两块脸腮,已是红红的,眼睛闭着,成了一条线缝。昌年当了人面,倒是很大方的,伸手到她额头上按摸了一下,将手猛然地向怀里缩着,似乎有大吃一惊的样子。他道:“这还了得,烧得很厉害呢!”他这样说着,可把燕秋惊醒了。因睁开眼来,向大家望着,摇头道:“不要紧,我今天早起穿少了衣服,受了感冒,睡一会子就会好的。你们三位只管出去玩,让我好好地休息半天吧。”大家听她说话像平常一般,就安心了。行囊里带得有旅行药品的,找出一瓶阿司匹灵,就分两颗给她吃了。据她表示:在西安没有什么耽搁,假使明天病好了,后天不走,大后天一定走。三位要游历,还是趁了这机会去吧。高、费、伍三人虽然明知道她发烧,大家心里都避着嫌疑,不便说在家里伺候她的病。燕秋又说:“这里省立图书馆很有些古物,可以去看看。开封古物馆多殷代的东西,这里多周代的东西。”她一定要大家出去,大家也不便执拗着,吩咐了茶房,好好地看待,大家就出门来。好在西安街道就是那么几条。访问了两个路人,就找到了图书馆。不想在图书馆里看古物的时候,又碰到了袁伯谦。他一定要拉着三人到他学校里去看看。昌年倒也愿意看看学校里情形。健生可就想着:趁了他二人不在旅馆,我去和燕秋表示要回南京吧,便道:“你二位去,我应当回旅馆去看看病人。万一病加重了,我们全下在旅馆,似乎也不妥。”高、费二人却也同意。

健生自回旅馆来,他先走到燕秋房门口看看,她在里面听到脚步响,就用很细微的声音,叫了两声茶房。健生料着是进房去无碍,就推门走进去了。只见她侧脸睡在枕上,腮上依然没有褪尽红晕。她上半截没有盖被,露了两只光手臂,健生笑道:“我的小姐!这是玩的?你受了感冒的人,还这样贪凉?”说着,就牵起被头,向她身上盖着,因问叫茶房做什么?燕秋道:“我叫茶房去给我买酒,不知买来了没有?”健生道:“你还能喝酒吗?”燕秋笑道:“不要紧,我喝的是甜酒。”健生这就出去,叫茶房送了酒来。酒是用把小铜壶盛着,放在床面前凳子上。燕秋抓了床里的衣服披上,就靠了床头的壁子坐着,向健生点点头道:“劳你驾,拿个茶杯来。”健生知道她是要喝酒,这就拿起小铜壶斟了半杯,看时,那酒却是白色的,问道:“这不是我们南方的米酒吗?”燕秋接过茶杯,先端起杯来,抿了两口。健生这时忽然想到:南方女子,常因为身上有某种病买米酒喝的。那么,自己只管问人家,也就觉得太冒昧了。他如此地想,就不作声了。燕秋却是不介意,她就笑道:“你觉得这是米酒吗?这可是最著名的新丰酒。所谓‘新丰美酒斗十千’,就是这种酒。在唐朝,已经是形之于歌咏了。”说着,她一仰脖子,把杯子里那些酒全喝了。健生想到她喝酒,或者是一种需要,这就索性满满地斟上一杯,递给了她。燕秋接了杯子,慢慢地呷着,因问道:“怎么你一个人回来了?”健生道:“他两人让姓袁的拉去参观学校去了,我想着你一个人病在旅馆里,容易感到寂寞,所以我和他两人说明,回来看看你的病。”燕秋点了头道:“这倒多谢你了,我倒不怕寂寞,害病可有点怕。你想,若是真的病成功了,在这里进不能进,退不能退,那可糟了。”说着,将酒杯递给健生道:“那壶里还有酒吗?你可以尝一点。”健生看那杯子里,还有大半杯,也不考量,送到嘴边,就呷了两口,因笑道:“果然是又香又甜。”说着翻了杯底,一口喝个干净。放了杯壶,在对面椅子上坐着,望了燕秋道:“你的气色,已经好得多了。不过你整天地不想吃饭,这也不是办法。你想吃什么吗?”燕秋将身上披的衣服拖到床里边去,又缓缓地躺下,将头在软枕上蹭了几下道:“我还是想睡觉。”健生道:“我叫茶房给你煮两仔挂面吃,不好吗?”燕秋微笑道:“多谢你的美意,再说吧。”

健生本是想和燕秋开口自己打算回南京去的;不过刚才她喝不了的半杯新丰美酒让自己喝了,立刻教人心里荡漾起来。这就想着:她喝不了的东西,很大方地给人喝,可以想到她这人落落大方,绝对不把什么嫌疑关系放在心里的。这样看来,他对于高、费二人,也不见得有什么特别亲密之处的。这是在她无意之间,分半杯酒给我吃的这一层上说;若照有意这一方面着想,那就不必提了。在人家这样表示好意,而且又是在生病的时候,我向人告辞要回南京去,这也太不近人情。既是怕向西北去,根本就不该来;既然来了,谈不上回去了。他自己想了议论去驳复自己的意思,因之由潼关起计划着回南的那几句话,简直说不出来,只好默默地坐在椅子上,和床上的病人相对了。

第十九回　把脉坐床前情词恍惚　追书来天外意态殷勤

北方女子,有以下这样几句歌谣:“男子心,海样深,看不清,摸不真!”这不管它是否定论,而杨燕秋对于这三个男同学,却是陷在这个状态中。当时伍健生默然地坐在她病榻对过,在那里默想着,怎样向她开口,说是自己要回南京去。燕秋却是猜到一个极端的反面,以为她病了,健生心里难受,所以默默相对。于是向他微笑道:“我这是一点感冒病,极不相干的事,没有什么关系。你在外面跑了回来,当然是累了,可以休息休息去。”她如此说了,健生更是不忍把自己的心事说了出来,便笑道:“换个环境游历游历,事事都感到新鲜,也就不觉得什么疲倦。你在炕上很寂寞的,我陪着你谈谈吧。”燕秋对于这个办法,似乎是表同情,便将枕着的两枕头,叠高起来,撑住了自己的肩膀,头就撑在墙上,分明又是提起一些精神来了。健生笑道:“这新丰美酒似乎帮助着你不少,要不要再喝一点?”燕秋摇摇手笑道:“我是刚刚的清醒一点,再要喝酒,我又得醉倒了。”健生用手搔搔头发,有一句想说的话,好像是到了嘴边,却又忍回去了。燕秋望了他微笑道:“你有什么话要说?现在又不说了。”健生又伸起手来,搔了几搔头发,然后在屋子里踱着打两个旋转,笑道:“我看你这情形,恐怕不是病。”这话不能不让燕秋惊异一下子,问道:“哟!我怎么会不是病呢?难道……”健生当然不能让她把话说了出来,因笑道:“你不要误会。我是说你到了西安来以后,不免受着重大的刺激;你是伤感,不是感冒。”燕秋笑道:“原来你是这个意思,当然也是有一点,不过我自己想着过去的事,和现在痛痒无关,回想些什么?而且再向西走,哪里不够让我感伤的?若是只管感伤,我回西北来想做的事情,那就没有精神去提倡了。”

健生回转身来向她正面对立着,凝神了一会,还是坐到椅子上去,将颜色振作了一下,带了笑容道:“我有一句很冒昧的话,想问你一问。”燕秋听着,心里不免荡跳一下;然而她对于这三个男友的态度,那是早有成竹在胸的,立刻自己镇静了,微笑道:“我认为无所谓冒昧不冒昧,果然是很分明的一句冒昧话,我想你也不会说出来。”这句话听着好像是平淡;仔细研究起来,那就很厉害。因之他又搔搔头笑道:“当然是不能太冒昧了。因为你屡次表示,回西北来是要做一点事情。西北须要建设的事情,那是很多很多了,不知道你是打算向哪一条路走?”燕秋头微微地一昂,笑道:“哦!你问的是这个,我也曾经表示过的。就是我自己,现在也说不定,只有看事做事。我很想在甘肃做一个县知事老爷;不知省政府可肯给我?若是我能够做到的话,请你当我县里的建设局长吧。”她很高兴地说着,嘻嘻的笑了起来。她把很正经的话,用那谈笑态度出之,这叫健生却不好郑重地向下说。然而也同时有了疑问,她要回去干什么,为什么不能发表?她以前表示,不过是回甘肃去寻找父母,所以大家想着陪她走上一趟西北,这也算不了什么。现在她的表示,好像并不是回来寻到家里人就算了,大概要留在西北不走的,这里就有了问题了。假使和她恋爱成熟,以至于结婚了,是她跟了丈夫回江南呢,还是丈夫跟她住在甘肃?据我看来,她是个性很强,绝不能跟了丈夫走的。健生刚刚是把回南的意思,按捺着不曾说出,现在却又鼓动起来,于是在屋子里踱了两个圈子。燕秋以为自己的话,说得人家下不了台,应该安慰人家两句才对,于是向他笑道:“健生,你坐下来,我有话同你说。”健生见她在病容上,带着一种祥和的样子,那就更觉得她是很温柔可爱,便道:“你不嫌累吗?我看你还是好好地躺着吧。”说时,走到床边,有伸手来和她牵被头的意味。她倒是坐了起来,乘势握住了健生的手,向下拉了两拉,笑道:“你请坐下!和你说两句话。”健生是和她交朋友有两年了,有时自信是她朋友中最亲密的一个,然而她为人很大方,可又很矜持,谁也不敢和她说一句玩笑话,更不用说拉拉扯扯了。现在突然地被她握住了手,这实在是一种意外的荣宠,立刻身不由主地,在床沿上斜了身子坐着。燕秋笑道:“我刚才所说的话,你一定以为我对朋友不诚实,把那摸不到边沿的话来敷衍你。其实不然,我说的,正是心里头的话。”健生道:“我并没有说你不是实话呀,你何以说出这种话来?”燕秋笑着道:“我看你的态度,很有不以为然的样子呢。”她说着话,两手牵了被头向上拉,身子缩了下去,似乎有些受累了。健生将眉头皱着,对她脸上注视了一下,因道:“你两边脸上红红的,是醉了呢,是又发烧了呢?”燕秋道:“你不管我怎样,你等我说完我的话。我刚才说回去干什么,自己也说不定,那是实情。你设身处地同我想想,我是一个漂泊无依的少女,就是自己生活问题,也不能说绝对有什么把握。谈到回家乡去建设,我既无财力,又无人力,我能预定做些什么事出来?我将来只是看机会看形势,容许我干点什么,就干点什么。也许什么也干不成,立刻回到南京念书去。因为最近我有点感想,我年纪太轻了,到社会上来做事,恐怕是得不着人家的信仰,而况我根本上就没有念过多少书。拿这点学问去做事业,实在也有点近乎笑话。”健生觉得她这些话,句句都说在自己心坎上,不由得站起来,连连鼓了两下掌道:“不是你自说这话,我就不敢胡说。平心而论,我们现在青年时代,好比开公司一般,现在还是招募股款的时候,并不是做买卖的时候。若是股款还没有募足,就要出来做生意,纵然勉强开张,那也没有多大的精彩。不过你趁了自己的环境有些变化,回西北来探探家乡,这是应当的。若是就出来服务,那是免不了有许多困难的。”

燕秋似乎继续同情他的话,嘻嘻地笑着。然而她的笑容却不自然,一会儿工夫就收敛起来了;同时,她两个脸腮上,越现着红上眼眶去。健生注目看了一看,又走进一步俯了身子,向她脸上望着道:“你还是烧得很厉害,为什么还挣扎着和我谈天?”燕秋有点喘气了,但是露了牙,依然带着强笑答道:“我自己并不理会。”健生两手撑在床沿上,对了她脸上望着,问道:“我可以摸摸你的额头吗?”燕秋半闭了眼,向他点点头,接着又微笑道:“这很奇怪,你为什么和我这样拘谨起来?”健生伸手向她额上一摸,果然很烫手。于是摇摇头道:“这可不是闹着玩的,你好好地盖着被,出些汗吧。”说着,立刻到自己屋子里去,将一个试温器取了来,同时带了一条新手绢,将试温器擦了又擦,揩了又揩,才送到她嘴里衔着。自己坐到旁边,看定了手表。直等过了五分钟,才由她嘴里将试温器取出来看,皱着眉,顿了两足道:“不好,不该和你说许多话,把你劳动了。现在烧得三十八度六了。”燕秋闭了眼答道:“现在我有点昏沉沉了,也许是酒喝坏了,健生!你把把我的脉搏。”

说着,由被里伸出一只手来,仰了手脉,向床沿上放着。健生看到她是那样毫不介意,对于一个病人,绝没有避嫌疑之理,因之右手按着她的手脉,左手抬起手臂来看手表,便是因为向来没有这种训练,始而在一分钟内,暗数着脉搏,只有五十多次。照说,没有这个道理,恐怕是自己把表看错了;好在自己的手表是有计秒针的,等针在一秒上开始行走的时候,才来暗数脉搏。不想数到三十秒的时候,对燕秋脸上注意了一下,这暗记的数目,一分钟数完,脉搏是一百六十多次。这更不像话,怎么和先一分钟会相差这样的远?心想:数一分钟的工夫,也许是太长了。这回看三十秒钟好了,数完了,再加一倍,不就对了吗?于是等手表上的秒针,在一秒上走着,再暗记起来,不想大意一点。直等到了四十秒的时候,才想起过了预定的时候,立刻停止,仿佛着脉搏是六十多次,照六十秒,推算,一分钟该九十多次。心想:怎么回事?三回说的数目,三回截然不同,得静心静意,好好地再来试一遍,这就可以得一个确实的数目了,于是又来再做第四次的测验。可是他先后试了四次,中间又沉吟了两三分钟,他数燕秋的脉搏,就快到十分钟了,岂有数脉搏要这些时间的?燕秋便缩了手问道:“你没试出来吗?一分钟多少次?”健生慌了,立刻立了起来,向她答应不迭地道:“试出来了。我很奇怪,怎么你的脉搏只八十次上下,和好人差不多!”燕秋道:“我现在觉得也是烧着难受了,怎么脉搏倒平常得很呢?”

健生正想答复她这个问题,却听到窗户外边啪啪打着响。走出来看时,却是一虹,拿了布掸子替昌年扑去身上的灰尘。因低声道:“她的病加重了,怎么办?”一虹道:“她的脉搏,不是和好人差不多吗?”健生这就知道他们在窗外已经是站立了一会子了,因笑道:“要我做医生,那是个笑话。我把了她的脉有五分钟之久,始终是没有查出一个正确的数目来。”昌年悄悄地道:“你把的是手背还是手腕?”健生拍了他的肩膀,也悄悄地道:“你骂苦了我。”大家笑着就走进屋子里去,这就看到燕秋紧闭了两眼,两腮连眼圈都是红的;她胸前微微地闪动着,那是可以知道她如何地呼吸短促。高、费二人对望了一眼,表示着惊讶。健生低声道:“当我回旅馆的时候,她都有说有笑。就是这会子工夫,一分钟比一分钟沉重。依我想:这不是随便吃点药丸子就有把握的，我看还是请位医生来看看吧。”高、费二人也都同意，还是由一虹打了电话去问袁伯谦，知道西安城里，仅仅有个半官立的医院还靠得住。此外，他不敢保荐。医生是很忙，随便一个电话，是请不来的。一虹听说，便听了他的话，自己坐了车子到医院里去请医生。

那医生也是由东方来的，倒是顺了一虹的请，跟着来了。他诊察了一遍，说是重流行性感冒，紧是不要紧，但是要好好地调养，免得出了别的毛病。他们得了这样一个警告，也就把游览的心事收起，大家住在旅馆里不敢走。就是出去，三个人之中，只走一个。好在这流行感冒，虽然来势很猛，然而也就是那一会子。到了第二日，病势就见轻些；一直闹了三四天，燕秋才算脱了危境，可以在屋子里走动走动。她见大家都在屋子里陪着她，这就笑道：“这是哪里说起，无端病了一场，把三位闷在旅馆里好几天。”一虹道：“这不算什么，只要你的病好了，一天云雾全散，我们在旅馆里休息两天，那倒很舒服。”燕秋皱了眉道：“我的病虽是好了，精神还是十分不振作。不休息两天，恐怕还是走不了。”健生道：“休息两天就休息两天吧，这有什么要紧？而且西安还有许多地方我们都没有去。在你休息的时候，我们可以出去调查调查人情风俗。”燕秋笑道：“我想起一件事来了。那天你给我诊脉搏，很久很久的时间，你不肯发表出来，我现在明白起来了，必定是我的脉象不好，不肯说。你以为怎么样，以为我会死吗？”健生见她在大家面前提到这件事，就有些惶恐，因之脸上红了起来，笑道：“那倒是不至于，岂有一病就会死的！不过我眼见你病势来得那样陡，我的确有些心慌意乱。”燕秋扶了桌沿，站起来，向健生点了一下头道：“我多谢你这番诚意。”健生在以往看到她向高、费二人表示好感，心里是怀着老大的醋味，现在当了高、费二人她这样的表示，那是比较更要受宠得多。心里这番得意，简直是不能用言语去形容。笑着站起来阿哟连声，因笑道：“我们同伴旅行，也可以说是同舟共济。你病了，我们岂有不着急之理？”燕秋道：“虽然如此，我总应当感谢的。今天总算十成好了八成，各位可以放心，让我在旅馆里休息，你三位还是出去玩玩吧。”健生道：“虽然如此，我想至少该有一个人，留在这里和你看护着，才可以放心。”燕秋笑着摇摇头道：“不必不必！难道我这样一个人,自己还不会料理自己的事吗?”昌年道:“并不是那样说,因为你身体没有复原,也许自己有点受累,譬如要大声叫声茶房,也是吃力的。有个人在旁边陪着,那就可以替你代劳,用不着叫出来了。”燕秋笑道:“多谢各位替我留心,但是我想也不至于那样吧。”她说着,样子很随便,好像表示果然有人在这里陪着,她也是很欢迎的。

健生是最肯用心的人,看看高、费两人的态度,对于自己的行为,似乎有些不满,便笑道:“我今天想出去买点东西,你两位留一位在这里当看护吧。”高、费二人看了一下,也就说不出来,一定要他在旅馆里,而况他说这话,是有意避嫌,也很明了的。昌年道:“一虹正要腾出工夫来写两封信,今天让他在这里写信,带做了看护吧。”一虹听了,还有什么话说?因为这个差事,是只许相就,不许推诿的,便向着大家微笑了一笑。燕秋也微微有点感到他们命意之所在,于是向他们道:“这倒也是劳逸平均的,每人单独地当我看护一次;只是我身受的人,有些承担不起。”健生道:“若我病了,说不得有劳三位,也是要和我当看护的,有什么承担不起?”昌年道:“你根本就不会病,你不是叫着健生吗?”健生借了这问题,一阵哈哈大笑,就走出了房门去。

昌年搭讪着,走到桌子边来,将茶壶提起很从容地斟了一杯茶喝,手里捧着茶杯子的时候,嘴里慢慢呷着,笑道:“燕秋对我说过,统共西安城里十几万人,都喝的是西门城里一口井的水,这是透着新鲜,我要去看看这口井。”燕秋道:“这个你不要误会,并不是西安城里只有这一口井,不过全城只有这口井水甜而好喝。再说到全城人的全字,也大可斟酌,也不过是一部分有钱的人,可以买那里的水喝。”一虹道:“你这一说,我明白了。昨天我看到一辆独轮车子,推了八只小桶,每只桶,也不过一斗米的容量,我以为这里面装的是酒,我就问车夫是什么,他说是西关水。当时也就很奇怪,水为什么用这样小的桶来装?原来是很宝贵的井水,这水多少钱一桶呢?”燕秋道:“这不一定,看要水的人离井多少路?越远就越贵。这个地方是东城,茶水铺里去买一大壶西关水,大概非一百文不可了。”一虹道:“那还了得!比南方的自来水贵得多了。”燕秋道:“可不是!最妙的,就是在这井不远的地方再打一口井,那井里的水,就相差得很远。”昌年道:“这样说,这口井,很够神秘,我要去看看。”说着他也走了。

一虹因为真的和燕秋对面坐着,情形实在有点尴尬。于是搬了纸墨笔砚到桌上,开始来写信。因为不便绝不理会燕秋,因之写一会信,又和燕秋闲谈两句。写了两封信,所耽搁的时候却也不少。在这时,却听到门外有人叫了一声老高!一虹听那声音,知道是袁伯谦。他是燕秋所不喜欢的人,如何可以让他进来?便答应一个哦字,同时走出来迎住了他。袁伯谦早是眼睛笑着眯成了一条缝,握了他的手摇撼着几下,然后笑着低声说道:“你怎么两天不到我那里去?我那里放着有你三封信呢,你去看看吧。”两人说着,一边向外面屋子里走。一虹道:“你这人做事未免太想不开。你既来了,为什么不把信带来?倒反要我到你那里去。”袁伯谦道:“你说我想不开,你才是想不开呢。那信若是可以随便带来的话,我为什么不带来?而且我也想不到和你一个人在这里说话。”一虹望着他的脸,沉吟了许久,便道:“你这是什么意思?我不大懂。”袁伯谦笑道:“不管我是什么意思,反正你跟了我去,你就明白了。”一虹道:“我们杨女士病了。另外两位同伴都出去了。我得在这里暂当看护的责任。”袁伯谦向他脸上看了很久很久,微笑道:“你们的杨女士!这句话有点不合逻辑吧?杨女士就是杨女士,不能属于哪一方面的吧?”一虹笑道:“你倒底为什么来了?我和你谈到正当问题,你又扯上这不相干的话上去了。你为什么不带信来?很远的路,倒要我去看。”袁伯谦笑道:“我是把话告诉你了,尽了我的责任;假如你不相信,我就把你的信,公开地送来,到了那时,你可不要说我冒失,你自己心里的事,你自己应该很明白。你究竟和人约会过指着我这里通信没有?”这句话算是把一虹提醒过来了。自己在开封会到洪小姐,曾和她备在日记簿子上留下了通信地点,自己曾说,假如她有信,可寄到西安袁伯谦这里转。自己虽然有这种希望,可是和洪小姐的交情太浅了,却不敢望这事做到。现在袁伯谦一说,分明是她的信了,便道:“信是由开封来的吗?”袁伯谦微笑,并没有答复。一虹道:“若是由开封来的,也许就有这样一回事。”袁伯谦两手插在西服的裤袋子里,大开着步子,打了两个旋转,脸上笑着,放出那很调皮的样子来。

一虹看了这情形，那越发是对的了，便低声道："其实你把信带来了，也不要紧，谁没有朋友的信来往？既是你没有带来，我就跟着你去看吧。"伯谦道："那么，不用和你们的杨女士去当看护了？"一虹真想不到洪小姐会有信寄了来，信上究竟说的是什么话呢？这实在是自己所急于要知道的事情。拿起帽子戴着，就和袁伯谦一同走了出来。也是自己走得匆忙，竟忘了到里面去和燕秋说明白一声。

走上了大街，袁伯谦笑道："你请我吃个小馆吗？信我带在身上，到馆子里去看，不很妥当吗？"一虹道："这人太岂有此理！不过要敲我一顿吃，这样前言不符后语，现在信又带在身上了。"伯谦笑道："无论如何。我总是一番好意。你既不肯请我，好人做到底，我来请你吧。"说着，他便走进了路旁一家菜馆。一虹虽是在后面跟着，口里可道："现在不过四点钟，吃饭未免早一点吧。"两人走进一个小单间，那伙计跟了进来，就插言道："怎么会早？现在吃饭，不正是时候吗？"伯谦笑道："这也是你寻风问俗所应当知道的一件事。西安人吃两餐，请客上馆子，是以四点到五点为宜的。"一虹道："要酒要菜，一切请你包办；会东可是我的事。至于那几封信，我想现在不会又是在贵校没有带来吧？"袁伯谦带着微笑向怀里摸索着，一把掏出三封信来，放到鼻子尖上嗅一嗅，又用手拍了两下道："女子总是富于情感的。这里还有一封航空快信呢，你拿到一边看去。我不要刺探你的秘密。"说着，他将信递给一虹手上。看时，那信封上面，就写的是几行娟秀整齐的字，一望而知出于女子之手的。信的下款正是写着开封洪寄，这可不就是朗珠小姐写来的吗？心里一阵愉快，脸上就泛出了笑容。在这三封的信皮上，样子各有不同；有仿古花纹色的，有玫瑰色小洋信封的，有湖水色暗印着花堆的。不但信封不同，而且在信封上所写的字，也很有分别；有的写了正楷，有的写了行书，那仿古花纹的信封，还是写着隶字。在这上面，可以看出洪小姐之下笔并不是偶然的。那封湖水色的，是航空信，自然先拆开那封信来看了。信上写的是：

一虹先生：我屈指计你们的行程，应该到西安有三四天了。我寄上的两封信，若是那位转信的朋友是可靠的话，我想那两封信你都收到了。但是这究竟是个渺茫的推想,假如你那朋友暂时不在西安呢,或者有其他的缘故,他不能转交,那信如何得到!这话又说回来了,假使信不能到的话,我这封信也是不能到的,这声明岂不是白费?这可以见得女孩子们就是这样痴心。你若是看到我这封信,你不失笑吗?我既算到了你们已经到了西安三四天,因更想着:你们又该离开西安西行的了。因之我趁了飞机经过开封之便,赶着给你来封航空信,也许你不曾走,可以接到我这封信的。

我这样要紧的写了信来,你问有什么要紧的事吗?那倒是没有。我的意思,也就是希望你能接到我这封信而已。你说我这人孩子气重不重?

别的话,我那两封信上都有了。就是在开封吃黄河鲤的这件事,使我永久不能忘记。而你们向西,今天应该到哪里,游玩哪里,我也刻刻追念着。其实我没到过西北,怎能默计西北行程?又是那句话:痴孩子!

你能够在每节旅程告一段落的时候,给我来一封信吗?不过到了兰州,就望你写航空了。要不然,你回来了,也许信还没有到呢。我很觉得这封航空信是没有什么要紧的话,然而又实在想不出来有什么要紧的话。最后敬献一片痴心给我这班远行的朋友。

祝你一路平安

痴子洪朗珠上。

这封信,果然是没有什么要紧的话;唯其是没有什么要紧的话,一虹觉得洪小姐那一片天真,都活跃在纸上。尤其是最后那句"敬献一片痴心给我这班远行的朋友",一虹是不能不心旌摇摇了。看完了这封航空信,再将那两封信看看,都是这样流利可喜的。他看过了一遍之后,将信从头至尾再又看过一遍,脸上兀是泛着笑容。更想到燕秋虽然也是很大方,可不能对人有这样很明白的表示。以前有人这样提过:洪先生很有意将女儿许配给自己,一个年纪轻的人,经过这样的事就多了,当时绝不放在心上。大概洪小姐还记得这一点关节,所以在开封相见之后,把她的爱情之火,又煽动起来。这自然是一件可欢喜的事。不过她是很活泼天真,也许她完全是孩子气,并没有什么用意的吧？他正是这样想着,却令他猛可地一惊。原来是坐在一边的袁伯谦,哈哈大笑起来了。说句旧话,这便是春风又展呢。

第二十回　报怨特工谗庄谐并进　多情原不忝函点交驰

青年人看情人的书信,这是一件最快乐的事。当情书在手,是会把宇宙都忘记了的。洪朗珠由开封写航空信追寄给高一虹,这是多么令人陶醉的事!所以一虹看到那封信以后,心里便有些糊糊涂涂的,有点不知身外事。袁伯谦突然地向他呵呵大笑,他倒是吃上一惊,向他看时,见他两只眼睛,笑着眯成了一条缝。一虹以为他已经知道了信的内容,不由得红了脸道:“这也没有什么了不得,不过是一封平常的朋友信。”袁伯谦笑道:“你这真是自己多心,一种无谓的辩论了。我并没有说这是了不得的信,也没有说不是朋友的信,你发急做什么?”一虹道:“并非我发急,我看你突如其来地大笑,这事很蹊跷。”袁伯谦那酒糟脸上,虽然不能再加上一层红晕,但是挤眉弄眼的,也很发生出一种尴尬情形,又用手摸摸脸腮和下巴道:“我很踌躇,有几句话想和你说,又不敢说。不过站在朋友的立场上,我实在是应该对你说的。”一虹道:“那么,你就说吧。”说着时,他将手上捏的信,互相传递着,也显出那很不自然的样子来。伯谦笑道:“我也并没有什么不高明的话,至于入不得你的耳。不过现在我还有点考虑,恐你已经是沉醉了,不肯相信我的话。”一虹越发有些犹豫了,皱了眉道:“伯谦!你这人怎么这样的不痛快?要说就说,要怕说就不必说。我相信真是令我难堪的话,你也不会说出来的。”伯谦笑道:“你既然知道如此,你就不必有什么顾忌的了。你且把那两封信看完了,我好从从容容地和你说。”

一虹看他那一种神气,倒是猜不了他是什么用意。好在手上的信,是比任何事件都要紧些的,且先看了再说。再依次将那两封信拆看了,这就情不自禁,泛上一重很浓的笑容。捏了信在手,心里打算着,昂了头,望着天空里出神。伯谦笑道:“信就看完了吗?再看一遍吧。”一虹笑道:“这也不是无字天书,我的国文程度，无论是怎样的浅，看两封信，总也不至于发生多大的困难。"伯谦将右手举起，中指和拇指夹着一弹，啪的一下响，笑道："情书不厌百回读。"一虹将三封信叠着，揣到身上去，因笑道："你说话简直前言不符后语！刚才你承认是我朋友来的信，这时，你又说是情书。"伯谦将手边的椅子拖了一拖，在椅子上拍了两下，笑道："请这里坐下，我可以开始和你谈判了。"一虹和他，也是多年的朋友，看了他如此慎重的样子，也就免不了有些动心，真的坐到近处，正色道："伯谦！你有话只管说。可能范围之内，我一定是接受的。"伯谦道："我不管你接受不接受，我总是要说的。我未说话之前，我要先问你一句话，你这次到西北来，是什么意思？"一虹道："这个你还用得着问吗？我无非到西北来看看人情风俗，一个游历的人，他的意思何在，那是很明显地摆在那里，用得着问吗？"伯谦摇摇头道："你说这种话，就不是以老朋友的态度来对我了。据我看来，你是为了求爱来的。"一虹笑道："胡说了！我在西北，又没有一个女朋友，我跑到西北来向谁求爱？"伯谦道："你是故意这样避重就轻说话，难道你同伴的杨小姐，不是你的朋友吗？你们这三位男同学，都是向她追求的，不但是你。"一虹对于这话，并没有怎样表示，提起桌上的茶壶，斟了一杯喝着。伯谦道："你们是当局者迷，我在一旁，是看得很清楚的。这位杨女士，不但是为人很精明，而且手段很利辣。分明是她一个人回西北来找父母，在各方面，都感到力量不够，所以把自己做了一个钓鱼的钩饵，引着你们陪她走几千里。到了她的目的已达，我敢断言，她是把你们一脚踢开的。"一虹放下茶杯，笑道："你错了。你猜想的出发点就错了。所以说的全不是那么回事。我们在南京是多年的朋友，这回她回西北来，我们觉得她的志气可嘉。在友谊方面，我们自动地帮她的忙，愿意护送她回甘肃。"伯谦笑道："你这分明是欺人之谈，和朋友帮忙，自然也是人之常情。可是有荒了学业，丢了家乡，千里迢迢，这样陪伴着走的吗？譬如她是个男性，说句良心话，你们也肯陪了她走吗？"一虹道："她如是个男性，那就不用到人陪送，自己会到西北来的。"伯谦道："你当然是不承认我的话，不过我看这位杨女士目高于顶，很不把人看在眼里的，没有什么委员厅长之流来做配偶，至少也要找个喝过太平洋水的人，她才肯嫁。现在她要利用你们，所以对于你们混在一处。可是又怕你们向她猛烈进攻，她就说些高尚友谊的话来制住你们，故意把态度做得很大方，什么都给你一个不在乎。你们就是要向她进攻，也不好意思。这女人很厉害，厉害极了。”说着，他也斟了一杯茶，慢慢地喝着。他默然着，不再说话了，静等一虹的答复。一虹听了他的话，虽觉得有些过分，可是有一部分也是实情，因笑道：“人家是一位不满二十岁的姑娘，哪里有什么厉害可言？你说的这些话，都是你太主观了。”伯谦道：“为什么我持论太主观？难道我是带一副恶意的眼镜看人吗？”一虹微笑道：“那倒不是。因为你好意招待她，她不理你，所以你觉得她是目高于顶的。”说到这句话，倒让伯谦红脸上微微做个苦笑，勉强笑道：“我这个人无聊，也就不至于无聊到这样；她不睬我，那是她的本分；而况一个做女孩子的，见了生人，当然不能那样直率，总要带点害羞的态度。至于我对你说的话，却是实情，这不过是个大前提，话不止这一点，假如你愿意听的话，我下面还有。”一虹道：“既是还有，你就向下说吧。”

这时，伙计端着菜上桌来了，就问喝酒吗。伯谦道：“你给我们来一壶闹早。”一虹笑道：“酒叫闹早吗？那是说晚上可以喝的了。”伯谦笑道：“‘闹早’两字是老糟的讹音，果然说是老糟，没有人喝了。”说着，伙计提了一小锡壶酒来了。伯谦向杯子里斟上，却是米汤似的颜色。一虹喝了一口，非常地甜，因笑道：“我们那位同伴伍先生，只说喝过了新丰美酒，很甜，就是这个吗？”伯谦道：“本地人相传就是这个，我却也不敢断定。”一虹道：“王维的《少年行》诗上说：新丰美酒斗十千，唐朝喝酒论升斗。虽不知道一斗有多少斤，一斗酒，也不过上十斤吧？十块钱，在唐朝，不是一个平常的数目，比现在十块钱，是要高贵过去的。那么，这酒在西安是很贵了。”伯谦笑道：“我和你谈话，你倒有这细工夫去考古。我告诉你说，这酒不贵，两三毛钱一斤。我们再谈正当的，你要听不要听？”一虹道：“当然要听。我就来个‘相逢意气为君饮’吧。”说着，端起酒杯来咕嘟一声，喝完了一杯。酒杯放下，用手按住，便笑道：“现在你说。”伯谦喝了两口酒，又吃了几筷子菜，这才向他道：“若不是我们朋友的交情，已经到了这个程度，我是不同你说的。老实说吧，就算她对你的意思不坏，以眼前而论，你们就有三个人是向她一同进攻的。论起功劳来,大家一同由南京出发,一同陪着她到甘肃,不能有什么分别;论到友谊,在以往都是同学,到现在都是同伴;我敢断言一句:假使有人在这时向她表示特别好感,她决不会接受的。因为她要接受了,其余两个就要走了。你们三个人,面子上戴着高尚友谊的假面具,暗地里却是竞争很激烈的,这岂不是一种苦闷?就算是她在三个人之中挑选一个,你成功的成分也只有三分之一,就是去事实很远。假如她并不限定在这三个人之中去挑选呢,那你不但是白向甘肃跑这么一趟,你还要得罪一个人。"一虹道:"你这话说得我有点不解,我得罪谁?"伯谦道:"我也不知道这人是谁。不过我知道,总有这样一个人。因为她寄给你的信,是由我转交给你的,而且你看完了很高兴,已经揣到身上去了。"一虹道:"这话更远了。这位洪小姐,不过我们在开封会到了,她很赞成我们这种长途旅行,所以写信来安慰安慰。"伯谦道:"你们同行有四个人,为什么她单独地写信给你呢?"一虹道:"因为她的父亲和我的父亲是朋友,我们本来认识。"伯谦昂着头笑道:"这还说什么,不显然是交情很深吗?要不然,她不能寄航空信,追着来安慰一个平常的旅行朋友。就算她是把你当个平常的朋友,能写航空信来安慰你的吗?然而她的情,是多么浓厚热烈呢!"一虹听了他这样双叠的形容词,更想到朗珠那活泼天真的态度,的确是值得人陶醉的。于是两眉一扬,嘻嘻嘻地笑起来了。伯谦道:"哦!你也笑了,你真是一个十足的傻子。洪小姐这样的追求你,你不要,你倒是这样委委屈屈暗下里追求人,向那苦死人的甘肃去。"一虹道:"你说得不是那么一回事,我不会追求人,洪小姐也不是追求我。"伯谦就不说什么了。伙计端着菜来了,他自喝酒吃菜不提一个字。

约莫有十分钟之久,还是一虹感到不耐,因道:"你怎么突然不说了。"伯谦道:"你推得这样干干净净,我的话根本不能成立,我还说什么?我今天给你传了信,你请了我吃饭,义务权利,彼此对消。自此以后,我也不管你的事,我也不代转你的信。开封如再有信来,我就由邮政局里原信退回。"一虹笑道:"你这话,太岂有此理。我对于你的话,承认不承认是一件事,你代我收信又是一件事,怎么可以混为一谈?"伯谦道:"你说是两件事,那不行。信由我转,我要认为是一件事,那就是一件事。”一虹笑道:“听你这话,好像是把代我转信,当作一个条件。但是转信不转信,可以构成一个条件,可是叫我承认你的话,不能构成一个条件,难道你愿意你的朋友撒谎吗?”伯谦默然地喝完了两杯酒,又把筷子放了下来,两手扶了桌沿,向他望了笑道:“我问你,那洪小姐长得美不美?”一虹笑道:“当然是美。”伯谦道:“好一个当然是美,比杨小姐怎么样呢?”一虹放下筷子来,伸手搔搔头发道:“这话很难说,就算各有长短吧。”伯谦道:“即使如此说,当然洪小姐也有些胜过杨小姐的所在,加上她对于你又是这样的热烈地追求,写航空信来问候你,你何不掉转头去安慰安慰洪小姐呢?我觉着你上甘肃去,那是事倍而功半;你回开封去,就事半而功倍了。人生在世,总不应该不懂好歹。”他说这话,好像不是和一虹说的一般,偏过头看到别的地方去。一虹听了他的话,再回想朗珠和燕秋的态度,自然是朗珠容易让人陶醉。但是在开封的时候,彼此很平常地会到,实在是想不到她这样的留心于我。心里这样的沉吟着,自然也尽管是端了酒杯喝酒,没有作声。伯谦道:“别的不说,马上你该打一个电报给洪小姐,说是信都收到了。”一虹笑道:“发了疯了吗?告诉人家收到了信,竟要打电报吗?”伯谦笑道:“一点也不疯,这期间有两个理由:其一,人家写了航空信来问候你,你为了作进一步的表示起见,你只有打电报了;其二呢,后天开封有飞机到西安来,你若是今天下午就打电报到开封去,洪小姐可以在明天详详细细地再写一封航空快信来。要不然,她以为你离开了西安,就不会再有信了。由西安向西,已不通快信,信是追不上人的。不知你们到不到兰州?若是你们到兰州的话,那里有航空信可通,才赶得上你。但是你在那里,不能像我这里这样便利,有人替你秘密传信吧?”一虹笑道:“你真替我设想得周到!可是你忘了我打电报到开封,是必经过洪小姐父亲之手的。他见我无缘无故拍个电报给他小姐,他不会大吃一惊吗?”伯谦笑道:“这样说起来,还是你比我想得周到。但是这里和开封信件来往,极快极快也要四五天。你在西安,还能住这样久吗?”一虹道:“你何必看得这样认真?我并没有再接到洪小姐来信之必要。”伯谦吸了一口气,表示这事很踌躇,摇着头微笑道:“我虽自命为智多星,也就无计可施了。不过为你不做薄情人打算,你是应当想法子亲近她的。若是我,哼!干脆明天我就回开封去。”说着放了杯筷,猛然将手在桌上一拍。一虹笑道:“你真是个冒失鬼,这一下可把我骇着了。”谈到这里,伯谦总觉得是把他所要说的话,都已经说完了。多说了,也透着现痕迹。不过在言谈之中,总说向西去非常之苦,以便减掉一些他西去的念头。酒饭吃过了,自然是一虹会了东。临别的时候,伯谦执了他的手,笑问道:“若是再有信来,我怎样的交代呢?”一虹笑道:“当然你还是交代给我,难道真交给邮政局转回去吗?”伯谦微微地笑着也自去了。

一虹低了头慢步向旅馆里来,心里可就想着:伯谦的话,不要尽认为是玩笑,多少有些理由。洪朗珠在这样远的路,追着写信来,总算十二分热忱,至少是应当回答人家一封航空信。不过这里的航空信,是有时候的;今天写了信,要好几天才能够发出去,也许比快信还要慢些,倒不如依了伯谦之话,给朗珠去个电报。电文上要写着她父亲的名字,洪铁生接了我的电报,绝没有不给她女儿看的。他一面想着,一面走着,猛然地抬头,不觉到了旅馆门口。他立刻站定了,见身边站有一个人力车夫,便问道:“你知道电报局吗?”车夫连说晓得晓得,声音还是不小。一虹想着,这事让同伴的人听到了,还是老大不便。所以并没有讲得车价,坐上车去,让车夫拉了就走。但是由洛阳以西,这人力车的目标,是很大的。除了车身比东方的车子要高大一些而外,便是由车身上支起六根活棍子,撑了一大方布篷,连车身到车把,共有多长,这布篷也就有多长。它为的是好将坐车的和拉车的,都罩在篷底下。车子有了这样东西,挡住了阳光,可就鼓着风,拉快了,却非常地踉跄不便;尤其是由大街走上了小街,车子拉得是更缓。一虹倒很希望车夫拉快点,好立刻回旅馆去,要不然,出来得太久了,同伴问起来,倒不好答复,便道:“车夫!你拉快一点,回头我多给你几个钱。”车夫听说多给钱,立刻振作起来拉了车子就跑。不想在他这样一起劲之间,那车篷子后面,立刻和店铺檐下的市招给兜上了,哗啦一声,将那长布市招拉了一个口子。所幸店里人不曾知道,让车子过去了。一虹在车上叫道:“罢罢罢!你还是平常的一样拉吧,不要出了乱子。”他这种叫唤声,却惊动了路旁一个人,问道:“一虹哪里去?你也出来了吗?”看时,却是健生。一虹也不曾考量得,随口答道:“打电报去。”健生道:“向南京发电报吗?”这句话算是将一虹提醒了,含糊地答道:“对了对了。”健生想着,他必是打电报给父亲去,不过他父亲不在上海,便在香港,他要打电报,也不当向南京打。

健生心里想着,慢慢地向旅馆的路上走。好在这件事,与自己没有多大关系;到了旅馆里,也就完全抛开了。先到三人同住的那间屋里去看看,房门是锁着的,想必昌年也没有回来。再走到燕秋屋子里去,却见她侧着身子躺在床上,微闭了眼睛,手边正摆了一本书,可以想到,她曾经很无聊地坐不住睡不稳的。屋子里静悄悄地,连桌上放的表,那机摆响声都可以听得出来。健生虽料着燕秋未必睡着了,可是她既不曾睁开眼来,自己也就不必去惊动了,因之悄悄地在床对过椅子上坐下,也不说话,也不动作。过了一会子,燕秋自己微微地笑着,睁开眼来,健生笑道:“我以为你睡着了呢,没有敢惊动你。”燕秋手扶着枕头,坐了起来,笑道:“我何尝睡着了,我想着你一定会叫我的,我故意装睡,好让你来叫醒我。”健生道:“我碰到了一虹,他说是打电报去。我想你又是一个人在这里必定很苦闷的,所以我赶着跑回来了。”燕秋道:“倒不怎样苦闷,还是你说的话,想喝点水,买点东西吃,茶房没有来,我叫又不能高声。你回来了很好,请你叫茶房提开水来吧。”健生觉着自己回来,又正是时候,心中很喜,赶快地就出去把茶房叫着提了开水来,又问燕秋要吃什么。燕秋道:“现在是饿过去了,我又不想吃什么了。”健生斟上一杯茶,两手捧到她面前,因问道:“一虹不是刚走吗?”燕秋不曾说什么,先将眉毛紧紧地皱到一处,这才接着道:“你们走了以后,他也就走了。是那个姓袁的把他找了去的。在西安这地方,那人穿那样漂亮的西服;他若是个做官的人,那也罢了,他偏是教书的。若是青年人都跟了他的样子学,西北人那刻苦耐劳的精神,就完全失掉了。”她说着,带喝着茶。健生站在她身边,等她喝罢了茶,才把茶杯接了过去,问道:“还喝吗?”燕秋摇摇头,笑道:“不喝了,多谢你!”健生将茶碗接着放到桌上,问道:“那姓袁的进来了吗?”燕秋道:“一虹晓得我不高兴他,没有让他进来,在外面堵住他了。不过他出了房门以后,就这样的走了,我倒有些莫名其妙。”健生和她说话,本已是坐着的,这又站了起来,问道:“我叫茶房去给你找点小米粥来喝吧。你整天不吃东西,那怎么成呢?”燕秋道:“不必!我刚才一人躺在这里看书,觉得有点头晕眼花,还是饿一点儿的好。吃了东西下去,也许反要坏事的。”健生站着踌躇了一会子,不知不觉地又斟上了一杯茶,送到燕秋面前来。燕秋并没有要茶喝,他忽然地送了过来,倒教她不解。不过为顾全朋友面子起见,是不容拒绝的,所以也是带了笑容将茶杯接着,向他笑道:“你坐着吧。你这样子伺候我,那让我感到你超越过看护的范围以外去了。”健生搔搔头发,又摸摸脸,带了笑在对面椅子上坐着。

燕秋喝完了茶,将空杯子在手里玩弄着。健生起了两下身,可是他始终没有过去接那茶杯,依然坐着。燕秋偏了头向外面听听,点着头道:“老高回来了,怎么不到这屋子里来?”健生道:“大概过了徐州以北吧,一个人由外面回得家来,总要洗过一把脸的。外面的飞沙真大呵!”说着,一虹带了笑容进来了,面孔红红地向燕秋道:“真是对不起,遇到那位姓袁的朋友,不问理由,一定拉着我去吃馆子,把你一个病人丢在旅馆里。”燕秋道:“你去后,我睡了一觉,倒不觉寂寞。听说你到电报局去了,你真是有钱的人,花钱不在乎。我们这种人的行踪,写封快信告诉人也就得了,还值得打电报告诉人吗?”健生道:“不过有父母在堂的人,为了免除老人家挂念起见,打一个电报,我想也有些必要。”一虹含糊着答道:“可不是!再向西走,通信到南方去,是比较困难的。我今天吃的馆子,虽是北方风味,可不是陕西口味,要吃陕西口味,是怎么个吃法?燕秋总是知道的。”燕秋道:“你问到这个,我可不知道。因为我上次经过陕西的时候,正是大荒的年月,逃荒的人,吃树皮草根有问题,如何能谈上口味?不过我倒看见大街上馆子里的白粉墙上和芦席棚上,都写了那斗大的字:水盆大肉。这水盆大肉,大概就是陕西口味吧。可惜我生了病,不能前去试一试。”一虹道:“等你病好了,我们一路去试试,那也不晚。”燕秋道:“不过我这几天病生下来之后,只增加了我归心似箭。我恨不得明天就走,至迟我们后天该走了。”一虹听了这话,好像吃上一惊的样子,猛然问道:“我们后天就走吗?我想着至少还有三五天耽搁的呢。”燕秋望了他,也诧异起来,问道:“你为什么这样的想?”说着,手扶了床沿起来。健生看到,却抢过来,接了杯子去。一虹也是猛然感到措辞不妥,微笑道:“你还不过是刚刚好一点呢。我想着,过去的路是更不好走了,应当让你好好地休息着,等健康完全恢复了再走。”燕秋道:“你打了电报回去,还等回报吗?”一虹进门来的时候,脸本来就是红的,燕秋如此一问,他的脸就更红了,吓了一声道:“不,不,我没有什么事,何必候家里电报呢。”燕秋偷眼看他,虽觉得颜色有些奇异,可是也不想到有什么意外。接着昌年也回来了,说是的确的,西关那口甜水井边,另外有口井:这边井里,人是拥挤着汲水;那边井圈上,连水桶也不曾摆得一只,这事很奇怪。谈到这个问题,这才把一虹的难关,扯了开去。

当天晚上,燕秋的病,更见好些,就叫了茶房来,问由这里西去的长途汽车什么时候开行。茶房回说:向西走的车子,普通都是到平凉为止。若是打算再向西走,就要在平凉换车。燕秋说是到平凉换车也好,后天准走;就叫茶房去打听价钱。

一虹得了这个消息,是很觉得焦躁,到天晚却是一宿不曾睡得安稳。次日上午,也懒于出去游历,只买了许多上海南京的报,闷在房间里看。在吃过午饭以后,袁伯谦有个电话来,说是有封要紧的信,立刻送到,叫一虹在旅馆等等。一虹放下电话,到燕秋屋子里绕了个转身,见健生、昌年在和她谈话,正是高兴,于是向窗子外看看道:“天气很好,今天还可以到城外去走走。”说着走向旅馆门口来。他估计着:伯谦学校里到这里不算怎样的远,有二十分钟,准可以把信送到。但是在门口很立了一会,始终没有见人送信到来。心想:倒有几次人向旅馆里面走去,也许自己不曾理会得,那送信的人,已经是进去了。于是先到账房里去问问,有人送了信来没有?账房说是没有,便到自己房间里去看看,再绕到燕秋的屋子里去。他们很高兴地,继续着在那里谈话,很不像收到什么信的样子。一虹在桌子边斟了一杯茶喝,在窗户口站站,在房门口站站,终于是缓缓地走出了大门口来。自这时起,每个人进来,他都要注意着看是不是送信的。不久,一个人手上捏了一封信匆匆地跑来了。一虹上前去,伸手接信道:“是我的信。”那人将信向怀里一藏,瞪了眼道:“谁认得你,怎么会是你的信?”一虹道:“你不是袁先生叫你送信来的吗?”他道:“什么圆先生方先生,这是我们厅长送给王先生的信。”说着,伸出信来给一虹去看,信封正中,写着很大的字:王先生收启。一虹红了脸作声不得,那人瞪了他两眼自去了。

一虹闪到大门旁边,竟有五分钟之久,已是失了知觉;及至醒过来,乃是有人扯着自己的衣服,看时,账房引着一个人过来了,笑问道:“你先生不是姓高吗？有人送信来了。”一虹这才由那人手上接过信,在身上掏出一张名片,给他去了。自己也不要进旅馆去,就在大门口看起信来。这倒不觉自己失笑,上了伯谦一个大当。信并不是由开封来的,是伯谦写来的。拆开信封,这又惊异一下,里面更附着一通电报呢。电报局的信封,并未拆开。上写开封来电。这就来不及看别的字样了,撕开封套,里面一张电文,都译好了。除了记着地点而外,本文是:“来电奉悉,慰甚喜甚,照片已得,航函详。朗珠。”一虹读完了电文,再一个字一个字检讨一番,昂头想想,便微微笑了。赶紧将电文封起,折了一个小纸卷,塞在贴肉的小衣袋里。这才有工夫来看伯谦的信,那也不过一张八行,上写:“阁下多情原不忝,个中有字意何如？你说不打电报,这分明是知道你到了西安,拍来的复电。限你今晚向我说实话,要不然,这事我不管了。两浑!”一虹将信拿着,背了两手在身后,在大门外来往打了两个回转,自言自语地道:“这家伙可恶！倒是不能得罪他。”想得出了神,肩上有人拍着,回头看时,昌年来了。他笑道:“一虹！你怎么回事?你今天坐立不安,有什么心事吗?”一虹道:“有什么心事？旅行的人,不过一种心神不安而已。”昌年道:“听说你打了个电报回去,有什么急事吗?”一虹笑道:“中国人对于打电报,往往认为是一种了不得的事情。其实在欧美人士认为很平常了。我觉着写一封信回家去,不定要多少时候。打个电报,今天就到了,也许后天不走的话,可以得一个回电呢。”昌年道:“你不是拍电到南京去,是拍电到香港去吗?”一虹含糊着道:“是的,我们街上走走吧。”昌年道:“我要写信呢。”于是一虹一人走了。

在这天晚上,燕秋又有点发烧,很早地就睡了。大家都劝她再迟两天动身,不用性急。燕秋料是身体不成,也只好答应了。当健生不在屋子里的时候,昌年笑问一虹道:“阁下多情原不忝,个中有字意何如?”一虹红了脸道:“什么?”昌年笑道:“你这人真是大意,把东西丢了,自己还不知道。”说着,在衣袋里将袁伯谦的那封信交给了他,笑道:“信纸并没有套在信封里,我在脚下捡起来,所以看到了。这文字意思很隐晦,我没有看懂。”一虹将信拿着,擦了火柴,就在地上焚化了。笑道:“这是那个姓袁的朋友开玩笑的,你别信他。”昌年笑道:“我自然替你守秘密的。要不然,我会等没有人时交还你吗?”一虹对于这件事,倒是很难答复,只好一笑了之。大家在西安又混了两天,每天一虹都到袁伯谦那里去一次。那天下午,昌年到邮政局里去发信,见一虹背朝外,和邮务员说话,他问:“到开封的航空信,明天准能走吗?”昌年心里一动,赶快悄悄地抽身走出邮局来。他这样的走法,自然很聪明,很敦厚的哩。

第二十一回　买帖过碑林人怀愠色　啜羹尝肉味梦感余生

在这天晚上，大家照例围坐在燕秋屋子里谈话。燕秋皱了眉，斜靠了床柱坐着，不住地叹气。健生和她比较坐得近些，坐在房横头一把木椅上；便偏了脸向她望着，似乎也带愁苦的样子，用了很柔和的声音道："你何必急呢？我们既然是预备做长途旅行的，这就不必考虑到时间上去。在路上多耽搁两三天，我们是绝对不介意的；而况我们三个人，生长东南，就没有梦想到是这样一种情形。现在看到了每一件事，都很感到兴趣。就是在西安延迟了几天，我们并不烦腻。"燕秋道："但是我不能那样想。蒙我的好朋友帮我的忙，陪了我到西北来，费时失学，而且花了不少的钱。我为了方便自己和方便别人起见，应当早早地把这回旅行告一结束。这样困守在西安，一点事不能做，怎样不急？不但是我急，由我的眼光看，你们三位也不见得会痛快的。"说着，向三人看了去，只有一虹的脸色，在她的眼光之下，很是有些不能妥帖的样子。燕秋就微笑道："一虹！这两天，我看你有些想家吧？"一虹本是一只手撑住桌子，托了自己的头，将脸色半掩藏在灯光下。听了这话，这就立刻放下手站立起来，笑着摇头道："不，不！我自小就出门惯了的，从不晓得什么叫想家。就以我在南京而论，也好几年了。我要想家，还念得成书吗？"燕秋道："我说你想家，这是我措辞不对。我的意思，是以为你减少了旅行的趣味，很想回到南方去了。要不然，何以你这几天忙着写信寄出去，简直在信以外什么事都没有似的。"一虹摸摸脸，又摸摸手，将眉毛皱一皱、又扬一扬，笑道："真是这样吗？连我自己都有些不知道呢。"说时，向健生、昌年望着。健生笑道："燕秋一提起来，我觉着有些；果然你在那边屋子里不是伏在桌子上写信，就躺在床上看信。"一虹笑道："这不过适逢其会，你进房去，这样遇着罢了。"燕秋正着脸色道："我虽说的是笑话，其实是人情应有的事。"一虹呵呵地笑着，举起两手扬着，红了脸道:“怎么突然加上‘情人应有’的这一句话来?我写信给哪里的情人?”昌年坐在他对面,斜瞟了他一眼,抿嘴微笑着,自站起来向桌上提壶倒茶喝。燕秋也就将身子坐正起来抿嘴微笑,对他看了有两三分钟,才道:“你这话从何说起?我说的是人情,你倒过来成了情人。”健生也笑道:“我也是不解他为何有这样一问,原来是听错了。”一虹那张红脸,几乎要由汗毛孔里热出油来,于是笑着用手搓着脸道:“糟了糟了!我神经有些错乱,这倒让我怪难为情的。”说着低了头向房门外一溜,回房睡觉去了。

及至费、伍二人进房来哺时候,怕他们还会提到这件事,只好面朝里闭了眼睡。因是一宿不曾睡得安稳。次日早上仍不知道醒,还是昌年用手推着,才睁开眼来。昌年笑道:“昨晚上你很忙吧?”一虹坐了起来,揉着眼道:“你这话我好生不解,我睡得比你早得多,怎么你说我昨晚上忙呢?”昌年笑着道:“你做了一晚上的梦,一会儿在开封,一会儿又在上海。这样远的路跑来跑去,岂能说是不忙?”一虹笑道:“你这叫无根之谈。我做梦,你怎么会知道?”昌年道:“你做梦,别人自然是不知道的。但是你自己口里喊叫出来了,我也不知道吗?那我这个人也就太愚蠢了。”一虹道:“据你这样说,我是说了梦话了,但是我自己毫不知道,”昌年笑道:“假如你有一毫知道是在说梦话,你就不会说了。不过这没有辩论的价值。昨晚我们议论好了,去吃水盆大肉,并且请那位陈公干先生。因为我们在一路上得了人家不少的帮助,现在我们要离开西安了,当然是要尽点人情,借资报答。”一虹道:“我本也有这个意思,既然你们发起了,那就很好。”昌年道:“现在还只七点钟,到吃早饭的时候还有三小时。今早燕秋的精神很好,她愿陪我们去游一次碑林。”一虹笑道:“这真是不谋而合,我就打算今天到碑林去看看,顺便买一点帖。”昌年道:“我们回来,还是要经过西安的,那时再买不好吗?现在买了,倒要带许多往回路。”一虹道:“我自己不带着,我是买好了,由邮局里寄走。”昌年笑着,并不追问,一虹抢着漱洗完了,便同燕秋一行人向碑林来游览。

远远地看到一堵红墙,里面拥出一丛苍绿的柏树叶子来,大家都也以为那里是碑林。到了近处,才知那是孔庙,坐的人力车子,却向庙后一条冷巷子里拉了去。车子停下来了，在一座广大的木板门外。车夫说："并不要门票的，随便进去好了。"大家进去，却是个小小院落，往北有座门，已闭着。靠南墙上有块牌子，写明了碑林向东进。顺着南墙根，进一条小巷，砖地上潮湿湿的。上面有不少的青苔，不但无人影，也无人声。小巷子尽头，北方是个院落，有四棵柏树，却死了一棵，上面是个小殿，正中有个神龛，供了孔子像，香案上并没有什么点缀，除了尘土，便是鸟粪。院子向南，这就是碑林了。这乃是平常的房屋，将间隔打通，一重重地列着碑。有的碑嵌在墙上，有的碑树立在地上；有那更珍贵的碑，在屋子中间，造个塔形的东西，将它四周嵌上，这样打通了的房屋，有好几十间，大小碑石，全陈列满了。这些屋子，都有木牌钉在墙上，注明了是某区，一共有六区。

在那第六区里，有大唐的《景教流行碑》，有几个拓帖的工人，带了墨碗正在那碑下拓帖。一虹走近碑前，仔细地看过了，就情不自禁地拍了手道："这块碑有价值，不但是唐人的字而已，这在宗教方面，是一个铁质似的考据证品。我一定要买两张寄了走。喂！朋友，这碑帖在哪里出卖？"那一个蹲在地上，正在动手拓碑的工人，手上五指漆黑，握了一个墨布袋，脸上又黄又瘦，头发剪了一个鸭屁股式，身上披了一件短的灰布夹袄，全是墨点。他答道："这巷口外，就有好几家碑帖店，要什么样子的帖，都有。"说着，他又将那小墨布袋，在碑上轻轻地捶着。纸上透出来的字，非常整齐停匀。一虹便笑道："这位朋友的手艺不错。看人，专看表面是不成的。大凡一个艺术家，他的内心美，是更有甚于外表的了。"这两句话，恰是那工人听得懂了，便回转头来向一虹笑笑。一虹道："我这话不是很对吗？你们拓帖工钱怎么样？"他道："这没有一定，要看各人的手艺，我是和图书馆里人商量好了，自己拓帖。现在拓帖，不比从前，很费事，这里归图书馆管理，他们不答应就不能动手，拓过了，他们就要来查看的，碑损坏了没有。"一虹道："纸贴在石碑上，是软碰硬，纸不坏，石碑倒会坏吗？"工人道："这也为了人心不好，做这种生意的人想多弄钱，等他把字拓下来了的时候，他就故意地把石碑损坏，或是敲坏几个字，或是凿了一小块，让你以后来拓的人，拓不出全份来。到了那时，他拓的帖是全文，越是日子久，越值钱，所以现在官厅里管得很严。"昌年道；"你听听，平常拓两块碑帖，还有这些个黑幕。”燕秋叹口气道：“可不是！处在这个年月，完全用一种好人的眼光去看人，那是不成的。譬如交朋友，那人当面说他是你的知己；也许真就是你的仇人。”昌年抬了两下肩膀，笑了没作声。健生道：“我们这三个人里面，总没有你的仇人在内吧？”燕秋笑道：“你多什么心！但是你在当面，也没有说是我的知己。”

一虹却没有加入他们的论战，自绕了列碑的屋子，转着看石碑。昌年道：“快九点了，我们走吧，一虹还要去买帖呢。”健生道：“向西走，何必买帖？将来我们还要回西安的，到了那时，我们再带了帖向东走好了。”昌年道：“买了由邮政局里寄了走，也不要紧。”燕秋道：“这也等于玩古董，何必那样性急？”一虹走过来了，笑道：“并不是我自己玩这样东西。因为朋友写了信来要，我不得不买。”大家带走带说，出了碑林。健生是紧傍了一虹走，笑道：“呵！我明白了。这两天，来也航空，去也航空，信上就为了碑帖这件事吗？”一虹笑着，略微同他点了两点头。燕秋站定了，回过头来问他道：“你这位朋友风雅得很，写航空信讨碑帖，他有多大年纪？大概五十以外了吧？”一虹笑道：“你以为青年人就不爱习字这个工作吗？”健生道：“我就可以代表一部分青年人，我提笔写字，十有九回就是用自来水笔；毛笔尚且是无缘，何况是碑帖？以前用自来水笔写字，名义上说是图个便利，其实也是带点时髦性。因为看到别人都有自来水笔挂在领襟上，自己也就不免试上一试。不想这自来水笔用惯了，毛笔写出来的字，是更觉难看；为了藏拙起见，同中国旧有的文房四宝那是更觉无缘了。我想碑帖这东西，将来总会成为废物。”这样地说着，大家只管向前走。这地方在城墙根下，也没人力车可雇。昌年突然回转身来，问道：“一虹！怎么不买碑帖了？”一虹沉吟了一会子，笑道：“不买吧。你们对于我这件事，似乎是感到很有兴趣，只管研究。”燕秋道：“这话可有些怪了。你这并非什么秘密事情，怕人研究。大家说说，有什么关系。而况你那朋友，写航空信来要这东西，当然也是希望甚殷。你若不把碑帖寄给人家，也显着辜负人家那一种热情。”一虹对“热情”这两个字好像有些刺耳，听到了之后，就对燕秋脸上偷看了一眼，见燕秋的脸色很是平和，这就笑道：“既然这样的说，那么我就买一点儿吧。”说着,回头看到空场子的老槐树下,有一幢手摸得着屋檐的小屋子,外面敞着大门,两根木棍子挑起一个横的布棚,在布棚外,挂了一块白漆木头牌子,上面写得有字:发售古今精拓碑帖。这自然是一家碑帖店,大家都由布棚子钻了进去。

这里照着西北店铺的式样,拦门一字木柜台。那柜里有两个店伙,早是满脸堆下笑容来相迎。一虹看柜台里面,只是一间很长的黄土墙屋子,不见有一页字帖陈列,便问道:“我要买一点字帖,你们这里有吗?”一个粗黑汉子,操了一口长安音,笑道:“有有有!要遮样的帖,我这都有。有名的《圣教序》《景教碑》《颜勤礼》,大套十三经全文,先生喜欢遮样的,魏碑呢?唐碑呢?夏禹岣嵝碑呢?”一虹笑道:“掌柜的!你不要说这些行话。我们是十足的外行,我只晓得慈恩寺里褚遂良写的《圣教序》和这碑林的《景教流行碑》是有名的,我只要这两种。”健生笑道:“你虽说是外行,到底还说得出两种,这也怪不得有人写航空信托你买。若是找着了我,他就是打十万火急电来,我也没有办法。”一虹笑道:“掌柜的!我又要说句外行话了。像夏禹岣嵝碑并不出在西安,何以你们这里也卖呢?”黑汉答道:“我们不光是卖西安出的,别处出的,像河南、山东、山西的出品,我们都搜罗得有。先生!你能问出这句话,你并不外行了。”他说着话,和他那个同伴,在屋子里大一个纸包,小一个纸包,搬出二三十个纸包,堆在柜台上。透开来,里面全是字帖。据掌柜的介绍,张张都有价值。一虹觉得人家拿出了这么些个货物来,大忙一阵,不能不多做一点生意。于是将大大小小的碑帖,一共检了十几张,卷了一大包,然后回旅馆。

在路上,燕秋问道:“一虹!我这就有点疑问了,看你买这些帖好像自己都没有拿出什么主张,完全是听了掌拒的介绍随便买的,这当然不是你朋友所指定的帖。你这样买着寄去,那朋友能合意的吗?”一虹笑道:“原是我买了送朋友去,并非他指定了要什么样子的。”燕秋道:“可是你以前说的是朋友写信来和你要,你有点前言不符后语。”一虹觉得心里撞了一下似的,便淡淡地笑道:“这是一件平常又平常的事情,你们倒好像福尔摩斯探案一样,只管注意着。”燕秋满脸血晕外腾,涨得眼睛皮子都要垂了下来,低了头走路,不但是不作声,而且也不向一虹这方面看过来。昌年在一虹后面走着,可就低声答道:“我并没有注意你的事呀!”一虹回头来向他望着,本来有一句什么要紧的话很想说出来,可是在二人一打个照面之后,他那句要说的话,可又自然地忍回去了。健生走在最前面,对于这些,一概不曾理会。

大家默然无声地走回了旅馆。燕秋一面走着路,一面弯了腰伸了手捶着自己的腿道:“哎哟! 我乏了,睡觉去。”昌年在后面追上来,笑道:“怎么着? 你忘了吗? 我们在十点钟,还有个约会呢。”燕秋笑道:“你对那陈先生说,原谅了我吧。我是一个病人,病还不曾好呢。大碗的吃肉,当然也是不行。”昌年道:“你一个人不去,不大好吧? 人家不知道,还以为你瞧不起人家呢。”燕秋手扶了房门,皱了眉道:“我心里不大舒服,若是对了一桌子的大块肉,恐怕更会引起我的烦腻。”昌年道:“你就是不上桌,坐着陪一会子也不要紧。”健生道:“对了! 哪怕你坐一会子就回来呢,这也不失敬意。”他两个人都劝,一虹没作声,自把买回来的帖,送到屋子里收藏着去了。燕秋想了一想,笑道:“如此说来,我就去坐一会子吧,至少也是不辜负二位这番好意。”昌年回头看着,一虹原来不在身后,于是大家微微一笑,相率出门而去。然而一虹也似乎感到他自己的不对,匆匆地就跟着后面跑出来了。

他们所预定的酒店,就是在这旅馆对过,所以出门就到。拥上楼来,不想那位陈公干先生,早已是喝茶抽烟,坐在正中的一副座位上,等候多时了。大家谦逊了一番,共同坐了,打量这酒楼时,完全是个旧式的样子:屋梁矮矮的,正中垂下一盏草帽灯;上面还是灰尘不少。这是一个通楼,哪里也没有间隔,屋檐下一列栏杆,临着当街,倒有些古朴的意味。这楼上虽然也列着有好几张桌子,所幸这个时候还没有第二批酒客来,大家倒也可以开怀畅谈。公干先就笑笑道:“到这里来,当然是吃水盆大肉的。不过除了杨女士而外,全是南方人,这种吃法,恐怕不适宜。所以我已经对伙计们说了,除了水盆大肉,也可以给我们预备些别的。”昌年道:“陈先生想得周到,不过我想着:我们对于口味一方面,也应该练习。这是我们到西安来,没有什么关系;若是向蒙古这条路上走,除了牛羊肉,没有别的东西,难道我们也不吃吗?”燕秋笑道:“现在不用说,回头我们吃起来再说吧。”

说着,伙计检开桌子,摆上杯筷,首先陈上四个碟子来。这四个碟子,颇也简单:一碟是羊肝,一碟是牛舌,另两碟是咸蛋和松花蛋。随后又来了一个大盘子,里面并没有菜,却是酱油醋。斟过了酒之后,陈公干现出老西北的样子来,把酱油盘子向中间一移,除了咸蛋而外,其余的都倒进这大盘子里去,将筷子抄动了几下。健生笑道:“原来这大盘子酱油,是这样吃法的。若是没有人代我们做出来,我们怎样不会弄错。”燕秋一人坐在下位代表了主人,举起筷子来,引着大家吃。一虹一人坐在东首,见大家都吃,自然也吃。随便地夹了一块羊肝,就向口里送去。他总以为盘子里是酱油,吃到了嘴里,才觉得酸掉了牙;加上那羊肝多少还有点膻味,于是嚼也不曾嚼,囫囵地就吞了下去了。健生和昌年并排坐在他对面,自然是看得清楚,就用手膀子拐了昌年一下,昌年不动声色,照常吃喝。健生伸筷子夹住一条羊肝,向口里送着,一面向一虹道:“你不是常害眼病吗?”一虹没有加考虑,答道:“是的!或者风沙吹了,或者睡眠不够,我的眼睛就会红的。”健生就用筷子头点着盘子道:“羊肝最亮眼睛的,你可以多吃一点。”一虹笑道:“羊肝好吃,其如醋多何?我自小就怕吃酸东西,我只好牺牲了。”健生又轻轻地碰了昌年一下,一虹抬头恰望见了,笑道:“这是没有法子的事情,勉强吃下去,胃里不受用,做出那不妥当的样子来,那倒更为不妙了。”公干笑道:“这话很对。不过我已经对伙计说了,叫他在羊肉以外,再弄两样菜来,怎么还是这羊身上的东西?”一虹道:“陈先生!你是客,只要你合口胃,吃饱了就得。我们做主人翁的,不吃饱,也许是省钱,你就不必问了。”公干笑道:“这话说着很得体。不过为了请我吃羊肉,让你三位挨饿,我心里不安。”健生道:“不!我最爱吃牛羊肉,回头你看我大块子吃吧。”说着,招手叫伙计上菜,伙计于是在各人面前,放了一个小碟子,里面也是酱油醋。此外放了两个大盘子在桌子左右角;一盘子是白面烙饼,北方叫作火烧的;一盘子是短的冷油条。昌年两指钳了了根油条看看,笑道:“和平常的油条,并没有什么两样,这也算是一样菜吗?”陈公干道:“并不算菜。现在别动,回头你看我吃,你才吃好了。”燕秋笑道:“这倒好,做主人的不会吃,还要等客人吃了去学样。”公干道:“杨女士!你不该不会吃这种东西呀。”燕秋叹了一口气道:“我的故乡,还没有这种吃法。至于我上次到西安来,那是言之惭愧。我是个灾民,还可以有肉吃吗?那个时候,大概西安是怎样一个情形,我脑筋里全不曾留下印象。我那时所想象的,就是哪一天会什么都找不着吃,然后饿死过去;越是这样地想,也越是要看街上那些饿人的情形。好像这楼底下,就饿死过人的吧?"说着,手扶了筷子,昂头想了一想,立刻起身,就到栏杆边向下面去望着。她这样猛然地走了开去,却不免让列座的人猛吃一惊,以为她有了什么心事,要跳楼了,大家都向她呆望着去。后来见她手扶了栏杆,不过是向下面望着,大家心里那阵乱跳,方始停止下来了。健生笑道:"燕秋!快来吃肉吧。水盆大肉,可端上来了。"

燕秋回转席来看时,果然桌子中间,放着两盘子白肉,切得又厚又大的一块;在肉盘子四周,列着生葱段子,大蒜瓣儿,辣椒末子,各样小碟子。陈公干挑了些椒末,在酱油碟里调和了,然后夹块肥瘦兼半的羊肉,在酱油碟子里蘸了几下,于是夹了一根葱段,和羊肉卷着一处,便向嘴里塞了进去。接上端起杯子,把一杯米酒喝个干净,一面提壶斟酒,一面笑道:"真是其味无穷!"一虹笑道:"看到这种吃法,我想起《水浒》上动不动说什么大碗喝酒,大块吃肉了。原来我想那大块的肉,必是我们江南人所吃的红烧猪肉的冬瓜块子。现在看着,却是不然,必是牛肉羊肉,而且也必是带了葱蒜吃的。因为当鲁智深吃狗肉的时候,曾是这样说着的。这水盆大肉一个'大'字,颇有当年大块的大字意味。"公干笑道:"古人蛮吃,当然也有他蛮吃的好处。高先生既是赞成这种吃法的,何不尝上一点儿?"说着,他又伸了筷子向盘子里去夹肉。一虹怕是他夹肉相敬,笑着也伸出筷子来道:"我要吃瘦的,肥的办不了。"说着,就夹了一块最小的瘦肉,学了公干的样,如法炮制。只是对于那一根葱白,认为可以踌躇;夹着到了酱油碟子里以后,却没有吃下去。可是此外的人,都比一虹吃得踊跃。便是燕秋说是有病的人,也吃了三四块。在两盘子羊肉块吃完之后,伙计又端上两盘子羊肉来;不过其间另有一盘,却是羊肚。陈公干将羊肚蘸了酱油吃着,赞不绝口,咀嚼得扎卜作响。健生向一虹望了笑道:"怎么样?你竟是敬谢不敏。"一虹笑道:"说起来是够惭愧,我竟是吃不下去。"燕秋道:"你若是不能吃,可不必勉强,回头到旅馆去,再弄点别的东西吃。人的口味，究竟各有不同。”一虹皱了眉笑道：“我真是不成材料。不过我想着，也应当练习练习；假如像昌年的话，到了蒙古去了，无往不是牛羊肉，那也不吃吗？”昌年笑道：“呵哟！我这是譬方的话，你可不要多心。”一虹笑道：“那我也未免太多心了。可是你说出了这话，倒显着你有些多心了。”昌年呆了一呆，就没有把话向下说。

接着伙计送上五碗热汤来，各人面前一碗；那汤并不曾盛满，刚好是碗里一大半。公干笑道：“吃水盆大肉是个题目，实际上是要喝这口汤。这东西要趁热的，赶快喝。”他说着，拿起一个烧饼，撅起了许多块，放在汤里，同时把那油条，也撅成了无数段，在汤里浸着，然后将筷子在汤里一阵胡搅，连汤带油条烧饼，稀里呼噜，用筷子扒着吃了下去。燕秋笑道：“这倒是真话。肉味都在汤里，非喝汤尝不到这肉味之美。”健生笑道：“一虹！你看这事如何？勉为其难吧。”一虹早是捧着碗尝了一口汤，觉得是很鲜；可是等到这口汤喝下去之后，鼻子里就感到有些异样，正是膻味上冲。虽是健生有那句俏皮话，叫人勉为其难，恐怕勉强喝下去，会露出什么不好样子来的，便笑道：“这话不假，真让人有点为难。不过我想着，若是走到蒙古那地方去，不吃并没有别的东西可以替代，那么让我饿上三五餐之后，那也就照样可以吃一个饱了。”

燕秋正是手扶了碗筷，紧皱了眉头子，听到这话，就深深地叹了一口气。大家没有知道她命意何在，怕是说话会得罪了她，所以这声长叹，虽然来得可怪，大家可没有敢问她为了什么。她将筷子挑了那汤里的白面烧饼，待吃不吃地，又叹了一口气。健生道：“燕秋！你要觉得口里无味，你就不必吃了。”燕秋道：“我并不是口里，我是心里无味，要说到我何以心里无味，我就马上可掉泪了。记得当年在家乡的时候，饿得难受，父亲出去打野狗来吃，一只狗腿子，那是比一碗参汤还要贵重若干倍。像现在这样好吃的东西，我们是做梦想不到。又记得在西安的时候，想和人家讨碗水喝，都发生困难。天下事真有凑巧的，刚才楼下过去一个人，就是当年和他讨水喝的人，他总也不料那个难民里面的黄毛丫头，于今会坐在这高楼上吃水盆大肉。我坐在这里，仿佛还是当年的黄毛丫头，吃着肉，喝着汤，倒像是梦。”昌年笑道：“你这是心理作用。你想，你离开西安有多年了，什么都有了变化,那个人也是在不知生死存亡之列,未必还在西安。你是脑筋里有这样一个印象,就觉得什么人都像那个不愿给水你喝的人。”燕秋把手推了碗筷,托住了自己的头,现出十分懊丧的神气,自言自语地道:“真像一场梦!”公干道:“杨女士的身世,大概很不平凡。我们这样相聚几日,是常看到杨女士对于过去的事,表示不满;可是过去的事,已经过去了,好歹和现在不相干,想它则甚?”燕秋立刻放下手,将身子坐得端正,笑道:“我忘了陈先生是生人,在席上做出这颓丧的样子来,请你原谅。不过说到我的身世,倒是不平凡,那不过和太平日子的江南人在一处相比而论的。若说到我是一个西北灾民,这事就稀松得紧。在那大旱的时候,哪一户人家不是死里逃生出来的?能够死里逃生,这人就算千幸万幸。要不然,倒在路边,不曾断气就让野狗拖去吃了的,那还多得是。那个日子,我逃到陕西境内以后,看到狗拖人腿跑,年纪虽小,心里也很害怕;想着我总也有这样一天,会让狗拖了去的;绝料不到逃到了南京,很得了几年物质上的享受,而且是念了三年书,长了不少见识。可是我们的父母兄弟,他们是否还生在人世?我就不得而知。唉!全死了呢,那倒也落个干净;若是都在死不得、活不得的环境里头,我觉得高坐在这里喝肉汤,那真是罪过。”昌年道:“你何必那样想,天下事难说的;也许令尊大人也在另一个地方喝肉汤,这样地想着你呢。”燕秋微笑道:“你以为幸运儿都出在我一家吗?”一虹道:“一个人在病里最容易想家的。你这几天病在旅馆里,很是无聊,所以想家的念头,非常地深切。”燕秋道:“病里想家,自然是不错。但是为了你的原故,也引起我想家的念头不少。”一虹望了她愕然道:“什么?为了我吗?我何以会引起你想家呢?”燕秋道:“因为你这几天,也是很想家,写信打电报,天天忙着。你是个有家的人,离开家庭,也为日无多,就是这样的想,像我这样抛开家庭这多年的人,不更看着动心吗?但是我的家在哪里?想也是白想!”一虹先是心里跳着,不知道她要怎样的说出缘故来,现在她说为的写家信,这就干了一身汗,笑道:“既然如此,以后我就是写信打电报回家,也瞒着不让你知道,免得你动心。这都是我不好,吃水盆大肉,会谈起了鲁智深吃狗腿,于是引着你想起狗吃人、人吃狗的事。”燕秋两手放在怀里,垂头叹了一口气。公干道:“杨女士的历史,虽没有完全告诉我,但是在言谈之间,也略知一二。你真可以说是忧患余生,回头我到旅馆里来拜访,可不可以挑那可以说的,告诉我一点?”燕秋想了一想,因道:“唉！我这样的人,还有什么秘密可言。陈先生愿意知道,我可以尽量相告。我不但不瞒人,我还很愿意对人说:我由那样一个环境里,跳到这样一个环境里,就是一场大梦。一个人做了一场怪梦,还愿意对人说呢;我的事像做梦一样,还不愿告诉人吗?”公干笑道:“杨女士若要向那玄虚的一条路上谈去,那就人生谁不是在做梦。可是不做梦,又怎办？不要消极,还是兴奋的好。”昌年向一虹望着,笑道:“对了！还是兴奋的好,兴奋得像高先生一样。”一虹红了脸道:“老费！你为什么老将我来打趣?”说着,将杯筷微微一推,颇有生气的样子。昌年微微一笑,没作声。然而燕秋眼里,是知道他两人在言外有意的了。

第二十二回　震耳赏秦音人归夜市　分襟渡渭水诗唱阳关

在这一天上午，不过两小时之间，高一虹和同伴三个人，差不多都发生了一点友谊上的裂痕。燕秋究竟念着人家废弃学业，万里奔波，是为了自己而来的；无论如何，自己对于他，总要格外地容忍些。本来吃了两块肉，喝一点汤，就要退回旅馆去休息的，现在想到果然走了，一虹言前语后，若是和费、伍二人说僵了，当了陈公干的面，倒有些难为情。这就依然坐下来，殊不料一虹和昌年顶嘴以后，他也默然无语。燕秋这就提起精神来，不住地和陈公干谈话。健生笑道："我说怎么样？劝你到这儿来大家谈谈，提提精神，比在旅馆里闷坐好得多。现在你不是精神复原了吗？"燕秋道："复原了就好，那我们可以快一点走。西安逛够了，水盆大肉也吃了，还有什么可以留恋？"公干也就放下了筷子碗，在袖笼里抽出一条手绢，两手捧着将嘴一抹，唉了一声，笑道："美哉！水盆大肉。"大家都跟着吃完了，让到旁边一副座位上来休息。燕秋笑道："陈先生吃完了之后，还连夸两声。一个南方人对于这清炖羊肉，这样的感到兴趣，这倒是我出乎意料以外的。"公干在身上摸出一包哈德门的卷烟，笑道："人是要走到什么地步说什么地步的话，就像这哈德门香烟，在扬子江一带，我们这当小老爷的，总不好意思抽；可是在西安就很普通。过了西安，县太爷款待省城去的嘉宾，也就是这个。在这地方，还想过南京上海的生活，那如何能够？"公干一面说话，一面擦着火柴抽香烟，眼睛实是不曾向哪里看了去。健生却在一虹身上连连打量好几遍。一虹勉强地笑道："论起这一点来，我是非常之惭愧。我到了西安，还不免过着南京生活呢。"公干捧了两手，连连拱拳道："惶恐惶恐！失言之至。"燕秋道："陈先生也太客气。你不过是一句譬喻的话，怎么说是失言了。"说着，就睃了一虹一眼，一虹正是在打量燕秋的态度，看得明白，只觉脸上的肌肉紧张，脊梁上是阵阵向外冒着汗，便觉得坐也不是，站着也不是，只扭转了身子，向这楼上四周看了去。公干到了这时，也就看出了他们的裂痕，在墙钉上取了帽子在手，向着四个主人做了个罗圈揖，笑道："多谢多谢！我到省政府里去，有点公事要交代，先走一步了。"他笑嘻嘻地走了。

这里四个人，也都感到乏味，无话可谈。燕秋笑道："哪位带了钱，请把账会了。我也急于要回旅馆去洗把脸。"她一面地说，一面走了。回到了旅馆里，坐在屋里想着，倒是有点发呆。一会子工夫，听到昌年在门外问道："燕秋睡了吗？"燕秋道："刚吃饱了回来，怎么又睡觉？请进来。"昌年进来，见她斜靠了桌子坐着，一手托住了头。昌年道："我听着房里一点声息没有，我以为你是睡了呢。"燕秋还是那个姿势，许久没有作声。却微微地叹了一口气。昌年也不作声，在她对面椅子上坐了。燕秋微微地摇了两摇头，又叹了一口气。昌年明知道她是为了一虹的事，心里不自在，依然装成不知，向她微笑道："自从到西安以来，没有看到你痛痛快快过得一天，这是我们不无遗憾的。"燕秋禁不住扑哧一声笑了，因道："我没有过得一天痛快日子，这和朋友们什么相干？要朋友认为遗憾呢？"昌年道："这话猛然一听，好像是不对。可是转身一想，也有理由。我们陪着你一同到西北来，这四个人，总也可以算是同舟共济，就自然是要甘苦与共，现在我们都还平常，只有你一个人只管发愁；也许是我们对于同舟共济这一点，没有十分做到。"燕秋点点头道："你的话，倒是说得很委婉。你或者也知道我心里难过是在哪一点。我和一虹，平常的友谊也不算十分泛泛，就是他的性情，也很是温和的。不想他这几天性情大变，慌里慌张，整天不知要忙些么什！人家对他说什么，他总不把人家的话当作好意，板了脸子，立刻给钉子人家碰。我虽是十分容忍，他总不把态度改善。我心里疑惑着：他不愿意再向西走了，失了一个同伴，这无所谓，我们照样地可以向前走，不过这样一来，倒好像是我不能容人，把他气走了。我的意思，想请一虹来把话说破，假使他实在不惯这西北生活，打算回南京去，那可尽自便。只是希望他依然保持住我们的友谊。不过我又怕当面把话说僵了，没有法子转圜。所以我还只是在这里为难着呢。"昌年沉吟了一会，答道："说一虹这两天有些态度改变，我也倒是承认；不过说他有心要回南京，那或者也未必；你这番意思，自然也顾虑得很是,我可以替你去问问他的。"燕秋道:"那不大妥吧。我看你和他,很有点隔膜。你便是有十二分的好意去和他说话,恐怕他也不肯当着好话去听。"昌年听她如此说着,没有答话,斟了一杯茶,慢慢地呷着。他的两条腿,是架着的,不住地在桌子下面摇撼;眼睛只管看了杯子上那几笔粗线条的花纹。燕秋望了他道:"你想我这话是不是?将来他要是走了,倒要说是你和健生不能容他,你怎能背上这样一个恶名!"昌年依然将眼睛望了杯子上的花纹,很随便地答道:"我想不至于吧。那么,就是换了健生去劝他,他也不见得会高兴的。究竟让谁去和他说呢?"燕秋皱眉道:"因为如此,所以是我为难透了,这话还是搁一搁地好。或者……"燕秋于是将一只手臂撑在桌上,把一个食指点了嘴唇皮,她两只眼睛皮微微下垂。昌年看着,觉得她的态度是那样自然,又是那样柔媚可爱,不觉对她看出了神。燕秋猛可地抬起眼皮,看到他这样子,便笑道:"你怎么也望着我出了神?"昌年搔搔头发笑道:"并非别的……"没说完,又搔搔头发。燕秋微笑了一笑,却是坦然,因道:"这个问题,我们暂时压下,什么不用说了。明天再休息一天,后天我决计走。假如高先生是不愿再向西走的,他一定会有表示。我们再根据了他的表示,看事说话。我可以坦白表示的,就是姓杨的人,决不做损人利己的事,也不能强人所难。"昌年笑道:"你何必在我面前说这样的话?我向来主张,以为一个人,无论做大小事,不做也就罢了;若是既然做了,失败也好,成功也好,总要得个结果,决不能半途而废。一路走到西安,你总也看得出来,我绝没有一丝一毫消极的样子。所以我这回西北之游,就陪你走到目的地为止,前途的成功和失败,我是在所不计的。"燕秋笑道:"成功和失败,虽是一个相对的名词,但是我们这回旅行,除了我是希望找着家庭而外,你三位是游历性质;出门游历的人,只要你肯去,就可以到你所要到的地方。到了,自然是成功;不到,是自己不去,并无所谓失败。好像一虹吧,他现在若是不愿前进,回南京去,那是他自己愿意的,这里面似乎说不到什么'失败'二字。"昌年听她这样解释"成功、失败"两个字,却是出于意料,便笑道:"很好!我努力去做到成功吧。"

在这时,恰好一虹走进来了。看到杨、费两人的脸色,都有猛吃一惊的样子,却不便对燕秋注意,只是向昌年微笑了一笑。昌年手上还拿着那个空杯子呢,这才觉得手上拿着这东西近于无聊,放了下来,也报之以微笑。一虹见桌上有几张报纸,拿到手中看看,因为发现到许多新闻,仿佛都是很熟的。看看报头上的日子,乃是昨日的报纸,这就悄然放下。燕秋将手伏在桌上,头枕了手臂去睡。昌年也是左手搭在桌上,右手在抚摩左手的五指。一虹想了几句话问道:"长安城里的名胜,我们也算领略得不少了。但是汉唐两代的宫阙,多少总有些遗迹可寻,可惜我们始终没有去游历一回。"昌年笑道:"你说到这个,我倒是领教过了。你若怕失望的话,就不去看也罢。"一虹道:"一点遗迹都没有吗?"昌年道:"在这城西北角,有几个五六丈高的黄土墩子,于今叫西五台。台底下到处是土沟,有几处破屋可以点缀,据传说就是唐朝的宫城,那还有什么可以赏鉴的呢?"一虹答应了一个哦字,也就觉得无话可以说的,说了声:"我一个人去走走。"自出去了。他就为了出去寻找汉唐故宫遗址的缘故,直到傍晚方才回来,连晚饭也不曾同大家在一处吃。

燕秋究竟是个主脑人物似的,硬和一虹这样僵持着,也是不妥,于是向他迎着笑道:"一虹!我告诉你一个很好的消息。"一虹听说有消息相告,不能不吃上一惊,立刻就站定了脚问道:"又是……电报。"燕秋笑着摇手道:"非也!那位陈公干先生不愿白白地吃我们一顿,今天晚上,请我们到匡俗社去听陕西梆子。"一虹换了一口气,笑道:"原来如此。"健生道:"听你的口音,好像在今天还有电报来,又是请你买碑帖吗?"一虹笑道:"也许是。"他这句话,是驳得大家都无话可说。

还是陈公干已经来到,他说秦腔戏每晚唱一整本,要看全本,只有趁早去;于是大家随着陈公干之后,同向戏馆子里来。其实也并不是特设的戏馆子,乃是一所大会馆。进了大门,还走了两个院子的黑路,才摸索到了戏场子里,一到便感到这情调确乎又是一样。这戏场子里全是平座,没有较高的座位,也没有楼;位子的设置,是长条板凳,更配上长条板桌。人由后面走过来,首先看到的,便是满眼人头滚滚。因为城里没有电灯的设备,只是戏台口上,点了两盏较大的汽油灯。至于座位顶上,却只有一盏小型的汽油灯点着。座位子四周,却是那草帽式罩子的煤油灯，虽然也很是点了几盏，可是那光亮不大，所以在那空气不良，烟雾腾腾的灯光中，便使人的形影不清，只见人头乱动着。所幸西安虽有古风，戏馆子里却已办到男女同座。陈公干倒是这里的老主顾，他在前面引导燕秋一行人，由人腿相碰的一条路线上，引着到正中的座位上来。立刻有两个仆役样的人，起身让了开去，这就因为西安没有对号入座的规矩，公干预先买了票，派人来占了座位。大家侧了身子坐下，公干却是得了茶房的招待，得了一条一尺长的小板凳，放在桌子头，大家就是凑着，斜了身子向台上看去。台的正中，倒也有一幅绸底子的绣幕，只是大红颜色，都变成深紫了。上面所绣的红花绿叶，金色狮子，也有若干部分零落着线头，挂穗子似的垂了下来。所有文武场面，都是拥在绣幕下方。至于正中的一张桌子，两把椅子，却也和京戏一般。

在台口柱子上，挂了一块木板，上面贴了红纸，写着黑字：今晚开演全部五典坡。大家看到这个牌子上的报告，就不免相视而笑起来。公干问笑什么？燕秋道："前两天，我们曾讨论过这一出戏，所以今晚看这戏，很是对劲。"公干笑道："要在西安听五典坡这出戏，那就机会太多了。陕西人对于薛平贵、王宝钏的故事，是特别感兴趣。这里有三家秦腔班子，总是轮流地唱这种戏，差不多隔三天就有这戏可听的了。你瞧，这是秦腔皇后，扮着王宝钏上场了。"大家向戏台上看时，那个皇后，是位三十附近的男子，一张瘦削的脸，又是很长的，在稍远的地方看，几乎会疑心到这是人的侧面。他身上的装束，倒也和京戏里差不多，也是青衣白裙子，只是穿的鞋子，是一种剪刀口的青布鞋，不大雅观。他上场来，也说了几句道白，却是十分道地的长安话，而且也不用小嗓，不过比平常男子说话的声音，略微要窄些。一个装扮女子的人，用着本嗓子说话，在未曾听过秦腔的听了，立刻就觉得视感与听感非常不谐和。随着王宝钏也就开口唱起来了，在衬托的乐器里面，是两把梆子胡琴：大的有两尺多高，拉弓快到三尺长，下面的琴鼓，几乎和三弦子的鼓面同大；小的呢，也比平常的梆子胡琴要大过一倍。此外还有两个人吹笛子。那笛子很短，调门可很高。这四种东西，发出来的声音，已经是呜呜高叫，加之还有两个敲大梆小梆的，剥剥乱响，便是狂风暴雨，也形容不上这乐器的紧张。所以唱的人,要尽嗓子的能力去发挥,要不然,就不听见人唱了。秦腔的尾声,多半是用张开嘴的喉音。一虹他们听着,只分别得呜哦哎三个字,唱的是什么戏词,一点不懂。那位皇后,又极其卖力,张了大嘴,不住地拖出那呜哦哎的尾音。健生低声道:“当年的王宝钏若是这样子说话,薛平贵会爱上了她,你说怪不怪?”一虹道:“我们南方人听不惯秦腔,可是西北人更是听不惯昆腔,当年李闯得了陈圆圆,让她唱昆曲,只听了几句,李闯就皱了眉头,说是惹起了他浑身的疙瘩,立刻叫人奏乐,他自己唱起秦腔来了。”燕秋笑道:“一虹高兴了,又在发议论呢。”一虹看到她那种样子,真不便说些什么,只好仰了脖子向台上去看戏。那个王宝钏,这时正有一个极卖力的动作,伸了右手一个食指,向前指着,两眼看定了这个手指,将眼珠左右乱转。当他转眼珠的时候,场面上金鼓齐鸣,情形十分地紧张。一虹虽是想笑了出来,念到燕秋对于自己的态度,这时很注意,他就忍耐着不笑出来。

王宝钏唱了一顿,进了后台,接着便是二姐大姐上场。二姐是个十几岁的黄脸男孩扮的,胭脂粉全没有搽匀,整大块地剥落,因之脸上红一块,白一块,还外带黄一块,加上那突头凹眼,很少构成美的条件。至于那个大姐,年纪确是大,几乎有五十附近。他脸上是否抹了胭脂粉,不得而知;反正是一张长而又黄的脸,一看就看出来了。昌年看到,也就发生了一些感慨,因笑道:“怪不得那位王宝钏被称为秦腔皇后,照着这大姐二姐相比起来,实在是差得太远了。”大家一面看戏,一面议论,虽然对秦腔不十分懂得,说着有些意思,也就可以增加听戏的趣味。好在这秦腔戏场里,绝没有台上唱戏,台下听不见的道理。所以大家小声谈话,却也并不碍及旁人的视听。

大家约看了两小时的戏,看到戏文里的情节,到本戏终场,似乎还很早。燕秋笑道:“我们走吧,反正五典坡是怎么一回事,我们全知道的。”公干笑道:“我请各位来,也不过要各位知道秦腔是怎么回事。若是坐不住的话,尽可以听便。”大家对于这秦腔声音的高亢,还在其次,只是五典坡戏的内容,很令人生出一种烦腻。公干既不强留,大家都站了起来。公干这就把衣袋里揣着的一只手电筒,交给一虹道:“这样东西,在西安是不可少的。我已经和四位预备好了。”大家起身,和公干点个头，也就走了。

果然的，离开了这戏场，就觉得是满眼漆黑。一虹亮了电筒，在前引路，到了大门口街上，只见星光下黑沉沉的两排屋檐，一条直街，不见一星灯火。家家都紧闭着两扇大门，露出那店门外突出来的土柜台，更显着这街上是分外地萧条。昌年道："长安城里，以前也曾极度地繁华过。在唐人的著作里，常是形容到城开不夜，现在多冷淡。"燕秋笑道："你怎么说得这样远？你不想想，我们在南京前后住几年，简直就变成两个世界了吗？几年还有很大的变化哩，何况是几百年哩！"大家说着话，不知不觉走到一个十字路口，一虹在前面引路，顿了一顿，四处看看，全是黑沉沉的直街，看去是越远越黑。一虹道："盲人骑瞎马，只管向前走，走到哪里去？晚上，每条街都是漆黑的，分不出个东西南北，也不知道这是大街，这是小巷。"燕秋道："西安城里的街，大致容易分别。不是直的，就是横的。我记得我们来时，只管向西走，就到了。现在我们反过来，只管向东走，自然就走到了。"大家在这里议论，于是人家屋檐下黑暗里走出来一个人，一虹用电筒向他射照时，是个穿青制服的警察，他道："你们几位是要到东大街旅馆里去的吗？"一虹说是。他道："你们一直向东走，倒是不错的，就是这样一直走去好了。"一虹就照了警察的指教，直向前走，夜是更觉得深沉。

大家经过了几条寂寞无人的小街，似乎走到了大街上。在人家的门板缝里，露出灯光来，听到人的说话声；而且在两所比较高一些的屋檐下，垂下来有两盏檐灯，那灯是玻璃罩子的，里面还装的是棉油灯盏，点出来的光，黄黄地落在这沉寂的街心上，远远地看到一个伟大的黑影子，崇立在暗空里。原来那是长安中心点的旧式鼓楼。走到鼓楼下，是个半圆形桥洞式的门洞，而且是很低。一虹道："这一大截路，我都觉得离开了现代社会，实在值得留恋。可惜这是一场幻梦，到了明日白天，一切都没有了。"昌年道："我真想不到，你会迷恋着这十七世纪的夜市。"一虹道："你哪里知道？天下决没有什么事再比关起门来做皇帝快乐的。你想，当年海禁未开，中国人老以为天下就只有中华是一个大国，没有汽车，坐骡车也很阔；没有电灯，点大蜡烛也十分光亮。西安到南京，要走一个月，也没有见得耽误了什么大事。自然，一切物质文明不如现在，可是精神上痛快极了。”燕秋道：“这话是对的。一虹今晚上好作极端之论，受了什么刺激吧？”一虹笑着，可没有答复这一句话，手里电筒向前射着，已经看到旅馆前那个高楼门。这就停止了谈话，叫门进去。

只一进门，茶房迎着一虹道：“高先生！有你的电报来了。”一虹道：“是哪里来的？”昌年暗里替他捏了一把汗，茶房若答复着是开封来的，这事情可就僵了。可是茶房答道：“是上海来的。”一虹道：“电报呢？快拿来我看看，上海来的电报？……”口里说着，做出那沉吟的样子，向屋子里走。随着茶房也就把电报送到屋子里来了。一虹接着电报，用手抓抓头道：“真来了电报，这是透着麻烦的。”他伸手在床头枕底下一摸，摸出一册电码本子来，就到灯下去翻译电文。可是费、伍二人好像避着嫌疑一般，都闪到一边去，只当不知道这一件事。他一人在灯下译文，过了一会子，忽然呀了一声。费、伍二人，依然没有作声。直到把全篇电文译完了，一虹这就自言自语地道：“怎么好？怎么好？”昌年道：“老高！为什么惊慌？有什么要紧的事吗？”一虹举了电报纸道：“这实在让我感到不安。上海方面，转来家父一个电报，叫我不要向西前进了，你看这电文。”说着，将电文送了过来。昌年听了他的话，也是猛可地吃了一惊，怎么他真会有了这种电报到了？接过电文来一看，上面除了地址而外，文是：‘兹接到令尊港电，嘱转告兄，希以学业为重，勿再西行，即归校。令尊不日来沪，否则恐有他变。庸。”昌年哦了一声道：“这署名庸的，是什么人呢？”一虹道：“是家父的朋友。我因为家父时而在香港，时而在新加坡，所以没有和家父直接通信，只是打电报给这位先生。因为他们在商业上差不多是每日有电报往还的。我想不到已经来到了西安，家父会不要我前进，而且这电文的口气是很严重，我没法子违抗，这可怎么好呢？”昌年道：“你说的是‘否则恐有他变’这六个字吗？是一种什么变故呢？”一虹道：“这件事，牵涉到了家庭问题，我是不好说出来。不过华侨的思想，并不是别人能揣想的，像欧美人士那样崭新。有时和人的理想相反，乃是极端地旧。所以这‘变故’两个字，是关系很重的。”昌年对于他的话，也没有置可否，就把那电文交给了健生去看。健生就道：

“那么,照着你这个电报看来,你是非东回不可了。”一虹做出踌躇的样子,嘴里吸了两口气。昌年道:“人生是难说的,想不到我们到了西安,还有分手的可能!”一虹沉着道:“这件事我自己也是拿不定主意,等我和燕秋商量好了,再定去留吧。”健生说道:“这个主意当然是由你拿。你要回学校去,事关你的前程,她还能拦阻你吗?”一虹道:“那是自然。不过……”他说着话,打开房门,向外探望了一下,因道:“燕秋已经睡了,有话明天再说吧。”费、伍二人看他那情形,是十分不安,谁也不敢插嘴说什么,只好听之。

到了次日早上,费、伍二人,知道一虹必然会去和燕秋开谈判的。拿了几份报,自伏在桌上看,却不向燕秋屋子里去。偷眼看到一虹拿了那封电报,向燕秋屋子里去了。健生低声道:“你看一虹能决定回南京去吗?”昌年道:“你以为燕秋能留住他吗?“健生道:“她的脾气,我是知道的,决不肯说留老高的话。”昌年道:“却原来一个要走,一个不留,还有什么话说?”健生笑道:“我们两人,再有一个抽梯,这事就妥了。不过我现在倒不好说转去的话了。”昌年将看报的眼睛抬了一下,向他微笑着,这也就没有什么下文了。

约莫有一小时,一虹很懊丧的样子,皱着眉走进房来,右手拿了那封电报,不住地在左手心里打着,叹气道:“对不住,我们要分手了。燕秋的意思,以为我若再向西走,引得家庭发生了问题,她很感不安,极力主张我回南京去。我自己的事,我自己知道,要我再向西走,我是没有这种勇气。燕秋说:她明天决计搭车子走。我听了这话,真是黯然;不但是心里不安而已,我看她那样子,一定是不能即刻回南的。我送你们到咸阳吧。咸阳的东岸,就是渭城,劝君更尽一杯酒,西出阳关无故人。这两句千古不朽的诗,就在那里作的。”昌年道:“那么,你要实行唱那阳关三叠?”一虹道:“不如此,我心里过不去。”昌年道:“你坐了我们的汽车去,你怎样回来?”一虹道:“那好办,那里天天有西南两路的车子,随时可以搭坐回来。我已经打听清楚了。”费、伍二人互看一眼,也就莫逆于心。

这一天,燕秋和平常一样,并不带着什么难堪的态度,把旅行需要的东西预备得充足了,和一辆到平凉的货车商量好了,二十五块钱一个人,各人带三件行李。

一虹附车到咸阳,并不要钱。次日七点多钟,这汽车就由车行里开到旅馆来接客。一虹帮着三人同搬行李,出去看时,却是一辆大卡车横门停着:车身四周,是板子围着的,不但上面没有什么遮盖,而且车上的行李货件,堆着有五六尺高,已经有四五个客人都坐在行李上。车身本来有三尺多高,人再坐在行李上,倒仿佛有些像江南出会时抬阁戏,便向燕秋道:“坐在这上面,不但有相当的危险,而且风吹日晒……”燕秋手提了一只小箱子,抓了木板,爬上车去,答道:“没关系!向西去的客商,谁不是这样走的?”她爬过了行李堆,将小箱子向行李缝里塞了进去,人就在一卷铺盖上坐着。随着费、伍二人也爬上去了。一虹对于他两人,这时倒有些钦佩,也就更增加了自己的不安,爬上车子,便道:“我不能和三位同甘苦,我十分惭愧。我回到南方去,一定把你们这吃苦的情形发表出来。”燕秋笑道:“由陕西到甘肃去,盼到有汽车可坐了。天理良心,这是一步登天的事了,怎么还说苦呢?”同车的几个人,也带了笑容,似乎对这句话表示同情呢。

这时汽车司机生在车下问着各事已经停妥了,他就开车。出了西安的西关,公路很是平整。南北两面望着,全是莽莽的麦田。约莫走有十里地,在公路的北边,有一个黄土高坡。有几户人家的颓墙,带了些野草。据燕秋说:那是汉代未央宫的故址。又过了一道和灞桥相像的长桥,叫作沣桥。桥下的沣水,也和灞河一样,河床里全是沙。这桥只有灞桥一半长,却是它的桥基,完全用许多柱磉一般的圆石头叠起来的,倒显得别致。过了沣水,就是秦都咸阳故城,依然是些高下的土坡杂在平原里。又不远,汽车越过了一块高地,这就看到了渭河的水,由南向北,黄流滔滔,拦住了去路。在河这边,是一片泥滩,没有什么点缀;河那边,北段是高原的起点所在,只见那平地,慢慢向西北高了去。南段是咸阳县城。那城东南两角,紧靠了渭河的岸上,低低的黄土城墙,拥起两个残破的小箭楼,倒有些像江南大路边的小古庙。渭河那浩浩的横流,由那水平线上的黄尘中流来,也向北端黄尘中流去。这咸阳城在太阳下面照着,没有一些山林陪衬,便有些那黄沙白草古人出塞的情调。燕秋在车上,首先喊着到了咸阳了。一虹道:“怪不得唐朝人送客到西安去,总送到渭城。实在的,这个地方送别,不同灞桥了,很有些苍凉之感的。

古来的渭城,是在渭河东岸的,大概送客到河边为止。于今咸阳县城,倒在西岸了。"说着,汽车把泥滩跑过,停在河边。汽车夫招呼大家都下车,好过渡船。

大家下得车来,见渭河两岸,斜对着,都停泊了几只渡船,还有两只渡船正对开着。这渡船和在潼关所看到的黄河渡船,相差不多,只有平舱板,没有篷舱,也没有桅杆;头尾都是方的,仅仅是后艄有个二尺高的舵楼,然而也并没有舵;乃是将一根弯曲的树料,下半截拖在水里边,上半截斜伸在艄上。燕秋笑道:"一虹!你前晚上说:古代的城市,都可以留恋,你看这渡船怎么样?我相信这渡船,还保持着汉唐时代的形式。"在河那边,有个木牌坊,上面有字是咸阳古渡。一虹已经走到水边上,见渡船上的人,正向岸上放着三四副跳板,放车马行人上去,便答道:"这倒是不愧那个古字的。不过它是运车马的,不保持着这种原有的精神,也许不行。"这时,那汽车在两块跳板上,缓缓地移上船去,随后坐车的人,还有其他渡河的人,都向船上走着。

一虹也要跟着上去时,那个汽车夫看见了,就向他摇着手道:"先生!你不是送客的吗?你就不必过河去了。"一虹道:"为什么?送客的就不能过河的吗?"汽车夫道:"不是那样说,你看那边有只船正要向这边开。那上面不有一辆大汽车吗?那是由宝鸡开回西安的客车,你先生正好搭了车子走。宝鸡到西安的客车,每天都是一两点钟到这里,今天不知道怎样早来了,也许今天下午没有车了;你若过河去,车就过来了。"一虹道:"这样一条大路,有的是车,我可以搭别辆车子走。"燕秋道:"不必了,一虹!送君千里,终须一别。你不是说了吗?古来人送行,大概是不过河的,你就到这里为止,好早早地回西安。明天,你可以赶早坐汽车上潼关了。"说话时,费、伍二人都已上了船。燕秋站在跳板头上,拦了一虹,昌年站在船边挥着手道:"一虹!你果然不必送,你现在搭汽车就走,还好一点,回头你一个渡河回来,很凄凉的。"这句话说得一虹心里一动,退了一步。燕秋就伸出手来,向一虹握着,强笑道:"我没别的可说,只有永远记着今天在渭河岸上。"一虹顿了一顿,望了她道:"我很对不起你。"那声音很细微,而且断续着;但是他怕会哭出来,收回了手,立刻高声向费、伍二人道:"这里又没有酒,我不能劝你一杯,我念两句诗送你吧。”于是高声念着王维送人:‘劝君更尽一杯酒,西出阳关无故人’的两句诗。燕秋走上了船,船家就抽了跳板。他们三人站在船上,都向他点头。一虹并非不想上船,只一发呆,跳板就抽了,现在要上船,已经是来不及。眼见船家将木篙子点着岸,船已离开了两三尺。燕秋点头道:“一虹!你立刻坐车回去吧,到南京问候朋友们。”一虹说道:“希望你一切原谅。”这船慢慢到了河心,三人还是向他望着,不住地点头呢。

第二十三回　荒冢成群见咸阳古道　流氓接踵过西北高原

古人曾说:黯然消魂者,别而已矣。人与人之间,只要有了个"别"字在内,那总觉得心里是难堪的。燕秋一行是四人,现在变了三人,各人心里便也有一种说不出的滋味。加之这分手的地方,又是咸阳古渡头,对着一河浊流,三竿斜日,再望那莽莽的高原,是各人的去路,谁也不免会伤感的。燕秋站在船上,见一虹呆呆地站在水边,一点不动,因道:"我们不该要他来送的。来的时候,我们同坐在一辆车子上,倒也无所谓。现在他一个人回去,举目无亲,未免显着孤单。你看他站在那里,只管望了我们。"燕秋如此说着,就举了手,在日光里挥着手绢。一虹虽在远处,隔着水面,也很容易看到,举起了头上的帽子,也是乱挥着。这渭河里的古式渡船,渡得极慢。一个驾舵的和几个船伙,摇着那半舵半橹的东西,吆喝着,半晌摇一下子。天气并不是那样太热,早起,身上还可以穿着夹袄。可是那个摇橹的老船夫,竟是周身上下不带一根细纱。另外还有两个撑篙的,也是赤条条地,暴露着全身的粗糙皮肤。昌年想着:陕西人极讲旧礼教的,在大路上,男女来来往往,什么样的人也有,何以这船夫竟是这样毫无顾忌?可是渡船上尽管有女人,谁也不觉得奇怪;不过当了燕秋的面,这话可不好问出来。健生也是和他同一的心理,闪在燕秋身后,向那赤条条的船夫,努了两努嘴。昌年自是会意,向他微笑着。但是他们心里闷着的这个哑谜,不久就也揭破了。

这渡船到了河水较浅的所在,那两个撑篙的船夫,放下木棍,陆继向水里跳去。夹着船头,左右各站一人,扶了船,向对岸走去。健生笑道:"他们这样摆渡,倒也干脆。那么,在船上撑船的人,都下水扶了船走好了,又何必还要在上面摇橹?据我看,运动场上,五十米赛跑的时间,这船只好走一尺路。"燕秋始终是向对岸望着的,这才回转头来道:"这样打比方,西北就不能来了。由西安到兰州,若是坐骡车，半个月走到，就算走得很快。可是现在飞机飞起来，两小时就到了。”昌年笑道：“这样说，一虹回到南京以后，若是想追我们，坐了飞机来，依然可以赶过我们去。”燕秋道：“那他又何必呢？他果然那样高兴和我们做伴，就不必分手了。”昌年道：“那是他父亲来了电报，他不得不走的。”燕秋微笑道：“你以为那真是他父亲来的电报吗？”健生道：“我也有点疑惑，其实他如果不愿向西走的话，尽可以实说出来的。这样的做着，倒显得朋友之间，不能相处以诚了。”燕秋道：“我们也不能怪他。一个人非是万不得已，哪有不顾全信用之理。他在半路里回去，一定有一种不得已的苦衷。你不见他站在河岸上，老是望着我们舍不得分别，我们的渡船，都快到岸了。你看他还是在那里望着。”费、伍二人向东岸看时，果然上渡船的那个地方还有一个人，在太阳光里站着。燕秋举起手来，将手绢摇摆着，那边也就举起手来摆动着帽子了。燕秋道：“可不是他？这可见他对于我们，也是很恋恋不舍的。”健生大声喊道：“老高！回去吧，我们这里快登岸了。”隔了水，也就听到一虹叫着一路平安。大家在遥望的当中，约莫有半小时以上，渡船到底是靠了岸了。船上人纷乱着上岸，回头看河那边，也有渡船达到，这就不能看到一虹了。

这岸上，是一片黄土高原，乱七八糟的，印下了一些车辙。在水边上，车马行人很凌乱地散着。因为这样，所以人丛中也很杂了一些小贩。这小贩所卖的，却很简单，只是些烧饼、冻粉、黑面条、水酒。那卖水酒的，颇让昌年看了感到一种趣味；原来小贩用个柳条篮子盛了一坛酒糟，又是一只大瓦壶，盛了一大壶凉水，用碗盛了一些酒糟，满满地斟上一碗凉水，卖给人喝。有人喝完了，再要那个小贩补上一点凉水，他竟是不肯。因为这一大瓦壶水，也是小贩由别处带了来的。人虽站在渭河旁边，这渭河里的黄泥水，却是一口也尝不得。燕秋走上岸来，见昌年只管注意着，因笑道：“你想喝一点吗？”昌年连连摇头道：“我哪里敢冒这样的大险。怪不得旧小说上，写着大路头上，有卖酒解渴的。以前我很疑惑，酒何以能解渴，现在看起来，酒是真正有人用来解渴的了。”健生道：“这些酒，都是加了水在里面喝的。但是小说书上，并没有说加水的话。”昌年笑道：“我们又何必看得那样固定。也许古来酒便宜，不用加水，或者已加好了水的。”燕秋笑道：“去了一个见事有理解的一虹,你又接着学起他的样来了。你看,那担子上的黑面条子,是什么东西?”昌年看时,有副担子上,上有方木托盘,上面堆了两小堆黑面条,那面条约莫有尺来长,却有指头粗细。担子另一头的木盘上,有一碗盐水;一碗水拌红椒末,此外便是碗筷,因摇摇头笑道:“这个我倒看不出来是什么,麦粉做出来的面条,不应当有这样黑。这黑得像炭灰差不多了!”燕秋道:“这根本不叫面条,叫饸饹。制法是用土养荞面,调和成一个团子,装在小木盒子里;这木盒子的盖,有一根横梁,仿佛像江南榨甘蔗汁水的木板。盒子下面,有许多小窟窿,在上用力一压榨板,这荞麦粉就在窟窿眼里漏出来,成了饸饹。这饸饹在西北,是上等食品,照例是用点盐水和椒末拌一拌,至多加点醋,连再好一些的作料都没有的。你二位要不要尝一点?”健生连连点头道:“好的好的,这东西怎么卖法?”燕秋道:“我不过说着好玩,哪里真要两位尝这东西。不过,要是在西北住着稍长的时间,这东西总也有尝到的一天,那倒不必忙呢。一虹也算幸,也算不幸;所幸者他不曾吃苦,不幸者是他尝不到西北的苦味。”昌年笑道:“这样说来,你所说的不幸,正是我们的大幸。”燕秋侧了头很快地向他瞟了一眼道:“真的吗?人生在世,必定要为着一种收获,才肯去吃苦。没有什么收获可以希望,这苦就吃得无谓的。一虹大概是对于这件事有点儿觉悟了,所以他以渭河为界,不再前进了。”健生斜在一边,听了这话,脸上的颜色,红白不定,却是有些变动。可是昌年微笑着,答道:“这也看各人所悬的目标怎样罢了。”

燕秋正要跟着向下说,所乘的货车,已经开到了面前。那个司机,却悄悄地走到了她面前,向她微鞠着一个躬,用很柔和的声音问道:“小姐!你坐在车子上面,不怕太阳晒吗?而且风沙也是很大。”燕秋笑道:“多谢你的好意。但是在这条路上坐车,全是这种样子的,你叫我有什么法子?”那司机生微笑道:“不要紧,我开车的地方,除了我,还可以坐两个人。现在只坐一个客人,假如你小姐愿意去坐的话,现在正好坐。那里不但太阳晒不着,也不受风沙;最好是那个座位一点也不颠人。到了平阳,你随便增加几个酒钱就行了。”燕秋笑道:“钱我倒是不在乎。出门的人,哪里不花钱?”司机生笑道:“你们从南京、上海来的人,都是用大钱的人;

到这小地方来,随便花几个小钱,那实在算不得什么。”燕秋笑道:“花钱呢,自然算不了什么。但是我们一行有三个人,我一个人找好位子坐了。我这两个同伴,就该太阳晒大风刮的吗?”司机生听了这话,立刻把笑容收起,沉了脸道:“我这是好话。”燕秋道:“是呀!我也知道你是好话,可是我两个同伴,不便拆开来坐,只要你一路上好好地照应着我们,到了平凉,送你几个酒钱,这也无所不可。”司机生板住了的那两块脸腮,听到了最后这句话,立刻又变化着,带了一些笑容,因道:“照应客人,那是我们开车人自己分内的,一定好好照应的。”他于是掉过头来摧搭车的旅客上车。旅客都到了面前,他就高声叫道:“各位客人,这里有位小姐,我们应该客气一点的,让人家坐到前面一点吧。”那些旅客看到燕秋是个年轻的姑娘,也就不便怎样的争执。司机生亲自上车去,搬动着行李,在靠定司机生坐板的所在,检出一个低洼一些的空当,招着手叫燕秋上去坐下。又向费、伍二人道:“三位既是同伴,和别位客人不便掺杂了坐,也就坐到前一点的地方来吧。”昌年向健生丢了个眼色,三个一同爬上车去,果然坐在前面。那些后上来的旅客,虽不能坐到前面,却也是尽量向前方挤着。

开了车以后,健生才发现坐在前面比后方要少受颠些,尤其是车子偶然停住,那车后卷起来的黄尘,撒网一般,向人身上乱扑。越坐在前面,越是少吃一点土。昌年便向燕秋笑道:“假如没有你那句话,司机生或者不会想到优待女宾的。这可见人生在世,好事不能多做,好话也不妨多说。”燕秋望了他,不愿他向下说,因将手向西北高原上一指道:“你看那些高原的黄土堆,堆得像一幢幢的屋一样。你知道那是什么?”费、伍二人看时,果然在高原上,星罗棋布的好些个土堆,那土堆多半是上尖下长方,有的也是长圆的,却猜不出是什么东西。健生道:“这绝不是古代碉堡吧!碉堡不能全用土筑,而且三五个一群,碉堡没有这样布置的。”昌年笑道:“当然不是古代碉堡遗址,碉堡要筑得像城垛一样。我一猜就猜到了,必是古来烧烽火的烟墩。”健生道:“也不对,古来烽火墩是五里路一个,哪有这样成群摆着的?”燕秋道:“这是不容易猜的,这是古来的宝库。”健生道:“什么?这是宝库?宝库有做成土堆样子的吗?”同车的几个客人,见他们这样猜着,都微微而发笑。

燕秋笑道:“老实告诉你吧,这是由西汉以来的各代古墓。在每个墓里,多少都有一点殉葬的东西。这些东西,现在有人挖掘了起来,就是值钱的古物。你想:这一堆堆的古墓,不都是宝库吗?”健生道:“原来如此!那么,人家客厅里,陈列上许多古物,岂不变成了坟墓?”燕秋道:“正是这样。可是只要东西值钱,有人由古坟里掏出来,自然也就有人在家里高高地供起。假如有人说:人骨头是值钱的,我相信今天埋进土里去的死尸,明天就有人掏了走。”昌年笑道:“你把人心也看得太和善了。若是人骨头值钱,大街上会时时刻刻丢掉活人,还等得及死人埋了,从坟里掏出来吗?”同坐在车上的几位客人,都跟着呵呵大笑。

这时车子早已绕过了咸阳城很远,一望平原,都是些干燥的麦田;不但看不到一条水沟,而且也看不到一口水井。在这样春尽夏初的时候,麦田里,麦苗才有一尺多长,而且这麦田也不是一丘连着一丘,常是整片地夹着那稀疏荒草的旱地;田地外也不见什么人家,也不见什么树木,只见车前一条黄色大路,在平原上一直向前而去。健生道:“呵哟!真荒凉呵。只隔了这一条渭河,怎么就荒凉到这种程度?”燕秋笑道:“这就算荒凉吗?早着哩!”昌年道:“这真成了李太白所说:咸阳古道音尘绝。怎么连树木都是很少很少的?难道前几年大旱,把树木都干死了吗?”燕秋道:“大旱是不无原因。但是这里向西,是慢慢地踏上西北高原,水是很不容易得见。没有水,所以也就没有树木。”健生道:“高原就是土山了?”燕秋道:“不,高原是广大而平坦的高地,只有在远处,可以看出来是比所在地方为高。到了原上,也仿佛就和平地一样。你看,那北边就是。”健生随了她手所指的地方看去,果然,这地皮越远越高,在那高原上,只有些散落和成群的古墓。燕秋道:“这里咸阳大路,是分三个岔;向北去的,是到泾阳三原,要经过周文王、周武王的陵。向南是到凤翔、宝鸡,要经过马嵬驿,可以看看杨贵妃的坟。可是我们偏偏走的是中间这一条路,两处都看不见。”健生说道:“早知道如此,我们该在咸阳下车,耽搁两天,都去看看。”这旅客中有个身穿黄布制服的人,仿佛是个公务人员,年纪约莫三十上下,胖胖的人,倒是个老实样子。他见燕秋一行人说话好像很羡慕,这时就禁不住插嘴道:“那有什么可看呢!周陵呢,现在用墙围起来,前面盖了一条祭殿，似乎比以前像样一点；要说到马嵬驿的贵妃坟，就是一个黄土堆，什么也没有。若是为了看一堆黄土，那么，这一路不是很多吗？古迹，十有八九是不能去看的。不看以前，还想着有味；看了以后，就要后悔了。"健生听他这个说话，倒是不俗，便答道："你先生到过这两个地方吗？"那人道："全到过。西安附近，县县都有古迹，好像关中成了古迹群。其实除了华山、终南山、太白山而外，别处都没有什么了不得的。"健生道："那么，这一条路上，你先生是很熟的了。"他笑说："差不多每个月都走这条路一回。"昌年笑道："这就好极了，我们少不得要多多地请教。"于是彼此换着名片，才知道这人是西兰公路上一位公务员，名叫马振邦。他说："这条咸阳古道，变成了咸阳新道，已经看不到以前古道的样子了。以前遍地全是深到一尺多的车辙，人在路上走，都没有地方下脚，不说是坐这样快的汽车了。女界到这条路来，觉得是受罪，其实这比以前好过万倍了。"燕秋听了，只是微笑。

说着话，车子经过两个村堡，都只剩了几堵秃墙，比在东大道所见的更要荒凉。不到两小时，在土坡上现出一个城圈，已经到了醴泉县。就外表看来，似乎这个县份很不错，及至进了城，当这样太阳快当天中的时候，在街的这头，望到街的那头，竟没有一点障碍视线的东西。街两旁的人家，有的还有门户，有的就是一堵秃墙，并不看到什么人走路，因为没有人的缘故。所以汽车进了城，还走着相当的快。在车上留心地考察，也只看到一家修整大车的木匠店，和一家卖烧饼的店。昌年道："这县城怎么这样荒凉？离着西安不算远啦。"马振邦道："原来并不是这样的。自从民国二三年以后，一天不断地闹土匪，又加上十八年三年大旱，老百姓全跑了。到于今，老百姓还没有回来，因之整县都是荒凉的。这城里没有乡下人买进卖出，又怎样热闹得起来？"昌年说道："这两年关中雨水也很足，秩序也安定了。老百姓为什么还不回来？"马振邦道："我原来也这样想，后来据本地地方官说，有很大的困难；老百姓逃出去的时候，是一条光身子，家里什么东西都没有了，现在回得家来，由小的种子，到大的牲口，什么都没有，回来怎么办？回来光睡在窑洞子里等发财不成？所以直到现在，这咸阳、醴泉、武功几县，还是很荒凉。"在车上有个年纪在五十附近的人，口里始终衔着烟杆，周身蓝布衣服，好像是个买卖人,他就叹了一口气道:“政府里天天喊着开发西北,钱也花了不少。但是穷苦老百姓得到的好处那还是很少。这大路旁边的县份,人跑光了,也不想点法子。”燕秋因他是年老的人,笑道:“老百姓都长了腿的,政府只有望他们一步一步走回来了。”那老者叹口气说:“可不就是这样!”在车子上找着了这个饥荒问题,看看风景,又谈谈,不知不觉地,车子又到了乾县。

汽车依然是穿城而过,经过了一条热闹些的街市,车子在一家饭店门口停住了。这条街虽是土质的,却也铺得平整,尘土不扬。卖坛儿罐儿的,将地摊子都摆到街中心来,人家屋檐下,撑住了蓝布棚子,罩着那黄土柜台黑旧木头货架子,越显得这地方是有些古色古香。这饭店里,也是和东方那些小店一样。灶台、砧板、案子齐堆在门口,满墙都是油渍煤烟。在油渍煤烟的店堂里面,一条龙似的,摆下了几张油腻腻的桌子,可是上面都裂了缝的。那些旅客们,纷纷地围住了桌子,叫店伙预备菜饭。费、伍二人自也是看惯了西北这种情形,却也坦然地坐下。店伙过来,要了一碟韭菜炒肉丝和一碟莴笋。菜端上来了,随着用一个小藤簸箕盛着十几个冷馍馍上来。燕秋笑道:“此地人,都是吃冷馍的。你二位吃得惯吗?”健生见她已经是拿了一个馍到手上来了,笑道:“那有什么要紧?我看比渭河岸上的饸饹总要好上一点。”说着,把馍拿到手,也是吃起来了。那馍和西安的颇有点不同,吃到嘴里,像糖渣似的。炒的莴笋不知用的什么油,颇有点涩嘴。只那韭菜炒肉丝,倒勉强可以吃上两口。但是西北的韭菜,叶子有指头那么宽,吃到嘴里,那气味也特别地熏人。健生自然是表示着很痛快地吃,毫不在乎。可是昌年就不免只把筷子尖夹点韭菜丝到嘴里,去做尝尝的样子,倒是对于那冷馍大口地咬着。各人匆匆地吃了一个大馍,不能再吃了,就和店伙要一些茶水喝。店伙提了一把涂满了煤烟的开水壶出来,就是那盛稀粥的粗瓷瓢式碗,放了三只在桌上,将壶向里面斟出酽茶,端起来喝上一口,苦咸涩三味之外,还带有一种煤烟臭味。因为这条路上,都是扯风箱烧些煤末子的。当风箱拉得起劲的时候,煤末子乱飞,那烧水的壶,若是不盖起来,里面自然的要洒上煤末子。水烧沸了,煤末子自然也就在水里溶化了,所以这茶味就包含着各种气味不一。当时费、伍二人在极度勉强之下,总算是也吃了,也喝了,而且还彼此对看着,微笑了一笑。燕秋未尝不看到他们那种为难的样子,可是又叫她好说什么呢?那些旅客,倒不像他们那样斯文,都是风卷残云似的打过了中尖,然后纷纷上车。在这时,健生心里,对于前面的路程,多少可以揣测一点情形,只是只有向前,退后也没有机会了。

车子由乾县北门走出,只在城门口,便让人感到一种地势的奇怪,便是对面一块高地,向城墙斜倾下来,一出城就向上走。上了这个土坡,突然眼界开朗,现出了西北高原的真相。公路是在地面上画了一条直线,径直地对了地平线而去。其实"地平线"三个字,这里却不大适用。望前面看去,无论一半里或者两三里,必是一片高高的土坡。及至汽车跑上了这个土坡,并不看到山冈或丘阜一样的地形,依然是平地上列着不分界线的麦田。上了一重土坡,前面又一重土坡,永远不见完结;在高原的前后左右,有时也现出一座山来,但是那不过比所走的平原高一点,却没有了山的原形。因为那个地方,已被农家一层层都开成方块子的田,直到最高顶上为止。所以那种高原上更突起来的高原,仿佛是许多田地堆叠起来的,真是一种奇观。高原上本来是不容易得着水的,那更高所在,尽管有田,然而栽下粮食,非天上常常有雨,绝对没法生长,所以那些田,总是荒芜的占多数。唯其如此,那方块堆叠的形式,看得是极其明了。昌年道:"进了潼关,在土山上开田的地方,已经常看到了。可是这样无穷无尽的田地,却比那来得伟大。"燕秋道:"伟大有什么用?要在地里能生出东西来才好呀!"昌年道:"我想这个县份是比较富足的。你不看城里的东西,多半是为农人预备下来的。假若地方不富足,城里也像醴泉县一样了。"那个做买卖的人,又插言道:"也不算怎样富足,若是富足,大路上不会有这些向东去的人了。"昌年道:"自过醴泉以后,常看到大批的庄稼人向东去,我也不大留意。出了乾县,来得就更多了。这是什么意思?你看,又来了一批。"大家向迎面看去,大路上走着的约莫有二三百人。这些人,每人头戴一顶麦草帽子,中间突起了一个平顶,四周宽檐,与他的头总不怎样相合。有的只背有一个尺来大的包袱,有的将一根棍子挑了很小的行李,那行李一头,或者是没有布面子的老羊皮袄,或者是个枕头大的布卷,另一头,或者一只干粮袋,或者一串锅盔。

这锅盔有一寸来厚,却只有碗口大小,他们在这中间,打上一个眼,用一根绳子来穿上,挂在棍子头上,倒像是一串大钱。身上穿的衣服,都十分破旧,有的就把那无毛的羊皮板子披在身上,敞开胸脯走路。燕秋看了这些人,也有些奇怪。大路上走路的人,不能是这样的联了群走。可是他们走路很从容。汽车由身边过,他们去闪到路的一边,笑嘻嘻地看着,绝不是坏人。

大家向这些人打量时,很快地已经把他们丢到了车后,前面又纷纷的一群人跟了上来。燕秋道:"这人越来越多了。你看,前面走过去的那一班,接着后面跟上来的一班,疏疏落落的,总拉得有三四里路长,没有一千,也有八百。这是什么意思?"马振邦笑道:"这都是可怜的人,不必介意。"昌年道:"怎么是可怜的人呢?"马振邦道:"这些人都是南路武功、扶风、岐山一带的庄稼人。十八年大旱,他们没有向东跑,逃到泾河上游邠县一带去,苟延残喘,直到于今,还没有回来。但是他们知道了:今年南路的收成不坏,那边是麦熟了,没有人收刈,所以他们都回原籍割麦去。割完了麦,弄几个工钱,他们还是向西边走。"健生道:"这是难民回家了,总也算一件喜事。他们何不就搬回去?这样跑来跑去,也是徒费川资。"马振邦道:"我不先说了吗?回家去得重新安家,能力不够;'川资'两个字,他们谈不上。他们一不打尖,二不歇店,放开了两条腿走,要什么钱?"健生道:"不打尖不歇店,不吃不睡,就这样走吗?"燕秋笑道:"这个我知道,他那棍子上挂的锅盔,哪里饿了哪里吃,用不着打尖。你不见他带了一件光板子老羊皮吗?晚上穿了起来,什么地方也可以睡。城里呢,人家屋檐下,破庙,全行;城外呢,路边的废窑洞,崖下,也可以对付。不过就是喝水一层,要赶站头,算定了哪个地方有井,就直奔了去。水虽是不必要钱买,西北农家人家里储藏一点水,也许是很远的路找了来的,他们却不肯施舍。"昌年道:"这样说来,他们的生活真是简单到了所以然。我们江南的农家,这几年也喊着农村破产,可是破产尽管是破产,他决不能只剩了一条光身子走路。这样看起来,似乎西北的农家,才可以说是破产。"燕秋道:"不,江南农家还是破产,因为他到底有产可破。这里的农家,根本无产,谈什么破?只可以说是破命。江南人有一句话:破了命去干。这句话,我想送给路上回家去割麦的人,是当之无愧的。”健生道:“我们若不到西北来,真不会晓得西北高原上的农民有这样苦。”燕秋道:“索性告诉你一点,就是本地农民,他们对于高原上的农人,也认为是苦的。平常住家在高原上的,简称原上;住家小山岗子上的,叫着梁上。住在原上的,他们已经是被逼而来;住在梁上的,那一定有万不得已的苦衷。所以这里的农人,一问他家住在哪里,也就很可以知道他的生活状况怎么样。”昌年道:“记得我们在初中念书的时候,先生就告诉我:陕西、甘肃大部分是西北高原。当时也就只知道‘西北高原’这样一个名词,并不知道是这样一种苦地方。教书的人这样教书,倒不如每门科学都让学生翻翻词典,省事得多。”健生道:“这也不怪先生,根本上编书的人就不知道怎么回事。譬如潼关,老早是一县了,我看过两种分省地图,都把它忽略了。华阴县城,在大路之南,有本地图,将城画在大路之北。在我们随便翻翻地图的人,认为这没有多大的关系,可是在地理本身上,那是个大笑话;军事上尤其不许可。可是这有谁去管过这闲事?编地理图书的人,不大出门的就多着啦。他也是根据许多书上编辑下来的,他有了错误,也不是自造的。再说我们若没有到过西北,哪里又会发现出上面所谈那几点。”昌年道:“中国地方太大了,我们所没有到的地方还很多。我想任何什么地方,和我们理想中的地方绝不一样。在我们没有到这西北高原以前,我们哪又知道是这样一种情形。所以刚才我说,这就是我们一种收获了。”说着这话时,眼睛可向燕秋望了去。燕秋索性明白说出来,点着头道:“你的话是对了的。将来你若是做了官,对于你的大政方针上,不无影响。”昌年要想和她辩说这句话,那车子正是开足了马力,在大路上狂奔。每约走半里路的样子,这车子就再上一层高原;约莫走有二三十华里。只经过了两个土窑的小村落,并不见有房屋树木的村堡,除了那稀落的麦田,就是荒草地皮。

这时,在车前约半里路的所在,发现一件奇怪的现象:便是有一团飞起来的黄土,由平地旋转着,顺了大路向前飞奔。健生道:“这旋风太有意思,只管卷着,并不散去。”燕秋原是倒坐着的,听了他的话,站起来向前看,不由得笑起来道:“那不是旋风。你仔细看看,那黄土里面,还有个黑影子呢。”健生看了一会笑道:

“哦！原来也是一辆长途汽车。这不在高原上，哪里会看得出来。怪不得旧小说上，形容远远人马到了，总说尘头大起，这可不是尘头大起吗？”燕秋道：“这还是修理好了的公路上跑着，这要是旧大路上跑，远望着，那更有趣味。”马振邦皱了眉道：“这条路上，就是这样有个大缺点，没法子找石子来铺路面。天晴是尘土飞扬，下雨之后，车子就不能走；就是天晴，一辆车子跟了一辆车子走，是不可能的。因为前面那辆车子卷起来的飞尘，可以把路迷住的。”健生道：“那么，何不由远一点的地方运些石子来铺上呢？”马振邦笑道：“这远些地方一句话，说出来是不要紧，做起来是很难的，这西北高原上全是黄土地层，往往百十里路以内，找不着石头。若是铺路面的那种材料，有些不凑巧的地方，也许要找到二百里路以外去，才有这大量的石子供给。这种石子，无论是用大车拉，是牲口驮，或者人夫担，二百里路以外的运费，总也可观呢！有人估计：全西兰公路，用石子铺路面，有三四百万元可以够了。其实我们工程上的人自己凭经验估计，三四百万再加一倍，也许不够。这样一条路，经过的尽是黄土高原，除了政治上，国防上，是没有其他用途的，何必再投资下去。有这一千多万元，在高原下面，办点水利，种点森林，多少还有点生产。所以开发西北这句话，也不是囫囵吞枣地说出来就完事。无论办哪一种事，都应该在先有一番深刻的打算。”昌年道：“马先生说话，很有见地。我们同车两天，可以得到不少的益处。”马振邦笑道：“你太客气！兄弟在外面混小事情的人，懂得什么？这都是我们同事程工程师说的。我也只好算是拾人的牙慧罢了。”

说话之间，汽车走到了一所较大的村镇，约莫有二三百户家。土街上两旁的店户，倒也有些农村需要的东西出卖。最难得的，在路边的黄土墙上，还发现了两块蓝底白字木牌子，一块上写着“永寿县立第一小学校”；一块写着“民众图画馆”。昌年道：“这个乡镇不错，还有这样东西点缀。”马振邦听了，却是微微地一笑。仿佛这里面，倒很有什么文章似的呢。

第二十四回　破屋寒窑餐黑馍白水　斜风细雨看荒草空城

当这群旅行人,经过一个荒凉的镇市,在黄土墙的门楼边,看到了民众图书馆、县立小学校两块木牌,真像暗空里发现两颗明星,大家都觉得高兴。现在马振邦没有答复,竟是笑了一笑。这让看着的人都不免发生疑问了:难道这里面还有什么虚伪吗?马振邦却也看出了大家的态度,因笑道:“各位不要以为宣传工作,只有繁华都市上的人会干,其实穷乡僻野的所在,人家也是一样会干的。你们看到这两块招牌,以为这里面必有货物,其实你是错了。这种店,和上海的野鸡银行差不多,只有那块招牌好看,学校里面,或者是可以找到几个学生的。若说图书馆里,要找出几部书来,恐怕是很难吧!”健生道:“既然如此,为什么要把这牌子挂得这样容易让人注意的呢?”马振邦笑道:“这理由很简单,就是因为容易引人注意的缘故。”大家始而听到,是有些呆住了一分钟,大家回想过来,都禁不住大笑。说话时间,车子经过一所较整齐些的房屋,门口立着一块直匾,大书“永寿县政府”。健生道:“这县怎么没有城墙呢?”马振邦道:“这不是永寿县,这是监军镇,到永寿城还有二三十里呢。”昌年道:“县政府为什么不设在县城里,设在这个镇市上呢?”燕秋道:“果然的,我仿佛记得当年经过永寿县的时候,县衙门原是在城里的。”马振邦道:“我们这车子,经过永寿县是不进城的。要不然,我们到城里去看看,就可以知道县政府为什么要搬出来的了。这监军镇,本来因为永寿在山坡下,不是用军之地;于是离着那里稍远的地方,挑了这一大块平原,做了屯兵之所,所以叫作监军镇。”昌年道:“从前海上交通不便利,中国的外患,总是由西边来,所以我们走的这条路,随处都可以找出古来兵家争夺之地。于今西边无事,东边可了不得!”马振邦微笑道:“这颗定心丸,到底是吃不得的。费先生再向西走走,你住下个三月五月来,就可以知道,不是理想上那么一回事了。”燕秋道:“这话倒是诚然的。说到这个问题,我们就要想到西北这只角上的事,简直在眼前便应当注意起来。门破了,就应当补门;墙破了,就应当补墙。便是门也完好,墙也完好,也是多年扔到一边的地方了,现在可以来检点检点。”昌年道:“全国人现在整天地嚷着开发西北呢,难道检点的工夫都没有做到吗?”燕秋微笑道:“做呢,也许做了一点。不过……也许是西北地方太大了,照顾不了许多呢!”

大家在汽车努力向前奔跑的时候,谈得很有劲,连四周的风景,也没有去看。忽然旅客丛中,有人失声道:“哎呀! 这地方下过雨了。”大家惊悟过来,向大路上看时,果然土地都已打湿:有些低洼的地方,竟是发现有浅浅的水坑。大家再向西边看,已不见太阳,阴云黯黯的,铺满了半边天。马振邦道:“西方正是阴天,我们越向前走,那是钻到雨里去。这个样子,今天我们想赶到邠县,已是不可能,只有住在永寿的了。永寿这个地方,实在……”说着,将眉头皱了两皱。昌年笑问道:“永寿怎么样? 有什么意外吗?”马振邦道:“意外倒是没有,不过那地方,对于旅客需要的东西,那是完全没有的。”健生道:“那不要紧,假如像刚才我们遇到的那班东去的庄稼人一样,找个废窑洞子躲上一宿,那也很有趣。”燕秋道:“那总不至于。无论如何小客店总可以找到一家的。”说着话时,看这车子前面的路程,已经是不少的化泥,车轮子在化泥上滚着嗤嗤作响。看那西边的阴云,只管向天空里铺张,已经铺到头上来。不久,跟着有几个零碎雨点子洒到身上来。燕秋道:“唉!真是不凑巧,在西安害病,耽搁了那么些个日子;一出了西安又遇上了雨,不定又是要耽搁多少日子了。”马振邦道:“这条路上,决计不会有十天八天的雨落下来的。就是耽搁,至多是三两天。”燕秋道:“我们在西安住了四五天,就觉闷得发慌,于今跑到这种地方来住,那不是更要命吗?”马振邦道:“杨女士不是西北人吗?”燕秋笑道:“我并不是过不惯这种生活,无奈我归心似箭,恨不得一脚就踏到家门口去。老实说,我那家乡,还不如这种地方。”健生心里这就想着:燕秋常是说她家里很苦,这苦的程度如何,却是无从捉摸。她说比这地方还不如,这倒可以用这地方做个标准测验了。他默记在心里,也不做什么表示。

汽车的橡皮轮子,在喳喳的声中,卷起泥水点子飞舞着,不觉钻进了疏雨林子。大家身上都扑了不少的雨点;因为是雨后的缘故,浮尘都已经打湿了。向前看看,只见一列乱山,横挡了去路。在乱山后面,正是像堆积棉絮似的,向上吐着云头。在山前的脚下,便拥出了一截土城,几所民房。照理想上去推着,这应该是永寿县城了。车子慢慢地开到那里,地皮是更为化烂。在大路两边,有十几家低矮的屋子,像民房又像店铺,似乎就是一条街了。在一家大敞门外,已经有一辆汽车停着。几个人七手八脚,正由货车上向下卸着货物,因之自己这辆车子,也就紧接着停在那辆车子之后。司机生首先跳下车来,便道:“客人都下车吧。今天,我们的车子不能再走了,恐怕前面雨大,路是更烂。”

车上的旅客,听说之后,都走下车来。健生站在门口问道:“这是客店吗?”马振邦代答道:“你们一班,有女客在内,赶快向店里去找一点地方。要不然,在安顿上,恐怕要发生问题。”这句话,算是提醒了燕秋。她提了一只小行李箱子,就向门里头抢了进去。这家店打开了两三间屋子,除了朝外的土墙,好像是专为预备放汽车进来而设的。穿过这重敞屋,便是一个小院落。因为是刚才下雨过去的缘故,黄土地上像抹了香油一般,又化又滑,不能开了大步子走。在北首,有三间黄土墙的屋子,墙上各挖了一个方窟窿,门前各垂着一块破烂的布片,当了门帘。那布片很像是面粉口袋拆开又并拢的,而且那两间里面,已经都有了人。只剩靠外的一间,布片的门帘子只有大半截,由那下半截断的所在看了进去,可以看到屋子里面是空洞洞的。健生道:“你就是这里吧!”他说着这话,提了篮子,抢上前一步,就跑到屋子里去。不想抢得快,这眼前的光线也是变得很快,只觉面前一阵漆黑,站呆了,不知如何是好。随后燕秋、昌年都跟了进来,这才分出了四向。这屋子里就是靠墙里边有一张土炕,此外是什么东西都没有。四壁空空的,找一个铁钉子也找不着,因之所有的东西,拿进来以后,完全都放在炕上。昌年说道:“这屋子里,椅子凳子没有罢了,怎么小桌子也不放上一张?”燕秋笑道:“在西北,屋子里这样情形的就多着啦,本来什么事情西北人都是拿到炕上去做的。他们用不着桌椅板凳,倒不如索性免了。而且这么大的屋子,见方不过一丈多点,炕的长度,和屋子同宽,抵靠两边墙,宽度又占屋子里长度二分之一,或者三分之二,屋子里除了炕,又能摆什么?”健生笑道:“你既然认为这是对的,那就很好,现在我们去找地方了。”说着,出房门来时,还算是那司机生肯为照拂,早在院子里迎笑着道:“先到了一辆汽车,把屋子都占去了。我和店里掌柜再三商量,他又去和客家商量,才腾出个窑洞子。还有别的客人,这里安插不下,只好搬到对过小客店里去,那边地方是更小更脏。”昌年道:“我们既是有一个同伴住在这边,我们也住在这边了。至于脏呀小呀,那也容不得我们去顾虑。”一面说着,一面跟了那司机生走。

这里是后园一方土坡,虽不过两丈来高,可是那土坡,却很陡的。店家就在这土坡上,并排开了三个半圆形的洞门,里面就是安歇人的窑洞子。走到那里面也就不过比人的头稍微高过一尺去,洞的里面,倒像一个城洞,又像古代坟墓的外椁。靠里有一张矮小的土炕,土壁上有两个小方窟窿,上面有烛油点子,似乎是放灯的。天色本来就阴暗了,这洞里是连窗户窟窿也没有,就靠房门那边放进一线光亮进来。健生道:“哎呀!我们这是走进坟墓来了,我只觉脊梁骨一阵凉飕飕的。”昌年笑道:“你这是心理作用,西北的人,自出娘胎以来,就住在窑洞子里。他们还说声冬暖夏凉,并不觉得怎样凉飕飕的。”健生道:“我觉得这里面太黑,黑得要看不见你站在我对面了,这也是心理作用吗?”昌年笑道:“这倒是的。我们叫掌柜的送盏灯来吧。”恰好那掌柜的在院子里,就答道:“先生,我们这里三盏灯,都让客人拿去了。你把带着的洋蜡烛点上吧。”健生道:“你怎么知道我们带了洋烛?”他道:“走这条路的南边客人总是带烛的。”昌年笑道:“总算我们还够西北旅行的资格,已经是带了洋蜡烛的了。”于是他爬到汽车上去,将一个装零碎东西的小提包取下来。这时,汽车已经开到了屋子里面。人在车上,也不能伸腰,只是半蹲半站着,向行李堆里翻东西。等到自己下得车来,满身都沾遍了黄土。在窑洞子门口先掸了一阵才进去。翻出蜡烛来点了,也就放在那方框子墙洞里。健生笑道:“你跌在地下了吗?只看你背上染成了黄色了。”拉着昌年到外面来,又和他掸了一阵。昌年道:“衣服上罢了,我们今天坐在汽车上,耳朵眼里,鼻子眼里,颈脖子里,飞尘是实在不少。”健生道:“对了,我去打一盆水来洗把脸。”说着,他由提包里取出个小瓷铁盆到店堂里去打水。昌年却点了一支烛,送到燕秋屋子里去。等到回到窑洞子里时,只见健生将小面盆放在地上,两手叉着腰,望了面盆。那盆里的水,也不过刚盖过盆底,丢毛巾下去,都不容易浸透。昌年笑道:“发什么呆?盆漏吗?”健生道:“我们江南人说:人穷水不穷。不想到了这种地方,水也是穷的了。我拿了盆到店堂里去,那里有个烧煤渣子的小土灶,倒放有两壶水,我和掌柜的要水,他说:不想有这些客人会到,店里的水不够用,已经到外面井里挑水去了。井很远的,现在水不能多用。我许了另给他钱,才连冷带热地,分给了我这一点。自然,是不许再换水的了。这点水还是我们两人共洗,所以我发愁。”昌年道:“派个人再挑担水回来,总不能要一块钱吧?我们何妨出两毛钱,专烦掌柜的给我们挑一担水来用,也所费无几。”健生笑道:“对了,只有用这个法子。将来我们把这件事做到游记上去,倒也特别有趣。歇客店,还得客人另外买水喝。”

两人说笑着,燕秋也走了进来,将一条干手巾只管在脸上揩抹着,笑道:“二位辛苦了。”昌年笑道:“彼此彼此!”燕秋道:“我们预备下了晚饭,到我屋子里去吃吧。”健生道:“我们想先擦把脸,喝口茶,饭倒不忙。”燕秋笑道:“你这话错了,饭是最要忙的。若不先抢着买了,回头要吃也没有。”健生道:“就算脸不洗,水非喝一点不可!”燕秋道:“这个我自然预备了。”于是三人先到店堂里,向掌柜的定好了一担水。因为天色晚了,掌柜的说水不好挑,要三毛钱一担,昌年也就答应了。再到燕秋屋子里去,见她将手提箱竖起来放在炕上,将一只铁瓷茶杯反扣在箱子头上,然后把洋烛滴了油在杯子底上粘住放着。炕上放了三只瓢式的碗,各斟满了大半碗开水。但是那水并不是白色的,仿佛是稀薄的米汤汁,颜色有点儿浑。中间一只小小的藤簸箩,里面放了十个碗大的黑馍。燕秋笑道:“这就是我们的晚餐了,我本来想和店里要一碟炒鸡蛋的。掌柜的说:有几个鸡蛋,中午都卖给过路的人吃了。”昌年笑道:“你的意思,以为没有什么菜,就给我们多多预备馍吃吗?”燕秋道:“倒不是为此。这店里,不,是这全街上,就剩这些黑馍了。今天到这里的客人不少,有三十位上下,假使我不把这些馍买下来,到了明日,我们只有睁眼尽看别人过瘾的了。我们今晚上吃不了,还有明天的早餐呢。我们动手吃吧。”说着话,她就跳上炕去,盘了腿坐在里边,脸朝着外。费、伍二人看看,也只好跟着坐东西两边。燕秋端起碗来,呷了一口白开水笑道:“我这个席,也有个名堂,叫作黑山白水席。”昌年笑道:“‘黑白’两字,太明显了;应当说是卫生席,或者说是古香席。因为无油无盐,不用荤素。白开水当然是卫生,粗面粉,也是卫生家认为富于滋养料的。不用筷子,手可以运动;不用桌椅,盘腿坐着,全身都是努力,免得东西吃下去不消化。有这许多条件,能说不卫生吗?至于古香席,就说这吃法,有点古色古香。古人席地而坐,最上古,也是用手抓,不用筷子的。”他在这里说着,健生拿了一只黑馍慢慢地剥去了外层的皮,全剥完了,咬了一口,这馍也不知道是哪年蒸的,不但是冷的,而且有些走味了。舌头碰着了黑馍,只觉像糖渣似的,很有些涩嗓子。健生道:“我这才知道,燕秋为什么要预备三碗白开水了。若是没有这开水,每人吃了一个黑馍之后,恐怕嗓子眼里,全要破烂了。”燕秋收住了笑容,正色道:“对了,这几个黑馍,三碗开水,我是很惭愧,假使不为了我……”她说到这个“我”字,拖得很长,就转了话锋道:“劝各位到西北来游历,你二位或者不会吃这种苦的。”昌年道:“事情自然是很难说,也许我们为了别的机会,也会来的。再说,吃上这些辛苦,对于各人本身,也不是无谓的。一个人展开他生平的历史,不过是吃饭穿衣,做日常的刻板工作,那也太平庸了。所以这次辛苦旅行,在我们的生命史上,也许是最灿烂的一页。”健生道:“这话对,人一定要这样地想,才能把吃苦不当苦。”他说着话的时候,不知不觉的,又在小藤簸箩里拿起一个黑馍来。但是刚要去撕那馍皮,燕秋瞟了他一眼道:“健生!你真能再吃一个馍吗?”健生笑着将馍看了一眼道:“不成不成!我先前吃的那块馍,还有一半不曾下肚呢。”昌年道:“虽然吃不下去,我们勉强也得吃一点。你想,今天晚上不吃饱,明天早上还是这个;明天早上不吃饱,正午还是这个。我们能够永久这样饿了下去吗?”燕秋笑道:“那倒不至于,明天假如能赶到平凉的话,那地方的东西,究竟齐备点,总可以吃个饱。”健生笑道:“那么,我不吃了,静等明天平凉这一顿吧。”说着,将手上的冷馍,向藤簸箩里一抛,自伸直了腿,走下炕来,笑道:“一虹在西安吃水盆大肉,就觉得很是有点困难。假使他今天也在这里尝一尝卫生席,那就不能扶起筷子的了。”燕秋笑道:“本来我们也没有扶筷子,有什么稀奇呢!”说着,她又把颜色正了一正道:“各人有各人的苦衷,虽是同做一件事,自然有难易之别。以后也不必再提他不能同走的事了。他并不是个傻子,这样半途而废,岂有不知道是得罪人的事。可是他明知道,还是要转身回去,这一番不得已,也就可以想见。我们为什么不原谅人家呢?再说,这件事我们就是老提到与我们的旅行事情,也减少不了什么痛苦。”她规规矩矩地说上了一阵子,倒叫健生有些不好意思。还是昌年笑道:“燕秋年纪轻轻,说起话来,都是像六七十岁的道学先生一样,简直是个蔼然仁者。”燕秋笑道:“你以为我是假道学吗?我总觉得生在这个年头,总要讲点恕道。要不然,打架拼命的事,只有一天比一天多起来的。”健生对于她的话,也只好一笑了之。

这时,掌柜的已经挑一担井水来了。费、伍二人也不希望热水了,陆续地舀了两盆冷水到窑洞子去,大大地洗了一番手脸,洗后看看燕秋屋子里,已经没有了灯光,想是睡了。健生道:“她那间屋子,好像还没有房门呢。她倒安心睡了,倒是我们这窑洞子,就只两块木板,让我们自己来随便抵上。”昌年道:“我们怕什么?露天下也可以睡。这两块板,我们送给燕秋去做门吧。”于是扛了一块板在肩膀上,站在院子里说道:“燕秋!你那屋子没有房门,不大妥当吧?我给你找了两块门板来了。”燕秋道:“这就很好。我睡在炕上,正担心着晚上有狼从崖上跳了下来呢。这个地方狼不少,你把门板放在门口就得,我自己自然会来端着抵门。”昌年当然不便摸黑进她的屋子,就把木板放在墙边。健生端了一块,也放在那里,然后二人进窑洞子睡觉。那时,燕秋也叫了一声谢谢,可是她没有叫谁的名字,费、伍二人便认为是公有的。

进得窑洞了来,墙窟窿子里的洋烛,已经所剩不多,两人展开行李,就铺在土炕上睡下。健生是生平第一次睡窑洞子,身子一躺下来,就什么感想都有。先是觉得这土炕特别地坚硬,身体睡在炕上,虽垫了一床被,也还像睡在铁砧板上。仰起脸来,看到了洞顶,心里可也就想着:假使这洞要坍下来,岂不把人活埋了?这又想到刚才听到燕秋说:怕是有狼由崖上跳下来,崖就是在这洞顶上的,那岂不首先闯进这里来。本来是已经熄烛睡觉了,这又摸索着走下炕,摸到了小提包,先在里面摸到了手电筒,四处照了一照。昌年的心到底是稳定的,竟是鼻子里呼呼有声,安然入梦。健生拿着手电筒,发了许久的呆,却找不出一个自卫的东西。向窑洞子门外看看,突然一阵冷风,也不知由哪里来的,飘了自己一身的雨烟子,不由得打了两个冷战,立刻缩进洞来。可是心里又不放心,怕狼来了,没有自卫的东西。踌躇着,只管在腰上摸索,手触了腰,这倒想起来了:提包里还有一根皮带,大可利用一下子。于是将提包手电筒一齐都放到炕沿上,这才睡下。那窑洞子外,风是只管呜呜地吹着,仿佛像冬天一样,放出那种凄惨的景象。他也是照了北方人睡炕的办法,睡的头枕着朝外的炕沿,只觉那一阵阵的凉风,吹得头脑子毫毛孔收缩不止。有时几个大雨点子,落在地上,卜突有声。在极沉静的境界里,加增了无限的凄凉意味。心里不安的人,更是不容易入睡;加之土受了潮湿,发出一种土气来,这条身子,竟说不上是到了哪里了。有时风吹了店家什么东西响,又疑惑是狼来了,赶快摸了手电筒向外照照,其实也没有什么。这样的自己纷扰了大半夜,自己也都闹得疲倦了,方才睡着。

次日早上醒来,却见昌年已经下炕,和洞外的燕秋说话。燕秋道:“你们睡得安稳吗?”健生插嘴道:“不要提,我是又发愁,又害怕。发愁是怕今天下雨,车子走不了,在这地方,吃喝全没有,真难过;害怕是没有了门,只怕狼冲了进来,大半夜都不敢睡。外面的雨风,吹了进来,把头也吹痛了。”说着话,也跟了起来。燕秋笑道:“我真想不到,昌年是把你们自己的房门送到我那里去的,要不然,我情愿坐一夜,也不能比你吃一夜的亏。”健生不便说,自己也送了一块门板去的,只好让这笔功劳全记在昌年身上。扣好了衣服,向外一伸头,这可了不得,阴云就在屋外的土山上,向上直冒。稍微远一些的地方,就是一团云雾,什么也分不出来。雨虽是不怎样的大,那一条条的雨线,被风吹着,由空中斜着垂下来,始终也不曾间断。健生道:“看这个样子,我们还能走吗?”燕秋道:“不行,这条路上,只要洒上了雨点,就滑得厉害。若是小雨,在车轮了上缚着稻草带子,还可以慢慢地走。像这样的雨,车子是走不动的。”健生道:“那么,雨住了,还要等路干了才能开车呢!”燕秋道:“可不就是这样,二位洗过手脸,到我那里去用些茶点,回头我们可以去参观参观永寿城。”昌年道:“这倒使得,我也是这样想,永寿县政府都搬出了城,必有个缘故,回头我们去看看。”说着,匆匆地找了水来,漱洗过了,就赴约到燕秋屋子来用茶点。所谓茶,还是三只碗装满了三碗浑水;连同那只藤簸箩盛了几个冷馍,放在炕沿上。大家见面一笑,其余的话,也就没有说。健生和昌年分了一块黑馍吃了,实在不能再吃。所幸燕秋预备的开水很多,灌了两热水瓶,大家将水足足地喝了一饱,冒着细雨,同来游永寿县城。

这店门口,总也算是一条街,两面相对着,约莫有十来户人家。虽然,也有两三家店铺的样子,然而那土柜台子里,完全是空的,看不出这里面做什么买卖的。向街前直看了去,却也是个矮矮的城门洞子。城门口,也有两个扶枪守卫的兵士,颇有点庄严的气象。三人走到城门口,一个兵士挟枪走了过来,向健生全身都打量了一周,然后问道:“你们要到哪里去?”健生道:“我们是过路的客人。因为被雨拦住了,不能走,现在想到城里去看看。”那卫兵犹豫了一会子,才说了一声去吧,三人踱进了城门。健生很失惊地站住了脚道:“怎么着?我们弄错了吧?这好像是城外,难道我们是由城里走出来的吗?”费、杨二人被他一句提醒,也就站住了脚,四处观望,原来走的这道路前面是一列土山。在山上,也和其他的高原一样,开了好几层子的方块麦田。那坡上的绿麦苗,和直岩上的黄土,掩映鲜明,另是一种田家风味。在那个主峰下,就有两列小山向城门口渐渐低下,正好闪出一条山夹缝,直通到城门口,当了通行大道。在夹缝的南边,东头矮峰上,有一个小塔,西头高峰上,有两所瓦房。此外就是那许多缺口的土城,围住像大土堆一般的小山,列着长一方短一方的黄土崖。在高崖上,有一棵小树,列着三个窑洞子门。山夹缝北边,倒有六七幢民房,其间一幢较大的,门上立了一块直匾,大书:县立第一小学校。昌年道:“这实在是城里,怎么满眼荒凉到这种样子?比醴泉还差远了。”健生想道:“我想总不能一个县城就是这样几户人家,我们再到高些的地方去做一度鸟瞰吧。”说着,他便鼓勇在前面走。大家的目标,便是山南那两幢比较整齐的房子。不想大家到了那里以后,却是大为失望。南边那幢房子,大门口有两根旗杆,门上的直匾还在,乃是本县城隍庙。进得门去,一望到底,殿宇全已倒坍。在台阶下留着一口破铁钟，左右两廊，倒有两三处盖着瓦的配殿，剩下几尊判官小鬼的泥像，有的半截，有的半边，有的倒在破屋檐下，更是形容得这庙破烂。出了这庙，再到北边房屋里来，大门上那块直匾，也留了半截，余下"县政府"三字在上面。走进去看时，这里倒是直截痛快，里面成了一片空地，铺着乱砖和墙基。再出来，向下面看，朝外的部分全是稀稀的浅草。城墙随了地势高下，围了个长圆形。以全城而论，却是由上而下，圈了大山脚的一小角，所以也只有东门可以出入。朝里的部分，却随了山崖有几层麦田，夹了几堵倒的墙。直到最下面，才是先看到那几所房屋。在这里，只有细雨里的斜风，拂动了那荒疏的小麦，推动着波浪。此外，不但看不到有什么人活跃着，竟是连鸡鸣犬吠之声，也不曾听到。

大家站在荒庙外，又是城的高处，眼前天色阴暗暗的，远处便是浓云，山后的云气，还有涌进城来。环境全是阴云所笼罩；各人身上被风吹着，又是凉飕飕的，说不出来心里头有一番什么感触。燕秋向四处都看了一看，因道："这城不必看了，无非是'荒凉'两个字。"昌年依然向两个土山峰、半爿土城头上看着。在那城外，正有个小山峰，满山浅草披着云雾，因答道："荒凉自然也有可以赏鉴的地方，不过我在这里想着：当年既是在这里建筑了县城，自然有在这里筑城的理由，何以城里这样空虚？而且看这城里，街市的痕迹，一点也没有，难道老早就是这样荒凉的？"燕秋淡淡笑道："我就能答复你。可是我们知道了有什么用？只是我倒另有一件小事不解。"说着，她又笑了，似乎这问题是很有趣的呢。

第二十五回　把盏说边情真成神话　登堂瞻县政难废排场

当大家看到永寿县城内，满目荒凉，正觉着不可解的时候，连燕秋自己，也说另有不可解。健生笑道："你必是疑惑何以从前在这里筑城。"燕秋笑道："说句时髦话，我们不应当憧憬着过去，要把握现在。这城里既然这样的一无所有，就是不驻兵在这里，当然也没有什么关系。可是刚才我们要进城的时候，这里城门口的守卫兵士，却很郑重其事将我们仔细盘查了一番，才放我们进来，难道怕我们把这里的砖头搬走了吗？"昌年摇头笑道："这是你说的外行话。俗言道得好：做此官，行此礼。军人讲的是服从命令，谨守军纪风纪。他们的长官，要他在城门口守卫，盘查进城的人，那他就应当逢人盘查。至于城里有什么没什么，这是他不管的。"燕秋笑道："你是一个法律家，自然是无往而不谈法。可是你以为中国军人全能服从命令吗？全讲军纪风纪吗？"昌年听了笑着，还没有答复出来，大家慢慢地又走到了那城门口。那两个守卫的兵士，远远地就把眼睛看着他们，好像也在那里奇怪着：这城里有什么可看的吗？于是大家将话锋移到别的事情上面去，然后缓缓地走出了城。以先觉得城外土路上两对面十几户人家，未免是太少，自由城里参观出来以后，这就觉得这条街是永寿城的生命线。要不然，离"城市"两个字，也就相去太远了。

这时，天上的细雨烟子，依然满布着天空；人在路上走着，总感到有一种凉气，向身上压迫。所投歇这家客店，门口正站了十几个客人，都背了手，皱着眉毛，向天上看看，又向城后的山头看看。那个汽车司机生，捧了两只手膀子，也站在店门口看雨。看到燕秋这一行人走来，便向前笑道："杨小姐！这要让你多闷上一天，今天走不了了。"昌年道："这个地方太苦，吃喝全没有，勉强地再走一截路，找个热闹些的地方吧。"司机生笑道："向前走，一步也勉强不得。因为转过这条街，就要向山上开了去。这山上的路，又没有十分修得好，上上下下，车子一个收不住，出了毛病，一车这么些个人，那是闹着玩的吗？”三个人听说，彼此对看了一看，倒反是扑哧一声地笑着。

健生很不经意地向店里走，径直地就走到窑洞子里去，不想和昨天初进这窑洞子的时候一样，里面漆黑。昌年也进来了，笑道：“反正我们无事，也用不着光线，就摸黑在里面坐着吧。”健生笑道：“屋子里就是这张炕，挟了腿坐着，一点事不做，我有些不惯。”昌年见他悬了脚坐在炕沿上，也爬上炕，挟了腿坐着，笑道：“在路上，我们总感到睡眠不足，我们睡觉吧。”健生道：“我们起来多少时候，又睡得着吗？”健生道：“我倒有个主意：把小箱子放在炕中间，上面点烛，我们像烧大烟的人一样，隔了灯躺下看书。”健生还没有答复呢，掌柜的却手扶了窑洞子门，伸进头来问道：“二位先生！要烧大烟吗？”昌年道：“这地方找得出那东西吗？”掌柜的笑道：“有有有！这里有清水膏子，香得很。若是要好一点的烟家伙，我们也可以找得出来。”昌年道：“这地方真是奇怪，要吃要喝，完全没有，可是要吸大烟，就有清水膏子。”掌柜的依然道：“两位先生要家伙不要呢？自己带的有吗？”健生大声答道：“我们不吸烟，多谢你的美意。”那掌柜的看这情形，客人是有些不高兴，这才悄悄地去了。

就在这时，燕秋在窑门外叫道：“你两位干吗藏在窑洞里？”健生笑道：“你看笑话吗？我们要在这里吸大烟哩。”燕秋笑道：“别的什么可以闹着玩的，这也闹着玩吗？到我那屋子里去坐着谈谈吧。”费、伍二人，因她老在窑洞门外等着，倒不能不去，于是笑着出来，把掌柜的发生误会的缘故说了一遍。燕秋笑道：“我也是这样地想着，你两个人，或者都有些好奇心。但是好奇得连鸦片烟都要尝尝，我想也不至于；可是你也不要怪掌柜的错认了人。因为在这种地方，请人抽大烟，差不多是一件很恭敬的事。无论如何，人家恭敬你，你还能说人家不是吗？”说着话，三个人一同走进了燕秋的屋子。这又发生了一点问题：因为在窑洞子里，费、伍两人可以同睡在一张炕上，可是到了这屋子里，可感到困难。若是同燕秋全坐在炕上谈天，颇有点不合适；除了炕，又没有可以坐的所在。因是两个人背了手在屋子里踱来踱去，带说带笑。他二人如此，燕秋也不便单独地坐下，只是背了两手，靠了房门口站定。昌年笑道："我们这样坐立不安，究竟也不是办法，似乎要找一件事情来消遣一番吧！"燕秋道："我也觉得闷，能找出法子消遣我是双份赞成。有什么事可以消遣呢?"健生正走着圈子，好像想得了什么法子似的，突然地站定了向燕秋道："我有个简便的消遣法子了。我们找三十二个铜子，上面贴着纸，写上车马炮，再画一张棋盘，我们可以下象棋。"昌年道："你发明的象棋，是站着下的吗?"健生道："哪里有这种象棋？哦！是了，还是不行，没有桌椅，我们像野孩子一样，蹲在地上下起来不成?"燕秋却不肯接着说炕上也可以下的，便道："依着我的意思，还是冒雨出去走走吧。这种地方多看看，总是好的。这里有益于人生，不下于在上海马路上看看。"费、伍二人想着，不出去，也不能就在这屋子里转了走，只好又随了燕秋走出来。

可是到了店门口，又让人兴致索然。因为那几家黄土壁子的店户，配着一条黄泥浆路，真是不能发生什么好的印象。因之健生叉了两手在腰上，叹了一口气。这却有人道："三位闷得慌吗？可以到这边来坐着谈谈。"昌年看时，便是那马振邦，同了一个穿绿衣服的邮差，坐在对过一间矮小店堂里。那里倒是有四个泥砖墩子，夹了两个黑板桌子。他们面前，居然放了一把瓷壶和两个杯子在桌上。大家本也很无聊，便接受了人家的邀请，过去坐了另一张桌子。马振邦指着大门边一座泥灶道："我请这里掌柜和我烧点水喝。"看时，果然有个人在那里扯风箱，灶口上堆了些煤渣子，架着一把泥壶在烧水。健生笑道："烧水的水壶，那样煤烟满糊着，泡茶的瓷壶，倒是这样的好。"马振邦笑道："这地方，到哪里找这种茶壶去？这是我自备的。我有江南带来的茶叶，你们喝吗?"昌年笑道："那太好了。我们由南方来，就是缺少这样东西，以为茶叶是中国随处可以买到的，那还用得着带吗？不想到了西安，买的茶叶，都浓酽非常，我们喝惯了清淡的，不能喝。"马振邦道："这样说来，你所喝的那还是南方来的茶叶。你若是喝到本地南山出的茶叶，有一种冲人的青叶子气味，那就更不能喝了。"

说着话时，泥灶上的水已经开了。马振邦泡了茶，和掌柜的要了三只碗，分斟着喝茶,他笑道:“这样的旅行,你三位实在是不惯吧? 可是经过着虽苦,将来回想起来是很有味的。”昌年道:“我们倒也不觉得苦。这位杨女士她是西北人,更没有关系。只是像永寿这样荒凉的县城,我们却是预先没想到。”马振邦笑道:“像这样的县份,西北就多着啦。你问问这位邮局的邮差大哥,他到的西北地方不少,请他说两处贫苦地方你听听。”邮差捧了一只茶碗喝茶呢,他微微地笑着。昌年笑着和那邮差客气了两句,就问他还有什么地方是比这更荒凉的。邮差笑道:“那就多了。你先生以为永寿县城里只有八九户人家,不算城市,还有个留坝县,城里只有两个衙门,此外一户人家也没有,那更笑话了。说起来是两个衙门,其实还只能算是一个衙门;另外一个衙门,是管鬼的。”健生笑道:“那么,我明白了,必定是县衙门和城隍庙。”邮差笑着点了两点头。昌年道:“留坝不是在汉中吗? 汉中风景,听说像江南哩!”邮差道:“要过了秦岭,那才风景像江南呢。在山头上,地方很冷静的。留坝,原来不是一县,以前好几百里地方,没有一个管百姓的官,实在不方便,所以硬在那地方圈上了一个县城。南山也就只这一县太不成,其余还不至于这样子。可是北山像永寿县这样的地方,那就太多了。”健生道:“北山就是陕北吧? 听说那边狼很多,大老爷坐堂,大堂上常常跑出狼来,是有这事吗?”邮差笑道:“也许有这样的事。可是南方人猜想得不对,以为那里的县衙门也有高大的房子,也有公案桌子摆着的大堂呢。像三边神木一带,那里地方非常地荒凉,一县可要抵江南七八县那样大,地方那样大,可是人口比江南一县要差到好几十倍。地又大,人又少,那情形自然也可以想到。有些地方,县老爷也要对他不起,请他住在窑洞子里。窑洞外有块平地,架起一块大石头,就是公案桌子。大老爷坐堂,便在窑洞门外那块平地上。那么,大老爷坐堂,跑出两只狼来,这很不算一回怪事了。”健生笑道:“这很有趣,像听《山海经》一样。”邮差正色道:“这是实在的情形,并不是笑话。”昌年道:“衙门这样简单,除了县长而外,还有其他办公的人吗?”邮差道:“有的。差人,卫队,都住在县老爷窑洞外附近的各山上,近的相隔半里路,远的相隔五六里路。”昌年笑道:“趣闻趣闻! 县长的卫队住在五六里之外。”邮差道:“根本上,县长也用不着卫队。那地方那样荒凉,军事是没有的,土匪倒是有;

但是土匪是到外面去抢了东西来,躲在那地方居住,并不是要在本地方打抢。所以有卫队没有卫队,那都是不要紧的事。"昌年道:"这些差人,是不是也替县长办点公事呢?"邮差道:"每逢过堂,他们都来;不过堂的时候,他们各自在家里种田。"健生道:"那么,他们一定是像戏台上所说,每逢三六九放告之期,到县长窑洞子外来等着的了。"邮差道:"不!县长要过堂的时候,给他们一打无线电,他们就来。"说着,他自己也笑了。健生沉吟着道:"这不是假话,必定有一样东西代替了无线电。"邮差笑道:"你先生聪明,猜得有些像了。当老爷过堂之前,拿一面大锣,站在窑洞子外一阵乱敲。四周山上住的差人,听到锣声,各人就来了。"昌年笑道:"这倒简单明了。"燕秋笑道:"派你做这地方一个县长,你去不去?"昌年道:"我说实话,假使我除了这个没有比较再好一点的事情可干,我当然去。我想这地方的县长,总不会虚搁在那里,一定也有人干。别人可干,我也就可以干了。"邮差笑道:"你先生肯去干这种苦差事吗?像这种地方县官,都是老在那边做事的人,比如县长换了,西安就打电报到附近的一个大城里去,让原任科长或者邻县科长去升任。若是西安派一个新人去,那就难了,得走一个多月。"昌年笑道:"这样看来,就是想挑这样一个地方去做官,也不是件容易事了。这位大哥一说,把我想做官的心事,冷下去了大半截。"燕秋道:"说正经话吧。越是这种地方的官,倒越不是随便的人可以干的,因为那地方的人情风俗,显然和内地不同。没有经验的人,或者身体不结实的人,都不能胜任。到边疆去做事最苦,可是没有那相当的人才,还是办不好。所以中国的边疆,永远是无办法。"昌年笑道:"唯其如此,所以燕秋丢了南京繁华之地不住,要回到甘肃来了。"燕秋笑道:"哼!我自然够不上说是人才。但是我自己相信,倒有一腔热血。可是你二位,也不必看不起自己,我认为也是有血性的青年。"马振邦看看他们,笑问道:"二位是到西北来考察什么的吗?"健生笑道:"我们一个穷学生,谈得上什么考察?也不过游历而已。"马振邦道:"肯到这地方来游历,那也很难得的事。差不多的人,到了潼关,就回转去了。"健生笑道:"我们算得了什么?最难得的,就是现在的部长院长也肯来。"马振邦笑道:"那有什么用?他们坐了飞机,由天空上飞过来,到的地方,无非是西安、兰州。所有穷苦地方,都在飞机几千尺下漏了过去。到了那大的城市,地方官带了军乐队,在飞机场上一番欢迎,进得城来,住在高大的衙门里,吃起饭来,一样地有鱼翅、海参;见了新闻记者发表谈话,第一句印象很好,第二句建设有进步;客人欢喜,主人也欢喜,考察也就完了。试问这于西北有什么好处可言?”健生点头道:“这话诚然不错。我们由洛阳到西安,遇到一位陈先生,一路指示,受教良多。不想在这里遇到了马先生,又得了不少的好处。”马振邦笑道:“我懂得什么?到了平凉,我介绍我们那位程工程师和二位谈谈,对于各位游历,那是一定有很大的帮助的。”燕秋觉得这人谈吐却还不错,只是有些恭维上司,还不脱那官场中的习气,因之对于他的话,脸上表示着一种烦厌。因为燕秋有那不以为然的样子,费、伍二人也就不接着话向下说了。

说着话的时间,不曾理会得天气。这时向屋外天空里看去,已经明亮了许多。走出店外来看,当顶便有一大方蓝色的天空,东边的太阳,向这里射出一角阳光来了。那个司机生也就昂了头,在四处地看天,还自言自语地道:“只要能够凑付到邠县,也就好了。”这天上既有了晴色,所有停止在这里两辆汽车上的客人,都像在大海里发现了一线新大陆一样,都拥到街心里来看。这时,却听到街后面呜嘟嘟地有了汽车喇叭声,那司机生就开了笑脸道:“咦!西边有车来了。”说时,便有辆绿色的邮车,上面盖着油布,开到了面前。先前说话的邮差,抢上前挥着手,那邮车也停了。问时,过去二三十里,便是很好的晴天。山上的路虽湿了,却也不是怎样的难走。大家听了这话,不约而同地要求司机生开着走。不到一小时之内,一辆邮车,两辆货车,就全向西开了。燕秋坐的这辆车,是最后开行,所以大家也是格外地安心。

车子绕着永寿县城的南角,转上了山;山虽不是十分伟大,已不是高原那种形势,可以随处开辟田地。向前看去,山峰错落,满眼都是乱草和矮小的灌木。稍远的尖峰上,还有一卷卷的白云,向天空里吐着。公路忽左忽右,只是在山腰里绕着走。山上没有人家,也没有土窑。走了上十里地,才在一个山嘴子上发现一个土窑,是敞了洞门的。在门外支了一个秫秸棚子,在棚子下和山壁上,有那灰色的布块,写着"有求必应"的字,于是晓得这土洞子是一所庙。庙外也是土香案、土香炉,倒是放了一个铁磬在土案上。旁边一个道人坐在地上,向人求布施。汽车是很快地走过去,也无人给他钱。昌年道:"这老道在这种地方求人家布施,那不是一种笑话吗?"燕秋道:"在大路边上,那总有人来往。好在他不过是住土窑的人,生活简单,大概也所求无多吧!"说着,汽车走下了一个山坡,只见在远远地山坡下,如蚂蚁似的走路人,正向这边来。到了面前,便是和昨日在乾县所遇的一样,乃是到东路去割麦的农人。燕秋道:"你看,这些人就是那老道的施主,不要以为他们是很苦的。可是他们对于人类的同情心,那是远在坐汽车的朋友以上。"健生道:"这就是合了那句俗话:什么鱼,就有什么水来养活着它了。"燕秋笑道:"若是这句话是对的,我倒要试试,看看我回西北来,可有什么水来养活我。"健生听了这话,心里却是一动。因为一路之上,探听燕秋口风,总不能得她正式的答复,就改由旁敲侧击的法子去探她的口风。几日以来,知道的已经不少;现在她又说不知西北有什么水可以养活她,那分明她回甘肃有久居之意了。关于这点事,自己牢记在心,却不肯放松。燕秋是预定着到平凉把行程告一个小段落的,等她告了一个小段落,自己也就可以抽身了。她心里有事,先就默然不作声。昌年似乎也有什么感触,不是以前那般议论风生。燕秋想着:也许他们是看到一路荒凉,动了归心,这倒是无以慰之的,也就不说什么了。

汽车在荒凉的山上或高原上跑了三小时之后,在高山上远远地看到一带青葱的绿树,夹着一条弯曲的河水。在树林子一边,两个高峰下,露出了一个城池。因为那城池,落在山脚下河边上,由高向下看,连城里哪处人烟稠密,哪处房屋稀少,都一目了然。走了两天,经过了四百多里路,要算这个地方的风景是最好的了。不必问,大家也都知道是到了邠县。汽车下了山,向县城开去。这城门外,又有一道小小的沙河,架了一道石桥;虽然城门口一般地站了两个守卫的兵士,可是就觉得这和永寿城门口站的两个,要文明些似的。健生有这点子感想,还不曾说出来呢,然而汽车开到石桥头上,就停止了。两个卫兵走到车子边向车上看看。司机生跳下来道:"各位客人都下车来吧,要检查!"燕秋等随着其他客人也都走下车来。卫兵先指着车上一个小箱子问道："先打开这个看看。"这箱子正是马振邦的，马振邦便掏出印有职衔的名片交给他，问着道："有名片，可以不查吗？"那卫兵将名片倒拿在手上，看了一看，问道："你究竟是干啥事的？"马振邦笑道："我是公路上的，若要看护照，我也有。"卫兵又看了一看他的服装，却是相信了，问道："你一路几个人？"马振邦指着昌年三人道："还有这三位。"卫兵道："都给我一张片子吧。"三个人料着可以免予检查，也都给了一张名片。那卫兵似乎感到不便对一车子人显然分个什么厚薄，因对其他的旅客，也只随便问了一问，一律免予检查，挥着手，叫司机生去吧。汽车开进了城，在一家带有汽车站的旅馆里住下了。

他们进了旅馆之后，大大地出于意料，居然找着两间屋子住下。屋子里不但炕上多了一床羊毛毡子，而且屋子里也各有一张小桌子、两张小方凳。大家将行李安顿以后，司机生还来招待一次，说是这隔壁就是小馆子，要吃鱼吃鸡吃蛋吃白面，都可以办到。今天本来可以赶到长武的，前面有一道河，恐怕水大，等一晚，让水退走，明天过去。今天还早，三位可以到外面逛逛去，这里有一道隘巷，是当年大姒出世的地方呢。昌年听说，就向健生道："我们没有去得周陵，很是懊丧，有这样一个古迹，不能再失之交臂了。"健生道："当然去，我们就走。"燕秋始而是微笑着，没有置可否，现在见他们一定要去，笑道："既是那么着，我陪二位走一趟吧。"三人走出旅馆来，健生首先看到街边的巷口人家土墙上，钉了一块木牌子，写着"隘巷"两个字，因拍手道："这处古迹找得太容易，一走就到。"他为首走进巷子去，东张西望，先是看到几户矮小人家，大家还不感到什么异样，再过去是一所倒塌的小庙，一处堆乱砖的敞地，一个露天厕所，一堵矮墙，围了个大猪圈。大家感到臭气难闻，本也想回身走去，恰好奔出三条周身粪土的大肥猪，向人身边直冲了过来。大家啊呀了一声，向巷口外就跑；跑出巷口来，才缓过这口气，停住了脚。健生笑道："假使这地方，不是生长中国贤妇人的地方，我就要说出不好听的话来了。"燕秋笑道："当年我逃难经过这里的时候，我父亲指点过给我看了。我本想拦着两位不必去，又恐怕扫你们的兴。"昌年笑道："其实看了之后，那是更扫兴。"三人说笑着，向旅馆里走来。

可是正当他们走进店门口的时候，掌柜的便抢向前来道："哪位先生姓费？我们县长拜访。"昌年道："我姓费。但是你们这里县长，我并不认识呀！"掌柜的便将手上的一张名片，递给了他。看时，上面印的字，乃是"孙执诚"三个字。昌年哎哟了一声道："原来是他！"同时由店里走出这位孙县长，远远地就伸出手来和昌年握着，笑道："我真想不到你会到这种地方来。刚才我到营部里去，在那营长桌上，看到你一张名片，名号、籍贯完全相同，我虽然猜着是你，但是还不能十分断定，所以立刻就来拜访。"昌年很高兴，即刻和健生、燕秋两人介绍。原来他是昌年中学时代的高级班同学，已毕业而做官了。昌年立刻让着他到屋子里来坐，把西来之意，略微地告诉了他。孙执诚道："老朋友在这种地方相会，那实在是难得的，我应当留你在这里过两天才好。"昌年道："我们的身子，现在是属于那辆长途汽车了，自己丝毫不能做主。"孙执诚道："虽然如此，我多少要尽一点地主之谊，才合乎情理。我现在回去安排安排，回头请到我那里去谈谈吧。"说着，他又向健生、燕秋两人敦请了一遍，方才走去。

不到一小时，便有一名卫队，拿了县长的名片来请。健生、燕秋因为是昌年的同学，也就无须谦虚，跟了卫队一块儿走。这县政府和永寿不同，一个圆式大门，正对了一堵极大的照墙；那墙上写着许多的标语。进了那圆洞门，在那墙上敷着粉，画着很多的时装人物画：如吸鸦片有害，缠脚有害，种树有益之类。进了圆洞门，便是八根柱子落地的过厅。前后两个大院落，在柱子上，钉着蓝底白字的标语牌子；最恳切的是：一文钱都是老百姓的血汗、县长是人民的公仆。在这里，远远地看到大堂，正中立了一张公案，系了绿上沿的大红桌围。桌上摆了签筒、锡砚台，在公案后摆了一张很大的太师椅子。那桌子下面，地面上有几块四方的石板，俗言叫问心石，乃是老百姓跪着被审问的所在。到了这里，早有人进去报告，孙执诚直迎出古壁门来，笑道："老朋友倒是不做作，一请就到。"昌年道："你是这一县之主了。我们到了这里，是你的客民，还敢搭架子吗？"执诚在前面引路，引到后进正中的堂屋里来。大概他是因为有女客在内的缘故，没有再向内引，就在正中的屋子里坐下。四壁的墙上，虽也粉饰过了的，然而日子很久，也就掉落不少。其间好像有几张标语,却被县长都用字画来遮盖了。这屋子里,也无别的陈设;靠正墙有一张长桌,正中一张方桌,配了两把椅子、两条板凳,桌上铺了一块白布,好像还是刚刚铺出来的。大家坐下,昌年先笑道:“若是照现在大堂上那种情形看起来,县太爷的排场,却是不小。不过到了这里,才觉得是有些西北地方的本色。”执诚笑道:“我猜着你看到大堂上那种城隍庙里的样子,一定要说话的。果然,你不曾坐下,就批评下来了。可是,这是没有法子的事。”说着,听差送上茶壶茶杯。他斟了一遍茶,大家围了桌子坐着,他在下方相陪,笑道:“这一路来,水这样东西,大概把三位苦够了。我这是城外小河里的水,在缸里澄清了才用的,倒是可喝。三位抽烟卷吗?这里请客,都是南京车夫用的烟,我不好意思拿出来。”昌年道:“我们不抽烟。你且把大堂上这一副排场的理由说出来,那比招待我们还好得多呢。”执诚举起茶杯先喝了一口,笑道:“你也是学法律的人,当然愿意知道。其实这理由很容易明白的,简单言之,就是威信问题。这些地方的老百姓,十有其九,不认得字。他们完全世袭了封建社会的传统思想。在前清的时候,堂上摆着板子大枷,三班六房,站在两旁,呼一喝二,把上堂的百姓当畜类看,他们不以为这是压迫,以为朝廷王法应该如此。民国而后,县官上堂,老百姓第一看不顺眼的,便是大老爷不戴红缨帽子,不穿补服外套,随随便便地上堂,太不像话。你没有审问他,他先有三分不服;你若对他说法律是求公正的,不要这些虚伪的排场,他反是说没有皇帝的年代,一切都反了常。于是由老百姓这点藐视县官的意味扩充起来,连着什么公事,都有点掣肘。听说以前有几个头脑新的县官,把官牌子一律取消不用,结果,是什么都办不动,失败而去。所以为了县政发生效用起见,不得不把官牌子摆出一些来。我很惭愧,除了用这点老法子的威吓手段,实在不能使出再高明的手段了。”昌年说道:“既然如此,你又何必在前面挂上‘县官是人民公仆’的牌子呢?”执诚道:“这不是我干的。有一个时代,西北有一种政治军事化的局面,你们当然记得:那个领袖手下的人,虽都是扛枪杆的,玩这一套很是在行。其实他派的县官,都是武装同志,那威风还用说吗?譬如‘一文钱都是老百姓的血汗’,这标语多好看!可惜,老百姓那时是一滴血汗也没有,结果是人与马争粮。”健生道:

“怎么叫人与马争粮呢?”执诚道:“就是老百姓剩下的粮食,经过征粮派粮摊粮三种贡献而后,所有的吃喝,都到武装同志肚里去了。老百姓在饿得无办法的时候,向当局驻扎的军队,提出一个极低限度的要求,请他们让马去吃草,不必再把麦麸荞麦皮给马吃。这麦麸荞麦皮留给老百姓吃,可以救活许多条命,也有照办了的,也有办不到的——这不是人与马争粮吗?我知道了这个故事而后,我就要把‘一文钱都是老百姓血汗’的标语取消,可是本地绅士说那时标语也多,壁面也好看,就是一县派十几万兵饷,有点受不了。标语壁画,这是个纪念品,要我保留,我也只好留着了。其实在西北做官,用不着这些玩意,老百姓根本就不认得字,标语都给贴标语的人自己看的。有人也说了,以后少要老百姓出点钱,那就是好官。我以为不对,我们不能看着西北人苦,就这样苦下去,就当把西北人的生活程度、知识水准,一齐提高。这种事,不能望政府拿着大批的钱来办,那么,只有从事生产入手,以便在本地出钱,替本地办事。若是只和百姓少要钱,犹之只要病人少做事一样,那是消极办法,迟早病人是要病死的。病人必得吃药,也必得吃补品,让他健康起来。”燕秋坐在一边默然听了,情不自禁地将手一拍桌子道:“孙县长!你这话透彻之至!你一定是个好官。”执诚笑道:“‘好官’两个字可不敢当。不过我想到的事情,总要这样办。这话又说回来了,唯其想办些事情,官牌子不能不端。要不然,发出去的命令,不发生效力。等到教育事业相当地有点成绩,那就大堂上不摆着系红桌围的公案,也有办法了。”大家听他所说,很有道理,正是听到出神,听差却引着人提进两个食盒子来了。

掀开食盒子来,送了八碗菜到桌上。看时,除了一碗鱿鱼、一碗海参而外,其余都是猪身上的,有红烧肉、炒肉丝、木耳肉片汤、炒猪腰、炒猪肝、红烧肚块。便是那海参里面,还有肉丸子。安放了杯筷,执诚在下席相陪。未动筷子之前,他笑道:“我先声明,这地方有‘鱼龙鸭凤’的口号。吃东西,只有猪肉现成,其余便是鸡。今天抱歉得很,馆子里连鸡都没有,大概是来不及预备。至于海菜,干的由汽车带来,并不费什么事,倒是常有,现在请各位吃个猪八碗吧。这鱿鱼里面,也有肉片的。”昌年笑道:“我们这就如登天上了,把昨日在永寿吃的卫生席一比起来,这就有天壤之别了。”于是把昨日所吃的情形说了一遍，执诚道：“这还算不错呢，若是到新疆去，出了玉门关，有一个穷十八站，那么远的路程，竟是不见人烟呢。”

燕秋当他两人说话的时候，只管把眼睛望着，要插言下去，这时就忍不住了，因笑问道：“我还有点事，要向孙县长领教。孙县长既是表示要从生产入手，现在预备办一些什么生产呢?”执诚笑道：“这又是很惭愧的，我到此不久，还没有实行。往大处说，有两件事：其一，是离县城二十里的地方，叫百子沟，出煤，煤质很好，烧出来的灰是白的，只是交通不便，全靠人挑和骆驼驮出来。若是开一条路通那里，实行开采，那是一件大利。其二，泾河流在本县境内，两面夹山的地方很多，大可以做渠。只是这两件大事，不是一个小小县长可以办的。我现在只好由小处走，就借了泾河两岸，想造一点小规模的森林。这里本出梨枣，只是农人让它自然生长，没有大收成；我想改良一下，靠了西兰公路快成功，或者能运销到外边去。还有一件，泾河附近，草可养羊。这两年农人自动畜羊，也能剪羊毛织毡子，这也是可以提倡的。总之，我打算有一分力量做一分事，先挑能办的，即刻办起来。像邻县长武、永寿，前两年，人跑去不少；到现在，长武日有起色，还只三万多人。本县始终有七万多人，这是本县农产可以发展的一个大证明。在陕西西部，有这样好的地方，做县长的人不能做一点事，那是很惭愧的。”他说完，燕秋忽然离座而起，大家都望了她，不觉愕然！

第二十六回　谈笑出邠州同瞻石佛　伤怀入陡境重到瑶池

邠县县长孙执诚，说了一大篇建设计划，大家都感到这个人很可敬佩，绝非是刮地皮的角色。不想杨燕秋在这个时候，离席而起，连孙执诚也不免瞪了眼望着，想不到是哪几句话把人家得罪了，急得脸上通红。燕秋却不慌不忙地笑道："孙县长！我要不客气，借你的酒杯，敬你自己一杯酒。"昌年笑道："原来如此，我倒吓了一跳，以为你要拂袖而去呢。执诚！杨女士这杯酒，你必须敬领。她为人非常之率真，不会做虚伪的周旋。现在敬你这杯酒，那是一百二十分地佩服了。"说着话时，燕秋已经是把一只斟满了酒的杯子，两只手高高地举着，送到执诚面前。执诚这才转惊为喜，随着站了起来，笑道："这就不敢当了，哪有主人反受客人敬酒之理！"燕秋道："我向来主张，有一分力量，就做一分力量的事。孙县长所说的计划，正和我的意见相合。而且我听了，还学了不少的见识。"她口里说时，人并不坐下去，好像专等着执诚喝酒。执诚笑道："我实在不会喝，不过为了杨女士这一番盛意，我只好勉强了。"他喝完了酒，还向燕秋照了一照杯。燕秋这才坐下道："我有一句冒昧的话，向孙县长问一问。假使我写信给孙县长，有什么事情要动问的时候，孙县长也能给我一种答复吗？"孙执诚笑道："这问得我更不敢当了。不用说那标语上的话，'县长是人民的公仆'，就算县长真是前清时代一个大老爷，也就大得有限，哪有朋友写信来，都不答复的道理？"燕秋笑道："那就很好。将来我请教的事，一定很多的。"

健生看到，心里却有些纳闷：燕秋对于老朋友，总是十分淡淡的，人家要写信给她，也许她不答复呢，现在对于个生朋友，当面约了和人通信，还请人务必答复，在这个男子无往不追求女子的时代，女子肯这样地将就，这简直是奇闻了。她或者是故意地这样做，让同伴的看看。昌年刚才说她非常之率真，这话大有商量的余地,有些时候,她简直是把人当小孩子,公开地做伪;率真,恐怕是在率真的反面吧! 他心里是这样地想着,坐在席上,却是默然。昌年坐在他对面,看到他的颜色,颇有点变化不定,料着他为了燕秋对于新朋友的态度有些过分的缘故,这就向执诚道:“杨女士回西北来,是想做一点事业的,所以别人和她谈到建设问题,她就十分高兴。”执诚笑道:“你和伍先生也是想来做点建设事情了?”健生连连摇了两下头道:“那谈何容易。实不相瞒,我们陪杨女士到西北来的原有四个人,不到上火车,就有了一个人告退,到了西安,又有一个人让家里打电报找回去了。我们东南人士,就光是到西北来游历,也感到许多困难,还敢谈什么建设?”执诚道:“这话倒是诚然。以前由潼关到兰州去,要走一个多月的旱路,而且吃喝起居,没有一样是够得上水平线的,谁有那么些闲工夫到这地方来游历? 而且这里土是土山,水是黄水,泉林之美,一点没有。以前的人游山玩水,只有两个人是有意义的,一个是徐霞客,一个是顾亭林。徐霞客探讨山川的形势,可以补救编地志的人的错误。顾先生的用意就大了,他身负亡国之痛,要遍观天下形势,作出书来,传给将来恢复河山的人,作一种参考;遍交天下有心人,布下革命的种子。他老人家到陕西来,一定也有他的深意,可惜他死在华山脚下,不能到西边来看看。现在的时势更不同了,东南、东北两角,时时刻刻地都得小心火烛;万一起了火,不能不在西北、西南两角挑水去救;救得息,自然是好,救不息,也有避火灾的地方。甘肃、陕西,当然比不上四川、云南,然而不见得比不上蒙古;蒙古还有人认为可以开发,这地方,多少总也可以进步一点。若说这地方根本不行,就说这邠县吧,太王住在这里,狄人看着是一块肥土,把太王轰走;汉唐建都,都在西安,当然不光看这形势方面,财赋总也有些关系。有些人到了西北,看到赤地千里,认为是没办法,开发的意思就冷下去半截。我认为不对,人必得要战胜自然,利用自然,才可以生存。”这两句话打动了健生,放下手上的杯筷,连鼓了两下掌道:“这真是一针见血的话。我虽不是学地质的人,但是由我一路看来,并不是西北的土地不宜于农产,唯一的原因,就是缺少了水。水这样东西,西北也不是根本没有,除了黄河,还有泾水、渭水、青海,全是人所共知的。若把这些河流,因着地势,节节引用,总比等着天下雨要好过千百倍去。现在谈开发西北的,都把全副精神放在交通上;其实汽车公路,只能补助政治军事,对人民经济没什么好处。关于轻便奢侈品的输入,也许对于人民有害。我的意思,还是第一要兴水利;有了水利,才可以复兴农村;农村活动了,什么都好办。”燕秋笑道:“健生是向来不大发表意见,这些话却是非常之对。”健生笑道:“说得对有什么用?我也没学过一分钟的水利,不能贡献一点意见。这不过是走了这么些个路,发生这点感想而已。”执诚将手轻轻地指着桌沿道:“这样说来,欢迎人到西北来游历,也是很有利于本地方的了。今天谈得很痛快,明天各位动身,我附车送各位到大佛寺去看看,一路都是沿着泾水走,可以看看这里的农村,同时看看《西游记》上说的花果山水帘洞。”昌年笑道:“那是小说上瞎说的,哪里会真有这么一个地方?”执诚笑道:“唯其是小说上瞎说过了,后人就附会着成立这两处名胜,这当然是不足一观。但是这大佛寺的确是不坏,虽比不上大同云冈石佛,比龙门的石佛却无愧色。”昌年听着,高兴起来道:“那好极了。无论如何,我们得和汽车夫商量商量,弯一弯路,前去看看。”执诚笑道:“这事易办,明天再说。”当时,大家越说越高兴,吃到了九点钟,方才散席。在这西北内地,已经成了半夜。执诚不敢多留客,叫卫兵点了灯笼,送三个人回旅馆。

旅客早已深入睡乡,大家也不便谈话,扰了别人的睡眠。次晨醒过来时,旅客都已起来,大家都在收拾行李预备上车。昌年也忙着收拾行李,一面向健生道:“我们分工合作,你到店门外去看看孙县长来了没有!”这句话不曾说完,只听得门外有人答道:“来此久矣。”说着这话的,正是孙县长。他笑着进来道:“昌年!你匆匆地来,又匆匆地去,我简直没有尽得地主之谊,十分地惭愧。好在你不久总要东回的,等你回来的时候,在我这个土衙门里,多住两天吧。”昌年笑道:“你何以知道我快要回来?不许我在甘肃住下个三年五载吗?”执诚摇摇头道:“你住不了,你凭什么要在甘肃住下三年五载呢?”昌年对于他所问的这个凭什么,却是不好答复,只有向他微微一笑。健生倒是心里有些不宁,接着态度一怔。燕秋也来了,望了健生说道:“你什么事出神?”健生也答复不出来,报之以微笑。燕秋点头道:“这个我明白。你必是想起了昨日下午隘巷里那两只猪,说出来,怕孙县长难为情,其实这与大老爷有什么关系呢?”于是把昨日访大姒遗迹的事对执诚说着,他倒是痛痛快快地笑了一阵,借着这阵大笑,收了两个不能答复的问题。大家一同上了汽车,孙执诚别的不带,却带了一辆脚踏车。健生道:“县长去是很热闹,回来可就是一个人了。”执诚道:“你的意思,以为我一个人骑车回来,有强盗抢吗?邠县全境,我不敢说毫无歹人,但是这汽车大道,都在泾水旁边,这一带人烟稠密,都是安分守已的庄稼人。”说着话时,汽车早已是开出了城。

这里的形势,两边都是山,中间夹着一道河流,大概河流所经过的地方,都是这一种形势。唯有这里,在高原以后,转翻出这种形势来,便觉得是耳目一新。泾河那边,闪出来的平原,比较地宽阔些,都开了麦田。汽车走的这边,却是山和河岸相并。有许多地方,便是在山麓上凿开了一线路,仅仅地好开汽车过去。这山已不是土的了,乃是紫色石片。石片都是脆的,一砸就碎。执诚在车上向昌年笑道:“西北穷苦,可也真穷苦。谈到修公路,找些好石头铺路面,都不容易。我们知道地质变换那是很缓的,一动就是拿一万年做单位,我想周秦时代的地质,同现在不会有什么两样,何以周武王在陕西出发,灭了殷朝?而秦始皇都咸阳,却是天下最富强的国家?古人那一番坚忍卓绝征服自然的精神,实在叫人佩服!”昌年道:“这个原因,我可以相当地答复你,那完全是政治的力量,秦始皇是独裁;周武王也未尝不是独裁。他们做事,全国人都动员,由筑长城这一点可以看出来。筑长城不过军事上的防御工事,还用这大力量;那么,国内办水利,男耕女织,必也是全体动员。要富强,必得要群策群力;集合群策群力,必得有一个有魄力的首领。西北由宋以来,慢慢地穷到现在,就是缺少这样的人来推动大众。”执诚道:“你大开其倒车,倒想秦始皇出世!”昌年道:“秦始皇手段是可以佩服的,只是私心太重。他不想为人民万世之业,他只想为子孙帝王万世之业,所以秦国失败!”

他们辩论着,便有一阵极幽静的香气,送进了鼻子。健生鼻子连嗅了几下空气,笑道:“好香!这山上有兰花吧?”昌年四周看看,因道:“果然的,这是兰花香味。哪里来的?”执诚笑道:“我要笑你们是城市里人下乡,把了麦苗当韭菜,兰花生在扬子江以南的,这里哪来兰花?我且不说,你们去猜。”车子正走着,却穿过了河边一带绿树林子,这树都是屈曲的树干,带着尖圆的嫩绿叶子。健生说道:“这是枣树,开了花吗?”再看时,树叶子里藏有细白的点子,正是枣子花。健生道:“枣花开起来有这样香吗?”执诚道:“可不是,说一句时髦话,这一带,要算邠县的风景线,在枣树还没有开花以前,全河沿树林子里的梨花先开。早几年两岸种的是鸦片烟,开的那花,深红浅紫白的粉红的都有,在一片绿叶子的田里开着,真是好看。”昌年道:“我们在路上,也看到的,把良田肥地去种了这种东西,真是可惜的。”执诚道:“现在陕甘两省,都已实行禁种了,总望三年之内,可以绝迹。老百姓种惯了鸦片烟,总怕不种烟没有收入;但是这里原来是种烟的,现在不种烟了,也没有饿死一个人。以后永远就不会有烟苗了,可以见得为人民谋百年大计,眼面前的损失,是不必顾的。”正说着,汽车突然停住了。汽车夫跳下车来,向昌年同伴招着手道:“到了花果山了。”

健生、昌年立刻兴奋起来,站在车上看。马振邦笑着向路边一个山嘴子指着道:“你二位相信这地方能生长出一个齐天大圣来吗?”看时,是一个谷口,正对了这汽车路。谷口东边是一个山头,也不过上十丈高,突出了一大部分石头。这石头也是和别个山上的石头一样,并不怎样地结实。因为在那颜色上略带了一些土色,可以看得出来。随着这山石上下凹凸不平的所在,凿了长的方的半圆的窟窿,可是顶大的,也只好刚刚进去一个人,这谈不上什么石刻。在那些窟窿上下的所在,有几棵碗来粗树干的小树,还有两块布写的横幅,被风雨所侵,也都变成了灰白色挂在山石上,当了一种庙里的匾额。健生道:“这当然是后人附会的。但是后人也附会得不大高明,像孙猴子这种妖怪,应当在深山大泽里潜修出来,那山不是人不能到,也是人很不容易上去的所在。这比屋略微高一些的山头,妖人也藏不住。”执诚笑道:“花果山不好,水帘洞或者不错。由这山里进去约莫两里路,要不要进去看一看?”昌年向马振邦笑道:“马先生进去过没有?”他笑道:“若是各位不嫌我扫兴的话,我就实说,那里的山头,当然是和这里一样。虽然有一道泉水,有水的日子很少。有水,也并不是由洞门口挂着流下来,像一幅门帘子——是另外流着一道水沟。来回五六里地走着,那是太不合算。”他这样的说了,其余的客人,也同声相和。昌年笑道:“既是这么着,就不必耽误行程了,我们走了吧。”

当他们议论时,这两个山头下,一片枣林子遮掩了百十户人家。村子里人看到有一辆汽车,男女大小,拥了一大群人围着车子看。汽车夫屡次轰他们,他们还是要看。最后,汽车夫就指着孙执诚道:“你不看看,这是你们县老爷。”百姓里面,有认得县长的,见执诚站在车上向百姓们点头,低低地说一声:“老爷来了!”回头就走。他一动脚,那些老百姓跟着一哄而散。有两个跑得缓一点的,抬头看来,正好执诚的眼光射在他们身上,也不懂得他们是什么用意,却两膝屈下去,对汽车跪了一跪,然后再跑。汽车夫看着哈哈大笑,开车走起来。昌年就对执诚笑道:“这样好的老百姓,县政还有什么不好推行?”执诚摇摇头道:“凡事不能由一方面去看。老百姓怕官,固然命令发下去,他们不会违抗;可是他们越怕官,自治能力就越薄弱,行政上也是很有阻碍的。可是话又说回来,你若不要他们怕,那困难就更多。归根一句说,这就是教育不普及之过。”燕秋听着,不住地点头,表示同情的意思。

不多一会儿,远远看到在路边山头下面,有一座四角檐的三级高楼。执诚老远的就指着道:“到了到了。”燕秋笑道:“就到了大佛寺吗?这倒可惜到快了,不能在路上多听一点孙县长的伟论。”执诚未曾答复,车子已经停住。执诚下了车,大家也都跟着下车。这车子上的旅客,倒是一大部分都没有看过大佛的。下了车,大家齐由正面的庙门要拥了进去。执诚抬起手来摇着道:“错了,由那里去看不合适,都跟了我来吧。”他说着,在庙门旁边,一道石台阶走上去。那里是个平台,有个城门洞式的小佛殿,直通里面,原来这里是第二层楼。走向里面,那圆通门下半截有石栏塞住,上半截蒙了铁丝网子;由铁丝网眼里看去,这就现出里面的伟大来。那里是就山挖的一个大石洞,四周就着石壁,镂空了,雕出几尊小的佛像和四大金刚。正中是一尊坐着的如来佛,由平地直达到洞顶,那佛的脸,正对了二层楼,估量着约莫有一间屋子那么大。所以佛的鼻子,大似平常人家的大餐桌。那洞里既高大,又没有阳光,只觉是阴森森的,倒是有许多野鸽子,在佛头上飞来飞去。昌年道:“我们过洛阳,不曾去看得龙门的石刻。看了这尊大佛,也就可以过瘾了。这佛像有多少高呢?”执诚道:“传说坐像是四丈八尺高,但是我没有实行量过。这个寺,是唐朝手上建筑的,毁坏过很多次。这石像是最近装修过一次,不然,没有这样庄严。这庙里有屡次建修的石刻碑记。就凭这一点,也很有价值。等你东回的时候,我送一套拓好了的帖给你。”昌年道:“这么大一座佛,雕刻起来已经费事,加之又是挖空了山洞,就着原来的石头刻的,这功夫就大了。”执诚道:“这不过一尊大佛而已,把云冈、龙门两处比起来,那真是可惊。但话又说回来了,不是皇帝借重政治的力量,哪又办得到?”健生听了,心里便有些烦腻,觉得燕秋一说他好话之后,他就只管卖弄,便笑道:“我们不能只管在这里赏鉴了。汽车夫在下面等着,可有些发急哩。”

执诚这才送着大家到了庙外,执着昌年的手道:“在这个地方遇到了你,而今分手,我真有些恋恋。你以后何时路过邠县,务必先给我一封信,电报也可以。”昌年道:“那是当然的。不过回来的时候,也许为时很久,也许不走这条路。”执诚见他手上正提着相匣子,便笑道:“如此说来,我们这一次会面,是更可宝贵的了,应当留个纪念,同照一张相。路上你不定在什么地方将片子洗得了,就寄给我一张。”昌年还不曾说出话来,燕秋抢上前,就连道:“好的好的,我们应当留个纪念。在平凉,总有两三天耽搁,洗好了,我们就寄给你。我们四个人同照吧。”健生对于这事,倒也无所谓,大家站在庙外空场子里,昌年对好了光,将匣子交给汽车夫,托他代照,自己也就站在一排,把相照了。孙执诚由汽车上取下了脚踏车,手扶着站在路边,看到大家都上了车,这就取下帽子,深深地点了一个头道:“再见了!杨女士有闲,可以常常写信来赐教。”燕秋笑着点点头说道:“一定一定。”健生把这些看在眼里,心想:她对于一面之交的朋友,这样的热心,对于我们千里迢迢相伴的朋友,倒是这样的淡然。皱了眉坐在车上,心里自然是十分地不高兴。燕秋对于孙执诚这一点亲敬,觉得由心里直发出来,这并没有什么嫌疑之处,态度很是坦然。对于健生心里那一番不快,却是不曾留意。

车子离开了大佛寺,大家停止了谈锋,很快地向前走。在亭口镇的所在,汽车当了船,横过了泾水,就走上了高原。几十里的地方,都是荒凉的浅草地,不见着人家。到了正午,在荒原上发现一带土城,同行的人说:已经到了长武县城。汽车绕到了北城门,那门口立了一块石碑,刻着“公刘旧治”四个字。城外荒草稀稀的,不见一户人家。绕过了城来,到了西门口,这才发现一条街。街道很宽,整列的骡马大车,在土墙根下摆着。大风一阵一阵刮着飞沙扑人,行人不多,三三五五的骆驼,屈了腿睡在灰尘地上,抬起那细长的脖子,口里不住地嚼着,用那呆笨的眼光看人。这就让人深感到西北奇异的风味。

汽车开进了一个“西北”旅馆大门,里面有一片空场,可以停车。汽车夫招呼昌年下车打尖,大家都下了车。看这旅馆时,正面在悬岩下,打了四个窑洞。两旁有上十间土砖屋子,里面仅仅有一张土炕。昌年笑道:“这也是旅馆?”燕秋笑道:“他并不冤你,在旅馆上面,他明明白白地加上了西北两个字注解着,这算是很好的了。再向前去,恐怕是比这更不如。”大家说笑着,就在矮屋子里吃了一点黑馍和大叶韭菜炒肉丝,继续地上道。走了二十多里,到了窑店镇。这个乡镇不过是一条大道上,两旁有些破落人家。可是燕秋很注意:在街的中间有个木牌坊,上面写着“陕甘分界处”。燕秋突然地鼓起掌来道:“我终于走到我的故乡了。”同时两只脚连连地跳着,而且昂起头来,张嘴哈哈大笑。等她笑过了,早把窑店镇丢到很远了。燕秋笑道:“当年我出去的时候,我虽然年纪很小,但是心里也很明白,想到再回来恐怕是不容易;可是现在,我终于是回来了。”昌年笑道:“这是你应该高兴的,今天到了平凉,我要预备一点酒庆祝你。”燕秋道:“庆祝我,那不用忙。等我找着我的家的时候再说吧。”她说到这话的时候,立刻把笑容收一个干净了。自此以后,她又改变了一个态度,只自低头坐在车上,并不作声。昌年和健生,都已知道她的用意所在,只是当了车子上这许多人,却没有法子用言语来安慰她。她低头坐着,有时也就抬头看看。

在这大路上,慢慢地就发现了三五成排的柳树,那柳树都约莫有饭盂粗细,很少细枝,总可以想到是附近农人,把细枝给砍去了。还有那不可理解的,就是把树干上的皮,剥得干干净净,露出白皮的树身在外。自然,那树就死了。有的树身只是中间剥去了一截皮,因之现出两头大,中间细的情形,树倒是活着。马振邦道:

“你二位知道这柳树的名字吗？这叫左公柳。当年左宗棠平西的时候，由潼关直栽到玉门关为止，五里路上挖一口井，专门为了种树浇水用的。前几年旱灾，老百姓吃树皮草根，把这些树吃掉不少。”昌年听到他说这话，立刻偷眼去看燕秋的颜色，殊不料她并不介意，脸上却带了微笑。昌年这也就不必拦马振邦，让他说了下去。再看燕秋时，她脸上通红，仿佛她的笑容是勉强装出来的，接着偏过头去，伏在行李堆上，乱咳嗽起来。昌年对健生看时，他点点头，已经了解昌年的用意，而且将两个指头，微微贴着嘴唇，表示不必说。燕秋伏在行李上，很久不曾抬头，有点像睡了样子。两人也只好由她，不便惊动。

约莫在下午三点钟的时候，远远地看到一座圆顶的山上，有三四处楼阁，山下面并非荒草平原，倒有一带很绿的树林。健生道：“这是什么地方？风景不坏。”振邦笑道：“这地方，说出来可大大有名，是王母娘娘的瑶池。”燕秋始终是伏在行李上面的，听了这话，却猛可地抬起头来道：“到了泾川县了。”健生见她的眼睛兀是红着，脸上愁容没有退下，便笑道：“这样的睡，是不大舒服的吧?”燕秋道：“我实在是倦了，而且人在南方过了这么些个年，身体也娇弱起来，吹了两天的风沙，把眼睛吹痛了。”昌年道：“可不是吗，你眼珠有点红了。”燕秋笑着，在身上掏出手绢，将眼睛揉擦了一阵。说着话，汽车已经开到了泾川县城门口。汽车夫首先跳下车来，将手掀着一片衣襟，揩着额头上的汗向座客道：“车子出了毛病，很不容易让我开到了这里，要等我查一查毛病，今天不能走的了。”燕秋皱了眉道：“我算好了，今天一定可以到平凉，偏是出了毛病。”汽车夫道：“这有什么法子呢！就是我也不愿意呀！”燕秋向费、伍二人道：“既是这样，倒让你二位一个游圣母宫的机会了。这地方说是瑶池，倒不是假的。在那山脚下，立了一块碑，上写着‘古瑶池降王母处’。”说时，将手伸着，指了那个柳树林子外的山头。昌年道：“既然如此，我们倒乐得在这里耽搁一天。”于是同着众旅客纷纷地下了车。

在城门口有四个卫兵，照例把行李检查了一遍，大家步行进城，觉得这里的街道竟是远在邠县以上。大家在南关外一家客店投宿，却也和邠县不相上下。这却有一件让他们奇怪的事：有四五个女人，穿了红绿的旗袍，梳着油光的发髻和辫子，满脸都涂抹了胭脂粉，全坐在店门口几条板凳上。这里因有燕秋在一处，伍、费二人都不敢张望。而且燕秋自入了甘肃境以后，她总是露着不快活的样子；二人晓得她心里的创痕这时复发，朋友们的风凉话，是劝她不过来的。于是且安排了行李，同她在一处喝茶，只管说着闲话。燕秋笑道："多谢你二位的好意，你们怕我伤心，所以只管把话撇开。其实我自己也知道这伤感很是无味，只是禁不住它不发生。天色还早，我陪二位到瑶池去看吧。"昌年道："那就好极了，马上就走吗？"燕秋点点头站了起来，可又随着叹了一口气。健生看到那情形，益发地不快，已经开始向店外走，大家依然顺了来路，走出了北门外。

这里的风景，倒很有些江南意味。出得城来，没有人家，便是柳树林子，向西去，两旁高大的柳树成行，中间夹着一条平宽的大路。柳树里面，夹栽了不少的白杨，风吹着呼噜噜作响。大家在柳树荫里缓缓地走着，健生道："这倒多谢汽车出了毛病，让我多玩一处名胜。"只是燕秋有些不愿意，燕秋道："我也很愿意了，早到平凉一天，一定是早让我失意一天。我的前程，就像这路边的左公柳一样，就是这里到河边的那一小截，得慢慢地走，走到河边，这就断了，没有去路了。"她说着，真的站在一株树下，手扯住了一枝柳条子，只管向西望着。昌年道："过去的事，你想它做什么？好在明天就到了平凉，你第一个目的地就在眼前。我们既然陪你到这里来了，自然是帮忙帮到底，陪着寻你那二位哥哥。"燕秋哽咽着道："还有我的父母呢！"健生道："好在到了平凉，就离你府上不远，也许在那里可以得些消息。你许多年的期望，明天就实现了，你正应该高兴，为什么自己只管伤心？"燕秋发了呆，将柳条上的树叶子，一片一片向下扯着，这时就不能答复，只管流下两行泪来。昌年道："由西安向西走，你想到前事，处处都是创痕。前面还要走呢，你这样伤感，还有完吗？年轻人是前进的，不回顾过去的事，想着有什么用？那是徒然颓伤了自己的精神。"燕秋突然收住了眼泪，顿脚道："你说得是。我们上山去看吧，太阳已经偏西了！"她说着，便在前面走。

走完了这截柳林，便是一道浅河；在河面上，有木桩子架了柳条秫秸，上面再堆着土，当了一道桥。昌年明知道这是泾水上游，故意问道："这一条河有名字吗?”燕秋道:“你不想到这县叫泾川吗?”昌年道:“那么,这也是泾水了?你看,我们一路走来,几百里地,还没有绕出这条河道去,可想到这条水在这陕甘两省是怎么围绕着,若是有人来利用它,那岂不是很好的水利。除了邠县附近而外,很少看到利用着这条河到农业上去的。西北缺水的地方,有水不来利用,这未免可惜。”一路说着话,向那山脚下走去。在那山脚下背西朝东,有一幢庙。庙后山上,随着山崖的势子,有一层悬阁;两层佛殿,远看去,气势也是一路少见的。燕秋并不向庙里去,顺着庙门西奔,在山脚路边上,立着一块大石碑,直写着“古瑶池降王母处”七个大字。健生道:“果然……”但是他看到燕秋的态度,他这句话来不及说下去了。

第二十七回　穷地盛装卖身作旅客　夕歌朝死绝路恸斯人

当伍健生正要说这里果然有一块碑的时候，不想燕秋对了那碑，突然向前一扑，手扶了那碑的石龛，呜呜地哭了起来。费、伍二人站在一旁，都有些愕然。健生道："这又不定是什么旧事，引起了燕秋的感触，而且看她这个样子，似乎感触还很深呢。"昌年虽没答话，却点了两点头。燕秋哭了约莫有十分钟，这才由身上抽出手绢来，擦了两边眼泪，叹口气道："我若不是怕你二位说我免不了妇女们那一种无法就哭的故态，我真要大大地哭上一场。因为这一幢碑，对我的印象实在是太大了。当我父母在平凉留下了我二哥的时候，一路全是哭哭啼啼地走着。那天走到了这山脚石碑边，我就念着上面的字，说到了王母两个字，她是懂得的，立刻对这碑跪了下去，乱磕着头，口里还念着王母慈悲慈悲吧，对我那两个儿子多多地保佑。我是不能照顾他的了，只有请天上的神仙，多多地可怜他们。她说了又磕头，磕了头又说。那时，我实在觉得我母亲有些闹妈妈经，可是事后又想起来，我母亲委实是可怜。她智穷力竭，没有法子来照顾她的儿子，她只是托之于这毫无凭证的神仙。再想到我母亲骨瘦如柴，头发满头蓬着，眼泪满脸流着，真是惨到了极点。加上她跪在地下乱磕头乱祷告的样子，那简直不似人了。这幢碑，还是早几年以前的样子。我的母亲，可不晓得到什么地方去了！所以我忽然地伤心起来，怎么着也止不住哭了。"健生道："我一看到你哭势来得那样猛，料想着你又是有了什么感触。原来事情就是发生在这碑上，这也难怪你这样的伤心。要是略微知道一点情形，我们也决不要你陪着来看这块碑。昌年！我们回去吧。所谓降王母处，我们由这下面，抬头看看山顶上，稀稀地长了些荒草，也不会有什么景致。我们不必上去看了。"昌年道："这里就是这么独出的一个山头，我看还不如花果山那样有结构呢。"燕秋既是收住了眼泪，这就微笑道："你们以为我看到了别的，又不免伤心,这倒是过虑。其实过了潼关,哪里不是我伤心之地?只要印象浅一点的,我懒得去细想,模糊着也就过去了。这山上我上次由这里经过,并没有上去。一个当灾民的人,生离死别,遭了那样的惨事,当然也没有那心思去参观名胜。二位到西北来,找不着一点安慰,若是路过名胜,有机会可以去看看也不去看,那教我心里也是不安。去吧!我们先到那庙里去看看。"她说着,已是举步先走,一点也不踌躇。费、伍二人跟着走进了那庙。

正面三间小小的正殿,神龛里只供了一个木牌位,并没有什么偶像。殿前竖得有匾额,只是"范公祠"三个字。昌年道:"我以为必是泾水龙王、玄坛帝君之流,供着范文正公在这里,这真出乎我们意料之外。"燕秋道:"这怕你还是猜错了。范仲淹和西北没有什么关系,这里人不会供奉他。"昌年道:"范仲淹镇守过延安府,而且是防备西夏的,倒不能说与西北没关系。"燕秋笑道:"你看我这人真是不行得很,连范仲淹的故事,都会不大清楚。"说着,红晕直透到耳朵根下去。健生笑道:"你说你不行,那是我更不行呢。实告诉你,昌年说出个范文正公,我还以为是和曾国藩同时的人,直等你说出范仲淹来,我才知道是宋朝的人。"燕秋见他有心庇护自己,便向他微笑了一笑。这庙门口立有一块很大的石碑,上面正是刻着范公祠记。健生向前细看,上面写着这范公号铭山,是个协镇,曾平过两次匪患。健生笑道:"这还是燕秋说得对了,并不是范仲淹,是一位极不相干的小武人。果然西北人如供奉范仲淹,她是不会不知道的。"燕秋向他勾勾头笑道:"健生!这就是你的不对了。朋友有了短处,你应该代为纠正过来才是,你怎么老护着我的短处呢?以后别这样。"健生笑道:"我是实话。"他只说得这四个字,脸也红了。可是心里就想着:我这成了那话,拍马拍到马腿上去了。这就不再作声,随了他们走。

由这庙边绕道上山去,直到庙后的上层,果然是个随山坡建筑的悬阁。只见阁里面,大部分都已倒坍,并不是在远处所望到的那样玲珑好看。由阁下向上层看,楼板都脱得干干净净,只看到靠里三个山洞。不过这上下两层,匾额还在,上层是三元洞,下层是圣母宫。昌年站在破阁檐下,昂头望道:"这样子看来,这里并不是瑶池了。”燕秋道:“你不见上面还有一层庙宇吗?准是在那里。”大家也不考虑,又绕着上山坡的小路,更走上去。到了那里,顺着山势,起了一道四五尺高的栏墙;在墙里面,有三间小庙屋,关着门在那里。门外竖着一块匾,上写“药王庙”三个字。昌年道:“这和瑶池的关系更远了!不要是并没有这个地方呢。”燕秋道:“在大路边,立上那样一块大碑,绝不能没有这个地方。你看,快到山顶上的地方,那里有个土地庙式的小屋子,也许在那里。王母下降,当然也要在高的地方。”费、伍二人到了这里,也是不愿中道而废。于是在乱草丛里,又走上去。这里仅仅是有一条模糊不清的路线,而且山势是比较地陡。带走带爬地到了上面,在那矮屋子下一点,果然有片较平的山地。在那里有个似乎是天然又似乎是人工挖掘的一个小池子。在这样半高山上,那池子里水,当然是涨满不起来;仅仅是池底上,一大片潮湿之中,流着有寸来深的一条水。健生道:“这就是瑶池了。这样看起来,什么名胜,都不能去游历。”昌年笑道:“我们应该来,看了之后,再去告诉别人,倒可以破除迷信。这可以见得汉武帝时代,瑶池降王母这回事,完全是捏造。我看过木刻本的《山海经》,那书上载的王母,是西方出的一种兽,样子很是凶恶,还有翅膀能飞,不知道后来被道家一传说,怎么就变成一位仪态万方、管理西天的女神。”燕秋笑道:“这样说,这个地方降王母,那倒不会错。在两三千年以前,这地方有怪兽跑了来,那也是一定的事。”健生道:“平常说荒唐话的,指他是说《山海经》。那么,《山海经》之荒唐,也就可知。也许王母这种怪兽,根本也就是没有的。”燕秋点头道:“你这话有理。以后我们研究一个什么问题,总要大家拿出一番真意来讨论才好,谁也不必护谁的短。”健生也就只好一笑,心里这就默想着:这真是奇怪。别人说了他不懂历史,我和她想法子遮盖,她倒是一而再、再而三地只管说我的不是,因之越发地不痛快,悄悄随着她身后下山进城。

当大家走进客店的时候,又见那几个奇装异服的女子在大门口说笑,而且她们说的是天津话。燕秋站了一站,便把她们看了一个够,回到费、伍两个人屋子里,便先笑道:“这也是一桩奇事!泾川县这种地方,哪里来的这些个怪女人?我看这条街上,家家客店里都有,而且要算我们这客店里人数最少。若说她们是娼妓，这样一个内地县份，西北人又是刻苦耐劳的，绝对容不了她们；若说由此经过的，越向西越穷，除非是到兰州去。可是那是省政府所在，突然地到许多坏女人，恐怕当局也不肯她们住下。我很想知道一个究竟，二位能不能代我打听一下？”昌年望了健生，健生也望了昌年，二人对笑一下。燕秋道：“现在我们还不能断定她们是妓女，就算她果然是妓女，也看我们是用什么眼光去看她；若果我们是用悲观的眼光去看这些可怜虫，那和她们接近，正是一种仁慈的表现。”健生道：“虽然如此，可是一和她们接近，很能引起旁观者一种误会的。”燕秋听着，将一个食指，点着脸腮上，想了一想，笑道：“这样吧，我们索性来公开地研究一下，叫店里伙计随便地请一位来问问；她们若是时间要卖钱的，我们就出一两点钟的谈话费，也未尝不可。”昌年笑道：“这倒也是奇闻。”燕秋笑道：“一点不奇，譬如我们看到一个叫花子，给他几个钱，讨他一点欢喜，然后问问他的生活状况，无论在什么地方，也应当许可的。你们以为那些女人，比叫花子好得了多少吗？”健生和昌年总觉得这事有些尴尬，对笑着，不肯说出话来。燕秋道：“啰！你们也是太仔细了。这事何伤大雅？喂！店里伙计。”她大嚷一声，店里就有一个伙计跑了来，问着要啥。燕秋正着脸色道：“你们店里住的那些女客，是哪里来的？”伙计见她问到这里，态度又是很严肃的，便道：“小姐！这个你不能怨我们，我们开店的，只要客人给钱，就得让她进来住。官府许她们在这里，开店的哪里管得了她。她们长得有眼睛，是规矩的客人，她不敢来打搅的。”燕秋笑道：“你全猜错了，我实告诉你吧，我是南京妇女救济会的会员，对这样流落在外的女人，我都可以过问。你可以随便请她们一位来，我问她几句话，而且我也不是白请她们来，她们果然是可怜的，我可以周济周济她。”店伙真想不到这位小姐，和平常小姐不同，竟是愿意和这种女人谈话。于是望着燕秋笑笑，没有敢把话向下说。昌年见燕秋把话说出来了，僵持着在这里也不好，便也正了脸色道：“你只管把她叫了来，我们正正经经和你说话，并非是和你开玩笑。”那店伙在这大路边做买卖，也知道南京现在是比北京更重要。他们说是南京来的，恐怕县老爷也有些含糊他们，自己可不敢得罪，只得答应着去了。燕秋正色向费、伍二人道：“可别笑，一笑这事就糟了。”二人也就含笑点了点头。

不多大一会，店伙果然领着一个女人来了。看她约莫二十岁，梳着一条乌松的长辫子，那头发远看是油光光的，近看可是湿腻腻得成了膏药板一样；因之脸上的胭脂粉，也就涂抹得有一个铜钱厚，看不到一丝皮肤上的皱纹，只有两道浓眉毛下的两只麻眼睛珠子，只在红白堆里乱转。身上穿了红花布旗袍，绿裤子，红线袜，绿帮子绣花鞋。费、伍二人一见，只好把牙齿对咬着舌尖，不让笑出来。那女人走到房门口，用手扶了一扶鬓发，停步不肯进，可就低声笑着："哟！您叫我来干吗事呀？"竟说得是一口天津话。燕秋道："你只管坐下，我们是做好事的。你若是有什么为难的地方，我们可以帮你的忙。"那妇人手扶了门框，站着却不肯向前，因道："店里伙计说，有官府里的人要盘问我们呢。我们不能不来。"燕秋看她那样子，虽是极力地表示大方样子出来，然而还是胆怯怯地不敢向前。燕秋便站起来迎到她面前，向她脸上看了一面，才笑道："你有话只管说，我们不能骗你。"说着，就在身上掏出了一块银洋，伸着塞到她手上，笑道："你先收着，总算你没有白来。"那妇人看看燕秋的装束，便笑道："我怎好收你的钱？"燕秋道："我不说了吗？我们是救济人的，这一点儿钱算不了什么。也许我们还可以帮你一些别的忙，可是总要你说实话。"那妇人叹了一口气道："你叫我说什么好哇？我们本是在宁夏混事的，近来，大兵把我们轰跑了；想回包头，前面兵更多，过不去。我们就绕了大弯子到平凉住了些时，刚到这儿也不过六七天，总想混一点盘缠，再往东去。听说这里到天津还有好几千里。咳！我们真不知道怎么样才混得过去！"燕秋点点头道："那么你们的情形，我知道一点了。你们由宁夏逃到这里来的，共有多少人？"她答道："三十来个人吧，全不得了。"燕秋正想追问着她，大家怎样不得了，却见一个十六七岁的女孩子，穿了一件淡绿色的旗袍，站在远处，向这妇人招手。当她招手的时候，眯着眼睛一笑，倒是有些媚态。那也就是她告诉了这妇人，向前面去有话说。那妇人向燕秋弯弯腰，笑道："我和您告一会儿假。"说时，她也不等燕秋的许可，径自走了。

燕秋趁了这工夫，去看那年轻女子，发现她是一双天足，青绒的鞋子，雪白平正的袜子，头发上也没有那些油腻，在这一群娼妓之中，是最干净的一个。不过她的肌肉很瘦,脸上虽也抹着脂粉的,在脂粉下面,眼睛眶子边,有两道半圆的青纹。她见这里有人很注意着她,她不知是何用意,扭转身走了。燕秋手扶了门,向她身后很久很久地地看着,因道:“照着刚才一个女孩子而论,身上很带了几分秀气,想不到她是干这种下流事业的!你二位哪位去和我调查一下她的情形。”健生对于在瑶池所感到的那一点不快,还没有完全消除,就没有作声。昌年为势所迫,是不能不答话了,因站起来道:“让我到前面去看看。”于是带了笑容,向前一进的店堂里走去。

那里有并排的三间土屋子,都垂下了深灰色的门帘。这时天色已经黄昏,屋子里显着黑的,便已映出了灯光。那灯光一点如豆,地位又不怎样的高;同时鸦片烟的气味,由门帘缝里窜出来,只觉熏得人头痛。在第二个门里,烟气最浓,人声也是最嘈杂。燕秋注意的那个女孩子,也就在那里面说话,一会子工夫,她又在里面唱起来:先唱了一段《打牙牌》,继又唱了一段《十二月探梅》。腔调虽然俗得不能再俗,但是她的嗓音倒是很好听。及至她唱第三支曲子的时候,不过唱了二三句,就忽然中止,是和两个男子的笑语声给搅乱着一团。这时的店伙由身边经过,昌年扯住他,低声问道:“这个年纪轻的姑娘,生意很好吧?”店伙点头笑道:“那自然!她们这一批同来的,她不算第一,也要算第二。自从到我这里来以后,哪一天也没有脱过客人。这是抽烟的客人……”他一语没说完,有两个穿长衫的人,手里拿着电筒,抢进店里来。店伙迎上前道:“红宝那里,有人在抽烟呢。”他说的声音并不大,那个女孩子,竟听到了,笑着跳了出来,挤到那人身边,扭着靠着,低低说笑了一阵,才送出大门去。远远地听到她低声说了一句:“回头要来。”昌年想着:这个娼女,对于客人应接不暇,那情形就很好。燕秋叫打听她的情形,以为很苦,那是过虑了,她决不会感到什么痛苦的。如此想着,也不再在前面店堂里探听,走向后面来,向燕秋笑着点头道:“我不便作详细的报告,但是她不痛苦。”燕秋听了他的话,也就报之以微笑;同时,外面那娇嫩的嗓音,也就在唱着《打牙牌》了。这种《打牙牌》的曲子,直到大家上床就寝的时候,还听到在细细地唱着。燕秋也知道这曲子必是那女孩子所唱,对于昌年的报告是无所用其疑义了。

旅行的人,四肢百骸,全因着劳动感到极端的疲倦,头一挨着了枕头,就睡得如同小死。所以他们一觉醒来,便已天色大亮。不想在这个时候,突然地发生了一阵喧哗声,而且哇哇地有妇人哭着。健生首先打开卧室门,问是怎么了。看前面店门依然未开,却有人跑来跑去。叫店伙问话,店伙老是不来,只得自己跑上前去看看。那店堂的小桌上还放了一盏煤油灯,昏黄的灯光,照着许多人,环了一根小木头柱子站着。地上坐了一位四十来岁的妇人,将手拍着地,号啕大哭,口里只嚷:"孩子你害了我,你坑了我,怎得了呢?"在那妇人身边,躺着一个穿绿旗袍的女人,脸上盖了红花手巾。健生正惊讶着,昌年却在身后突然说道:"呀!她怎么会死了?"燕秋也远远地站着,问道:"这就是昨晚夜深了,还在唱《打牙牌》的那个人吗?"昌年道:"谁说不是!却不知道得了什么急病?"人群里有人指着头上的矮梁道:"哪是得了什么急病,是在这上面吊死的。"他这一个报告,燕秋三人,都是深深地在心坎上撞击了一下。昌年走过来向燕秋道:"我实在想不到这个女人在极快乐之后,竟是悬梁自尽了。"燕秋道:"极快乐的时候吗?我想那极快乐的时候,也许就是极痛苦的时候吧!一个人到了出卖身体了,而且也是出卖灵魂了,你想她活在这宇宙中间,还有什么是她自己的。世界上,只有女子更能知道女子。昨天很是不巧,假使是找着了这个女子和我们谈话,也许谈出了一点痛苦来,让她不至于死。"昌年虽觉得她的话有理,可是承认起来,那是徒然增加她的不快,便没有作声。

前面店堂纷乱了一阵,那个汽车夫才挤到后面来,向燕秋道:"前面店堂里太乱,掌柜的怕吃官司,也是心事很乱。我看三位可以出去找点东西吃,早点开车,离开这是非之地。"燕秋道:"你以为这是是非之地吗?只可惜我不能因为一个人的意思,耽误了大家的行程。不然,我定要在这泾川县再住上一天,看个究竟。"健生道:"不过你是归心似箭的人,能够忍耐一天吗?"燕秋道:"回家固然要紧,明了女子们的痛苦,也很要紧。"那汽车夫听了这话,便苦笑道:"不过是一个当妓女的下场头,那有什么可以探听的?饭馆子里可以买到吃的了,去吃东西吧。我们到平凉有事,也要老早地赶了去呢。"燕秋也想到:这一车的旅客,眼望两个钟头,快要到平凉了，未必肯在这里耽搁，汽车夫催了走也是实情。这就和伍、费二人一路出去吃饭。

吃完了饭回来的时候，马振邦由路头迎了上来，跌脚道："糟透！走不了了。这里县长已经派人到店里来过，他说我们的汽车夫也有点嫌疑，要留在这里审问过了，才可以放走。"昌年、健生都对了燕秋笑。燕秋道："难怪这汽车夫说这里是是非之地了。"费、伍二人因为她愿意打听这种悲惨的热闹事情，大家就随同着回店。到了店堂里，那女尸还躺在地上，不过用了一张大羊毛毡子盖着。店堂里还有几个男子看守着尸身，那两个妓女，似乎是害怕，可就缩到后进堂屋里来坐着。其中那一个叫顺喜的，曾是得着燕秋钱的，便已站起身来，老远地相迎。燕秋道："这真是猜想不到的事吧！你那个同伴夜里还唱着，天一亮就死了。"顺喜道："小姐！你以为奇怪吗？那不奇怪，她早就要死的了。"燕秋看这堂屋里，倒放有一张破旧的桌子，两条破板凳，还有一条板凳空着呢，于是隔了桌面坐下，问她道："她为什么早就要死呢？"顺喜道："咳！混事的女人，不早就该死吗？再说我们混事，又不是什么大地方，跑到宁夏那种瞧不见家乡人的所在，是人是鬼，都得和人家……"说到这里，见昌年瞪了大眼睛望着，心里也就很是明白，声音低了一低道："那还说什么呀，总是鬼混！银子钱出在天津、北京，那地方有什么钱，白糟蹋身子，也救不了穷。死的这个小红宝儿，她才十七岁呢！早就弄了一身的病。在宁夏那地方，也没好大夫，对对付付诊好了，拖着上路。在平凉又吃了两剂药，算是好一点儿，可是这两天她又犯着心病，也许就为这个寻了短见。"燕秋道："她还有什么心病呢？"顺喜道："天下事那么巧，听说到了平凉，离她老家就不远了。是前几年，这儿闹旱灾又过大兵，他们全家人逃难，把她卖给人贩子；人贩子又把她卖到现在这领家妈手上。十五岁就带她上张家口混事，也就混了两年多，她那份模样儿，年纪又很轻的，总算是红。这一红，她可受了罪了；天天断不了要伺候客人。"她慢慢地说着高兴起来，声音本是越说越高，到了这时，声音又随着小了下来，因道："她那领家妈妈，可就厉害着啦。一个钱，也不落到她手上去。她到了平凉的时候，也私下对我们说过：怎样到老家去看一趟才好，就是不能去，在平凉混事也好,究竟离家很近,也可以等着一点机会。哪里知道在平凉混不了半个月,就到了这里。这里究竟是小地方,能够住几天?三两日之后,怕是又要向东去。我们家在东边,越向东去越快活;她可越向东去就越发愁。好容易卖身子卖到家门口来了,什么也没有看到,这又要走,再到哪年哪月,才能够回来呢?所以她就想着心里难过,到底自尽了。我怎么知道她是为了这事呢?因为早两天,她私下对我们哭了几回。"燕秋听了她这一番话,早是脸上红一阵紫一阵,呼吸也随着急促起来。费、伍二人也是心里乱跳,觉得这样的话,怎样好让她去听?那不是句句话都是用尖刀扎在她心上吗?可是又不便拦着顺喜不说,只好呆了眼光去望她。燕秋向他二人看看,微笑道:"你们觉得我心里很有感触吗?"昌年道:"我想着多少有点吧?"燕秋道:"这位红宝女士,可惜她没有和我交谈,若是和我交谈过,我一定劝她奋斗向前。十几岁的女孩子,前途正远大着啦,为什么要寻死?"顺喜叹了一口气说道:"小姐!你是饱人不知饿人饥。"燕秋道:"我不知道吗?也许我知道得,比你们更彻底呢!"说到这里,外面又是一阵纷乱,传说是县长验尸来了。

说着,果然有几个穿制服的卫兵,同了一个穿长衣马褂的县长,在前面验尸。费、伍二人怕更引起燕秋的感触,不让她向前去看,只是遥遥地望着。倒是那县长,却很注意他们的行动,只管回头来打量着。验完了尸,一个卫兵拿着名片进来,问道:"哪几位是南京来的先生?我们县长要拜会。"燕秋道:"我们就是,请县长过来吧!"随手接着那名片,却是"祁元亮"三个字。那县长早是听到了这个"请"字,就带了笑容进来。店伙跟在后面,也就随带了两只凳子来安顿宾主。这祁县长瓜子脸儿,两只滴溜溜的圆眼睛,自然现出是个精明人了。他向昌年道:"听说三位是南京救济院里来的?"燕秋把三人到西北来的实情,略说一点,接着笑道:"这是一桩笑话。因为我昨天到城里来,看到这些不三不四的妇女,心里很奇怪,就要找一个来谈谈;又怕她不肯来,所以撒谎是慈善机构的人,她们才来了一个。我刚才还说呢,可惜这个寻死的女子,她没有和我谈话,若是她肯和我谈一谈,或者不至于死。"祁县长听了这话,却也有些愕然,瞪了眼望着她。燕秋把刚才所知道那女子的身世,和自己所持的理由,又说了一遍。祁县长点点头道:"这话倒是果然。原来我以为她是昨天临时受了什么压迫,惹起她的死念,后来传来许多同来的人审问,才知道种因已久,这不过其中一个。我想这一群穿红着绿的难民,有可死之道的,还多着呢!”燕秋道:“祁县长既然知这情形如此,那么能不能救济这班可怜虫呢?”祁县长道:“她们是路过的灾民,而且她们这职业……”说着,伸起手来,摸了摸脸,皱着眉头,好像很是踌躇的样子。燕秋道:“当然这西北穷苦地方,也不是她们操皮肉生涯之所,更也没有法子安插她们,只有一个笨法子,让她们快快地向东走。到了有火车的地方,她回天津、张家口、石家庄都容易些。要不然,操这种营业,做穷苦地方的长途旅行,比什么都惨!我虽是个旅客,但是我快到目的地了,可以节省一点钱出来,我愿单独地拿出五十块钱来,作为捐助这一群难民的川资。当然,是不够很多,不过做个发起人,请县长出来再募捐一下,她们早早离开,也省了县长一桩心事。”祁县长第二次又愕然起来,不知不觉站起来,拱拱手道:“杨女士这样慷慨,那真让我惭愧无地。我一定努力,她们一共有三十多人,平均每人有五块钱,坐汽车可以到西安;到了西安,究竟是大城市。杨女士是文明人,我就不怕言语冒昧,她们就是卖人肉挨着走路,也就便利得多了。”燕秋道:“那么,请县长稍微等一等,我去拿款子出来。”她说毕,立刻走进房去,拿出一个圆纸包,两手捧着,送到祁县长手上。他一接着里面是沉甸甸的,就知道是五十块现银圆。

第二十八回　东望归程未免爱垂柳　西来苦事如何饮浊泉

泾川县的祁县长,他也是老于仕途的人,对人的看法,和平常人究是两样。他看到燕秋一个姑娘家,带着二个男友,到这寒苦的内地来,便想到这人必定有些来头,非同小可。及至她毫不犹疑地交出五十块现钱来,愿救这班妓女,这在内地,简直是惊人之事了。当时他接过那五十块银圆,不由得望着怔了一怔。燕秋笑道:"县长请你不必踌躇,我们既然是拿出来了,决没有什么假意。而且我们抛砖引玉,希望这是个极小的数目,县长必能筹出更大的一笔,把这些可怜虫送了走。"祁县长笑道:"并非我拿着这钱有什么不放心之处,只是我自己惭愧。县城里面露出了这么一班角色,倒拖累经过的旅客这样破费。"燕秋笑道:"这是我们自愿的,决不埋怨县长的。"祁县长沉吟了一会子,望着前面院子里还停着一个死尸,便道:"杨女士有这样的好意,我一定尽力而为,我先把前面这件案了结,再来答复杨女士。好在各位今天只要到平凉,这几十里路,汽车赶起来不要多少时候的。"说着,他捧着洋钱拱手而去。健生低声道:"我看这位县长,对于燕秋这样慷慨捐款,有点丈二和尚,摸不着头脑。他以为燕秋不是院长的亲戚,也是部长的小姐,一出手就是五十块钱捐款,这非平常人所能为。若不跟着募捐,怕和他的前程发生影响;若跟着募捐,要捐得比这多出几倍来,这可不是容易的玩意,所以他就很踌躇了。"燕秋笑道:"我果然是个大小姐,我就不捐五十块钱了。"昌年笑道:"捐五百吗?"燕秋笑道:"五个大板也不捐。大小姐有钱分作两处用,旧式的捐给庙里和尚,新式的游艺会里坐包厢听戏。这位县长看不出我的路数,有点犹疑,那倒是实情。他没有那种眼光,活该让他犹疑去。我们就不必问了。"健生见燕秋捐出五十块钱,很有得色,意思是她这种事做得很不平凡。心里就想着:且不说各人的旅费,彼多此少,都有连带影响吧。然而到了平凉,也不见得是目的地:她无故地浪费了这样一笔款子,也不和同人事先商量一下,这也不见得是以平等待同伴。因之在燕秋说得眉飞色舞的时候,健生却站在旁边,冷冷地向她望着,不再去凑趣。燕秋在拿钱出来的时候,突然受着感情的冲动,并没有计较到伍、费二人身上,这时看他两人都不起劲,便笑道:“我还有一句话忘了声明,既然要拿钱出来充大善士,当然拿自己的钱;决不能拿朋友的钱,向自己脸上贴金。这一笔款子,完全算我私人的,不在大家公摊的旅费上开支。”昌年本坐着的,笑着拍了手站起来道:“那岂不是笑话!我们这样的交情,就算两人多摊十几块钱,让你装装面子,这也算不了什么!”燕秋笑道:“虽然你这样说,算不了什么,然而在我做出来的人,可有些不应当。健生!请你加一点批评。”说着,将脸掉了过来,向他微笑地望着。健生见她脸腮上漩出酒窝子来,黑眼珠微微地斜着,依然充满了欢喜的意味;而自己那一股不以她为然的意思,随着这一点欢愉,也就慢慢地消失完了。这就跟着向她笑道:“你说这话,岂不是把我看得太小气。十几块钱的事,我们还得计较一下子吗?那我们也就谈不上千里迢迢合伙旅行了。”燕秋笑道:“我倒不是这个意思,我觉得我拿了大家公用的钱,让我一个人来出风头,有点不道德。”昌年笑道:“这也谈不上什么风头;就算是出风头,我们做朋友的,帮你出一个风头,也是应该的。”燕秋这就掉转身来微咬着嘴唇,向昌年点点头道:“这话却是诚然!蒙各位护送我到甘肃来,我若在老家有一点什么建设成绩的话,也就是各位帮我出了风头。”昌年笑道:“这不对了,出风头并不是一件坏事,只看这风头是怎样的出法罢了。”燕秋笑道:“那么,你看我今天出风头出得怎么样呢?”

健生站在一旁,心里可想道:这倒怪了,分明是同我和昌年两个人说话,结果是把我抛开一边,只有昌年配和她问答。不用我说,我就不说,这也不见得有什么碍于我的体面!便向外面闲看着道:“外边倒是很热闹,瞧瞧去。”说着,他就走出客店来了。一个人无聊得很,觉得北门外那一带左公柳绿荫夹道,究竟还是可以留恋的所在。于是背了两手,缓缓儿地又是走到北门外来。这个土筑的小城,倒也有个月城,斜了城门向东开,城门外一片平地,全是高大的白杨和垂柳,在三面围绕着。这里,便是西兰公路经过之所。在柳树荫下,长了一丛短草,在草上面摆了两个饭食摊子。这摊子让东南人士看到,是非常感兴趣的。一个摊子,是露天饭馆子吧,一只带风箱的泥缸灶;灶边一个破篓子,盛着碎煤屑子,一只水桶,盛着黄泥汤,一张小小的三腿桌子,另一个腿,是用木棍子撑住的。桌子腿上,有那细小的铁链子拴着一把切菜刀。一个两手黄黑的人拿了一块肉,正在桌子上切细丝;他一弯腰抓了一把煤屑放在灶眼上,那油腻了的手,沾着煤黑不少,他也并不理会,抓着肉又来切。灶边有个十来岁的小孩子,拼命地扯风箱。灶口边有个敞口的洋铁罐子,正熬着水。那灶口上的碎煤,被风箱扇着,火星乱飞,向水罐里乱落。那切肉的人端了一口平锅,放在灶眼上,上面有一层浮土。他也知道卫生,将一把黑得像墨水浸了的擦锅短扫帚,在锅上擦抹了两三圈圈,然后大把地抓了肉丝,向锅上放着。他那漆黑的指甲里面,夹着一些肉屑子,他也不肯糟蹋,向锅子乱弹着。他又在桌子下面摸出两根大葱,乱切了十几下,放到锅里,将一只缺口铁铲乱炒了几十下,再在桌子上露天破碗里,抓下去一小撮盐,又在水桶里将碗舀了点儿水熬着;青葱炒肉丝,就算得啦。摊子边停着两辆长途卡车呢。炒好了肉,送上车子去,车子上人抢着吃。那小孩子将一个藤簸箩,盛着几十个冷黑馍,顶在头上,向车子上兜揽买卖。那黑馍上的黄土,犹如洒了糖霜一般,这是一组。另一组的却是卖冻粉的,这东西,关中各城市,几乎是无处无之:是一种豆粉做的,软软的,微黑而不透明,有盆面那大一块,两寸来厚,放在担子的木板上,用漆黑的湿布蒙盖着。有人买,贩子就用刀划下一块,切成条子,颤巍巍地堆上一块。担子另一头,有几只破瓦罐,盛着黑盐水、醋、辣椒末泡的水,冻粉切好了,把这些作料放在里面,吃的人,站在当地,用筷子挑着,嘴吸一口气,喷的一声,嘣了进去。而筷子继续地挑着,还是那么一挑一哆嗦,而吃的人畅心乐意。就在这么一点,等于上海人在饮冰室吃冰淇淋。健生远远地站着,向他们看了去,心里这就想着:生平总以为人有富贵贫贱,当然生活也就跟了能力转动,可是不见得穷人就不讲卫生。现在看起来,不但穷人没法讲卫生,就是有钱的人,有时候也不能讲卫生的。譬如这两辆汽车上的旅客,有几十块钱买长途汽车票,总比较地是有钱的人;然而他们对于这样的饮食,却吃得很舒服。假使像燕秋的话,捧了她在故乡出风头,就算可以得着她爱情的安慰。然而在物质上的享受,恐怕还不能比江南的劳工。关于这一层,何去何从,似乎有考虑之必要。他这样的想着时,又看见那个炒肉的人,炒好了几碟肉,卖了出去。那一洋铁罐子水,煤屑子向里面加得可以,也就开了;也不知那人,在什么地方抓了一把茶叶末子,放到里面,又让水滚了几滚,这就大碗舀着放在桌上。恰好一阵风来,遮天盖地的一片黄土,掠空而过,对面不看见人。等着这风过去了,摊子上的黄土,总有两分厚,然而那饭碗里的茶,就有人捧起来喝。这里虽只是他一个人,不能和人讨论这个问题,可是他情不自禁地,也就望着摇了两摇头。

这城门口,本有四个守卫兵士,他们先看到健生望了这里出神,后来又看到摇了两摇头,其中一个便笑着向他道:“你们南方人,有些吃不惯吧?”健生笑答道:“南方人不见得个个人都吃的是好的,只是水便利些,无论什么东西,总要多洗两回。”那个大兵笑道:“你们南方人,都是为了太干净,闹得个个全成了痨病鬼。万物都是由土里出来的,没有土不能养人。吃的东西,洗得太干净了,那还成吗?”健生望了他们,也不好说什么,只是笑笑。可是他心里更加了一层苦闷,觉得自己一个学科学的人,倒放了书不念,跑到这种地方来过原始生活。若说是为了追求女人,这女人是有几分之几可以获得的希望,却也罢了;无如这女人又是绝对不能亲近的。那么,自己这般不远千里而来,那目的究竟何在呢?接连几个不快的观念印到了健生心里。

健生看到两辆长途汽车,全是由西向东走的,这就恨不得跳上去,也让这车子带走了。他站着呆望了一阵,那车子倒是真的向东开了。在这种大路上,时时刻刻可以看到车子向东走的,那都算不了什么,只有这时看到,却让人增加了一种留恋。当那两辆汽车停在柳树荫下的时候,主客共有三十来人,颇也有些热闹,现在两辆车子开走了,立刻就寂寞起来。在那老柳树的深处,乌鸦哇哇地叫了几声,立刻觉得这阳关大道上,倒格外地凄凉起来。周围一看,黄色的土城,广漠的平野,面前这两行杨柳,直通东西千里的大道。心里忽然起了一个奇怪的思想:觉着我怎么会到这种地方来了?怔望家乡,不知在几千里外。于是心里和环境融合一处，一阵凄凉的意味，直逼着两行眼泪，要跟着滚了下来。可是真要把眼泪滚了下来，那又成了笑话。因之呆了一呆，把眼泪水忍住了，然后低头走回客店去。

他这样的消磨着时间，不知不觉，已去了好几小时。前面那客堂里的死尸，已让一个白木板盒子盛着，放在店外屋檐下。燕秋、昌年也都站在门口远远地望着。健生道："昨天我们看着，还是一个活跳新鲜的人，现在用白木盒子盛着，够多么可怜！你们倒能站着看了不动心？"昌年道："谁又说不可怜呢？因为你不声不响，悄悄地走了，到大门口望你来了，你再要不回来，我们就要去找你的。"健生道："我倒是很留恋北门外这一带左公柳，又跑去赏鉴了一回。在江南，杨柳是很平常的东西，到了这里，就很可爱似的。"燕秋笑道："若果你这话是真的，我想你一定很想家，在外乡的人，看到了故园的东西，那总是连带着要想家的。而况杨柳这种东西，又是很富于诗意的。"健生脸上一红，微笑道："作客的人，另外有一种说不出的感想，这个我倒是承认的；若说到想家，我又不是三岁两岁的小孩子，总是想家。进去吧，看了这薄板子棺材，我替那些搽胭脂抹粉的人寒心。"燕秋、昌年随着他向里走，可是到了堂屋里，又不向房里走。健生道："大概是为了这里发生过悲剧的缘故，所以总觉得起坐不顺心。"燕秋道："那倒不是。只为汽车夫在县政府里押着，还没有出来。车子不知道什么时候能开，我有点着急。"健生还没有答话，却有人答道："不成问题，不成问题，马上就可以开走。"

看时，正是泾川县长来了。他身后还随着一位穿黄帆布短裤子，上身穿灰西服的人，头戴宽边帽子，手上拿了一根手杖，是个工程师的装束。祁县长介绍着道："杨女士！这位是程力行工程师。他听说你这样的慷慨，非常佩服，他说：他们工程处有两辆运材料的空车，要开回西安去，他愿负点责任，把这里所有的妓女，一齐运到西安。你所捐的那个款子，就平均分给这些人。有你二位这样大发慈悲，总算救了这一群可怜虫。"说话时，那程力行只远远地站着，等他说完了，才和燕秋一鞠躬。燕秋看他，不过二十七八岁，鹅蛋脸儿，两只很大的眼睛，皮肤黄中带黑，显着是暴露风尘的人。随着他又和费、伍二人握了一握手，笑道："二位到这种地方来，够辛苦的了。"昌年道："也不算辛苦，像程工程师，终年在这样地方生活，那怎么办呢？”力行笑道：“我学的是这行手艺，那是当然的，不算什么。”健生在一边，早把他打量了一番；见他衣袋里日记本、皮尺、地图，都有些露在外面，这似乎表示他时刻都在工作着，因插嘴道：“这次同车有一位马振邦先生，常提到程先生，果然名不虚传。”力行笑道：“呵！马先生！那是同事。他有心和我装面子的，我们一个干土木工程的，是个粗人，懂得什么？”健生道：“听说程先生最近由德国回来。”力行笑道：“回国有两年了，虽然出国去镀了一回金，可是什么也没有学到。假使各位一路走来留心着我的成绩，一定知道这金镀得名不符实。”燕秋笑道：“这位程先生说话，真是谦逊得很。”力行道：“并非谦逊，事实是这样。听说杨女士是甘肃人，不知道是哪一县？”燕秋道：“离此不远了，隆德县。”力行笑道：“这就巧极了。我这一程子，全在隆德县工作。杨女士回府了，将来少不得有商请帮忙的事。”燕秋道：“哦！程先生就住在隆德的？我是多年没有回来，但不知现在那里怎么样？”力行如何知道她是什么出身，便道：“恐怕是比早年更荒凉了。我曾听到本县的人说，那里前后让土匪破过九次城，当然损失很大。”燕秋第一次听得家乡消息，便这样恶劣，一阵心酸，几乎要晕了过去。但是她立刻镇定着微笑道：“我也料想着是一堆荒土的了。程先生既是在隆德工作的，何以又到这里来了？”力行道：“是到这里来帮着照料泾河桥工，明天就回平凉的。杨女士在平凉有几天耽搁吗？”燕秋道：“总有三四天吧。”力行道：“我到了平凉一定来拜访。”那县长引着他们相见，本为的是商量遣散那群妓女的事，倒不想他们见面之后却说的是个人琐事，便插嘴道：“给各位开车的那个汽车夫，我调查清楚了，与这案子无关，已经把他放出。各位可以收拾行李了。”健生道：“那很感谢！我们已经是急得不得了。”燕秋却不理这回事，便向力行道：“这些妓女，你别看她们穿得那样漂亮，是这种地方找不出来的。可是她们受的那份罪，也就和畜类不如。”力行两手按住了帽子在怀里，微微地鞠下躬去，微笑道：“请杨女士绝对地放心，我一定把她们送走。敝工程处运材料的车子，今天下午可到，明天就要东回的。”燕秋道：“程先生把公事车子送她们走，不怕上司说话吗？”力行笑道：“这当然要做一道公事的手续，就得烦这里父母官出头了。祁县长除了向邠县打电话过去而外，另外还向西安打电报过去。”祁县长道：“我已预备了派两名卫兵，押车押解出境。”燕秋向他点着头道：“那么，我替这些可怜虫向县长谢谢了。”力行笑道：“这位杨女士，实在热心，这才是解放妇女运动的实行者。”

健生站在一边，看到他们互相恭维，实在没有意味，自己也不愿再听，便到屋子里收拾行李。等把行李收拾完了，再走出来，那位程工程师还在和燕秋很客气地说话。只是那祁县长，可就走了。健生心里想着：这样看起来，燕秋依然免不了是个好虚荣的女子。听说这位姓程的，是西洋留学生，一见面之后，就是这样亲密。看昌年时，也不在面前，便想着：且不理会，看你两个人谈到什么时候为止！于是对这两人谈话，毫不介意，径自走向前面去。见同车来的旅客，正纷纷拿着行李，向车上送了来。那个汽车夫，带了一分难为情的样子，站在车前。昌年却也背了两手，看这些人搬行李。汽车夫道：“你两位先生的东西，怎么还不搬了出来呢？”昌年淡淡地一笑道：“忙什么呢？”他说时，可就回头向健生看了一看。健生自然是很明白他的言外之意，于是随着笑了一笑。昌年道：“你进去催那位杨小姐一声就是了，我们的行李都已捆好了的。”汽车夫倒也不知这里另有什么缘故，于是就到店里催着去了。果然，不多大一会子，程力行走出，向二人约了平凉再见，随后燕秋提着一个小箱子出来了。费、伍二人全没有说什么，忙着搬了箱子出来，相率登车。倒是对面隔壁几家饭馆里的妓女，她们已经知道了这位年轻姑娘拿出了一大笔款子来，搭救她们了；她们又看到县长也来亲自拜访她，虽不知道她是什么来头，反正总是一个了不得的人吧；因之当她上车的时候，全站到各人店门口来，眼睁睁地向她望着。她们总也觉得燕秋是正经人，却也不敢向她打招呼。燕秋看她们那眼睛里面，充分带着神秘的情味，只是向人注意着，倒不免向她们看了两眼。

车子开出了泾川城，渡过泾水，向平凉进发。这一路都是平阳大道，那左公柳也比较地多，虽没有什么好风景，比在干枯的高原上，却要好得多。费、伍二人，心里都生了一种不可叙述的感触，看了风景，只是赏鉴着，并不说话。燕秋道：“昌年，你怎么不作声了？”昌年道：“那位马先生没来，少了一个顾问，没什么可谈的了。”燕秋道：“他和那程先生商量工程去了。那个姓程的，颇可令人佩服，一个西洋留学生，肯到这种地方来吃苦；第一是这地方很难讲卫生，在那科学国家生活过多年的人，在这地方处之泰然，是不容易的。”昌年并不答话。歇了许久，健生却慢慢地答道：“这一层是可以佩服的，不过这位先生学的是筑路，那就没有办法。筑路的人，当然是向交通不便利的地方走。”他说这话，是那冷冷的样子，燕秋这才感到他有些不高兴程力行。可是由自己看着，这位程先生并没有什么讨厌之处，倒不知费、伍二人，何以都不对他表示好感？一个萍水相逢的生朋友，这何须介怀，以后不提他就是了。如此想着，她也就不再说。

汽车夫因为是快达到目的地了，车子是开得极快。在平原上远远地看到黑影重重，在偏西的太阳光里照着。座客都说是到了平凉，车子向那黑影子慢慢接近，这就渐渐露出了房屋的样子来。这是陇东一个大镇市，在历史上很有名的。费、伍二人虽然是不作声，但是到了这里，也就感到一种兴奋，都很注意地向外看着。汽车开近了附郭人家，在那黄土墙外，许多大小的羊毛毡子，在绳子上凭空晒着，还有那高大的骆驼，背上驮着柳条篓子，在人家屋檐下卧着，这似乎就给予人一种半游牧地方的印象。车子走上了街，店铺是比所经过西安以西的各城，都要繁荣。唯是那满目灰尘，却要比所经过的地方更重。店铺全是那黑旧的木板门，拦门一个旧柜台，卖麻绳子的人家，门檐下悬着几串麻绳；卖吃食的，檐下悬着纸灯笼，下面垂了许多纸穗子。旧式的客店，在黄土墙上抹了一块白粉，在白粉上写着安寓客商。门口是乱撒着骡马尿屎，配上黄灰色的土路，低低的屋檐，向四周一看，找不出一样近代都市的陈设。人到了这里，几乎疑自己不是生在二十世纪了。不过进了一座关门之后，在街当中，横了一块洋铁皮招牌，白底黑字：大书“西北饭店”，这有点接近现代。这“饭店”两个字，不是旧式的，也是套着上海某某饭店而来的摩登字号。车子一转弯，汽车夫大叫大家低头，于是车子由那饭店门洞里恰恰地塞了进去。坐在车子上的人，全伏在行李上。门洞距离着身体，也不过几寸高，车子塞进了洞门，这就豁然开朗。穿过了一个院子，这里是一所大敞厅，除了四根柱子而外，竟停下了七八辆大汽车，把这个大敞厅和院子，塞得一些空缝也没有。

车子停在车缝里，客人才下来，昌年笑道："由潼关到兰州，大概旅馆全是这样一个模型，汽车全可以开到大门里面来的。这一点，对全中国的旅馆，足可以自豪，无论上海、南京、天津、北平，汽车都没法开进旅馆的。"健生扛了一只箱子在肩上，人就向里面走，一面道："昌年！你真有这种闲情逸致，一点不觉得累，还说笑话呢。"说着话，走向里面这进，倒是很大一个院落，四周全是白粉墙的土砖房子。每间屋子门口，都挂着灰尘油点布满了白布门帘子。有两间房门口，是挂着红布帘子的，这就分外地刺激着人，把这内地客店色彩，印到客人的脑子里去。健生到了这院子里，只管四处张望着，不知向哪儿去好。燕秋和昌年，也都各提着小箱子进来了。燕秋道："健生，怎么在院子里不进不退？"健生道："这白粉墙配着红布门帘子，看得我真有些迷惑，不知如何是好。"昌年走他身边过，却顺手拉了他一把，笑道："我们先去找一间屋子吧。不然，屋子要全让同来的人占去了。"健生这才随着他进了一间屋子去。里面依然是一张土炕，另配一桌两椅；倒是炕上，厚厚地铺了好几张红羊毛毡子；而且墙上也挂了一副八言红字对联，这也是平常旅馆里所看不到的物件。

店里伙计，也随后跟进来，递给他们一个布掸子，让他们掸灰。昌年站在院子里掸灰，见对过房间里，有一个旅客，坐在阶沿坡上洗脚；盆却是个洋瓷小脸盆，落了大半边瓷，露出黑铁来了。他是一只脚在盆里，一只脚在盆外，洗了一只脚，再洗一只脚。昌年心里也就想着：西北的水不易得，这也就可知了。健生出来了，接过掸子，掸了两下灰，就对过去的伙计道："光掸灰还是不行，你给我送一盆水来吧。"伙计答应着，见那个洗脚的客人，已洗完了脚，便拿起盆子泼了水，自去了。过了一会，他送了一盆洗脸水来，放在屋子里桌上。看时，那水浑黄色，只有两只巴掌深，一条灰色毛巾，搭在盆沿上。健生看到，拿起手巾便要洗脸，昌年叫道："慢来慢来！我看这盆。"健生两手将毛巾接到水里去搓了两下，笑道："无非是黄泥汤，喝也喝了，何况是洗？"昌年看那盆，小得只好放进一只脚，又落去半边瓷，笑道："你千万不能洗，我亲眼看到对门的客人，把这面盆洗脚的。上下之分，倒是不必管他；这水洗到眼睛里去，你不怕得传染病吗？”健生停住毛巾不搓，说道：“真话？”昌年道：“我冤你做什么？我亲眼看到的。不信，把伙计叫来问。”说时，正好那伙计送了一壶茶进来，昌年便轻轻喝道：“你这人是怎么了？人家洗脚的盆，你拿来我们洗脸。”伙计望了他不承认，昌年指着盆落瓷的所在道：“这上面落了一块瓷，把这盆烧了灰我也认得出来，不就是刚才对门那个小胖子洗脚的吗？”这句话是说得证据确凿，无可抵赖，那伙计便笑了一笑。健生一见，心里就十分明白，不由得跳了起来道：“你真岂有此理！你不给水我洗脸，那并不要紧；你为什么要害我？人家刚洗过脚的盆，你就打水来我洗脸。”燕秋听到叫声，也就挤了进来，问是什么事。健生红着脸把原因告诉了她，她笑道：“这很算不了一回什么事，这是平凉街市上，假如到了农村去的话，比这更新鲜的就多了。好在我们自己带得有脸盆，不怕麻烦，打开网篮来，拿出来就是了。这也值不得和他们计较！”健生道：“这还值不得和他们计较吗？”燕秋抿嘴向他笑着，可没接着向下说什么。伙计看他们的样子，那盆水是不会要得了，只好低了头端着出去。

燕秋见桌上正有三只茶杯，便提起壶来，斟了三杯茶，笑道：“快到我家乡了，我得请请你两位喝杯茶。我们上街走走去，假如有相当的地方，我们吃了晚饭回来。”昌年实在也觉得有些口渴，于是就端起茶杯来，待要张口，但是一路走来，总觉得水不能十分清洁的缘故，未免向茶杯里注意看了一下。在这时，让他猛可地吃了一惊，就是这不到两三分钟的工夫，那杯子底上，已经澄着了一层浮泥，看去总有两三分厚。昌年用手指头将杯子沿上弹了两弹，当当作响。健生也端着杯子看了一看，皱了眉毛道：“我以为到了平凉这个大城镇，喝的水一定要干净些，不想这里是更脏。”燕秋道：“也许是这店里伙计把水弄脏了，叫他来换一壶干净水吧。”她于是自告奋勇，把伙计叫了来。伙计道：“我们这里的井水，全是这个样子的。不信，你可以到前面茶炉子边上去看。”昌年接嘴道：“这倒是有调查之必要，我得去看看。”说着，也就出来问茶炉子在哪里？伙计告诉他在前进屋子转弯的地方，费昌年立刻就走了去看，果然的，在墙角落里，堆了两方大泥灶，旁边有个很大的风箱，有小孩子在那里正拉着。灶边是一大缸水，缸上也没有盖，黄黄的和缸沿相平,灶口上放了几把铜壶。真是奇怪,全没有壶盖。小孩子拉着风箱,火星乱飞,灶边一个坑,装满了碎煤屑子。一个伙计提了一把空壶来,很是干脆,将壶送到缸里去,舀起一壶水来,就放到灶口上去。昌年看着,不由得暗地点了两点头,自然心里有话,还不曾说出来。这时,就有人拍着肩膀道:"看什么?不看呢,糊里糊涂,还可以把水喝上一点;你这一看,糟了,简直不必同平凉的水结缘了!"健生站在身后,向他微笑。昌年道:"一个人为环境所逼,不能干净,这是可以原谅的。但是像这个饭店里,很容易地将水弄得更干净些,何以他们不但不弄干净,反而把水糟蹋得更脏!"那个扯风箱的小孩子,却是来得很起劲,只管来去地送着。看到费、伍二人在这里批评水色不好,便道:"我们这里的水,就是这个样子,并非是我们弄脏的。你不信,到我们井边去看看。"健生道:"老费!我们真去看看吧,到底这里的井水,是不是这样黑的?"昌年的心里,老觉着不受用,何以这西北的水,永远是这样浑浊的?于是又问明了井在哪里,顺着这土灶的墙角落里,向左一转弯走去,这里有一个漆黑的夹道,在较宽的所在,地面是很潮湿的,这可以知道有井。走近来看看,在地面突起较高的一块,中间有两个窟窿,那就是井。口上并没有井圈,只是砌了一圈砖。在井上面,有两根木头,上端横架短梁,梁是活动的,上面卷了一大捆绳子,绳子下端,拴着一只藤编的桶式篓子,底上钉了一块铁。昌年扶着木柱,伸头向井里看看,黑洞洞的,哪里分别得出有水没水?健生也看了看,便道:"我们不会汲上一桶水来吗?"于是扯动了活辘轳上的绳子,把桶放了下去。绳子放了三四丈,摇着那桶,依然不曾靠水。昌年道:"这横梁上既然捆了这些绳子,当然就有那么深。你不全放下去,怎么舀得着水?再放吧。"果然将绳子完全放下去,才听到隆的一声水响。当放下去的时候,还是很快,这横梁的另一头,有一个乙字形的铁柄,是转桶上来的,两个人转了又转,转到两三分钟之久,才把那一小篓子水汲了起来。提到光处一看,可不是和水缸里的水一般无二吗?水面上漂浮了一些屑末子。据昌年说:那是草屑子。健生就说:"这地方缺少草屑,那必是马粪。"两人站在水桶边,发了一顿愁,这个问题还不曾研究出结果来。只见那西北饭店的店伙,挑了一担桶来,首先就把这篓水倾在桶里。昌年拉着健生的手道:

“走吧，不用再看了。我们还不知道哪一天可以喝到干净水呢。若是像我们这样子，只管见水就不放心，不用活着了。”一面说着，就拉着他到了屋子里来。

这时，燕秋还在屋子里，见昌年扯了健生进来，就问是什么缘故。昌年把原因一说，燕秋皱了两皱眉头，苦笑着道：“其实呢，也并非毫无办法，你来看。”说时，她指了桌上的茶壶和一只大碗。见三只杯子里，都盛了水；水底已慢慢澄积着泥。那大碗里的水，却没有什么泥。燕秋笑道：“茶倒了，我要了一壶开水，先把水斟在杯子里，等泥沉了底，再轻轻地把水过到碗里去，碗里又澄一澄，然后回斟到壶里。这样一来，水比较地干净了。不放心，我们亲自送到灶上去，再熬一熬。这样的做，水煮过两道，有微菌也已杀死，总不至于出问题的。”健生道：“那也只有如此了。可是偶然两次三次，那没什么关系，假使一个人常年在这地方过活，也能这样不怕麻烦吗？”这句话，把燕秋问得窘了，无话可答。昌年笑道：“那有什么要紧？现在西北交通，总是便利，打一电报到上海百货公司里去，买一个滤斗，由飞机带了来，这喝水的问题，不就马上解决了吗？”燕秋一笑，健生也一笑，然而这笑都是极不自然的呢。

第二十九　意外遭逢荒祠看古物　目前尴尬好酒敬新知

在大家这一番苦笑当中，其实是谁也不能解除胸中苦闷的。不过燕秋想到费、伍两人生长在江南的，平常菜碗上钉了一只苍蝇，也嫌有传染病，于今教人成天地喝黄泥汤，人家怎样不害怕？所以她在苦笑之后，便又正了颜色向两人道："玩笑是玩笑，正话是正话，这样的生活，我知道二位是过不惯的。不过我想着：这也有个笨法子的，无论什么东西，只要煮得热热的，熟得透透的，什么微菌，也给它煮死了，这就可以大着胆子吃了下去了。这并不是一句胡说的话，你看到西北来的人，也是不少，为了不服水土病着回去的，究竟不多见吧？"昌年笑道："这一层你不必和我们解释，我们也明白的。我们既然来了，那只好不谈卫生，这你不必多心。你到此地，不是要寻找令兄的吗？你就去办你的正经事情好了。"燕秋说着话，是一面澄清着茶壶里的开水的，听到了这话，不由得立刻把两眉毛一皱，放下了手上的壶，轻轻地叹了一口气，坐在椅子上，将手撑着头。健生道："到了这里，你的目的地总算达到了，你为什么还要发愁？"燕秋道："这就是我屡说的那话了，不到此地，我还可以存着一点虚无缥缈的希望；到了这里，这希望就快要打断了。我虽不懂军事，普通常识总是有的，哪有军队驻扎在一个地方，到六七年还不移动的道理呢？假如我现在到这里军事机关去打听，那一定是失望的。"昌年道："虽然如此说，也许令兄当了一些时军人之后，改在这地方做生意买卖了，那就不会离开的。"健生道："就是还在当兵一支军队，在某个城市里驻扎了一些时，调出去之后，复又调了回来，这也是常有的事，又焉知他不由别处再调了回来。"燕秋摇摇头道："哪有那么巧的事。"昌年道，"不管他有没有这样的巧事，反正巧也是人去碰着的。我们在这旅馆里坐着，令兄决不会自己寻了来，总要我们去找他才是。今日还不算十分晚，我们喝一口水，同到街上去走走，你看好不好？"燕秋这就点点头道:“好！我奉陪吧。”健生觉得她这话,有些颠倒着来说,不过看昌年已是坦然受之,自己也就无须再说什么。

三人把那壶澄清了的水喝完了之后,就一同走出旅馆来。这平凉城和普通城市不同,是一个椭圆形的;城中一条大街,贯穿了过去。最奇妙的,就是这么一条大街,两旁虽也有小巷子,然而并没有别个城市里那种十字街头的情形。三人只管顺了土质街道走着,看看两旁的店铺,倒也有一两片卖洋广杂货的,把这十八世纪街道上的古典色彩,略微冲破一些。可是那面食店外,挂着斗式的纸罩子灯;土柜台外面,地上陈列着药草摊子;皮货店外,挂了几件破旧的羊皮筒,垂在矮屋下,在风里打秋千。也就在这洋广杂货店左右,便是那卖洋货的,不但没有玻璃橱柜之类来陈列货品,就是外表,依然是灰色的铺板门,黄土墙的屋子;店里横拦着一列木板上全是裂痕的柜台,所以便是洋货,也充量地带了那陈腐之气的。健生道:“若照这种情形看来,洋货在这里很表示着不景气的,地方上根本不需要,我们倒也不怕外货倾销了。”昌年道:“那倒不见得,在几十年前,我们的前辈,哪里愿意用洋货？后来看到洋货既新奇,又好玩,而且是价钱也不贵,就开始地买起来了。等到我们已经用上了瘾,他们就慢慢地把价钱抬起来,而且新货还是陆陆续续地来。等你用腻了一样,他又再出一样更好的来勾引你。我觉得外货对于中国,并不是怕不销,就是怕不能到,只要到了一个地方,也就有法子弄我们的钱。”燕秋点头道:“这话是极了。现在公路已经通了,我相信不到两年,这里就有陈列洋货的玻璃窗出现了。我记得我上次到西安的时候,城里还全是些古老式的屋子;这回来就不同了,南苑门大街,高撑着三层楼的高大洋房,全是卖洋货的。现在的西安,不就是将来的平凉吗?”说着,迎面一座高桥,像一座大楼似的立着。在桥上罩着一个过路亭子。桥身很宽,除了通过骡马大车而外,还可以在路的两边,摆下了卖东西,算命,换钱,各种摊子。桥离平地总有三四丈,可以说是全城最高的一个所在。在过路亭子瓦檐下,就悬了一块匾,大书“中山桥”三个大字。昌年笑道:“内地人倒也知道这样的纪念总理。”燕秋道:“内地人是不够这程度的,说起这件事,也是政界一桩轶闻:当年有个军事领袖,在他驻节的所在,把一条大街改名为中山街,以资纪念。他的部属,连说话的声调,都是要学领袖的;这样庄重的事,哪里可以不学?所以他们就照着样子在各军驻防的所在,都找一个地方,来纪念总理。有的人,还以为越多越好,所以在陕甘两省某一个时代,中山街、中山楼、中山桥、中山门、中山亭,甚至中山树、中山水,每个县城里,都可以找到。"大家说着话,便跨过了这道桥。刚走下石阶的时候,这就在黄土墙上,发现了一方蓝漆牌子,上写白字:是中山西街。昌年道:"果然燕秋的话不错,既是有中山西街,必定也有中山东街;有了东西街,自然也就有南北的名目。可不知道这个纪念总理的人,对于总理的遗志,多少可能实行一二?"燕秋微笑道:"你二位到西北,也来了这样久了,你看看怎么样?还用得我说给你们听吗?不必多说话吧,走路。"

大家默然了一会子,只管向前走,这就走到一座大八字门楼的前面,那里有四个荷枪守卫的兵,站立两旁。燕秋似乎大大地吃了一惊,突然站住了脚,身子向后一缩,口里轻轻地惊呼着"哎呀"两个字。昌年迎上前,扶着她的后身道:"这是怎么了?"燕秋将手抚着额头,喘出一口气来,才勉强地笑道:"没有什么,我突然地有点头晕。"昌年看那大门外,正挂着一块牌子:上面大书新编第某某师司令部的字样,因道:"你既是身体不大舒服,我们就回旅馆去吧。"燕秋摇头道:"没有什么要紧,我们还是继续地走吧。"说着,她又走。昌年道:"我知道你的意思,当年令兄投军,不就是这个地方吗?"燕秋摇摇头道:"不必提。"昌年看她很难过,便打岔道:"这平凉城里,还有什么古迹没有?"燕秋道:"有是有的,只是咸丰年间,这里遭了一次很大的匪乱,把本地的志书全烧完了。如今隔了几十年,老前辈也都死光,有名胜也不知道是什么名目;知道名目,也不知在什么地方。现在大家所知道的,只有一个柳湖书院。可是这种地方,你们会相信有一个柳湖吗?"昌年道:"这里有一座新盖的庙,也许是古迹。"他说着,指着一个长方形的大门。那门漆着朱漆,四周涂了鲜明的彩画,可是在门框上立了一块直匾:乃是"火神庙"三个字。昌年道:"我们进去看看吧。"健生道:"一座火神庙,无非是俗不可耐的所在,里面有什么可看的?"昌年道:"我听得人说:这西北方面,在各种庙宇衙门里,还保留不少的古代图案。这虽是个新庙,油漆匠总还传着古代艺术的,也可以进去考察考察。古董店里去寻古董,那是人人所能够的,我们必得要到土里面去挖出古董来,那才是一种安慰。”健生听着,便开步向庙里进去。

这庙一连三进:第一进庙,倒也油漆得崭新的;第二三进,还破旧着不曾整理过来。第一进的大殿,是紧紧关闭着,只有屋檐下,那一排横格子,油漆着图案,并没有什么出奇之处。倒是这正殿对过的戏台,却是由柱子头上直到戏台顶棚上,全是图案;尤其是顶棚上的图案,一个套着一个,在堆叠重重的当中,虽是很细的线条,也没有一根是凌乱不齐的。戏台檐下横柱上,画着八仙过海的故事,不但是每个人的姿态不同,就是各人的脸上,也都各带了一种神情。昌年看了道:“这种油漆图案,虽然画着是大红大绿的,可是另有一种东方之美。倒不想在这种荒凉的内地,油漆匠的手艺,果然有这样高妙;何以我们东南文化之区,倒没有这种玩意呢?”健生因他把话提醒了,也是向戏台上看着,点点头道:“油漆倒是不坏,不过我们江南,现在接着西方文化,建筑都是欧美式的,用不着这种大红大绿的图案,所以我们也就看不见这东西了。”昌年道:“这倒不尽然。这两年,时髦人物也有盖皇宫式屋子的。为了这油漆图案,是必要的点缀,全到北平去找油漆匠。我就知道,南京有一位阔人盖房子,是找了北平有名的油漆匠来画图案的,工作在内,花了一万多块钱呢。但不知道北平匠人的图案,和这个怎么样?”燕秋道:“当然,北平匠人的艺术,要比这地方土匠人的手艺要好些,因为那里是帝王建都几百年的所在。不过研究他们的来源,大概是一样,都是由唐朝传下来的。因为唐朝最喜欢壁画,连吴道子那种人物名手,也替人画壁画,做油漆匠的人。职业所关,就不能不去留心研究了。听说现在兰州城里,还有吴道子画的观音像,非常之精细,这就是一个证明。”健生笑道:“我们走了上千里路的黄土高原,倒想不到这里还藏着一种中国高尚的艺术,何以西北人对于这件事,向来没有宣传过?”燕秋道:“西北人根本就不把这种油漆图案当什么艺术,哪里还有什么人提倡。”说着话,大家再向第二进走,殿门全是闭的,到了最后一进,院子很是宽大,左右列着几方残破的石碑,上面的字迹,都大半模糊不清了。昌年走过去看时,碑上也只有大明万历年月几个字,可以揣想着,其余简直是没有字了。

大家正在张望,西边厢房里,却出来了一位五十来岁的老道,长长的三绺胡须,黑中透红,头顶上挽着一个髻儿,倒有些画意。只是他身上穿的那件蓝布道袍,脏得成了膏药片一样,实在看不上眼。老道倒不理会这些,他看到这三位青年男女走了进来,看定了是东方来的旅客,喊了一句无量佛,便点着头走了过来。昌年道:“老道长!我请问你一声,这平凉城里,除了柳湖书院,还有什么古迹吗?”那老道因为他喊了一声道长,心里就很是高兴,便道:“有的有的。我们这地方,就是古迹。”昌年道:“这里不过是一座平常的火神庙,似乎说不到‘古迹’两个字,这种庙宇,到处都有的。”老道道:“这里原来不是火神庙,在明朝,是秦王府。”昌年道:“明朝秦王府,不是在西安城里的吗?”老道道:“这个我就说不清。不过我们这庙里碑记上,记得很明白,是这样说的。”健生道:“秦王府在西安,再在这里建一个行营,那也是很容易的事。”昌年道:“你说这里是王府,还有别的什么东西,可以证明的没有?”老道就指着健生脚下踏的一块石头笑道:哪!这一样东西,就是当年王府传了下来的。”大家低头看时,果然有一块秃圆的石头,放在地上,全体约莫有一只量米的斗大小,石头是青中带黑,光滑无比。在石头上,微微有几条直纹。健生道:“果然的,这不是平凉附近的石头,这里的地质,是不会产生这石头的。在当年,这必是王府里一种建筑上的点缀品。”老道笑道:“这不是什么摆设东西,是当年明朝记功用的。在明朝的时候,西边是常常有乱事,朝廷派了大兵,杀出玉门关,就在那地方搬了许多黑玉石,要俘虏抬进关来,做一个纪念。传说当年有屋样高的石头,都是漆黑光滑的东西。不知怎样传到了现在,都不见了。”燕秋笑道:“咦!我是西北人,却没有听到过这项传说。”老道笑说:“无量佛!我们出家人,可不敢说谎。小姐不相信,我再说一个古迹出来:往西去不多路,有一个关王祠,这个祠,在唐朝就有的。不过不是专供着关爷罢了,我们怎么知道这是唐朝就有的呢?因为那里有一口铜钟,就是唐朝传下来的。那一口钟到现在一点没有残破,而且上面雕的花,印的字,还是清清楚楚的;这不但在平凉可以算是一件上等古物,就是在陇东,也可以说是上等古物。”燕秋道:“那铜钟可以看得到吗?”老道道:“自然可以看得到。若是看不到,我不是说谎吗?各位去,也不必去通知那庙里的老道，就在关帝殿后面，一座暗阁子里面，有一个很大的木架子，把这口钟架了起来的。各位最好带一个手电筒，到里去照一照，一定可以照出来。要不，我陪了各位去。”说着话，他已是慢慢地走近前来，这就有一种极不堪的汗臭味，向人冲袭了过来。而且他那件道袍，也就格外显着很脏，上一块油渍，下一摊油水，大小罗列着，全可以指点得出。同时，也就可以看到他黑脸上，泛着一种黄釉。健生身上还有些中央银行的零角票，这是此地唯一通行的纸币，就掏了两张，放在石头上，向老道说：“这点小意思，送你作香火钱吧。”老道听说，这就不住地举起笼着的大袖子，只管和额头相碰。燕秋道：“既是要去看这口钟，我们就走吧，晚了就看不出来了。”她说着话，便先在前面走，仿佛是那老道的气味，把她冲得站不住似的。费、伍二人，当然紧紧地跟了出来。健生在她后面笑道：“我以为燕秋是对付混浊的井水一样，另有办法的，可是这臭汗昧，你也受不了。”说完，跟着一笑。燕秋回头钉了他一眼，也没作声。健生恰是不曾理会，又道：“一个人对于环境的抵抗力，当然是训练才有的。可是一个讲卫生的人，要忽然地变到不讲卫生，那不是一件容易的事。燕秋在我们物质文明的地方住惯了，回西北来，那是不行的。”燕秋在前面走着，就不回头看他了，鼻子里哼了一声，将头又点了两点。昌年这就拉拉健生的手，向他丢了一个眼色；而且同时向着燕秋的后影子，努了两努嘴，健生恍然，自己已是失言了，便笑着，伸了一伸舌头。这在他自己，可以说是没有什么留意的。

三个人默然了一会子，就走到了关王祠面前了。燕秋也不理会他二人，径自走了进去。这个庙是比火神庙还要大些，但并没有整理。在各进佛殿上，全用土砖封了窗门；墙上尽贴有几营几连的纸条，草屑和柴灰煤渣一类的东西，散满了全地，分明在不久的以前，这里是住过多数人的。大家的目的，既是要来看唐代铜钟的，对于这些狼狈的情形，都不必去管，径直地就向最后一层大殿上走来。果然的，在殿中神龛后面，置了一重屏门，还闪出一座阁子来。所幸那后墙的窗户倒了两个大窟窿，放进许多光线来，这还可以看出阁子里的东西：在左角上，可不是有座很大的木头架子吗？架子中间果然有一架钟，虽是灰尘堆积了不少，可是那钟在灰尘中,自然带有一种黝黑的光彩。看那钟,总有一丈长的直径,高也是一丈好几尺。因为仅仅只有一小方是对了外面的,其余便在墙角落里以及许多木料砖石遮掩着。大家也就只好向朝外的钟面看看,那钟虽是黄铜的,因为有了一千多年的时间,所以黄中透着黑色。钟上沿口,有一道图案式的花边,上面便是图和字。用手去摸,那突起来的所在,棱角显然,似乎是刻的,不是铸的。关于图的一方面,是佛家故事,完全露在外面的,有一只狮子,竖着耳朵,睁着眼睛,那形态和唐宋古画上的差不多,和明清石刻不同,和近代的更是不同;在画的一边,有献钟人的姓名,十有七八是左押衙、右押衙之类。押衙是唐朝一种小吏衔名,不必看到这钟上的年月,可以实实在在断定这是唐代之物了。昌年看了许久,点头道:"那老道没有骗我们,这确是古物。可惜这东西太大了,不然,我必得找几个人把它转动一下,看看钟上的年月。"燕秋道:"我们也不要对这钟做什么考据文字,一定要查出年月来做什么?"昌年道:"虽不要做什么考据文字,我想:我们若能够把年月记下来,将来说给人听,人也肯相信点。我看这口钟扔在这破庙里,决计没有什么人注意它。碰巧将来有个厉害的人,他识货,又有手段,说不定就会把这口钟拿去镀金。"燕秋笑道:"那人发了什么傻劲,把这样大的钟去镀金。"健生笑道:"燕秋怎么突然老实起来?他说的镀金,不是真镀金,是说出洋。西北的古董,出洋去的也很多吧?"燕秋笑道:"原来如此!中国人对于中国文化,是要走曲线进行的。就以今天说吧,那个老道,把这口钟的所在告诉了我们,我们还是将信将疑的。我们再去告诉别人,别人也未必肯信。倘若我们同伴之中,有一个外国人,他看到了之后,寄一封西文通信,在西文报上发表,然后再由中外报纸翻译出来,这就可以轰动一时了。"昌年笑道:"燕秋这话,虽不免是牢骚,可是也极合实情!"健生道:"天色快黑了,我们回去吧。再要久了,人家还疑心我们打算偷人家的古董呢。"燕秋为了这口钟,没有人注意,觉得自己家乡人,并不理会这东西似的,自己心里,也发生了很多的感慨。健生说是要走,这也就跟着走了出来。

回到旅馆里,已经是点上灯了。燕秋和费、伍二人各自回房,昌年向椅子上坐下,两脚一伸向前,笑道:"我到底是不行。走这么几步路,居然是累了。"说时,看到桌上放了烟卷和火柴盒子，便把此地最高贵的哈德门，取了一支在手，又把火柴盒拿过来。这火柴盒子，和别处不同；白白的，印着“爱国”二字，并没有别的花样，粗糙是不必提了。便是擦火柴的那一条砂纸，也不知道是什么做的。随便用指头一拨弄，那砂子就落了下来。健生道：“你看这火柴怎么样？可是本地造的土货？”昌年道：“哦！是本地造的，那就很好了。这种事情，我们是可以大大地提倡的。”说着，取出一根火柴来。看时，却是黄的头子，似乎和东南的火柴也没有什么两样。于是口里衔了烟卷，擦着火柴，就抽起烟来。那火柴擦着时，先冒一股子青烟却没有火焰，等着冒了一些绿火焰时，昌年就把烟卷向火头上一触，很自在的深深吸了一口。这一下子，他是毫不经意地，不想一股极臭的气味，向肺里一吸，立刻胃里作起恶心来，哇的一声，向地面上就要大吐。可是肚子还饿着呢，又没有什么可吐，只是吐出了一些黄水；同时，鼻涕眼泪，一齐向外飞奔，肠子也几乎被这一阵恶心吐得翻了转来。健生道：“咳！我一句话告诉你，迟一点，就让你吃了这一回大亏。”昌年吐了许久，喝了一口凉水，把嘴漱了几回，这才擦着眼泪笑道：“好家伙！这一下子，几乎把我恶心死了。你怎么知道这火柴是抽不得烟的？”健生笑道：“当然我也是吃过一回亏，你看我来用给你看。”说着，把火柴盒拿到手上，擦了一根，先是冒着青烟，然后放出绿火，直到把黄火头子烧尽，烧到柴棍子上了，才有红火，因笑道：“必定要这红火出现，你才可以吸烟。要不然，你就把那臭味吸到肚子里去了。”昌年笑道：“江南人，到了平凉，连擦火柴吸烟也不会，岂不让人笑掉了牙吗？”两人说笑着，燕秋走了来，把这段笑话告诉她，她也是忍不住好笑。当时由她告诉了茶房，叫他向隔壁饭菜馆子里要了两个菜，两斤黑馍。吃过晚饭，大家就安歇了。

到了次日早上起来，燕秋不说出去寻她哥哥，也不说离开此地，只是在旅馆里闷坐着。依着健生的本性，就要去问她的，不过他看到昌年还守着缄默呢，便也不好说什么。上午过去无事，到了十二点钟的时候，院子里却有人问道：“昨天由泾川来的三位客人，其中有一位是小姐，是住在你们这里吗？”健生心里纳闷着，谁这样的打听人？向门外看时，便是那程力行工程师。还不曾搭话，他已走了进来，和费、伍两个人握着手笑道："到底地方小，找人很容易，我一寻就寻到了。"二人让他坐下。他笑问道："没有到外面去游览游览吗？"昌年道："这里也没有什么地方可以游览的，倒是昨日无意中，发现了一口唐代的铜钟。"力行道："是的，我仿佛也听到人说过，只是向人去打听，都说不知道。我还问过这里的县长，他是一位六十岁的老政界，为人是很圆通的，问起他来，他竟认为是一桩笑话。所以我根据了他的意思，也就没有去打听，不想倒是真有这样一口古钟的。"费、伍二人都还没有搭话。燕秋可就走了进来，笑道："程先生真信人也！说今天十二点钟到平凉，果然就是十二点钟到了。"说时，她是毫不犹豫地伸出手来，和他握了一握。力行说道："三位还没有吃过午饭吗？我和三位洗尘，不知可肯赏光？"燕秋道："吃午饭我是赞成的，可是不能由程先生请。其一，我是本乡的人了，我应该尽地主之谊；其二，我还有事要请程先生和我帮忙。"力行道："既是三位赏光，我们这就走。由谁做东，回头再说吧。"健生心想，我和昌年，口也不曾开，他怎么知道我肯赏光？力行这就向三人道："那我们就走吧。这个地方，到哪里都只好步行了。"费、伍二人，对看了一眼，因为碍着燕秋的面子，谁也不便说是不去。吩咐茶房各锁了房门，由力行引导着走出了门。

跑了很远的路，走到一家店铺来。这家店铺，前面是灶房，穿过了这间灶房，后面是个三合院子。力行一直把他们引到正北的屋子里去。据他说：本地绥靖司令，也常在这间屋子里请客呢。这里不过是一间黄土墙的屋子，把白石灰在四周糊了一糊，屋子里有些什么陈设呢？正中一张黑木方桌子，夹了两把椅子，正中墙上，一张天官赐福图，两旁一副红笺对联：生意兴隆通四海，财源茂盛达三江。左边一张黑木圆桌子，拼凑着一些大椅子小板凳，右边一张木炕，垫了本地的土产红毡子，这就是不同之点，可以接待贵客的了。力行坐下来笑道："这是一家湖南人开的馆子。在平凉，是独一无二的所在。"燕秋道："这样的地方，让程先生在这里长期工作，那是很委屈的了。"力行笑道："话不是那样讲，西北是我们祖宗发祥之地，我们这是回到老家来了。"燕秋笑道："到西北来的，总是说这样一句客气话。程先生也会说，好像西北人，专门爱人家恭维的。我以为现在西北人，只在得人家的同情与帮助，程先生与其用好话来恭维西北人，不如多多地帮助我们吧。”这一篇话，单刀直入，相当地严重，照说力行承受不起的，倒教健生听了，心里头很是痛快一阵。可是力行丝毫也不难为情，这就向燕秋赔着笑道：“你这是实实在在的话，我完全接受。回头罚酒三杯，罚我说话不忠实。”燕秋连声不敢，也就笑了。这饭馆子里，便进来一个伙计，向力行笑着点了个头道：“哦！是程工程师，配着四个人吃的菜吗？”他说话时，在甘肃的口音中，勉强说了几个湖南字眼。表示他是湖南人。力行道：“好的，只是那咸蛋黄做的汤，可以不必要了。”伙计说着是是，走去了。另一个伙计捧了茶壶，向各人面前来斟上了一杯。健生端了一只杯子在手上，将眼睛只管向里面注视着，笑道：“这里面倒是没有泥渣。同一样是井水，旅馆水里那么脏，他这里水又还相当地干净。”力行道：“这就因为这里是湖南馆子了。”昌年说道：“刚才程先生说咸蛋黄做的汤，这又是什么样的口味呢？湖南并没有这样菜呀。”力行笑着道：“鱼龙鸭凤这句话，我想各位一路行来，早已知道的了。这里除了猪身上去找菜，便是到鸡身上去找菜。鸡蛋也就是荤菜之一，在鸡蛋上想出花样来，本也不大容易，所以咸蛋在任何一种席上，都可以遇到的。为了蛋黄，又是蛋的一部分，所以又把它挖出来做汤。平常是肉丁和海参丁，加上大部份的咸蛋黄；蛋黄凝结着，也是一丁一丁的，倒也好看。可是汤这样东西决不能咸的，现在咸蛋是汤的主要部分，怎能够好吃呢？”昌年道：“这很有道理。这里鸡蛋很贵吧？”力行道：“不，最便宜，莫过于鸡蛋。一块钱，多可以买四百枚，少也可以买二三百枚。”健生道：“这实在便宜，若是有人在这里贩鸡蛋出口，那要大大地发财。”燕秋笑道：“把运费打算起来，那也便宜不了吧。而况鸡蛋这样东西，根本上搬运也很不容易。”力行道：“唯其是这两个原因，所以西北的鸡蛋，是非常之便宜。”健生听了别人的议论，很是合拍，自己也就懒得去说了。

坐了一回，伙计已是在桌上安排着杯筷，在下方放了一把小铜酒壶。燕秋走上前，先把那壶抢着拿到手里，因笑向力行道：“我这人不会藏假，心里有话，必要说出来才能够痛快。老实说，为了寻找家兄的事，我是很希望程先生帮我一个忙，我不能不照着俗人的例子，运动你一下。所以今天这个东，我做定了，而且要敬程先生一杯酒。假使程先生不接受的话，那就是程先生不肯和我帮忙，叫我大大地失望了。”费、伍二人听了这话，也就暗暗地想着：看他怎样的答复。力行就笑着深深地鞠了一个躬道：“恭敬不如从命。只是有一层，酒算我受了，这首席请你不必让我坐吧。”燕秋已是把首席那只杯子斟满了酒，笑向费、伍二人指着道：“我这两位同伴，是和自家兄妹差不多的了。我在这里请客，怎样好让他二人上坐。我要让他两人坐，他两人也未必肯坐吧！”说着，向费、伍二人微微一笑。费、伍二人本觉得燕秋对这位新朋友是太过于恭敬了，现在她表示着，彼此是和亲兄妹一样，这是多么亲密的表示；因之两个人心里一安慰，也就向力行劝坐。力行笑道：“并不是我不上坐，这样一来，分明我是把这个东，交给杨女士去做了，把我请三位到这里来的原意，完全丧失了。”燕秋笑道：“我已言之在先，请程先生是有作用的；程先生若是不肯受我的请，这就……”力行原是站在一边，极力地搓着两只手，表示那一分尴尬的情形，现在燕秋这样说了，便弯弯腰笑着道：“好好！对不住三位，我坐下了。”燕秋将手向两边椅子上指着，点头笑道：“昌年、健生也都坐下吧。”健生心里想着，到我这里，怎么就加上一个“也”字哩？可是脸子上还带了一些笑容，然后坐下。昌年倒是很随便地坐着，不过低头一看到自己面前的酒杯子，还是空的。这就向燕秋面前拿过酒壶来，反是先向她杯子里斟上了一杯，再伸到对面座上去，和健生斟酒。燕秋这才想起来，只管对付新朋友，把两位患难与共的老朋友可就丢到一边去了。两张脸腮上，立刻飞起了两个鲜红的印子，倒像已是喝得有七八成醉意了。昌年已是看到她为难的样子，立刻把眼光放到桌上菜碟子里去，乃是一碟猪耳朵，一碟猪心，一碟海蜇皮，一碟咸蛋。这就笑道：“果然的，除了猪身上的，便是鸡身上的，再其次，便是海菜了。说不要咸蛋做汤，还是用咸蛋配了一个冷碟子。”力行笑道：“这实在是要原谅他们的。假使不用咸蛋，他们又要到猪身上去找一样菜了。这里虽然有海菜可以运来，可是吃的海菜，也就仅仅是海参、蜇皮、鱿鱼、墨鱼之类。像鱼皮、鱼翅，已经是不用的，绝不能更找一种罐头鲍鱼来摆碟子。”在他们这样一谈话，把这个岔打了过去，燕秋那脸上的红晕，才退了下来。在她心里，这就很有一点感想：费、伍二人对于自己接近这位程先生，是十二分不高兴的;昌年呢,还极力镇静着,不肯表示出来;健生可就不然,未免把不平之意,形于颜色。其实自己不过是觉得程力行直爽,也就愿意借他这一点热心,找自己的两位哥哥,对于恋爱这件事,自己是十分稳重的,哪里会和这么一个新交的朋友就种下情素呢?他二人也就多虑了。健生接过昌年一杯酒之后,曾是向他看了一眼的,意思是问代表她呢,还是讥讽她呢?昌年却不介意,他自端起杯子来,也好像在那里暗中答复着,她自己心里会明白的,我们又何必去故意让她知道呢?这一刹那间,这席上各人的心思,都有一种变化呵!

第三十回　瘠地倦游踪攀条引怨　晚程疑客影馈物生嫌

杨燕秋这样想着心事的时候，坐在席面上，可就沉默了起来。费、伍两个人的变幻思想，没有停止，所以在表面上，也是很沉寂的。大家正是这样各想着心事。原来谈说笑笑，很热闹的入席，这时可就像受了什么催眠一样，默然无声。

程力行端坐在首席上，是很客气的，哪里晓得他们肚子里，各有一部《春秋》，所以手拿了杯筷，也默然无声，不说什么。燕秋正坐在他对面，看了他勉强镇定，不知如何是好的样子，便笑道："程先生还有点作客吗？怎么不动杯子，也不动筷子？"健生说道："我想，程先生心里，又在惦记哪里的工程了吧？"他口里说着这样话，心里好像痛快一阵，看他怎样的答复。力行笑道："伍先生这话，太夸奖了。我有那样忠实于我的职务，我就是圣人了。"燕秋觉得健生口舌之间，处处是给力行以难堪，便提过酒壶来，向力行送了过去，笑道："我们只管吃菜，把酒忘了斟了。"力行两手捧了酒杯子，把酒接住，笑道："先一杯，算是杨女士预先酬劳的，我算领受了。这一杯算是主人敬客的，我也领受了。以后就请大家随便，谁爱喝，谁就提壶自斟。我们若是对朋友相处以诚，我这个建议，三位就都可以容纳的了。"燕秋道："好好！就是这样的说吧。"说着，就把酒壶送了过来。费、伍二人看了一眼之后，又对笑了一笑。燕秋很感觉他们这种态度，不免出于轻薄。但是实在地论起来，他们也并不失仪，如何能用话去责备人家？于是也向费、伍二人看着，微笑了一笑。在这种时候，力行是更持着稳重的态度，只管端了杯子，慢慢地饮酒。

昌年很感觉到坐在这里无聊，便向健生道："我们吃饭吧。"燕秋道："大家都很高兴，我们还喝点酒吧？"昌年笑道："虽然很高兴，但是我们不会喝，也是没有法子呀！"那伙计站在旁边笑着道："饭我们已经预备好了。"说着，将一个托盆，托了几只瓢式的粗瓦碗,送到桌上来。那碗里全盛着饭,平平的与碗相齐,虽是带了黄色,倒是真正的整粒长稻米。昌年笑道:"看不出平凉这种地方,和潼关一样,倒有广东式的锅蒸饭。"燕秋笑道:"这地方碗蒸饭,并非是仿广东人,也不能和潼关相比。因为我们这里,得米不容易,有了米,要仔仔细细地咀嚼。像南方人一样,用大锅煮着吃,蒸着吃,那如何舍得?所以像吃燕窝、海参一样,还是用碗蒸。"健生笑道:"怪不得这位伙计,眉飞色舞地报告我们,饭已经预备好了。这倒不能不教我要赶着尝一尝。"昌年笑道:"你留心吧。记得在潼关的时候,一虹吃碗蒸饭,差不多一下把牙齿都磕掉了。"健生于是把那瓦碗里的饭,慢慢地向小碗里分着,笑道:"一虹现在听说在开封,吃也有得吃,玩也有得玩,那是比我们舒服多了。"燕秋道:"走了这样久,他还只到开封吗?"健生笑道:"你以为他是到上海去吗?他是到开封去会朋友去了。"燕秋道:"会朋友去了?哦!哦!哦!我明白了。"说着,连连点了两下头。昌年向健生瞟了一眼,笑道:"你也是揣测之词,未必能猜得准确吧?"健生也就一笑了之,自用筷子挑了饭吃。燕秋本来就感到这一餐饭,吃得十分不顺心,加上健生这一个报告,心里是更感觉难受。可是这种难受,又不愿在表面上露出来,便勉强地笑道:"健生!你现在是吃燕窝海参了,所以这样慢慢地挑了吃。"健生笑道:"因为想到了一虹在潼关的那一回事,所以我不能不大加小心。"燕秋道:"口味怎么样?"健生挑了饭,在嘴里咀嚼着道:"我不忍说。在这种地方,我们还有整大碗的饭吃,那我还说些什么呢?"

大家坐在这席面上,尽量地说些无聊的话,都很感觉无味。勉强地吃完了这一顿饭,力行首先起身告辞,说是有公事,径自走了。燕秋在身上掏出钱来,交给店伙去会账时,昌年便笑道:"难道说,真要你一个人会东?我们一路行来,哪一次的用钱,是分过彼此的。"燕秋正着脸色道:"虽然如此,但是这一次,非我会东不可的。其一,是我有事要托这位程先生,不干你二位的事;再就你二位本身上说,恐怕也不愿意请他吧?我不是那样不懂事的人,要二位请不愿请的人。"昌年默然了,自闪到一边去,右手高高地提了茶壶,左手低低地握了杯子,慢慢地斟着茶喝。在那茶落到杯子里,呛呛作响的时候,便可以表示出他心里那一腔无可言宣的苦闷,要由这茶水声里发泄出来。健生是站着比较远一些的所在,将一只筷子,在桌沿上不住地画着圈圈,向二人看了一眼,在地面悬起一只脚,将脚尖连连点了十几下,点得身子也有些颤动,淡淡笑了一声。

会完了账以后,昌年那一杯茶也喝完了,没有别的可以搭讪了,究竟是他能沉住那口气,便对燕秋笑道:“今天还有一下午的时光,我们是出去走走呢,还是回旅馆去呢?”燕秋道:“我要回去写两封信。若是你二位有那兴致的话,你二位自己去逛逛吧。”健生将筷子向桌上轻轻一扔,用很爽脆的声音答道:“好吧！我们走吧。”于是三个人都带了勉强的笑容,缓缓地走了出来。燕秋果然是毫不踌躇地出了饭馆子门,就向旅馆里走去。

费、伍二人站在街心,向她的后影看了许久,健生笑道:“老费！我们要宣告失望了。她见了这位程工程师,一切都忘记了。”昌年笑道:“人家交朋友,是人家的自由。你有什么法子可以干涉她?”健生道:“谁要干涉她?不过她对着程力行表示好感的时候,恨不得我们跟了她一样,也表示好感。你想,我们凭着什么要向姓程的表示好感呢?”昌年笑道:“交交朋友,又待何妨。”健生淡笑道:“你这人就是这样可怕,分明心里头和我一样,不愿这个姓程的;可是你嘴里头,无论如何不肯吐出一个字来。”两个人说着话,并肩走着路。昌年笑着摇了两摇头道:“你怎么对我下这样刻毒的批评?”健生道:“一点也不刻毒。我看你今天在桌上吃饭,脸上那一分难过的情形,是向来所没有的。所以我认为你心里头,一定十分难堪。但是你在表面上,倒反是极力敷衍燕秋,这一分忍劲,真亏了你。”昌年道:“其实燕秋想要这个姓程的帮忙呢,在人情上说,我们是不能非议的。只是她对于招待方面,有些是很觉得过分的。”健生道:“你说她是过分,我想,她或者认为是没充量的招待呢!”昌年没作声,放大了步子走路,那鞋子踏在土地上,印着一个一个的鲜明脚印,表示着他的思想是那样子沉着。健生随在他身后,也是一步一步地踏着,两手插在西服裤子的插袋里。两个人是顺了脚步走的,没有打算向哪里走。走了许久,健生忽然抬起头来,看到街头上,横拦着一块洋铁皮市招,写着西北饭店四个字,便叫道:“老费！别走了,我们到家了。”昌年摇摇头道:“暂时我不进去,在外面走走吧。"健生看了他脸上,带着一种不大自在的样子,便笑道:"到了现在,你也镇定不住了吧?"昌年不作声,还是继续地走。

两人走出了平凉的东关,那条东街上,骡马大车杂着成群的骆驼,是非常地热闹。在这些车马之中,有几个宽衣大袖的老道,夹杂了来往,便觉着又是一种情调。健生道:"这地方,看到这么些个人,教我们不信是经过一片荒凉高原的。"昌年道:"唉!你提到那荒凉的高原,真教我发愁。来的时候,大家高高兴兴,什么都不感觉得。这回去的日子,这一分寂寞,怎么消磨过去?"健生笑道:"怎么样?你动了归心了吗?"昌年道:"你何必问我,你的感想,不是和我一般无二吗?"健生道:"我虽然有归心,不是起自今日,到了潼关,我就想回去了。不想俄延一天,又俄延一天,一直到了现在,我也没有决定一个东回的日子。你呢,仿佛以前,并没有这种意思,只是到了泾川县以后,因为她对于你,也像她对于我,慢慢地冷淡下来了,你就觉着前路无望。"昌年摇着头,微微地笑道:"我之有归心,原因不在此。"说着,依然顺着大路,慢慢地向前走。走过了一些杂乱的人家,便是两行左公柳夹着的一条人行大道。这柳树也许因为是得着水分较足的缘故,却长得是特别的高大。在那高大的柳树荫下,点缀着三两间矮小的黄土屋子;屋外,全是平坦的麦田。人家屋边下,有那不高的烟囱口子,里面喷出青烟来。在空气里面,同时可以嗅到一种浓浊的气味。这便可以想到这烟囱下面的燃料,烧的是牛马粪。那伸着长脖子,拱起背峰的骆驼,在柳荫下提着长腿慢慢地走,这实足的增加了这西北风味。昌年只管举目四面看着,就在一棵大柳树下站定。健生道:"在这里,我就要想到'境由心造'那句成语。在扬子江一带,我们无论走到哪里,也遇得着杨柳,大的小的,多的少的全有,我们并不感到一见就有情;到了西北,我们遇到这些左公柳,总是心里高兴一阵。"昌年昂头望着柳树梢,出了神,信口答道:"诚然如此。这就让我想到左宗棠这个人,虽然是清朝一个臣子,但是他的精神,实在可以佩服。他能够在几十年前,看到西北这一条大路,与国防总是有关系的,沿路种了三千里路的杨柳,来做后来行军的掩庇物。在西北做事的人,都有这种精神,西北就不愁建设不成功了。"健生微笑道:"你这几句话,倒是燕秋的同志。她是很赞成左宗棠这一流人物的；她总说，人在社会上做事，只管努力向前，做到哪里是哪里。成功不必自我，开始却不妨是我。”昌年道：“她的志向是可以的，但是她的学问可差得太远。年纪这样轻，阅历也很少，她自己很勇敢地担着一副建设故乡的担子，我觉得……”说着，把肩膀抬了两抬，淡淡地笑了一笑。健生笑道：“你现在说出心眼里的话来了，以前我没有想到你对她这样批评过呀，你到底是不能忍耐了。”昌年顺手攀了一枝长柳条子，另一只手慢慢地去扯下那柳叶子来，只管出神。将一只脚尖，在黄土地上不断地画着字。许久，他放开了柳条子，两手一拍道：“大丈夫做事，提得起，放得下，那算什么！”健生笑道：“你这话有点突然而来，我并没有劝你提起什么，也没有劝你放下什么。”昌年道：“你以为我是个大傻瓜吗？……呵呵！”说到这里，他笑着将话一转道：“其实我们两人也真是傻瓜。不傻的，只有一虹，究竟他是研究文学的人，头脑子灵敏得多。”健生道：“如此说来，你要学他，立刻东回了？”昌年也没有把什么话来答复，低了头，伸着腿子，一尺一尺路地向前走着。健生也不说什么，一尺一尺地在后面跟着。

慢慢地走近了那人家，二人也没有什么感觉，忽然一阵恶臭的气味，向人身上扑了来。回头看时，却是人家烟囱里的马粪，起了化学作用，在空气里面散布着了。昌年跳起来，赶快钻过了那丛横扫的烟幕，抽出手绢，满身掸着灰，两只脚在干净地上跳着蹦着，把全身的灰土，给它顿了下去。健生赶上了他，向他笑道：“怎么了，你中了敌人的毒气了？”昌年还是向前面跑着，摇摇头道：“这种环境，我怎么过得下去？”健生笑道：“过不下去的下面一句话，那不用提，是归去来兮了。”昌年站着，向西沉的太阳看着，又向东边太阳照着的黄尘黑雾，审察了许久，便说道：“家乡是这样的远，地方是这样的苦，我觉得我们这一次出门，未免无所……”那个“谓”字，用极长的声音拖着，拖得一点都没有了，始终是不曾说出来。健生道：“那么，你决定了走的了？”昌年道：“也无所谓决定，也无所谓不决定。因为我们送她，已经送到了家，把责任完结了，要回去，也是应当的。她在南京出发的时候，是希望我们送她到平凉，现在到了平凉了。本来呢，我们不妨再向前走一些路，只是她现在有了程力行这个大帮手，什么事都有办法，用不着我们了。既然用不着我们,我们还是跟着她后面去,不但是得不着她的欢喜,恐怕还不免受她的厌恶。今天她不是托程力行去打听她哥哥的消息去了吗？无论如何,在明天,程先生一定会给她一个确实的答复。找着了她哥哥呢,她有了归宿了,那何用多说;找不着她哥哥,她也必定会定出一个办法来,我们就正可借了这个机会下台。老伍！你怎么样,我们同走,比较是热闹一点吧?”健生因他明明白白说出要回江南的话来,心里倒是一动,笑道:“你是知道我的,我到了潼关,就有回去的意思了,不是你和一虹留着我,我老早回去了。不想挽留我的人,先回去了,被挽留的人,竟是不曾走开。”昌年听他这样说,好像他要回南的心思,还远在自己以上,便笑道:“我总没有比你先走开。我们去留与共,来既是同来,当然走也是同走。”说着,左手握了他的手,右手就来拍他的肩膀。健生向他只是微笑笑,却不表示他这话对与不对。昌年道:“既是我们有了这样一个决定,倒教我心里宽慰了一下,我们不必回旅馆了,玩到天黑,再回去吧。”健生笑道:“你以为那位程先生,今天下午必然去拜访燕秋,你是给予他们一个畅谈的机会。”昌年笑道:“我觉得你心里头,什么计划也有的。只有一个毛病:这计划在心里,嘴里一定要说了出来。”健生笑道:“不过我现在学乖了,以后心里有什么计划,我是绝不说出来的了。”他说完了这话,似乎心里感到一种异样的快活,于是呵呵大笑起来。昌年却也不曾理会他这快活自何而来。自和他散步谈心,直到太阳快下山了,方才回旅馆去。

两人到了旅馆附近的所在,看到一位穿西服的先生,由旅馆大门里出来,向大街那一头走去。健生拉拉昌年的手,笑道:“那岂不是程力行?”昌年道:“是他是他。”健生道:“不知道他什么时候来的,到这般时候才走？也可以说是善于聊天的了。”昌年笑道:“他是受人之托,忠人之事,并非是在这里聊天。”两人带了笑容,走到旅馆去,却见燕秋屋子里,正是灯火很亮。两人谁也不去惊动她,招呼茶房开了房门,自向房间里去。他们的房,和燕秋的屋子只隔了一层壁子,这边门开着响,把她就惊动了。她跳着出来了,笑道:“你两位由哪里游历了这半天回来?我等着你二位来吃晚饭呢。”说着,三个人一同走进屋子来。茶房随把灯送上,健生道:“我们糊里糊涂走着,不知不觉,就走到了天黑。似乎是没有走多远的路呢,你的信都写起来了吗?”燕秋道:“我写了大半天的信,房门也不曾走出来一步。”健生道:“那位程工程师没有来和你报告消息吗?”燕秋顿了一顿,微笑道:“他来的,可是看到我在这里写信,他不愿打搅,坐一会子就去了。”健生道:“什么时候来的?”燕秋笑道:“大概在下午两三点钟来的。”费、伍二人想到,也没有说什么,彼此对望着微笑了一笑。燕秋是料不着他们走来恰是那么巧,和力行碰着了,因之也毫不介意。

当他二人拿了布掸帚,到院子里去掸灰的时候,燕秋就在桌子上用纸笔开了一个单子。等他们重走进来,这就把单子两手举起来展着,迎着笑道:“我想了很久的时间,觉得这几样吃的,在平凉可以买得着,而且也是你二位能够吃的。你二位看看这单子上的菜怎么样?”说着直把纸条送到昌年胸前来。昌年口里一面说着很好,一面就接了那纸条子,看也不曾看,就交给了健生。健生拿了在手,隔了那桌上的煤油灯,还是很远,哪里看得清楚,便含糊着看了一下,依然交到燕秋手上笑道:“很好的!就是照你这个法子办吧。”燕秋见他们的态度,忽然这样的冷落起来,似乎中午的那分不快,还没有减去。站在屋子里,只管发呆。及至燕秋回转身来时,却看到费、伍二人,彼此又对望着笑了一笑,待要追问他们笑些什么,他们似乎知道她必有这样一问似的,已经闪到一边去了。

燕秋无形中碰了他们一个钉子,心里十分难过,只好悄悄地走回自己屋子里去。炕上正横摊着自己的行李,连鞋子也不脱,便爬到炕上去躺着。由今天中午席上,想到刚才为止,觉得费、伍二人的意思,完全因为自己和程力行太亲近了,他们所以很有点疑惑。其实对于这样一个新朋友,哪里谈得上什么爱情。不过因为觉得这个人很爽直,也是把爽直的态度对待他罢了。然而他们既是有些疑心了,自己遇事倒要检点一些,免得彼此的意见越闹越深,以至于把交情丧失了。难得他们这样遥远的路途,把自己送了来,自己不感谢人家倒还罢了,还可以让人家伤心吗?她这样想着的时候,突然地跳下炕来,看到桌上有一张程力行的名片,就抓着把它收到口袋里去;桌上放了几页零碎的纸片,匆匆地看了一看,也折叠着收到口袋里去。她是很匆忙由隔壁屋子里走进来的,随手一掀门帘,门帘卷在窗台上,她并没有注意到，所以屋子外面漆黑，可以看到光亮屋子里的情形，她是不曾予以注意的。这时把东西收拾好了，一回头之间，才看到门帘子是卷了起来的。于是走到门边，伸手叉着帘子，就打算放下了。可是在这个时候，看到费、伍二人并排地站在房门外面走廊屋檐下。燕秋道："噫！你们站在这里，为什么不到我屋子里去呢？"健生笑道："我们以为你还在写信，就不便猛然地进去了。"燕秋明知他二人看到屋子里的行动，却不好说什么，因道："我们该吃晚饭了，你二位吃饭呢，吃面呢？"昌年道："若是像中午在湖南馆子里那般吃的饭，就不如吃面省事。"两个人说着话，踏进燕秋的屋子里去。

这就听到院子里有人叫道："杨小姐是住在哪个屋子里的？"燕秋还不曾答应，健生就掀着门帘子答道："就是这个屋子里，找杨小姐干什么？"那人答道："程工程师要我送东西来了。"说着这话，那人跟在健生身后，走了进来了。在灯下看时，是一只大网篮子，看那式样，还不免是东方带来的。网篮里有两只热水瓶子，一把铜壶，还有两只大瓦罐子。他把网篮里的东西，一样样地向桌上放着，因道："我们工程师说，这里水不好喝，我们工务所里有滤过了的水，送些给杨小姐来喝。这罐子里是南方带来的咸鱼、咸鸭，送来给杨小姐下饭的。"燕秋笑道："刚才你们工程师在这里说过了，要送费先生、伍先生和我一些吃的，两位先生不在家呢，我已经代谢过了，不想程工程师这样周到，立刻就送了来了。"那来人道："请杨小姐给我一张回片。"燕秋倒是很大意地随手就在衣袋里摸索着，掏出一张名片来，交给来人。自己是刚刚地交了出去，立刻把手缩了回来，笑道："这名片不是的。"费、伍二人眼快，立刻看到是程力行的片子。燕秋将手上的名片，掉了一个面，立刻又揣到袋里去；倒是另在小提箱子里找出自己一张名片，交给了那人。因向费、伍二人道："你二位不交给他一张名片吗？"昌年笑道："不必了吧！"他说话的声音，很是微细，几乎要听不出来。健生道："人家又不是送给我和昌年的，我们给他名片，不有些画蛇添足吗？"昌年道："礼多人不怪。"燕秋道："那程先生送礼之前，本也就声明过的；是送给我们三个人。你想，他也不能那样不懂事，我们三个人在一处，他倒只送给我一个人；而况我还是个女人呢。"他们在这里讨论,礼物究竟是送给谁的,那个送礼物来的人,却有些不解这里面的原因,已是提着篮子走了。

过了两三分钟,燕秋就唉了一声道:“你看我们是多么的大意,也不曾给人家一点脚力钱,就让人家走了。”昌年道:“我想,明天早上,程先生一定会来的。见了他,我们当面和他道歉就是了。”健生道:“对的。程先生在明天早上,一定会来的。”燕秋接连听到他们说两个会来的,心里是深深地感到一种刺激;不过这并不向着燕秋有什么正面攻击,教她也不能表示什么。她就把水壶里的茶,斟了两杯,放在桌上笑道:“倒还是热的,我们先喝一杯吧。”说完了这句话,她立刻又把那瓦罐子的盖子掀开来了看看,笑道:“菜也是热的,我们的晚饭,可以不必要什么菜,拿两片黑馍来吃就是了。”昌年端起茶杯来喝着茶,没有答复出来。健生靠了门框站定,悬起一只脚来,在地面上颤动着,只是在脸上带了一些微笑,也没有说话。燕秋真不知如何应付这两个朋友才好,自己很无聊的,也倒了一杯茶,站在桌子边喝。如此一来,这屋子里便寂然了,什么声音也是没有。

却是隔壁馆子里送食物的伙计,还在兜揽生意。站在房门外问道:“先生要吃东西吗?”这才引起了燕秋一个说话的机会,因道:“好的,你给我们送三斤馍,另外一碗鸡蛋汤。”伙计道:“还要啥呢?”燕秋向费、伍二人望着,意思是让他二人答复。昌年便道:“我们有外国带来的洋菜,不要你们的土货了。”燕秋听了这话,立刻脸上又是一红,本待要和昌年辩论两句,可是同时也就想到,果然说出什么话来,那也是徒然加上彼此的痕迹;于是微笑了一笑,把这话忍了下去。不多大一会儿,馆子里店伙送了汤和馍来,大家是很沉默地吃过了晚饭。各人无事,都在无聊的时候,早早地安歇了。

次日天刚发亮,费、伍二人就起来了,看看燕秋的房门,却还是紧闭着。西方的人,都起来得早的。这时,西北饭店里,已经是满院子人来人往。几个卖羊毛毡子的小贩,下面穿着单裤,上身倒穿了没面子的羊皮袄,将毡子扛在肩上,在各间房门口来往地走着。看那毡子,约莫有五尺长三尺宽,所要的价钱,却不过每条一元。有个小贩,见他二人只管老远地打量着,便走过来问道:“两位先生要毡子吗?”健生道:“你买两条吧,带到南方去送人,到底是好东西呀。”昌年道:“那么,你也可以买两条送人的。”正说到这里,燕秋却已开了房门出来。她眼睛红红的,眼皮也有些肿起来,很可以知道她昨晚上是哭的时候不少的了。

第三十一回 欲语转难一番传噩耗 伤心何必再度励前程

自到平凉来了以后，燕秋是很知道费、伍二人都有些不高兴的。这原因不光是为了西北地方太苦，就是对程力行表示好感，这也是他们所不乐意的。依着自己的性格，本来想对他们明白地说出来，教他们不必多心，可是转念一想，越辩白事情是越落了痕迹，也就算了。本来是不天亮就醒了，可是这样子早，起来又干什么好，不如在炕上多躺一会子，想想心事吧。她正是这样地想着呢，却听得费、伍二人在买羊毛毡子，而且两个人的话，是大有归意，这就万分忍不住了，开着门来问他们。昌年笑道："这里的羊毛毡子，实在便宜，几毛钱就可以买一条。"燕秋道："忙什么？到内地去买，也许还可以便宜一点。现在天气慢慢地暖和起来了，也用不着这个。"健生道："他不是自己用，打算带回东方去。"这一句话说了出来，燕秋和昌年脸上都红晕了一块。昌年更说不出来，有那么一种难为情之处，只管把手在搓脸，连吸了几口气。燕秋心里很明白，这句话是不能追着向下问的；果然问出来，那叫昌年承认是不好，否认也是不好，彼此更僵了，因道："二位起来得这样的早，大概还没有喝茶？"健生笑道："不必喝茶了。昨天程工程师送来的那些水，我想着比茶还要干净些，我们喝点儿凉水吧。"燕秋每觉得提到了这位姓程的，那就要更增加她心里一种不安适，便只点了两点头，让他们走进屋子去。昌年喝了一口干净的凉水，早上起来，肚子里空虚，本来想吃些点心，可是一想到井水那样脏，以及这里人烧马粪暖炕的两件事，这就继续地想着：面食馆里的东西，未必能怎样干净，这就饿着一点儿的好。因之喝过了水之后，将一只手托了头，撑住桌子坐着，慢慢儿地出神。燕秋是端了一盆黄水，放在炕上，自己弯了腰洗脸。健生靠了房门站定，看着前后两进大院子里，那些动乱的人儿，回转头来，笑道："老费！怎么一大早起来，你就是这样无聊的样子？"昌年随口答道："饿了！"健生笑道：

“这件事很好办,你不会叫旅馆里伙计到隔壁馆子里去叫一碗面来吃吗?”昌年皱了眉道:“但是我想到那面汤……”健生笑道:“你这是知二五不知一十。你这时候不吃点心,回头还吃午饭不吃?米饭也罢,黑馍也罢,全都是这种井水做的。”昌年又是把眉毛皱了一皱,接着又是一笑。他虽不说什么话,心里头那一番苦闷,是很可以由这种表情上看得出来的。健生也就不好再说,依然靠了门站着。

这时,有一个奇装打扮的由面前经过,倒是很可以引起人的注意。他上身穿了一件羊毛毡子做的衣服,颜色是白不白黑不黑的。因为这种羊毛毡子,将线缝缀起来。已是嫌着勉强,所以在胸面前没有纽扣,仅仅是两根带子系着。毡子这东西,总有三四分厚,若像平常衣服一般,袖子平手脉,衣摆过腹,那好像古代战士们穿上战甲,怎么转动得?所以这毡子衣,形式很奇新。袖长刚过胁窝,身长只到半腰;下身呢,照西北人从略的办法,只穿一条蓝布单裤。那人还保存着鸭屁股式的半边头,尖长的黄脸,两只颧骨高撑起来,可以想到他的生活是什么样子地艰苦的。这让屋子里人,全向着他看去了。他手上托了一个柳条编的小簸箕,里面有二三十个鸡蛋,另外有一个粗瓷酒杯子,里面盛了半杯子黑盐。燕秋便道:“好了,点心来了,买鸡蛋吃吧。”那人早是听到了,便蹲下身子,将簸箕放在土门槛上,赔着笑容道:“老爷!你吃吧,我们这鸡子儿,真是新鲜,刚煮熟的。”昌年也跑过来看着笑道:“我真是位乡下人,我看这鸡蛋壳是白的,我还以为是生鸡蛋呢。”燕秋笑道:“在这个地方,要吃熏蛋、卤蛋、五香茶叶蛋,那当然不是一件容易事。卖蛋的!什么买法?”他说道:“一毛钱十个。”健生道:“这里的鸡蛋,不是很便宜吗?听说一块钱要买到三四百个呢。”他笑道:“先生!我们要煮熟来卖给你,工夫也是钱。这里还有炒熟了的盐,听便你蘸着吃。”健生笑道:“贴点儿盐,也是要价的理由,你们的买卖也真够苦。好吧!我销你一毛钱的鸡蛋。”他道:“我这里有十八个蛋,都卖给你们吧。你少给几个钱也可以。”燕秋叹了一口气道:“你比我还可怜。”说着掏了一张两毛票子,扔在簸箕里,因道:“都给你了,把蛋留下来就是。”那人抱着拳头,连连作了几个揖,将鸡蛋送进房来,全放在桌上,又把酒杯子里的黑盐,倒了一小撮在桌上,笑道:“我给三位多多地放了一些盐在这里了。多谢多谢！”他拿了空簸箕，很高兴地走了。

这里三个人剥了鸡蛋壳，就站着桌子边吃起来。那一撮盐，本来就是黑的，现时放在桌上，更觉得脏，可是这鸡蛋是白水煮的，假如不蘸一点盐吃，这鸡蛋是吃到嘴里清淡无味。还是这位爱干净的费昌年，发明了一个法子，将两个指头，撮了一些盐，像洒胡椒末似的，撒在鸡蛋上。健生笑道：“这真没有办法。不吃盐，是嫌淡得无味；吃了盐，又嫌着脏。”燕秋笑道：“这只好应了那句俗话：开一只眼闭一只眼。若是处处都要顾个周全，很不容易办到。”昌年手上夹着一枚剥了壳的鸡蛋，笑道：“这样雪白的东西，哪有什么脏？”健生道：“这鸡蛋虽是干净的，煮鸡蛋的水，恐怕还不如这旅馆里的干净。你看蛋壳上有裂纹没有？假使有裂纹的话，脏水就透着进去了。再说煮鸡蛋的燃料，无疑的是马粪。马粪在空气里起了化学作用，也许落到水锅里去……”昌年把鸡蛋放在桌上，皱了眉道：“你这不是存心？”健生笑道：“我并不是和你为什么难，因为你对于开一只眼闭一只眼这句话有些含糊，我跟着向下一说，这件事，就明白了。”燕秋向他点头微笑道：“多谢你替我解释。”健生笑着道：“不瞒你说，我对于这一路行来的起居饮食，全抱着开一只眼闭一只眼的态度。要不然，到潼关我就回去了。”

正说着，门外有一个人伸进头来，笑问道：“哪位要回潼关？明天这里有顺便的车子。”燕秋笑道：“哦！程先生来了，请坐！”程力行进来，在旁边一张矮椅子上坐了，接着道：“明天有一辆新式轿车，由兰州开了来，回潼关去，在西安并不耽搁。车子上只有我们一位同事，正好带一两个人走。”昌年听了，向健生对看了一眼，却没有说什么。燕秋笑说：“不是说什么回潼关，因为刚才说到西北饮食起居，南方人有些不惯，我们这位伍先生说了实话，他到了潼关，就想回去了。”力行笑道：“那是的。每个到西北的人，到了潼关，一看环境不妙，就要回去。但是到了潼关的人，那都是有相当责任的，要回去也回去不了。”费、伍二人听说，彼此又看了一眼。程力行将手摸了两摸头发，向燕秋微笑道：“你托我的事，昨天晚上，我就去访查了一遍。今天上午，我又到绥靖司令部找了好几位朋友去打听，居然访到一位和令兄同营的人。”燕秋本在炕沿上坐着，这就突然地跳下炕来，睁了两眼向力行望着道:“有了下落了吗?”力行将头发摸了两摸,把放在桌上的帽子拿了起来,向头上戴着。可是他的两只腿,依然支架着的,这可以知道他不是要走。他戴好了帽子,两手还是不知道放在什么地方好,右手掌背,打着左手掌心,只是出神。燕秋道:“程先生!你有什么为难的事情吗?”说着话,两手反撑在炕沿上微微地垂下头来,做个很难堪的样子。力行又把帽子取下来,笑道:“有道是报喜不报忧,尤其是对你这千里迢迢跑回西北来打听消息的人,我总应该让你听到消息很快乐,所以我很难说话。”燕秋听了这话,脸色立刻惨变起来,撑在坑沿上的两只手,也有些抖颤。因之向力行很盼切地问着道:“那么,我……我……我的哥哥死了?”力行道:“古人道得好:醉卧沙场君莫笑,古来征战几人回?”说着这话,可就把眼光向费、伍二人看着。昌年道:“程先生!有什么消息,只管告诉杨女士吧。她为人是很直爽的,痛痛快快地说给她听了。她难过了一阵子,也就完了。只管要说不说,越发是教她心里不受用。”燕秋点头笑道:“对了。程先生!我的性情是这样。”力行道:“告诉我消息的这个人,他是这里司令部的参谋。当年呢,他位置很低的,所以和令兄很接近。他说那一年由甘肃带出潼关去的青年,总有四五十万,直到现在,能回甘肃老家的总不到一万人。”说到这里,顿了一顿,望了燕秋的颜色。燕秋不能再镇定了,脸子由苍白变到淡青,眼珠都呆定了。可是她还勉强放出苦笑来,轻声道:“那是自然,当兵的人,是不应当回头看着的。程先生只管向下说吧。”力行道:“这里的军队,杀出潼关去的时候,子弹向来是很缺乏的,打胜仗完全靠了冲锋。据一位参谋告诉我说,有一次黄河北岸一个地方打仗,就凭了大家手拿一把大刀,冲破了敌军两道大战壕,一道小战壕,那死去的人,真是满地洒豆子一样;曾有一营人杀了过去,全军覆没,令兄就是那一营里的一个。”燕秋哦了一声,虽是嘴唇皮子曾经连连震动了几下,可是说不出话来。接着她的两行眼泪,也就不听人指挥,自己抢着流了出来。直到那眼泪水,流到脸腮上,她感觉到了一阵热气,立刻抢着把手绢由衣袋里掏出来,向眼角上去揉擦着,把头低着乱咳嗽了一阵,借以躲避人家对面向她看着。昌年把桌上没剥壳的鸡蛋,三个一列,五个一列,只管盘来盘去。健生却斟了一杯子凉水,端起来慢慢地呷着。这只苦了力行,话说到这里，已经引得人家哭了。跟着向下说去，固然是不妥；可是不说呢，话只交代了半截子，这越是教人不安。因之将帽子拿在手上，轻轻地拍拍灰，又把巴掌放在帽子顶上，切深了中间那条直缝，搭讪着，只是感到不安。燕秋忍住了眼泪，硬向他强笑道："女人的眼泪总是容易下来的，你不必理我，二家兄音信不通多年，这个人，本来也就可以当他是死了。我这一哭，也不必等着今日。"力行放下了帽子，将手使劲搓了几下，因笑道："我很后悔，这事情报告不报告给你，与你没有什么关系，不如瞒着你，还让你在心里存一线缥缈的希望。"燕秋道："这样说起来，这不但是我二家兄没了命，恐怕就是大家兄，也不知道在什么所在骨头喂了野狗。"说着，那停止了的眼泪，又流了下来。力行道："那也很难说，出去投军的人，到底有那么些个人回来。那些回来的人当中，焉知就没有令兄在内。"燕秋道："那很难说吧！"说毕，连连地摇着头。力行道："平凉到你府上，究竟还隔了一个六盘山，有一二百里路程。此地消息不通，我想到了隆德县，还不少府上的亲戚朋友，他们是长久不动的人，令兄若是有消息送回家去，他们总可以知道，回家去访问，多少有些头脑可寻，那比在这里碰机会的访问法，要高明得多。"燕秋道："咳！在隆德的那些亲戚朋友，他们也不是铜皮铁骨吧，我一家抗不住饥寒逃走了，不见得他们就不走。"力行说道："虽然他们也会走的，不能一个走回去的也没有。"燕秋两手交叉了十指，垂在胸前，身子靠了炕沿，要坐不坐的，微低了头，只管摇了几摇。昌年搬弄那几个鸡蛋，也搬运得有些烦腻了，于是向力行点了两点头道："程先生这里坐一会子吧，我要去写两封信。"说着，人就向自己屋子里走去。健生呢，却早已踱出屋来，在院子里站着晒太阳了。力行这倒感着十分拘束，就拿了帽子站起来，点了头道："我再和杨女士访问访问看，也许有点意外的机会。"燕秋也不挽留他，并不说什么送他到院子里来，然后低头到屋子里去。当她走进屋子去以后，那房门咿呀一声，轻轻地关着了。

健生正回头看她的行动，这就心里一动，悄悄地走到屋檐下，向里面听着。先是听到里面炕上铺被褥声，接着又是身体躺下声，不多大的工夫，这就听得嘤嘤的哭泣声，不断地传出来。健生约莫站了五分钟，听那哭声，却不曾停住。于是手扶了墙，放大了步子，轻轻地走到屋子里面来，见昌年正伏在桌上写字，便摇撼着他的手臂，低声道："她哭起来了，而且哭得很厉害。你听听。"昌年搁下了笔向屋子里听时，可不是很清楚的声音隔壁传了过来吗？便皱了眉低声道："这位小姐，在这一个星期以来，有些态度失常了。不是病，就是哭，有些像林黛玉式的姑娘了。"健生口里和他说话，眼睛看到桌上拟了一张电报稿子，稿子里面，有'昌即归，三个字。健生轻轻喂了一声道："你怎么下了这样肯定的言语？什么时候走？"昌年道："那位程先生不已经告诉了我们，有一辆轿式汽车，明天由这里经过吗？他那意思就下的是逐客令。"健生笑道："这一层你又太多心了。他凭着什么能下你的逐客令？"昌年道："我想，是她的意思。"说着，将嘴对隔壁屋子一努，健生道："那不见得。她为人我倒是知道的，要怎么办，干脆就会说了出来。她不会这么指东说西，转着弯子教别人说出她意思的。而况程力行那句话，也始应话答话说出来的。若说他是有意的，哪有那么巧？"两个人说话的声音，是非常地微细，因之隔壁屋子里的哭声，这边还是可以听得见。昌年这倒不能无动于心，悄悄地走到燕秋房门外来站着，而且自己的手，还偶然抬起来碰了一下门响。照说里面是应该停止了哭声的，可是燕秋并不理会，还是嘤嘤地哭着。

昌年走回屋子来，向健生道："我看她这种样子，倒是很伤心。我们不能置之不问，同去劝劝她吧。"健生说道："劝女人不哭，这玩意儿我还是没有试过。"说着，伸出手来在头发上连连搔了几下。昌年笑道："谁又是有经验的？不过我们是同伴的人，这里她举目无亲，除了我们，谁来劝她？那只有让她哭够了自己停止了。"健生笑道："好吧，试试看吧！"于是就对着壁子，昂头高叫了两声，随后同走到门边来。燕秋倒先在屋子里道："二位请进来吧。"她说话的声音，兀自带着哭音。

二人推门进去，只见燕秋刚是扶了炕沿坐起来，拿了手绢向脸上擦眼。昌年道："刚才我们还是谈话谈得好好儿的，你怎么突然伤心起来？"燕秋道："我伤心，也不从今日起，你二位应当知道的。我外强中干的，老是绷着面子，不把伤心的样子表示出来，可是到了现在，我怎么也绷不住了。这是旅馆里，我不能糊里糊涂乱哭，只好把头埋在被堆里流眼泪。依着我的性子，非得跑到无人的所在，放声大哭一场不可。要不那么着，不能排泄去我胸中这些苦闷。”她一面说着，一面从容地拂拭眼泪，而且还缓缓地叹了一口气。健生道：“你说的这话，我倒也是相信的，不过青年人要谈到处在逆境里面，只有挣扎奋斗，不应当灰心。一个人灰了心了，什么事也就不能干了。你不是还预备在家乡做一番事业的吗？”燕秋道：“你这话自然是不错，不过挣扎是一件事，伤心又是一件事。不能叫挣扎的人就不必伤心。你同我想想，我在外面作客，是我这一个人，现在到了家乡来，父母兄弟一齐不见，又是剩我一个人，我还在青春呢，以后还有那么老长的岁月，教我这样孤孤单单地活着下去，不感到寂寞吗？”昌年道：“这自然是很难堪的事。不过你当退一步想，譬如鲁滨孙漂流在那绝岛上，他一个人也奋斗十几年。固然这是小说，可是我们也不妨把他当一件真事来看。”燕秋道：“你这话劝得是对的。小说上的鲁滨孙，有些时候，不是写得很想家吗？人既然是一个情感动物，绝不能没有七情。再说，鲁滨孙他笃信宗教，在十分难受的时候，他就借着宗教来安慰自己。请问我能借着什么来安慰自己？我听到程先生的报告，家里人完全没有了，我已经够伤心。现在听到二位的口气，好像不能再向西走了，虽然说，到我家乡不远，可是我早知道情形大变了，我跑回家去，未必能遇着什么熟人。你瞧，漂流在外是一个人，回得家来，还是一个人，在这个宇宙里，我就是这样孤孤单单的一个了，你想我心里难受不难受？”说到这里，突然地哽咽住，又流下泪来。费、伍二人因她把心事说出，彼此对望着，倒不好再说什么；尤其是昌年，感到说不出的一种苦闷，只管在紫红的脸上放出那勉强的微笑。燕秋擦了两擦眼泪，挺着胸道：“我并不因为伤心就不向前干，而且要格外地去找些事做，把我的情感，移到另一种事情上去。只见我们这样好的朋友说散就散了，从此以后，恐怕不容易见面了，所以我想着有些伤感。”昌年道：“你怎么知道我想回去？”燕秋收了泪痕，淡淡地一笑道：“我虽无师旷之聪，也就闻弦歌而知雅意。那位程先生说了：明天有东去的轿车，你若是要走的话，就可以乘便去，只是车子上地位有限，只能去一个人，恐怕不能让二位同走。”健生笑道：“难道你看出我也有要走的意思吗？”燕秋道：“你现在虽没有要走的意思，可是到了潼关，你就表示着要回去了。现在昌年一走，你更是显着孤单，有个不动心的吗？”健生听说，向昌年望着。昌年也回向健生望着。健生道：“你看，这些话是从何说起？”昌年道：“可不是，其实一虹那样中途走了，我们很觉得不妥的。我们送你回来，总得和你找个归宿之地，不能糊里糊涂地把你抛下就跑。”燕秋道：“那是足感你二位盛情的。本来妨碍了你们的学业，送着我到这样荒凉的地方来，我已经是心里十分抱歉，还要你二位再向西去，我也不好开口。再说到送君千里，终有一别，所以在情理上说，你二位有了归心，那是无可非议的。”她说话的时候，前后是换了三种面色：先是带了哭容，后是带了笑容，最后是不哭不笑，正正经经地板着面孔，两手放在膝上，慢慢地摸着衣服，微微地垂下头去。

昌年和健生，进门之后，都是远远地站着，向炕上看了去，两个人都站得发了呆了。等着燕秋在这里摸着腿出神的时候，各找了一把椅子坐着，架了腿，都轻轻地颠簸着。健生是靠了墙坐定的，两手环抱在胸前。昌年是靠了桌子坐的，却把一个食指，在桌面上不断地画着圈圈。自然，这是十分无聊的情形。燕秋站起来，牵扯了几下衣襟，复又在炕上坐下，点着头道：“真的，我不说假话，假如你二位要回去的话，尽管实说，不必难为情。”她两只手按在膝盖上，微挺着胸，抿着嘴，而且不时地把舌尖在嘴皮上微舔着，她似乎在极端镇静，等候二人的回话。健生道：“昌年不是说过了吗，总要等你的事告了一个段落，我们才能走。”昌年将脸朝着桌上，手指头已不画圈，在写字了，他缓缓地道：“我们原来的意思呢，以为你不过是回西北来看一趟的，所以我们心里，都想着和你同来同去。可是到了西安以后，在你的口风里，已经知道你是想在西北做一番事业的，也许十年八载都不回到东方去。我们都是读书的人，当然不能在甘肃等候这样久，所以一路之上，常常说出些各人回去的意思来。至于究竟哪一天走，我和健生都还没有决定的。”他说到这里，健生坐在一边，可就对他看了一眼，而且还微微地笑着。昌年并没有理会到。他说完了话，那两只手依然在桌上画着圈子。燕秋向他两人都看了一看，她可忍不住不说，因道：“明天车子才到呢，你二位可以仔细地想上一想，下午再给我一个回答。”昌年道：“你不要疑心，我们没有什么意见。”说着，笑了一笑道：“你瞧，你的眼睛圈子都哭红肿了。叫茶房打盆水你洗脸吧,我们到隔壁屋子里去等你洗好了脸,你到我们屋子里去坐坐。”健生笑道:“对了,把这话丢开到了一边去,我们还是抱定了在南京所约好的宗旨,继续向前去干。”

昌年这时,已走出了房门口。健生也立刻跟了出去。那边屋子里桌上,依然还摆着昌年所拟的那一张电稿,他看到,一手抓了过来,就捏在手心里,捏成了一个字纸团。健生笑道:“你的计划,有些变更了吗?”昌年手按了桌沿,提了脚,微微地在地上点着,也没说什么,笑着摇了两摇头。健生轻轻地道:“假如你现在不决定主意,那应当陪她再向西走。”昌年将两手插在西服裤袋里,昂了头向天上望着,因道:“这里到她家隆德,不过是一站路,这样远也走了,何况,一二百里路程!”健生笑道:“可是由这里去,要经过中国有名的六盘山呢。”昌年也笑道:“我们的体质,总也相差不远。假使你能去的话,我想我总也可以去吧!”健生将话顿了一顿,笑道:“我倒并不是取笑你,因为你是抱着消极态度的人,或者不愿意再去经过这样一座高山。当然,到了现在,我们两个人不能再拆伙了。要走一块儿走,要回去呢,也是一块儿回去。”昌年道:“其实呢,走一个留一个,那是最好。因为这样,就成了独占……”他说到这里,把肩膀抬了几抬,又把头伸了两伸,却向隔壁屋子里望着。这两句开玩笑的话,倒是很中了健生的心病,一阵红潮上脸,向着昌年苦笑起来。他也没有什么话说,只是伸出一个食指,向昌年连连地指点着。昌年伸头一看,见燕秋捧了一只洗脸盆子,走向前面院子去了,便道:“女人的眼泪,实在厉害。她这样一哭,就把我的心哭软了。本来的,人家是个没有到二十岁的女孩子,把她丢到这里,前进后退,全是一个人,那是多么难堪。明天汽车来了,我们一硬心肠就走,让她住在这举目无亲的半路上,也让别人说我们太没有义气。”健生道:“话是对的。可是她再向西走,还找不着家里人的时候,我们就这样陪伴下去了吗?”昌年道:“这个……”他笑着走到房门口,靠了门框站定,向天上去看白云。健生向炕一倒,将手拍着被褥道:“散手,那总是有这样一天的。只是将来伤心的,恐怕不是杨小姐。”昌年也没有答复,依然站着。他们各存着一种不知怎么了断的心思,就这样默然僵持着。

不多会子,燕秋洗了脸,还抹了一些雪花膏,拍着两手走了进来,问道:“二位现在已经考虑完毕了吗?”昌年道:“你不必伤心,我们决定了继续向前去。”健生跳了起来,也微笑着。燕秋站定向二人看看,便道:“将心比心,我是知道你二位不能这样遥遥无期把苦吃下去的。就是凭我自已良心说,也不应当让你二位这样陪下去。现在作个最后的决定,展长一个月的限期吧,你二位以为如何?”昌年道:“这太不成问题了。”他随口地这样答应一句,殊不知所谓太不成问题的,实在是太成问题了。

第三十二回　小民果难为御夫争利　古人不可及走卒开山

人总是一种感情动物，往往为了一时的感情冲动，把全部预定的计划变更。费、伍二人被燕秋一哭，哭得兴奋起来，又答应了随着她同走了。燕秋这就想着：他们本来不能再向前去的，只为自己一哭，把他们又哭动了心；这话将来传出去了，倒成了一句笑话，以为自己没有勇气向前走，哭得要人家陪着。到了目的地，找着什么成绩，人家也说是我哭出来的，那太没有面子了。于是收住了泪容，向费、伍两人道："我到了现在不能不说实话了。我觉得要朋友帮忙，那是要完全出于情愿才好的。由南京到潼关，我知道三位同伴，都是很兴奋地走着；可是到了西安，就有些勉强了。所以一虹他就绕了一个大弯子，让上海的朋友打电报，催他回去。我所知道的，还不过是他吃不了这苦而已；若是照你二位的看法，分明这其中还另有个说法。由西安到平凉，二位都有点不大愿意似的，我虽明知道，在我的立场上，只能解释一番，又不能说得太亲切了。自然这种不痛不痒的言语，怎样能挽回二位的归心？我就想着借一个机会，痛痛快快地说明，请你二位回去，可是我又没有这种勇气，一肚子委屈，只好憋在心里头。现在你二位既是把这事说破了，我就不必再忍住了；与其勉勉强强，还要二位跟了我走，二位自然心里不痛快，我也心里万分不安。往后一路之上，大家全把真心事搁起，互相的用一副假面具来敷衍，那才有些难受呢。而且敷衍的局面，也决不能久的，倒不如现在痛痛快快地分手，彼此都觉得轻了一副担子。"燕秋站在屋子中间，这样的说了一大串子的话，把费、伍二人全说僵了，站在屋子两边红着脸，只好望了她，那还有什么话可说。直等她把话说完了，昌年才把两只手互相搓了几下，因笑道："你的话，开门见山，是很痛快的。不过这样一来，我和健生，未免太不够朋友了。老实说，到了这种地方，谁也会想到江南文明之区的。可是一想到我们大家同来西北，多少有些患难与共的意味。于今把你一个人丢在这冷落的所在，我们依然回去享福，良心上也有些说不过去。”燕秋两手一撒道：“这有什么说不过去？你们送我到了这种地方来，已经是够讲交情的。若说是不忍丢我在西北受苦，这里是我的老家，我可以一辈子不回去的。难道你二位也好同我在西北，过上一辈子不成？”昌年道：“不是那样说，你若是果真住在西北不回去了，那是你的事情；告一段落，我们当然可以放心走开。现在把你送到半路上，前路茫茫，究是怎么一种结果，现在还不知道。若是我们把你丢下，也就等于……”健生两手同伸出来摇着道：“不用等于这个，等于那个了。好在我们在人情上讲，总是要把这件事告一段落的。我们什么时候做到告一段落，我们什么时候就走。燕秋不必谦逊了，我们也不必拘着什么面子，说绝对不回去。这告一段落的时期，据我想着，就是一个月到两个月吧！”燕秋听了，靠了桌子坐下，用手托了头，向他二人望着，彼此没有作声。她又微微地笑了起来。昌年道：“我说的话呢，或者有些曲折。像老伍所说，那是一点隐藏也没有的，你总可以相信了。”燕秋点点头道：“既是那么说，我就再烦你二位送我一二百里吧。我到了隆德，究竟是怎样一个结局，多少也可以看得出来。那么，二位可以安心东回了。我们就是这样一言决定，不必再办什么交涉了。”说着，站起来又是一笑道：是我忽然厌恶西北起来，愿意同二位再回南京，也说不定。我想，这是你二位最愿意听的了。”她站起来的时候，乌眼珠子半转着，半侧了脸，翘起了嘴角，露着半排牙齿。她在南京学校里，那种天真而又妩媚的样子，现在又露了出来了。

昌年笑道：“老朋友倒底是老朋友，有什么误会，一说之后，也就完全消除了。好了，你现在去计划着，我们还是在平凉再耽搁一天呢，还是明天就走？”燕秋道：“我想在本地也打听不出什么消息来了，明天就走吧。说到走，这就发生了问题了，坐汽车呢，路途太短，恐怕人家不愿意；若不坐汽车，改坐骡子大车呢，这样一截路，又要走好几天，恐怕二位不能耐。”健生道：“走了这样久的路，我们还没有尝过骡车的风味哩，我们并不限定什么时候，要到那里的，就坐骡车也好。”燕秋把右手托着下巴颏，单单地伸了一个小指头，去敲嘴里的牙齿，微笑着将身子晃了两晃，点点头道：“若是二位愿意这样走着玩的话，等我去打听打听吧。”健生道：“若是要打听的话，我们都可以出马的。这里就是汽车站，坐汽车是很好接洽。就是坐骡车，由旅馆里茶房去找，也不为难。”燕秋靠了桌子站定，那托了下巴颏的手，依然伸了一个小指头在牙齿上继续地打着，转了眼珠，露出笑容来。昌年道：“我看还是由燕秋出来接洽吧！因为她是本地人，说出话来，首先可以免得人家敲竹杠。”说这话时，就向健生丢了一个眼色。健生会意，也就不说了。燕秋道：“那么，我们决定坐骡车走了，我这就去问问看。”说着，她转身走了出去。当她跨过门槛的时候，还微微跳了一跳。在这一跳之间，把她那短头发一耸，耸得短发一掀，这很可以表示她心中是多么的愉快。健生笑道：“她究竟还不失那一片天真。”昌年将一只腿架在椅子沿上，两手抱着，偏了头想着，微笑道：“虽然还有天真，可是……”说毕，又摇了两摇头。健生靠了门站定，也在玩味他这句话的意思，微昂了头向天上望着。

却有一个穿短衣的人走了过来，笑问道：“先生！你们要上兰州去吗？”健生猛然地听了这句话，低下头看时，是个穿青色粗呢制服的人，手上拿了一顶青呢硬箍帽子，看那样子，倒像是一位机关上的人。这就想着：他或者是来调查旅客的。便答道：“对了，我们向兰州去的。”他一点头，低声微笑道：“有了车子吗？这里的车站上，他们是乱要钱的，至少也要三十块钱一张票。”健生道：“是吗？”他又笑道：“我们有一辆车回兰州去，还有四五个座位，若是你先生三位都去，我们便宜算，你给十五块钱一张票得了。而且你们三位，都可以坐到前面开车的地方。”他说到这里，那声音格外地低了。健生道：“我们同伴三个人，我一个人也不能做主。”他又挤进了一步，索性跨到房门里头来，向昌年道：“实说吧，我们是公事车，无论如何，明天上午一定要开走的。顺便带你三位回去，不能算油钱。你三位再少给一点也不要紧，就给十二元钱一张票，我也带三位去了。要不然，你坐营业车子去，没有二十块以上一个人，那是决不成的。”昌年向健生望了道：“这个价钱可以到兰州，何不叫燕秋来商量商量？”那人又道：“不能比这再便宜了。”说着，在身上掏出一盒大哈德门香烟来，一个人面前递了一支，笑道：“二位先生抽烟。”健生知道大哈德门香烟在这里比东方人抽大炮台牌子还要名贵，如何可以随便收下，把两支烟全退回给他,笑道:"我们全不会抽烟。至于车票这件事,那倒是好说。不过我们同伴一个人,他要到隆德去耽搁一两天,不直接就上兰州的。"他听了这话,脸上的笑容慢慢收去。可是还向费、伍二人脸上望着,因道:"十二块钱的车票,实在是再贱没有了。不过是你这三位,说一个多中取利,你就给一个整数三十块钱吧。"费昌年一听,心里就不住地暗笑:还不曾还价,他倒接二连三地减起价来,便点头道:"照数目上说,我们是没有什么话说的了。不过我们并不要一直就到兰州去。"他道:"不到兰州去,那也不要紧。我第一天早早地开到隆德,第二天晚一点走,你们要做的事,不也就做完了吗?"健生向昌年道:"人家真能将就,我们和燕秋谈谈吧。"那人听了,就向昌年道:"这样说,回头我来听个回信儿吧。"他脸上带了笑容,似乎是很高兴地走了。

费、伍二人对于这事,并不放在心上,他去了,自然也就算了。到了下午,燕秋由饭店外面走了进来,跑到这屋里,拍手笑道:"好极了,巧极了。不但找到了一辆大车,还有一辆骡车。他们正是由静宁带生意来的,现在把车子放回去,落得带了我们走。我们人坐骡车,行李放在大车上,路上多几个人,又可以壮一壮声势,岂不是好。"他们是在屋里说话,屋子外却有人接了嘴道:"公路上不许走大车的,走骡车也很勉强。"这话未免来得突然,大家都向窗子外面看了去,却是一位穿青布棉袍的人,在门外院子里徘徊着。大家不张望他,也还罢了,一张望之后,他索性取下了帽子,走近一步,向屋子里点了两点头,笑道:"三位要到兰州去吗?我也有空车子往西边去。若是你们愿意搭我的车子去,我只要你们八块钱一张票。"昌年笑道:"更加地减价了。再让下去,也许只要两块钱一张票。你们不是营业车子吗?怎么比机关里的车子,还要便宜?"那人叹了一口气道:"也没有办法呀!现在公路刚刚修起,不许走大车的。各位既省钱,又到得快,为什么不坐我的车子去?"燕秋道:"我们只到隆德,不上兰州。我们是坐公路上运东西的大车,分量又轻,公路上不会禁止我们走的。"那人见一点机会没有,这就只得垂头丧气地走开。昌年道:"据这两位汽车夫拉买卖的情形看起来,这就是与民争利的一幕惨剧。公家为什么这样看不通?"燕秋先是不解,昌年把刚才车夫拉生意的事一说。燕秋道："这倒不是官家与民争利，是那车夫假公济私，借了这个机会弄外花钱。不过这样看起来，私家营业车子，到底是可怜，他能挣一个，就少赔一个。现在我变更计划了，就坐汽车到隆德去。至多出到兰州的价目，也不过二十四块钱，他总也可以载我们去了。"正这样说着，那个穿便衣的汽车夫他又来了，在门外远远地站定，向屋子里点了几下头道："老爷！你们到隆德去，我也愿意带你们去，只是请你们稍微多出两个钱；因为在半路上是找不着生意的。"燕秋见那人长方的黄黑脸盘子，苦笑着耸起颧骨上的两块肉，臃肿的两只大袖子，拢在一处，向门里连连拱了几下。燕秋看了这样子，心里是加上几分不忍，因道："若果你真愿意载我们去的话，我们也可以坐你的车子去的。但是我们不能够只坐车到隆德，倒要出一笔到兰州去的钱。"那人道："那是自然。你们三位，到了那里，看一看应当给多少钱，就给多少钱好了。"他说着这话，慢慢地走近来，就进了房门。燕秋道："这里没有到兰州去的客人吗？"他皱了两皱眉毛，答道："这看运气，若是来得巧了，平凉没有什么车子，等上一两天，也许可以载一车客人。这回就不行了，除了公家有两辆车子停在这里不算，还有好几辆营业车子，停在平凉三四天，都没有开走。我又在兰州答应了人家一件事情，五六天之内，必要去办。我们跑一趟平凉，现在总不过赚一二百块钱，除了汽油人工车捐，剩余不到四五十块钱，一辆车子，总要两三千块钱的本钱。一年至多跑二十多回，跑两年，车子也就坏了。所以我们车子放回去，总要再挣几个钱补贴补贴；要不，这两三千块钱的车本，也许就捞不回来呢！"燕秋道："既然如此，你们为什么还做这生意？"他道："当年西兰公路没修得好，车子又很少，车子由西安跑一趟兰州，总可以挣一千多块钱，那是好生意。就是平凉到兰州这一截路，遇到了机会，也可以挣五六百块钱的。现在有了公家的车子，他们把票价便宜下来，我们也不能不减价。以后公路全通了，有那载客的座位车，我们这运货车，更没有人坐了。趁着这个时候，我们就应该快快地挣几个钱，捞一个是一个。"燕秋点点头道："你这人倒句句说得是实话，我们就坐你的车子去吧。你要多少钱？还是你自己说出来吧，你不说明价钱，我们是不肯坐你们的车子的。"那人见这些人全是淡淡的样子，踌躇了一会子，苦笑道："我实说吧，我已经找得了两个到兰州去的客人,他们共出十六块钱;若是你三位能出十四块钱,凑成三十元的整数,我心里就痛快了。”说着,他又笑了一笑。燕秋笑向费、伍二人道:“二位看怎么样?”昌年道:“好在每人只四块多钱,这倒也无所谓。”那人听了,满脸都放出那快乐的样子,在各人面前,作了一个揖,笑着道:“这就感激不尽。明天我一早就开车,务请各位不要再答应别人了。”燕秋道:“你若不放心,我可以先付你两块钱定钱。”他摇手道:“那倒不必。你没有看到我的车子,又不知道我是谁,我拿了你的定钱走了,我明天不来,你们到哪里去找我?只要各位先收拾行李,我明天一早来奉请。前面院子里有辆车子,车头上漆着黑漆,车上罩着油布,那就是我的车子。若是诸位有什么不要紧的东西,先放到车子上也可以。我今天晚上,就到车子上去睡,也好替各位看守。”燕秋笑道:“你不要我们的定钱,又想我们先拿东西到车上,说话怎么这样颠三倒四?”那车夫听了,这倒不由得红了脸。接二连三地作揖,连说不敢不敢,这就走了。

燕秋皱了眉道:“你们看看,这年月干什么都不容易!”昌年笑道:“私人谈建设,那总是比不上公家的。办不好,白费气力;办得好,公家照样来一个。它有钱有势力,和你竞争起来,你的事业,总是让公家合并了去,算是为人家白忙一阵子。你觉得我的话怎么样?”说着,望了她的脸。燕秋低着头,用手微微地摸着脸微笑着道:“我并不回西北来办建设,怕什么?”正说着,那个穿制服的汽车夫又在门口一闪,却伸进一个头笑道:“三位的话,我已听到了。若是愿意坐我们的车子去,你三位一共给十块钱好了。”燕秋这就不由得红起脸来,因道:“你们也太看不通,你们哪里不挣钱,只管同做生意的人抢些什么?你再等一半天,不怕没有生意。人家急等了回兰州去,想补贴几个血本,你就抬高一点手,放人家过去吧。”说时,手按了桌子,直看了门外。那汽车夫偷看费、伍二人那气势昂昂的样子,也猜不透是怎么一个来头,口里叽咕了两声,掉转头就走了。燕秋笑道:“对于这种人,我们只有和他不客气。”说着,用手轻轻地拍了胸道:“倒让我痛快了一阵子。”这样一来,大家又恢复了有说有笑的态度。

到了下午,程力行也到这里来了一趟,但是他只说了十几分钟的闲话,并没有怎样耽搁,就走了。

到了次日早上,天微微地有些亮色,昌年开了房门出来,就见那个穿长衣的汽车夫,捧了两只手膀子,在地上蹲着。看到人出来了,立刻迎上前笑道:“先生!你起来了,不忙,我们今天赶到隆德那总是很早的。”燕秋也开门出来了,笑道:“十几块钱生意,你倒看得这样重;我若是失信于你,早就坐了别人的车子了。”汽车夫听说,这就连连地拱手道谢。到了这时,大家是没有什么犹豫了,就坐了这人的汽车登程。连这车上另外两个搭客,共只五个人,所以大家却是很宽敞地坐在车上。这车子是辆纯粹的货车,前面一点点是司机人坐的车篷,后面拖了一大块板子平铺着,那是车身;车板子四周,竖立着几根棍子,在棍子上用绳子拦成了网,做了遮掩,客和行李,都在这网篮里面。虽然这网脚下,还有一块一尺多高的板子,可是旅客真要由车上摔了下去的话,这板子是不足以拦阻的。出了平凉的西关,便是一道浅河。那河上,虽是有一道木栏杆的石板桥,可是中间让水冲断了两截,车子只好横河直过。这河里水是黄色的,又看不到深浅。车子开到黄泥滩上,便停下来,司机生跳下了车,就四处张望着车辙,看看河这边,又看看河那边,注意着去路和登岸的路口;又看看河里水浪大小,猜着水道深浅,然后才开着车向河里直冲了去。所幸车身还高,车子开到水最深的地方,那水还差得两三寸才淹上来,只是那水起着浪花,在车身后面倒卷着,只管向车板上乱溅。车子在河中间的时候,大家睁了眼望着那浑黄色的浊流,呆了面孔,全说不出话来。及至到了河那岸上,大家才干了一身汗。昌年摇摇头道:“这真是盲人骑瞎马,夜半临深池的玩意。”另两个搭客里面,有一人靠了行李,半躺半坐地在抽旱烟,态度十分自然。他衔了旱烟嘴笑道:“这算不了什么!当年这条路上初通车子的时候,整车的人,翻到崖下去,那也是常有的事。一半是为了路不好,一半也是为了开车的人,练得不大熟习。现在是不会有这样的事了!”昌年道:“既然坐车那样危险,应该坐车的人很少了。”那人答道:“坐车的怎么会少?由西安到兰州,要八九十块钱一张票,坐车的人,还是抢着要位子坐。”昌年道:“怪不得这车夫只要这点点便宜的价钱,原来车子走得这样危险。”前面的汽车夫,似乎听到了这话,隔了玻璃窗子接二连三地回头望着。健生道:“喂!你不用向后看,前面望路要紧,仔细把我们翻到崖下去了。”说着话,车子走上了青草平原。

平原上断断续续地,露着短行列的左公柳,两边的土山,虽依然带了那淡黄的病色,可是并非逐层开了方块田的,所以给予人的印象,并不怎样的恶劣。由这里更再向前走,便看到一排青山,挡住了去路。由西安向西以来,虽然有时也看到一两处带青色的山,但只能远看,到了近处,依然露出那黄色的土质,没有一些动人的情趣。现在这里的山峰,一字并排着,倒有些翠屏风的意味。山峰虽是平迤的,可是山向下的坡度,屈曲不是一直的,也有一点变化。山不过二三里路高,由山顶直到山脚,全是青翠的小树林;密的地方,飞不进鸟去。山脚下是块青草地,直达到对面的山脚下去。这两对面的山,夹着这一块草原,地点是越来越小,到了最后,就成了个小山缝。靠北的山峰,形势是陡峭的。下方也露出整千里路所不看到的石壁和参差不齐的崖石,在石壁下就有一条流水,碰在石头上,淙淙作响。靠南的山峰,形势是平和的,山脚下有一大块草地;草地上,突立着一片白杨树林子;这白杨树的年月,大概都很久远了,树身有斗那般粗大,直立着七八丈高,上面的枝叶,风吹得呼噜呼噜作晌。白杨下面,也夹杂着一些别的小树,高下相差得很远,越觉得这白杨树林子是西北少见的。在白杨树林子过去,一排有三幢瓦房,屋后的小树林子,和山上的草木相接。昌年道:“这不但风景像江南,简直有些西湖里山的风味。想不到在黄土原上,会发现这样一个好地方,这里叫什么地名?”一个搭客道:“先生!这个地方,你怎能够不知道?这就是有名的三关口呀。”燕秋道:“哦!对了!我仿佛有点儿影子。三关口的里面,还立有一幢石碑呢。”那个搭客道:“石碑不就在那屋边下吗?”大家抬起头看时,果然有一幢石碑,立在去大路不远的地方。那汽车夫把车子打住,由小窗子里回转头来道:“各位要看那碑,我把车子开到石碑下去,让各位看吧。”说着,果然把车子开了过去。

大家看那碑上的字时,却是董少保故里。车夫道:“这里没有什么看的,那口子上有个六郎庙。我把车子停下,让各位去看看。”昌年道:“什么叫六郎庙?”车夫道:“就是杨六郎延昭。有道是杨六郎把守三关口,就是这个三关口了。”健生道:“哪有这么一个杨延昭?”两位搭客,异口同声的辩论,说起是杨继业的儿子,怎么没有这个人? 正辩论着,车子顺了这个山冲向前开走。走到前面,那两面的山峰,挤到了一处,就只剩下一条山涧,夹在下面,并没有草原。那山涧里的水,在山嘴子外,由南向北,猛可地冲来;冲到北山的峭壁下,哗啦作响,然后一个猛跌转弯,顺了山夹缝,由西向东,所以合了水不得其平则鸣那句老话,响得很厉害。北山石壁上,凿了几个佛洞,虽然山不十分高,可是那边的山顶和这南边的山顶对立着,犹如两堵夹道的墙头一样。汽车顺了南山山脚走,到了这里,路头上,伸出一个大石嘴子,立在山涧上,把去路拦住,又当着刚好路势转弯的所在。车子到了这里,擦山石过去,稍微大意,就可以落下山涧去的。

那车夫望了那石嘴子,远远地就把车子停了,叫道:“各位先生! 都下车来吧。”大家不明他的用意所在,也都跳下车来了。车夫下车,向石嘴子的小山峰上指着道:“那上面有一幢庙,就是六郎庙。各位若说我是骗你的,上去看看,就可以知道了。”大家听着,这就想了,不管真假,好在已到了庙门口,就是空跑上山去一次,也不吃劲。因之由燕秋领头,就径直地走上去。这小山上有个平坡,迎庙门一堵照墙拦住,上面倒是嵌了两块很大的石碑,只是大家急于要进庙去参观,也就没有心去看那碑文。照墙对过,是一方八字墙门,并不怎样的破旧;门洞里像别的庙一样,左右有那牵马的马童塑像。再进正中的院子,正殿虽不很高,倒也收拾得很整齐,似乎还是油漆未久的。神帐里面,塑的是关羽的偶像。矮矮的屋檐下,似有似无的,飘荡着一缕青烟,这倒更增加了这山庙里的凄凉意味。一张佛案列着一对石烛台,一个铜香炉,沉寂地立在殿中。在庙的殿梁上;垂了横帔,本来是黄色的,现在被太阳光晒着,变成了淡色,稀薄地像网纱一样,在半空里飘荡着;这就把那神帐里的丈二偶像也衬托得格外地镇静。人肃静地立下来,就不觉地看到两廊下两个四五尺高的泥塑偶像,全是戎装的。屋檐下都悬了一块横匾,一面写着六郎殿,一面写着七郎殿。那六郎的偶像是白脸黑须,手上捧了一柄宝剑;七郎是青脸无须,手上拿了一根狼牙棒。这两边的偶像,全立在一座泥砌的神台上,并没有什么陪衬。他们是挺直了身子,有些和人斗争的意味。这里两廊,就是两个神座,空洞洞地没有一点别的东西,只是那院子里的冷风,向满廊子底下吹着。

大家站在屋檐下,对于偶像打量了一番。燕秋道:“不要看这里是荒僻地方,你看这泥塑的神像,竖着两道眉毛,睁了两只大眼,嘴微张着,像有话要吐出来的神气。这一套手艺,确实不错。还有那拿武器的两只手,筋纹都要由皮肉鼓胀出来。”昌年道:“这地方前后好几十里路都没有村庄,单独地立上这么一个庙,这是什么意味?”那一位搭客道:“这里就是古来的三关口。我们中国和番邦交战,古来就在这里设下关卡。这一条路上,有三座关城,所以就叫作三关口了。立庙在这里,是纪念杨家将的。”昌年听了这话,却向着健生微笑。燕秋道:“你倒不要说这是不经之谈,这里在六十年以前,实在是很险要的地方。由这边山夹缝里进来,到那边山夹缝里出去,共是二十五里路。这二十五里路,全是在乱山深草里,只有徒手的人,可以从容走着。西北是以骡马大车当作交通利器的。到了这种地方,就骡马大车,一齐失去了效用。所以唐宋年间,西边有了什么国防问题,老早就要把这三关口封住。然而这是取守势的,对外用兵,全感着不便。到了明朝手上,在平凉、兰州之间,用了几次大兵,实在觉得由关里向外搬运粮秣,十分地困难,因此由明朝的常遇春到清朝初年,都把这里的山道开了一开。那也不过是顺了山势上下,将路面放宽一点而已。到了左宗棠平西,他是为国家做百年大计的,只在他栽三千里的杨柳上,可以知道他对于西北边防,注意得很远。他到了平凉,看到三关口的山道崎岖,不但阻碍了兵事,而且也很阻碍文化,就决计改良一下。这是因为新疆已经收入了版图,甘肃已是内地,不必要这种关口了。那是他用了很多甘肃人才,听他们的话,知道这一带的形势,尤其是一位董福祥大将,帮他的忙不少。”燕秋一面谈着,一面走出了庙外,将手四面指着,笑道:“你们看,这一条路是在山缝里钻着,而且很平坦,哪有天生得这样现成的?”昌年拍手道:“这一说我就明白了。那一块董少保故里的碑,原来是指着董福祥。书上都载着是宁夏人,怎么他的老家在平凉的三关口呢?”燕秋道:“这话很难说了。我们这里人,都承认他是平凉人的。本来他年幼的时候,是一个土匪头子,由宁夏三边,蹿到陕西,受了招安,在甘肃一带都驻防过。后来他带了回、汉兵几万,打平了新疆的乱事,攻下迪化,平定了和阗,是清朝末年立远功的第一个人。八国联军那一回,华兵望风而逃,只有他抵抗过了一阵。所以外国人脑子里,都有这么一个董福祥;可见得好汉不论出身低。光绪帝对他是十分信任的,依了联军方面的要求,议和的时候,把他贬为平民,亲下手诏安慰他。因为他不认得字,光绪帝拿出手诏来念给他听;念诏的时候,光绪帝坐着哭,他也跪着哭。"说到了这里,燕秋叹了一口气道:"听说他做平民的时候,到过这里。这块碑,也许是因此而立的。"健生笑道:"你这一段题外文章实在是长。因为说得激昂慷慨,我没有敢拦阻你。现在,应该请你说一说左宗棠开这里山路的话了。"大家说着话,一步一步地走下了山坡。

山坡脚下,便是那条浊浪翻腾的山涧。大家站在山涧上,迎了山口子里的风立着。吹得头发衣襟向后飘动。燕秋指着水由口子里直流向东方的大山谷里,因道:"水这样东西,总是会挑着低下的地方流去的。左宗棠就借了这条水路,索性把水两边的陡岸,一齐给它放宽,就成了现在的样子了。那个时候,不知道用炸药开山,完全是用人力挖开的。据传说:他用了五万名兵丁,挖了半年,居然把这二十五里路的山夹缝开得可通车马。我们不要随便说一声五万人开山是件小事,这一种工程,也没有仪器测量,也没有详细地图,就是这样凭目力估计着,安顿五万无知识的兵丁,在前后二十五里的乱山上,随便挖掘,这工程实在是艰难的。你只想,凭五万人的力量,这山路还开辟了半年,那情形也就可想而知了。以前的人对于什么事,全是去笨干,到现在,我们自然可以笑他们无用;可是到了现在,世界上什么上天下地的机器全有了,可是在中国公路建筑上,找这么大一个工程,还不多见呢。听说这里到了民国初年,路又不好走了;后来有一位总司令,也是蛮用兵力,来凿开西北交通。又在这山缝里,很费了几个月工夫,平整了一番。要不然,西兰公路这一段的工程费,那是太可观了。"健生笑着道:"燕秋真是遇事都留心。我想这些话,必定都是那位程工程师随便和你谈天谈出来的,你听得之后,说出来就头头是道了。"燕秋红了脸道:"这也是很平常的事,谁不知道?"她说着,就低了头,用脚下的布鞋尖子,把路面上的零碎石子,踢到山涧水里去,眼望那石子溅起来的小浪花。昌年正站在她的侧面,在她身后,向对面的健生看了去,笑道:"你是忘了燕秋是这地方的人了。你想:这就走到她的家门口了,对于这里的故事,她还有什么不熟悉的吗?”健生忽然省悟起来,便笑道:“我实在是高蜡烛台,照得见人家,照不见自己。”燕秋的眼光,本来继续地射在山涧里的,对于他二人的话,都不怎样的注意。过了一会,她才抬起头来,笑道:“这水打在石头上,你听这当哩当啷的声音,可有个意思。就是为了这水的声音,这三关口还有个名贵的名字,叫作鸣筝峡。”昌年笑道:“论到泉水声,原是不足为奇的。我们在江南,什么奇奇怪怪的泉声,也都听过,唯有在西北可以听到泉声,依然是一件稀有的事。”燕秋摇摇头微笑道:“这些事,在江南自然是不足为奇的。西北人也不靠这个来挣面子,单是这里二十五里山路,用人工硬开出来的。在别个地方,也许还不容易找到吧?”她说着,伸了一伸大拇指,表示着她那分得意。这也可以知道她对于路工这件事,依然是很感兴趣呢。

第三十三回　山路御风行停车惊寇　峰头挥雪坐闻铎疑仙

在好的环境里,人类是可以免除许多烦恼的,唯其是烦恼减少,所以人与人之间,也就增加不少的原谅。燕秋尽量地去夸张三关口的工程,费、伍二人,虽是感到有些奇怪;但是大家在赏玩风景之下,心里感到一种愉快,把燕秋的言语,也就揭过去了。

恰好在这时,那个汽车夫站在一边,故作惊人之笔地,搭起话来道:"在这个地方,我遇过土匪的。你们看,这山顶上,若是有一个人向下开枪,我们还跑得了吗?"大家都早已听到说过,三关口是个出强盗的所在,再一听到了他这句话,都不由得吃上一惊。向他手指的所在看了去,就是汽车路转过山脚之处,上面两面的山头对峙,夹住了这下面山涧上的路,犹如一条长巷,加之那山崖上,又长了很多的蓬松绿树,有人藏在里面,下头是仰看不到的。若是由上面对下开枪呢,是一尺躲闪的余地也没有。不揣摩还罢了,一揣摩之后,真仿佛着有人在山顶藏躲着一样。大家脸上,都变了颜色,向那山顶上望了。汽车夫笑道:"于今说起来,我还有些心惊胆战呢。那一年是个秋初天气,山上树叶子还没有落脱,车子开到这里,我们照规矩,是连气也不敢缓一下,开了车子直跑的,可是刚到这山坡下,这山顶上早是啪的一声,放了一颗子弹过来。我不要命,客人还要命呢,只好把车子停了。车上的客人都下了车,有两个穿长衣服的先生,我们原来是想不到他是干什么的,他就一阵风似的,就跑到庙门口石头坡上躲着。其余的客人,都呆呆地站在路边上,等候土匪下来。不多一会工夫,果然由山上跑下来两名土匪,手里一个拿步枪,一个拿盒子炮,挺了胸脯子,瞪了大眼睛,直奔着我们面前来。我们都是直立着,哪里敢哼上一声。那两个人,也是顾前不顾后,只管这样的对了我们跑。不料石头后面,啪啪地放出两声响,早把那个拿步枪的打倒在地;原来在石头后面的这两个人，就在这时，跳了出来，大声喝着道：告诉你二个人，不许回转身来看，回转来我就开枪。他这里说的两个人，其实只一个人；那另一个躺在地上，已是不会动了。那个拿步枪的，是倒在这人前面的。枪声又听得那样的真，知道情形不妙，只好站住。这我们才看得清楚，那两个藏在石头后面的客人，都拿了手枪跑出来，走到那土匪后面，紧对了他的背心，逼他放了枪下来。后来就问他：山上还有多少人？他说山上没有人，就是他两个人干的事。那两个客人说：不管你是多少人，现在你绑不到我们，我们要绑你们了。没有别的，你陪送我们出了三关口，放你走开，如其不然，我们这车子，在那山口上跑不过去。那强盗没有法子，交出了枪，陪着我们的车子，走过了这山口。后来我们这车上的客人，全谢那两位客人的钱，他一个也不要。问他干什么事的？他也不说。”昌年笑道：“这两个人，大概是侠客吧？不过我们这一车人里面。共同只有五位，我们三人，绝对不是侠客。还有……”说着，望了那两位搭客，那两人也哈哈大笑起来。健生笑道：“玩笑是玩笑，正经是正经，我们也犯不上在这地方只管耽搁下去。”谈话谈到这种时候，恰好这山谷里，并没有另一组行人发现。空荡荡的一个绿壑，只有涧水潺潺声，和树木瑟瑟声。大家莫名其妙的，全发生了一种恐怖心理，勉强地带了笑容，拥上车去，就开走了。

汽车在这山谷里果然驰逐了二十分钟，方才出来。一出口，便有一个小小的乡镇。燕秋笑道：“现在有了人家了，二位心里要实在得多吧？”健生笑道：“并不是我们特别胆小，你看，当我们进了潼关以后，问起路上有没有土匪，人家的答复，都是说：现在太平得多了。可是要说路上一定没有土匪，谁也不敢保这个险。有人索性说：土匪是不能绝对没有的，不过有也是偶然的。谁能躲开，谁会碰着，那就是看这人的运气。我们知道我们是什么运气，怎能说丝毫不担心呢！”燕秋笑道：“若是那样说，你就更小心点吧。我们今天要在六盘山下吃午饭，这六盘山就是一个有名出土匪的所在。”那一个搭客就插言了，笑道：“论到六盘山，现时倒没有事了。因为他们公路上常有人在山上做工，热闹得很。再说现在山两边全有保卫团，山上有了强盗，若是作了案子，他们可就没有法子跑。现在有好几个月了，没听到说山上出过事。”燕秋笑道：“但愿如此就好。我们虽没什么东西，各有性命一条，碰上了一下枪子，就不能保险。”昌年笑道：“真是不保险，那倒好了；就怕是能够保一点儿险，受了伤，又没有性命之虞，不医治吧，让人活痛死不成？要医治吧，这附近可没哪个城市有医院，还得把人拖回西安去。所以我的意思，遇到了强盗，他肯不下毒手，只要钱，不害我们的性命，那是最好；若是他要开枪，那就对他说：请他来个痛快，对准脑门子，一枪送终。”燕秋笑道：“你也未免说得太丧气一点。”健生笑道：“见了强盗，我倒有个主意：老早地就跑了开去，躲在别的地方，然后绕到他们后面喝着说：你们不许回转身来，若回转来，就给你一枪。”那两位搭客，见他们说来说去，都说是要碰到强盗，全是很不高兴，皱了眉毛，坐在车子角落里。昌年首先发觉了，向健生丢了一个眼色，就不再谈这件事了。

汽车一路走着，不断地经过了一些土山岗子。于是沿了一道山脚，直走到一群左公柳下，远望到两座高峰，迎面而起。这柳树下一条人行大道，和公路并行向前，人行路却是走了两峰下的深谷里去。这深谷里有一条干河，河两岸，靠山列着几十户人家。燕秋叹了一口气道：“唉！又到了我一个伤心之地了。这就是六盘山下的和尚堡。”昌年连忙接嘴道：“哪里是六盘山呢？”燕秋道：“靠北那座高峰，就是六盘山。”昌年向那山看去，虽是光秃秃的，并没有一棵树木，但是究竟和一路所看到的土山不同。这上面并没有开辟出方块子麦田来，全山面都长了蒙茸的青草，有些陡峭的所在，也露着赭色的山石；只是一峰突起，略觉得挺拔。看去，约莫有二三里高吧，这就不由得咦了一声道：“这可奇怪了！谁都知道六盘山拔出地面五千多尺，应该是比华山还要高上许多的，何以也只是这种平常的样子？”燕秋笑道：“你要知道高出地面五千多尺，这是指海面而言，不是指我们汽车跑的地面而言。现在我们踏的地面，一样是高出海面几千尺呢。”正说着话，汽车便停在上山的路口上。汽车夫跳下车来，向大家道：“各位肚子饿了没有？若是饿了，就在这山边和尚堡吃饭；要是不饿，趁着太阳正当顶，我们跑过山去。那边山脚下，也有个市镇，比这里还要热闹些。”燕秋说道：“当然到山那边去吃饭，现在我们不饿。”说着，又回头向费、伍二人低声笑道：“不瞒你说，我在这和尚堡受得刺激太深，我不愿在这里多耽搁。”那汽车夫认为燕秋是他们这班人里的领袖，她说了要过山吃饭，这就跳上车去，又开起车来。

这个山，既是一峰突起的，坡度自然是很陡。汽车跑得那么快，又需要一丈多宽的路来走，不但直上直下是不可能，便是路转弯的地方，势子太急了也转不过去。所以这山上的公路，全是做之字式的。先向西一直进，转个弯，又回转向东跑来。在这种一来一往的当中，便高升了若干度。当汽车这样转弯上升的地方，燕秋就高声报一个数目，一直数到十八个数目的时候，公路升到了半山顶上。燕秋隔了窗户，招呼汽车夫把车停住。汽车夫倒是把车子停住了，因回过头来道：“小姐！我们一口气开过山去不好吗？为什么要在这里停着。”燕秋道：“我们在平凉出来的时候，不过是加了一件毛线褂，现在不行，我身上有些冷了。女人向来是不怕冷的，现在连我也怕冷了。我这两位同伴，一定受不了，所以我要求你停一停车，我们好来加两件衣服。”汽车夫道：“我早就说了，请各位罩一件皮袄。六盘山上，遇到刮大风，五月里下雪，也不算奇的。既是各位怕冷，出门的人，是要多多保重的，那么你们就快快穿衣服。”燕秋向费、伍二人道：“你二位觉得怎么样？”昌年笑道：“冷呢，还不大十分难受，只是我这两只耳朵，不知道什么缘故，里面只管乱叫。”健生笑道：“这是山上和山下气压不同的缘故。”昌年道：“平常我们上山，比这高的，也上过无数次，何以耳朵并不响呢？”健生道：“你忘了这次上山是汽车吗，平常上山，是一步一步走上来的，慢慢地变换着身外的气压，当然不知道。现在是在很短的时间，由空气浓厚变到空气稀薄，耳朵里越灵敏是越会感觉到嗡嗡响的。”说着话，大家开了箱子，都加上了一件皮大衣。燕秋笑道：“趁着天气还好，我们先照两张相，好不好？”健生道：“当然的。这种有名的地方，不留一点纪念，到什么地方留纪念去？”说着，把挂在身上的相匣端在手上，就跳下车来。他笑道：“同车到这种地方来，总是难得的事，请各位在车上的人，都下来照一张相吧。”汽车夫听说照相，也随着跳下车来。于是大家拦住汽车站了一排，照好了相。

昌年站在一边，向山下看风景，这才看出妙处来。山脚下的平原，拥着一重重的村子，仿佛是叠在地上的小玩物。人行大道两行柳树，犹如两行长草。这山上开的公路，或隐或显，横在脚下山崖上。抬头向上看去，公路硬挖去一大片山崖，成了面前一段平路。那山崖被挖得陡峭了，露出青赭色的石头；石头都是一条条的裂着直纹的，兀自不时地向下脱落。在路上两边，全是这种石头屑子，因为这种石头，十分不结实，一砸就变成粉碎，他就随手拾起了一块石头，在石壁上砸着，硬碰硬的，果然石子儿四处乱飞。燕秋笑道："老费！你感到有兴趣吗？"昌年笑道："有兴趣！刚才汽车开着跑的时候，越来越高。向下看着，身子犹如是在半天云里一样。那底下的风景，又时时刻刻变换，这没有坐飞机那样危险，可是腾云驾雾的滋味，总是相同的。"燕秋道："这是现在受物质文明之赐了。你看，我们不到多大一会儿，就到了这高山上了。以前没有公路的时候，骡马大车，要上到这山头上来，那就可费大了事了。"昌年道："听说成吉思汗的坟墓在这山顶上，我们抽空去找一找，好不好？"燕秋道："那是人家骗人的话，成吉思汗的墓，现时还在绥远，去包头不远的地方。见过的人，多着呢，怎么会到六盘山上来？不过他当年打仗到过此地，那倒是真的。据说他就在这山上避过暑，以前这山上有一座庙，人家说是避暑行宫的遗址，于今庙没有了，这遗迹也无从去寻找了。"正说到这里，呼呼地有一阵风迎面吹来，觉得身上冷飕飕的。燕秋抄住大衣道："开车走吧！你看这天上的云，现在又铺张起来了，闹到不好，真会在山上赶到了雪。"

一言未了，只见山头上两个空手的短衣人，形色仓皇，飞跑下来。大家看到他这样子，全吃了一惊，睁着眼望了他们。其中有一个人摇着手道："山顶上有强盗，去不得了。"这一个报告，来得不妙，立刻把各人的脸子，都变着苍白。健生身上挂了那个照相匣子，用一个皮套子套了的。他看到就走到健生面前问道："先生！你是保卫团里的人吗？有你三个人带了家伙，就可以上去。他们两个人，只一个人拿枪，一个人拿棍子。"昌年抢向前道："两个强盗就敢抢你们吗？"那人道："我们空着手，他们为什么不敢抢？"健生道："没伤人吗？抢了你们什么去？"那人两手一撒，苦笑道："我们是苦人，他也是苦强盗；他要我们拿出钱来，我们没有。他说没有钱，有什么干粮给他一点，也可以放我们过去。真是巧，我们身上偏是连一撮干粮也没有，这就招恼了这两个强盗，拿棍子打了我们两下；把我们赶的两只骆驼,都牵了去。我们两手空空,只好望了他走。可是他真把我们两只骆驼牵去卖了,我们也认为他是应当,就怕的是他把这骆驼牵到山里去,自己饿不过,会把骆驼杀着吃了。"昌年笑道:"骆驼丢也丢了,你管他是吃还是卖。"那人道:"这两匹大牲口,我是很欢喜它的。虽是丢了,留住它一条性命,我心里也安慰些。各位老爷！你们有汽车,要追上去,也许还可以追得着的。"他三人在这里说着话,那两位搭客听呆了。一人叫起来道:"你倒说得出这种宽心话,我们躲开还来不及呢,跑到山上去追强盗干什么？难道他们和我有仇吗？我们赶快下山去吧。这和尚堡有保卫团,等他们上山来把强盗追走了,我们再过山,要不然我们没有那胆子。天下有肥羊钻到狼群里去的吗?"燕秋也道:"既是前面有土匪,我们不是剿匪的军队,哪有赶上前去之理。可是停在山上等土匪走了再去,也未免太笨。我们就把这两个人送下山去,把保卫闭的人迎接几个上来,就可以大胆地过山了。"健生道:"那也只有这样办了。"于是大家依了这个决议案,把车子开回和尚堡去。

到了山口上,那两个被劫的人,疯狂了似的,跑到村子里去报告。不多大一会子,他们引着四个保卫团丁来了。那四个人并没有穿什么制服,只是破烂的短棉袄棉裤,脚下穿了臃肿的大梁鞋,腰上系了一根蓝布的子弹带,肩上背了一根步枪,抢着跑上车来。在车上的这些人,本来还在等着,没有下车去。这四个保卫团丁,跳上车之后,立刻向汽车夫叫着道:"开车开车,快上山去!"那车夫看到四个团丁,身上有枪,不敢违抗,只好扶了轮机,开车再向山上走。到了先前停车的所在,那两个搭客,在车子上跳了起来,只管叫道:"不能再过去了。再走,我们就跳下车来。"那四个团丁,倒表示着同意,笑着吩咐车夫,把车子停下。他们却没有什么介意的样子,背了枪,向前飞奔。大家坐在车子上,这时都有一种说不出来的情绪。各人脸色紧张着,彼此对望,并不说一句话。过了一会子,只听到遥遥地两三声枪响,此外也没有什么动静。

这样过了一刻钟,后面却有一辆汽车,跑上山来,车子挂着机关的标志,正有好几位穿灰色制服的人,坐在车上。那边的司机生,看到了这里停了一辆车子,也把车子停住,就问道:"喂！朋友,短什么不短?"这边汽车夫答道:"多谢多谢！并不是车子坏了,山顶上情形不好。刚才劫了两个拉骆驼的,已经有四名保卫团丁,赶上前面去了。”车上的兵道:“有这样的事?我们上前去,你们随后来,决不要紧的。”说着,那车子就开得很快地,冲上前去。昌年道:“这位开汽车的,倒有些侠义之风。他看到我们的车子停了,以为我们车子坏了什么,等着修理,所以问我们要什么不要。”汽车夫道:“这是内地长途汽车的规矩。看到别人的车子停在路上,一定要帮一帮的。其实他就不停车不帮忙,那也不能怪他,这不过是我们在同行上一点义气。”燕秋道:“既然如此,我们这车子,也就可以开上去了。他们有那胆量,肯冲上前去开路,难道我们在后面跟着的本领都没有吗?就据那驮夫说:那山顶上也只有两个土匪,我们来了这么些个人,土匪还敢抵抗不成。依着我的意思,现在就跟了过去,比在这里等着,危险还要少些,到了这半山上了,一冲就过去了。要不我们退下山去,今天不过,明天要过;明天不过,后天要过,总是要过去的。现在冲过去了,大可以没事。到了明天再走,也许土匪又要来,这就难说了。”她这样反复地说了一遍,大家都觉得有理,于是汽车夫就由着她的意思,把车子开足了速度,向上奔去。

燕秋没有忘了数这山路的来回层次,由山脚一直到山顶,共是二十二条曲线。据汽车夫的意思,是要立刻就开下山去的。但是大家看到四个保卫团丁,正在路边站定,料着无事。于是也就停了车,大家下车来,向团丁问话。据他答说:“这算不得土匪,不过土匪帮里流落下来的两个小伙计。他们下山去,是怕保卫团拿住;在山上又冷又饿,只得冷不防的跑出来,找一点粮食,依然远远地躲到深山里去。久而久之,他们等不上大帮的人,也就只好逃走他乡了。所以刚才对天空放了两枪,把他们吓走了事。这山上,虽没有树木,可是弯弯曲曲,也就牵连着很远,三四个团丁,也无法去找他们。”你们现在放大了胆过山吧,我们是在这里等着你们的呢。”车上的人听了这话,都觉得这四个团丁,保护周到,大家商议了一阵子,共凑了两块钱犒劳他们。他们更是欢喜,就说:“这就是六盘山顶,当年成吉思汗,在这里设下了避暑行宫。你们带了照相机子,何不在这里照两张相片?”健生道:“现在有四个背枪的在这里保护着,料定也是没事的了,我们伏在山顶上走一截路,让车子开到前面去等着,大家意思如何?”燕秋道:“我虽走过了六盘山一次,那时还是旧大车路,我看得不怎样清楚。现在春末夏初,满山野草,正长起来,正好游览游览。我赞成你这个提议。”她如此一说,大家就不再作异议,让汽车先走了,大家随后步行。公路到了这里,已经是山顶上了。但公路不能一直地开上最高峰去,所以在峰尖下面,用炸药炸开了一条石巷,让车子较为平坦地经过。在这石巷里,也许是工程很难的缘故,仅仅只有一辆大卡车,可以通过。昌年在没有进这巷口的时候,就估量了一阵子,因道:“怪不得这地方出强盗,这里有几个人把守路口,向对过开枪,就算是来的人多,也没有法子可以上前。三关口虽险,可不像这里,危险是临在眼前的。”说着话,回头看看,只有来的一小段公路,随了山势,可以看到对面的山峰,挡住了向南望的视线。由山上向下看,平原已经藏到谷底去,被层层的山崖遮住了,举目四望,只缺了向东的一条峰口;其余全是峰头,山峰上没有树木,也没有瀑布,只是那焦黄的土色,和深赭色的石头。崖下的草,倒是长得很密。但由远看去,却是不见什么,不过一些深绿的颜色罢了。这露骨无毛的山头,在寒空里包围着,是让人说不出一种什么滋味的。恰好天上的日光,已经被云遮挡住了,立刻人感觉到在凉坛子里走着。昌年忽然失惊道:“下雨了,怎么办?”这一句话提醒人,才觉得扑扑簌簌,落下了一阵很大的雨点。好在那雨点虽大,却是很稀,所以这雨落着,不怎么让人恐慌。

约莫两三分钟,这雨又止住了。昌年道:“这倒很有趣,雨不知道是怎么来的,亦不知道是怎么去的。这山头上的天气,倒是另有一种境界。我们在这里再耽搁几分钟,好不好?”那两个搭客都苦笑着,一位道:“你三位先生!游山玩水的兴致,真是很好。”健生道:“不要紧,强盗也不是神仙,有了保卫团把他吓走了,他不能那样神机妙算,知道我们在这里,又跑了回来,再说,他也没有这样大的胆。”正说着,在这石巷子里,呼呼地吹来两阵冷风,大家都不免把衣服抄着紧了一紧。燕秋笑道:“你们看,奇文来了,下雪了!”大家随了她的呼声,向天空一看,果然飘飘荡荡的半空里飘着雪花。那雪花还是不小,全有大拇指这样宽。健生笑道:“这太妙!在南方,旧历四月,已经穿单褂子多时了,不想在这六盘山上,还可以遇雪天。

我们在江南,做梦也不会想到这种境界,何不在山上多坐一会。”便是那两位搭客他们也说:虽是经过六盘山两次,都没有在山上遇到过大雪,也不反对他们的意思,站在避风的石崖下,大家拍去身上的雪花,在大小的石块上,分别坐下。昌年抱了两只膝盖,虽坐着,也还不住地向四周看了去,因笑道:“这还有点怪,虽是大雪飞下来,我觉得并不是冬天那般死冷。”健生道:“这雪也是像夏天的冰雹一样,只因天空里的气象猛然变化,水蒸汽变了雪落下来。这里高出海面五千多尺,雪下到这里,还来不及溶化。若是在六盘山下面,或者是雨了。夏天落冰雹,地面上的温度,何曾降到冰点呢。所以六盘山上这时有雪,也并不是因这里特别的冷,乃是这里的山向上高,和天空里的雪向下落,两方凑合的缘故。”那两位搭客,对于他这话,似乎懂也似乎不懂,就昏然地玩味这两句话的意思。燕秋三个人,看他俩出神的样子,也不免对了他二人出神。

就在这时候,一切都清寂了,只有那尖冷的寒风,在石巷里钻过,有那虎虎的响声,从耳边拂过。约莫有五分钟的时候,只听当当一阵铃子响,在山那边,顺风吹了过来。燕秋说道:“咦！奇怪,这高山上,哪里来的这摇铃声?”昌年道:“也许是上山的牲口,脖子上带着的铃铛。”燕秋道:“不然。牲口身上的铃子,走起路来,是当的一声,又当的一声;这可是呛呛呛一阵响着,很像道士念经,在神像面前摇着的那种铃子响。你听。”大家听时,果然的又是呛呛呛一阵响,接着便有那苍老的声音叫道:“无量佛!”这一声无量佛,不由得把在这里坐着看雪的人,都惊着一齐站了起来,侧耳听去。昌年道:“这分明是一个老道的念经声音。在这六盘山顶上,哪里来的老道念经?”燕秋笑道:“也许是仙人吧?你想,平常一个老道,已经不会到六盘山顶上念佛的了,而况现在又正下着大雪,老道哪里那么没事干,到这大高峰上念佛取乐?”健生道:“不管是怎么回事吧,有了这声音,我们就当寻声而往。”昌年笑道:“可惜一虹没跟我们来,要是跟我们来了,有一个好诗题了。”健生笑道:“我晓得,题目乃是登六盘山最高峰雪中闻铃。”昌年笑道:“不,这铃子不叫铃,叫铎。铃子中间,摇着响的那个舌头,是木头做的,叫作木铎;是铜铁做的,叫金铎。这个诗题,应该是雪中惊铎。”燕秋笑道:“哦！《论语》上说的:天将以夫子为木铎，就是这玩意了。这玩意果然是带一点警告世人的意味，谁在这地方摇木铎来警告人？”健生笑道：“受警告的，当然是我们这一群。”昌年笑道：“宇宙之间，什么奇事都有，也许有这么一个怪人，在山顶上闹什么玄虚，我们总得去看看。”他们对这阵铃响，尽管议论了一阵子，那两个搭车客人，始终没有作声。

大家乘着兴致，走出了石巷口，顺路而行，不到三四十步，这就发现了一种奇闻。在石壁下，略微弯曲的地方，挡住了吹来的风。路边，有一块比较平整的地方，就有一位老道，席地而坐。这老道梳一个牛髻在头心，将一根木头簪子挽着，黄蜡的面皮，长了稀稀的三绺长须，他这胡须就可表示，他没有吃过多少脂肪东西；干干的，黄黄的，飘在项下。身上穿了一件蓝布棉道袍，却露两只蹬草鞋的赤脚在外面。他坐在那里，动也不动，还微微闭了眼睛。昌年远远地看到，就向燕秋低声问道：“这我就要请教了，西北的道人，是多于和尚若干倍的，自然也各有各的路数；但若是修道的，不应当坐在大路口上，他若是化缘的，不应当在这出强盗的山顶上打坐。就算没有强盗，这种大雪山上，一天有多少人经过。”燕秋摇摇头笑道：“我虽是西北人，我可没当过道姑，这个诀窍我不懂。”大家说着话，越走越近，就不便作声了。这老道似乎也知道来人在估量着他，把眼睛微睁了一下，却又闭上，口里念念有词的，嘴唇皮张动着。走到他身边，这就看到地上放了一个藤杖，头上拴了一个大葫芦，手里拿了一个大摇铃，很久，轻轻地摇了一下；同时在他脚边，发现了一个空的小藤簸箕，大家也不知道这是干什么用的。望了一望，由他面前步行而过。走了几步之后，健生就低声笑道：“恰是作怪！这是什么玩意？”有一个年老些的搭客，快走了几步笑道：“各位遇到了仙人了。这是神仙来点化各位。”昌年笑道：“不管怎么样吧，这个人是一个值得研究的老道。可惜我刚才不曾站住，和他谈上两句话。”正说到这里，又听得呛呛一阵响，那大铃子再摇起来。铃子摇过，便是那尾音拖得极长的一声无量佛了。

大家回头看时，那道人却是起身追来了。步子走得很快，两袖飘飘然，倒像一只大鸟临空而下。大家都不免存着一分奇怪的意思，就站在路边等他。他一会到了面前，吐出话来了，那是一腔汉中口音。先打了一个稽首，然后道：“各位善人，贫道有礼了!”健生瞧了昌年一眼,心里好像在说,这倒有些老戏台上的对白意味。老道见各人都向他注意着,便笑道:“贫道是崆峒山上下来的,现在要在山上修一座道德观,因此和许多同道,四处募化。贫道奉祖师的圣谕,派在六盘山上坐化。这六盘山虽是通兰州的大路,究竟过往客人不多,所以有时贫道在此终日打坐,也不能遇到一个施主。就是有那慈悲的施主,坐在汽车上,飞跑下山,贫道也无法去追。难得各位施主,今天步行下山,贫道正好相求,就请各位大发慈心吧。”说着他在大袖的肋下取出一只藤编的簸箕,不住地鞠躬稽首。那两个搭客,看到这个样子,已经把身子闪到一边。不说给钱,也不说不给钱。燕秋看他伸出了手来,事实上决不能分文不给。无奈身上又没有零钱,只得在口袋里掏出一块钱来,扔在藤簸箕里。那老道对于这一块钱,似乎并不放在心上一样,依然鞠着躬笑道:“还是请各位高升一点。贫道在山上坐化一天,就是靠望了你这几位施主。若是你这三位只给这么一点钱,我们出家人就很少出路了。”健生看到他老远地赶来要钱,心里已是大为不高兴,这就瞪了眼道:“你是化缘,我们是施主,这是听各人随缘乐助的事,你怎么好限定数目?”那老道却不生气,绕了一个圈子,走到路前面,挡了各人的去路,又打稽首道:“各位到这里来开发西北,什么地方不用钱。在修建道观上,多花几个钱,这比作什么功德都强。”燕秋道:“开发西北,你看我们这几个人,哪一个配呢?就算是配开发西北,一直开发到上崆峒山修庙去,这日子还远着呢。”那老道见燕秋虽说着拒绝的话,可是脸上还带了笑容,于是向地上爬着跪了下去,正正当当地,向燕秋磕了一个头。因为费、伍二人,恰好站在她左右两边,又转身向两边各磕了一个头,文明人受了人家一个磕头大礼,这是一件很诧异的事。而且他磕的头,又是那样正经,并不带一些匆忙的神气,这更觉得这礼节是多么的隆重,却不好意思再对他表示什么恶意,便退后了两步,向那老道望着。老道直挺挺地跪了,老向燕秋等三人不断地微笑,又鞠躬,又作揖,放出那恳求的样子。燕秋只得又在身上摸出一块钱,使劲地向藤簸箕里一掷,因道:“你拿去,我们不能再给了。”说毕,抽身就向前面侧身跑了过去。健生、昌年两人也看到这种无聊的样子,知道越是在这里耽搁着,这老道越是要纠缠的。头也不回,紧跟了燕秋后面就跑。一直跑下两个之字路,才把老道丢得不看见了,随后那两个搭客,也就跟到身后来了。一个笑道:“三位先生!你们造化不小。神仙下凡,还要同你们磕头呢。”燕秋笑道:“这何必去追究他。宇宙之间,不但所谓神仙如此,就是一切英雄豪杰,无非如此;我们只好开一只眼闭一只眼了。假使他不和我们化缘,就老在那里坐着,我们不也把他当了神仙看待吗?”这句话却是说得很幽默的,于是大家哈哈一笑,坐上汽车下山了。

第三十四回 断井残垣黄昏吊故土 青毡败絮白发守寒衙

他们的车子，顺着山路，到了山脚镇市上，大家便拥到小饭店里去打尖。看看天上，已是云开日朗，无雨无雪了。大家吃着谈着，回想到在山上那些事情，非常地感到兴趣。可是燕秋的态度就不然了，满脸全是愁容，一句话也没有得说。昌年想起她说的故事来了：在六盘山脚的镇市上，在人家屋檐下躲过一夜风雪的；所谓六盘山脚的镇市，大概就是这里了。这就不愿多停留，肚子略微饱了，就上车前行。

六盘山到隆德县城，不过六七十里路，所以只在太阳半偏西的时候，就到了隆德县城外。据汽车夫说，这里过去一大站，是静宁县，恐怕赶不上了。为了安全起见，也就停在隆德县了。一路上车子进城去，照例是有一番检查的，检查之后，车子进城，也就去黄昏不远了。这里虽是燕秋的家乡，可是离开了六七年，人事沧桑之变，什么都有了不同了。这个时候，要去找到一个托足之地，来安顿行李，只有小客店便利，所以她也就毫不迟疑地随了这辆车子，一同到小客店里去。好在行李简单，当大家把东西搬在客店里安排了以后，燕秋看看院子里的太阳，还是淡淡地，斜斜地，照在屋顶上。看这样子，还有出门去查看的机会，便向费、伍二人道："你二位还有那勇气吗？随我出去看一看，好不好？"昌年笑道："当然陪你出去。老实说，你的故乡，我也是先见为快呀！"燕秋打开手提箱来，在里面取了几张名片在身上揣着，换了一件蓝布褂子，拂去鞋脚上的灰尘，这就向费、伍二人勾了两勾头，自己很高兴地昂着头，挺了胸脯子走出店去。这店在刚刚进城的一条土街上，荒凉的店铺面，两方对立着，看去，约莫有一二十家，不是店铺门半闭着，便是在店铺外面，堆了一个无烟无火的土灶台子。那黄土色的墙壁，和那铺着黄色浮尘的屋瓦，和一路行来的各种城市，那并没有两样。燕秋坐着汽车进城来的，匆忙之间，还没有留意到城里现状，这时走出店门来一看，却有些分不出情形来，记得由东门进城之后，本是一截土街。现在这截街，虽还是紧紧连着城门的，可是不像当年的样子了。当年两旁店铺罗列出来的那些货色，现在全不见，只有各家空荡荡的门户，互相对立，分不出各家是卖什么的。

燕秋的家，是由这条街向西走，然后南向转弯的。这时，她认定了这个方向，就径直地向西走。费、伍二人，是一点主意不能拿的，只有跟了她走去；可是只走了几十步路之后，燕秋突然地把脚步站住，咦了一声。健生道："怎么样，走错了路了吗？"燕秋道："自己做小孩子时候，天天出来跑着玩的路，现在竟是分不出个所以然来了，你说怪也不怪？"二人因她把这句话说开了，才仔细地向四周打量。原来这两边的人家，全不成个样子了：门窗户扇，自然是没有，屋瓦也没有，偶然突立着两三堵高低不平的黄土墙，在墙基下有些不成片段的麦地；那麦苗长有四五寸长，有的还微微地抽出了一撮麦穗子，表示着是快有收成了。不过在燕秋看来，收成收到了城里人家房屋里面来，这是让人猜想不到的事；同时，也就让燕秋想着：亲戚朋友家，都不免变成了麦田，静等别人来割麦了。她站立路心，四围地张望着，摇了摇两头，手摸着脸，沉吟了一会子，又继续地看了去。健生道："怎么样，你府上的路径，有些变更了吗？"燕秋再向路上注意地看着，因道："路走着是对的，不过情形完全不同了。当我离开这里的时候，虽然已经有人拆了屋梁下来卖，究竟房屋四周围了黄土墙，还有一所屋的样子在这里。现在连这种样子全找不着了。我分明记得在这附近，有一条巷子向南走去的，我捉摸了半天，还捉摸不到这个地点。我的记忆力，也太坏了，自己幼小长大的地方，怎么也分不出来了呢！"昌年道："你不是说向南有一条巷子吗？这巷子必是两边有人家，中间闪出一条道来，现在这里一望无边，全是些麦地，你到哪里去找巷子？"燕秋皱了眉毛，向四周再看看，因又点了几点头道："是确是在这附近的。只因为所有的房屋，完全倒塌了，这就四望平平，没法子看出巷子在什么地方。不过我慢慢地找，总可以把我的家找出来的。"于是一面瞭望，一面向前走着。约莫走有三四十步路，忽然又把脚步停止了，朝南望着道："大概就是这个地方了。"健生道："你这样胡乱捉摸，那是捉摸不出来的。你应当先悬定一个目标，然后再根据这个目标，去寻找你要知道的地方，那就容易得多了。”燕秋笑道：“你这话是对的。我想起来了，以前我走出巷口，向东看来，可以看出半边城门楼子，现在我顺了这一条大路走，什么地方，回转头来，是半边城楼，那就是我家的巷口了。好的，我就依了健生的主张，向东望着。”她说了这话，竟是背转身，一步一步地向后倒退了走；眼睛可向东方的城门楼子，只管望着。又退了几十步，突然地立着，两手一拍道：“到了到了，就是这里了。”说着，她还是掉过来朝西站着。昌年道：“既然断定巷口是在这附近的，那就好办了。你再在这附近地面上看看，哪里还有屋基，表现着当日的情形没有？若是想得起当日的情形，数着地面上的屋基，你也就可以数到你自己的家门口了。”燕秋向地面上注意着，微偏了头想上一想，因点头道：“你说的话有道理，我已经寻出一点线索来了。你看，那西边一块高形的四方地基，还铺了两块大石头呢，那是我家巷口上，一家有钱的人家。那石头周围，许多破瓦，那是他们的上房了。顺了这里走吧，这我就可以寻出我的家门来了。”她说到这里，似乎是很高兴。就顺了这个方向，对着南面走去，可是脚下所走的，并不是路，只是高高低低的黄土地和不成片段的麦丛。燕秋究竟是生长在这里的人，虽是情形变得不分田地房屋了，可是她在那地基高低上，步子多少上，一样可以估量得出家门何在的。她先是走得很慢地，分开麦地，带张望着，一步一步地数着走；后来她突地拔开步子，飞跑起来，直奔了几堵很短的土墙去。

费、伍二人，看了她那样子，似乎是发现了一件什么东西，惊奇着也跟随着跑到她身边。立定脚看时，是一块小小的平地；在平地上，虽然也有几个墙圈子，最高是不到五尺，矮的只好两尺罢了。在矮墙圈子里面，并没有人家种麦，却长了一些类似麦苗的野草。另一堵矮墙，在几个墙圈子以外，好像是人家院落里面另一组的配屋。墙脚下，堆了许多土砖；在土砖里面，兀自生长出许多乱草来，乱砖堆外，更有青砖砌的井圈子。西北人家，把水看得宝贵，水井往往是在屋子里头的，看这井圈子的样子，似乎这里也是一间屋，及至向井圈里一看，里面却是填实了心的；若是把这井圈子挖了，那不过是一个小土坑，没有井的遗形了。燕秋缓缓地走了过去，就在那井圈子的半席地上坐着，而同时那脸色由红紫变作苍白，似乎全身都在那里抖战。昌年料着这就是她的家了。一个女孩子的家，却成了这一种样子，不能不教她心里难过，对健生丢了一个眼色，这就向她身边走去，因道："燕秋！你府上就离这地方不远吗？"他说这话时，声音是非常之低弱，低弱得连自己都有些听不出来。燕秋却是懂了他的话，不过没有精力来答复，这就向他望着，点了两个头，嘴里也似乎答应了一个"是"字，只是却没有吐出来。昌年道："这种境况，不早是在你理想之中的吗？这也用不着心里难受。只要你在这里做起一番事业来，你自然可以再盖房子，再置产业。"燕秋淡淡地一笑，摇着头道："你这句话，没有搔着我的痒处。"健生道："你的意思，必以为是很好的一个家庭，残破到这样无踪无影的样子；回想起来，全是伤心之点。就是再把事业办得如何圆满，想恢复到当年那个境况，是不可能的了。"燕秋正沉思着呢，又抬起头来向他笑道："健生这一回的话，确完全把我心事猜着了。"健生听他说是对了，心里头很高兴，这就把一只脚搭在井圈上，笑道："一个人的老家庭，无论怎样的不好，可是一到了离开了它，总是回想着很是有趣的。许多人走入了繁华的城市，还每每回想那老家竹篱茅舍的风味，就是这个缘故。现在燕秋回来，一点旧迹也看不到，想留恋也无从留恋起，这当然是让她心里很难受的了。"燕秋却不加以批评，只管把头连连点了几下。昌年想了一想，便道："找不着旧来家庭的遗迹，固然是一件憾事，可是什么都不看见，也就免除了许多回忆，总可以减少一些苦痛吧。燕秋！你觉得我的话怎么样？"他也走近了一步，有逼着她回答出来的样子。燕秋点头道："是的。"说到这里，三个人全默然了。

昌年掉转头来，朝四周看看，由这里向东，有不少层秃立着的黄土墙，摆八阵图似的，这里一块，那里一块，直和东门里的一些人家相接。向西一看，便是一片黄土地，纵然有几块地方长一些麦苗，到底不减少那荒凉的意味。由这里一直向前，抵平了城墙脚为止。这西北的城墙，有别于东方的；便是那一座城池，都不用砖石堆砌，完全是土筑的。一来是西北地方燃料缺乏，不能多烧砖瓦；二来西北的黄土，全是黏质的，只要把它筑得结实了，那功用是和砖石砌的城墙一般的不易攻破。不过在东方的人,看惯了东方砖石砌的城,再看看这黄土的城,实在有些不顺眼。

这又是个黄昏时候,太阳在那矮矮的城堞上,还有一些红影,由上空撒下了朦胧的暮色来。这种昏黄的暮色,撒到淡黄色的地面上,已经幻出一种不可言宣的凄凉状况,加之这西边大半个黄土城圈子,完全成了空地,只有东边很零落的几十户人家,做了西半边城的陪衬。那半边城越空荡,这半边城几重矮小的民房,越是像沉沉地要坠落下去似的。那老城隍庙的一根铁旗杆,孤零地在那灰色的人家屋脊上伸了出来。有两只乌鸦在那里盘旋着。顺了铁旗杆看去,有一个歪斜的城楼,在半空里露出来。这里所接触到眼睛上的,已是够人家凄凉的了;同时,随着夜神来的西北风,开始陷进了这冷落的小城。那废基上长的麦苗,被风吹了瑟瑟作响;还有那城墙上被风带来的黄沙,扑到人面前,也唰的一阵,又唰的一阵响着。这虽是一个小城,依然是驻了兵的。兵是一营人,大概和城里的人口,已相差无几了。所以在这黄昏时候,全城里尽管是有人,连一声咳嗽,也是听不着的。大家在苍茫的空气里,正感到寂寞,忽然添了五六只乌鸦,由头顶上飞过。那东边城墙上,却呜呜的一阵有军号吹着,这却把人提醒了,这个地方是经过一番很大的军事的。健生道:“燕秋!天色晚了,你听这号声,军营里都下了晚操了。”燕秋两手撑了自己的膝盖,只管低了头沉吟着,却微微地摆了几摆头,这算是答复了健生的话。昌年道:“我也晓得,你心里头是难过的。可是这到了你最后的一个目的地了,你若是希望着前途光明,你应该从即刻起,就打起精神来奋斗。你什么事情全没有办,先伤感一阵子,这算得了什么呢?难道你伤心一阵子,这事情就算办完了吗?而且你是要打起精神来做事的人,先就是这样伤感一阵子,也减却了自己的兴趣。”燕秋还是沉吟着的,到了这时,却突然地起来,用很脆的嗓子答道:“你这话有理,我们回客店去,有话明日再谈了。”她口里说着,自己牵牵自己的衣襟,摇摇头笑道:“军号,本来是很雄壮的乐器,听了让人高兴一阵;可是我听了这军号,竟是说不出来的一种凄凉意味。这也许是我的心境,特别地容易受感触了吧?”健生道:“炊烟四起,人家都在做晚饭了。回去吧!”燕秋向有人家的那一方面看去,果然在好几处屋檐下，冒出烟来，这就禁不住笑起来了，因道："你把形容江南村景的话，到这里来形容，这是有些不对的，根本西北农家就无所谓餐。锅盔也好，油面也好，都是吃冷的。城市里大家就是讲究一点，也不过吃两餐：第一餐九十点钟，第二餐是三四点钟。这个时候，哪里来的炊烟？"健生道："屋顶上一阵阵地向上升着，分明是煮饭的烟。你说不是炊烟，那是什么？"燕秋道："人家为了省着点油灯，天一黑，就要睡觉的。这不过是人家烧着骡马粪暖炕，还吃个什么晚饭？你把人家烧马粪，当了煮晚饭，当然是一件很可笑的事。"说着话，大家就在废屋基里面走着。踏上了那若有若无的人行路。

这时，夜幕早已张布了满天，人已是在昏沉的夜色中走。抬头看着，有了不少的星星，在天空里散布着；那星光照着人家的屋脊，仿佛是格外地低矮。向前看去，人家在晚风里各闭着门户，仅仅有一两处，在门窗缝里露出一线灯光来，此外是没有刺激人的东西了。昌年踏着浮土的路，让那清凉的风吹在身上。耳朵里，并不听到一些什么，便道："这种环境，虽然是很荒凉的，但是颇有些诗的情绪。记得在潼关，我们在月亮底下，也度过这么一个情景。可是在那里，还有月亮；在月亮下，可以看到关山城阁，可以听到骡马叫唤声，可以听到铁匠铺打铁声。那'潼关'两个字，本来是很雄壮的，有了这种声色，更可以引起人一种壮游的心事。现时这星光下的孤城，凄凉寂寞，那全是一样的；可是我现在身子经历到，我就觉得有一种说不出来的凄凉意味。"健生笑道："昌年！你这是怎么了？你自己劝她不要太伤感了，但是你劝人的人，自己就伤感起来。"昌年笑了一声道："这是我的错误。我们回客店去安歇吧！"大家说着，不知不觉地，就到了客店门口。

这客店不但是歇客，同时也卖吃食的。大家走进了店堂，见屋梁下悬了一盏小酒壶式的煤油灯，好几根灯草，由壶嘴子里伸出来点着，那煤油烟子，只管随了火焰，向上飞腾。这屋子里直摆三张桌子，横摆一张桌子，凑成一个饭馆子的局面，倒有两个座位的人，在那里吃冷馍，菜不过是一碟炒豆芽。另一张小横桌上，还坐了一个人，那人并不曾吃饭，面前摆了一只粗瓷碗，一把小茶壶，桌子角上，还放了一杆旱烟袋。三人进来，那人就注意了。直等燕秋到了灯下，他就站起来，点了一个头道:“这位姑娘！莫非就是杨小姐?”他说着一口的本地话。燕秋不免呆了一呆。在煤油灯光下,也看出来,他在本城是一位衣服漂亮的人物,他穿了一件黑布夹袍呢。燕秋也就操了不自然的本地话,向他答道:“不错,我姓杨。可是并不认识先生,何以知道……”那人笑着拱拱手道:“久仰久仰,敝县长看到南京的报上,登着有一位隆德县的杨小姐,要回来做一番事业,他就很高兴。早几天,又看到西安来的报,杨小姐果然来了。县长就对我们说:应该打听打听杨小姐哪一天到,要欢迎一下。”燕秋听到这里,那紧锁的眉毛,也就不知不觉扬展开来,在脸腮上涌起了笑容,抢着道:“这是哪里说起,太不敢当了。”那人又道:“我们也很高兴的,想不到有女界的人,从南京回来做事。可是想着,总不至于马上就回来的。刚才兄弟由门口过,看到三位出去,一看店里的循环簿子,再问问同车来的人,知道果然是杨小姐。所以我就在这里候着,没有走开。”燕秋笑道:“是的,报上把我们的行动登过几回的。这也不过因为新闻界有几位朋友要这样捧我,不想这里家乡人倒注意着了。”那人道:“果然是杨小姐,这就好极了。我现在去报告县长,他一定很欢喜的。”说着,他掉转身走了。

昌年笑道:“燕秋！你看怎么样？我觉得这人的报告,很可以安慰你一下子。因为你要回来做事,你少不了地方绅士和地方当局帮你的忙。”燕秋也笑道:“这却乎是我意想不到的事,不过也不能太乐观了。这县长我们还没有会到过,知道他是怎么一个人呢？等我去预备一些东西,回头我和县长谈谈。”她脸上是表示着很高兴的样子,走回客房去,还请费、伍二人帮忙,擎着洋烛,扶着箱盖,她自己由箱子里拿出许许多多的文件表册来。

正忙着呢,掌柜的由外面叫了进来道:“杨小姐！县长到了,县长到了。”听他的声音,叫得很紧张,似乎他也很感着兴趣。燕秋等走了出来时,只见一个穿灰布制服的人,手里提了一个玻璃罩子煤油灯,后面跟了一位穿青呢袍子的人。那人方面大耳,嘴唇上养了两撇胡子,那呢夹袍子,袖子很大,可是长度仅仅过了膝盖,露出下面一条军装裤子,一双大头双梁鞋。他头上,又戴了一顶圆式瓜皮帽,顶着一个小红疙瘩儿。猛然一看,像一个退伍的军人,又像是东方粮食店或者骡马行的大掌柜。他操了一口山东声音问道:“杨女士！俺是闻名久矣啦！今天居然盼到你回来,俺是高兴了不得,高兴了不得。”那店里掌柜的就在一旁介绍着道:“这就是我们县里的符县长。他老为人真和气,是个大大的清官。”燕秋殊想不到本县的亲民之官,是这样一个粗人,心里颇有点儿乐意。符县长笑着先和费、伍二人握了一握手,然后向燕秋鞠了一个躬道:“俺到你贵县,虽是没有几个月,但是在这地方做了一天官,就当卖一天的力。有小姐这样的人,老远地跑了回来,一定会帮俺的忙不少,所以俺就欢迎之至。今天什么也来不及办,就请到我那破衙里去,闹两个黑馍。请吧,俺要和你三位多多地请教呢。”说着,他又半鞠了躬,抱了拳头,拱了两拱道:“就是不恭得很,不知三位立刻能赏光吗?”燕秋道:“我初次回得家来,什么都不知道,打算向县长请教的事,还多着呢。”那县长听到,是很高兴,立刻就同了那卫兵在前面引路。燕秋三人也来不及带那表册,交代茶房锁了房门,就向县衙门走了来。

大家由邠县经过,已经领略到西北的县太爷,那宫室之奉不过如此,并不把眼光怎样提高去看本县县公署的。经那卫兵一盏灯笼的引导,照见衙门口是微微地一个八字门。进得门去,一个很大的荒凉院子,没有房屋,也没树木,只是围了四周的短墙。正面一个白木头支的大堂中间,倒也放了一张公案,系了带绿沿的红桌围。桌子后面,四扇白板屏门。桌子上临时放了两盏纸灯笼,照耀得非常地鲜明。似乎卫兵们知道这时有贵客光临,百忙中将两个手提灯笼放在公案上,作为风灯使用。大家看到这一点,就知道这衙门是超出理想的那么穷。转过了大堂,又是一个院子,在纸窗格子里,透出一线昏沉的灯光,便可以知道那是上房了。那上房是三开间,由三层土阶走上去,可是外面这屋子并没有灯火,漆漆黑黑的,只有一番土气息,送到鼻子里来。费、伍二人猜着:能这样一直地向里引进,必定是走到客厅里去。殊不料那卫兵举着灯笼一照,屋子里什么也没有。正中是一块芦席,当了中堂挂着,两旁便是黄土墙。各人又想着:这或者是个厅,县太爷所住的地方,应该是更在后面一进的。可是那卫兵就在这黄土墙上,掀起了一条蓝布门帘子,让大家进去。大家这才明白,这就是县长的卧室和办公室。

一看这屋子里面，长长的一间，上半截屋子是一张又高又大的土炕。因为墙壁上都是灰黑色的，他似乎住着有点儿不能耐，所以用了一条蓝布，在炕的周沿墙上钉挂着。炕上虽也堆了几床被褥，可是还有大半边炕空着。这里叠了几块破棉絮，带着焦黄又灰黑的颜色，在破棉絮上，就铺了两块羊毛毡子。这种东西，过了平凉是贱的物品，差不多住窑洞子的人家，也有这样一条毡子。县太爷床上，也有这种东西，这是平民化了。这半截屋子，倒有一张长条桌，两把椅子。这条桌的年龄，大概是很可观的，不上漆也变成黑色了。不过它四条腿之中，却有一条是白色的，分明这是新配上的。两边两把椅子，和那桌子的年龄，却也不差上下，可是没有大半边的椅子靠了。里边墙上，却挖了一大窟窿，当了橱子使用。墙窟窿里，堆了些书本表册，大小字纸卷儿。在窟窿上面，贴了两张纸，当了橱门。可是因为时常伸手进去拿东西，把纸的下半截都给拉断了。桌子上也是用一幅蓝布，把桌面给蒙住了，上面放了些零碎账本子，歪斜破烂的笔筒、水盂子，摆了桌子一个大犄角。另外有个大木盘子，里面放着锡砚台、锡笔架，一套公案上的文具。墙上依然泛出那土色，什么装饰没有，只是贴了两张长纸单子，上面一行行地开着什么区什么保，保长是谁，应该摊多少钱捐款。在此以外，却不曾多贴一张关于文艺上的字条。在那条桌前面，是一个直窗户，窗户格子是几根木条子立着的，什么花样也没有。在格子上，糊了几张棉料纸，还是先世纪那一种物品。桌上点了一盏料器煤油灯，在灯罩子上，剪了一个圆圆的纸盖儿盖着，一切都带了旧的风味。

那县长这就站到屋子中间，向费、伍二人拱拱手道："请不要见笑，俺这房，是甘肃县太爷的上房，要比江苏哪一县县太爷的门房，还有些不如。在这里做官，是活受罪。俺要不是为了这两顿饭，俺早就摔纱帽了。"说着，他真把头上的瓜皮帽子，揭了起来，向炕上一扔。费、伍二人一时不好说什么，只对他微笑了一笑。他道："请坐，请坐！呵！还差一个座位呢。"说着，他就到外面去，搬了一条板凳进来，笑道："杨小姐！你是本地人，委屈一点，坐这上面。"说着，拍拍板凳。三人看他为人，倒是很爽直，于是笑着分占椅凳坐下。那县长就在墙洞子里表册堆里一摸，摸着几张名片，弯着腰，一个人面前递上一张，笑道："你三位的台甫，早半个月我就知道了。”昌年接着名片一看,系符单骑,便笑道:“只看县尊这官印,就是一位肯冒险的人。”符县长笑道:“不成了,老了。在西北混了两年,头发全混白了。不信,三位看看我头上。”说着,他把桌上的煤油灯高举起来,举得和头相齐。大家看时,果然一个和尚头上,大半全是白头发。唯其是头发有一半白的,而头发桩子,依然是密扎的,可以知道头发之白,并非出于自然。昌年问道:“县长贵庚是?”符县叹了一口气,把灯放了下来,因道:“我才四十五岁啦。不正是出来干事的日子吗?可是这几年知县大老爷干得俺老了二十岁了,俺现在又辞职了。假使俺有一点办法,早一年俺就滚蛋了。这几个月来,俺知道实在不成啦,一天比一天老了,所以俺又要辞职。这一回辞职,俺是第三次了,就算回俺老山东是要饭吧,要饭也落个痛快。”他说着,坐在那高炕沿上,两手叉了腿。燕秋笑道:“到西北来做官,当然是苦一点的,可是只要想到是替国家服务来了,不是发财享福来了,那心里就坦然了。”符县长道:“俺大兵里面干过多年,怕什么苦!就是这个穷官气难受。这一年以来,来了这位有力的主席,政治上轨道得多了。在一年以前,谁也想不到能干多少时候。县太爷到了任,第一件事,就捞一笔盘缠钱揣在口袋里,干十天半个月也好,干三个月两个月也好;干一天就刮一天,有一天干不成了,捆了铺盖卷儿就跑。你想,这样的亲民之官,还谈得了什么政治?县长是什么官,简直儿是路劫的。”他说着,两手一拍,站了起来。健生笑道:“这位县长,真痛快!这样的话,也肯说出来。”他又一拍手道:“俺干啥不说?不说,别人心里也明白。做县长的人,至少也念过两句书,‘天理人情’四个字总懂得的,谁肯昧着良心做赃官。可是有人压迫你,不做赃官不成。做县长的人,不应该叫县长,应该叫筹饷官。要想把官做长久一点,就要把饷筹得足足的。饷从哪里来,出在老百姓身上呀。老百姓拿不出钱来,一骂二打三吊拷,他要命就不能不想法子给钱。老百姓的钱是逼出来的。俺说句良心话,俺退了堂,俺就先哭上一阵子。那你先生必然说了:你不会不干这伤天害理的事吗?可是俺要不干,俺的官做不成还则罢了,俺的性命。也发生问题,所以俺在这甘肃做官,是天天预备滚。你三位又说了:你为什么还没有滚呢?俺不要那臭面子,俺就贪了这里一个月还可以拿二三百块钱公费,俺到别处去,像俺这文不文武不武的人儿,不准有这些个钱拿。再说一句官话,俺不能替百姓申冤;可是百姓的苦处,俺一脉清知。俺要不干,换了一个比俺再狠心的人来,百姓就更可怜了。所以有几个明白些的绅士,也不愿俺走。俺假公济私,就干到现在。俺听说本省当局,对于驻防军队,已经有了办法了,以后可以不逼老百姓筹饷了。俺给本地人保了一程子镳,俺力量已尽了,心血也用尽了,俺要回山东去休息休息了。”燕秋道:“这就教我不明白了。筹饷的时候县长也干过去了,现在有不筹饷的希望了,怎么倒不干呢?”于是符单骑拍着那炕上的毡子道:“我是守青毡的县太爷。小姐!你懂吗?”三个人对于他这句谜语,全不懂,都望了他。于是他笑着说出理由来了。

第三十五回　喂虎吸民膏现身说法　倾壶止色变立誓呼天

隆德县县长符单骑，说到他决计不愿干了，却说是守青毡的县官，这教杨、费、伍三人全有些不解。符县长笑道："这个问题，是很容易明白的，为什么不懂？你三位去想：做官，这是人人所愿意的。在过去的时候，地方上民穷财尽，做县长的还要由鹅卵石里面榨出香油来，去对付军饷，并不见得哪一县，缺了县长没人干。在旁人看来，兄弟在这环境里，做了一年的县长，总是有十二分官瘾的人了。可是，兄弟这就要分辩一句：我若有官瘾，那就要继续地干了下去，哪有在这时辞官之理？我以前，在这里做县长，并不在乎官不官，就为了这样弄几个钱，总比做贼做强盗强得多。那简直为了饭碗，在这里苦苦地挣命。到了现在，虽不见得老百姓全有了钱，但是天灾人祸，已经比往年要好的多。其次就是当局，已用了全副力量，来整顿本省驻防军队，以后可以不在地方上筹饷了。这么一来，纵然是做官弄不到外花钱，这二百元公费，总是稳拿的；同时不用得到鹅卵石里去榨油，也减轻了一件顶石磨的工作。这县长不是比往年好做得多吗？这年头失业的人多着呢，尤其是混小差事做的人。我仔细想想，我并没有什么德政留在民间，上司无挽留我之必要，若是有那失业的人，觉得做知县是时候了，在兰州运动差事，我这地位就不能保。我这地位，明明是不能维持的，与其挣扎一两个月，让人家看着眼红，还是把我挤了走，倒不如我自动辞职，免得当局为难。"燕秋笑道："这位县长，真是痛快之至！我相信这话是实情，但是我要有力量的话，我一定联合本县的绅士，上呈子挽留符县长。"符单骑站了起来，两手抱了拳头，向燕秋拱了两拱，笑着道："足感盛意，可是我还要留着这条性命混上几年呢。"燕秋笑道："这也不至于要县长的命。县长能够体谅我们小百姓的苦衷，就是我们救命星君，你就是有性命之忧，我们也不能把你放走的。"符单骑道："这样子说，我简直是要死在这隆德县城里了。”燕秋笑道：“若是符县长真有死在隆德县的决心，就决不至于死在隆德县。这年头儿，不是《天演论》上那适者生存了，就成了强者生存。”符单骑道：“我倒不是怕死，我是怕干不好。因为从前天灾人祸，相逼而来，料着老百姓们除了希望少出两个钱而外，也没有别的打算；现在人民喘过这口气来了，也总望着在教育和建设上，多少有些进步。可是你同我想想：我也不能变西洋戏法，可以变出大洋钱来，把什么来做建设经费呢？其实这还是第二步，这第一步想要办到‘休养生息’四个字，就透着老大的不容易。”昌年道：“符县长虽是和我们初次见面，但是听到符县长所说的这些话，就给了我们一个很深的印象，觉得你为人很能负责任的。难道休养生息的做法，也不容易办到吗？”符单骑把手一抬，指着墙上贴的那人名单子道：“三位看看这一篇阎王账，教老百姓怎么去休养生息呢？”

昌年先虽看到了这一篇账单子，觉得这是涉及人家私事的，胡乱去看，怕是人家要见怪；现在他既是指明了，这就可以看看了。于是缓缓的走到墙边，背了两只手，向单子上张望着。只见上面所写，一行行地直列下去，如第一写的是：第三区共辖五保，元甲保，保长包寄泉，摊款二百四十五元。二双保保长马丕振，派款三百零八元。三星保保长周四全，派款五百元。四喜保保长朱济仁，派款二百元。五魁保保长沙志仁，派款四百五十元。昌年道：“这第一区共五保，就是一千六七百元，还有一区七八保的，岂不派款有两三千元？我看这单子上有九个区，共总派款到两三万吧？”符单骑淡笑了一声道：“两三万？费先生！你坐下来，我慢慢地和你说。”昌年本是望了那墙上的单子出神，一面答话的，这就笑道：“好的，不但我要听，我想杨女士要听这种消息，比我还要紧吧？”说着，和符单骑对面地坐着。符单骑将一只粗瓷杯里的茶，端起来喝了一口，在大袖笼子里掏出手绢来握住了嘴，咳嗽了两声，这就叹了一口气道：“做官的是信用丧尽，做老百姓的是皮肉刮尽。这单子上的账，本是按月记账的，可是老百姓出的，绝不能够按月。”燕秋笑道：“这我可要和本地人说两句话，老百姓是这样的穷，把日期拖延一点，也是在所难免的。”符单骑叹了一声道：“你们所说，正说在反面了。此地老百姓，正是想按月交钱而不可得。此地派款，往往是三月的款子，二月中就缴清了。”燕秋道：“这样重的款项,还要先缴钱吗?”符单骑道:“我敢代表一般做甘肃县长的说一句话,他们的目的,也只想老百姓能按月交款而已。可是要钱的主儿,他却是一月等不及一月。比如现在是四月,四月份的款子,应当到本月尾,或者五月初呈交上去,才是道理;就算提前吧,在四月初拿出来,也就提前一个月了。因为必须老百姓在三月交到县里,县长才可以于四月初缴上去呀。可是在三月中旬,催款的人就来了,也许是营长,也许是连长,也许是两个马弁;他们来了之后,带了他们主角一张纸条的命令,交给县长,就伸手要钱。至多的限期,不过是三天。当县长的人就说了:现在还是三月,怎好和百姓要四月份的派款?”燕秋笑道:“一点名目没有,和百姓要款,本来是不讲情理的;你和他们讲情理,那不是笑话吗?”符单骑道:“你说不讲情理,那不算奇。他们偏偏是在没有情理之中,能说出一个情理来。他说:现在已经是三月中旬了,不过早半个月收钱,有什么要紧?就算老百姓挨着饿,把钱省了拿出来,也不过这两个礼拜,真会饿死吗?我又说了:不是这样讲,四月里的款,四月才下乡去取款,自然要到四月底才能交齐。可是这层真理说出来之后,他们又说他们的理了:他们说是我们的公事,说了是催四月的款,我们就拿了命令来催四月份的款。军人是以服从为天职的,我们就只知道抓了命令要钱,别的我们不管。到了三天不给钱,我们要你的命。你看他说了这种话之后,还教我们能讲什么理!”燕秋道:“既是不能讲理,那就要掉转一个身来说话,看老百姓能不能够出钱了。”符单骑偏着头微微摇了两下,因道:“这话我就不忍说了。”燕秋向费、伍二人望了一眼道:“你们不觉得符县长这话没有说出来,未免可惜吗?”符单骑双手拍着两腿道:“要说就说吧!当那催款的专员,到了县政府的时候,县太爷就该脑袋痛了,好好地把这几位催款员招待着;大吃大喝之外,再把大烟办得足足地,让他们躺着直抽。于是做县长的,就分两种手腕去进行。先挑那区长保长有钱而又好说话的,派卫队传了来,先在课长室里和他们说好的。请他们在一天之内,把款子交了来,而且不放他们出衙门去,必定要乡下人把款缴了上来,才放他们出门。换句话说吧,这就是文明绑票。至于那些不好说话,而且很穷的区长保长,那就不客气了。县长坐了大堂,两边护威的卫队,站着两边,多多地,打人的板子和鞭子,吊拷人的绳子,一齐摆在堂上。区长身份高些,不便用什么刑罚,保长差远了,就让他跪在公案下,见了面之后,什么不用说,拿起戒尺在公案上乱拍十几下,喝着道:你们的钱不交出来,只管让我们和你们顶大石磨。我有什么对你们不起,要来替你们的死?今天告诉你们说,催款员在这里,我没有钱给他,他是会拿手枪打死我的。我既是要死,不能白死,也要打死你们几个。你们怕死的,快给我拿出钱来。"符单骑说到这里,看看杨、费、伍三人的脸色,都微微地瞪了眼睛,面孔绷得很紧,在紧张之中,透出红色来。符县长便道:"三位听了这话,必定以为我为人太狠,对于老百姓下了这样的毒手。可是那个时候的县长,时时如此,个个如此。不是这样,老百姓的钱,是无法可以逼出来的。我所说的,这还是指那临时逼钱而言。若在平时,那又是一种办法:县太老爷带了几个卫兵,就亲自下乡去催款。当卫兵的人,当然都是背了枪的。老百姓看到老爷下了乡,已经是吓得两腿如绵,老早地跪下。再有背了大枪的,在面前站着,他们更是不敢多哼一声。我把他们叫到面前,就对他们说:你们要明白,并不是县老爷要逼你们的钱,无奈上面逼我的钱逼得太厉害,我不能不下乡来和你们商量。假使你们不给钱,做老爷的也不忍逼死你们。我只有一个很简单的法子,把你们欠钱的人,都带到上司那里去受罚:上司饶了你们,那是你们的幸事;上司不饶你们,和你们要钱,怎样去对付,那就看你们的手段了。这些老百姓,听说要到上司那里去,他们知道就是大兵。大兵对了他们,不是鞭子,就是枪把,一生气要把他们打个半死;最难受的,是绑了手脚,用烟火熏鼻子。他们是不少受过这些罪的。听到之后,立刻围了我成了一个大圈圈,七仰八合地只管磕头,都说:老爷若是能发慈悲心,就不要把他们带走。我自然说:不带你们走也可以,但是你们得拿出钱来,我回城去,不交人,就交钱;无钱无人,做老爷的也只好死在乡下了。百姓们听了,都说:老爷!我们回去杀人熬油,也要熬出钱来交款;只是请问老爷一句话,这回交了钱,下次是不是还和我们要钱呢?可怜的老百姓,他们以为这种派款,不过是偶然为之的,为了免麻烦起见,想挣扎过这一回了事。"昌年道:"符县长说了这样半天,我们还是有些不明白。'派款'这名词,是从何而生的?这款好像是一月一回,是出在钱粮之内呢,还是出在钱粮之外呢?”符单骑笑道:“费先生!你真是一位有菩萨心肠的人,以为中国境内,还有不要钱粮的地方吗?”健生说道:“既然还要征收钱粮,根据什么理由,又月月向老百姓派款呢?”符单骑道:“派款吗?是由苛捐杂税之不足;苛捐杂税,由于钱粮之不足。”健生将一只手撑在桌上,托住了自己的头,沉沉地想着,因道:“符县长说的这话,我还是有些不懂。”符单骑道:“以本县而论,每年钱粮约有两万元的数目,那对于某方面所希望的数目,是差得太远了。因为如此,就有了苛捐杂税。一样物产,所收捐项,名目之多,莫过于大烟,在种子还没有种下土之先,就每亩有十块至二十块的烟亩捐;制成了烟土之后,就有特种印花税;随着烟土搬运的时候,就有一种善后捐。怎么叫善后捐呢?那意思是很好的,就是说,烟是要禁的,不过真禁了烟,官民两方,都要发生许多困难。现时在烟土上抽一点捐,来办理善后。”昌年笑道:“这样办善后,岂不是越办越不善。”符单骑猛可地跳起来道:“越不善就越有后事,岂不大妙吗?还不止此呢,烟土变成了烟膏,在烟膏店里,还有一种烟膏捐。总而言之,由种烟的人起,到吸烟的人为止,一层层地都有捐。”健生道:“这虽是苛捐,好在吸烟的人,实在是可恶,重重地剥削他们一番,倒也无所谓。”符单骑道:“我所说是捐税名目之多,把大烟举一个例。这一点,各位或者易生误会,我再举一个例:像赶大车的人,总是苦小子吧,可是他们的车子,有车捐。拖车的牲口,还有骡马捐。由甲地到乙地拖了货,当然是有货捐,就是不拖货,遇到了那恶虎村式的城镇,歇店还要运输捐。随便指一件事来说,这捐税是无孔不入,也就可想而知了。可是,到底是人民太穷了,在捐税最多的时候,差不多有五十项名目。现在大减而特减了,也有二十八九样。而每月所挤榨出来的钱,究竟不过一县两三千元,在要钱的主儿,心思挖空了,实在想不出一个弄钱的名目了。干脆,也就不要名目,开了单子下来,看那县份的肥瘦,指定每月出款多少,硬要不还价。”燕秋插嘴笑道:“难道在这种情形之下,甘肃还有肥的县份吗?”符单骑手摸了两摸胡子,向燕秋笑道:“杨女士这话问得很好。在甘肃,本来没有什么肥的县份,这里所说的肥瘦,那是比较而言。像隆德县吧,那穷苦的情形,杨女士比我清楚得多。可是在某方面看起来,这里就不算穷县,每月派款的数目，超过每年纳粮的数目，这个数目，做县长的，犯不上去替老百姓反抗，照着单子，向四乡分派。那些做区长保长的人，都是乡下绅士，浑水里摸鱼，在经手缴款的时候，多少总可以捞几个，他也不肯说数目太多。就是有一两个有良心的，觉得老百姓担负不起，但是这话向谁去说？和县长说，县长和他们的情形一样；向某方面去说，无知的老百姓怎敢老虎嘴边去夺食？所以派款单子到了县里，那像阎王的勾魂簿一样，是一字不能动的，只有照了单子，每月向上解钱去。这派款是不根据法令，也不需要理由。就是有枪阶级的人钱不够花，叫无枪阶级的人，按月照一个准数目，凑钱给他花；要钱的，一不抢，二不偷，到了日子，和县长要钱；县长找区长，区长找保长，保长挑有饭吃的百姓算账。”昌年道：“原来如此，若是照本县每月派款两万元算，一年就是二十四万，还有钱粮苛捐杂税，一年摊三十万了。贵县有多少人口呢？”符单骑道：“我不打官话，本县的人口，是没法统计的。大灾以前约有七八万人；大灾之后，死的死，跑的跑，去了一半，现在至多四万多人吧！”健生皱了眉道：“一县只四万人，一年有三十万元的负担，老百姓经受得了吗？”说着，望着燕秋。她微微地连摆几下头，叹口气道：“那只有天知道了。若是照我说，本县的老百姓，最好是每年受慈善家三十万元津贴。再过两年，才算是人，于今恐怕不是人类的生活了。”

符县长将那顶瓜皮帽子取了起来，悄悄地戴在头上，两手撑了大腿，在炕沿上坐着。低了头，沉思了一会子，又轻轻地叹了一口气道：“我脑筋里有个很深刻的印象，我不忍说。可是这事太凄惨了，我又不能不说。”他说着，却到袖笼子里去掏出手绢来，在眼角上揉擦了两下。三个人看了他这情形，虽不必等他把话说了出来，也知道他所经过的，必是一件人所不能堪的事，都瞪了眼睛，慢慢地向他望着。符单骑道：“我告诉你们吧，也是我下乡去收款，到了小村子里，约莫有二三十户人家，各位自然是知道的。这里的人家，全都住在窑洞子里。这里所谓村子，也不过是几个窑洞子门，开在崖上而已。我没到了这村子里，消息是早已递过去了，老百姓全跑了出来，就在窑洞子门外，把我围住。自然，老百姓见了老爷，全是跪在地上的。我就四周地向老百姓弯腰，四处叫他们起来。老百姓里，有一个为首的，先向县太爷磕了三个头,向我说:老爷!我们实在是穷。你不信,到我们家里去看看,什么东西都没有呀。在这种地方做县长的人,老百姓家里,没有不清楚的。他们说家里很穷,家里是什么样子一个情形,大概总是知道的。他们说着,要我去看。我本不能看,因为看了之后,和他们要钱的话,就有些不忍出口了。可是这回催款,情形比较严重。有一位连长,带了弟兄,随了我们同去的。我想着,他们或者不知道老百姓们到底穷到了什么程度,引着他们进去看看,让他们知道老百姓可怜,或者会放松一点。因之就答应了老百姓的要求,拉了那位连长,一同进窑洞去。自然,这洞子里面,最重要的一件东西,不过是土炕一张。其中只有两家洞子,找到了一张桌子;除一张桌子,破旧不堪而外,还有一张桌子是土木工程合作的,乃是用黄土砌了两个墩子,把板子铺在上面,其余屋子里,那还有什么。一张土炕而外,随便配一些坛儿罐儿的,差不多屋子里找不出一些木制竹制的器具,完全都是土制的瓦器。至于炕上,普通人家,全是两条破羊毛毡子,卷在大炕头上,这些情形,也不足为奇,我们是常常看过的。后来步到一家窑洞子里,那就更惨了:这里仅仅是一张土炕,土炕下,有两个大罐子;一个小罐子,炕上不但没有什么破羊毛毡子,连纸片儿也找不着一块。”健生笑道:“符县长也是用文学的手腕来形容这窑洞,不肯开口说是一张光炕,却绕了这么一个大弯子。”符单骑道:“不是不是,炕上若是没有什么东西,那就不算为奇了;所奇怪的,就是炕上还有东西,炕上是什么呢?是堆着四五寸厚的一炕干沙。”昌年道:“这是什么用意呢?我倒有些不明白。”健生道:“这窑洞子里,大概是不住人的。”燕秋笑道:“这一点儿缘故,你们哪里会知道?这沙是当被褥用的。可怜窑洞子里,人无法取暖,就在沙里偎着。”昌年道:“在沙里头,也不见得就会暖和过来呀。”燕秋道:“沙里虽是不暖,这炕底下有窟窿,可以烧马粪。沙这样东西,最容易传热,炕底下,只要稍微烧些马粪。这炕上面的沙,就很热很热了。”符单骑点点头道:“二位听听,这就知道老百姓够多么苦了。可是那位连长,看到了这洞子里还有三个瓦罐子,不算完全绝望,就抢上前,把罐子盖揭开来看看。这一看,大大地添上了他一喜,原来是两罐子小麦。他就叫起来说:你们只管装穷,说这样没有,那样没有,家里还藏着许多粮食呢。请问这个值钱不值钱？他说完了，提了那瓦坛子，就向洞外走。这就有个五十上下的庄稼人，抢上前去拉着了他。他说：这一点儿粮食，积攒了半年多，才攒下来的。饿过两天，都没有敢动，为的是打算换了钱，做川资，向东方逃命去。若是把这坛小麦拿走了，就是要他的命。那连长可不爱听这一套，说是要了你的命，就算要了你的命，你若不肯放手，同到县里去算账。那位小百姓手上扯住连长的衣服，可是不肯放。这一下子，把连长胸中之火，引了起来了，抬起腿来一踢，踢得那老百姓连滚了几滚，他躺在地上说：那也好，我就此了结了吧。爬起来，一阵风似的，跑到悬崖边纵身就向下一跳。这里的悬崖，各位也都看过，极高的所在，也有二三十丈。这一跳下去，还有命吗？这种死法，本地也有个名儿，叫着跳崖。当时我看到为了一罐子小麦，逼死人家一条命。我心里真说不出来那一番难受，而且我还不能对老百姓表示一点怜惜之意。因为我要一软下去，这款子，就收不起来了。"燕秋瞪了两只眼睛，只管向他望着，受着很大的感动，简直作不出声来。昌年摇摇头道："这真是苛政猛于虎，也难得符县长肯直说出来。"

符单骑笑道："不说了，不说了。我不要在这里自己给自己找麻烦。外面屋子里晚饭预备好了，我们吃晚饭去吧。"他说着，在前面引路。卫队在前面撑起一只纸灯笼，在东面厢房门框上照得清楚，乃是课长室。进去一看，三开间打通了的屋子：北头是一张土炕和几张破旧的篮子和箱子；南头是更乱，在两张狭小床铺中间摆了一张圆桌子，围了圆桌子，有一圈高的圆椅，矮的板凳。在两盏煤油灯光下，照见这个圆桌面，两边两块白板，中间却是油腻了的黑板。这黑板上，另外还有两个烧焦了的窟窿。这张桌子的拼凑，也就可想而知。符县长站在门框子里面，拱了手，向大家迎进着道："请进吧，请进吧！再要客气，我就更加惭愧了。"大家进来，见桌面上摆了许多碗碟，蓝花红花白磁黄磁全有，所盛的没有别什么，只是猪身上的，猪耳朵、猪舌头、猪肝，两大碗红烧大块子肉。

符县长笑道："这里实在无东西可请客。除了猪肉，还是猪肉，就是想吃顿白菜萝卜，还得碰一碰机会。"燕秋笑道："这多谢符县长。我说过，我们这穷县，实在没有什么可以请客的。不过千里寄鹅毛，物轻人情重，我们当感谢符县长这一番盛意。”符单骑哈哈大笑道:“杨女士这话,非常之痛快。我就是这个意思,不成敬意,只是借了一杯酒,大家开开怀,痛快地说几句。”他口里说着,拿了一把小铜酒壶在手,向正面首席上的杯子斟了去,因笑道:“我索性办一个痛快,在正面斟上三杯酒。请你们三位,随便坐下,我就不再谦让了。”燕秋笑道:“假如符县长不嫌我逾分的话,我就愿意坐到主席上,借酒来转敬县长。”符单骑拱一拱手道:“若是杨女士有这意思,我改一天再来叨扰;不但是我叨扰,我还要介绍本地绅士,都和杨女士见一见面。杨女士对于故乡有什么建议,先和他们接洽接洽,以后就好着手了。”燕秋道:“符县长这番好意,我一定接受。只是今天我听到符县长这番话,引起了我无限的感慨。我觉得这里的老百姓,这样受人家的欺侮;由于天高皇帝远,这冤枉受下了,我们无从去伸;其实这是老百姓不知道这县老爷上面,还有什么衙门。我既是此地人,又识得字,和老百姓去喊冤,就是一件义不容辞的事。”说着,可就把斟满了的那一杯酒举了起来,举着高过了额顶,因道:“我虽是个女人,和社会服务,那是同男子一样的。今天当了本县的县长在这里,我举酒为誓,一定要替老百姓喊冤。”健生听到她这样说,岂不是又要回首都,也就跟着把酒杯子伸到符单骑面前去,接过他一杯酒,向燕秋对举着道:“假使我能帮助燕秋的话,我愿尽我力之所能。”燕秋微笑着,将头点了一点,那意思是要把酒杯送到口边去喝。昌年立刻向前挤着,笑道:“慢来慢来,这一个攻守同盟,不应当把我除外。符县长!请你也和我斟上一杯,我们一齐来。”说着,拿起桌上的酒杯,也送到符县长面前去。接过了酒杯,三个人品字式地站着,对望了笑将起来,昂着头,把酒一饮而尽,然后翻出空杯子,对照了一照。燕秋笑道:“我们这真是借人家酒杯,浇自己块垒。”符单骑抱了酒壶,站在桌子角上,向三人看看,不住地微笑着,直等三个人全把杯子放下来了,这才喝彩道:“好!这很是痛快。假使借了我这两杯粗酒,鼓起了三位为民请命的精神,将来有同在东方见面的日子,我必得办一桌鱼翅席,大大地来庆功。”燕秋笑道:“却是不用。只要符县长肯在敝县多多留任一些时候,这比用龙肝凤心做了酒席我们吃,还要痛快得多。”符单骑两手伸张着,口里只管说请坐请坐。

等大家坐下来了，他又跑到门外面叫道："还有两位课长呢？"这两位课长，被县尊再三再四地催着，也就来了。只看他们身上那两件灰布大褂，斑斑点点，已是不少成绩。黄黄的尖削脸皮，再加上浅浅的胡桩子，真可以想到他们的生活状况是怎么样。现在他两位课长进了门来，首先就是贴住了墙，垂手站定，看到这远方来的几位嘉宾，简直不敢走近来。符县长笑道："你们应当仔细一点办事。这位杨小姐，对于我们这班贪官污吏，实在有些看不上眼。她生气起来，要到首都告上状去了。我们虽不是用老百姓血汗钱的人，但是老百姓的血汗，总是经我们的手去榨取的。果然要去告上状，我们是不能无罪的。"这两位课长，听他说得这样严重，都不由得瞪了两只眼睛，向燕秋等望着。燕秋笑道："二位课长，不必多心，这是闹着好玩的。"符单骑听着，就向两位课长微笑，点点头道："你们坐下吧。"说着话，大家坐下，扶起筷子，开始吃喝。随着一个卫队，用大瓦钵子，捧上一只炖熟了的鸡来。因为是瓦器盛的，鸡汤透着颜色，在灯光下，也带了一点儿黑。随着这瓦钵子上来以后，就是两只小的粗瓷碟子，里面各盛了一小撮黑盐。符单骑笑道："在这种地方，可找不着酱油，觉得淡了，就撒上一点盐。"燕秋道："我常听到北方人有一句话，乃是不杀穷人没饭吃。像现在甘肃的人民，不但是穷，连做人的条件，也没有齐备。可是这种无名无义的派款制度，就出在这里。记得初到洛阳的时候，听说街上没有电灯，就觉得扫兴之至。很多东南人物，为了这一点，就跑回去，到了这里，不过是没有酱油，这太是平常了。而某方面，偏是要在这里弄钱，岂不是合了那句话，我非替老百姓出头不可。"

到了这时，健生心里那两句话，实在忍不住了，因笑问道："杨女士这种伟大的举动，我们做朋友的与有荣焉。但不知道什么日子开始着手？"燕秋笑道："你当然知道我的脾气，我为人是最不赞成今日约明日，明日约后日的。要办，今天就办。"健生道："这样复杂的问题，打电报是不胜电费之重的。"燕秋道："我自然要学古人那叩阍的举动……""叩阍"这两个字，健生是懂的，那就是到皇帝宫门口去喊冤。于今没有皇帝，那自然到国民政府去请愿。她又重新声明了一下，回首都是不成问题了。于是取过符县长面前的酒壶，在燕秋和自己的杯子里，各斟上一杯,放下壶,举着杯子对燕秋道:“我贺你一杯。”说着,送到嘴边,仰脖子直倒了下去,接着又向她照了杯道:“不和你帮忙,和这杯酒一样的干。”燕秋不曾答言,昌年在一边,可是哈哈大笑,这里面显着是有文章了。

第三十六回　敲骨人来堵门殴县令　断肠梦破伏枕哭双亲

伍健生干了一杯酒,说是愿意帮燕秋的忙。这虽是他心里别有作用,可是在他表面上,那态度是取很公正的。昌年忽然哈哈大笑,这可叫杨、伍两人都有些愕然。昌年看了大家的样子,他毫不惊慌,向健生瞟了一眼道:“我想你大概是兴奋得太过了。你敬燕秋的酒,怎么把我的酒杯子拿了去了?”健生再低头看时,可不是把自己面前这杯酒放到一边,里面还有大半杯酒,昌年面前呢,可是空着没有酒杯子了,也就禁不住笑道:“这是怎么一回事? 我自己面前的酒杯放着,倒把你的酒杯取过来了。我想着,准是你偷偷儿地把酒杯送到我的面前来的。”昌年笑道:“这话在情理上,可有些说不通。我要劝你喝酒,尽管明说,何必偷着送到你面前去? 再说,我送了一杯酒到你面前去,你都不知道。你两只眼睛,是干什么事的?”健生道:“我因为燕秋说的话,实在是勇敢,引起了我的共鸣。”昌年鼓了掌道:“这不结了! 我说你是兴奋过甚,这不是兴奋过甚吗?”健生抬起手来,连连地搔了几下头发,笑道:“也许我是兴奋过甚吧!”昌年在说话时,已经是不住地向燕秋偷看着,这就笑道:“这话又说回来了,健生虽是兴奋过甚,我们倒也赞成的。来! 我也陪燕秋一杯,以后燕秋有要我效劳之处,我也是这样一杯酒。”说着举了起来,一饮而尽。燕秋微笑着,点了两点头。符单骑在他们这样酌酒联盟之下,也就有些明白了,因笑道:杨女士回西北来为故乡尽力,那应当的。费、伍两先生,也跟了来,可不能说‘应当’两字。由我这短短一小时的观察,这二位实在够得上说一声热心朋友。我想:“一定是怕杨女士一人出门,千里迢迢,多有不便,所以陪着同走一程。同朋友一块儿去游西湖游上海,这是常事,也是乐事;若说到同游甘肃这种干净水也喝不到的地方,可不大容易。”燕秋看到符单骑眉飞色舞的样子,似乎还有一套话要向下说,因笑道:“符县长也觉得我们的友谊不错呵。原来我们由南京动身的时候,共约好的四个人。不想没上火车,就有一个朋友,出了问题,不能同来。后来到了西安,有一个朋友接得上海来的电报,又回去了,因此只剩下这二位。”说着,眼珠转动着,左右看费、伍二人,又道:“费先生是学政治和经济的。他到西北来,多少有点补助他的学问。伍先生呢,是学科学的;西北正需要科学建设,他也应当来考察一下。我要求他二位送我回来,自然是便于我个人的,不过我多少也愿朋友得些好处。可是到了平凉以后,究竟还是便于我私人的多些。而且路上也觉得太苦了,因此我就和二位商量,打算请他二位就由平凉回去。承蒙他二位始终如一的友谊,还要继续地送我。我对于这件事,是非常之抱歉的。为了我的私事,不免中断了他二位在学校里的学业,也很对他二位的家庭不起。”符单骑笑道:“好在你三位已经订好了盟约,要回首都去请愿的了,就是耽搁两个月的功课,对于费、伍二位先生似乎也得了相当的代价。”昌年笑道:“这全是杨女士过谦的话,符县长不必相信。我们到了西北,看到西北人民这种穷苦样子,看到西北生产能力,是这样薄弱,一切全不是我们理想中的西北,这就对我二人很有补益了。说句文话,是求仁得仁了。在这种求仁得仁的情形之下,正应当我们感谢杨女士,感谢她肯带了我们来。”燕秋微笑着,回过头来,向他道:“昌年真会说话。”健生就接嘴道:“我虽不会说话,但是我对于昌年的话,是表示同情的。我们既然帮了燕秋一点忙,这忙就帮到底,绝不中道而止。就是她回去请愿,我总也可以找一些群众出来和她助助威。”燕秋听了这话,只管微笑着。单骑道:“这样的说,我就明白了,二位是送杨女士回西北来的,还不肯居功,这友谊真是难得。交朋友不应当如此的吗？来！我敬你三位一大杯。”说着他斟满了一杯酒。

还不曾举起来喝,这就有一个卫兵捧了一只大瓦罐子,送到桌上来。里面热气腾腾,是一只煨汤的全鸡。单骑皱了眉对卫兵道:“我们这样一个穷寒的衙门,已经是够在人面前献丑的了,你还不够,又把这黑钵子端了上来。”昌年笑道:“这不要紧,我们在南方吃馆子,就很欢迎砂锅鸡砂锅淡菜之类。”单骑皱了眉笑道:“若是这样的砂锅鸡,送到南方让人去吃,恐怕也没有人过问。第一,这瓦罐子不过是黄土做了来烧成的,并没有含砂子在内,也没有上釉;第二,是这只鸡,不如江南的鸡,有粮食喂它,这里的鸡多半是吃一些青草就算了,并不肥实的。不过话虽如此,可是鸡这样的东西,在西北还是一样无上的好菜。凭了这一瓦罐子鸡,我就请三位再喝一杯。"说着,站了起来,将杯子高高地一举。燕秋笑道:"就没有这一钵子鸡,符县长要我们喝一杯酒,我们也是义不容辞的。来!我敬陪一杯。"她随了这一句话,把杯子端了起来,先就一饮而尽。符单骑放下杯子,倒是抬起手来,搔了几下头发笑道:"这一句义不容辞的话,却是从何而起呢?"燕秋道:"并不是我们有那封建思想,说到县长是父母官,非服从县长的命令不可;这不过是因为符先生为人很爽直,在符县长所居的地位,肯告诉我们许多消息,很难得的。"单骑笑道:"为了这一点吗?其实我有我的想法,我以为人做了小坏事,可以瞒住人;像这样的大坏事,就是不告诉人,人家也未必不知道。就像各县这样摊捐款吧,这在甘肃内,已经是公开的事,我就是不全说出来,三位也会知道。而且知道了,不但会说一班县长,全无心肝,就是当了面,和兄弟有说有笑,暗地里也不免说兄弟是一个赃官。现在我自己说了出来了,一来可以减除人家的疑心,二来也落个爽直的名。说句实在话吧,这叫真中套假,也是要不得的手段。"说毕,昂了头哈哈大笑。昌年道:"就凭符县长这几句真话,也就值得恭贺两杯。来!我这里奉陪了。"说着,也就把酒杯子举了起来。单骑看到,早是连连地点了几下头,连说多谢多谢!健生道:"我不愿符县长陪我喝酒。听这样的话,请你多报告几样,我们心里就痛快了。"符单骑道:"若论别的学问,我不知道,论到这里老百姓的苦处,那我自有一肚子,诸位若是在此地能多耽搁几天,我可以慢慢地奉告。"昌年笑道:"慢慢地告诉我们,我们可等候不及。县长心里有话,最好立刻就说出来,我们也可以多喝两杯酒。"符单骑笑道:"恐怕不但不能多喝两杯,也许还要少喝两杯吧!"说到这里,把颜色正了一正,摇着头道:"没说出来,我心里就要先凄惨一阵。"在叹这口气之后,又斟上了一杯酒,端起来在鼻子上闻了一闻,复又放下,因道:"我现在不谈老百姓,谈谈我们县太爷的痛苦吧。将来各位回京去,要把游记到报上去发表的话,借这个机会,也可以和我们同行出一口怨气。"健生笑道:"其实符先生就是不说什么,我们在这里看看你那卧室里一张土炕,一张黑木头破桌子,也就大可以描写一下子。”单骑笑道：“我早已说过了，我那卧室，和江南县衙门的号房打比，也有些比不过。”昌年道：“我们不要打岔，还是请符县长现身说法吧。”单骑扶起筷子，在菜碗里胡乱指点了一阵，笑道：“大家随便地请吃菜，不要因为我的谈话，误了各位的吃。”说着，缩回筷子来，又喝了一杯酒，这才叹了一口气道：“要说起来，那真是王八蛋不如呀。是我初到甘肃来做县太爷的那一回，可不是隆德县。有一次，县里应解的本月份款项，已经照数解上去了。不想过了三天，有一个连长，带了七八名带枪的弟兄，到衙门来找我。各位要知道，我这大堂上，摆了公案，系了红桌围，老百姓看到，足为吓一大跳。可是带了枪的弟兄，他可不怕那些，一直冲了进来；而况这大堂后面，就是县太爷的卧室，也就是县太爷的办公室和客室，他要冲进来，谁也拦阻不了。当他走到了卧室里的时候，四名弟兄全是挂了盒子炮的，分在房门口两边一站，瞪了眼向门里望着。我是正伏在桌子上写字，看到他们这来势不善，料到就有问题。但是我那屋子连一个可以钻人出去的窟窿也没有，我有什么法子躲避，因之只好站立起来，笑脸相迎。那连长把防线布置好了，身上背了手枪，手上拿了藤条鞭子，挺了胸脯，一脚踏了进来。他仿佛是一位屠户，我仿佛是一只驯羊，他用了那一副眼光望着我，我不得不心惊胆战起来。可是为了保持我县太爷的尊严起见，我还是沉住了气，向他微笑着。他说：符县长！你知道来到这里，我是什么用意吗？我看了他这情形，就知道他是什么用意，只是我若把话真说出来，那他就更要和我讨债了，我只好勉强做出开心的样子，笑着说：曹连长来了就很好，我这里虽没有菜，可是倒有两瓶好酒，是平凉带来的。我虽是这样说了，他简直不理会，伸手把桌子一拍，瞪了眼睛说：你不用废话，我是来要钱的，你拿出钱来就算事。我就说：曹连长就是来要钱的，我们也应当慢慢地商量。我口里说着，立刻打开抽屉，取了一根香烟，两手递了过去，而且还擦了一根洋火，弯腰递了过去，笑着说：请你先抽一支香烟吧。他口里抽着烟，还把眼睛瞪着我，我很快地把桌上的茶壶取过，又斟了一杯茶，两手递到他面前，笑着说：请喝茶。我想对他这样客气，既敬茶，又敬烟，他也就当带出一些笑容来了。不想他越受我的抬举，那气焰倒是越大。这就站住了发呆，只管捧了拳头，连连和他作了几个揖。他把口里那半截的烟卷，抛了出来，用皮鞋尖子一踢，踢得很远很远。然后他就坐在炕沿上，架起两只脚，只管乱摇晃。手上拿了那细条鞭子，上下飞舞着。你想：我这个做东的县太爷，怎样的去对付这位恶客？只得正好了颜色，连连地向他笑着说：还有几位弟兄，都请到……他就抢着说：不，他们全奉有命令，在门外伺候的。我兄弟有一件公事带给县长看。说着，在怀里掏出一封公函交给了我。这西北穷地方的公文，大概费、伍两先生都没有看到过吧？这里就是一张灰色的草纸，上面写几个墨笔字，圈上几个红圈。纸折叠着，共有两叠；掀开来，就是一张大纸；那纸不但是不大好看，而且拿在手上，稍微一用劲，就会撕破的。"说着，打开桌子抽屉，在里面抽出一张灰色纸的公文，给大家看看。这正是和他口里所说的那东西一样。他放下公文，又继续着道："我看那公文，倒是很简单的几句话：说是现在军需孔亟，文到之日，立刻筹款五千元，着来员解回。我看了那公文，再看看曹连长的颜色，我简直答复不出一句话来。那连长似乎也知道我为难，就瞪了眼对我说：我告诉你，我们是不能空回去的，我在这里等着你，你去筹钱吧。我就说：县城里向来是没有什么存款的；说要钱，就叫我筹出钱来，这可是不容易；不过既有这道公文，我当然要出去碰碰看。曹连长倒说：你要出去可不行，就在这屋子里坐着筹款，你跑了，我到哪里找你去？我也是觉得他这话有些过于幼稚，就笑了说一句：这是笑话。我这四个字，刚刚说出了口，不想他跳下炕来，伸手对我就是两个嘴巴。当时我只觉得身子向东边一倒，又向西边一歪，头脑子发晕，连人在什么地方站着，自己都不知道。"昌年听着，仿佛自己脸上也挨了两个嘴巴，这就红了脸问道："这是真话吗？"单骑道："这也不是什么有面子的事，我何必自己向脸上贴金。可是当县长的人，挨武人的嘴巴子，那很算不得一回事，让武人绳捆索绑鞭子抽的，那还多着呢。"健生道："这样说，符县长挨了这几下，竟没有一点办法了？"单骑道："我虽然没读什么书，但是我也知道，士可杀而不可辱的这句话。当时我头脑清醒过来了，我就说：你要我找钱，又不许我出门。我分辩一句，你伸手就打人，你不讲法律，难道你也不讲人情吗？既然如此，你开枪把我打死得了，我没有法子筹款。我这样一说，他倒是显着短理，就向我说：他不管那些，有了钱他就去交差，没钱就捣乱;打是已经打了,你若不服,只管将来再算账。至于现在,我可不能开枪打死你,我若是打死你,同谁去要钱呢?”燕秋笑道:“他倒说了一点直心眼子的话,可是这未免太让符县长难堪了。”单骑淡淡地一笑道:“若在别人看来,倒觉得我是强硬着占了胜利。可是自此以后,问题就来了。他喝着说:来人啦!只这三个字,那四个带枪的弟兄,走了进来,向他行礼。他指着我说:你们四个人,把他看守住,他到哪里,你们也就跟着到哪里,一步也不许放松,你们还记着:别让他寻死。那四名弟兄,总算是听话的,在我身前身后,竖立蜡烛台似的,齐齐地站着。曹连长就把鞭子指了我说:你不是要去筹款吗?现在可以听你的便,你到哪里去,我也不拦阻你。各位!我也是扛过枪杆儿的,这一套,我并不放在心里。大不了,不过是一死罢了。他们打死一个县长,可以随便了事吗?当时我索性在椅子上坐了下来,把脸一板,也不管那连长,眼望了天说:我堂堂一个县长,挨了两个嘴巴子,就这样算了吗?今天情愿让你们打死,要我去筹款,那可是不行。经我这样一来,他们倒没有了法子,站的站,坐的坐,全把两只眼睛,向我望着。我索性把一只手撑了头,呆呆地想着。那曹连长绝不肯对我说,那两巴掌是他打错了。也只好坐在那里,白白地向我望着。后来他跳了起来,问我:拿钱出来不拿?我还是说,不能白让他打两个嘴巴子。这一下子,他不能忍耐了,跳起来说:你既是不筹款,一不作,二不休,打你个半死再说。打!只这一个‘打’字,那四名弟兄,拖住了我,拳打脚踢,一齐同下,打得我滚在地上。我一人怎能抵抗五个人?只把两手抱住了胸脯,让他们去打。自然的,真打了我一个半死。最后,我躺在地上,动也不能动,只有哼了。”燕秋皱了眉道:“县长吃了这样大的亏,你手下的那些课长课员,还有卫队,难道他们全是聋子瞎子,一切不闻不见吗?”单骑道:“唉!我们做县长的,见了大兵,还没有一点办法呢。他们都是被压迫惯了的,还敢说什么?他们足足地把我饱打了一顿,觉得事情不能这样简单了结,把我抬上炕去,随便牵了一条被褥盖着。他们就蜂拥到院子里高声喊叫:我们是奉了上司的命令来要钱的,你装死就赖得了吗?我们现在回去报告,明天,我们自然有人来。他这样骂了我一阵,就大模大样地走了。”燕秋道:“这样说起来,县长倒是为人民牺牲了。”单骑道:“果然是为人民牺牲了,那也无话可道。无如那连长虽然走了,那七八名弟兄,可没有走开。有的在我房门口站岗,有的在大堂上站岗,竟是重重叠叠地把我围困在衙门里了。这样过了两天,那些讨钱的弟兄,不曾和我开口要钱,也不让出房门。其实我打成了这种样子,要下炕也不可能,何况是走出房门。到了第三天,这些弟兄们,似乎得着什么暗号,悄悄地撤了防线了。”燕秋笑道:“这样说起来,还是县长强硬过来了,倒底没有交钱出来。”符单骑道:“那如何强硬得了!甘肃这地方,不能有强项令,假如有的话,早是吃了枪子了。到了第四日,他们改变了办法,来了两个马弁,带了他们上司一张名片,到了县政府,又是照样地直向里冲。诸位!看我这一身穿着,在东方活像个粗人,说是在西北,也不像个县太爷。我正由屋子里向外走去,那马弁看到,就呔了一声问我说:县长在哪里?他不要装傻,该拿钱出来了。我就笑着答应了是县长,问他有什么话说。他说:你就是县长,那好极了。我奉了命令来,问你要钱,你已经误了限期三天了。我早认得他们是两个马弁,在他们头儿面前,不过是个听差样的人,催解饷款,这样重大的事,怎么交给这样两个混账人来办?当时我看到了,脸上可表示了一种不愿意的神气,随便地和他们点了一点头,笑着说:你二位先到屋子里坐坐,有话我们慢慢地商量。在我的心里,虽然不高兴,但是我在面子上,依然对着他十分和气的。不料那两个马弁,却和平常人不同,连我的心病,他也看出来了。他们挺了胸脯子,朝我面前一跑,一个手快的,就伸手抓住了我的领子,说是怪不得大家说你这东西会装假,我们弟兄们在这里,你装假躺在炕上养伤;我们弟兄们走开了,你就有了精神,到院子里来玩了。我当时被他这样抓住,要和他对打,显见得是失了身份,而况我的伤势还很重,也没有气力打人。心里想着打了几个转弯,这就放下笑脸来对他说:你老总何必这样?有话可以慢慢地商量,我并没有下炕,这是出房来到厕所里去。幸亏我这一声老总,才把他们的怒气,平和一些下去。其中那个没有动手的,作好作歹地把我放了。但是打虽不打我了,可要好好地恭维他们,陪他们吃喝带抽鸦片烟。我心里想着:我不做县长,也不至于去恭维马弁讨一碗吃。现在做了县长,就是恭维马弁饭碗也是保不住的,这个官做得有什么趣味?我这样想破了,就对那两个马弁说：款子已经派人解着走了，你若不信，我同你们一路去见司令。他见我肯亲身出马，也就相信。我找了一辆轿车，把被褥垫得厚厚的，径直地躺着到司令部去。”燕秋失惊道：“那很危险啦！”符单骑摇摇头笑着道：“没什么危险，若有危险，今天我如何见得着诸位？这情形是很明白，我已经打得这样遍身是伤了，不能再打我；若把我杀了，与他们也没有利益。究竟我也是一名正式的地方官吏，若随便把我杀了，主动人也要负些责任。为了这种缘故，我拼了这条命，往司令部里一冲，只受了十天的拘留，我也就太太平平地掼了纱帽而去。各位！这是我上次身受虐待的事实，可是我受了这种虐待，还是来做官，这也可见得我这人，太没有骨气。”他这一篇长议论，说去了半顿饭，大家都也觉得别有一种风味，倒是怕他一说说完了。

他讲完之后，昌年才道：“这样看起来，这方面的地方官吏，那行政系统，是和别省不同的了。”单骑道：“‘系统’两个字，这里谈不到，也用不着。我刚才告诉各位的情形，那已经是难得之至了。差不多的县长，只当一个收账员，有力的打发一条狗来，也得好好地伺候着。”燕秋道：“现在还是这样吗？”符单骑手按了酒壶，向大家微笑，答道：“自然是比以前好得多了。”燕秋手里拿了一块大馍，一面咬着咀嚼，一面不住地紧皱眉头，似乎是在想什么心事。单骑是在她对面的，看到了就问道：“杨女士！你对于我这些话，有些不相信吗？”燕秋说道：“倒不为此，因为符县长的话，联想到军人，联想到我那在军中的两个家兄。大家兄，就是在本县失散了的。于今我是无从访查了。”单骑道：“杨女士已经到了故乡了，有什么事，全可以从从容容去调查的。”燕秋只点点头，却不答复。单骑看她初来时，态度非常兴奋的，到了这时，慢慢消沉下去了，却不解是什么缘故，也就不敢多问。

吃完了饭，燕秋推说是身体困倦，要回客店去。符县长吩咐两名卫队打了灯笼，一路护送着，由县衙门回到客店去。正要由她家故址那里经过，星光下只见那片断的土墙，在暗地里，东西摆列着；再向前看去，一片空旷之地，可以看到很远的半环城墙，和天脚下星斗接近。凉飕飕的风，由那里吹了来，身上汗毛孔凉习习地收缩着，让人说不出来有一种什么感觉。到了店门口，早是把店门关得铁紧，在漆黑的风檐下打了很久的门方才把门打开。店里也没有灯火，后方院子里透出一些星光，那店伙只是摸索着来开门的。健生笑道："这倒有个意思，让我想起我祖母给我们说的故事。"昌年道："那大概是说到黑店吧？"店伙可就在暗地里笑道："先生你放心，我们这县城里没有歹人。"燕秋叹了一口气道："就因为没有歹人，才把城里头糟到这种情形。"那卫兵看到店里漆黑，索性举了灯笼，引着燕秋等进房，方才告辞而去。她因为店家没有预备煤油灯，就在网篮里摸出一支洋蜡烛，点了放在窗户台上。

这屋子里陈设，是非常之简单；除了一方大土炕而外，只有两个黄土砖的墩子，上面横了一块薄板，当了桌子。燕秋看到那板子中间，已经裂了一条缝，也不敢再在上面放东西，茶壶、茶杯、手电筒、报纸卷，零零碎碎地全放着，占了炕的半边。燕秋坐在炕上，两手抱住了膝盖，沉沉地想着，假如当年不因为逃荒，离开了隆德，自己哪里有这么些见识，哪里会立下和故乡人民请愿的决心；千里迢迢地跑回故乡来了，还是住在这里一所客店里，这真是做梦也想不到的事。可是我虽然住在客店里，倒底还能回得家来，看看这一片荒土，至少听到本乡人说话，心里也得到一种安慰。现在父母在哪里？死了呢，一切都完了；不死呢，可不知道在什么地方。她沉沉地想着，先是昂了头，向窗子外望着，后来慢慢地把头垂下，垂得把下巴颏放在膝盖上。她想着想着，感到有些倦意了，就放下手来，随了身上的衣服，向下一倒。手上拖了被褥上两个枕头，叠在一处，然后伏在枕头上，再把事情向前想了去。记得当年出门的时候，父亲挑了一个担子，里面是些零碎破烂，只看他那灰色的毡帽子底下，一条条地向下流着黄汗，由额头上直挂到脸上来。母亲呢，蓬了一把干燥的头发，手上拿了一根小木棍子，紧紧地在后面跟着。大哥是不在身边了；二哥呢，也挑了一副小小的担子，抢在人前面走。当时倒疑惑他是那样忍心，对于故园，一点也不留恋，现在可回味起来了，他正是不忍看到在家门口那种离别之惨的。那时自己虽然是小孩子，可是知道自己这一离去，却想不到是哪一年能够回来。于今是回来了，想到当年那情景，恍然还在目前；可是还有什么留着呢？不但人没有了，而且房屋街巷也没有了。再回想到自己家门口，是一堵土墙,墙中间挖了一个门,门里面是个长方院子。南屋两间,把门窗全堵死了,是空在那里的。西边两间矮屋,一间是牛栏,一间是井,北屋三间,是一家人在那里住着。记得自己在院子里玩的时候,看到北屋子里的烟囱,向天空里升腾着那烧马粪的青烟。这也并非完全幻想,鼻子里也就闻一股子马粪味。自己端了一条板凳,横放在太阳光下面,手里也不知是拿着书本子,也不知拿了什么报纸。正看得很有趣,忽然身后有人轻轻叫道:“孩子! 外面凉得很啦。”燕秋回头看来,是父亲笼了袖子笑嘻嘻地站在一边。看到他那脸上,黄里透红,那是那种健康样子。便情不自禁地,抓住了父亲的袖子,说不出哪里来的这一般酸味,由心眼里直透顶门心;两行眼泪,一同直向下落,在脸皮腮上淋着。父亲究竟是慈仁的,将手摸了姑娘的头发,微微地笑道:“哭什么? 现在都好了。你大哥回来了,二哥也回来了,你母亲在屋子里等着你呢。”燕秋听着,回头一看,可不就是母亲吗,她不但是还有那半头干燥的头发,而且手里头也扶了木拐棍。燕秋还没有作声呢,母亲抖颤着声音,可就说话了。她道:“孩子! 我听到你发了财了,你做了大小姐了,你还记得你这苦命的娘吗?”这一句话,引得燕秋心里更是难过。猛扑了过去,投在娘的怀里,两手将母亲的腰紧紧一抱,口里喊道:“我的娘! 我的娘! 我实在是对你不起。我们两个哥哥呢?”母亲道:“你两个哥哥? 也都回来了。你等我去叫他们来。”燕秋双手搂住了娘的腰,哪里肯放? 叫道:“好容易我投到了你的怀里,我是不能让你走开的。”母亲生气了,要摔脱她的两只手,她更是着慌,紧紧地将母亲的腰抱得像铁索钳住了一样。她是用力得过分了,待自己睁开眼来一看,哪里有父母? 哪里有家庭? 这就是自己紧紧抱住了叠着的枕头,眼泪自然是流得太多,把枕头上的套布,哭得湿成一片。

窗户台上点的那支洋蜡烛,已经只剩了一截屁股,油汁向四处流着,那一线细细的烛心,点出来的火焰,只是摇摇不定。屋子里只靠这一线微细的烛光,本来也就昏沉不明,现在烛光快吹灭了,这光亮越发地小。抬头看看四周墙上,都有些摇撼撼地,分明是那闪动的烛光,在其间摇动的。许久不在家乡睡了,这时,耳朵边不听到一点什么声响,似乎这大地也要沉了下去。人的嗅觉在夜静的时候,也是尖锐些的,仿佛是哪里在烧马粪。这气味是由窗户洞里细细地送了进来了。她伏在枕上,出了一会子神,本来这是到了家乡了,自然是有家乡风味的;说这不是梦吗,父母在哪里?是梦吗,明明地住在隆德县城一家客店里面了。不要回隆德县住客店,这也是一场梦吧?自己是在南京住着的,怎么会到了故乡来了?她想着想着,那窗台上的洋烛就没有了。好在这是土砖的,虽是流汁撒到四处,也并不去注意,于是这屋子里就漆黑了。过了一会子,可以在窗户格子里看到半空里一些些地鱼肚色。那分明是天色有些亮了;或者是残月早出。她伏在枕上,回想到双亲在梦里说话的光景,实在是凄惨。心里想着,梦自然是靠不住的,可是这梦也梦得奇怪,不先不后,就在回到隆德的这一晚上,有了这梦。父亲母亲全是先前那一种样子,梦得和事实这样的逼真,这能说是完全幻想吗?听母亲的话,似乎有些怨我来晚了,可是我何尝不早想回来呢?我母亲也许在一个不可知的地方,正等候着我,这可冤了我了。我的娘!你教我向什么地方去找你呢?想到这种地方,她刚刚收住了的泪珠,又似抛沙般地流了出来。因为是哭得太厉害了,不但是眼泪流出来了,而且嗓子里哆嗦着,只管发出那呜咽的声音来。

自己也不知道是哭了多久,那窗外的光亮,还是作那银灰色,却听到窗户墙根下,有些窸窸窣窣之声。心里想着:不要是有狼来了。现在县城荒芜到这种样子,狼溜进城来,是有些可能的。因之停止了哭声,静静地伏在枕上,侧了耳朵听着。为了狼,这又想起当年旱灾时候的狗来了。那个时候的狗,比狼还要厉害,满处拖死人的腿子吃,吃得眼睛都是红的。那时,家里曾得了一只死狗,大家像宝贝似的看待。于今呢,自己是不必吃那些脏东西了,可是母亲到哪里去了?现时是在吃什么度命?全不知道。也许那年大旱,就饿死了,她的骨头也不免……想到这里,那心里便像刀挖一样,非常之难过,难过到两手紧紧搂住了两个枕头,死也不肯放松一点。就在这时,窗户墙根下的息率之声,又发现了,而且那响声是比以前更重。这绝不是狼,也绝不会是小偷。因为果然是小偷,有人在屋子里不断地哭,他还进来偷什么呢?这是什么响声,大为可怪。于是一个翻身坐了起来,两手按住衣襟,挺了身子,向墙外听着。听了一会,便道:“那外面是什么响动?人呢?鬼呢?"外面却是健生答道:"燕秋!是我呀。你哭了很久了,在梦里把我惊醒过来。我要叫你吧,天又不曾亮,有些不便,所以我只好站在这里听着。"燕秋道:"这个时候,正是天寒的时候,你何必站在外面,仔细受了感冒。"健生道:"我要进房去睡吧,你哭得这样厉害,我又不放心。"燕秋道:"你有什么不放心,以为我要自杀吗?我早已声明了,我决不自杀,自杀是愚人干的事情。外面太凉,你还是回房去吧。"健生道:"我并不是向那大处着想,我怕你哭坏了身体。"燕秋道:"这不是笑话吗?哦!哦!我不说你,说我是这样蛮牛一样的身体,那是不要紧的。你请回房去吧。你这样为我担忧,这未免让我心里不安。你还是请回屋子里去吧。你怕我哭坏了,结果可别让你自己着了凉呵!"二人隔了窗户,这样一问一答,那话未免有情。然而在燕秋方面,正哭断了肠,感情也未必转变这样快吧。

第三十七回　微露儿女情当时尴尬　忽传生死信前路凄凉

在这个时候,天色是慢慢地亮了。燕秋和健生的谈话声,也就惊动了隔壁屋子里的昌年,草草地穿了衣服,就迎了出来。看到健生,犹是披着衣服,站在窗户外面。那燕秋的房门,又是紧闭着,这倒有些愕然,因问道:“你起来得这个样子早?”健生道:“我还没有起来的时候,就听到燕秋在屋子里发哼,我不知道她是病了,还是做梦话,我就悄悄地站到这窗户外来听着,听她说些什么。原来她不是生病,也不是说梦话,她是睡得伤心起来,又在哭呢。我让她哭动了心,只管劝她。”健生一面解说着,一面就红起脸来。昌年本来是不怎样的注意,健生红起脸来,这倒让他不能无疑,便笑道:“早上天气很凉,你扣上纽襻吧。”健生也不多说,两手操着衣大襟,匆匆地就向屋子里跑了去。

昌年站在屋檐下,倒不免呆了一会子。这就向燕秋的窗户里面问道:“燕秋!你怎么了?又伤心吗?”只这一句话,已经看到燕秋把房门打开,红着眼眶子,兀自带了笑容道:“我这一发牢骚不要紧,把你二位全惊动了。其实我到了这样荒落的家乡,时时刻刻全可以发牢骚,你二位哪里管得了许多。”昌年向她周身上下看了一遍,笑道:“据我劝你,还是把心放开一点吧。人事是难说的,你以前想回来,果然就回来了,现在你想家属团圆,说不定,总也会团圆的。”燕秋笑道:“但愿如此吧！不过我想回来,是想了五六年之久的。你想:我若这样再想五六年,才能把家属想得团圆,恐怕那时候的人事,又变得不可思议了。”昌年道:“天下事哪里顾全得了许多！只好各尽人事。若以尽人事而论,你也就够尽人事的了。”燕秋站在门里头,手扶了门框,向昌年身上望着。昌年站在屋檐下,两手插在裤插袋里,来回地走了几个来回。燕秋有许多时候没有说话。昌年也就有许多时候,一个劲儿发呆,一个劲儿来回地走。健生却由屋子里再跑出来,向昌年笑着道:“你说我把衣纽没有扣起来,可是你还没有穿袜子呢。”昌年低了头一看,可不是光了两脚,踏了鞋子站在屋檐底下,便笑着一缩脖子道:“我真糊涂,连自已赤了一双脚,都还不知道。笑话笑话!”他口里说着“笑话”两字,人已经走进屋子去了。

健生在十分钟之内,就把这一种怨恨给报复了,心里是十分高兴,因之站在那黄土砖架起来的条桌边,只是提了一把破旧茶壶,不住地向茶杯子里斟着。斟过之后,他就端起来喝。喝完之后,他又再提起茶壶来斟。昌年看了,便笑道:“一大早起来,你只管喝许多凉茶,不怕肚子痛吗?”健生道:“老实说,由西安向西走了来以后,没有喝过像这里这样好的水。现在遇到了,就非喝一个饱不可!”说着,把杯子端起来,又连连喝了两杯。昌年坐在炕头上,将袜子在脚上慢慢地套着,眼睛虽是看了脚上。可是他的心,却不属于脚上,不断地用手去摸袜子,口里还不住地道:“到了西北来,实在也讲不到什么卫生了。不吃的得吃,不喝的得喝,不愿去的地方也得去。”健生喝了两杯凉水下去,见昌年还是有些不好意思的神气,只管将袜子筒向腿上拉扯着,而且还用手去抚摸着袜子正面,似乎这袜子上有了什么花样,很可以引起他的注意。因站定了,半侧着身子,向昌年望了许久,笑道:“你提起不能去的地方,我们也得去,这倒让我想起了一件事。西北的窑洞子,我们始终没有参观一个痛快……”昌年这才昂起头来,向他望着笑道:“你这话说出来,是有点善忘吧?我们在窑洞子里住也住过,怎么说是还要参观一个痛快?”健生道:“我们虽是住过窑洞子,可是那窑洞子是在旅馆里的,大概便于旅客的房间,究不能算十分下等。我们若是要看到那真正的贫民窟,就得到乡下小窑洞子里去看。”昌年点了点头笑道:“‘贫民窟’三个字,虽是很普通的名词,可是用到窑洞子上去,却十分地合宜。”健生笑道:“那么,你是赞成我的建议的了?”昌年道:“出去玩玩,我没有什么不赞成。只是我得向燕秋问上一声,假使她有什么事要我们代办,我们就不便离开她了。”健生还不曾答言,燕秋就在门外答道:“你二位要参观什么,只管去参观,今天我实在没有什么事。老实说,昨晚上我一晚全没有睡好,今天我该好好地躺着睡一会子。”昌年道:“你不是要在今天出去拜访你的亲戚吗?”燕秋道:“也许去。”只说了这三个字,她又嫣然一笑道:“假使我去拜访亲友,当然也只好是我自己一个人去。"昌年拱着手,又点着头笑道:"是是是!我简直有一点糊涂了。吃过早饭,你去拜访亲友,我同健生出去玩去。我们分道扬镳。"燕秋走到屋子中间,分别向费、伍二人脸上看了一看,转了眼珠子笑道:"我的亲戚,为了我的原故,是你二位的朋友;我的朋友,间接算起来,也就是你二位的朋友。大家都是朋友,倒不能含混地过去;我必得介绍他们和二位见一见面。"健生道:"这倒是当然的。"昌年还是抬起一条腿两手抱了膝盖,坐在炕沿上,听到这话,却向他瞟了一眼,也没有说别的话。

燕秋却跳到房门外去,向店伙操着本地话,叫他预备茶水早饭。健生眼看她抬手抚摸着后脑的头发,很快地走回了自己的屋子去,这就低声向昌年道:"昨晚上她哭了一宿,怎么这个时候,笑嘻嘻地,又高兴起来了?"昌年望了他一眼,微微的笑着。健生道:"你笑什么?这里面还另有什么问题吗?"他把两只手胳膊环抱在胸前,向昌年偏了头望着。昌年笑道:"并非是这里面有什么问题,因为我见你在今天对她特别注意,倒有点奇怪。"健生对于他这话,也不驳回,照样地报之以微笑,不但是把在胸前的两只胳膊,更是抱紧了些,而且把一只脚微微地悬了起来,将脚尖点了地,身子一颠一颠地,颠得身子全有些抖颤。昌年也只好是笑笑,又能说什么呢!

大家用过了茶水,不多大一会子,店伙就送了早饭来。看时,两个大瓦盘子盛着热气腾腾的十几块黑馍,另外两个盘子,一盘子宽叶子韭菜炒肉丝,一盘子炒鸡蛋,还有一个小些的碟子盛着带汁水的干辣椒末。昌年看了,直弯下腰去,将鼻子尖凑在黑馍上嗅了一阵,而且两只手掌,互相搓着道:"今天早上的饭菜,何以如此之好?"燕秋手里,又捧了两只碟子进来,却是一大一小。大碟子是切的红皮子白萝卜,乃是生的;小碟子,是一大撮黑盐,看了颜色,好像炒过了似的。她一块儿放在桌上,这就笑道:"请你二位尝一尝我们这里的土产口味吧。"健生笑着道:"这韭菜炒肉丝,也算是你们这里的口味吗?"燕秋笑道:"果然要用我们这里的口味,弄给你二位吃,那就恐怕你二位有点吃不来,就是把韭菜整把地切成了一段一段,放在碟子里,在吃饭的时候,用筷子夹着蘸了盐吃。"昌年已是左手拿了一大块热馍,右手拿着筷子,在韭菜碟子里拨了几拨,他挑起一叶韭菜,笑道:“这叶子真不算小,有我们江南大蒜叶子那么宽。就是这肉丝,却也切得恰如其分,有燕秋你那小指头粗。”燕秋就伸了一个小手指,笑道:“有我这指头粗?你是说我指头粗呢,还是说韭菜叶子炒肉丝粗呢?”昌年笑道:“指头等于韭菜,其不粗可想。”燕秋笑道:“这倒是真话。我初到江南的时候,看到江南的韭菜叶子,细得像小蒲草一样,我倒很诧异。自然,你们由江南到西北来的人,看到这种样子的韭菜,也是奇怪的。吃吧吃吧,趁热的,不要只说话了。”她说着话,手里已是拿起了一块黑馍,也就捏着筷子,陪着吃起来。她夹了一块生萝卜,在辣椒碟子里一蘸,然后送到口里去。看那样子,倒是很有味似的。健生便笑道:“我也喜欢吃辣椒的,让我来吃一块试试。”于是夹了一块萝卜,在辣椒小碟子里蘸过,向口里送了去。只用牙一咬,立刻吐了出来,把眉毛皱着,舌头伸出来多长。昌年笑道:“怎么样?不大好试吗?”健生伸一个食指,连连地向那小碟子里指了几指,摇着头道:“这真不是玩意!我以为这和东方的辣椒油一样,可以随便吃的。哪里知道这里面是醋,而且还没有搁盐,又酸又辣又淡,我实在吃不下去。”燕秋笑道:“这是你外行。你应该明白:西北人是连盐全舍不得吃的人,决不能够把油浸辣椒末。”健生拱拱手道:“我对于这一点,真是忽略了。不过现在我虽然是明白了,可依然还不愿领教。”燕秋道:“我本来要吩咐饭店里,炖一只鸡来吃的,只是二位要出去看看,已是来不及了。”昌年道:“今天你为什么这样的客气?”燕秋道:“你看,你们已经走到我的家乡了,你二位千辛万苦,送我送到这里,我应当尽一尽地主之谊。”健生道:“你在平凉,不是已经尽了地主之谊的了吗?”燕秋道:“平凉究竟不是我的家,我怕二位到了那里,不能再西进了,所以就在那里酬谢。现在到了这里,这才是真正的家乡。我原来的意思,哪怕是我家荒芜得只剩了一所空屋,我也要请二位在我家小住两天。不料回得家来,就是那样一片荒地,没有法子,只好请二位在饭店里吃饭了。说到一个‘请’字,那是未免可笑的。我想我们在南京的时候,看到人力车夫吃这种饮食,也会替他们难受的。”

他们三个人,围了那土砖墩子支起来的条桌,站着吃饭,健生站在中间,燕秋站在右手;健生拿瓦盘子里的一个馍,慢慢地揭去外面一层浮皮,这就笑道:“吃馍揭浮皮,这和外国人吃面包去面包边一样,是一件要不得的事。不过我自已不知道什么缘故,当我拿着馍在手上的时候,我就止不住做出那不应当做的事。”他口里说着,已经把撕下来的馍皮,捏成了一个小团团,扔在盘子里。燕秋望了他道:“本来我对了这种黑馍,斑斑点点地沾上许多灰尘,也是不敢吃的。可是我想着除了吃这个,还有什么好的可吃?在此地人,看到我们吃这样好的黑馍,差不多是东方的人参燕窝。我们……”她说到这里,将筷子去拨韭菜吃,似乎是很注意的样子望着碟子里,没有理会到其他的事情。健生道:“燕秋经过了这一番奔波,为人是非常地稳重了。稍微带一点起芒的话,就不肯说了出来。其实我们这样好的同学,不应当带那些痕迹。”燕秋微昂着头,叹口气道:“我当过丫头,丫头和快嘴两个字,是向来发生关系的。幼年间,这个印象是很深,所以自今以后,我要格外地小心了。”健生道:“稳重固然可以减少是非,但是也有坏处。”燕秋回转头来向他瞟了一眼,微笑道:“这倒奇怪,难道稳重还不对吗?”健生把筷子放下,背转身来溜了两步,昂头向天上叹了一口气,可又笑道:“虽然是非减少了,可是天真也减少了。”说着,眼睛还是望了天。燕秋听了这话,也是拿了一块黑馍在手,慢慢地去撕皮,没有接着说什么。昌年却是低了头,只管夹肉夹蛋,吃了一个酣。燕秋和他所站,是在中间隔了一个空当的;健生离开了,燕秋也并不站过来些,把一块黑馍的皮都完全撕光了,健生还没有走过来,便笑道:“你怎么不吃了?吃饱了吗?”健生笑道:“我心里,好像想起了一个问题。可是为了一注意到吃的事情,把我要想起来的那个问题,又给忘了下去了。”昌年将筷子头点点碟子里韭菜,笑道:“世界上最重大的问题,还能超过吃饭的这一件事吗?先吃吧,别想了。”健生回转身来,依然在那个空当里站着。也不知道是什么缘故,大家吃起饭来,却不说话,只是静静地站着。

吃完了饭以后,燕秋首先回房去擦脸。健生笑道:“吃了这些干燥的东西,胃里实在是够拥塞得很,要去找一碗热茶喝了。”他说着话,不觉就走出了房门。这一间的房门,是和燕秋的房门并立,所以走到了这间房的门外,也就是燕秋的房门外,这一间房,那门外是一条长的廊檐,下临着低下一尺多的院子。西北的屋院,是不会有什么陈设的,光光的一片黄色地皮。但是健生对于这地皮,似乎是当了一种美术品在赏玩,只管静静地看了出神。在出神的当儿,却有一种脂粉香味,细细地送进了鼻端。健生忽然回转头来一看,却看到燕秋雪白的一张脸子,在两颊上,还微微地有些红晕。无疑地,在抹粉之外,又抹上两块胭脂了。健生这样一回头,正当了她向门外来,两个人打了一个照面。她忽地嫣然一笑,把头低了下去,那是有些难为情了。健生道:“燕秋!你要出去吗?”燕秋一低头,笑道:“我应该出去访访我的亲戚朋友了。不过我一路凄凉着回来,脸上带了病色不浅。我想着,免于故乡人对我疑心起见,就在脸上抹了些胭脂粉。”她说到这里,把脸色正了一正,又低下头去,不住地牵扯着衣服。健生道:“这是自然。老远地由江南回来,就是不能有点事业给人看,也带一副生气勃勃的颜色给人去看。”正说着,昌年也出来了。燕秋虽不敢断定人家就是看着她的脸上,可是,就在这个当儿,她又嫣然一笑,把头低了。昌年道:“燕秋有事,你就自便吧。我同健生走出去,随遇而安地走;走到哪里,就参观哪里。肚子饿了,或者是天色黑了,我自然会回来,你就用不着管了。”燕秋看他说话的态度,故意持着十分郑重的样子,这就也随了他把颜色镇定着,笑道:“只要你不嫌这些窑洞子里面脏,我想你所得着的成绩,一定会出乎你意料之外。”昌年笑道:“同时,我也预祝你,你所得的成绩,一样的出乎我们意料以外。”燕秋点着头,微笑了一笑。不知什么缘故,大家在这个当儿,全都有一种说不出来的尴尬意味。还是燕秋进房去,又在箱子里找了一条手绢揣在身上,这才回转身,向昌年点了个头,笑道:“对不起,我要先走一步了。”可是她说完了这句话之后,掉转头来,却又看到健生也站在一边呢,这又和他微笑着点了一下头,才昂头走出去了。她实在走得匆忙,也没有告诉店伙把这里房门关上。

昌年眼望她走得远远了,才笑道:“你看,她向来不抹胭脂粉的,今天的情形,可有些变更了。”健生道:“我倒没有怎样注意她的态度。”昌年笑道:“这也并不用得人去注意她的态度。她向来的脸上,是保持着那一分本色,今天突然地脸上有红有白,岂不是可以让人注意。”健生道:“我觉得这并没有什么意外。在南京的时候，她在做大小姐，就是天天搽胭脂抹粉；后来出门北上，一个旅行的人，本来就不能怎样顾到修饰上去；加之在西北旅行，又是风尘扑面，让人周身都会沾着黄土，脸上抹胭脂粉，都是白费力的。到了这里，她究竟不用在风尘中仆仆奔走了，所以她搽起粉来。”昌年笑道：“据你这样说，你是向来就注意着她的行动，倒不是今日为始了。”健生摇着头，连说：“笑话，笑话！”自走回房去了。昌年站在房门外，定了一定神，便笑着叫道：“老伍！你该出来了，我们一块去参观窑洞子吧。”健生在屋子里答应了一声，还涩留了一会子，方才出来；就是出来的时候，脸上还红着呢。昌年似乎把刚才的事全忘了，这就很平常的样子道：“我们就走吗？”健生道：“我和你一样，在饭店里是一点小事都没有的，说走就大家同走吧。”昌年的脸上，始终带了微笑，就在前面引路。健生默然地由后面跟着。

出了饭店门，昌年慢慢地向西走去，只回头看了一看，没有说什么，却是带了一种微笑，在前面引着路。由这里径直地走，这就到了隆德的西门。那城门的高度，正只好超过人的头；而且黄土砖墙，发着一种淡黄的颜色，让人看着，真疑心这墙是水洗过了的。在两扇歪斜的城门上，像脱癞子皮一样，零零碎碎地向外剥落着铁皮。尤其是门的下半截，被那来往的车辆，在门上碰撞着，大一条痕迹，小一条裂缝，没有半尺大的好所在。在那两扇破门下，却也站了四名穿灰色短衣的人，斜背了一根枪，各斜伸了一只腿站着。昌年远远地看到，就停住了脚，等健生走到了身边，低声问他道：“你看这一个古老的城门，站着这样四个人，颇有一点不调和吧。”健生淡淡地笑着，向他点了一个头，表示着答应的意思。昌年笑了一笑，依然在前面走着。那城门口四个兵士，看到他两个人从从容容地走出门去，都把眼睛向两人身上直了看着。昌年、健生并不理会他们的态度，径直地向前走。走了约有半里路之遥，昌年站定了脚，向身后的健生微笑道：“老伍！你那心里头，总含有一些芥蒂吗？”健生将肩膀扛了两下，两手一扬笑道：“这话从何说起，好好儿地同路旅行，我为什么带着芥蒂？”他在口里，这样勉强地解释着，背了两手，做出那很自在的样子，慢慢地向前走了去。结果，昌年落在后面，倒反是跟着他走了。彼此为了找些农村的材料，并不是由了大路走，出城而后向左手转着弯，顺了一条斜坡小路，渐渐地下降着走。这个小坡，似乎是个小山丘改成麦田的。因之那麦田或高或低的一块，也就有了许多陡峭的田岸。这田岸有三四尺高的，也有七八尺高的，光滑淡黄，并没有什么纵横的裂痕，更没有指头粗细一丛青草。东方人眼里看来，真是一种奇观。昌年道："你看，这样金属土质的田岸。在我们东方，岂不是铺了绒毯子一般的细草？现在这土岸上，连一撮青苔也没有。"健生在田岸上掐了一小撮土下来，两手搓着，变成了细粉疙瘩，将手掌托着，望了道："照说，这土也是很肥的。可惜是雨水缺少，若是雨水多，植物在这里面滋养，一定也是很容易的。"昌年笑道："万物有一弊，也就有一利。这土不滋养植物，倒可以开土洞，当屋子住的。"健生跳上一块高麦田，四处张望着，只看到一些纵横起落的方块麦田，并没有一处人家，也没有一丛树木。高原莽莽，和盖下来的天脚相接，因笑道："老费，回城去吧，我们这找得出什么人情风土来？"昌年道："你别忙，你看那崖底下冒出有烟来，不就是有人家在那里吗？"健生向那里看去，果然一股青烟，由地底冒出。在空气里面，似乎还带了一种马粪的臭味。因点点头道："你说得有理，有地方烧着马粪，一定也就有窑洞子。那么我们就对准了这烟的所在走去，一定可以找着窑洞子的。"说了这话，二人顺了斜坡，步步向前走去。

到了出烟的所在一看，果然是一堵壁立的土崖。那土崖，淡黄的颜色，其平如镜。上面像死去了的月球，没有一点生物。在土崖中间，一列挖了三个窑洞子门，其中一个，比较小些。在门头上，是开了一个尺来见方的窗户，由窗户窟窿眼里，一阵阵地向上拥着青色的烟雾头子。那三个洞门口，农村器具，什么也全不见，只是两个破碎的瓦罐子，配了一只病狗。那狗卷缩了身体，把尖嘴搁在后腿缝里，还在打着呼睡觉呢。昌年摇摇头，低着声道："这不但是地方贫寒，连这里的空气，我都觉得是贫寒的。"健生笑道："唯其如此，我们有进去参观之必要。可是这地方，内外之分很严，我们怎样进去呢？"他两人正在这里徘徊着，却看到那窑洞子门里，伸出一颗人头来，向外面张望了一下。昌年远远望到那人脸上，似乎有一丛枯燥的胡子，这就冒昧地叫了一声老汉。那人被这声老汉叫着，复又伸出半截身子来，向二人探望着。这一下子，二人将他看清楚了：一张黄瘦的脸子，像龟板一样的裂成无数的皱纹;两个凹下去的眼眶子,和翘起来的尖下巴,活像一个骷髅。那下巴尖上的胡子,根根直竖地伸了向前;在那胡子底下,再透露着一条瘦长的颈脖子。这一副相,真是十分难看。

在他们这样打量着的时候,那人也就走了出来了。他下身只穿了一条蓝布单裤子,那蓝色也就洗刷得成了灰白色了;尤其是他身上,透着奇怪,是一件羊毛毡子特制的衣服;前面一块毡,后面一块毡,两只手全露了出来,倒有些摩登意味。这特制的衣服,并没有纽扣,根本上羊毛毡子也无法做纽扣;只是将一根粗麻索,拦腰一捆,以便把那羊毛衫紧缚在身上。只看他那两只手臂,仿佛是枯蜡做的。在那枯蜡上,一根根的青纹暴起,衬出他筋肉的缺少。两人继续地向他打量着,慢慢地走近了他的身边。他就笑道:“二位老爷!你是城里来的吗?”说着,将他的枯瘦拳头抱着,拱了两拱。健生道:“老汉!你就住在这窑洞子里吗?我进去看一看,好不好?”老汉道:“唉老爷!我们这窑洞子里,什么都没有了,要粮食是找不到的。”昌年这就回转头来向健生笑道:“听他这话,倒疑心我们是强盗。”健生向老汉笑道:“你不要错疑了,我们是由南京来的,没有看过什么窑洞子,我们到这种地方来了,我们倒想多看看。”那老汉听了这话,不由得偏过头来,翻了眼向健生望着,因道:“是南京来的?”健生道:“是的呀!这也没有什么奇怪吧?”老汉道:“奇怪的。早两天,县城里有人来告诉我,说是洋报上都登出来了。我的侄女,在南京做了官了,快要回家扫墓。这是县老爷那里传出来的话,总不会假的。你二位是同她一块来的吗?”费、伍二人这就不由得对看了一眼,怔怔地望着。老汉道:“你二位是的吧?是南京来的吧?”昌年道:“你的侄女姓什么呢?”老汉道:“她姓杨呵!我和她父亲是表兄弟。”昌年道:“你那侄女有名字吗?”老汉道:“有呵!小名叫燕儿,于今她做了官了,恐怕不会叫那小名了。”费、伍二人都像吃了一惊,身子微微一耸,彼此再对望着。昌年点点头道:“我倒知道你侄女的消息,你老汉贵姓呢?”老汉拱拱拳头道:“不敢不敢,我姓陈。请到窑洞子里去坐坐吧!”二人巴不得一声,也不再谦让一点,就跟着他走进窑洞子去。

那窑洞门虽有两尺多宽,却只有三尺多高,还得弯了腰向里面走。由外向里走进来，眼前先就是一黑，暗昏昏地，分不出高低上下；只得各站定了脚，先把神定上一定，再仔细地看着。原来这个洞子，却是相当地窄小。在头上高过去一尺，那便是洞顶。在洞的里壁，依着原来的洞土，挖了一具长方形的土炕。这土炕依了面积算，已是占去土洞二分之一了。在洞口上，有一个立体形的土灶，虽是放了一只瓦钵子在上面，还有些烟火气，在地上挖了一个小洼，乱堆了一些牛马粪。那老汉不让客进门，却也罢了；让客进门以后，他却是慌了。因为这个窑洞子里，除了那张土炕而外，并无第二处可以落座。若是说到这炕，却也够贫寒的，连炕席也没有一张，只是两条灰黑的羊毛毡子，随搭在炕上。另一头，放了一捆绳索，和庄稼人用的铁锄之类，再配上了几个瓦钵瓦坛，整个地塞了一座炕头。在这窑洞子里面，空气不怎样流通，似乎还有一种膻臭的气味，送到了鼻子里面来。这一下子，主人翁只管在屋子里打转，那两个客也感到有些进退不安。老汉笑道："我们这里是苦叫连天，一个落座的地方，也是没有的。"

昌年也仔细想着：这个窑洞子，难道就是这样的简单？于是又站在洞中间，四面一尺尺地观看。这样看着，算是看清楚了。原来在洞壁上，还贴有几张旧报纸和香烟盒子里的小画片，配着几条漆黑的灯火焰子，便向健生笑道："你看这种生活如何？"健生将手握着鼻子，已是走出洞门外来了。昌年和老汉，也一同跟了出来。老汉道："我们这里，真是苦叫天。客来了，连一小块坐的地方也没有。"昌年道："陈老汉！我要问你一句话，你说和杨家是亲戚，你知道杨家人现时在什么地方呢？"陈老汉道："我怎么不知道，我知道很清楚呀。她一家子五口，我那大侄儿子二侄儿子全当了兵。听说大侄儿子，在潼关外面打仗死了；二侄儿子呢，在平凉当个连长，但是也没有到隆德来过，一直到兰州做官去了。后来我那表兄倒是回隆德来过一次，听说儿子做官了，高兴不过，在家只停了两天，立刻就追到兰州去了。"昌年道："呵！她二哥做官了，她那母亲呢？"老汉道："听说死在河南了。"健生道："你就说那是她母亲，你准知道，这一家杨姓，就是燕秋一家吗？"昌年道："当然是一家，不是一家，怎么人数名姓，样样相同。"健生沉吟着道："假如这话是真的，我们能照直地告诉燕秋吗？"昌年道："为什么不能告诉？"健生道："她知道了这消息,她能跟着不向兰州去吗?假使还向兰州去,我们……”说到这里,他把话停止住了,对着昌年微笑。昌年道:“事到于今,我们还说什么。要我们跟着到新疆去,我们也只有跟了去。”陈老汉听他二人说话,倒有些不解,向二人脸上望着。健生笑道:“我们说话,你有些不懂吧?我说:若是你侄女做了官的话,你愿意去见她吗?”陈老汉笑道:“呵!你这是啥话?亲戚做了官,只怕自己巴结不上,哪里还有不去找的道理?”健生向昌年道:“老费!你看,这是无巧不成书。既然这事是瞒不了燕秋的,那无须去参观窑洞子,立刻就带这位老汉去见燕秋,让他们见着谈谈。”陈老汉半偏了身子,把头向费、伍二人脸上望着,因道:“是吗?燕儿真个做了官了吗?老杨虽是闹得家破人亡,有了这样一天,他也是很值得呀。有劳二位,立刻带我去见见她,我不想求什么,只要见她一面,看到她是怎么一副老爷的样子。”费、伍二人沉吟了一会子,健生便点点头道:“可以的,你家里还有什么人?可以同去会亲。”老汉道:“我家的老婆子,在隔壁洞子里呢。我走了,也要让她来看着洞子。”健生低声道:“你看,他这样一个光洞子,还要派人看守着。”老汉似乎懂了这句话,这就笑道:“你不要看这个光洞子,大意一点就要偷个光,比我穷的还有呢。”说着,昂了头,向隔壁洞子门叫道:“喂!我要到城里去,你出来看看洞子。”说着,不到一会子,一个老婆子扶着洞门走了出来,走到洞外,就向老汉问道:“你好好儿地又到城里去做什么?”老汉道:“你不知道吗?杨家燕儿做了官回来了。”一言未了,那老婆子忽然双膝向下跪着。费、伍二人这才看清楚了,她穿一件蓝布袄子。总有二三十个补丁,然而还有几处地方,露出了灰白色的棉花球,和乞丐差不多;再加上一跪,吓得二人向后连连倒退了几步。大家脸上变了色问道:“这是怎么了?”老汉到是个男人,常和东方人接近,知道二人惊讶的原因,这就笑着把两手同摇起来,因道:“这没有什么,也并不是同你二位老爷行礼。我们这里的女人,都是很小的脚,站立不住。她走到空场里,手扶不着什么,只好跪了下来了。这是常事,算不了什么!”费、伍二人听着,向那老妇人看去,果然那位老婆子腿虽屈下去,却直挺挺地竖了上身。老汉道:“我进城去看看,不知道是不是燕儿姑娘;若果然是的,我们也有一点救星了。你赶快进洞去吧。”那老婆子答应了一声，这就两手伏在地上，爬进了洞去。在她爬的时候，两只脚伸在后面，是可以看得见的，小得只有菱角那么大。为了脚小的缘故，那腿小得也像木棍子一样。健生摇摇头道："女人包小脚，为了是好看。到了这大年纪，这小脚的丑相，也就全出来了。"陈老汉脸上，表现着一种惭愧的样子，淡笑了一笑，跟着他们一块儿进城来了。

到了饭店里，却看到燕秋的房间是半虚掩的，便站住了脚，高声叫道："燕秋！你有一个姓陈的亲戚吗？他来寻你来了。"燕秋在屋子里答道："是的吗？"只这一声，她已经跳了出来，一只手扶了门框子，一手理着鬓发，向他们三个人看了一看，然后真跳出门槛来，两手握住了陈老汉的两只手，因大声笑道："哈哈！这是表叔呀！哎呀！是我的表叔呀。表叔表叔！你怎么会知道我在这里的呢？"她口里说着，两只脚还跳上了两跳。这位陈老汉被她执着两手，再向她身上看去，见她穿的蓝布衣服，那袖子也过不了胁窝多少；下面穿了一条黑绸裙子，又只长齐膝盖，下面的洋线袜子，紧紧地裹了两腿，那是完全透露出腿的原形来；下面的大腿，穿了两只大兵穿的皮鞋，这更形容得这个孩子是男不男，女不女。尤其是她头上的头发，后面剪齐了，由耳边做个半圆形，围了后脑勺。他对于燕秋，简直是看呆了，什么话也说不出来。燕秋牵着他的手，让他进房去，因道："表叔！我们到屋子里面去坐坐吧。"

费、伍二人，觉得他们有话要谈，总不免涉及个人的秘密，这也只好由人家去谈话，彼此是应该避到一边去的。因此费、伍二人并不多说什么，就这样走开了。燕秋、陈老汉谈话，足足也有两三小时，方才停止。费、伍二人二次由外面进来，燕秋抢上前，就迎着他们道："总算不虚此行，我已经寻到我家庭的一线消息了。明日在这里再耽搁一天，后天我就决计上兰州去。"她说话的时候，声音很高朗，好像有些笑容。然而她两只眼睛，由里到外，全都透着红色。想必她是很伤心地哭过一次的了。昌年道："你又伤心过了？"燕秋道："是的，我是伤心过一次的了。我要说出来，不但是我伤心，恐怕你二位，总也不免有些伤感意味的。"昌年料着这是话里有话，站定了向她望着。健生答道："那是呵！人类总应该有同情心的。我们在那窑洞子外听到这话,就考量着是不是要来告诉你呢,当然我们也就有一种伤感的了。”燕秋也对他望了一望,然后答道:“伤感还不止于此,我们要分别了。”健生这倒也怔住了,说不出话来。燕秋道:“你二位千辛万苦,送了我到家乡,实在要告一段落了。现在我由家乡出发,还要去漂流,难道还好教二位陪着不成?”健生道:“你不过是到兰州去,多的路也陪伴了,这一小截路,还有什么不可以陪伴的。”燕秋摇摇头道:“我这回走,恐怕还不止于兰州吧;假使我父亲到了新疆去的话。”健生抢着道:“我陪你到新疆去找他。”燕秋道:“这还是有个地点做了我们的目标,假如到了兰州,毫无音信,我的前路,那只有悲观的;不知道会找到什么地方去,那也好叫两位一块跟着我漂流去吗?所以我在自卑自愧的程度之下,我是很自知的,不应当要你二位再送我了。”健生两手插在裤袋里,肩膀微扛着,因笑道:“我实在想不到你会说出这句话来。”燕秋道:“这是实在的趋势,你想我能够要朋友陪着我一块去漂流吗?我自己是很明白,我料着我这黯淡的前途,是没有光明的。到了那一天,黑暗得不能移动一步了,那就是我的命运告终之日。我下了这样的决心了,我愿朋友跟着我吗?”昌年微笑道:“这种话,不是一个勇敢的青年所应当说的。以前你也就不曾这样说过,为什么突然地把态度改变了呢?”燕秋道:“并不是我的态度,有什么改变,实在是环境变迁,让我有了这种觉悟。”费、伍二人听她的话,简直是拒绝两人再陪伴了。想了一想,都有一种说不出来的痛苦;苦痛既是说不出来的,当然也就不能再说什么,只得默然地同进屋子去了。

走到屋子里以后,昌年坐在炕上,两手撑住了炕沿。健生站在窗边下,右手托住了左手,只是去看手指甲。他偶然地回过头来,却见昌年两只脚在炕沿上轮流的敲打着,半低了头,似乎在那里想心事;他偶然地抬起头来,却苦笑了一笑。健生道:“这倒是让我不能了解的。”说到这里,把声音低了一低道:“她说她前途是黯淡的,这可有点奇怪!”昌年也微笑道:“何况于她!我们的前途,也是很黯淡的呀!你信不信?”说到这里,他又是向健生做了一回苦笑。这两回苦笑,真也不亚于一场大哭呢。

第三十八回　旧侣难堪隔墙闻笑语　新交可敬解佩谢隆情

杨燕秋到了她的故乡隆德，似乎是要把行程告一个段落，不料到了这里，只有三天，她又说要到兰州去。而且兰州还不是一个终点，继续地还得向前走。这样子说起来，费、伍二人，牺牲了学业，就这样陪着她漂泊到老不成？所以在昌年苦笑了一声之后，健生也就感到满腹踌躇，说不出如何是好，两手背在身后，在屋子里只管来回地踱着步子。昌年坐在靠墙的椅子上，两手环抱在胸前，只管把眼睛随了健生的身子转，好久才道："依了我的意思，陪送她到了兰州再说吧，万一我们觉得不能向下走了，像一虹一样，背进。"健生笑道："这倒并不是说幽默话就可以了事的，我们总当下一个决断才好。"昌年道："那有什么决断呢？"说到这里，把声音低了一低道："我们这头儿，根本自已就是没有决断，叫我们怎样的来决断呢？"健生道："好吧，我就随了你的话，走一步是一步吧。"于是一个坐着，一个走着，两个人在屋子里默然地相对，谁也不作声。偶然地还相视而笑地点一下头。这样的相持了约莫有十来分钟，屋子里静寂极了，静寂得连身上挂的表，那机摆声也可以听得出来。

燕秋便在门外问了一声："你二位怎么了，又睡午觉吧？"昌年道："请进来吧。我们在这里想着……"燕秋是不等他的话说完，已是跨步进门了，笑道："想什么？想着再到了前面，没有归路吗？"健生道："为什么这样想？难道我们顺了这条大路向前走，还不会顺了原路回去吗？我们所想的，假如在前途遇到了强盗，我们怎样办？听说前面有个华家岭，二三百里路无人烟，那上面最易出强盗。"燕秋笑道："到了平凉，大家怕过六盘山；到了隆德，又怕过华家岭；可是像这样几百里无人烟的所在，向西走，很多很多。在玉门关外，还有个穷十八站，连水都得赶上几百里才有得喝。那厉害是比出强盗还要狠十分。"健生道："这里到兰州，根本也没有十八站呀!”燕秋道:“不,我说的是新疆路上。”健生心里正在那里想着:你还要到新疆去吗? 不过为了慎重起见,这话可没有问出来。燕秋向他脸上看看,问道:“你要说什么?”健生搔了搔头发,有话要说,还没有说出来,却向燕秋笑了一笑。燕秋始终是摸不着头脑,以为他还是在注意自己脸上的粉,急忙中又无镜子可照,就把手在脸上摸了一摸,笑道:“胭脂粉早已没有了,怎么你老是对我脸上注意着?”健生听说,真觉得这话从何说起,索性是付之一笑。昌年道:“我们既是打算再向西走,那就没有在此地停留之必要了。燕秋打算哪一天动身呢?”燕秋将一个食指,比着嘴唇,转着眼珠,想了一想道:“这还不能定吧。到了我的家乡,我总还有些事情要料理料理。”说到她要料理家事,这是旁人所不能多嘴的,只好默然。燕秋道:“我们由此西去,和东方的邮电传递,更不方便了。我想着:还是在此地或者平凉,留一个总机关为妙。”健生道:“在隆德,还可以托托此地的符县长,同我们转一转信。说到平凉,这可去找谁呢?”燕秋笑道:“你们忘了那位程工程师吗?他在平凉,他的办公处。我们的信或电报,投到他那里,他一定会给我们转到。由平凉到兰州,许多大站,都有电话。我们无论到了什么地方,向平凉打一个电话,就知道一切了。”昌年道:“这个办法很好。可惜在平凉的时候,没有和程先生谈到。”燕秋道:“不要紧,今天他不到,明天一定会到的。”昌年也没说什么,笑着说出了一个“哦”字,在说出一个“哦”字的时候,还点了一点头。燕秋对于这个“哦”字,好像有许多承受不起的样子,便道:“我们该预备一点吃的了吧?”她说着话,人已是匆匆地走出房门外去了。

健生看到,倒是耸了两耸肩膀,向昌年微微地一笑。昌年也和他一样,只是把肩膀耸起来笑。在两人都有一种不可思议的感想以后,觉得在客店小黑屋子里住着,那太没有意思。于是两个人暗暗地约好了,也没有告诉燕秋,就悄悄地走出去了。这次出去,却不是一会子,直到夕阳西下,两个人才回来。当然屋子里是比屋子外面更要昏暗些的,所以在燕秋屋子里,已经是放出一片淡黄色的灯光来,这就给人一个暗示:是说燕秋在店里了。费、伍二人进了店堂之后,这都把脚步走得慢些,一面观察屋子里在做些什么。果然的,这时屋子里却有两个人说话,另一个男子的声音,不就是程力行吗?只听到他道:“这绝对没有问题,一切都由我和你三位想法子去办。如有办得不妥当的地方,还要请包涵呢。”燕秋道:“这回到隆德来,要耽搁多久呢?”力行道:“这一带路上的工程,要修补的地方很多,大概要住一个很长的时候。”燕秋带了笑声道:“假如我有机会回来的话,我希望程先生还在这里。像你这样热心的人,实在少得很。我想在事业上若有求程先生帮忙之处,程先生决不会推辞的。”力行就很兴奋地答话了,他道:“实不相瞒,就是现在我这样帮你的忙,也就为了你有一番事业的企图,很值得朋友敬佩的。”燕秋的声音,也高起来了,她道:“我对于共事的朋友,那是最为欢迎的。不是我说句放肆的话,现在交异性朋友的人,肯把友谊建筑在事业上的,那是一万人里面遇不到一个。”力行笑道:“这可不敢当。你这是绕着脖子对我说好话的。其实人之富于事业心,这也是个人的兴趣问题。有的人喜欢游历,终年在外;有的人喜欢关门读书,大门也不跨过一步;有的人喜欢应酬,终年都在交际场里混着。”燕秋笑道:“再不用解释了,我已经很明白。总而言之,你是个富于事业心的人。”力行道:“杨女士不也是一位富于事业心的人吗?”燕秋道:“我承认这句话,只是让我很感到踌躇的,就是我的才力太不行了。照说,我应当再求学五六年,才可以回西北来做事;只是我的环境不许可我。”力行道:“你是一位可以战胜环境的时代姑娘,为什么说这话呢?”燕秋道:“你又恭维我了。”说完了这句话之后,彼此寂然,都没说话。

费、伍二人站在外面听着,彼此将眼光对照着,也有那一种说不出来的苦闷,好像彼此都感觉到不大适意。在这时候,恰好有一个店伙,提了一壶开水,由外面匆匆地走到燕秋屋子里去了,费、伍二人笑着勾了一勾头,放开步子向里走。健生这就高声叫道:“燕秋已经回来了吗?”她迎出房门来,向两人点点头笑道:“程先生来了。你们请到屋子里来吧!”费、伍二人想要不进去时,力行已是很快地踏出屋子来了。他首先伸出手来,和健生握了一握,笑道:“辛苦辛苦。”说毕,又来和昌年握着手道:“辛苦。”昌年笑道:“我们休息两天了,有什么辛苦?程先生刚到,那才是辛苦哩。”说着话,大家同走进了屋子,首先看到那桌上,除了已经放下两只茶杯之外，还有一张纸托了些饼干，便笑道："这还是南京带来的饼干，我以为早完了，不想还有。"力行笑道："果然的，在这种地方，还有西洋饼干吃，那是不容易的。我有好几个月没尝到这滋味了。"燕秋见昌年、健生发出一种不自然的笑容，向后倒退着，坐到炕沿上去，四只眼睛全都射在力行身上，这也就觉得他们有点不合乎时代潮流，男女社交公开的日子，异性的朋友，彼此感觉说得来一点，这也是毫不足以介意的事情。他们两人，见了程工程师，便是这样不安，这不是一件奇事吗？她如此想着，也是感到不安起来，在炕上网篮里，找出一张旧报纸，把泥板桌上的饼干屑子，擦抹了一番，将一把茶壶，两个茶杯，全推着靠了墙放着。这屋子里只有一条短凳，和一张破木椅子。力行坐在短凳上，始终是带了和悦的样子，没有怎样介意。这倒让燕秋越是心里不安，以为他故意这个样子的，于是坐到那破椅子上，将手摸摸鬓发，却又站起来，把茶壶取到手上，掀开茶壶盖来看了一看，便道："茶淡了，重泡一壶吧。这个县城里的井水最好，大家就多喝两杯吧。"昌年道："我们在外面走回来，弄了一身的灰，我们得进房去洗把脸。老伍！你怎么样？"他说着这话，可把身子和头，同时向房门口一歪，做个向外的表示，眼睛可看了健生。健生拍着衣襟道："可不就为着闹了这一身土，不得不洗脸吗？"他说完这话，也就起身走出房门去了。昌年倒是走得从容一点，还回转头来向力行笑着点了一下头道："程先生坐一会子，回头见！"力行早是站起来，和他们谦让着。不过这不是他屋子里，他不便挽留罢了。

费、伍二人回得房去，砰砰地打着响，扑了一阵子灰尘；各要了一盆水，放在炕沿上弯着颈脖子，把头发根子都洗濯过了；当然是费了不少的时间。听听隔壁，力行还在那里谈话。他说道："将来总有那样一天，长途汽车，可以很爽快地就达到新疆迪化的。听说顺河套子那边，由宁夏到哈密，无所谓路不路，全是荒地，汽车勉强也可以走的。不过由兰州到青海，经过甘肃、兰州直到安西，这两条路，终是要修的。"燕秋道："安西是甘肃最西的一县，到玉门关了，有许多报纸上常是登安西的地名，改过来作西安。这一差，差到三千里路了。"健生走近一点，左手拿了毛巾，右手掩了半边嘴，轻轻地向昌年耳朵边道："你听，哪里有这么些个废话，这话全是值不得一谈的。”昌年笑笑,可是并没有怎样对这一句话做一个表示。健生将手巾随便扔到脸盆里,忽然想到头脸脖子,全已洗得干净了,还放手巾下去做什么,于是把手巾提起来把水拧干了,将手巾把随便地放在桌上,转身就将一脸盆水朝外泼了出去。两手拿了空盆,人斜靠了门框站定,眼望了院子的坦地,有些白色,似乎是月亮升上来了。仿佛回家的时候,外面还是很光亮的,不想这一会子工夫,天色就黑了。光阴是真快!正这样的出神,却听到隔壁屋子里嗤嗤地笑了一声,接着燕秋低声道:“将来有回到隆德的机会,这无线电收音机,实在是少不了。这不但可以听些音乐戏剧,而且还可以听些新闻。”力行笑道:“若是遇到了开跳舞音乐片子的时候,还不妨来两套跳舞呢。”健生听到这句话,好像是他挨了人家一句骂一样,左手拿了盆,右手捏了个大拳头,在盆底上,就是咚的一拳。昌年却在屋子里跳着叫起来道:“糟了糟了,这是怎么好?”健生被他的话惊醒,回转头来一看,昌年将一个手巾把,猛可地炕上一抛,抛在被面上。健生道:“湿淋淋的东西,你为什么向被上抛?”昌年哦了一声道:“你也知道湿东西不能随便抛!你怎么把手巾把放在我的书页上呢?你看,这可糟了,我这本书已经是没有用了。”他说着,手里提起一本书来,高高地悬着。那正是线装书,而且还是粉连泗纸的,经湿手巾一浸,实在不成样子了,因道:“你是怎么弄的,怎么会把一条湿手巾,放到书上去呢?”昌年笑道:“你问我吗?我问谁呢?你以为这是我所做的事吗?”于是将手指着墙上一颗钉子,那钉子上正挂了一条手巾,微笑着道:“我的手巾,可在这里呢。”健生将右巴掌抬起来,连连地擦了几下脸,笑道:“我真想不到,我怎么糊里糊涂地就把手巾放到你书上去了?”昌年慢慢地放下手上那本书,架了左腿,坐在炕沿上,却慢慢地去抚摸下巴道:“你是一个研究科学的人,无论什么事,你都要科学化;当你用耳朵的时候,你就不肯去用眼睛。”健生道:“我用……”说了两个字,把两手分开一撒,做个什么都算了的表示,然后微笑道:“我真不成。”昌年对他脸上望了许久,才笑道:“并不是成不成的问题,是……”他也只说了一句似通非通的话,看到桌板上点了一根洋烛,在火焰边缺了一个小口子,只管向下滴着烛油;这就拔出衣襟上的自来水笔,将那缺口堵住,口里念着诗道:“蜡烛有心还惜别，替人流泪到天明。”健生因他挡住了烛光，在一旁站着看不见，就向炕上横倒下去，口里笑道：“我也来两句诗：闭门推出窗前月，吩咐梅花自主张。趁了这个时候，我得休息休息。”昌年把那洋烛的缺口，堵了又堵，混过很久的时候，偶然回过头来，拍手笑道：“糟了！糟了！老伍！你这是怎么了？我真有些不解。你这是怎么回事，接二连三地，只管出毛病？你这随便一躺不打紧，可又躺在那湿手巾上面了。”健生跳起来叫道：“哎呀！糟透了，怪不得我这脊梁后面是冷冰冰的呢！”回头看时，那个手巾把，都让他压得扁平了。昌年笑道：“你这人真是糟糕。无论做什么事，全出乱子。”健生笑道：“我也瞧出来了，我今天是有些身不在心上。”昌年道：“可不是心不在身上吗？连心不在身上四个字，你也说成身不在心上了。”健生一面脱着上衣服更换，一面格格地笑，这才听到隔壁屋子里有一阵皮鞋响声，分明是程力行走了。

果然的，不多大一会子，燕秋很高兴地跳了进来，向二人笑道：“我们明天走吧。”昌年站起来，望着她道：“明天走？你不是说，还不能吗？”燕秋道：“我原来的话，是怕程先生今天赶不到；现在程先生赶到了，路上一切事情，都有他给我们设计，就不必顾虑什么了。”健生道：“其实我们也用不着请人给我们设计，我们由下关过江，一直到了这里，也全不是大家胡来胡撞的吗？又有谁给我们设计呢？”燕秋道：“此话诚然。现在程先生还给我们想法子，把他们工程处运材料的车子，空出三个人的地位来，那材料车子上，是没有搭客的，我们不是很宽裕的吗？再说，向西这一大截路，我是没有走过，大家全嫌生疏，搭人家的车子去，一路都有个指导，那就熟识得多。而且……”她忽然笑了一声，把所有的话，给打断了。昌年说道：“听你的话，好像还要更进一步。你看，还有什么好处呢？”燕秋道：“并不是说到什么好处，你想，人家一切都替我们办好了，我们对于人家，也是盛情难却，怎好不去？有这顺便车子不坐，一定还要花钱去搭车，我们也未免太傻了。”健生笑道，“我们也并没有这种建议，说是定要花钱才痛快。”燕秋随着一想：可不是吗，人家也并没有说不坐公路上的材料车，自己为什么先急起来？便笑道：“我这是预先声明一句，怕你二位划清了公私的界限，不肯坐公家的车子。”昌年道：“这同没票坐客车不同,根本这种车子不营业。我们坐这车子去,车子是烧那些油,跑到兰州;我们不坐这车子去,他也是要烧那些油,跑到兰州。"燕秋笑道:"我也是这样说,所以程先生提到让我搭公事车子去,我就没有推辞。"

健生在屋子里转了几转,把一只脚搭在破椅子上,两手环抱在胸前,对昌年叫了一声老费!昌年看他踌躇了许久,忽然喊叫一声,分明还有许多话要说,这就向他一摆手笑道:"我们抬了半天的杠,不必再抬了。燕秋既是预备明天走,我们到这里来,很得着符县长一番盛意招待,趁着今晚无事,我们到县公署里去辞个行吧!"他口里说着这话,已经是站起身来向外面走着。健生道:"咦!你这话倒有些奇怪,我并没有和你说一句不同调的话,怎么说我同你抬了半天的杠呢?"昌年已是走到房门外去了。他口里依然答道:"怎么不是抬杠?譬如我说:要去向符县长辞行,你就不理会这件事,这也不是抬杠吗?"他越说越向外走。健生听了这话,更是不解,只得跟着追了出来问道:"老费!你这是怎么回事?我真不解。我哪里和你抬了什么杠?"昌年只管在前面走,头也不回。一直追到大门外,健生一把拉住了他的手腕,轻轻地叫道:"喂!你这是怎么一个说法?不要乱走,把话先交代明白了。"昌年反过手来,握住了他的手,低声道:"你真是一个大傻子!你对着燕秋,在表面上,老是表示着那愤恨不平的样子,她那种人,有个什么看不出来的吗?她不过是我们的朋友,并不在朋友上面再加有什么关系。她有她的恋爱自由权,她更有她交朋友的自由权,凭着什么权力,我们可以干涉她?"健生呆了一呆笑道:"我并不是要干涉她。朋友对于朋友,总要彼此忠实。我看她对于那位程先生,是过分地忠实,对于我们呢,总拿着那不屑之心来相待,好像我们对她,向来是没有一点真心的。千里迢迢,吃尽了千辛万苦,难道这全都是假的吗?这样一想,所以我是很气。"昌年笑道:"这样子你就生气,假使她嫁了姓程的呢?"健生道:"她嫁姓程的吗?哼!"在这一句话里,他是含着无穷尽的怨恨,可是也不曾在言语里面说出一个什么办法来。昌年笑道:"你说我的话怎么样?反正我们也不能干涉人家嫁人吧。"健生把两手插在裤袋里,慢慢地跟在昌年后面走。这大街上虽是漆黑的,所幸这黄土的地皮,却是很整齐。随脚走去,走了一截黑暗的冷街,健生道:

“你要到哪里去？真要到县衙门里去辞行吗？”昌年道：“辞行不辞行，那都在其次，这里所最要紧的，就是把你拉出来，告诉你一句话，叫你别让她太难堪了。现在你出来了，我的目的已达。至于到县公署去不到县公署去，那就没有什么关系了。”健生道：“哦！原来如此。你对于她，倒是很原谅的。”昌年道：“事到于今，我们不原谅她，又待怎么样？”健生道：“那么，她一个人在旅馆里是很寂寞的，我们回旅馆里去陪着她吧。”昌年笑道：“你心肠一好起来，那又太好了。在三小时以内，我是不愿回去的。”健生见他说得这样的肯定，这内里自必也有什么原因，便道：“那也好。我就随着你到县政府去吧。”

两个人到了县署，符单骑正赶上一件高兴的事，见他两人来到，赶快叫听差炒了一大盘子鸡蛋。家里有酒，开了两瓶，大家开怀痛饮，谈起天来。大概由六点钟谈起，一直谈到深夜十时附近，才分手回饭店里。

燕秋屋子里，还是灯火辉煌的；同时，叽里咕噜的谈话声，牵连不断。费、伍二人的本意，都只想悄悄地走过天井去，殊不料还没有走到天井里，对过的手电灯一闪，却是力行大步子走了出来了。他笑道：“二位才来，我在这里候驾多时了。”健生道：“程先生什么时候来的？”力行笑着道：“来得很久了。我们的车子，已经到了。刚才我对车上人说了，没有我的话叫他们不要开车。我就是在这里等候二位一句话，明天走不走？”昌年道：“我们两人是无所谓的。杨女士走，我们走；杨女士不走，我们也不走。”燕秋也跳了出来了，笑道：“我为什么不走呢，我正为着你两位不来，等着有些发急呢。”两个人说着话，一路向隔壁屋子里走了来。力行打着手电灯，燕秋掏着火柴盒子出来，擦火点烛。昌年笑道：“这却不敢当，倒要你二位来替我收拾屋子。”燕秋笑道：“咦！我们这样熟的朋友，还要客气吗？”昌年笑道：“有道是礼多人不怪。”说着话，大家也就在炕上凳子上分别坐下。燕秋向他二人脸上看看，架了腿，两手互搓着一只衣摆角，先是低着头，然后扬着脸微笑道：“我猜你二位准是到县公署里去了。我本来要派人去请二位的，可是又怕你二位不在那里。扑了一个空，倒不要紧；也许又劳那符县长的驾，到这里来一趟，心里有点儿过意不去。”健生和昌年全坐在炕沿上的，就偏过头来向昌年看了一看，微笑道:“我们倒不知道有人等着我。要不然,我就回来了。”燕秋刚待张嘴说话,力行就插言道:“那没关系,我就是在这里等着二位,还是和杨女士谈天呢。好在这是明日早上的事,在今天晚上,随便什么时候决定,都可以的。现在二位既是说以杨女士的意思为转移,这就算妥当了,回工程处去的时候,我告诉他们一声就是了。夜已深了,三位明天还要起早,我不能在这里打搅,先走了。请各位安歇吧!”说着,他就起身走出了房门。燕秋自然是跟着后面去送的。昌年也就一面陪着说话,一面跟了出去。健生走到房门口,一只脚在里,一只脚在外,却不送了。

燕秋送过了客,依然陪着昌年走到这边屋子里来。她站在屋子中间,先不坐下,向费、伍两人的行李全看了一看,因道:“我在隆德未动身之前,还有几句话,想同两位老朋友谈一谈。”她原是向炕头边一只网篮打量的,说到了这里,这就回转身在破椅子上坐下;同时脸色正了一正。费、伍二人看她这种态度,这就知道下面有一段大文章要说出来。虽是不愿听,可没法阻止她不说。因此两人就同在她对面的炕沿上坐下,而且还对着她笑。燕秋胸挺了一挺,似乎是自己壮着自己的胆子,因道:“我并非是对二位一再地说客气话,我自己总觉得要朋友帮忙可以,要朋友受累就不可以。你二位好意,陪我向西走的决心,也是表示过好几次了;不过我仔细地想起来,在我总是有点受之有愧,而且我也很后悔,不该邀着朋友到这老远的地方来。”健生不等她说完,抢着道:“燕秋!你不是老早老早地声明过了,彼此全不必客气吗?我们一路走来,谁也没有提到该不该的话,现在你突地说着这话,倒好像我同昌年都和你生疏的了。”昌年随着这话,笑了一笑,倒也没有提到别的什么。燕秋虽知道健生向来说话鲁莽的,却从来没有这样中肯,也是随了他这话把脸红着,勉强地笑道:“‘生疏’两个字,我怎么敢说。也许是我自己年事太轻了,对朋友有许多顾全不到的地方。我对于这点,自己究竟不能不检讨一下。因为我想着,到了隆德,本来是大家认为可以告一段落的所在了,殊不料到了这里,还是跟着向前走。朋友是为了我走才走的,而且昌年刚才也说过了,我对于这一点很觉得有些不安。因为假如是我到了这里,就不走了,二位不就是帮忙帮到底,可以回南京去了的吗?所以我在未走之前,再向二位表示一种谢意,而且说句实在话：若是你二位向前走还有什么困难的话，就不必客气了。”昌年向健生笑道："你听这话，究竟是谁客气？老朋友应该说这样的话吗？”健生道："燕秋要这样的问，教我们做朋友的，倒也没有法子好答复。仔细想想，我绝没有客气过吧。不过燕秋真无须乎我们送的话，似乎……”说着，用手搓搓脸腮，向昌年笑着。燕秋笑道："怎么能够无须乎的话！好了，这话我们也不必说了，请二位收检东西，早些安歇，我们明天六七点钟上车。”说着，站了起来，还操了英语，说句晚安，然后蹦跳着回到她自己屋里去。

昌年向健生点点头，轻声说道："你很行。”健生道："我怎么行？”昌年向他连摇了几下手，又对着墙，连连指了隔壁。健生笑着低声道："这也无所谓，何必指手指脚！”昌年展着炕上的被，却大声道："睡吧！明天好早些起来。”健生也大声道："睡吧！明天早些起来。”在这两句话之后，这边屋子，才算寂然无声了。

到了次日早上，天空还是浮着淡青色，燕秋就起来了。首先打开房门来，向隔壁张望，就看到房门还关得铁紧。本待张口就叫醒二人，却想到昨晚分手的时候，彼此的言语，有点儿不大相投；于是向门上看看，还是闪开，故意地大声叫着店里伙计，把隔壁二人惊醒。伙计们进进出出，脚步响着，果然的，随着昌年也就开门出来了。他道："我们就走了吗？”燕秋道："不先吃一点东西，回头还要去看看符县长。”昌年道："我们昨晚已经告别了，今天不便再去。”燕秋道："那么，你二位在店里预备早饭，我去一去就来。”费、伍二人，当然是没有异议，不料她说话之后，就出门去了。

直到两小时后，太阳高升到土墙上来，力行陪着燕秋缓缓地走了回来。昌年背了两手，只管在门外来往徘徊着。看到力行，立刻向前抢上两步，和他握了手，连连摇撼了几下。力行笑道："你二位吃过了吗？我就怕你二位在饿着肚子等候我。”昌年想着：这话可有点奇了。我们吃饭，为什么要等着你来吃呢？燕秋也跑向前一步，向二人点了头道："我已经吃过饭了，倒累你二位久候。你两人吃饭吧，我等着你再上车。”昌年虽是十分地能够忍耐，但是对了燕秋这种行为，也不能坦然受之，便笑道："准是叨扰了程先生一顿吧？”力行笑道："也谈不上叨扰，费先生请去用饭吧。一会子工夫,车子也就开过来了。”昌年想着:这倒没有什么话好向下说,自邀了健生,到店堂里来进早餐。

燕秋看到他二人在这里吃东西,一个人可不便引着力行到屋子里去谈话,就在店门口一张小桌子边,两人分开,对面夹桌子坐下。燕秋两手离开桌子,吹了几口灰,随后又将手胳膊按在桌子上,这才先笑了一笑,然后扬了眉向力行道:“不想在这样很深的内地,还得着程先生这样一个人帮忙,真是出乎意料。我不知道要怎样感谢才好!”力行笑道:“杨女士要说这话,我就无地自容了。我所办的,全是惠而不费的事,那实在算不了什么。”燕秋道:“论到帮忙呢,当然费先生、伍先生出的力量很大;他们是由南京送着我到这里来的。不过论程先生的志趣和事业,虽是新朋友,我们可是十分敬重的。”她说着费、伍二人的时候,也曾回转头来,向另桌吃饭的人看了一看。可是费、伍二人自去吃锅盔同炒鸡蛋,却不曾理会到燕秋会谈到他们身上去。燕秋见他们并不怎样介意,也不再说到他们,又向力行道:“我这个人似乎有点和别人不同,对于私人交情,我有时也许清淡些;可是对着国家和社会上所需要的人物,纵然是交情很浅,但我也有那至诚的敬意。”力行笑着一伸懒腰,连连地笑道:“这样说着,我更是不敢当了。”他说完了话,似乎也感到自己放浪一点,立刻把身子坐正来,而且扶着西服上身的衣领,轻轻儿地扯得平直了。这就对燕秋正了颜色道:“说起来,我究竟是很惭愧的。我说了许多帮忙的话,并没有什么事实表现,仅仅只是找了一辆顺便的汽车,送三位到兰州,说句套话,这也就不成敬意了。”燕秋说道:“提到了这句套话,我倒想起了一件事。”说着,把大襟上夹的一支自来水笔,拔了出来,两手捧着,送到力行面前,笑道:“这当然是一点很微薄的东西。但是我听到程先生说过,正缺少一支自来水笔应用,所以不管是不是旧玩意,我就大胆敬送过来了。”力行道:“这个我可是不敢拜领。有道是君子不夺人之所爱。”燕秋道:“一支自来水笔罢了,也谈不上什么爱不爱!”力行道:“随身用的东西,总是缺少不了的。我有得用了,你呢?”燕秋道:“我箱子里还有一支旧的,你收了吧。”力行也是两手捧住了笔,只管将四个指头捏住了转着看,笑道:“这一支笔……”他那两只眼睛,都全注视在自来水笔上。燕秋笑道:“用旧了的东西,实在说不上一个‘送’字,这不过是聊表敬意而已,若是程先生嫌这东西太菲薄,我也没有法子强逼程先生收下。”她说话的时候,脸上虽是带了笑容,可是眼皮带了那长长的睫毛,向下沉落着;似乎带了一分羞涩,而且不大高兴的样子。力行笑道:“既是这样说,我就收起来了。”说着,站起身来,把那支自来水笔在衣襟上挂了起来,挺了胸脯子,把手还抚摸了一下,脸上带了微笑。

在那边桌子上吃饭的人,始终是在吃饭,不理会这边的事。直等力行把自来水笔已经挂好了,他们也就跟着站起身来,向门外张望了一下。力行回头看到他们二人已是在衣袋里掏出手绢来,擦抹着嘴唇,这就向他们点头道:“二位吃完了,我这就去叫车子。想不到等了这样久,车子还没有来。”说着话,人就向店房门外面走。这时,匆匆地有个穿短制服的人,跑了过来,向力行道:“车子就开过来吗?”力行道:“到了这个时候,怎么还不开来?这里几位,已是等得很急了。”那人答道:“工程师不是说过了,有话才来吗?”力行回头一看,费、伍二人全在身后,这倒教他难于答复,因笑了一笑道:“我也忙糊涂了,你们就开了车子来吧。”他只说了这句话,也就回转店堂里来。这时,店里的行李,已是由费、伍二人陆陆续续地搬到店门口滴水檐下,只等汽车来就搬上去,大家是叉了两手,在店门口徘徊,静等汽车到。当力行掉转身走过来的时候,费、伍二人眼快,同时看到他那西装小口袋上,挂了一支自来水笔。这是一路之上,向来看到在燕秋衣襟上的,于今是公然地悬在他的衣襟上了。

第三十九回　相客在衣冠疏狂失态　穿山绝草木荒落惊心

在大家那一番侦察的情形之下，也并没有谁说破什么。说也奇怪，全觉得尴尬起来。脸上各泛着微红，似乎行立都有些不便当。好在为时不久，汽车就开着来了，这算替大家解了围。这车子虽也是辆卡车，但是前面司机人坐的车厢，特别地大。除了司机而外，正还好坐上三个人；也许是程力行的吩咐在先，在车子上，原有的两个押车的人，这时都迁到堆积材料的车身上去，却把这里让给了三位来宾。健生在车下看到前面这大一个车厢，心里总算是痛快了一下，便向昌年笑道："我们全可以坐在前面了。讨论着问题，眼看着风景，比在车后身坐着，那要痛快得多。"昌年道："人家带我们同走，已经是十分客气，我们还想把主人翁推走，去坐前厢吗？"程力行当他们说话时，他已经走到车子边，开了车厢的门，向费、伍二人一弯腰道："就请上车吧。我已经算好了，足够你三位的座位。"燕秋道："那不妥吧？把你们办公的人员，全轰到后面去受颠簸，我们搭顺便车子的人，倒坐了个舒服。"力行微笑道："我也是略表敬意，还有路上一切饮食歇息各问题，我都请他们代为照应，这里就是一个问题。"燕秋抢着道："绝不会有什么困难；就算是有什么困难，我想着我们自己，总也可以自了的。"力行笑着摇摇手道："这话不是如此讲，是我把话说拧了。因为我叮嘱了我的同事，一路之上，多多帮忙。他们听了我这句话，无论如何是要帮忙的，请三位不必同他们客气。一定要客气，那也是多费唇舌，他们决不肯放弃不管的。我希望诸位，今天赶过那讨厌的华家岭。路是很不少，请上车吧。"说着，将身子一闪，伸出右手，引费、伍二人上车。至于他们的行李，那是早有力行的勤务同他们陆续地搬上车去。燕秋站在后面，笑道："我们是恭敬不如从命，就坐上车去吧。"她说着话，纵身上了车，坐在靠车门的所在。力行替她关上了车厢门，这就笑道："我为了职务的关系，不能再送了。若有了好消息，请给我一个电报。”燕秋且不答复他这一句话，竟是把门上的玻璃板摇了下来，空出了窗子，伸出手来向力行握着，点点头道：“后会有期！一切感谢的话，我都不说了。”费、伍二人是挤在车厢中间坐着，不能向外伸手，只有和力行点点头。力行向燕秋道：“过了静宁县，走上祁家大山。在那里有点奇迹，不告诉你们三位，是会失之交臂的。那里有口塘，名叫碧水湖，原是没有的，只因那年甘肃大地震，就在旱地里震出这么一口塘。据土人一种不科学的传说，那塘是无底的；你三位到那里可以参观参观。”昌年伸手到衣袋里去，打算把烟卷盒子掏了出来，点两根烟抽，但是所掏出来的却是一条大手绢。好在不一定要抽烟，有东西出来消遣，那就很可以。于是两手捧了手绢，掩了鼻子，乱咳嗽一顿。健生却是盯了两眼，向遮风玻璃前面看着，并不左右望去。司机的人，似乎也感到静等的可烦，将喇叭轻轻按了一下，呜的一声，这里就放出响声去。在车子外站着的程力行，倒吓了一跳，猛可地向后退了两步。但是他瞪了司机一眼之后，立刻也就看到东边的太阳，晒红了大半边人行道。时候不早了，于是把那怪人的脸色收起，放出微笑来。司机生问道：“程工程师！我们可以走了吗？”力行点点头，燕秋倒以为是和她告别，也和他连连点了点两个头。车子开了，燕秋还由窗户里伸出头，向后张望着。昌年道：“快到城门口了，你仔细碰了头。”燕秋听说，这才笑着缩回了身子来。

出了隆德的城，汽车就开足了马力走。由这里起，虽也上过几处高原，倒没有什么险要的所在。直到上午十点钟的时候，汽车却驰进了一个山口。这虽是一样的不长树木的童山，可是山夹缝是很挤窄，中间陷出一条深沟去。沟里没有水，却也隐暗暗的。在山腰上，凿了一条人行路，仅仅是好通过一辆汽车。所以车子走到这里，缓缓地，缓缓地，擦着山土过去。昌年道：“这个地方太危险了。假使有三两个强盗出来了，我们是毫无办法。”燕秋昂着头，沉吟了一会子道：“我想起来了，这快到静宁县了。据我父亲说：这个县城在陇东最占着形势。出了东去的路口，在县东门外有老虎关，老虎沟；有人在这里把守，可以控制全城的。”健生道：“这就不对了，既是这山口可以控制全城，为什么县城不在县东而在县西呢？”燕秋道：“县西也许还有什么险要。”昌年道：“这是有原因的，自汉以来，中国的外患，总是在西北角。到了唐朝以后，外患才慢慢地扩充到正北。明朝呢，外患索性偏重在东北角了。不过西北这只角，也始终是有事的。虽不能成为什么心腹之疾，每一次边疆有祸，却也闹得很厉害。唯其如此，所以在这条路上的城池，总是由东向西设防。”健生说道：“你这话有道理。不过自从年羹尧、左宗棠几次在西路大战以后，西北角是没事了。你看，将来还有问题没有？”燕秋道：“将来呀，我说西北也够危险。你想：西北这样大，交通这样不便，老百姓又很穷，这全是政治上一种毛病。世界科学越发达，空间越缩小。我们自己不把围墙打好，剩着大片的空地在外面。邻居家里，天天动着工，盖起房子来，直等把他自己的基地，都盖起了房子，眼看到我们这空地，还荒在这里，没有人过问，为什么不占了去呢？”昌年笑着点头道：“这大概因为燕秋是西北人，对于西北的事，就说得这样的沉痛。”燕秋对他笑着，正想说什么，车子一转弯，这就看到了一角翦亭，矗立在半环城墙上。汽车司机生说：“这就是静宁县了。”

车子进了城，这里也和经过的许多县城一样，总是一条由东而西的大街，这条街，虽是不能和平凉打比，那比之隆德，却是好许多倍了。走到街心，一家酒饭馆店门口，车子就停住了。车后身先有两个人，跳下车来，开了车门，站在车下赔笑道：“三位先生下车来吃点东西吧。由这里过去，要走一大截荒凉的地方，要想吃喝，那是没有的。”燕秋道：“饿却是不饿，既是说到前面找不着东西吃，我们就下车吧。”大家一同走进店时，在中间找了两副座头。他们主人方面同来共有六个人。有四个人在另一桌坐着，这边却是一胖一瘦两位，来陪燕秋三人。那胖子不到三十岁，穿了一身黄帆布衣，戴了一顶堆着尘灰的黑呢毡帽，黑黑的圆脸，还有许多胡桩子，倒像个军人出身。大家心里全疑心是一位监工的工头。他很客气，亲自提了一壶茶来和三个人倒茶。三人虽欠身道谢着，却没有不敢当的表示。那一位瘦子，却始终站着没说什么。那胖子操了山东音，把店伙带到一边，商量了很久，方才过来，笑道：“这地方虽比隆德方便些，可也只有猪肉和鸡蛋吃。”燕秋道：“我也知道，程先生一定吩咐二位招待的。其实出门的人，大家全应该随乡入乡，不要怕吃苦。”那胖子同瘦子在下首坐着，笑道：“三位不必管这些，搬来了吃就是。在这种地方请客,反正不像在南京上馆子那样花钱。"费、伍二人听说,倒有些不解。难道馆店里的账,还是由他会东不成?健生料他一个老粗,不懂外国文,就操了英语,向昌年道:"人家挣钱不容易,我们怎好教人家花钱?"昌年也大意了,用英语答道:"或者程君交钱给他,托他一路会东的。但是我们决不好意思领受。"那胖子却回答道:"那没关系呵!四海之内,皆兄弟也,管是谁的?"昌年倒吃了一惊,看他不出,他竟是很懂英语,这绝不是一个中学生程度的人,不由得红了脸道:"因为程先生在隆德说过了,他预付了招待费的。其实他不过是这样说,免得我们在路上推辞。"胖子笑道:"我和程先生是老同学,他的钱,我的钱,都全没关系。而且这样微微的招待费,实在也不足挂齿。"燕秋听了,这也有些惊异,就欠了一欠身子,笑问道:"你先生在哪里和程先生同学?"胖子道:"在南开,不过他比我高两班,后来他出洋去了,我就转入了交大。我们都学的是土木工程,毕业之后,不觉又混到了一处。"费、伍二人听说,不由得暗暗地叫一声糟透。自已是一个大学没有毕业的人,倒在老前辈面前卖弄英文,而且刚才在人家面前那样托大,一点也不客气,而今要和人家谦逊,前倨而后恭,更现着势利眼。健生脸上有些泛红,倒说不出什么。昌年这就大声笑道:"那也好,就叨扰你阁下的吧。我们一路行来,全是马马虎虎的,只管沾别人的光。"经过他这一番笑谈之后,这就表示着,刚才那般托大,也不过是开玩笑,就不足介意了。

经大家有意无意之间,在谈话里面探询着,这就知道那胖子姓贾,叫耀西,是这条路上一位段工程师。那位瘦子姓刘,叫明德,是一位公务员,也是南方一个大学里混过几年的。比起程度来,费、伍、杨三位,是比人家差得多,把人家当了一个工头,这真是太不自量。一会儿,店伙端上饭菜,炒肉、煨肉、白切肉,倒有三大碗,另是一碗海带丝煮肉汤。各人面前,除摆了一碟馍而外,居然有几碗大米饭。虽是米带着灰黑色,还有不少的稻子;然而在这偏西的所在,已是难能可贵的了。燕秋站起来看另一桌上,只有一碗韭菜炒肉丝,和两盘馍,便道:"贾先生!你何以对我们特别优待?那一桌只一样菜。"贾耀西笑道:"今天算我们来得不凑巧,县老爷正请地方绅士,这馆子里肉,全卖完了。为的是我们来头不小,才分这几碗肉给我们吃，几位勤务，只好委屈他们一点，菜要用来请客了。”燕秋向那边桌子上看看，这就笑道：“我想公务员，都像你们这一群，那就真是平等了。所以我对于程工程师，是非常钦佩。一个留学生出身的人，不在繁华地方住洋楼，到西北这穷地方来吃黑馍，这是平常人所办不到的事。”贾耀西对于她这话，却没有答复，眼望了大家，微笑一笑。

吃完饭以后，昌年在身上掏出钱来，却没作声呢，贾耀西可就向他们摇摇手道：“费先生不用费事，我们早已存钱在柜上的。”燕秋道：“昌年！我们就不必客气了。一切都心领，将来得着机会，我们再谢人家吧。”正这样说着，旁边一个勤务，却在车上提了一个食盒子下来，装上了三格子菜，又把一个小柳条篮子，盛了一大篮子黑馍，提上车去。燕秋道：“贾先生买许多黑馍做什么？难道前面几站，黑馍都买不着吗？”贾耀西道：“不一定有的。我们有了来宾在车上，总不便让来宾挨饿，所以事先就预备着。”燕秋道：“为了我们三个坐揩油汽车的，倒叫你们费上许多事，我实在不过意。”贾耀西笑道：“这算不了什么。我们在这条路上熟识一点，就不妨和三位多帮一点忙；将来我有到南京、上海去的时候，也少不得要你三位做引导的。”说着这话，他又亲自拿着两个热水瓶子，灌了热水，送到前面车座里去放着。燕秋笑了拍着两手道：“这可了不得！我以为贾先生是自己预备茶水，所以没有过问，原来贾先生是替我们灌水的，这可是不敢当。而且我还有个要求，这车子的前座儿，我们实在不应当再坐了。”贾耀西道：“我们自己和勤务坐在一处，这是无所谓的。若是我们自己泰然地在前座上，把客人扔着在勤务一处，朋友虽然不见怪，我们自己，也觉得有些托大。”他说到“托大”两个字，似乎有点异样的感觉，忽然把音调矮下去，说得人家可听到也不听到。杨、费、伍三人，全都感着有点儿惭愧似的，这就低了头，大家悄悄地上车。他们这样一来，贾耀西也透着更尴尬，于是充了大方的样子，走到车门边，点着头道：“这就开车了。出了城，也就开始要钻荒山，荒凉是跟着我们来了。”说着，他关上了车门，还把手比着头样高，扬了一扬，然后笑着向后面车身上去了。

车子开了以后，燕秋对昌年道：“我们总算得了一个小小的教训；同时，我也感到一种兴奋;人家全是大学毕业的人,还这样穿着工人的装束,实行工作起来。我们读了几年书,老实说,连常识还不见得充分,居然在人家面前充先生,真有点惭愧了。依着我原来的意思,最好马上就和故乡做点事业,现在我感到不再念两年书的话,像今天这样的橡皮钉子,恐怕还不止碰上两三次呢。"她这样很忏悔地说,以为是应当的;可是费、伍二人,当了司机生的这里,那是觉得有点不好意思。健生心里在那里想着,口里却不禁自言自语地道:"这里面有问题的。"燕秋回转脸来,向他盯了一眼,不由得脸上浮出了诧异之色。健生把脸正着,向外尽管去看风景。

汽车在静宁城西,只跑了一个多小时,就到了祁家大山。这山虽没六盘山那样高,可是远远地看到山峰突起,淡抹着一些似尘烟的青云,也就相当地伟大。因为山峰是连成一座屏风样子的,上山的公路做了很长的之字形,本是向北走的,公路先向南斜上四五里之远,然后折转身来,再向北斜上四五里。在山上层路的汽车,看那下层路追来的汽车,像一只小虫,参差而过,一望之下,很令人感兴趣。汽车跑过两个山岭之后,在山腰的南边,闪出一个小谷。在谷的中心,果然有一口池塘,约莫有两三亩地那么大的面积。水的颜色,在日光下映作淡绿。谷风由水面拂过,吹起层层的鱼鳞浪来,非常之好看。昌年道:"这大概就是程先生介绍给我们的碧水湖了。这在我们江南随便什么村庄,也不少这样大的两三口池塘,哪里够得上一个'湖'字的称号?"健生笑道:"《庄子・秋水》篇上,倒有这么一段文字:说是山沟里的水神,等到秋天涨了水,自以为大得了不得,一直顺流到了东洋大海,才知道以前是少见多怪。"燕秋红着脸,向他看了一眼,鼓了腮帮子道:"你说这话,是说介绍的人呢,还是说替这塘取名的人呢?或者简直是说西北人呢?"健生见她很是生气的样子,不由得哎哟了一声,笑道:"言重言重!"燕秋可也不再说什么,两手抱了腿,斜斜地坐着。

车子又约莫走了一小时,过了两块高原,便到了一片山冈子脚下。司机生掉转头来,向三人笑道:"这就到了华家岭了。"三个人对于华家岭的威名,一路之上,也是久久领教,总以为这座岭是了不得地高大,现在看起来,不过是片乱山岗子,大家也就觉得是过于小心。正估量着,汽车就跑上了那山冈子。这里的公路,倒现着省事,那工程就是顺了山冈顶上挖削平了前进的。山冈牵连着,来回转折地向西通着,公路也就依了山冈的形势,来回转折。车子这样走着二三十里的时候,大家也不感到这有什么特别。后来向周围看看,仿佛像初上华家岭来的风景差不多;只是山冈的两边,凹下长狭的山谷去。在山谷之外,又套着两层山冈子。走了许久,好像还在原处奔跑。燕秋道:“呀!这汽车是走错了路,绕着山梁子跑回来了吧?”司机生笑道:“这里并无第二条公路,怎么会走错?”燕秋道:“我记得上山不多久的时候,左边山沟里,有两幢矮屋。右边的山谷,像个葫芦。到了这里,完全是那个样子。”昌年嘴向前一努道:“不!你看迎面有座高些的山头,那上面有个碉堡,这是以前没看到的。”燕秋笑道:“我也料到,未必就真的走了回去了,只是看前后的风景,找不出一个特异之点来。健生!你看得出什么不同的风景来吗?”健生被她顶撞了两句,心里头那分不自在,恨不得跳了起来。只为要顾全友谊,呆坐不敢声张。这时燕秋叫到了他的名字上来,他可不能不理,回头来看看燕秋,而且她还是满脸带着笑容呢。这也只好答道:“对了,我也觉得这些童山,过于枯燥。外山套着里山,里山又回护着外山,这样许多懒蛇似的形势,在其圆如盖的天空下躺着。怎么这样大的地方,看不到一棵树?”昌年笑道:“不但是没有一棵树,我也留心了许久,找不到一块石头,还看不到一滴水。这个地方,实在要说荒凉的了。”燕秋笑道:“健生说这许多山梁子,像一大堆懒蛇;这譬方太好,可不就是那个样子吗?咦!又走到像原处的地方了。你看那个三角尖的山上,盖着那一个圆式的堡子。”司机生听他们说话,总是微笑,这时才插嘴道:“这里前后好几百里,全是这样无穷无尽的山梁子的。凡是山梁子高些的地方,就有一个堡子,自然是处处同样。”昌年道:“在这种地方走,若是不带了指南针,那一定会迷路的。山冈子左右前后围抱着,看不到一棵树,也找不到一个人家来做记号。山梁子差不多全是一样高;最妙的是两边洼下去的盆地,也是方块子田层层下去,或者半截葫芦式,或者半弯月亮式。”健生摇着头笑道:“你这个譬方太美丽了。我以为像破皮鞋,或者像块破瓦。”燕秋向他看着,微笑了一笑,大家默然了一会,都静静地去观察这里环境。

实在的，这汽车所跑的山梁子，并没有什么东西，可以引起美感。虽然山上也长了野草，只是这草长得太稀，随处可以看到黄土地皮；仿佛是那生秃疮的人，头上也稀稀地有几根头发，只是让人看着替这荒凉的地皮可怜。因为山左右绝少人家的缘故，路上也很少看到行人，往往当汽车跑过山梁子转弯的所在，荒凉之中，更显着幽僻，就有野兽飞跑开去。这野兽以黄毛兔子为多，也有尖嘴瘦身子的狼。它们以为汽车是一只兽王，跑得很远的地方，还回转头来看着。此外，要到草长得深些的地方，在草里面露出一团团白色的东西，才是人家放的羊群。这羊群也有两三人看守着，各戴了斗笠形的草帽，手上拿着一根长鞭子，身边总有两三头毛驴大的狗，前后奔走。看到汽车，一般的当了野兽，大声狂叫，追了汽车要咬。虽是这狗叫可以打破山上的寂寞空气；然而也叫得太凶，这里面显然含有一种杀气。健生点点头道："这地方真有点边区的意味了。"燕秋笑道："无论什么地方，只要人肯存一分鉴赏的心思，那地方自然也会发生意义的。"司机生听了他们的话，却也只是微笑着，向他们看看，好像说他们这一分儿揣测，并不怎么对。但是这三人心里，已是各含着一种不自然的意味，加之这满目的荒凉风景，也引不起兴趣来谈话。

汽车在这种乱山冈子上，约莫转了两小时，眼看到一轮淡黄色的太阳，偏斜在三角峰的碉堡之上，照着山谷全成赭色。向两面车窗外张望，只看到那一道道的山冈，带了乌烟瘴气的云雾，直抵两边天脚，此外哪里还有什么。燕秋心里想着：怎么走了这大半天，这些乱山，还没有走尽？这句话，还不曾说出来，那汽车的速度忽然减少，以至于完全停止，却是走不动了。贾耀西说声怎么了，首先由车子上跳了下来。司机生也下了车，掀开车头上的罩子看了一看，苦笑着道："机器出了一点小毛病，在这里要耽搁一会子了。"说着，他在车上取出铁锤铁钳之类，钻到汽车下面去了。燕秋道："看这个样子，这车子还是不能一时就修理得好，我们全下车来走动走动吧。"大家随着这话，下车来在公路上散着步。

四周沉寂得一点声音没有，虽是白日晴天，也仿佛似在深夜，只有那山岗上的野风，拂着荒草吹了下来，似乎有些瑟瑟的响声。看山的北边，落下去有两三里深，远看到是黑沉沉的。不过这西北的山谷，总是一层层地向下开着方块子田。由着这田的下趋之势，直到最下层，却也是一种伟观；而且是到了那最下层的黄土坡上，才有两三间黄土墙屋子。远远看那屋子，也就真像江南乡村上的那小土地庙。健生道："这山梁子上，我们总跑了一百多里吧，始终也没有看到一所大一点的村落，人烟自然是很稀少的。那深山沟里，只有这样两三户人家，这若是土匪来了，他们怎么办？"贾耀西指着山顶上的堡子道："不是有这玩意吗？每到土匪来了，乡下人就会敲锣的；一处敲锣，四处锣声响应，乡下人知道是土匪到了，各带了比较值钱的东西，就向堡子里跑了去。堡子里的墙，就是很厚的，还有很坚固的堡门，上面钉着铁片，堡子墙上架着土大炮，乡下人就用这个轰击土匪。"健生道："乡下人也是知二五不知一十。他藏到堡子里去避土匪，土匪就不会毁坏他们的家吗？"耀西笑道："你以为这里的农村人家，还有多少东西给强盗来抢的吗？他们把细软贵重的用物，把布包裹一包扛在肩上就走。家里所剩下的，无非是些盆儿罐儿，强盗不要，要了也没有法子搬走。所以地方上有了土匪过境，他们的目的，也是要攻破堡子，才能够发财。不过攻破堡子的时候很少，乡村里的人，总是把堡子当了安乐窝。"昌年道："这样说来，这种碉堡早有的；并不是因为政府实行碉堡政策，才筑起来的。"燕秋道："这个你应当知道，碉堡本来是西北边防上原有的东西。当年内地兵队开到西陲来，就是没有法子对付碉堡这样玩意。至少至少，这种建筑，有五百年以上的历史。"昌年道："一个地方，总有一个地方的特殊建筑品。这样旷野里面，没有这种堡子，那实在没有再好的法子对付土匪了。"耀西笑道："'旷野'两个字是不对的，应该叫作旷山。"昌年道："这实在可以说是旷，已经走了一百多里，还是这样一副刻板文章的山谷。"耀西道："一百多里吗？还早着呢，还有一百多里吧！"健生在路上遛来遛去，两手背在身后，低了头，只管是叹气。耀西道："伍先生为什么叹气？是为着这地方人民太苦吗？"健生笑道："我哪里有这样一副好心肠。这种山梁子，实在是让人走着烦腻得很，我很愿意……"燕秋笑道："你很愿意怎么样？"健生笑道："我很愿意弄两杯酒喝，喝醉了之后，在车上睡着跑过这华家岭。”耀西拍手笑道:“这个办法是对的,下次我经过华家岭的时候,我真会这样办。”大家说笑着,也忘记了是耗费多少时间。

直等那司机生由车子下面爬了出来,扑着身上的灰,那灰尘在淡黄色的日光里飞扬着,大家才省悟过来,太阳已经快落山了。向西看去,极西的乱山冈子上,飘浮着白中带黄色的云气,接近着太阳。四望全是那重重叠叠的土梁子,以外是什么也没有。这个日子,还刮着西北风,经过那深谷吹了来,也就含了一种凄凉的滋味。所停车子的地方,恰好是山坡上的草,也极其荒落的,连羊群也看不到。耀西扛了两下肩膀道:“车子收拾好了,那就赶快开了走吧! 这地方闹过土匪。”大家听说这里是闹匪的,心里更添了一种恐慌,抢着上车,似乎上了车,就可以得到一种安全似的。喇叭呜的一声,汽车算是开了;而且车旁吹过的风,呼呼作响;车子开得很快,是可以知道的。然而那无情的太阳,一分钟也不能等人,已是渐渐地坠入西边那丛云脚里去。这些荒山,被黯紫色的云雾笼罩着,那情形倒有些怕人。极力地向前看去,无非是同样的乱山,至多是高出来的山峰上,多一个方形或圆形的碉堡。至于人烟村落,却是毫无影子。健生看了许久,实在忍不住了,这就问司机生道:“不是说有个华家岭镇吗? 怎么还没有看见?”司机生皱了眉头道:“到了这种地方,我们也是猜不出方向的。那里的情形,也是一样,大概总不远了吧!”他说着话的时候,那汽车的速度,又开足了一点。接连地转了几个山嘴子,似乎在山穷水尽疑无路的原则之下,以为前面有村落了,不想转过了那山嘴子,依然还是重重叠叠的一片山冈子。村落究竟在什么地方,还是不知道。健生道:“这可糟了! 走到了这种时候,还不看到人烟,瞎人瞎马,回头我们向哪里闯了去?”司机生也不由得把速度减少了,只管四周地张望了去,自己也就沉吟着说道:“这可有些奇怪。这条路,我总共走了六七回,差不多的所在,我都熟识了。唯有华家岭这个地方,前后情形,总是大致相同,我也分别不出来。”这时耀西,由后面叫起来道:“快开车吧,天快黑了。这里到华家岭镇上,还不知道有多少路;纵然不会遇着什么歹人,在黑暗里开着车子,那也相当地危险。”三个人听了这话,以为他是常常走这条路的人,还担着一分心;这地方的环境,应该是相当地严重。因之大家的心房,全卜卜地跳着;同时,也就不住地四周去张望。

车子经耀西那样一喊,已经是开着快得多了。公路上的浮土,只看到被车轮子卷着,在车后飞起一丛烟雾,腾空而去。燕秋回转头向车后看看,又向车子两边看看,天幕是格外地昏暗了。那懒惰的乱山,横卧着,若有若无的黑影子,现着大地那样沉沉欲坠。她心里想着:这可不妥!假如天色晚下去,汽车不能走,大家岂不要在这荒山上睡一晚?心里这样着慌,只管沉住了气,不再作声。费、伍二人,也和她一样,板住了面,只朝车子前面望着,不说什么。唯其是大家的态度,全是这样沉着,那情形也就更透着恐慌。燕秋是紧紧地偎傍着昌年,心里越恐慌,倒是越靠着他紧些。这一会子工夫,昌年心里的紧张,那是又和别人不同的了。

第四十回　荒店叱饿人逢伊手足　边城作上客爱此河山

太阳终于是沉下去了。地平线上面，泛着一抹淡黄色的光，反映着长空，像有点凄凉的意味；同时那西北风兀自加紧起来，在车前带着呼呼的声音，横吹了过去。大家向前看去，一片高高低低的土地，和天脚相接，并没有其他的遮拦。虽是靠近北边的所在，有一座高些的山尖上，立着一座堡子，在这种夜色苍茫的时候看到，那时更加上一种说不出来的印象。

这样走了十五六里，天色昏沉得只有模糊的影子了，却在路边上发现了一辆汽车。那车上除了几个平常装束的人而外，却有几个印度人在上面。车子到了这里，照着他们的行规，就停住了；汽车夫跳下车去，问他们还短少什么？那边答应不短少什么，这边才开着车子走。健生道："到了这西北边境，还有印度人，这是出于我意料的事。"燕秋摇着头笑道："这是你看错了。这是西边的缠回，也是我们同胞。"健生笑道："这真成了那句话：大水冲了龙王庙，一家人不认得一家人。可是他们有那魁梧的身体，同时那健康色的面皮，又长着络腮胡子，更与印度人相近。"昌年道："我也以为他们是印度人呢。他们扎了花布包头，身上还披了一块很大的毛织围巾，大有印度风味。这也可见中国之大，自己一国的人，生平不易见面；见了面，这会常当是外国人呢。"燕秋道："大家的胆子，可以壮一壮了。虽然地方很荒凉，有了一辆汽车做伴，可以放心了。"健生笑道："事到于今，放心是要向前面走，不放心也是要向前面走；将来把这些险境走完了，在安乐的时候，回想起来，那倒是一件有味的事。"燕秋道："那很好！我希望这险境，暂时还不要完，留着你慢慢去经历，好永久地去回味。"健生道："唯其如此，所以你愿意我们陪你到新疆去了。"那汽车司机生听到，就顺便地插言道："三位还想到新疆去吗？那条路，可是很苦的。"燕秋道："虽然有这个意思，那还不知道是哪一天呢。也许不去。”司机生道：“在兰州住一些时候吗?”燕秋道：“大概要住一些时候。”费、伍二人，听到她说的这几句话，心里不免都拴了一个疙瘩。她分明说是到了兰州，再酌定行止的，怎么还没有到兰州，就说不向前走了呢？好在天色是昏沉了，大家全看不到脸色，倒也不怎样的介意。本来在闷沉的空气里，大家已经是不说话了，为了几个缠回，才把话引起来。现在听到了燕秋的口风，费、伍二人随着转起念头，十分地苦闷，口里也就不曾吐出一个字。

沉寂了许久，在黑魆魆的旷野里，汪汪地送来两声狗叫。司机生笑道：“好了！到了华家岭镇上了。”说着话时，在黑暗中，有两点火星闪动着；似乎那叫的狗，也就在那地方。车子开到了火星边下，隐约地看到一带堡墙，有几个短装男女在墙根下站着，似乎手里全拿了棍子。两三条大狗，追着汽车乱叫。车子开到，进了一个黄土墙门里，是个大院落，立刻有一阵煳焦的马粪味，向人鼻子里直冲了来，这是充满了甘肃乡村的意味。大家下得车来，在靠里的黄土屋子，有门咿呀一声，露出一线灯光。向那里看时，灯光下有好些个人影子，摇摇不定。贾耀西首先叫起来道：“掌柜的！你们这里还有地方吗？我们一路有七八个人，想在你这里找两间屋子。”黑暗中有人答道：“谁教你们来得这样晚？两间屋子，一间屋子也腾不出来了。”健生道：“这位掌柜的，也太不像生意人说话。你这儿住不下，还有别家呢，对我们这样发狠干什么?”在黑暗中，贾耀西就轻轻地扯了他两下衣襟，那意思就是不让他向下说。贾耀西道：“掌柜的！我给你商量商量，腾出一间屋子来给我们吧！我们同路，还有一位女客。要不，我们大家就在车上过夜，那也不要紧。”黑暗中有人答道：“就是腾的话，你们一位女客，也不能占我一间屋。”燕秋就搭话道：“贾先生！你不用为我发愁，我什么恐怖的地方也经过了。若是汽车停在这院子里，我就在车上睡一晚，那也不害怕。早几年以前，我还小着呢，在六盘山下面，就同着我父母熬过夜的。”这时，贾耀西的勤务，将一盏玻璃罩子灯，点着了以后，挂在汽车上，照着这汽车四周比较明亮。这院子里，除了一辆已损坏的汽车，横搁在靠门角落里而外，另外还有两辆汽车，停在院子中间。因之，车子那边还有些什么，却是看不清楚。在燕秋说过话之后，在车子那边，却有带着病音，连连地咳嗽了几声。大家为了找不到住的所在各自发急,对于平常的一种咳嗽声,当然也不会去注意。昌年灯下四周望望,问道:“这个小镇市,似乎不止一家。这里住不下,我们再去找另一家吧。”贾耀西道:“这地方,根本就不是大路经过的所在。所以有镇市,也没有什么客店。自从公路由这里经过之后,这个小小的镇市,在二百四十里无人烟的中间,发现出来,犹如大海中一个淡水岛,那是非常之重要的。可是这是初开辟的一个站头,对于旅行家所需要的东西,那是完全不曾预备的。这一家客店,还带着汽车站。你看,除了东北两角一共七间矮屋而外,就是这一所院子。哪里找得出新开的客店?不过,大家也不用慌,我手下两个勤务,对于这一条路,比较的熟悉,他们总可以想法子找个地方歇脚。现在是大家肚子全饿了,把静宁买的菜和馍,先蒸热了,拿来吃了再说。天气还不算冷,我们就在这院子里先坐一会吧。”大家听说是没有客店,发急也是枉然。就全依了他的话,在院子里散步。贾耀西的勤务,有去找歇宿所在的,也有去预备晚餐的。

费、伍二人在车上取下了热水瓶,站在灯下倒茶喝。健生道:“燕秋!你不喝一杯热水?”燕秋背了两手,斜靠了车子站定。在对面,就是先停下来的两辆汽车,在那汽车空当里,却有一个人探头探脑,黑暗中虽看不清楚是什么样子。但是那人不很健康,是约略看得出来的,也许那就是一个年老的乡下人,看到这些远来的旅客,透着有点奇怪。在他探头探脑之间,似乎也是想走过来的。及至燕秋只管向那边注意了去,他明白了,人家在那里也有点奇怪着他了,因之把身子一缩,立刻缩到车子后面去。燕秋看到,实在不能再沉默了,这就悄悄地走到昌年身边,向他低声道:“你看,那汽车后面有个人,很是奇怪,老是向我这里打量着,等我去看他,他又闪开了。你说那是好人还是歹人?”昌年向汽车那边看去时,见有一个短衣人,坐在地上。本想问一声,自己是个外乡人,又不知道是否可以问得。仔细注视了一会,觉得也并没有什么奇异之处,于是向燕秋道:“没有什么了不得,不过客店里一个看守院子的人。”燕秋以为这是在客店里,而且身边还有几个男子,纵有什么不测,那也不要紧。想到这里,心里也就坦然了。

大家在院子里,没有多大一会子,两个勤务就在外面搬进黑馍菜碟子来了。

贾耀西督率着人搬了一张桌子,几个凳子,放在院子里,笑道:“我们就坐在外面坐着吃吧。虽然凉一点,我想还不至于坐不住人。这比在屋子里闷着闻马粪味,总要痛快一些。”燕秋道:“这真对不起,为了我一个人,闹得大家全不能进屋子去。其实我既是甘肃人,这马粪味老早地就闻惯了,倒不算一回事。”在这样说着话的时候,勤务们把玻璃罩子灯放在桌上,随后把食物也一齐移过来,大家围了这盏灯,在露天里晚餐,燕秋无意之间,是对了灯,背了那列汽车坐着的,并也不想到吃以外还有什么事。这灯下面,一个大瓦钵子,盛着冬瓜块的红烧肉,热气腾腾地,向人鼻子里钻着香气。另外两个瓦盘子,盛着炒韭菜和炒鸡蛋;就是柳条簸箕里,放的那些黑馍,也是只冒热气。据贾耀西说:“在隔壁人家,已经找好了一间屋子,为着干净一些起见,答应了给那人家一块钱。那人家听说有一块钱,是生平是论时间最优厚的收入,已经在打扫屋子。吃过了饭,就可以去了。”燕秋笑道:“这倒是真话,一间屋子,要租一块钱一晚上。那在西北,是绝无仅有的事情。”大家说着,就吃了起来。

昌年左手拿了一块馍,右手将筷子夹了一大块肉,才要向嘴里送了去,却听到身旁,有一阵窸窣的脚步声。回头看时,有个二十来岁的小伙子,毛蓬蓬地一头头发,身上反穿了一件老羊毛的皮筒子;那羊毛像癞狗皮一般,结上了数多疙瘩,在灯光下虽看不清他的颜色;但是很瘦弱的身材,却看得出来。他两只手抱了一根木棍子。那手臂伸了出来,和黄蜡涂抹了一样,把筋骨全透露在外,不必猜度,就知道这是一位乞丐,因道:“你这个人讨饭,也不在行,黑暗中钻了出来,吓我一跳。刚才在汽车后面探头探脑地,也就是你吧?”那人用很低弱的声音答道:“先生!我原不是讨饭的,只因为你们这桌上的肉味很香,把我引了出来了。我倒不敢讨肉吃。你们这馍,好大一块,能赏我一块吗?”昌年将手上的那块馍塞在他手上,连连挥着手道:“过去过去。”那人接了馍,就走了。燕秋回转头来看他时,只看了他的背影。贾耀西将筷子夹了两块肉,追了过去,叫道:“讨饭的!我听你说得可怜,给你两块肉吃。”燕秋伏在桌上,就听他说:“谢谢你了。不瞒你先生说,我有七八天没吃饱肚子。每天只找些零碎食物,度我的性命。”贾耀西道:“你不用告苦了。

你的意思,我也明白。我们这馍,还是由静宁带来的,假如我们这馍吃得有多,一定再分给你一点。我们老远的带了来,总也要把自己的肚子弄饱。”他说着这话,已经走回了原位。燕秋道:“哦！原来这是一个饿人。先前我站在这里,他在汽车缝里,溜进溜出,我真吓了一跳。”昌年道:“这客店里老板,也太马虎,怎好随随便便就容纳一个讨饭的人,在院子里过夜呢？这个年头,什么样子的人没有,将人随便地留在屋子里,似乎有点不妥。”燕秋道:“店里人的眼睛,比我们亮得多。真是不能容纳的人,他就不会容纳的了。”健生笑道:“既然如此,为什么刚才你又很害怕呢?”

燕秋这倒没的可说了,只有陪了大家吃喝。偶然一抬头,却看到那个人,又在对面的墙根下站定。他两手抱了一根棍子,眼神呆呆地,只管向这张桌子上看了来。燕秋道:“说起来,这个人倒有些奇怪了。为什么老是向我们这桌上看了来?”那个人倒不因为这里人问话,就闪开了去,自言自语地说道:“不是的,不是的。她说的话,一点都不像。”健生喝着道:“你这个人真不好惹,给你吃了,你就大可以走开了。而且我们已经说明,有得剩的话,还是给你,你为什么老在这里麻烦?”他答道:“我不要吃的了,我站在一边看看。”他口里说着,人已慢慢地走近来。他偏了头,微避着灯光,向燕秋脸上注视着;他左手抱了棍子,右手伸了一个食指,战战兢兢地指着,抖颤着道:“这位小姐是……这位小姐是……是甘肃人吗?”昌年站起来重声问道:“你这个人,好不讲情理,你只管啰嗦什么！是甘肃人不是甘肃人,与你什么相干？这话不是问得很奇吗?”可是燕秋并不因为他的话问得唐突,已是手里拿了馍同筷子,呆呆地向那个问话的人望着。那人道:“因为这位小姐,她说过她是甘肃人。我要问一问,小姐！你你你,是静宁县人,住在隆德的吗?”燕秋将手上的筷子黑馍一抛,跳了起来,走到他的身边,扯住他的羊皮筒,向他脸上注视着道:“你是我的二哥杨兴华吗?”那个人哪里说得出话来,只管是抖颤。燕秋道:“二哥！二哥！我不想在这里会遇到你,你怎么落得这般光景?”兴华道:“是呀！我也不想在这里会遇到了你,你好?”燕秋道:“我好什么？我漂落到现在呀。你知道大哥同爹妈么?”兴华道:“大哥听说是阵亡了,爹妈的消息,我也不十分清楚。但是爹走隆德经过一回,妈好像不在了。你不用伤心,也许大家还都在。人家都说我阵亡了的,可是现时我还在呀!”

他兄妹二人在那边说话,桌上的人,全听得呆了。昌年首先走过来道:“燕秋!我十二分地抱歉,想不到会在这里遇到令兄的。你二位这里相会,这是一件天大的喜事。我纵然说错了两句话,我想你不会见怪我的了。”燕秋因哥哥当面受过人家的喝骂,而且这喝骂是为了她哥哥讨饭吃,这在面子上看了,实在是一件难为情的事;可是在人家喝骂的时候,自已也当着面的。那时,虽没有帮着说什么,也好像认为人家喝骂是应当的。到了这时候,怎能怪人家呢?便用着很低的声音答道:“这也不能怪你们。”她的情形,实在尴尬得很。贾耀西对于燕秋的身世,本来不大了然,现在看到她这样的认兄妹,更有些糊涂,呆呆地站在一边,不知道说什么是好。健生于是走向前,对杨兴华点了一个头道:“杨先生!我们全是令妹的朋友,并不是外人。既是肚子饿了,就请到桌子上一同来吃点东西。好在令妹在这里,一切可以和你想办法。”兴华也不说吃也不说不吃,向桌子上所摆的东西,看了一看,又向燕秋的脸上看了一看。他如此的行为,教燕秋又说得出什么话来,早是一阵心酸,两行眼泪,直流下来。昌年走近两步向燕秋乱摇着两手道:“你不必伤心了。令兄突然看到了你,心里自然是十分慌乱。你要是一哭,更让他心里慌乱起来的。”燕秋带着哭音道:“我真是惭愧!”她说着话,不免向贾耀西偷看了去。耀西道:“这是笑话了。我们虽不是什么高明的人,但是做人这一分儿好歹,我们总也知道。令兄身遭不幸,我们做朋友的,只有对你表示同情;若是不表示同情,还要讥笑你,那我们的见识,也未免太浅了。”燕秋道:“我并不是说各位笑我,只是我……我也说不出所以然来,总觉得心里不大安然似的。”她说到这里,回头看到兴华怀里,还抱了那根讨饭棍子,他那两只眼睛,似乎被桌上的食物吸引住了,呆看着,动也不动。这就只好亲自向前,把他的棍子抽开,然后扶着他,在凳子上坐下。兴华的肚子里,虽然是已经饿得发烧,可是两只手扶了桌沿,并不敢扶起筷子来。燕秋怕朋友们会拿了黑馍递到他手上去,那会显着更难为情。于是也坐过来,把她的筷子拿起塞到他手上,点点头低声道:“二哥!你就随便地吃一点东西吧,好在这里全是熟人,倒不必客气。”兴华听了这话,才将筷子头夹了几丝韭菜,送到嘴里去咀嚼。大家也怕他一个人,在这里吃着,有些难为情,各人就重整碗筷,陪着同吃起来。大家虽还只有八成饱,可是都慢慢地吃着,以便省下食物来。让兴华去果腹。

在吃饭的时候,燕秋已经是把自己逃难的经过,滔滔地说了个大概。兴华拿筷子的右手,很少动作,左手已经接连拿两个馍,送到嘴里去了。吃完了,贾耀西也就明白了很多,因道:“这件事不必怎样考量了,就请杨小姐陪着令兄,一同到隔壁屋子里去住,也好畅谈别后的情形。”燕秋道;“各位也找到了歇脚的地方吗?”贾耀西道:“这不要紧,我们全是男子,纵然一夜不睡,又有什么要紧。我们打算多穿一点衣服,就在车子上过夜。”燕秋道:“那么,我向各位有个要求,让我同家兄在汽车上过夜,各位到隔壁民房里去住。我想今晚上,大可以和家兄谈到天亮去。若是住在人家里,一宿谈到天亮,恐怕吵了别人。再说家兄这一副情形,跑到人家家里去,恐怕人家也要拒绝,倒不如老老实实在汽车上坐着。”她这样要求,大家本来不肯答应,无奈她兄妹二人都把意思决定了,怎么也变不过来,大家想是执拗不过,也就依了她了。

车上支起了帐篷,大家陆续地散去,只有燕秋兄妹同在车上,那盏玻璃罩子灯,也就放在车上。健生对于兴华很表示好感,当大家散去之后,他又走回汽车上来,请燕秋提着灯,他打开了箱子,检出一套旧羊毛衫裤裤,一套八成新的呢布中山装,一双毛袜,都检在一边放着。燕秋以为他自己要换衣服,并不怎样介意;及至他把箱子盖好了,却向兴华笑道:“杨先生!这几件衣服,虽是旧的,都还干净,请你暂时穿着。到了兰州,我们当然要另想法子。”燕秋哦哟了一声道:“老伍!你这样费事,真不敢当。”健生道:“这又有什么不敢当。不过是几件旧衣服,回头就请令兄换上吧!明早见。”他好像是要避开燕秋道谢,跳下车去就走了。兴华望了这些东西,却不免发怔;哪里知道说什么。燕秋就望了东西出神一会,因道:“你真缺少衣服,既是朋友送了来,你就拿去穿吧。”兴华把衣服拿起,就着灯光仔细检查了一会,点着头自言自语地道:“这些衣服,倒全是好的。”他说着把所有的衣服，一件件看过了笑道："这位先生，虽想得周到，到底还忘了一件事，没有送双鞋给我。"燕秋道："果然是差着这一点。我想着他不会专丢了这件事不管，也许是怕鞋子不合适，所以没有拿出来。"正说着呢，健生在老远的地方，大声笑着来了。他一面走着一面笑道："我做事太不周到，还有鞋子没有预备呢。"他看到车子上张的雨布棚，完全都扯着遮盖起来了，这就站在车下，隔了油布棚道："我不上车来了。燕秋！我那网篮里面，新旧鞋子全有。你不必客气，请替你令兄随便挑选一双；哪一双合适，就穿哪一双。我给你灌了一瓶热水来，你拿去喝吧。"说着，他将两只手伸进棚子里面来，正是一只热水瓶子。燕秋接着瓶子道："天气还早，你可以上车来坐坐。"健生道："不必了，让你二位畅谈畅谈吧。"他交代了后，便已走开。

兄妹二人，盘腿坐在车板上，对了棚架上挂的那盏灯，对面望着，心里早已碎了，不知说什么好。还是兴华先开口道："这位朋友，实在不错。你觉得他这人怎么样？"燕秋道："这几位都不错，只是我对这几位朋友不起。因为人家千里迢迢把我送到这里来，耽搁了读书的工夫。我正在这里发愁，没有法子感谢人家。"兴华道："这几个人里面，我想是这位伍先生为人最好吧？"燕秋听了，觉得二哥是有点误会，但是二哥是由封建社会里长了出来的人，把江南社交公开的情形，告诉给他，他有些不大了然，那误会更深。于是向兴华笑了一笑，却没有把话向下说。这时，健生轻移了脚步，不曾走远，正在听话。听到兴华那句话，燕秋格格地答复一笑，心里不由得不痛快一阵。总又怕燕秋出来了，看到多有不便，就赶快走开去了。到了隔壁民房里，大家都已铺被安歇，自然也不去提到燕秋的事。

次早，大家起身到这边客店来，只见兴华全身上下换了个整齐，站在车边，也是一位很英俊的青年。虽然脸上带了一些风尘之色，可是一夜之间，变成了两个人了。兴华首先向健生握着手，半鞠了一躬道："伍先生实在是个仁义人，我不知道要怎样的感谢你才好。"燕秋也站在他身边，自己不便默然，抬起她那健圆的手臂，连连地摸了几下鬓发，向健生微微地一笑道："我们这样熟的朋友，就不说什么感谢的话了。"健生道："我若不是看在极熟的朋友分上，这一点儿旧衣服，也不好意思拿出来了。”昌年听了这话，才知道健生瞒了大家，私自去做了一回人情，这是无法可以竞争的事，只得脸上带了一点淡笑，远远站在一边望着。

大家料理了一番行李，要上车了，这就发生了一个问题。在司机生开车的所在，除了司机生，只能添坐三个人，现在燕秋的二哥来了，应当同燕秋坐在一处，势必把费、伍二位，挤一位到后面去。燕秋始而是不留意，及至自己坐到车子上以后，这才想起来了。把二哥放在哪里好呢？因之她在车上还没有落座，立刻又走下来，向费、伍两人道：“前面坐不下了，我同家兄坐到后面去。”健生道：“为了坐不下一个人，挤走两个人，不很妥当。让我一个人到后面去吧！”说着，他真个抢着爬到车后身去。燕秋不能把他拖下来，自己再上去，这也只好由他了。车子开着，燕秋兄妹是畅谈别后情况，却把赏玩风景的事，丢到一边去。今天车子走得很慢，只开到定西县就不走了。因为定西县城对面，有个车倒岭，又是二三十里无人烟的所在。大家不敢冒险，早早歇下。

次日早上，从从容容地向省城兰州进发。中午十二点钟的时候，到了一个大镇市甘草店。因为他们公路上，在这里设了一个工程处，贾耀西就招待大家在工程处打中尖。这里是个小屋巷子里，套着个大院落，因为天气十分好，院子里地上铺着有四五寸厚的干马粪，在太阳地里晒着，人就踏着这马粪走了过去。当人脚踏在马粪渣子上的时候，粪灰飞起多高。大家走到院子的北屋里，倒是有些桌椅板凳的陈设，可是这些东西上面，全洒了一层焦黄色的灰尘。自然，这灰里面，含着马粪的成分不少。耀西招待大家坐下，所有茶水食物，全是在院子侧面，由勤务们端了过来的。最巧的是一个勤务将藤簸箕捧着几斤黑馍来的时候，就有一阵大风，在半空中扑了过来，这就把地面上的干马粪，卷了起来，成了一卷黄尘，四处飞散；自然，这黑馍上面，是无可逃免。当黑馍端到屋里来以后，健生看那上面，竟撒了一层胡椒粉。心里想着：走了这样长的路线，还不曾经过晒马粪的人家，今天算是尝着这滋味了。当吃黑馍的时候，只好把黑馍的外层浮放皮全给揿了，看看别人，却不大怎样的介意，心里可就想着：要修养到吃马粪不算一回事的时候；肚子里的寄生虫，大概不少。自己是个研究科学的人，而今过这种极不科学的生活，未免太矛盾。如此一想,立刻添了一番心事,东西也吃不下去。

大家匆匆地打过中尖,继续地向前走。可是过了甘草店之后,所有在车上的旅客,脸上全带了一种欣慰的样子。各人嘴里,不时地说着,快到兰州了。接着风景也变了。公路在很平坦的原野上过着,四周全是麦田,有两三个村庄,簇拥着一丛绿树,还有在绿树里洼下去一条宽沟,在宽沟上架着水车的;简直是江南的风景,不像到了这边远地方。由这些村庄过去,还过了一条河,河里的石子,大大小小铺了满河床。在石缝子里,弯曲着一条浅水,很是清洁。河两旁的人家,树木阴阴的,不时地露屋角墙角来,有时还在树林里透出两声牛叫,这更让人感觉到农村风景之美。过了这条河,这更上了一片高原。远远地向前看去,在天山脚的南边,远远地透露着一片青山的影子,而且高低峰头,很有些跌宕的姿势。只有这影子送到大家眼里来的时候,早就听到一阵欢笑的声音。又全说着:到了兰州了。汽车上过了平原大道,马力开得更足,风驰电逐地,耳边呼呼地响。这地方的形势,纵然走眼一看,却也很是险要;北边是黄河,南边是皋兰山,中间一条平方形平原,约莫有四五里地面宽窄。燕秋回转头来向昌年道:“你看,我们这兰州省会形势怎么样?”昌年道:“当然,一定是最扼要的地方了。汉唐以来,这里总是和番人交界的所在,所以在这里筑下了一个城。你看,这城后面这样一块大平原,至少可以屯十几万人马。古人的眼光,那实在是不下于我们后人。在这地方屯兵,进可以战,退可以守,那是很有一番打算的。”燕秋道:“甘肃皋兰,以前叫着金城。金城之固,那是很有名的。”正说着呢,在西边云脚下,已经拥出了一座三层高的城楼,隐隐地现出了一带城墙。在城墙下面,屋脊重重地,透露着人烟稠密的样子。燕秋微微的摆着头,表示了得意的样子,笑道:“昌年!你看我们这个省会的城市,不也很好吗?”

这时,车子正经过一大片平坦地皮的飞机场,壁垒森严地有一所很大的营房。那营垒上也是像南方一样,墙上搽抹着白粉,写着斗大一个字的标语。营垒中间突树着高大的立体形门楼,上面飘着国旗;军号呜嘟嘟地响着。在飞机场那边,是一列西方少见的青山,与白云相接。这番声色,令人看着就充量地现出了边城的风味。由此前进，经过了几所零碎的负郭村子，就到了城脚下了。这里的城，虽没有西安城那样伟大，但是也高立了三级箭楼。砌墙的青砖，由脚一直到顶，并不是一路看来的黄土墙坯了。进城之后，街道比西安窄些，却也很宽绰地通过汽车去。两旁店铺，只是缺少玻璃窗门，拦门一列横柜台里，支着黑漆木架子，倒也有不少的货物堆列着。这里差不多是一个缩小的西安，大家投荒两千里，一时遇到这样繁盛的街市，心里都十分高兴。路旁也偶然看到新式建筑；但这新建筑，绝不是东南所建的立体形，不过是白粉墙上，挖了三四个百叶窗；百叶窗是两层的。在那陡立的墙上，也可以猜度出来，里面还有一层楼。若把东南打比，这是五十年前的摩登建筑了。

汽车刚停在这样一家新式建筑的门口，就有一位穿长袍马褂的人，迎着贾耀西道："贾先生来了。还有由南京的杨先生、费先生、伍先生，也都是和你们同车而来的吗？"这时，燕秋已经下车。耀西就介绍她和那人相见。据说是教育厅的吴科长。他首先笑道："我们早得有三位来省的消息，昨日又接到了程工程师的电报。敝厅长非常愉快，特派兄弟前来欢迎。这旅馆里，我们已经定下了两间屋子了。"燕秋听着，这就不由得两道眉毛飞舞着，先笑了起来。接着费、伍二人下车，同吴科长一一地握手，大家进了屋子。耀西把各人的行李，全安顿妥当了，然后向燕秋告辞，开着汽车到工程处去了。费、伍二人看这旅馆里的情形，也是仿照西安旅馆的样子具体而微，只是屋子里缺少铁床，或者是土炕或者是木头架子床；便是桌椅脸盆架，也都起点花纹，不是内地情形，几根木棍子撑一块板子了。茶房送上茶水来，看时也不是黄泥浆了。在大家的心里，全是把兰州当一座荒漠边域的，看到这种样子，都有一种喜出望外的愉快。

那吴科长共预备了三间屋，费、伍二人只占了一间，吴科长似乎是受了上司的命令，对于燕秋兄妹特别客气，只是在那边屋子里周旋。过了一会子，燕秋换了一套衣裙，脸也洗了，头发也梳了，笑着走到费、伍二人的屋子里来。她扯着蓝布褂子衣摆，笑道："敝省也很不坏吧！"健生道："总算很好，假使西北城市，全像这个样子，我们就是长在西北住着，我们也是很愿意的了。"燕秋听着，脸上泛出了一层浅笑，表示那一番得意来，因笑道：“你二位不是老早地说着，要看看黄河第一桥吗？吴科长已经预备两辆骡车，带我们出城去看看。”昌年笑道：“这个样子是把我们当上客看待了，那可不敢当。”一句话没说完，吴科长就在身后接嘴道：“本来是上客呀。这地方要各位老远地跑来，可不容易的。”燕秋笑道：“既是吴科长来招待我们了，我们就勉勉强强做一回上客吧。趁了天晴，我们这就去，好吗？”费、伍二人看到她那种眉飞色舞的模样，不敢扫她的兴，就随了她一路走出大门。果然，有两辆轿式骡车，停在大门左右两边。吴科长笑道：“到了这地方来，最舒服就是坐骡车，不能比这再高明了。”燕秋向健生笑道：“你会坐吗？我来导演吧。”说着，自己就向车边走去。骡夫早已看到，由车上取了一个小凳子，放在车杠子边。她踏了凳子，爬上车去，翻个身坐着。然后伸出头来，笑着向健生招了两招手，笑道：“你学我的样子，一同上车来吧。”健生喜欢得要由心窝里痒了出来，也顾不了许多，点着头，口里连说好好，随着也爬上车里。昌年倒不介意，却坐到另一辆车子上去，燕秋二哥兴华似乎有什么预约一样，也随着昌年，坐到另一辆骡车上去。

这两辆骡车，是一辆跟着一辆，有时也并排地走起来。昌年见健生大半截身子露在蓝布车棚子外，满脸全带了笑容，盘了腿，两手抓住车架子，那骡车轮子颠颠倒倒地滚着，摇得健生在车上乱晃。其间有一次大大地晃着，晃得他身子一歪，向车棚木架子撞了一下。虽是两辆车子，还有相当的距离，却还听到卜咯一下响。在那晃动着与车棚相撞的时候，本来他还是继续说笑着的，碰过之后，他仅仅用手摸了一摸后脑勺，还是向燕秋说笑。昌年本当想笑出来，不过看到兴华坐在身边，这又不便把那幸灾乐祸的样子透露出。骡车转过两三条街巷，就看到了城门。出城门，早就有一片哄哄的水声。骡车停住，便看到了那条黄河沿城滚滚而去。

大家下了车，顺着河沿走，不到一百步路，就是黄河第一桥了。这一道桥，一般的在桥面上凌空架着钢质桥梁。桥面约有两丈多宽，用三截厚木板铺着。所有河两岸的骡车马车，全由桥面上经过。那车轮在桥面上滚着，不住地哄咚咚作响。黄河在甘肃并不像下游，仅仅只有半里路宽。看那些古董车辆，在这新式铁桥上走着,矛盾得很是有味。桥两边也有铁栏杆,扶在铁栏杆上向下看去,却见那黄河水,一条箭似的,碰在水泥桥柱上,哗啦啦作响。那水随了那响声,翻起白色的浪花。人在桥上向下望着,只觉头晕眼花,站立不住。在上流头远远地有那牛皮筏子,先是一个小黑点漂在水上,越近越大,是个平面的浮货上面载了货件,并没有什么布帆篙橹之类。顺流而下,也像水一般的长流疾走。那驾驶筏子的人,只扶了一支板桨,很悠闲地坐着,把那桨头子夹在胁下。昌年笑道:"这筏子也很有趣,一点气力不费,就走百十里路一天。"吴科长笑道:"何止百十里路一天!差不了和汽车相同,一天能走三四百里呢。可是有一层坏处,这筏子因为是被动的,不是主动的,只能由上游到下游去,不能由下游到上游来。"昌年道:"那怎么办?这筏子流到下游去,就不回来了吗?"吴科长笑道:"筏子回是回来的,但是不走水路。坐筏子下去的人,都背了筏子起旱走了回来。"昌年道:"筏子比一间屋子还大,一个人的肩上,怎样背得起?"吴科长笑道:"暂且不必说明,回头有背筏子的经过,大家就明白了。"

大家说着话,就把这一条黄河大铁桥,走了大半截。抬头一看,一列高山,沿黄河北岸,当了兰州省城的屏风。那山不但没有草木,倒是那光滑滑的黄土,让太阳照着,反射出抢眼的阳光来,让那山前的半边天,都是银灰色的。燕秋笑道:"河水是黄的,山色是白的,这种景致,东南哪里有?"当她这样说的时候,昌年正轻轻地向健生道:"这种山水的颜色,完全是一种病态。"一言未了,昌年也就向燕秋身上看过来,见她手扶了桥上的铁梁,身子微微地跳着,高兴到了极点,竟不是一个流落的姑娘回家找母亲来了!燕秋见费、伍二人站在一边说话,便向前一步道:"你二位对这里的风景,有什么批评吗?"健生两手一拍道:"这儿风景好哇。"燕秋听着,却是微微一笑。健生道:"你不用笑,我这话是有原因的。你看,河这边是山,河那边是城,非常之险要!假如有人由西来想攻兰州城,在河那边为山所阻,先展不开人马,隔了这一条黄河,又是没有船的所在,怎么可以渡过来?何况城就在河边上,正好向下放枪炮,防御是非常之容易的。"燕秋笑道:"这不是我自夸,我们这座兰州城,比西安、开封的形势,都要好上十倍。慢说一到兰州来,就有人家把我们当上客看待;就是把我们当极平常的人,我也觉得这地方大是可爱。有这样好的地方,我还回江南去做什么?”她这样说着,大家都不免呆呆地向她望了去。因为各人听着,各人全有各人的心事呀。

第四十一回　酒入愁肠割豚拼一醉　诗留素壁画燕祝双栖

费昌年在这一行人之中，他是一位最能容忍的朋友；一路行来，总以淡然的态度去对付燕秋；以为她是一位胸襟洒脱的人，对于她，必要避免那种儿女子态，才合于她的胃口。不想自从在平凉遇到了程力行以后，她就完全改变了态度；人家越献殷勤，她就越高兴。到了华家岭，这事更可以证明。健生处处向她表示了那过分奉承的行为，她就在口头上老说健生的好处。现在到了兰州，还不过三四小时，她已说不想回江南了。他想着心事，人靠在铁桥的栏杆上，不做声，也没有走开。健生拍了他的肩膀道："可别这样傻望，望晕了头，会栽到水里去的。"昌年看了那黄河里的水远远地注了来，碰在脚下的水泥桥柱上，翻成圈线的波浪，因答道："我假使由这里向下一跳，不知道在什么地方，可以捞到我的尸首?"燕秋笑道："我看你站在这里出神，以为你有什么新奇的意思，原来说出这么一个问题。"昌年手按了铁栏杆，微微地跳了两跳，笑道："你以为我没有这自杀的勇气吗?"燕秋一把扯住了他的衣襟，就向桥中心一拖，正了颜色道："这可不是闹着玩的。"昌年微笑道："人生总有一死，这算得了什么!"

燕秋看他虽是带了笑容，但是脸皮红红的，显然有点生气。为什么生气，倒是猜想不出来，因道："你看那对面山上，还有几座庙宇，我们要不要上去看看?"吴科长笑道："不必了，明天再去吧。敝厅长对于四位，还有一个约会呢。"燕秋道："我们都要看看牛皮筏子，同黄河水车。"吴科长道："水车这样东西，江南很多。这里的水车，和南边水车的构造，也是一样的，不必看。牛皮筏子，河边就有。"燕秋向黄河南岸看，见岸边有那轮齿形的东西，比房屋还高大，在水面上凌空架着。这样的东西，一排约莫有七八架，越远越小。看出了神的时候，倒像在黄河白云之间，画了一种新奇的图案。燕秋道："这就是水车吗?"吴科长道："那就是。这构造我也可以说得出来,这车子上面的木齿,在水面被黄河的急流推动着,全身转动起来了,轮子一动,车子中心的车轴,自然也会转。在车轴直通到岸上的所在,带有小的齿轮;这小的齿轮,就拨动了横的平的各种车轮,于是磨子也好,碾子也好,完全都推动了。”吴科长在桥上手指口讲地说上了一遍,大家呆呆地望着。他正在说得有劲,偶然一回头,就两手一拍道:“哪!看,这就是牛皮筏子,在岸上行走了。”大家看时,有一个人,背了一桩奇怪的东西,由桥上走过,有九个像汽囊的牛皮套子,作三排,并拢在一处。那牛皮套子,白白的颜色,除了牛头一处而外,其余都存在。四条腿不过是短些,也不曾割去。那套子里面,想必是气灌得很足,所以都涨鼓鼓的。在气囊上用棍子编排着,把气囊缚得紧紧的。那个人,把这东西背在身上,把桥心的路都阻断了,一步一步,坦然地走着,好像并不怎样的沉重。燕秋笑道:“这就是牛皮筏子吗?放在水里,倒不是像这种样子。”吴科长道:“这筏子放在水里的时候,再用板子,在木棍上架着;木板上,再放着货物,当然不容易看到那牛皮囊的原形了。”健生道:“刚才我猛然看到这玩意,以为那人背了一堆剥皮的蛤蟆精呢。我倒想起了一个问题,这筏子既然只能顺流而下,不能向上,那么两岸对过,行不行呢?”吴科长道:“那也行的。要斜斜地走,由北岸到南岸,可以在上流头撑开,将桨拨着,慢慢地向河心里移;一面向下游流了去,一面慢慢地拨着,牛皮筏子自然就到了那岸了。”健生笑道:“假如要由那岸再回来呢,岂不要更流下去若干里?有几个来回,那就要离开原地几十里路了。”吴科长笑道:“没有这个道理。真是要来回几次的话,撑牛皮筏子的人,他会把牛皮筏子由水里拖了出来,在岸上背着,背到上流再放下水去。”健生笑道:“这倒有趣。那么,这牛皮筏子,有由兰州流到宁夏、包头去的,他们也是把牛皮筏子由岸上背了回来吗?这东西虽是不重,可是这么大一块,背起来,总有些不方便吧。而且我看到在水里的筏子,有比房基还大的,那又怎么个法子背起来呢?”吴科长笑道:“真要把这样大的东西,背着走上千里路,那倒是一件笑话了。这个牛皮筏子的皮囊,是灌了气的,只要把缝的线迹扯开,囊里的气一泄,皮囊就成了薄薄的一叠白皮,自然折得只剩了一点点,一担子就挑回来了。”健生、燕秋听了,都带着几分笑容,但是昌年却沉住了颜色,并不含一点笑意。燕秋虽是看到,但不便去问,也疑惑着他身体有些疲倦,不愿游览,因就对吴科长说:“还是回旅馆去。”昌年还是像来时,和兴华同坐一辆骡车。

到了旅馆里,茶房送上几张请客帖子,还有一张红纸通知单,那上面前面一行,自然是写的请客时间,后面就开着被请人的名字。健生首先接过来看,见名字第一行是杨女士燕,第二行是伍先生健;以后全是这样,只把人的名字,简写一字。于是拿着和昌年同看,笑道:“这太有趣味,兰州人是太谦恭了,客的名字,也不敢写全。可惜一虹没来,他要来了,他的名字缩写着,是高先生一。”说着,把通知单递到昌年手上。昌年随便看了一看,就放下来。健生这就也有点知觉了,分明他有点不高兴,若他真是不高兴的话,必是为了自己和燕秋的友谊有了进步,这倒不好怎么去问他的所以然了。再看请客帖子,正是吴科长的上司金厅长。一个做学生的人,到了这里,立刻就受地方长官的欢迎,当然是有点原因,至少也不会受人的厌恶。像昌年这样的神情,对了吴科长,似乎有点侮慢,于是转过身来向吴科长笑道:“一到就受金厅长招待,倒有点不敢当。”吴科长道:“敝厅长最是奖励青年人到边省来的。这一点意思,谈不到款待,不过这兰州城里的宴席,也有兰州城里的风味,倒是东方所没有的。第一是烤猪,这里另有一种烤法;第二是黄河里的鸽子鱼,只有黄河上游才有,不到这里来,那是尝不到的。我暂时告别,回头我派人到旅馆里来引导。”说着,拱手而去。健生同燕秋随了他之后,送到大门口,昌年却是躺在炕上,挽了两只手,到后脑勺子下去枕着。

燕秋自回房去,和二哥兴华说话。健生走进来问道:“老费!你怎么了?不大舒服吗?还是身子疲倦呢?”昌年说道:“我也说不上是生病,或者是身体疲倦,只是坐不起来,要躺着就舒服一点。”健生道:“为什么有这种现象呢?”说着,把两手插在裤插袋里,斜伸了一只脚,向炕上望着。昌年看到,却不怎样的介意,依然微闭了眼睛,仰躺在炕上。兴华在门外伸了一个头进来,笑道:“费先生睡了,舍妹请过去说话。”昌年两只脚原是垂在炕沿下面的,这时却缩了上炕,侧着身子睡了,就闭了眼睛答道:“哎哟!我疲倦得很,简直懒得起来了。”兴华道:“那么,就请伍先生去吧。”健生问道：“倒不知道有什么事？我看看去！”说着，又望了昌年一望，这才出门去。

昌年侧身横躺在炕上，一点声音没有。过了约莫有二三十分钟，一个翻身坐了起来，向四周张望了一下，接着叹了一口气。这样呆坐着，约莫又有十来分钟，这才走下炕来，在手提篮子里，搬出纸笔墨砚，伏在窗子边的小方桌子上，将左手撑着半边头，对了桌上痴望着，腾出一只手来，把墨盒子打开，又把一叠信纸拿一张放在面前，用手慢慢抚摸着，只管出神。突然地坐正了，将毛笔套子拔了下来，然后伸笔到墨盒子里去蘸墨汁。笔在手指上转着，只管不停。左手按在信纸上，动也不一动。他似乎灵机一动，这就提起笔来在信纸上写着。开首一行，便是四个字：我将归矣。只写了这四个字，摇了两摇头，用笔在上面连连地圈了一行圈，把字涂了。圈过后，又在字旁写了两行字：知我者谓我心忧，不知我者谓我何求？于是把笔套着，向桌边一丢，右手拿着墨盒子，左手一把抓住了信纸，捏成一个纸团，向屋角落里一扔，起身倒在炕上，横了身子躺着。也许是闷极了的缘故，这次倒在炕上，却是睡着了。

过了一会子，燕秋想到半天没有看到昌年，不知道他有了什么情形，也同着健生一路来看他。进得门来，见他弯曲了身子，鼻子里呼呼作响，睡得很熟。燕秋就轻轻地道：“他睡着了。就随他休息一会子吧，不要去惊动他了。”说着，慢慢地在桌子边坐下来。看到纸笔墨砚摆得现成，因道：“他是预备写信的样子，倒没有写信呢。”说时，偶然一低头，看到屋角落里有一个纸团子，便弯腰捡了起来，擦抹着桌子。因为纸团展开了一角，却是四个字送到眼里来，正是“谓我心忧”一句。这就心里一动；望了纸角，呆上一呆。在有意无意之间，把那张信纸打开来，便是起首“我将归矣”四字。虽用笔圈掉了，还隐隐约约地看得出来。健生站在一边看看，因就问道：“那纸上写了什么？”燕秋把那纸团捏得紧紧的，看到屋角落里，有一个墙眼，就向里面塞了进去，摇着头道：“不用管了。”健生看她两张脸腮红得像胭脂淡抹了一样，知道这里面含有文章。还是斜伸了一只脚，在地面上点着，脚尖是打得土地嘚嘚作响。燕秋将带了笔套子的笔，在桌上乱画着，另一只手，依然托了头，眼望了桌上，并不说话。健生知道她很有心事，也只好那样呆看，并不作声。

就在这个时候，吴科长又来了；在外面就叫道："请请！敝厅长在馆子里等着了。"昌年被他这声音惊醒着，已是坐了起来。吴科长进屋来了，他也随了杨、伍二人周旋了一阵。吴科长笑道："在西安吃晚饭是很早的，到了兰州，吃晚饭更早，这已经是晚了一小时了。"燕秋向昌年道："这倒有些却之不恭，我们一块儿走，好吗？"说着偏了头，向昌年脸上望着，现出很恳切的样子，并不转眼珠。昌年这倒不好意思拒绝，笑着点了一点头，只把那藤篮子里的冷手巾取出摸擦着脸上一把，就悄悄地先站到房门口外去等着。燕秋看到他这情形，倒不免心里扑扑乱跳。向屋子里周围看看，又向屋子外看看，把衣襟下摆扯了几下，望了健生道："我们可以走了。"说着话，走到了房门口，又向昌年道："我们可以走了吧？"吴科长站在一边看到，也是两方望望。还是燕秋有点觉悟，笑嘻嘻地向吴科长道："我们在汽车上很受了一点累，又跟着游了一次黄河桥，大家全疲倦得可以了。"吴科长自然也不便多问，在大家悄悄地态度中，就上了骡车，向饭馆子里来。

这饭馆子却也特别，乃是一所旅馆的前进。金厅长站在旁边的房门口，已是迎了出来了。吴科长笑着代为介绍，大家就进来了。健生看那屋子时，下面一张圆桌子，却也盖了一方几条线缝合成的白粗布。在正面设了一张木炕，炕上并没有炕几，只是铺了三四床红毡条子。在炕的一端，还有两个四方枕头，健生对于这种陈设透着一点诧异，只管打量着。金厅长似乎看出来了，笑道："我不想替甘肃人掩饰，要把这里简陋的真相给人看看。在旅馆里开饭馆，这还是东方所谓的摩登事业呢。这一张炕，老实告诉你二位远方来的上客，这是烧大烟的东西。"健生笑道："金厅长说话很爽快，见面开首几句，就把实情告诉我们了。"金厅长笑道："掩耳盗铃的事，那是傻子做的。我若说假话，那是我自已做傻子呀。"昌年听到，这才向着大家笑了一笑。燕秋正站在身边，低声笑问道："现在你心里，觉得舒适一点吗？"这时，正有金厅长所约的几位陪客的人一同进门，燕秋这话，却是没有让健生听见。

在大家周旋的时候，馆子里茶房向桌上陆续地陈设着菜碟杯筷。健生看那摆的宴席，却有东方风味。碟子里的菜肴，也比一路上所见略有差别；除了猪身上的耳朵、舌头、肠肚之类，都干切着成了一样菜而外，另外倒有海蜇、咸蛋、桃仁、蜜枣之类。其间有两碟水果，都是由罐头里面开出来的。金厅长见客人在旁边打量着，便笑道："这种酒席，东方人来吃，是有点可笑的。不过我是招呼了馆子里故意做得土一点，要如此才有趣味。现在弄出这两碟罐头水果来，就有点失却甘肃菜的本性了。吃了再谈，不必客气。杨女士请坐首席，还有三位，请尽上面坐下。我们这里全是地主，应当尽地主之谊的。"燕秋脸上布满了笑容，向费、伍两人望着。健生笑道："这位金厅长，为人非常之爽直，我们就不必客气了。"昌年笑道："这里头还有点曲折，我们一致恭维杨女士，自然是杨女士坐首席。不过杨女士有她的令兄在座，她绝不能妹占兄先。"他所说的话，虽是声音很低，但是金厅长已听到了，这就点头道："此言甚是。"拿起席上摆的酒壶，就走到一席上，对酒杯子里斟了去，而且是左手挽住了右手的长袍马褂袖子，做出一个很沉着的样子，向兴华脸上看了去，说道："杨先生！你不必谦逊了。有许多话，我们还要在席上讲呢。"兴华是守惯了军纪的人，觉得自己还不足做厅长的座上客，回头看到昌年站在身边，就回过手去挽着昌年道："费先生请坐吧。"昌年笑道："根本我就是一个做陪客的人。"说完，还淡笑了一笑。金厅长听了这话，还没有什么感觉。燕秋心里一阵难过，脸腮都气得变成了白色，垂下了眼皮，睁不开眼来，并不作声，就在第二席坐着。健生是很知道言中有物，也不作声了。

大家坐下来，都感到一种沉默。所幸金厅长是位善于辞令的，说得满桌人全高兴。上过两道菜之后，却有金厅长的跟随，用木托盆，捧上一套高脚杯子来。那杯子是黄黄的冻玉颜色，料质有些像石头。金厅长看到每人面前，都摆下一只，便笑着道："有这个杯，非配一种酒不成。"接着，听差捧上一把铜壶，向各人杯子里斟了去。那酒红红的颜色，映着那黄石杯子，非常之好看。燕秋端了杯子在手，偏了头看着。金厅长就知道她的意思了，笑道："这是一句诗：葡萄美酒夜光杯。你不看这杯子，既不是石头，又不是白玉吗？这石头是肃州的一种土产，大概是古来的典雅之士，和它取了个名字，叫作夜光石；这杯子就成了夜光杯。酒呢，是新疆哈密地方出的葡萄,酿成的酒。这杯子没有什么,只要西方有便人过来,就可以带了来。这葡萄酒是液体,带起来可很费事,而且路又这样的远。”昌年笑道:“既然如此,不可辜负了金厅长的好意,我先喝上这一杯了。”这时,听差正和他满上了一杯。他端了起来,并不估量酒的力气如何,咕嘟一声,就喝了下去。喝完之后,还举着杯子口,向全席人照了一照杯。金厅长笑道:“费先生的量很好。”昌年笑道:“倒不问酒量好不好,不过遇到这葡萄美酒夜光杯,不能不干上一杯,以答谢主人翁的好意。”金厅长笑道:“既然如此,我就再敬费先生一杯。”由听差手上接过酒壶来,站起身把酒壶提起,昌年并不推谢,隔席伸过酒杯去接着。燕秋向他瞟了一眼道:“老费!几时瞧见过你喝这么些酒的?”昌年笑着,还不曾答话,手举着杯子,又向嘴里直倒下去,仰着脖子承受了。金厅长看他喝得痛快,又给他斟上一杯,他方才坐下。这一席酒,既是金厅长吩咐,全照甘肃口味做的,所以端上来的菜,多半还说不上什么名字。吃过了两样海菜之后,这就有一只长形的盘子,盛着两条鱼上来;那鱼长不到一尺,圆滚滚的身子,有酒杯粗细,圆头扁嘴,嘴上有两根触须,像俗传的鲇鱼须似的。昌年道:“这就是鸽子鱼了?”金厅长道:“是的,这就是鸽子鱼。在兰州,对于这样一对鱼,和开封、郑州一条黄河鲤的情形差不多。”昌年笑道:“我也知道的。在西安的时候,我早就听到人说,向西走是鱼龙鸭凤。那么,席上有龙,不能不喝一杯。”说着,举起杯子来,高平了鼻尖,然后微微地向座席周围点了头道:“大家同干一杯如何?我先干了。”只这一句,果然又把那杯葡萄酒倒下肚去。健生向他看看,又向燕秋看看。燕秋只向他回瞟了一眼,也不答话,看昌年时,他那耳朵根都红了。还是主人翁有点看出来,他实在没有多大酒量,就不敢向下再劝酒了。

又吃过两样菜,再有一个大盘子,端上一碟油亮焦黄的片子。看那样子,倒像南方的烤鸭。金厅长伸着筷子头,向盘子里点了两点笑道:“这就是兰州的土产,叫作烤猪。吃法也是和烤鸭一样,不过这口味,是比不上烤鸭的。”昌年看那样子,倒不怎坏。店伙正端了一碟葱头甜酱上来,便夹了一块肉皮,蘸了甜酱,向口里送去。只咀嚼了两下,便觉得一股子猪毛味,冲入鼻子里,赶紧咽下,又端杯子喝了一口酒。吴科长坐在侧面，就说了一句道："费先生还有余勇可贾？"昌年笑道："勇是没有，但是心里很兴奋。"正说着，门外听到有砧刀声，他突然离开了席，就掀了门帘子，向外看去，原来这里是一张桌子，上面放了一只残碎的乳猪，两个厨子，正在用刀，片猪身上的肉。昌年走到桌子边，顺手夺过了厨子手上的菜刀，左手把厨子一推，笑道："这有什么难，割猪我也会。"说着，举起刀来，对砧板上的小猪，猛砍下去，啪的一声，砍下一只小猪腿子来。烤的猪不过一尺多长，那腿子也就小得不过筷子长。他拿着猪脚，走向席来，笑道："我是大将樊哙，臣死且不惜，斗酒安足辞！"说了，身子向后退了两步，再抢向前，把酒杯子拿到左手上，举过了额顶，笑道："燕秋！你好了，你到了兰州了；我们做朋友的护送你到这里，也就功德圆满了。我应当恭贺你一杯。"说了，把右手拿的猪腿，先送到嘴里去咬了一口。燕秋见他对了自己颠颠倒倒地站着，就不敢冲犯他，也站起来，笑道："老费！你有点醉了。"昌年摇头道："不，我不醉。就是醉的话，我也要同你干这一杯酒，死而无怨。"燕秋笑道："老费！你忘了我们是自家人。"昌年道："不，不，我们不是自家人。"他说着话，手里不停地抖颤，把杯子里的酒，摇得淋漓遍身。燕秋红了脸，眼皮下垂，恨不得要哭出声来，勉强笑道："不管是不是自家人，你坐下来，我们慢慢地对喝就是了。"昌年笑道："不行，我非要你站着和我对干一杯不可。你若是不干，我不坐下来。"兴华看到满桌子人，全向他两人身上看了来，这事倒不好老迁延下去，便道："葡萄酒也不十分厉害，你就陪费先生干上一杯吧。"燕秋偷眼看金厅长，两手扶了桌沿，睁了大眼看人，两道眉毛不免紧皱到一处，显然是有点不耐；只得把杯子拿起来，一声不言语，碰到口边，就倒了下去。对昌年照了杯以后，点头笑道："谢谢你！"昌年笑道："好的好的，痛快之至！我陪杨先生再干一杯。"说着，把那只杯子，高举过了头，然后放下来一饮而尽。可是在这个时候，他的身体，摇晃得更厉害了。于是左手扶住了椅子背，右手举了杯子向大家道："这杯子是夜光杯，可不能随便放下。若是打碎了，我可赔不起。"于是战战兢兢地，把杯子送到桌子上来。杯子自然是放到桌上了，可是随了这放杯子的势子，人也是向前一栽。幸亏他手扶着椅子背，不至于完全摔倒在地。健生看到，立刻跑出席，两手抢着把他抱了起来,叫道:“昌年!我们这是到一位生朋友的地方来赴宴,你不可这样失仪,你心里要分明白一点。”昌年两手扶着椅子背,半弯着身体,向全席人望着,这就哈哈笑道:“糟糕!我真喝醉了。”于是将两手抱了拳头,向金厅长连连作了几个揖,笑道:“真对不起!真对不起!老伍!你把我送回旅馆去吧,我站不住了。”燕秋也站在一边,只管皱眉。健生两只手,还拦腰搂着昌年呢,便道:“这样子他是不能再坐的,我送他回去吧。”燕秋红着两个脸腮,只管望了他,却不说话。却看她两块上眼皮,垂下着睁不开来。健生料着她很是生气,便将昌年带抱带推,送出了馆子去。所幸这里还有金厅长坐来的轿车,就让昌年躺着拖回旅馆去了。

这边燕秋兄妹,虽是十二分镇定着,把这一餐酒席吃完。可是燕秋心里,犹如尖刀挖过了一样,回到旅馆以后,连兴华也不多打一个招呼,即刻进到自己屋子里去,砰的一声,将房门关上,倒在炕上,就痛哭了一顿。她因为怕这哭声,被人听了去,将薄被拥盖着头,伏在棉被深处呜咽着。健生当她回旅馆的时候,已经知道了,可是接着就听到她关房门的声音,自己没有那勇气,敢去敲她的门。

到了次日早上,昌年算是酒醒了过来。然而他躺在炕上,却不肯起来,脸朝着里,微闭了眼,仿佛还是睡着了,一声不响。健生起床,自行漱洗过了,看到他在炕上还是默然,这倒不便老是不作声,于是伏到床沿上,将头伸到他面前道:“老费!你酒醒了吗?”昌年轻轻地哼了一声,倒没有说别的。健生道:“你口里不渴吗?我找点东西给你喝吧?”昌年这才微睁了眼,向他摇了头道:“昨天的事,我非常之后悔。为什么那样爱喝酒,醉成了这种样子!我自己喝醉了失仪,那全不要紧。可是金厅长昨晚请客,他完全是为了给燕秋接风的,我这样一来,可扫了燕秋不少的面子。”健生笑道:“这倒也无所谓。一个人喝醉了酒,不全都是那样子吗?”昌年又闭上了眼睛,沉思了一会子,因问道:“明天是礼拜三吧?”健生道:“后天是礼拜三,你要发航空快信,明天还来得及。飞机是明天由西安到兰州,后天由兰州东飞。”昌年又微微点了两点头,没有说什么。恰好在这日早上,有好几批人来探访。燕秋并不曾到昌年这屋子里来,健生拿了一份本地报纸,默然地坐在一边看,好几次听到燕秋笑嘻嘻的,由里面送客出来。经过这屋子门口,昌年将头在枕上昂起来一点,向健生道:“老伍!你听,她多么得意!到了兰州,保护着她的人,就多着呢。”健生道:“那就不到兰州,她也不寂寞了。她到底是找着一个哥哥了。”昌年道:“是的,我觉得到了华家岭,我们的义务,就算终了。到兰州来,不过是顺便游历一番。燕秋该出门去应酬了,等她出门以后,我们出门去看看吧。听到说,这里的第一图书馆是庄严寺改建的;那寺里还有书绝画绝塑绝呢。”健生道:“你为什么要等燕秋出去才走?”昌年强笑道:“并不为了要她走开,我才出去。我想着:我们当她的面出去,她一定要勉强地陪伴着的,那倒要耽误了她的正事。”他说着这话,态度是很从容的,健生却也觉得言之有理。

过了一会子,燕秋算把事情告一段落了,站在房门外,先咳嗽了两声,因看到健生兀自捧了一张报在看,便问道:“昌年的酒,醒过来了吗?”健生道:“刚才还同我说话的,现在似乎又睡着了。”燕秋扶了卷着的布门帘子,在门口先呆了一呆,然后走进屋来,将两手叉了腰,对炕上望了去。健生道:“他自己也很后悔,不该喝许多酒的。昨天我是看他喝得很高兴,以为他多少有点量,没有拦阻他;若知道他是这种样子,拼命也不能让他喝下去。”燕秋微微笑道:“本来他预备喝醉,也是拼命的。你也得拼了命,才能够把他拦住呢。现在该把他叫起来吃午饭吧。”健生道:“你若有事,你就出去吧。我在旅馆里陪伴他一会子。”燕秋还是那个姿势,在屋子中间沉吟了一会,然后点点头道:“那也好,我早点回来得了。你二位要吃什么,倒不必等我。”说着,她就走了。

过了十几分钟,昌年却是一个翻身,由炕上坐起,因问道:“她走了吗?”健生道:“我看见她兄妹两人同走出去了。”昌年道:“那么我们找点儿东西吃吃吧。”说着,将手扶了半边头,搓着散乱的鬓发。健生道:“你的酒,大概还没有醒吧。你昨天何必吃得那样大醉?”昌年笑了一笑,微闭了眼睛,又摇了两摇头。健生也看不出他这是什么表示,吩咐饭店茶房叫了一些面食来,和昌年同吃着。昌年只吃了一小块馍,倒把一碗鸡蛋汤全喝了一个光。吃饱以后,他手扶了桌子沿,站立起来,摇摇头,复又坐了下去,笑道:“这真糟糕!我头晕得抬不起来。”健生道:“那么,你就不用出去了。”昌年也不答复,叫茶房端了一盆冷水来,放在桌子上,两手叉住了桌子，却把头向冷水里一插。健生哎哟了一声，走到他面前。昌年抬起头来，水汁淋漓的，由头发上牵线般地流了全身。健生倒望着他呆了，因问道："你这是怎么一回事？"昌年笑道："这脑袋不用凉水浸浸，他是醒不过来的。"他说着话，在柳条篮子里，抽出一块干手巾，两手蒙在头上，一顿乱擦，把全头头发乱得像一团茅草似的。把干手巾扔了，在墙钩上取了帽子，向头上盖着，就拍了健生的肩膀道："老伍！我们走哇。"说完之后，身子晃荡着，人就向门外走去。健生既不能拉住他，也就只好紧随在身后，陪他出去游玩。

直等天黑回来，燕秋又不在旅馆。向茶房打听时，说是杨小姐本来回旅馆来了，后来有一位程工程师来了，她就同程先生一块儿出去了。昌年听着，就向健生看着，发出一声淡笑，因道："老伍！这事情算是大大地明白了，你还打算等什么呢？咱们到了兰州，人家也就到了兰州；你以为他这回来，又是为了公事，那样第三个适逢其会吗？"健生进得旅馆来，本来还很高兴，被他这句话提醒，不由得随着脸色一红，于是倒在炕上躺着，架起脚来道："我们一路都说过她不过是我们一个同学，当然她有交朋友的自由，我们还能干涉人家吗？"昌年笑道："谁又要干涉她？"说着，斜靠了桌子，将一只手托住了头，微微地闭了眼睛出神。两个人在屋子里，一个坐着睡觉，一个躺着睡觉，反是静悄悄地了。过了一会子，却有个卖报的在门外喊着：看上海报！南京报！西安报！健生躺在床上，动也不一动，喊道："喂！老费！买一份南京报看看吧。离开南京许久了，不知道可发生了什么事没有？"昌年道："要知道南京的事，看一天的还不行，得多买几份看。"那卖报的小贩，听了这话，一脚踏进来，拿了一大叠南京报，放在桌上，笑道："这一个多礼拜，全是晴天，南京报来得日子很近。"昌年将报随便翻了一翻，果然最远的日子，不过十二天，最近的日子，只有十天；于是买了三份，同健生二人分拿着看。健生躺在炕上，两手举了报纸，张开来挡着面孔看。约莫有十分钟，他呵了一声，一个翻身坐了起来，笑道："嘿！石耐劳结婚了。"昌年道："你造谣言的！哪有那么巧，恰好是他们结婚的消息，登在这天的报上。"健生道："你说的他们，指着谁？"昌年道："自然是老石同李灿英。"健生笑道："你猜对了，正是他两个人结婚。你看报吧！"

说着，把报折叠着，送到昌年手上。昌年看那报纸封面所在，果然有几行触目的广告，乃是石耐劳、李灿英结婚启事：我俩因意气相同，并得家长同意，兹定于本月十五日，在杭州西湖饭店举行婚礼，敬此奉告。昌年笑道："末了来个敬此奉告，倒有趣味。奉告什么人呢？"健生道："自然是告诉朋友，也可以说是告诉国人，他有了收获，为什么不出一下风头？"昌年道："他的行为是对的，假使他也跟着我们到甘肃来，那就落空了。"健生没作声，只是拿过报去，再度去查看。

昌年看了一会儿报，就对健生说：要出去发一通电报，匆匆地出去了。由兰州向东南通信，就是赶航空信。一个礼拜，也只有一次，所以遇到有事向外发消息，只有打电报一个法子。昌年说是去发电报，健生却也相信；可是昌年这通电报，发出去很费时间，两小时之后，方才回旅馆。他回旅馆来时，恰好是燕秋邀了健生去吃晚饭，三个人不曾见面。昌年却无挂无碍地，到炕上去放头大睡。健生回来时，他说是通身骨头酸疼，要好好儿地睡一觉。健生明知道他是心里有感触，更不愿去惊动他。

次日六点多钟的时候，健生起床，却不看到昌年。在兰州这地方市民，比西安人还要起得早，六点多钟，已经满街全是人了。昌年起早出门买东西去了，那也是平常的事，健生不怎样去介意。但后来茶房送了一壶茶来，自己在一张方桌子边坐下，斟了一杯茶，慢慢地呷着，不免出了神，四围张望了去；这就看到雪白的粉壁上，有铅笔画了一只燕子，展了双翅飞着，后面跟随了四只燕子，一个一个地落后，掉头转着飞去；只有迎面一只燕子飞来，有和那燕子比翼同飞之势。在燕子旁边，写了一首诗，乃是："春风杨柳卜同栖，扑面黄尘路易迷；愿汝前程双着力，从今劳燕各东西。"健生把这首诗看了一遍，自己虽是不大研究词章的，好在这首诗，措辞也不怎样的高深。再把那画的几只燕子一看，心里就十分明白。于是立刻叫茶房把燕秋请了来，两手一拍道："燕秋！你看，这事怪不怪？昌年他走了。"燕秋猛然听了这话，自不免一怔。向屋子周围看看，行李铺盖倒并没有移动，笑道："你开玩笑的，他买东西去了。"健生正色道："真的，我不说笑话。不信，你看这墙上画的画，题的诗，不是他走了吗？"他一手拖了燕秋，一手指着墙。燕秋走过来仔细一揣摩,不免把脸也红了,两手扶了桌子,眼望了壁子,很出了一会子神,将牙齿咬了下嘴唇皮,低着眼皮,沉思了一会,忽然摇头笑道:“这是你闹着玩的,老费从来没有作过诗,更也不会画了。”健生道:“不会作诗,不会画画呀! 终不成我两人全没有动手,是第三个人在壁上写的!”燕秋还对了墙壁望着,因道:“今天是礼拜三吗?”健生道:“是礼拜三。今天有飞机飞西安,他前天就问我哪天是礼拜三。这样看起来,昨天他出去很久,恐怕就是买好了飞机票了。”燕秋点点头道:“对了,他走了。他不谅解我,走了。”说到这里,眼圈儿一红,就垂下泪来了。

第四十二回　共半日清游泣倾肺腑　订三年后约握别风尘

伍健生对于燕秋之接近程力行，自己也是很不高兴的，不过对于费昌年这样的不辞而别，觉着有点过分。这时，燕秋两行眼泪直流下来，也就呆呆地望了她道："也许他没有走，就是他走了，这是各人的自由，你也无能为力。"燕秋道："我不敢说我完全是对的，但是我有不对的地方，他尽管和我说。现在他是千辛万苦地把我送到了兰州，却是一怒而去，我觉得很对他不住。"健生道："这也无所谓，我们把你送到这里，迟早是要回去的。说句笑话，你总不能因为我们回去，心里就不舒服吧?"她默然了一会，因道："这话不是那样说。"她也只说了这七个字，把话就给忍住了。健生斜坐在一张方凳子上，手撑了头，做个沉思的样子，然后笑道："人的聚散，真是难说。当我们在南京商量起身的时候，石耐劳最起劲；大家都说我吃不了苦，不能够到西北来。不想石耐劳连火车也不曾上，反是吃不了苦的人还陪伴着你呢。"燕秋道："这就是那句俗话，事久见人心了。"健生听着这话，不由得心里一阵奇痒，突然地笑了起来。燕秋怔怔地对那壁上望着，因问道："但不知此地飞机几时起飞，几时到西安?"健生道："大概七点钟起飞，九点多钟可以到西安。"燕秋沉吟着道："我很想拍一个电报到西安，去探问探问他。"健生道："你又不知道他住在西安什么地方，你这通电报，向哪里发出去?"燕秋道："打到飞机场去，他的飞机到了，就可以看到我的电报。"健生道："你相信电报在一小时左右，就可以拍到西安吗？事实上似乎还不会这样快。"燕秋道："这时候，我心里头乱得很，等我回到屋子里去，仔细想上一想吧。"健生说道："你也不必心里难过，将来大家总有见面的日子。我们把话说开了，这事也就过去了。"燕秋看了他的颜色，却不甚自然，并不再接着谈下去，自回卧室去了。

健生独自坐在屋子里，看看墙上题的字，又把昨日的报，翻着看看，这就坐不住了,背了两手,在屋子里绕了四周走,随后他就向窗子外面叹了一口气,于是悄悄地走到燕秋屋子门口来。见她斜靠了椅子背,将两只手,抱住了一只膝盖,微昂了头,向天空上望着。健生在那门外,来往溜了几趟,燕秋也不曾看到。健生只好闲闲地问道:“燕秋今天有事吗?我们一块儿出去看看好吗?”燕秋这才回转身来,哦了一声。健生说道:“令兄出去了吗?”燕秋道:“程先生带他去拜访一个人去了。”健生道:“这样早,程先生就来过了吗?”燕秋道:“是的,他来过了。因为我没有起来,他没有惊动我,就同家兄出去了。”健生道:“这样说,你是在旅馆里等他了,那么我一个人出去走走吧。我也不知道什么缘故,昌年这样一走,我心里是十二分地慌乱,我在旅馆里有些坐不住了。”燕秋红着脸道:“我并不在旅馆里等程先生。既然如此,我就陪你出去玩一趟吧。这里有第一图书馆同雷坛,全可以去看看。”健生道:“你能去吗?”燕秋脸上的红晕,刚刚退下去,听了这话,又绯红了满脸,因道:“我不是说了,并不等程先生吗,难道你还不能相信我?”健生笑道:“并不是这话,我因为你也没有到过兰州,这里的道路不熟识。”燕秋道:“这有什么不好办,鼻子下面就是路。走!我们这就走。”她说过这话,脸上是一些笑容也没有。健生既是用言语激动了她,若是不同她一路走,也透着不方便,于是走向前两步,在院子里站着。燕秋也并不进房,立刻就告诉茶房把房门锁着,走到院子里,微微向健生笑道:“驾言出游,以去心忧吧。”

健生也没多言语,和她一路走出旅馆门。燕秋向四周看看,因道:“记得我们在开封游陈列馆的日子吗?那么一大半人,有说有笑,多么热闹,而今只剩我们两个人了!”健生笑道:“其实我们一行只有四个人,走了两个,就走了一半,自然觉着人少。然而在你一方面,我以为不会感到人少的;有了程先生,可以抵一虹的缺;有了令兄,又可以抵昌年的缺,还不是有三个人陪着你吗?”燕秋道:“程先生,他是有工作的人,哪里能陪我找寻父母?”健生道:“对了,程先生工作很忙的,怎么有工夫到兰州来呢?”燕秋道:“是为公事来的吧?”她说这话,眼看了前面的路,并没有让健生看到她的脸色。二人并排走着,默然地很经过了一截路。健生忽然站住了脚,笑道:“我们糊里糊涂地,向哪里走了去?”燕秋道:“我听到人家说,这两个地方,都在西门里,我们向西走就是了。本来我们可以坐人力车去,我听到说,统共兰州城里,只有一百多辆人力车,总是停在省政府门口,等省政府的人员出门坐车,价钱也很贵,无论什么地方,都是一毛钱起码。兰州的一毛钱,那是要值内地好几毛的。”健生道:“你的意思,以为坐上车去,很惹街上人注意吗?”燕秋道:“可不是!昨日同程先生各坐一辆车,在大街上转着,就有人看着。这地方真是一个旧社会,有男女同在街上走路的,那绝不是本地人,所以能让人注意。”她说着话,径直地向前走,似乎对于这条街,却是很熟悉。

约莫有一里路上下,就到了图书馆。进得门去,那佛寺的原来情形,还十有八成是保留着。第一进大殿,横了长桌长凳,墙上的壁画和柱子上的标语,形成了两个极端。健生正要赏鉴壁画,燕秋将手指着屋脊下面横梁上三块大横匾道:“你看,这是这里的一绝,这是颜真卿的真笔字,现在还好好儿一点没有损坏。”健生昂着头,看了一会子,笑道:“怎么你走进来就发现了?”燕秋道:“原因也是听到人家说,在这大殿上的。”她勉强地答复了这句话,垂下了眼皮了。健生瞟了她一眼,倒很透着蹊跷。燕秋装出四壁张望的样子,却转到后殿来了?健生随着她踏阶后进,两廊的佛像,却都让许多陈列的古物和学校里成绩品,遮掩了不少。燕秋道:“你看这些佛像神气都塑得很好!有人说:正殿的三尊大佛,恐怕是后代改造的。唯有这两廊配殿,四五尺高的小佛像,那倒是真正的唐塑。”健生随着她指点的所在看去,见一尊佛约莫五尺高,盘腿坐在莲花座上,身披了袈裟,露了右肩;虽是那形状如平常塑像差不多,可是在袒露的半边身体上看了来,筋肉鼓胀着,显着那里面还有骨头隐藏似的。再仔细看佛像的眉目,在一点不露喜怒哀乐的意味上,自有一种仁慈的印象,让看的人深受着,因点点头道:“我不管这个是不是唐塑,但是我所感觉的,这里没有一点庸俗的表现。”燕秋似乎也是看得出神了,随口答道:“你的意见,和力行的话差不多。”健生道:“他也来游过的吗?”燕秋道:“他……他这样同我说过。我们看了两绝了,再去看画绝吧。”健生心里,这就十分地明了,却后悔刚才不该问这句话。于是跟着她后面,又走出后殿,她好像对这里是很熟,转到了前殿的后壁,表示着十分欣慰的样子,笑道:“老伍!你看,这一幅壁画,无论是谁,全可以看出好处来的。”健生也不说话,只依了她手指的所在看去,原来是在佛殿背后照墙上,画了一尊站的观音像。那像画得面清目秀,骨肉停匀,虽是有许多地方已经把颜色剥落了;可是在衣服上披的那一幅白纱,每一个极细的纱眼,还可以看得出来。在这纱眼里,就透出里面的衣服来;那纱还是被风吹动着,飘飘然,要起要落。健生不由得两手一拍道:“这实在是妙绝!可惜这画不完全清楚,不能摄影了。”燕秋道:“你只知道这画好,还不知道这画下笔之难。原来画壁画,是站着画的,手里拿着笔,就得悬起腕来。”健生笑道:“你真是一个常识丰富的青年,连壁画是怎么回事,你也知道。”燕秋道:“怎么不知道,这是吴道子画的。”健生道:“这壁上也没有吴道子的落款。”燕秋道:“虽然没有吴道子落款,但是画得这样好,就不是吴道子,而这个人的本领,也不在吴道子以下了。”健生道:“这话却是诚然。你对于赏鉴古物,那是很有心得了。”燕秋笑道:“我还有一件事告诉你,这第一图书馆,还有一件伟大的收藏。这里有两万多卷藏经,有的是宋版,有的是明版,有的是手钞本;那价值简直不能够去想象。你要不要看?我可以要求此地图书馆的人,打开书库来让你看。”健生道:“我对于佛经,一窍不通,看了也是不懂。”燕秋昂着头,看看天上的阳光,因道:“这个时候,到雷坛去一趟,还来得及。我们一块儿到雷坛去吧。不过这里去是比较远了,要出西关,我们还是走去吗?”健生心里,可在那里想着:你对于这一路的情形,倒是很熟悉,因道:“假如你要走的话,我当然也可以走。”燕秋道:“既是那么着,我们慢慢地走着带说着话吧。”

于是她在前,健生在后,一路地走着谈话。健生问道:“燕秋!你买到了一本兰州地图吗,怎么对于这地方的路径,这样的熟悉。”燕秋道:“我,我走过两趟了。”健生哦了一声,继续地走,就出了西门了。燕秋笑道:“过去不多路,有一道无梁桥,很有点意思。”健生微笑着,也就知道她是已经瞻仰过的了。出门约有半里,走到了一道干河,这河床上虽是干得一滴水也没有,但是河的形式,却是显然。在河的两岸,高高拱起,架了一座上面有盖顶、两面有栏杆的木桥。这桥的样子,活像小孩子用牙牌做游戏,搭的空心桥一样。桥身与河床绝对不相连结,乃是在两岸各伸出一截桥身;在这截桥身上,又堆叠着向河心里伸出去。这样的层层堆叠,层层向外伸,两岸伸出去的桥身,在河中心凌空相就。燕秋指着说道:"这桥的工程,我觉得是很巧妙。对于车马货物,安然地由桥身上过去,我觉得又很危险。"健生看着,估量了一会,因道:"在桥下看桥身,是这个样子。我想桥面上,一定是弧形的,要不然,车子不能经过。这种工程,那是和南方都市跨过河岸的铁桥,那情形大小相同,桥身上载重的力量不直接向下,物理学上有所谓支点。"燕秋向他摇摇手笑道:"你和我谈物理,那是对牛弹琴。昨日力行和我比说了半天,我还是不大懂。"健生也不露一点笑容,淡淡地问道:"哦!你同程先生到这里来过一趟的?"燕秋红了脸,简直答复不出一个字来,将脚踢着地上的浮沙,只管向地面上望着许久才道:"是和我来过一趟的。"健生道:"走吧。这桥不过如此,我们一块儿到雷坛去玩玩吧。"这句话,算是替她解了围,这就向前走了去。

过了一条小街,这就到了雷坛了。原来这里是一个道观,进着庙门,便是一棵很大的槐树。那树身的粗度,大概要两个人才合抱得拢。燕秋道:"这是一棵唐槐。"健生抬头向天空里看看,虽是树叶不多,但枝所伸到的面积,却是很大,因点了两点头。燕秋道:"纵然不是唐槐,也是千百年的植物了。据传说:这里有十几棵唐槐,现在可只剩有五棵了。"健生已经知道她是到过这里的,索性不问了。可是燕秋见他默然地向树上看着,倒反是有点感触似的,便正了一正颜色,笑道:"健生!我实在地告诉你,我是和力行到了这里来过一趟的;说起来,我是透着有点对不起你。"健生笑道:"这有什么对不起?你也没有陪我出去游历的义务。你今天和我来玩了一趟,明天看到程先生又要说对不住他吗?"燕秋道:"这话不是这样说。"说了这句话,脸上红着,可就接不下去。健生听了她说,却不怎样注意的样子,背了两手,悄悄地向前走。后来走到了内殿门边,路就不通了。燕秋笑道:"这里头也有壁画,你要进去看看吗?"一句话不曾说得完,旁边夹道里,早走过来一位大袖飘然的老道,就抢上前来迎着道:"这位小姐,今天又来了。我们这坛里的壁画,实在是好;有许多人,全是看了又看的。"他一面说着,一面撩起蓝布道袍,在裤子上,解下一串钥匙,就来开门。把门推开,这里是一座很大的院落。绕了院子四周，全是一丈宽的廊庑。在廊庑的白粉壁上，牵连不断地画着人物画；在廊庑檐边，却列着木料编排的栅栏，游人只能在栅栏外向里看，却不能到壁上去抚摸。人物故事是根据了相传的神话，记述老子的一生。燕秋道："过了潼关，就是道家的世界；还不能说是道家，应当说是张道陵这一派的道教世界。名山大川，全有道观，陕西的华山和平凉的崆峒山，还是道教的清一色。这一点不同，大概还是汉唐的遗迹；尤其是唐朝那几个皇帝，他们全相信神仙，唐是建都长安的，所以潼关以西，全沾染迷信道教的风气。至于这壁上的画，据传说是明朝人画的。"健生听她说得一连串，津津有味；他只是默然地听着，并不插一句话。

燕秋看那老道把人送进内殿以后，自走了，这就顺了廊檐，慢慢地走着，因道："健生！我对你说了实话吧。"健生走在她身边呢，就突然站住了脚，向她脸上望着。燕秋垂了眼皮道："本来我有一贯的主张，在我的事业没有什么成就以前，我是不谈到婚姻问题上去的；所以你和昌年、一虹陪我西来，全是爱我。"她说到这里，将胸脯子挺了一挺，似乎精神也振作了起来，便接着道："但是我对于三位，始终是当着一位朋友，并不认为交情超出了朋友以外。我总是这样想：同性交朋友，异性交朋友，应当全看成一律，所以我对于你，也和昌年、一虹对于你一样。我以为人类的思想进化了，根本就要把男女看成同样，不能有所分别；这种男女交朋友，就认为有爱情因素的习惯，必定要我们来打破。"健生笑道："我并没有超出朋友交情以外的话说了出来呀，你为什么对我发这番议论，也许是有点误会吧？"燕秋道："我并不误会。这是我一套话的起因，现在要归到本题了。自从到了泾川，遇到力行，我觉得他这个人，刻苦耐劳，做事率真，也是一个好朋友。不想事有那样凑巧，在隆德，在兰州，又和他见面了。"健生道："你不觉得他是追来的吗？"燕秋道："也许是，不知道怎么样，我这颗不容易摇动的心，竟是摇动了。"健生道："那么，他向你求爱了？恕我这话问得直率一点。"燕秋抿了嘴，将右手的食指，比了嘴唇，又点了点头，因道："但我并不以为这事在意外的。"健生道："那我也就明白了。"说着，点了两点头，向燕秋周身上下看了一遍。燕秋道："这里有一点，他是一个留学生，又是一个工程师；别人不了解我，或者会疑心我虚荣心太盛的。"健生道:“你一个意识高超的人,难道还怕俗人的议论吗?”燕秋道:“我当然是不怕的。只是我还有一点不能十分自在的,就是把你三位鼓吹到了西北来,一个一个地单独回南。似乎我成了那句时髦话:各个击破。”健生道:“笑话!我们是帮你忙,又不是同你斗争。”说着这话,背了两手,又慢慢地走着。燕秋也没有勇气接着向下说了,眼看了面前的地皮,一步一步地量着地走。她忽然把脚停住,因道:“我是老早地对你说过,不能再回江南了。朋友陆续地分散了,但怕你人在西北,我是越发地不安。可是,你别多心,并非我催你走,我听说我的父亲,已经到肃州去了,我想到肃州去看看。我怎能要你跟着我再走呢?”健生笑道:“这话,应当分两层来说。我不能够陪你西去,这自然是一个问题;你现在也不是以前那样孤单了,要不要我陪着,又是一个问题;假使你并不需要人送,我一定要送,那不也……”说着,就去看燕秋的脸色。燕秋低着头的,可没有答复,也没有表示他的话不好。健生说道:“依着我的意思,我也要坐飞机走才好。但是飞机上是不能带东西的,除了我的行李而外,还有昌年的行李,总算是不少,我一个人如何带走得了?我只有坐汽车回西安的了。就是坐汽车,能不能够带这些东西,那还是不得而知的。”燕秋道:“我再向西走呢,大概还有些日子。你在兰州,多盘桓几天吧。我们这一次分手,这就不知道什么日子再会面了。”健生道:“既是决定了回去了,我就没有了什么打算,多住两天,倒也是可以的。而且我也不愿空跑一趟,总也想有一点收获。”说着话,已经到了正殿外面。这正殿的门,也是紧紧关着的。由门缝里向殿上张望着,乃是金脸金甲的一尊大偶像,坐在正中。燕秋道:“这是一尊雷神。兰州人对于这尊神,是非常之重视的。”健生心不在焉地,只是望了天空发呆,却没有答复。燕秋道:“这后面有一尊李老君的塑像,据人说:还是唐朝人塑的。”健生还是抬头看着天,哦了一声。燕秋看了一看他的脸色,倒觉得无话可说了,微咬着嘴唇皮,出了一会神,因道:“也许你是有些疲倦了,我们一块儿回旅馆去吧。”健生这才问道:“这里没有什么可看的了?”燕秋笑着摇摇头道:“没有什么可看的了。就有什么可看的,那也不过是一种神话罢了。”她如此说了,健生已是开步朝前面走。燕秋也觉得心里头有一种说不出来的苦闷,只得垂了头,跟着他后面走了回去,一路上,不是来的时候那样有说有笑。两个人一个在前一个在后,拔了步子,只管低了头走着;燕秋说了一声,健生才答应一声。

到了旅馆里,健生洗了一把脸,立刻就倒在炕上去睡觉。燕秋也不解是何缘故,在自己屋子里,竟是安坐不下。过了一会子,就向健生屋子里走来。可是这里已掩上了房门,似乎是安睡了。本待隔着房门,叫他一声的,然而就在这个时候,哥哥兴华同程力行一同进来了。力行先笑道:“我们曾经回到旅馆来了两次,知道你出去玩了,我与令兄两个人在旅馆里闷得很,陪他出去,在城里城外,转了两个圈了。”燕秋向健生的房门看了一看,低声道:“到里屋子里去吧。”她的声音虽低,屋子里人也可以听到。健生横躺在炕上,也是睁眼向房门望着,似乎这门上,很有些玩意,可以让人寻找。他眼光所射,虽然以房门为止,可是他耳朵所听到的,却能达到房门以外。他听得很清楚。燕秋说:“我以为你今天忙着接洽公事,是没有工夫来的,所以我不曾在旅馆里等着你。”力行说:“兰州城里,不过这样大一点地方,一天跑十趟,也来得及的。”于是稀微的笑声,是越发远了。健生横躺着,倒是呆了很久。最后,他就微笑了一笑;接着这微笑,他又深深地叹了一口气。只是今天这一次步行游历,分外地感到了疲倦,躺在炕上,只是睁了眼望着屋顶,可就不肯坐起来。最后,也就眼不见,耳不闻了。等到醒过来,已是天色昏黑,茶房送着灯到桌上了。在兰州,那还是十七八世纪的都会,并没有夜市。所以健生把桌角上堆叠的几份报纸,在灯下翻翻,也就不曾出房门了。

次日早上起来,茶房却送来一份电报。拆开电局的信封,电报稿上,已经翻译好了。本文是:“弟已安抵西安,寓原处,愿候兄东归。昌。”健生拿了这电报在手,呆呆地望着,不知道如何是好。想了许久,还是走到燕秋屋子门外,先叫了一声。燕秋拿了一根布掸帚,周身掸灰,似乎又是由外面刚走回旅馆来的,因笑道:“我们在一家旅馆里,倒有大半天没有见面。”燕秋道:“我昨晚上病了,知道你也疲倦了,没有敢去惊动你。早上无事,你也可以多睡一会子,何以又起来了。”健生将电报送到她面前,因道:“昌年在西安等着我,我不能在兰州再耽搁了。我想出去打听打听,假如明天有汽车的话,我明天就要走了。”燕秋听到这话,说不出口的那一份惊骇，立刻跑上前两步，伸了手将健生的手握着，呆了眼神，望着他道："你真的要走了?"健生笑道："这无所谓真假，你想，我还能用话骗你吗?"燕秋握住他的手，摇撼了两下，因道："那么说，我的老朋友，可就要走光了!"健生听她如此说着，也是心里一动，因道："话虽如此，可是我们迟早是有一别的。"燕秋听了这话，才放下手来，又拿起那电文看了一遍，因道："分别自然是要分别的，但是我们这一别，究嫌着不怎样的自然。"说着，坐了下来，用手托了头，靠了桌子坐下，而且微微地叹了一口气。健生站在桌子角边，垂了两手，向燕秋看着。燕秋道："这时候，真教我不知道说什么是好了。挽留你吧，没有这道理；让你走吧，我心头十分透着凄惨。可是我……健生，你能原谅我吗?"她说完这句话，可又站立起来了。健生笑着道："你说这话，倒教我加上一分惭愧。我们做朋友的，并没有把应尽的义务做完，半路里就告辞了，这种朋友……"燕秋笑道："因为我们要告别了，所以交情生疏了；所说的话，全不能像我们一路走来时那样率真了。"健生听了这话，倒不免沉吟了一会子，因背着两手，在燕秋面前徘徊了几个周转。燕秋右手拿了电报纸，却在左手心里连连地打着，因望了健生微笑道："看你这样子，有点归心似箭吧?"健生道："并不是归心似箭，我总觉得我不能这样子说走就走。可是不这样说走就走，我又想不出第二个办法来。因为昌年在西安等着我，我又觉得要和他同一路回到南京，我心里才得安然。其实为什么要这样，我也说不出一个所以然来。"燕秋笑道："你说不出这个所以然，我倒可以替你想出来。"说着，笑着摇了两摇头道："我也不能一句话就把这意思说出，不过我所知道的，你再不东回，却感不到什么兴趣；若要东回，好像有什么事情，没有办一样，总不能十分自在地走开。还有……"说着，又摇了两摇手笑道，"算了算了，全不是那么回事，我说得也是不对。"健生道："我现在出去打听打听汽车的日期，假使后日有车子开走，我明日还可以盘桓一天。有什么一时说不出来的话，我们明天慢慢谈吧。"说完，抽身就向旅馆外面走去了。

等到健生回来，他仿佛做了解除了身上一件什么病痛，那永远是皱着的眉毛，这时却已舒展起来，便是鼻下两边，也斜伸了两道皱纹，很明显地，透出了笑容。

他见人第一句话，便是“天从人愿。”燕秋笑着：“那准是这两天没有汽车东开。”健生道：“不，明天有汽车开，后天有汽车开；而且这两天的汽车，全可以在司机的身边，腾两个座位给我。”燕秋道：“难道你明天就走？”健生道：“本来明天可以走，但是我约了你明天再谈一日，只好后天走了。而且我已回了昌年的电报，告诉他后天起程了。”说着，将右手一个食指，点着左手的五个手指头，口里低声念着：“十四号，十五号，十六、十七号，十八号总准可以到西安。”燕秋站在一边，斜了眼睛向他望着，将身子颤了两颤，然后对他点点头道：“一个人对于爱家乡的心思，究竟是胜于爱朋友的心思。我们交朋友一场，要永别了，我总觉得有些惨然。可是你倒有点儿不介意似的。”健生道：“你不是主张说真话吗？我是对你说真话。我心里一个不能解决的问题，现在算是解决了。譬如买彩票的人，没有开彩以前，魂颠梦倒瞎想一阵；开彩以后，尽管连末尾一个字相同的末彩也得不着，但是立刻不魂颠梦倒，犹如去了身上一样老病症。你以为那不是该快乐的一件事吗？”他说话的时候，两手插在裤袋里，有一只脚微悬起来，不住地在地上颠簸着。燕秋已是主张说实话的了，他现在说着实话，还是委婉出之，又怎好表示什么，只是勉强地微笑道：“这个譬喻，也不怎样的确切。”只说了这一句，脸也跟着红了。

所幸在这时候，兴华由他屋子走过来了；燕秋就告诉他，健生要走。兴华立刻呆了，向他望着道：“伍先生你这一走，我比自己火烧了心，还要难受。在华家岭，我那种贫寒的样子，实在受不了，你先生一见我就……”健生也顾不得自己是短衣的，捧了两个拳头，只管作揖，笑道：“杨先生！你不要说这话。说了这话，我们做朋友的人是更惭愧。”兴华向燕秋望着道：“大妹，你看这件事怎么办？望了伍先生这样的走去，我心里是非常地不过意。我们要想个什么法子替伍先生饯行？”燕秋道：“这个我预想了一个办法。兰州这地方，就只有五泉山是个风景之区。明天我就在五泉山上，预备下一点东西，大家在山上来一回野餐，好吗？”她说着这话，由兴华脸上转看到健生的脸上。健生笑道：“对了，这倒是一举而两得，至少我们可以借这个机会，快活大半天。程先生也有工夫参与这个约会吗？”燕秋望着他，倒沉吟了一会子，口里微微地嘶了一下，似乎是说不出来他可去与否。健生立刻接着道："我倒是致意程先生，能够参与的好。虽然大家全是朋友，但是我是护送你到这里来的，似乎要说一句什么交代的话，才可以结束我们的责任。"燕秋笑道："若这样说，我成了一件宝物，由前手交到后手了。"说着，呵呵一笑。在这一笑之后，大家好像是很愉快的，没有一点隔阂了。

这一天，燕秋都陪着健生说话，又陪着他到街上去买点土产。次日早上，不过八点钟，程力行就赶了两辆轿车来了。他首先到健生的屋子里去，笑道："我们相会的日子虽很短，但是接谈之后，很是投机。不想短短的期间，我们又要分别了。这一别，不知何日可以相会？初交朋友还是这样，伍先生和杨女士共过患难的，我想彼此心里，都有点儿说不出来的苦闷。"健生听了他前半段的话，心里便觉得有点拟于不伦。他一转转到了燕秋身上，这倒有点儿不好措辞，便伸出手来和他握了一握，笑着道："程先生！我们交朋友，虽为期很短，我觉得你这人待人有血性，我愿和你做一个永久的朋友。我到西北来的机会虽然很少，但是程先生到南方去的机会，总很多的；希望将来到南京去，不要忘了我。"两个人说着话，彼此还是握了手摇撼着。燕秋可就在这个时候，一跳一蹦地走了进来，笑道："是的，人总是后会有期的。"健生这才回转脸来向她问道："那么，你看后会的期限是多少年呢？"燕秋昂着头向窗子外看着，口里低念了一遍，笑着向力行道："大概还要十年，我们可以南回了。"这"我们"两个字，健生听了，觉得是分外地刺耳，便向他两人微笑了一笑。燕秋抬起手来，看了一看手表，点点头道："我们走吧，有话可以到五泉山上说去。"力行也感到她说话有失检点，便道："两个骡车，都已驾好了，我们到门口等着吧。"他既出去了，燕秋也只好跟了出来。为了自己失言的缘故，却和健生坐在一辆骡车上。

车子出了南关，这就看到那青绿的山头上，在树木高低中，闪出了几丛楼台亭阁。两人在车上，全都感到无话可说的。这时健生才开口道："到底是省会所在的地方，有这样一座青山可看。"燕秋道："当然古人寻找一个省会地点，也不能不有一番打算。不然，省会留不住人，岂不是一座空城？"健生笑道："唯其是这里风景不算坏，把你也留住了。"燕秋这倒未便说什么，只好对他一笑。骡车向对面的山峰进发,把山上的情形,渐次地看得更清楚;最先看得明白的,就是一座木质牌坊。骡车在这牌坊下停了,力行在前面车子上,首先跳下,反迎上前来笑道:“我们先走西边上去。”健生笑道:“程先生处处不忘记向西走,恰好我这人不同,偏偏是快要向东的。”燕秋在他身后走着,就不住地向力行丢眼色。力行也没多说话,引着一行人,顺了西边山坡向上。这里的山,虽是土质的,却不像北门外黄河那岸的山,被太阳晒成银灰色。这里两峰闪跌所在,有一个长谷;沿着谷的四周,倒尽是高大的绿树,在绿树里面,时时地还发生两三声鸟叫。拦着山谷,有一座横列的长方亭子,倒像是个跨山涧的大桥。在这亭子边顺路斜上,遇到半个平台,上面罩了个亭子。在亭子里,有个方眼泉井,很清的水,由黄土层里直涌出来,起了圆形的波纹。燕秋道:“这是五泉之一。还有四个泉,在山东边。”健生笑着道:“那么,是东边胜利了。”燕秋真不知道要说什么是好,只得向他乱点了点头笑着。力行从中插言道:“这个地方叫小蓬莱呢,我觉着这有点近于夸张。”健生笑道:“不过在陇中一带,除了三关口上有些草木而外,就是这座皋兰山。说是小蓬莱,大概就宝贵这层而言吧?无论什么,失了人所宝贵的资格,就真是一块金刚钻,也可以当了一块废铁。”燕秋听了他这话,就不由得红了两腮,直跑进山旁围墙月亮门里去。

大家随着进来,是一座道观。靠右手山阁子里,正对了小蓬莱,开着窗户。阁子里两张桌子,一方面摆着酒席,一方面摆了茶点。一个穿短衣的老道,在阁子里张罗一切。健生道:“这是为我预备下的吗?”兴华笑道:“聊表寸心罢了。”健生不由得微微一笑。燕秋这就亲自斟了一杯茶,两手捧着到他面前,微笑道:“当然是简陋,这只是我一点诚意。”健生笑道:“你不要误会,我不过是说这出家的老道倒做了店小二,做人还是为衣食而劳碌,又何必出家?”燕秋、力行都因他满口是牢骚,不敢多谈;只有兴华倒和他说得来,说了个不断。燕秋也感到无聊,就叫老道搬出酒菜来。四人入席,喝着酒的时候,健生只是赏鉴山上的风景。兴华说道:“伍先生很爱这里的风景吗?”健生道:“不!这个地方,我不知道什么时候能再来?我很想仔细地留下一个印象。”兴华笑道:“不知道几时能来,到底还有个要来的机会。那么我敬伍先生一杯。”健生这就举起杯来,先干了一杯;然后再斟一杯，站起来向力行、燕秋二人举着道：“我敬二位一杯，我希望十年之内，还有这样一个机会，再能同敬二位一杯。燕秋能承认我这一句话，就干一杯吧。”燕秋站起来道：“好！我干一杯。”说着这话，将手拍了两拍力行的肩膀道：“力行！你也起来吧。”力行也就端着酒杯，站了起来，笑道：“照理是我们敬伍先生的酒，以壮行色。”健生又听了“我们”两个字，不觉怒火中烧，立刻仰起脖子来，把酒由嗓子眼里直倒下去。然后，向二人照了一照杯，笑道：“燕秋！请干。”等她把酒干了，他立刻斟上一杯，再向嗓子眼里倒下去，对着力行照杯。力行口里道着谢谢，陪着干一杯。健生更提起壶来，高高地向杯子里斟着，斟得酒泠泠作响，很重地把壶放下，碰了桌面一下响，红了脸带着笑道：“程先生！好事成双，再来一杯。”力行踌躇着道：“我不会喝酒，怎么办？”健生道：“你不喝，我可喝了。”也不再谦让，举起杯子嘴里唰的一声响，把酒喝干了。手扶着壶杯，又要斟酒，燕秋走过来，将手按住了他的手，笑道：“健生！你怎么一回事？你也要学昌年的样吗？”健生这就回过手来，将燕秋的手握着，摇撼了两下，注着目道：“燕秋！我们后会有期了！别忘了十年的限期。”燕秋道：“健生！你不要这样兴奋。”说时，声音是非常之低，两只眼珠呆定着，要流下泪来了。手握了他的手，不曾放松。健生道：“我不兴奋。但是，我也不伤感。别离，那是人生免不了的。等我来鼓了鼓我的勇气，再喝一杯。”说着，撒开了手，抢着斟上了一杯酒，右手来不及放下酒壶，左手端起酒杯子来，就喝下去了，向力行、兴华各点了个头道：“我先告辞了。”燕秋道：“你为什么不终席而去？不是回旅馆吗？”健生道：“我坐不住了，我要到山上看看风景。”燕秋道：“那么，我们陪你去。”健生道：“不，我要一个人走走，要求你允许我。”他说着这话，把挂到墙上的帽子，抢在手上，连弯了两下腰，就抢出去了。

这里三人，全知道他的心事，可不便说什么，只好眼望着他由小蓬莱山谷里，穿走过去。后来见一个人，在最高的山阁子上，在悬崖栏杆边走来走去，大家都怔怔地望着，不知道有什么结果。匆匆地吃完了饭，就追上去；可是到了山阁子上，又不见有他了。大家赶回旅馆去，他又不曾回来，倒让大家急了一身汗。直到晚上，燕秋兄妹睡了，茶房才来报告：伍先生回来了，有话请明日早上再说。燕秋这才安心睡去。

次早醒来，很久不见阳光。初疑心是太阳不曾出山，后来听到半空里呼呼有声，是刮了风了。燕秋一个翻身坐起来，打开房门，正要向茶房问话，茶房却送上一个纸条来。燕秋接着看时，上写："燕秋：我走了。我不愿你送我，增加我精神上的痛苦。我不辞而别，请你原谅，后会有期了。"燕秋呀了一声道："怎么他走了？我得送一送才好。茶房！你知道他是在什么地方上长途汽车吗？"茶房道："城里有好几处停汽车的地方，不知道在哪一处。汽车到东关外，要停一停受检查的，你小姐到关东外去等着吧。"燕秋听说，脸也不要洗，一面扣着衣下摆纽扣，一面向东关外走。在大街上，又不便跑，又急出了一身汗。一口气走到东关外，果然有一辆卡车，堆满了人同行李。轮机轧轧响着，汽车身下，向外冒着黑油烟，正要开走。行李堆上，一个西服少年，将帽子向她乱招着。大风刮了灰沙，掠空而过，吹得那人头发飞舞；正是伍健生。燕秋叫了一声健生，直奔过去。健生这才在车上俯了身子，伸下手来，和她握着笑道："后会有期！"燕秋道："祝你一路平安……"昂了头，正望着他，想说第二句，车喇叭呜的一声，健生身子一倒，就撒手了。车子四轮展动，卷起一阵黄土，向前飞奔，只看到一股黄尘，顺着大道，越走越远。燕秋站在通关中的大道上，可就呆了。久之久之，那一卷黄尘不见，她身边有个少年笑着低声道："回去吧。"她也只好微微一笑。在这一笑中，结束了她生平的一阶段，以后是另一回事了。